国学典藏书系

人类知识文化精华

诚成博阅

用文字和图片诠

【名著精读】感受国学博大精深

内容丰富，意蕴深邃，对于所谓的清官，进行无情的揭露，认为他们实为酷吏。

《老残游记》，被鲁迅先生评为晚清四大「谴责小说」之一，取得了很高的艺术成就。小说以老残的见闻为线索，描写了晚清各种社会现象。

《孽海花》，作者通过上流社会中的达官名士的活动和言论，反映了中国自同治初年到甲午战败这三十年间，知识分子从蒙昧闭塞、自我陶醉到睁眼看世界，并进而探索强国富民之路的心路历程。

老残游记·孽海花

（清）刘鹗/著
（清）曾 朴/著

读国学经典 品传世文化

吉林出版集团
有限责任
公司

國學經典

图书在版编目(CIP)数据

老残游记 / (清) 刘鹗著；《国学典藏书系》丛书编委会主编. 孽海花 / (清) 曾朴著；《国学典藏书系》丛书编委会主编. — 长春：吉林出版集团有限责任公司, 2010.11

(国学典藏书系)

ISBN 978-7-5463-4213-9

Ⅰ. ①老… ②孽… Ⅱ. ①刘… ②曾… ③国… Ⅲ. ①章回小说-作品集-中国-清代 Ⅳ. ①I242.4

中国版本图书馆 CIP 数据核字(2010)第 226923 号

国学典藏书系 老残游记·孽海花

著　　者	老残游记 / (清) 刘鹗	
	孽海花 / (清) 曾朴	
主　　编	《国学典藏书系》丛书编委会	
出 版 人	毛文凤	
责任编辑	陈　璇	
责任校对	戴耀萍　张金飞	
开　　本	787mm×1092mm　1/16	
字　　数	330 千字	
印　　张	20	
版　　次	2011 年 3 月第 1 版	
印　　次	2011 年 3 月第 1 版第 2 次印刷	

出　　版	吉林出版集团有限责任公司	
	（长春市人民大街 4646 号　邮编：130021）	
发　　行	全国新华书店	
电　　话	总编办：0431-85600386	
	北京市场部：010-86665450	
网　　址	www.keyigroup.com	
印　　刷	北京德富泰印务有限公司	

ISBN 978-7-5463-4213-9　　定价：32.80元

前　言

　　"国学"一说，产生于20世纪20年代西学东渐、文化转型的历史时期。此前中国的旧学在现代文明面前一败涂地，曾国藩继承明儒传统，身体力行，通经致用，后来又有张之洞提出"中学为体，西学为用"，力图调和传统与现实的阴阳关系。后来学术界兴起"整理国故"的热潮，虽然与当时历史条件看似不协调，实则是有深刻历史理性的。提出"师夷长技以制夷"的魏源，当时不但提出学习西方文明，同时又提出要恢复两汉经学，这看似极为矛盾，其实正是魏源的高明之处，此后正是在这样的基础上，才有了中西交流的合理形式。

　　当时国人有一种全盘否定传统文化的倾向，认为外国来的就是好的。19世纪末20世纪初，随着中西文化冲突的进一步加剧，中国文化更加弱势，中国面临亡国灭种的危机。为了保国保种，以章太炎为代表的国粹派提出"保存国学""振兴国学"的口号；新文化运动闯将之一胡适，在介绍杜威的实践主义的同时讲授中国哲学史。在当时的历史氛围下，国学的内涵比较复杂，包括官方、民间各种传统的学问、艺术、技艺等。但在狭义上，国学之范围不脱经、史、子、集四部，同时四部中又以经学为首。

　　国学又可称国故，可译"Guoxue"（音译）、"Sinology"（意译，指中国学，汉学，因无别于汉族学而有争议）。现在一般提到的国学，是指以先秦经典及诸子学为根基，涵盖了两汉经学、魏晋玄学、宋明理学和相应的汉赋、六朝骈文、唐宋诗词、元曲与明清小说并历代史学等一套特有而完整的文化、学术体系。因此，广义上，中国古代和现代的文化和学术,包括历史、思想、哲学、书画、音乐、术数、医学、星相、建筑乃至地理、政治、经济等都是国学所涉及的范畴。

论国学,先明国学之义,所谓必也正名乎,善哉。

今天,关于传统文化的论述,好像走向了两个极端:要么过于通俗,要么过于玄虚。中国传统文化的传承——国学的弘扬,需要摆脱这两个极端,走一条中间道路,做到深入浅出、微言大义。虽然"文化热""儒学热""国学热"的浪潮此起彼伏,但真正将自己的文化看作立身之本的人却是少之又少。大家对待文化、国学,仍然没有走出经世致用、急功近利的目的预设。为什么要学国学?因为国学对我有用;为什么要读国学?因为里面有智慧、有技巧、有升官发财的门路。于是,在今人的眼里,国学已经蜕变成赤裸裸的经世致用之术,成了彻头彻尾的"用经"!仅求其"用",不见其"体",将是最大的无用;仅求其"术",而对国学的"道统"视而不见,将是最大的悲哀。为免于此,国人已做过许多有益的探索。

近代以后,随着西学东渐,我们在呼吸外来新鲜空气的同时,也注意到了传统文化的流失,故而对东西方文化的碰撞进行冷静思考,明确了传统文化不可动摇的根基地位。沿袭先辈留下的宝贵文化遗产,是可以弘扬中国民族特色文化,促进当下时代的进步和发展的。在此,我们应当安身立命,谋求维新。《尚书》中说:"周虽旧邦,其命维新。"但是"周邦"所谓的"新命"不会自己从天上掉下来,而是要靠人不断地去探幽发微、阐发新意。阐发新意,不是凭空想象,也不是一味模仿,而是要推陈出新。冯友兰先生说,中国的哲学要"接着讲",不能"照着讲"。而"接着讲",并不是空发臆想、随意揣摩,而是要以"照着讲"的方式和姿态去"接着讲",不如此,就无法做到"阐旧邦以辅新命"。国学亦是如此。

整理国故,是为了获得长足进步。只有长足进步,才能延续,才能生生不息。当然,任何一种文化都包含着深刻的两面性——所谓的精华和糟粕往往是纠结在一起的。所以,目前我们最迫切要做的,仍然是平心静气地去了解我们的文化。

为了弘扬国学,使更多的人了解中国传统文化的精髓,我们精心为您编纂了这套"国学经典文库"丛书。这套丛书精选了历代文章中的典范之作——于经、史、子、集中选取精华部分,予以汇编。编者力图通过简明的体例、精练的文字、新颖的版式、精美的图片等多种要素的有机结合,全方位立体地解读国学的博大精深,为读者打造一条走进国学的长廊,使其感受国学独到的智慧。

　　学贵力行,对圣贤文化的学习,贵在把它落实到自己的日常生活和工作中去,才能从中得到真实的益处。愿此套丛书让您在领略传统国学风景的同时,与圣人"促膝对话",能够聆听到圣贤的教诲;在聆听圣贤教诲的同时,把圣人的教诲贯彻到生活中,落实到一言一行中。"多识前言往行,以自蓄其德",我们也希望借着伟大文化的指引,提升我们生命的内涵。

清末刘鹗创作的《老残游记》，被鲁迅先生评为晚清四大"谴责小说"之一，内容丰富，意蕴深邃，取得了很高的艺术成就，翻译成多国文字，在国内外影响巨大，被联合国教科文组织认定为世界文学名著。全书共20回，原署鸿都百炼生著。

小说以一位走方郎中老残的游历为主线，描写了晚清各种社会现象，尤其是对于所谓的"清官"，进行了无情的揭露，认为他们实际上是酷吏。他在书中敢于直斥"清官"误国，"清官"害民，指出有时"清官"的昏庸并不比贪官好多少。这一点对清廷官场的批判是切中时弊、独具慧眼的。

老残游记·孽海花　LAOCANYOUJI NIEHAIHUA　第六回　万家流血顶染猩红　一席谈心辩生狐白

释义通俗易懂；解读准确权威，有助读者领悟国学精华。对其中生僻字，加注拼音，以便阅读理解。

【注解】

①不济：不行。

②旌(jīng)表：古代统治者提倡封建德行的一种方式。

③仇隙(xì)：怨恨。

④搭讪(shàn)：主动和陌生人交流。

⑤死有余辜(gū)：形容罪大恶极，即使处死刑也抵偿不了他的罪恶。

第六回

万家流血顶染猩红
一席谈心辩生狐白

老残游记·孽海花

话说店伙说到将他妹夫扯去站了站笼，布匹交金四完案。老残便道："这事我已明白，自然是捕快做的圈套。但是，他一个老实人，为什么人要这么害他呢？"

店伙道："都是为他嘴快惹下来的乱子。我也是听人说的：府里南门大街西边小胡同里，有一家父女两个。她爸爸四十来岁，她女儿十七八岁，长的有十分人材，还没有婆家。他爸爸做些小生意，住了三间草房，一个土墙院子。这闺女有一天在门口站着，碰见了府里马队上什长花胳膊王三，因此王三看她长得体面，胡二巴越的就把她弄上了。过了些时，活该有事，被她爸爸回来一头碰见，气了个半死，把他闺女着实打了一顿，就把大门锁上，不许女儿出去。不到半个月，那花胳膊王三就编了法子，把她爸爸也算了个强盗，用站笼站死。后来不但他闺女算了王三的媳妇，就连那小房子也算了王三的产业。"

"俺掌柜的妹夫，曾在他家卖过两回布，知道这件事情。有一天，在饭店里多吃了两盅酒，同这北街上的张二秃子，说怎么样得故。那张二秃子也是个不知利害的人，听得高兴，尽往下问，说：'他还是义和团里的小师兄呢。那二郎、关爷多少正神常附在他身上，难道就不管管他吗？'他妹夫说：'可不是呢。听说前些时，他请孙大圣，孙大圣没有到，还是猪八戒老爷下来的。倘若不是因为他昧良心，为什么孙大圣不下来，倒叫猪八戒下来呢？我恐怕他这样坏良心，总有一天碰着大圣不高兴的时候，举起金箍棒来给他一棒。那他就受不住了。'二人谈得高兴，不知被他们团里朋友，报给王三。没有数个月的工夫，把他妹夫就毁了。张二秃子知道势头不好，逃往河南到德府去找朋友了。"

"酒也完了，你老睡罢。明天倘若进城，千万说话小心！"于是站起来，桌上摸了个半

经多方研究，专家考证，选取经典之作。所选之篇不仅脍炙人口，而且切合当下，其价值深远。

《孽海花》，长篇谴责小说之一，清末金松岑、曾朴著。小说采用隐喻的手法，以苏州状元金泃和名妓傅彩云的经历为线索，展现了同治初年至甲午战争三十年间中国社会政治文化生活的历史变迁。书中笔墨最为集中也最成功的是对封建知识分子与官僚士大夫的刻画，表现出他们的虚伪造作和庸腐无能。

作为近代历史小说的代表，后世评价甚高。鲁迅称许《孽海花》："结构工巧，文采斐然。" 在国际汉学界，该书也是影响颇大，早有英、俄、日等多种文字传世，并获汉学界盛赞。

第二十回　浪子金银伐性斧　道人冰雪返魂香

LAO CANYOUJI NIE HAI HUA
老残游记·孽海花

了七天，力遣各自送回家去。

王子谨三日前已回城去。老残各事办毕，方欲回城，这时魏谦已知前日写信给宫保的就是老残，于是魏、贾两家都来磕头，苦苦挽留。两家各送了三千银子，老残丝毫不收。两家没法，只好请听戏罢，派人到省城里招呼个大戏班子来，并招呼北柱楼的厨子来，预备留老残过年。

哪知次日半夜里，老残即溜回齐河县了。到城不过天色微明，不便往县署里去，先到自己住的店里来看环翠。把堂门推开，见许明的老婆睡在外间未醒。再推开房门，往炕上一看，见被窝宽大，枕头上放着两人头，睡得正浓呢，吃了一惊。再仔细一看，原来就是翠花，不便惊动，退出房门，将许明的老婆唤醒。自己却无处安身，跑到院子里徘徊。见西上房里，家人正搬行李装车，是远处来的客，要动身的样子，就立住闲看。

只见一人出来吩咐家人说话。老残一见，大叫道："德慧生兄！从哪里来？"那人定神一看，说："不是老残哥吗，怎么在此地？"老残便将以上二十卷书述了一遍，又问："慧兄何往？"德慧生道："明年东北恐有兵事，我送家眷回扬州去。"老残说："请留一日，何如？"慧生允诺。此时二翠俱已起来洗脸，两家眷属先行会面。

已刻，老残进县署去，知魏家一案，宫保批吴二浪子监禁三年。翠花共用了四百二十两银子，子谨还了三百银子，老残收了一百八十两，说："今日便派人送翠花进省。"子谨将详细情形写了一函。

老残回寓，派许明夫妇送翠花进省去，夜间托店家雇了长车，又把环翠的兄弟带来，老残携同环翠并他兄弟同德慧生夫妇天明开车，结伴江南去了。

却说许明夫妇送翠花到黄人瑞家，人瑞自是欢喜，拆开老残的信一看，上写道：

愿天下有情人，都成了眷属；

以图释文，视觉效果明显。在注重美感的前提下，着重文图切合，确保文图传神。

老残游记·孽海花

经过反复实验，专家论证，所选色彩均匀、柔和，不仅会保护读者的眼睛，而且能使读者的视觉更加愉悦，以获得精神上的享受。

目　　录

老残游记

老残游记·孽海花

1

孽海花

老残游记

第一回　土不制水历年成患　风能鼓浪到处可危

　　话说山东登州府东门外有一座大山，名叫蓬莱山。山上有个阁子，名叫蓬莱阁。西面看，城中人户，烟雨万家；东面看，海上波涛，峥嵘千里。所以城中人士往往于下午携尊挈酒，在阁中住宿，准备次日天未明时，看海中日出。习以为常，这且不表。

　　却说那年有个游客，名叫老残。此人原姓铁，单名一个英字，号补残。因慕懒残和尚煨芋的故事，遂取这"残"字做号。大家因他为人颇不讨厌，契重他的意思，都叫他老残。不知不觉，这"老残"二字便成了个别号。他年纪不过三十多岁，原是江南人氏。当年也曾读过几句诗书，因八股文章做得不通，所以学也未曾进得一个，教书没人要他，学生意又嫌岁数大，不中用了。其先，他父亲原是个三四品官，因性情迂拙[①]，不会要钱，所以做了二十年实缺，回家仍是卖了袍褂做盘缠。你想，可有余资给他儿子应用呢？

　　这老残既无祖业可守，又无行当可做，自然"饥寒"二字渐渐相逼来了。正在无可奈何之时，可巧天不绝人，来了一个摇串铃道士，说是曾受异人传授，能治百病，街上人找他治病，百治百效。所以这老残就拜他为师，学了几个口诀。从此也就摇个串铃，替人治病糊口去了，奔走江湖近二十年。

　　这年刚刚走到山东古千乘地方，有个大户，姓黄，名叫瑞和，害了一个奇病：浑身溃烂，每年总要溃几个窟窿。今年治好这个，明年别处又溃几个窟窿。经历多年，没有人能治得了这病。每发都在夏天，一过秋分，就不要紧了。

　　那年春天，刚刚老残走到此地，黄大户家管事，问他可有法子治这个病，他说："法子尽有，只是你们未必依我去做，今年权且略施小技，试试我的手段。若要此病永远不发，也没有什么难处，只需依着古人方法，那是百发百中。别的病是神农、黄帝传下来的方法，只有此病是大禹传下来的方法。后来唐朝有个王景得了这个传授，以后就没有人知道此方法了。今日奇缘，在下倒也懂得些个。"于是黄大户家遂留老残住下，让他治病。说也奇怪，这年虽然小有溃烂，却是一个窟窿也没有出过。为此，黄大户家甚为喜欢。

　　看看秋分已过，病势今年是不要紧了。大家因为黄大户不出窟窿。是十多年来没有的事，异常快活，就叫了个戏班子，唱了三天谢神的戏；又在西花厅上，搭了一座菊花假山。今日开筵，明朝设席，闹得十分畅快。

　　这日，老残吃过午饭，因多喝了两杯酒，觉得身子有些困倦，就跑到自己房里一张睡榻上躺下，才闭了眼睛，就看外边走进两人来：一个叫文章伯，一个叫德慧生。这两人本是老残的挚友，一齐说道："这么长天大日的，老残，你蹲家里做甚？"老残连忙起身让座，说："我因为这两天困于酒食，觉得怪腻的。"二人道："我们现在要往登州府去，访蓬莱阁的胜景，因此特来约你。车子已替你雇了，你赶紧收拾行李，就此动身罢。"老残行李本不甚多，不过古书数卷，仪器几件，顷刻间便上了车。无非风餐露宿，不久便到了登州，就在蓬莱阁下觅了两间客房，大家住下，也就玩赏玩赏海市的虚情，蜃楼的幻象。

　　次日，老残向文、德二公说道："人人都说日出好看，我们今夜何妨不睡，看一看日出何如？"二人说道："老兄有此清兴，弟等一定奉陪。"三人开了两瓶酒，取出携来的肴馔，一面吃酒，一面谈心，不知不觉，那东方已渐渐发大光明了。其实离日出尚远，这是蒙气传光的道理。三人又略谈了片刻，德慧生道："此刻也差不多是时候了，我们何妨先到阁子上头去等呢？"文章伯说："耳边风声甚急，上头窗子太敞，恐怕寒冷，比不得这屋子里暖和，须多穿两件衣服上去。"各人照样办了，又都带了千里镜，携了毯子，由后面扶梯曲折上去。到了阁子中间，靠窗一张桌子旁边坐下，朝东观看，只见海中白浪如山，一望无际。东北青烟数点，最近的是长山岛，再远是大竹、大黑等岛了。那阁子旁边，风声"呼呼"作响，仿佛阁子都要摇动似的。天上云气一片一片地叠起，只见北边有一片大云，飞到中间，将原有的云压将下去。并将东边一片云挤得越过越紧：越紧越不能相让，情状甚为谲诡[2]。过了些时，也就变成一片红光了。

　　慧生道："残兄，看此光景，今儿日出是看不着了。"老残道："天风海水，能移我情，即使看不着日出，此行亦不为辜负。"章伯正在用远镜凝视。说道："你们看！东边有一丝黑影，定是一只轮船由此经过。"于是大家皆拿出远镜，对着观看。看了一刻，说道："是的，是的。你看，有极细一丝黑线，那不是船身吗？"大家看了一会儿，那轮船也就过去，看不见了。

　　慧生还拿远镜左右观视。正在凝神，忽然大叫："哎呀！你瞧，那边一只帆船在那洪波巨浪之中，好不危险！"两人道："在什么地方？"慧生道："你往正东北瞧,在长山岛的这边,渐渐来得近了。"两人用远镜一看,都道:"幸而是向这边来,不过二三十里就可泊岸了。"

相隔不过一点钟之久,那船来得业已甚近。三人用望远镜凝神细看,原来船身长有二十三四丈,原是只大的船。船主坐在舵楼之上,楼下四人专管转舵的事。前后六支桅杆,挂着六扇旧帆,又有两支新桅,挂着一扇簇新的帆,一扇半新不旧的帆,算来这船便有八支桅了。船身吃载重,想那舱里一定装的各项货物。船面上坐的人口,男男女女,不计其数,却无篷窗等物件遮盖风日,面上有北风吹着,身上有浪花溅着,又湿又寒,又饥又怕。看这船上的人都有民不聊生的气象。那八扇帆下,备有两人专营绳脚的事。船头及船帮上有许多的人,仿佛水手的打扮。

这船虽有二十三四丈长,却是破坏的地方不少,无一处没有伤痕。那八个管帆的却是认真地在那里管,只是各人管各人的帆,仿佛在八只船上似的,彼此不相关照。那水手只管在那坐船的男男女女队里乱窜,不知所做何事。用远镜仔细看去,方知道他在那里搜他们男男女女所带的干粮,并剥那些人身上穿的衣服。章伯看得真切,不禁狂叫道:"这些该死的奴才! 你看,这船眼睁睁就要沉覆,他们不知想法敷衍着早点泊岸,反在那里蹂躏③好人,气死我了!"慧生道:"章哥,不用着急,此船目下相距不过七八里路,等他泊岸的时候,我们上去劝劝他们便是。"

正在说话之间,忽见那船上杀了几人,抛下海去,掠过舵来,又向东边去了。章伯气得两脚直跳,骂道:"好好的一船人,无穷性命,无缘无故断送在这几个驾驶的人手里,岂不冤枉?"沉思了一下,又说道:"好在我们山脚下有的是渔船,何不驾一只去,将那几个驾驶的人打死,换上几个? 岂不救了一船人的性命! 何等功德! 何等痛快!"慧生道:"这个办法虽然痛诀,究竟未免鲁莽,恐有未妥。请教残哥以为何如?"老残笑向章伯道:"章哥此计甚妙!"

说着,三人就下了阁子,吩咐从人看守行李物件,那三人却俱是空身,带了一个最准的向盘,一个纪限仪,并几件行船要用的物件,下了山。山脚下有船坞,都是渔船停泊之处。选了一只轻快渔船,挂起帆来,一直追向前去。幸喜本日刮的是北风,所以向东向西都是旁风,使帆便当。一霎时,离大船已经不远了,三人仍拿远镜不住细看。及至离大船十余丈时,连船上人说话都听得见了。

谁知道除那管船的人搜括众人外,又有一种人在那里高谈阔论地演说,只听他说道:"你们各人均是出了船钱坐船的,况且这船也是你们祖遗的公司产业,现在已被这几个驾驶人弄得破坏不堪,你们全家老幼性命都在船上,难道都在这里等死不成? 就不想个法儿挽回挽回吗? 真真该死奴才!"

众人被他骂得哑口无言。内中便有数人出来说道:"你这先生所说的都是我们肺腑中欲说说不出的话,只是请教有什么法子呢?"那人便道:"你们知道现在是非钱不行的世界了,你们大家敛几个钱来,我们舍出自己的精神,拼着几人流血,替你们挣个万世安稳自由的基业，你们看好不好呢？"众人一齐拍掌称快。

章伯远远听见，对二人说道："不想那船上竟有这等的英雄豪杰！早知如此，我们可以不必来了。"慧生道："姑且将我们的帆落几叶下来，不必追上那船，看他是如何的举动。倘真有点道理，我们便可回去了。"老残道："慧哥所说甚是。依我愚见看来，这等人恐怕不是办事的人，只是用几句文明的话头骗几个钱用用罢了！"

当时三人便将帆叶落小，缓缓地尾大船之后。只见那船上人敛了许多钱，交给演说的人，看他如何动手。谁知那演说的人，敛了许多钱去，找了一块众人伤害不着的地方，立住了脚，便高声叫道："你们这些没血性的人，凉血种类的畜生，还不赶紧去打那个掌舵的吗？"又叫道："你们还不去把这些管船的一个一个杀了吗？"哪知就有那不懂事的少年，依着他去打掌舵的，也有去骂船主的，俱被那旁边人杀的杀了，抛弃下海的抛下海了。那个演说的人，又在高处大叫道："你们为什么没有团体？若是全船人一齐动手，还怕打不过他们么？"那船上人，就有老年晓事的人，也高声叫道："诸位切不可乱动！倘若这样做去，胜负未分，船先覆了！万万没有这个办法！"

慧生听得此语，向章伯道："原来这里的英雄是只管自己敛钱，叫别人流血的。"老残道："幸而尚有几个老成持重的人，不然，这船覆得更快了。"说着，三人便将帆叶抽满，顷刻便与大船相近。篙工用篙子钩住大船，三人便跳将上去，走至舵楼底下，深深地唱了一个喏，便将自己的向盘及纪限仪等项取出呈上。舵工看见，倒也和气，便问："此物怎样用法？有何益处？"

正在议论，哪知那下等水手里面，忽然起了咆哮，说道："船主！船主！千万不可为这人所惑！他们用的是外国向盘，一定是洋鬼子差遣来的汉奸！请船主赶紧将这三人绑去杀了，以除后患。"谁知这一阵嘈嚷，满船的人俱为之震动。是那演说的英雄豪杰，也在那里喊道："这是卖船的汉奸！快杀，快杀！"

船主舵工听了，俱犹疑不定，内中有一个舵工，是船主的叔叔，说道："你们来意甚善，只是众怒难犯，赶快去罢！"三人垂泪，赶忙回了小船。哪知大船上人，余怒未息，看三人上了小船，忙用被浪打碎了的断桩破板打下船去。一只小小渔船怎禁得几百人用力乱砸，顷刻之间，将那渔船打得粉碎，看着沉下海中去了。欲知三人性命如何，且看下回分解。

【注解】

①迂拙(yū zhuó)：蠢笨，拘泥守旧。

②谲诡(jué guǐ)：变化多端，离奇古怪。

③蹂躏(róu lìn)：欺凌；糟蹋。

第二回

历山山下古帝遗踪
明湖湖边美人绝调

话说老残在渔船上被众人砸得沉下海去,自知万无生理,只好闭着眼睛,听他怎样。觉得身体如落叶一般,飘飘荡荡,顷刻工夫沉了底了。只听耳边有人叫道:"先生,起来罢!先生,起来罢!天已黑了,饭厅上饭已摆好多时了。"老残慌忙睁开眼睛,愣了一愣道:"呀!原来是一梦!"

自从那日起,又过了几天,老残向管事的道:"现在天气渐寒,贵居停的病也不会再发,明年如有委用之处,再来效劳。目下鄙人①要往济南府去看看大明湖的风景。"管事的再三挽留不住,只好当晚设酒饯行;封了一千两银子奉给老残,算是医生的酬劳。老残略道一声"谢谢",也就收入箱笼,告辞动身上车去了。

一路秋山红叶,老圃黄花,颇不寂寞。到了济南府,进得城来,家家泉水,户户垂杨,比那江南风景,觉得更为有趣。到了小布政司街,觅了一家客店,名叫高升店,将行李卸下,开发了车价酒钱,胡乱吃点晚饭,也就睡下了。

次日清晨起来,吃点儿点心,便摇着串铃满街踅②了一趟,虚应一应故事。午后便步行至鹊华桥边,雇了一只小船,朝北不远,便到历下亭前。下船进去,入了大门,是一个亭子,油漆已大半剥蚀。亭子上悬了一副对联,写的是"历下此亭古,济南名士多",上写着"杜工部句",下写着"道州何绍基书"。复行下船,向西荡去,不甚远,又到了铁公祠畔。你道铁公是谁?是明初与燕王为难的那个铁铉。后人敬他的忠义,所以至今春秋时节,土人尚不断地来此进香。

老残心里想道:"如此佳景,为何没有什么游人?"看了一会儿,回转身来,看那大门里面楹柱上有副对联,写的是"四面荷花三面柳,一城山色半城湖"，暗暗点头道："真正不错！"进了大门，正面是铁公享堂，朝东是一个荷池。绕着曲折的回廊，到了荷池东面，是个圆门。圆门东边有三间旧房，有个破匾，上题"古水仙祠"四个字。祠前一副破旧对联，写的是"一盏寒泉荐秋菊，三更画船穿藕花"。过了水仙祠，仍旧上了船，荡到历下亭的后面。两边荷叶荷花将船夹住，荷叶初枯，擦得船嗤嗤价响；已老的莲蓬，不断地绷到船窗里面来。老残随手摘了几个莲蓬，一面吃着，一面船已到了鹊华桥畔了。

老残从鹊华桥往南，缓缓向小布政司街走去。一抬头，见那墙上贴了一张黄纸，居中写着"说鼓书"三个大字；旁边一行小字是"二十四日明湖居"。那纸还未十分干，心知是方才贴的，只不知道这是什么事情，别处也没有见过这样的招子。一路走着，一路盘算，只听得耳边有两个挑担子的说道："明儿白妞说书，我们可以不必做生意，来听书罢。"又走到街上、听铺子里柜台上有人说道："前次白妞说书是你告假的，明儿的书，应该我告假了。"一路行来，大半都是这话，心里诧异道："白妞是何许人？为甚一纸招贴，便举国若狂如此？"信步走来，不知不觉已到高升店口。

进得店去，茶房便来回道："客人，用什么夜膳？"老残一一说过，就顺便问道："你们此地说鼓书是个什么玩意儿，何以惊动这么许多的人？"茶房说："客人，你不知道。这说鼓书本是山东乡下的土调，用一面鼓，两片梨花简，名叫'梨花大鼓'，演说些前人的故事，本也没甚稀奇。自从王家出了这个白妞、黑妞姐妹两个，这白妞名字叫作王小玉，此人是天生的怪物！她十二三岁时就学会了这说书的本事。她却嫌这乡下的调儿没什么出奇，她就常到戏园里看戏，所有什么西皮、二簧、梆子等唱腔，一听就会；什么余三胜、程长庚、张二奎等人的调子，她一听也就会唱。仗着她的喉咙，要多高有多高；她的中气，要多长有多长。她又把那南方的什么昆腔、小曲，种种的腔调，都拿来装在这大鼓书的调儿里面。不过二三年工夫，创出这个调儿，竟至无论南北高下的人，听了她唱书，无不神魂颠倒。现在已有招子，明儿就唱。你不信，去听一听就知道了。只是要听还要早去，她虽是一点钟开唱，若到十点钟去，便没有座位的。"老残听了，也不甚相信。

次日吃了饭，走到明湖居，才不过十点钟时候。那明湖居本是个大戏园子，戏台前有一百多张桌子。哪知进了园门，园子里面已经坐得满满的，只有中间七八张桌子还无人坐，桌子却都贴着"抚院定""学院定"等类红纸条儿。老残看了半天，无处落脚，只好从袖子里送了看座儿的二百个钱，才弄了一张短板凳，在人缝里坐下。看那戏台上，只摆了一张半桌，桌子上放了一面板鼓，鼓上放了两个铁片儿，心里知道这是所谓梨花简了，旁边放了一个三弦子，半桌后面放了两张椅子，并无一人在台上。园子里面，顶着篮子卖烧饼油条的有一二十个，都是那不吃饭来的人买了充饥的。

到了十一点钟，只见门口轿子渐渐拥挤，许多官员都着了便衣，带着家人，陆续进来。不到十二点钟，前面几张空桌俱已满了，不断还有人来，看座儿的也只是搬张短凳，在夹缝中安插。

　　到了十二点半钟，看那台上，从后台帘子里面，出来一个男人：穿了一件蓝布长衫，长长的脸儿，一脸疙瘩，甚为丑陋，但觉得那人气味倒还沉静。出得台来，并无一语，就往半桌后面左手一张椅子上坐下。慢慢地将三弦子取来，随便弹了一两个小调，人也不甚留神去听。后来弹了一支大调，也不知道叫什么牌子。只是到后来，全用轮指，那抑扬顿挫，入耳动心。这时台下叫好的声音不绝于耳，却也压不下那弦子去，这曲弹罢，就歇了手，旁边有人送上茶来。

　　停了数分钟时，帘子里面出来一个姑娘，约有十六七岁，长长的鸭蛋脸儿，梳了一个抓髻，戴了一副银耳环，穿了一件蓝布外褂儿，一条蓝布裤子，都是黑布镶滚的。虽是粗布衣裳，倒也十分洁净。来到半桌后面右手椅子上坐下。那弹弦子的便取了弦子，铮铮弹起。这姑娘便立起身来，左手取了梨花简，夹在指头缝里，便丁丁当当地敲，与那弦子声音相应；右手持了鼓槌子，凝神听那弦子的节奏。忽羯鼓一声，歌喉遽发，字字清脆，声声婉转，每句七字，每段数十句，或缓或急，忽高忽低；其中转腔换调之处，百变无穷，觉一切歌曲腔调俱出其下，以为观止矣。

　　旁座有两人，其一人低声问那人道："此想必是白妞了罢？"其一人道："不是。这人叫黑妞，是白妞的妹子。她的调门儿都是白妞教的，她的好处人学得到，白妞的好处人学不到。你想，这几年来，好玩耍的谁不学他们的调儿呢？就是窑子里的姑娘，也人人都学，只是顶多有一两句到黑妞的地步。若白妞的好处，从没有一人能及她十分里的一分的。"说着的时候，黑妞早唱完，后面去了。这时满园子里的人，谈心的谈心，说笑的说笑。卖瓜子、落花生的高声喊叫着卖，满园子里听来都是人声。

　　正在热闹哄哄的时节，只见那后台里，又出来了一位姑娘，年纪约十八九岁，装束与前一个毫无分别，相貌不过中上之姿，半低着头出来，立在半桌后面，把梨花简丁当了几声，煞是奇怪。只是两片玩铁，到她手里，便有了五音十二律似的。又将鼓槌子轻轻地点了两下，方抬起头来，向台下一盼。那双眼睛，如白水银里头养着两丸黑水银，左右一顾一看，连那坐在远远墙角子里的人，都觉得王小玉看见我了。就这一眼，满园子里便鸦雀无声。

　　王小玉便启朱唇，发皓齿，唱了几句书儿。声音初不甚大，只觉入耳有说不出来的妙境。唱了十数句之后，渐渐地越唱越高，忽然拔了一个尖儿，像一线钢丝抛入天际，不禁暗暗叫绝。哪知他于那极高的地方，尚能回环转折。几啭之后，又高一层，接连有三四叠，节节高起。那王小玉唱到极高的三四叠后，陡然一落，又极力骋其千回百折的精神，如一条飞蛇在黄山三十六峰半中腰里盘旋穿插。顷刻之间，周匝数遍。从此以后，愈唱愈低，愈低愈细，那声音渐渐地就听不见了。约有两三分钟之久，仿佛有一点声音从地底下发出。这一出之后，忽又扬起，像放那东洋烟火，一个弹子上天，随化作千百道五色火光，纵横散乱。这一声飞起，即有无限声音俱来并发。那弹弦子的亦全用轮指，忽大忽小，同她那声音相和相合，有如花坞春晓。正在缭乱之际，忽听霍然一声，人弦俱寂。这时台下叫好之声,轰然雷动。

停了一会儿,闹声稍定,只听那台下正座上,有一个青年人,不到三十岁光景,说道:"当年读书,见古人形容歌声的好处,有那'余音绕梁,三日不绝'的话,我总不懂。空中设想,余音怎样会得绕梁呢?又怎会三日不绝呢?及至听了小玉先生说书,才知古人措辞之妙。"旁边人都说道:"梦湘先生论得透辟极了!'于我心有戚戚③焉'!"

说着,那黑妞又上来说了一段,底下便又是白妞上场。这一段,闻旁边人说,叫作"黑驴段"。听了去,不过是一个士子见一美人,骑了一个黑驴走过去的故事。不过数语,这段书也就完了。其音节全是快板,越说越快。白香山诗云:"大珠小珠落玉盘。"可以尽之。其妙处,在说得极快的时候,听的人仿佛都赶不上听,她却字字清楚,无一字不送到人耳轮深处。这是她的独到,然比着前一段却未免逊了一筹了。

这时不过五点钟光景,算计王小玉应该还有一段。不知那一段又是怎样好法,究竟如何,且看下回分解。

【注解】

①鄙人:对自己的谦称。

②趐(xué):来回走。

③戚戚:心有所动的感觉。

金线东来寻黑虎
布帆西去访苍鹰

话说众人以为天时尚早,王小玉必还要唱一段,不知只是她妹子出来敷衍①几句就收场了,当时一哄而散。

老残到了次日,想起一千两银子放在寓中,总不放心。即到院前大街上找了一家汇票庄,叫个日昇昌字号,汇了八百两寄回江南徐州老家里去,自己只留了一百多两银子。吃了午饭,步出西门,先到趵突泉上吃了一碗茶。这趵突泉乃济南府七十二泉中的第一泉,在大池之中,有四五亩地宽阔,两头均通溪河。池子正中间有三股大泉,从池底冒出,翻上水面有二三尺高。据土人云:当年冒起有五六尺高,后来修池,不知怎样就矮下去了。池子北面是个吕祖殿,殿前搭着凉棚,摆设着四五张桌子、十几条板凳卖茶,以便游人歇息。

　　老残吃完茶，出了趵突泉后门，向东转了几个弯，寻着了金泉书院。进了二门，是投辖井，相传即是陈遵留客之处。再往西去，过一重门，即是一个蝴蝶厅，厅前厅后均是泉水围绕。厅后许多芭蕉，虽有几批残叶，尚是一碧无际，西北角上，芭蕉丛里，有个方池，不过二丈见方，是金线泉了。全线乃四大名泉之二。你道四大名泉是哪四个？就刚才说的趵突泉，此刻的金线泉，南门外的黑虎泉，抚台衙门里的珍珠泉，叫做"四大名泉"。

　　这金线泉相传水中有条金线。老残左右看了半天，不要说金线，连铁线也没有。后来幸而走过一个士子来，老残便作揖请教这"金线"二字有无着落。那士子便拉着老残趸到池子西面，弯了身体，侧着头，向水面上看，说道："你看，那水面上有一条线，仿佛游丝一样，在水面上摇动。看见了没有？"老残也侧了头，照样看去，看了些时，说道："看见了，看见了！"这是什么缘故呢？想了一想，道："莫非底下是两股泉水，力量相敌，所以中间挤出这一线来？"那士子道："这泉见于著录好几百年，难道这两股泉的力量，经历这么久就没有个强弱吗？"老残道："你看这线，常常左右摆动，这是两边泉力不匀的道理了。"那士子倒也点头会意。说完，彼此各散。

　　老残出了金泉书院，顺着西城南行。过了城角，仍是一条街市，一直向东。再过去，有一个大池，池南几间草房，走到面前，知是一个茶馆。进了茶馆，靠北窗坐下，就有一个茶房泡了一壶茶来。老残坐定，问茶房道："听说你们这里有个黑虎泉，可知道在什么地方？"那茶房笑道："先生，你伏到这窗台上朝外看，不是黑虎泉吗？"老残果然往外一看，原来就在自己脚底下，有一个石头雕的老虎头。从那老虎口中喷出一股泉来，力量大，从池子这边直冲到池子那面，然后转到两边，流入城河去了。坐了片刻，看那夕阳有渐渐下山的意思，遂付了茶钱，缓步进南门回寓。

　　到了次日，觉得游兴已足，就拿了串铃，到街上去混混。趸过抚台衙门，望西一条胡同口上，有所中等房子，朝南的大门，门旁贴了"高公馆"三个字。只见那公馆门口站了

一个瘦长脸的人，穿了件棕紫熟罗棉大袄，手里捧了一支洋白铜二马车水烟袋，面带愁容。看见老残，唤道："先生，先生！你会看喉咙吗？"老残答道："懂得一点半点儿的。"那人便说："请里面坐。"进了大门，望西一拐，是三间客厅，铺设也还妥当。两边字画，多半是时下名人的笔墨。只有中间挂着一幅中堂，只画了一人，仿佛列子御风的形状，衣服冠带均被风吹起，笔力甚为遒

劲,上题"大风张风"四字,也写得极好。坐定,彼此问过名姓。原来这人系江苏人,号绍殷,充当抚院内文案差使。他说道:"有个小妾害了喉蛾,已经五天,今日滴水不能进了。请先生诊视,尚有救没有?"老残道:"须看了病,方好说话。"当时高公即叫家人:"到上房关照一声,说有先生来看病。"随后就同着进了二门,即是三间上房。进得堂屋,有老妈子打起西房的门帘,说声:"请里面坐。"

高公让老残西面机凳上坐下。帐子里伸出一只手来,老妈子拿了几本书垫在手下,诊了一只手,又换一只。老残道:"两手脉沉数而弦,是火被寒逼住,不得出来,所以越过越重。请看一看喉咙。"高公便将帐子打起。看那妇人,约有二十岁光景,面上通红,人却甚为委顿的样子。高公将她轻轻扶起,对着窗户的亮光。老残低头一看,两边肿得已将要合缝了。看过,对高公道:"这病本不甚重,原起只是一点火气,被医家用苦寒药一逼,火不得发,兼之平常肝气易动,抑郁而成。目下只须吃两剂辛凉发散药就好了。"又在自己药囊内取出一个药瓶、一支喉枪,替她吹了些药上去。出到厅房,开了个药方,名叫"加味柑橘汤"。用的是生甘草、苦桔梗、牛蒡子②、荆芥、防风、薄荷、辛夷、飞滑石八味药,鲜荷梗做的引子。方子开毕,送了过去。

高公道:"高明得极。不知吃几帖?"老残道:"今日吃两帖,明日再来复诊。"高公又问:"药金请教几何?"老残道:"鄙人行道,没有一定的药金。果然医好了姨太大病,等我肚子饥时,赏碗饭吃;走不动时,给几个盘缠,尽够了。"高公道:"既如此说,病好一总酬谢。尊寓在何处,以便倘有变动,着人来请。"老残道:"在布政司街高升店。"说毕分手。从此,天天来请。不过三四天,病势渐退,已经同常人一样。高公喜欢得无可如何,送了八两银子谢仪,还在北柱楼办了一席酒,邀请文案上同事作陪,也是个揄扬的意思。谁知一个传十,十个传百,官幕两途,拿轿子来接的,渐渐有日不暇给之势。

过了一日,老残下午无事,正在寓中闲坐,忽见门口一乘蓝呢轿落下,进来一人,口中喊道:"铁先生在家吗?"老残一看,原来是高绍殷,赶忙迎出,说:"在家,在家。请房里坐,只是地方卑污,屈驾得很。"绍殷一面道:"说哪里的话!"一面就往里走。进得二门,是个朝东的两间厢房。房里靠南一张砖炕,炕上铺着被褥;北面一张方桌,两张椅子;西面两个小小竹箱。桌上放了几本书,一方小砚台,几支笔,一个印色盒子。老残让他上首坐了。他就随手揭过书来,细细一看,惊讶道:"这是部宋版张君房刻木的《庄子》,从哪里得来的?此书世上久不见了,季沧苇、黄丕烈诸人俱来见过,要算稀世之宝呢!"老残道:"不过先人遗留下来的几本破书,卖又不值钱,随便带在行箧③,解解闷儿,当小说书看罢了,何足挂齿。"再往下翻,是一本苏东坡手写的陶诗,是毛子晋所仿刻的祖本。

绍殷再三赞叹不绝,随又问道:"先生本是科第世家,为甚不在功名上讲求,却操此冷业?"老残叹道:"鄙人并非无志功名。一则,性情过于疏放,不合时宜;二则,俗说'攀得高,跌得重',不想攀高是想跌轻些的意思。"绍殷道:"昨晚在里头吃便饭,官保谈起:'幕府人才济济,凡有所闻的,无不罗致于此了。'同坐姚云翁便道:'目下就有一人在此，宫保并未罗致。'宫保急问：'是谁？'姚云翁就将阁下学问怎样，品行怎样，说得宫保抓耳挠腮，十分欢喜。宫保就叫兄弟立刻写个内文案札子送亲。那时兄弟答道：'这样恐不妥当，此人既非候补，又非投效，且还不知他有什么功名，札子不甚好下。'宫保说：'那么就下个关书去请。'兄弟说：'若要请他看病，那是一请就到的；若要招致幕府，不知他愿意不愿意，须先问他一声才好。'宫保说：'好。你明天就去探探口气，你就同了他来见我一见。'为此，兄弟今日特来与阁下商议，可否今日同到里面见宫保一见？"老残道："那也没有什么不可，只是见宫保须要冠带，我却穿不惯，能便衣相见就好。"绍殷道："自然便衣。稍停一刻，我们同去。你到我书房里坐等。宫保午后从里边下来，我们就在签押房里见了。"说着，又喊了一乘轿子。

　　老残穿着随身衣服，同高绍殷进了抚署。原来这山东抚署是明朝的齐王府，故许多地方仍用旧名。进了三堂，就叫"宫门口"。旁边是高绍殷的书房，对面是宫保的签押房。方到绍殷书房坐下，不到半时，只见宫保已从里面出来，身体甚是魁梧，相貌却还仁厚。高绍殷看见，立刻迎上前去，低低说了几句。只听庄宫保连声叫道："请过来，请过来。"便有个差官跑来喊道："宫保请铁老爷！"老残连忙走来，向庄宫保对面一站。庄云："久慕！"用手一伸，腰一呵，说："请里面坐。"差官早将软帘打起。

　　老残进了房门，深深作了一个揖。宫保让在红木炕上首坐下。绍殷对面相陪。另外搬了一张方机凳在两人中间，宫保坐了，便问道："听说补残先生学问经济都出众。兄弟以不学之资，圣恩叫我做这封疆大吏，别省不过尽心吏治就完了，本省更有这个河工，实在难办，所以兄弟没有别的法子。但凡闻有奇才异能之士，都想请来，也是集思广益的意思。倘有见到的所在，能指教一二，那就受赐得多了。"老残道："宫保的政声，有口皆碑，那是没有得说的了。只是河工一事，听得外边议论，皆是本贾让三策，主不与河争地的？"宫保道："原是呢。你看，河南的河面多宽，此地的河面多窄呢。"老残道："不是这么说。河面窄，容不下，只是伏汛④几十天；其余的时候，水力甚软，沙所以易淤。要知贾让只是文章做得好，他也没有办过河工。贾让之后，不到一百年，就有个王景出来了。他治河的法子乃是从大禹一脉下来的，专主'禹抑洪水'的'抑'字，与贾让之说正相反背。自他治过之后，一千多年没河患。明朝潘季驯，本朝靳文襄，皆略仿其意，遂享盛名。宫保想必也是知道的。"宫保道："王景是用何法子呢？"老残道："他是从'播为九河，同为逆河'，'播''同'两个字上悟出来的。《后汉书》上也只有'十里立一水门，令更相回注'两句话。至于其中曲折，亦非倾盖之间所能尽的，容慢慢地做个说帖呈览，何如？"

　　庄宫保听了，甚为喜欢，向高绍殷道："你叫他们赶紧把那南书房三间收拾，即请铁先生就搬到衙门里来住罢，以便随时领教。"老残道："宫保雅爱，甚为感激，只是目下有个亲戚在曹州府住，打算去探望一遭；并且风闻玉守的政声，也要去参考参考，究竟是个何等样人。等鄙人从曹州回来，再领宫保的教罢。"宫保神色甚为怏怏。说完，老残即告辞，同绍殷出了衙门，各自回去，未知老残究竟是到曹州与否，且看下回分解。

【注解】

①敷衍(fū yǎn):表面应酬,虚与应付。

②牛蒡(bàng):二年生草本植物,根多肉,根和嫩叶可食。种子(称"牛蒡子")可入药。

③箧(qiè):小箱子,藏物之具。

④伏汛:指伏中河水暴涨。

第四回

宫保爱才求贤若渴
太尊治盗疾恶如仇

　　话说老残从抚署出来,即将轿子辞去,步行在街上游玩了一会儿,又在古玩店里盘桓①些时。傍晚回到店里,店里掌柜的连忙跑进屋来说声"恭喜",老残茫然不知道是何事。

　　掌柜的道:"我适才听说院上高大老爷亲自来请你老,说是抚台要想见你老,因此一路进衙门的。你老真好造化! 怎么样不给你老道喜呢!"老残道:"没有的事,你听他们胡说呢。高大老爷是我替他家医治好了病,我说,抚台衙门里有个珍珠泉,可能引我们去见识见识,所以昨日高大老爷偶然得空,来约我看泉水的。哪里有抚台来请我的话?"掌柜的道:"我知道的,你老别骗我。先前高大老爷在这里说话的时候,我听他管家说,抚台进去吃饭,走从高大老爷房门口过,还嚷说:'你赶紧吃过饭,就去约那个铁公来哪! 去迟,恐怕他出门,今儿就见不着了。'"老残笑道:"你别信他们胡诌,没有的事。"掌柜的道:"你老放心,我不问你借钱。"

　　只听外边大嚷:"掌柜的在哪儿呢?"掌柜的慌忙跑出去。只见一人,戴了亮蓝顶子,拖着花翎,穿了一双抓地虎靴子,紫呢夹袍,天青哈喇马褂,一手提着灯笼,一手拿了个双红名帖,嘴里喊:"掌柜的呢?"掌柜的说:"在这儿,在这儿! 你老啥事?"那人道:"你这儿有位铁爷吗?"掌柜的道:"不错,不错,在这东厢房里住着呢,我引你去。"

　　两人走进来,掌柜指着老残道:"这是铁爷。"那人赶了一步,进前请了一个安,举起手中帖子,口中说道:"宫保说,请铁老爷的安! 今晚因学台请吃饭,没有能留铁老爷在衙门里吃饭,所以叫厨房里赶紧办了一桌酒席,叫立刻送过来。宫保说,不中吃,请铁老爷格外包涵些。"那人回头道:"把酒席抬上来。"那后边的两人抬着一个三屉的长方抬

老残游记·孽海花

13

盒，揭了盖子，头展是碟子小碗，第二展是燕窝鱼翅等类大碗，第三展是一个烧小猪、一只鸭子，还有两碟点心。打开看过，那人就叫："掌柜的呢？"这时，掌柜同茶房等人站在旁边，久已看呆了，听叫，忙应道："啥事？"那人道："你招呼着送到厨房里去。"老残忙道："宫保这样费心，是不敢当的。"一面让那人房里去坐坐吃茶，那人再三不肯。老残固让，那人才进房，在下首一个机子上坐下；让他上炕，死也不肯。

老残拿茶壶，替他倒了碗茶。那人连忙立起，请了个安道谢，因说道："听宫保吩咐，赶紧打扫南书房院子，请铁老爷明后天进去住呢。将来有什么差遣，只管到武巡捕房呼唤一声，就过去伺候。"老残道："岂敢，岂敢！"那人便站起来，又请了个安，说："告辞，要回衙消差，请赏个名片。"老残一面叫茶房来，给了挑盒子的四百钱；一面写了个领谢帖子，送那人出去，那人再三固让，老残仍送出大门，看那人上马去了。

老残从门口回来，掌柜的笑眯眯地迎着说道："你老还要骗我？这不是抚台大人送了酒席来了吗？刚才来的，我听说是武巡捕赫大老爷，他是个参将呢。这二年里，住在俺店里的客，抚台也常有送酒席来的，都不过是寻常酒席，差个戈什来就算了。像这样尊重，俺这里是头一回呢！"老残道："那也不必管他，寻常也好，异常也好，只是这桌菜怎样销法呢？"掌柜的道："或者分送几个至好朋友，或者今晚赶写一个帖子，请几位体面客，明儿带到大明湖上去吃。抚台送的，比金子买的还荣耀得多呢。"老残笑道："既是比金子买的还要荣耀，可有人要买？我就卖他两把金子来，抵还你的房饭钱罢。"掌柜的道："别忙，你老房饭钱，自有人来替你开发。你老不信，试试我的话，看灵不灵！"老残道："管他怎么呢，只是今晚这桌菜，依我看，倒是转送了你去请客罢。我不愿意吃它，怪烦的慌。"

二人讲了些时，仍是老残请客，就将这本店的住客都请到上房明间里去。这上房住的，一个姓李，一个姓张，本是极倨傲②的。今日见抚台如此器重，正在想法联络联络，以为托情谋保举地步。却遇老残借

他的外间请本店人，自然是他二人上坐，喜欢得无可如何。所以这一席间，将个老残恭维得浑身难受。十分没法，也只好敷衍几句。好容易一席酒完，各自散去。

那知这张李二公，又亲自到厢房里来道谢，一替一句，又奉承了半日才自回房安寝。

老残心里想道："本想再为盘桓两天，看这光景，恐无谓的纠缠，要越逼越紧了。'三十六

计，走为上计'。"当夜遂写了一封书，托高绍殷代谢庄宫保的厚谊。天未明，即将店账算清楚，雇了一辆二把手的小车，就出城去了。

出济南府西门，北行十八里，有个镇市，名叫雒口。当初黄河未并大清河的时候，凡城里的七十二泉泉水，皆从此地入河，本是个极繁盛的所在。自从黄河并了，虽仍有货船来往，究竟不过十分之一二，差得远了。老残到了雒口，雇了一只小船，讲明逆流送到曹州府属董家口下船，先付了两吊钱，船家买点柴米。却好本日是东南风，挂起帆来，"呼呼"地去了。走到太阳将要落山，已到了齐河县城，抛锚住下。第二日住在平阴，第三日住在寿张，第四日便到了董家口，仍在船上住了一夜。天明开发船钱，将行李搬在董家口一个店里住下。

这董家口，本是曹州府到大名府的一条大道，故有几家车店。这家店就叫个董二房老店。掌柜的姓董，有六十多岁，人都叫他老董。只有一个伙计，名叫王三。老残住在店内，本该雇车就往曹州府去，因想沿路打听那玉贤的政绩，故缓缓起行，以便察访。

这日有辰牌时候，店里住客，连那起身极迟的也都走了。店伙打扫房屋，掌柜的账已写完，在门口闲坐。老残也在门口长凳上坐下，向老董说道："听说你们这府里的大人，办盗案好，究竟是个什么情形？"那老董叹口气道："玉大人官却是个清官，办案也实在尽力，只是手太辣些，初起还办着几个强盗，后来强盗摸着他的脾气，这玉大人反倒做了强盗的兵器了。"

老残道："这话怎么讲呢？"老董道："在我们此地西南角上，有个村庄，叫于家屯。这于家屯也有二百多户人家。那庄上有个财主，叫于朝栋，生了两个儿子，一个女儿。二子都娶了媳妇，养了两个孙子。女儿也出了阁。这家人家，过得日子安逸。不料祸事临门，去年秋间，被强盗抢了一次。其实也不过抢去些衣服首饰，所值不过几百吊钱。这家就报了案，经这玉大人极力地严拿，居然也拿住了两个为从的强盗伙计，追出来的赃物不过几件布衣服。那强盗头脑早已不知跑到哪里去了。

"谁知因这一拿，与强盗结了冤仇。到了今年春天，那强盗竟在府城里面抢了一家子。玉大人雷厉风行的，几天也没有拿着一人。过了几天，又抢了一家子。抢过之后，大明大白地放火。你想，玉大人怎能依呢？自然调起马队，追下来了。

"那强盗抢过之后，打着火把出城，手里拿着洋枪，谁敢上前拦阻。出了东门，往北走了十几里地，火把就灭了。玉大人调了马队，走到街上，地保、更夫就将这情形详细禀报。当时放马追出了城，远远还看见强盗的火把。追了二三十里，看见前面又有火光，带着两三声枪响。玉大人听了，怎能不气呢？仗着胆子本来大，他手下又有二三十匹马，都带着洋枪，还怕什么呢？一直的追去，不是火光，便是枪声。到了天快明时，眼看离追上不远了，那时到了这于家屯了。过了于家屯再往前追，枪也没有，火也没有。

"玉大人心里一想，说道：'不必往前追，这强盗一定在这村庄上了。'当时勒回了马头，到了庄上，在大街当中有个关帝庙下了马。吩咐手下的马队，派了八人，东南西北，一面两匹马把住，不许一人出去；将地保、乡约等人叫起。这时天已大明了。这玉大人自己带着马队上的人，步行从南头到北头，挨家去搜。搜了半天，一些形迹没有。又从东望西搜去，刚刚搜到这于朝栋家，搜出三支土枪，又有几把刀，十几根竿子。

"玉大人大怒，说强盗一定在他家了。坐在厅上，叫地保来问：'这是什么人家？'地保回道：'这家姓于。老头子叫于朝栋，有两个儿子：大儿子叫于学诗，二儿子叫于学礼，都是捐的监生。'玉大人立刻叫把这于家父子三个带上来。你想，一个乡下人，见了府里大人来了，又是盛怒之下，哪有不怕的道理呢？上得厅房里，父子三个跪下，已经是飒飒地抖，哪里还能说话。

"玉大人说道：'你好大胆！你把强盗藏到哪里去了？'那老头子早已吓得说不出话来。还是他二儿子，在府城里读过两年书，见过点世面，胆子稍为壮些，跪着伸直了腰，朝上回道：'监生家里向来是良民，从没同强盗往来的，如何敢藏着强盗？'玉大人道：'既没有勾通强盗，这军器从哪里来的？'于学礼道：'因去年被盗之后，庄上不断常有强盗来，所以买了几根竿子，叫佃户、长工轮班来几个保家。因强盗都有洋枪，乡下洋枪没有买处，也不敢买，所以从他们打鸟儿的回了两三支土枪，夜里放两声，惊吓惊吓强盗的意思。'玉大人喝道：'胡说！哪有良民敢置军火的道理？你家一定是强盗！回头叫了一声：'来！'那手下人便齐声像打雷一样答应了一声：'喳！'玉大人说：'你们把前后门都派人守了，替我切实地搜！'这些马兵遂到他家，从上房里搜起，衣箱橱柜，全行抖搂一个尽，稍为轻便值钱一点的首饰，就掖在腰里去了。搜了半天，倒也没有搜出什么犯法的东西。哪知搜到后来，在西北角上，有两间堆破烂农器的一间屋子里，搜出了一个包袱，里头有七八件衣裳，有三四件还是旧绸子的。马兵拿到厅上，回说：'在堆东西的里房搜出这个包袱，不像是自己的衣服，请大人验看。'

"那玉大人看了，眉毛一皱，眼睛一凝，说道：'这几件衣服，我记得仿佛是前天城里失盗那一家子的。姑且带回衙门去，照失单查对。'就指着衣服向于家父子道：'你说这衣服哪里来的？'于家父子面面相觑，都回不出。还是于学礼说：'这衣服实在不晓得哪里来的。'玉大人就立起身来，吩咐：'留下十二个马兵，同地保将于家父子带回城去听审！'说着就出去。跟从人拉过马来，骑上了马，带着余下人先进城去。

"这里于家父子同他家里人抱头痛哭。这十二个马兵说：'我们跑了一夜，肚子里饿，你们赶紧给我们弄点吃的，赶紧走罢！大人的脾气谁不知道，越迟去越不得了。'地保也慌张地回去交代一声，收拾行李，叫于家预备了几辆车子，大家坐了进去。赶到二更多天，才进了城。

"这里于学礼的媳妇，是城里吴举人家的姑娘，想着她丈夫同她公公、大伯子都被捉去的，断不能松散，当时同他大嫂子商议，说：'他们爷儿三个都被拘了去，城里不能没人照料。我想，家里的事，大嫂子，你老照管着；这里我也赶忙追进城去，找俺爸爸想法子去。你看好不好？'他大嫂子说：'很好，很好。我正想着城里不能没人照应。这些管庄子的都是乡下佬儿，就差几个去，到得城里，也跟傻子一样，没有用处的。'说着，吴氏就收拾收拾，选了一挂双套飞车，赶进城去。到了他父亲面前，嚎啕大哭。这时候不过一更多天，比他们父子三个，还早十几里地呢。

"吴氏一头哭着，一头把飞灾大祸告诉了她父亲。她父亲吴举人一听，浑身发抖，抖着说道：'犯着这位丧门星，事情可就大大的不妥了，我先去走一趟看罢！'连忙穿了衣服，到府衙门求见。号房上去回过，说：'大人说的，现在要办盗案，无论什么人，一应不见。'吴举人同里头刑名师爷素来相好，连忙进去见了师爷，把这种种冤枉说了一遍。师爷说：'这案在别人手里，断然无事。但这位东家向来不照律例办事的。如能交到兄弟书房里来，包你无事。恐怕不交下来，那就没法了。'

"吴举人接连作了几个揖，重托了出去。赶到东门口，等他亲家、女婿进来。不过一盏茶的时候，那马兵押着车子已到。吴举人抢到面前，见他三人，面无人色。于朝栋看了看，只说了一句'亲家救我'，那眼泪就同潮水一样地直流下来。

"吴举人方要开口，旁边的马兵嚷道：'大人久已坐在堂上等着呢！已经四五拨子马来催过了，赶快走罢！'车子也并不敢停留。吴举人便跟着车子走着，说道：'亲家宽心！汤里火里，我但有法子，必去就是了。'说着，已到衙门口。只见衙里许多公人出来催道：'赶紧带上堂去罢！'当时来了几个差人，用铁链子将于家父子锁好，带上去。方跪下，玉大人拿了失单交下来，说：'你们还有得说的吗？'于家父子方说得一声'冤枉'，只听堂上惊堂木一拍，大嚷道：'人赃并获，还喊冤枉！把他站起来！去！'左右差人连拖带拽，拉下去了。"欲知后事如何，且看下回分解。

【注解】

①盘桓：徘徊；逗留。

②倨(jù)傲：高傲自大。

17

第五回

烈妇有心殉节
乡人无意逢殃

话说老董说到此处，老残问道："那不成就把这人家爷儿三个都站死了吗？"老董道："可不是呢！听说府里大人不见她父亲，已到衙门里头求师爷去了，吴氏便知事体不好，立刻叫人把三班头儿请来。

　　"那头儿姓陈,名仁美,是曹州府著名的能吏。吴氏将他请来,把被屈的情形告诉了一遍,央他从中设法。陈仁美听了,把头连摇几摇,说:'这是强盗报仇,做的圈套。你们家又有上夜的,又有保家的,怎么就让强盗把赃物送到家中屋子里还不知道?'吴氏就从手上抹下一副金镯子,递给陈头,说:'无论怎样,总要头儿费心!但能救得三人性命,无论花多少钱都愿意。'陈头儿道:'我去替少奶奶设法,做得成也别欢喜,做不成也别埋怨,俺有多少力量用多少力量是了。这早晚,他爷儿三个恐怕要到了,大人已是坐在堂上等着呢。我赶快替少奶奶打点去。'

　　"说罢告辞。回到班房,把金镯子往堂中桌上一搁,开口道:'诸位兄弟叔伯们,今儿于家这案明是冤枉,诸位有什么法子,大家帮凑想想。谁能想出妙计,这副镯就是谁的。'大家答道:'哪有一准的法子呢!只好相机行事,做到哪里说哪里罢。'说罢,各人先去通知已站在堂上的伙计们留神方便。

　　"这时于家父子三个已到堂上。玉大人叫把他们站起来。就有几个差人横拖倒拽,将他三人拉下堂去。这边值日头儿就走到公案面前,跪了一条腿,回道:'禀大人的话:今日站笼没有空子,请大人示下。'那玉大人一听,怒道:'胡说!我这两天记得没有站什么人,怎会没有空子呢?'值日差回道:'只有十二架站笼,三天已满。请大人查簿子看。'大人一查簿子,用手在簿子上点着说:'一,二,三:昨儿是三个。一,二,三,四,五:前儿是五个。一,二,三,四:大前儿是四个。没有空,倒也不错的。'差人又回道:'今儿可否将他们先行收监,明天定有几个死的,等站笼出了缺,将他们补上?请大人示下!'

　　"玉大人凝了一凝神,说道:'我最恨这些东西!若要将他们收监,岂不是又被他多活了一天去了吗?你们去把大前天站的四个放下,拉来我看。'差人去将那四人放下,拉上堂去。大人亲自下案,用手摸着四人鼻子,说道:'是还有点游气。'复行坐上堂去,说:'每人打二千板子,看他死不死!'哪知每人不消得几十板子,那四人就都死了。众人没法,只好将于家父子站起,却在脚下选了三块厚砖,让他可以三四天不死,赶忙想法。谁知什么法子都想到,仍是不济①。

　　"这吴氏真是好个贤惠妇人!她天天到站笼前来灌点参汤,灌了回去就哭,哭了就去求人,响头不知磕了几千,总没有人挽回得动这玉大人的牛性。于朝栋究竟上了几岁年纪,第三天就死了。于学诗到第四天也就差不多了。吴氏将朝栋尸首领回,亲视含殓,换了孝服,将她大伯、丈夫后事嘱托了她父亲,自己跪到府衙门口,对着于学礼哭了个死去活来。末后向她丈夫说道:'你慢慢地走,我替你先到地下收拾房子去!'说罢,袖中掏出一把飞利的小刀,向脖子上只一抹,就没有了气了。

　　"这里三班头脑陈仁美看见,说:'诸位,这吴少奶奶的节烈,可以请得旌表②的。我看,倘若这时把于学礼放下来,还可以活。我们不如借这个题目上去替他求一求罢。'众人都说:'有理。'陈头立刻进去找了稿案门上,把那吴氏怎样节烈说了一遍,又说:'民间的意思说:这节妇为夫自尽,情实可悯,可否求大人将她丈夫放下,以慰烈妇幽魂?'

稿案说：'这话有理，我就替你回去。'抓了一顶大帽子戴上，走到签押房，见了大人，把吴氏怎样节烈，众人怎样乞恩，说了一遍。玉大人笑道：'你们倒好，忽然的慈悲起来了！你会慈悲于学礼，你就不会慈悲你主人吗，这人无论冤枉不冤枉，若放下他，一定不能甘心，将来连我前程都保不住。俗语说得好，'斩草要除根'，就是这个道理。况这吴氏尤其可恨，她一肚子觉得我冤枉了她一家子。若不是个女人，她虽死了，我还要打她二千板子出出气呢！你传话出去：谁要再来替于家求情，就是得贿的凭据，不用上来回，就把这求情人也用站笼站起来就完了！'稿案下来，一五一十将话告知了陈仁美。大家叹口气就散了。

"那里吴家业已备了棺木前来收殓。到晚，于学诗、于学礼先后死了。一家四口棺木，都停在西门外观音寺里，我春间进城还去看了看呢！"

老残道："于家后来怎么样，就不想报仇吗？"老董说道："民家被官家害了，除却忍受，更有什么法子？倘若是上控，照例仍旧发回来审问，还不是又饶上一个吗？"

"那于朝栋的女婿倒是一个秀才。四人死后，于学诗的媳妇也到城里去了一趟，商议着要上控。就有那老年见过世面的人说：'不妥！你想叫谁去呢？外人去，叫做事不干己，若说叫于大奶奶去罢，两个孙子还小，家里偌大的事业，全靠她一人支撑呢，她再有个长短，这两个小孩子谁来抚养？反把于家香烟绝了。'又有人说：'大奶奶是去不得的，倘若是姑老爷去走一趟，倒没有什么不可。'他姑老爷说：'我去是可以去，只是与正事无济，反叫站笼里多添个屈死鬼。你想，抚台一定发回原官审问，纵然派个委员前来会审，官官相护，他又拿着人家失单衣服来顶我们。我们不过说：那是强盗的移赃。他们问：你瞧见强盗移的吗？你有什么凭据？那时自然说不出来。他是官，我们是民，你说，这官司打得赢打不赢呢？'众人想想也是真没有法子，只好罢了。

"后来听得他们说：那移赃的强盗，听见这样，都后悔得了不得，说：'我当初恨他报案，毁了我两个弟兄，所以用个借刀杀人的法子，让他家吃几个月官司，不怕不毁他一两千吊钱。谁知道就闹的这么厉害，连伤了他四条人命！委实我同他家也没有这大的仇隙③。'"

老董说罢，复道："你老想想，这不是给强盗做兵器吗？"老残道："这强盗所说的话又是谁听见的呢？"老董道："那是陈仁美他们碰了顶子下来，看这于家死得实在可惨，又平白地受了人家一副金镯子，心里也有点过不去，所以大家动了公愤，齐心齐意要破这一案。又加着那邻近地方，有些江湖上的英雄，也恨这伙强盗做得太毒，所以不到一个月，就捉住了五六人。有三四个牵连着别的案情的，都站死了；有两三个专只犯于家移赃这一案的，被玉大人都放了。"

老残说："玉贤这个酷吏，实在令人可恨！他除了这一案不算，别的案子办得怎么样呢？"老董说："多着呢，等我慢慢地说给你老听。就咱这个本庄，就有一案，也是冤枉，不过条把人命就不算事了，我说给你老听……"

正要往下说时，只听他伙计王三喊道："掌柜的，你怎么着了？大家等你挖面做饭吃呢！"老董听着就站起，走往后边挖面做饭。接连又来了几辆小车到店里，老董前后招呼，不暇来说闲话。

吃过了饭，老董在各处招呼生意，老残无事，便向街头闲逛。出门望东走了二三十步，有家小店，卖油盐杂货。老残进去买了两包兰花潮烟，顺便坐下，看柜台里边人，约有五十多岁光景，就问他："贵姓？"那人道："姓王，是本地人氏。你老贵姓？"老残道："姓铁，江南人氏。"那人道："江南真好地方！'上有天堂，下有苏杭'，不像我们这地狱世界。"老残道："此地有山有水，也种稻，也种麦，与江南何异？"那人叹口气道："一言难尽！"

老残道："你们这玉大人好吗？"那人道："是个好官！衙门口有十二架站笼，天天不得空。"说话的时候，后面走出一个中年妇人，在山架上检寻物件。

老残道："哪有这么些强盗呢？"那人道："谁知道呢！"老残道："恐怕总是冤枉得多罢？"那人道："不冤枉！"老残道："听说他随便见着什么人，只要不顺他的眼，他就把他用站笼站死；或者说话说的不得法，也是一个死。有这话吗？"那人说："没有！"只是觉得那人一面答话，那脸就渐渐发青，眼眶子就渐渐发红。听到"或者说话说的不得法"这两句的时候，那人眼里已经搁了许多泪。那找寻物件的妇人，朝外一看，却止不住泪珠直滚下来，也不找寻物件，用袖子掩了眼睛，跑住后面去，才走到院子里，就嗷嗷地哭起来了。

老残颇想再往下问，因那人颜色过于凄惨，知道必有一番负屈含冤的苦，不敢说出来的光景，也只好搭讪④着去了。走回店去就到本房坐了一刻，见老董事也忙完，就缓缓地走出，将刚才小杂货店里所见光景告诉老董，问他是什么缘故。老董说："这人姓王，只有夫妻两个，三十岁上成家。他女人小他头十岁呢。成家后，只生了一个儿子，今年已经二十一岁了。这家店里的货，粗笨的，本庄有集的时候买进；那细巧一点子的，都是他这儿子到府城里去贩卖。春间，他儿子在府城里，不知怎样，多吃了两杯酒，在人家店门口，就骂这玉大人怎样糊涂，怎样好冤枉人，随口瞎说。被玉大人心腹私访的人听见，就把他抓进衙门。大人坐堂，只骂了一句说：'你这东西谣言惑众，还了得吗？！'站起站笼，不到两天就站死了。你老才见的那中年妇人是这王姓的妻子，她也四十岁外了。夫妻两个只有此子，另外更无别人。你提起玉大人，叫她怎样不伤心呢？"

老残说："这个玉贤真正是死有余辜⑤的人，怎样省城官声好到那步田地？煞是怪事！

　国学经典文库

我若有权,此人在必杀之例。"老董说:"你老小点嗓子!可别这么说了,要送性命的呢!"老残道:"承关照,我留心就是了。"当日吃过晚饭,安歇。第二天,辞了老董,上车动身。

到晚,住了马村集。这集比董家口略小些,离曹州府城只有四五十里远近。老残在街上看了,只有三家车店,两家已经住满,只有一家未有人住。大门却是掩着。老残推门进去,找不着人。半天,才有一人出来说:"我家这两天不住客人。"问他什么缘故,却也不说。欲往别家,已无隙地,不得已,同他再三商议。那人才没精打采地开了一间房间,嘴里还说:"茶水饭食都没有的,客人没地方睡,在这里将就点罢。我们掌柜的进城收尸去了,店里没人,你老吃饭喝茶,门口南边有个饭店带茶馆,可以去的。"老残连声说:"劳驾,劳驾!行路人怎样将就都行得的。"那人说:"我困在大门旁边南屋里,你老有事,来招呼我罢。"

老残听了"收尸"二字,心里着实放心不下。晚间吃完了饭,回到店里,买了几块茶乾,四五包长生果,又沽了两瓶酒,连那沙瓶携了回来。那个店伙早已把灯掌上。老残对店伙道:"此地有酒,你闩了大门,可以来喝一杯吧。"店伙欣然应诺。老残拉他坐下,倒了一杯给他。他欢喜地支着牙,连说"不敢",其实酒杯子早已送到嘴边去了。

初起说些闲话,几杯之后,老残便问:"你方才说掌柜的进城收尸去了,这话怎讲?"那店伙说道:"仗着此地一人也没有,我可以放肆说两句:俺们这个玉大人真是了不得!赛过活阎王!

"俺掌柜进城,为的是他妹夫。他这妹夫也是个极老实的人。因为掌柜的哥妹两个极好,所以都住在这店里后面。他妹夫常常在乡下机上买几匹布,到城里去卖。那天背着四匹白布进城,在庙门口摆在地下卖,早晨卖去两匹,后来又卖了五尺。末后又来一人,撕八尺五寸布,一定要在那整匹上撕,说情愿每尺多给两个大钱,就是不要撕过那匹上的布,乡下人见多卖十几个钱,自然就给他撕了。谁知没有两顿饭工夫,玉大人骑着马,走庙门口过,旁边有人上去不知说了两句什么话,只见玉大人朝他望了望,就说;'把这人连布带到衙门里去。'

"到了衙门,大人就坐堂,叫把布呈上去,看了一看,就拍着惊堂木问道:'你这布哪里来的?'他说:'我乡下买来的,'又问:'每个有多少尺寸?'他说:'一个卖过五尺,一个卖过八尺五寸。'大人说:'你既是零卖,两个是一样的布,为什么这个上撕撕,那个上扯扯呢?还剩多少尺寸,怎么说不出来呢?'叫差人:'替我把这布量一量!'当时量过,报上去说:'一个是二丈五尺,一个是二丈一尺五寸。'

"大人听了,当时大怒,发下一个单子来,说:'你认识字吗?'他说:'不认识。'大人说:'念给他听!'旁边一个书办先生拿过单子念道:'十六日早,金四报:昨日太阳落山时候,在西门外十五里地方被劫。是一人从树林子里出来,用大刀在我肩膀上砍了一刀,抢去大钱一吊四百,白布两个:一个长二丈五尺,一个长二丈一尺五寸。'念到此,玉大人说:'布匹尺寸颜色都与失单相符,这案不是你抢的吗?拉下去站起来!把布匹交还金四完案。'"欲知后事如何,且看下回分解。

【注解】

①不济：不行。

②旌(jīng)表：古代统治者倡导封建德行的一种方式。

③仇隙(xì)：怨恨。

④搭讪(shàn)：主动和陌生人交谈。

⑤死有余辜(gū)：形容罪大恶极，即使处死刑也抵偿不了他的罪恶。

第六回　万家流血顶染猩红　一席谈心辩生狐白

　　话说店伙说到将他妹夫扯去站了站笼，布匹交金四完案。老残便道："这事我已明白，自然是捕快做的圈套。但是，他一个老实人，为什么人要这么害他呢？"

　　店伙道："都是为他嘴快惹下来的乱子。我也是听人家说的：府里南门大街西边小胡同里，有一家父女两个。她爸爸四十来岁，她女儿十七八岁，长的有十分人材，还没有婆家。他爸爸做些小生意，住了三间草房，一个土墙院子。这闺女有一天在门口站着，碰见了府里马队上什长花胳膊王三，因此王三看她长得体面，胡二巴越的就把她弄上手了。过了些时，活该有事，被她爸爸回来一头碰见，气了个半死，把他闺女着实打了一顿，就把大门锁上，不许女儿出去。不到半个月，那花胳膊王三就编了法子，把她爸爸也算了个强盗，用站笼站死。后来不但他闺女算了王三的媳妇，就连那点小房子也算了王三的产业。

　　"俺掌柜的妹夫，曾在他家卖过两回布，知道这件事情。有一天，在饭店里多吃了两盅酒，同这北街上的张二秃子，说怎么样缘故。那张二秃子也是个不知利害的人，听得高兴，尽往下问，说：'他还是义和团里的小师兄呢。那二郎、关爷多少正神常附在他身上，难道就不管管他吗？'他妹夫说：'可不是呢。听说前些时，他请孙大圣，孙大圣没有到，还是猪八戒老爷下来的。倘若不是因为他昧良心，为什么孙大圣不下来，倒叫猪八戒下来呢？我恐怕他这样坏良心，总有一天碰着大圣不高兴的时候，举起金箍棒来给他一棒。那他就受不住了。'二人谈得高兴，不知早被他们团里朋友，报给王三。没有数个月的工夫，把他妹夫就毁了。张二秃子知道势头不好，逃往河南归德府去找朋友去了。

　　"酒也完了，你老睡罢。明天倘若进城，千万说话小心！"于是站起来，桌上摸了个半截线香，把灯拨了拨，说："我去拿油壶来添添这灯。"老残说："不用了，各自睡罢。"两人分手。

　　到了次日早晨，老残收检行李，叫车夫来搬上车子。店伙送出，再三叮咛："进了城去，切勿多话！"老残笑着答道："多谢关照。"一面车夫将车子推动，向南大路进发，不过午牌时候，早已到了曹州府城。进了北门，就在府前大街寻了一家客店，找了个厢房住下。跑堂的来问了饭菜。就照样办来吃过了，便到府衙门前来观望观望。看那大门上悬着通红的彩绸，两旁果真有十二个站笼，却都是空的，一人也没有，心里诧异①道："难道一路传闻都是谎话吗？"趄了一会儿，仍自回到店里。只见上房里有许多戴大帽子的人出入，院子里放了一乘蓝呢大轿，许多轿夫穿了棉袄裤，也戴着大帽子，在那里吃饼；又有几人穿着号衣，上写着"城武县民壮"字样，心里知道这上房住的必是城武县了。过了许久，见上房里家人喊了一声"伺候"，那轿夫便将轿子搭到阶下。前头打红伞的拿了红伞，马棚里牵出了两匹马，登时上房里红呢帘子打起，出来了一人，水晶顶，补褂朝珠，年纪约在五十岁上下，从台阶上下来，进了轿子，呼的一声，抬起出门去了。

　　老残见了这人，心里想到："何以十分面善？我也未到曹属来过，此人是在哪里见过的呢？……"想了些时，想不出来，也就罢了。因天时尚早，复到街上访问本府政绩，竟是异口同声说好，不过都带有惨淡颜色，不觉暗暗点头，深服古人"苛政猛于虎②"一语真是不错。

　　回到店中，在门口略为小坐。却好那城武县已经回来，进了店门，从玻璃窗里朝外一看，与老残正属四目相对。一恍的时候，轿子已到上房阶下，那城武县从轿子里出来，家人放下轿帘，跟上台阶。远远看见他向家人说了两句话，只见那家人即向门口跑来，那城武县仍站在台阶上等着。家人跑到门口，向老残道："这位是铁老爷么？"老残道："正是。你何以知道？你贵上姓什么？"家人道："小的主人姓申，新从省里出来，抚台委署城武县的，说请铁老爷上房里去坐呢。"老残恍然想起，这人是文案上委员申东造。因虽会过两三次，未曾多余接谈，故记不得了。

　　老残当时上去，见了东造，彼此作了个揖。东造让到里间屋内坐下，嘴里连称："放肆，我换衣服。"当时将官服脱去，换了便服，分宾主坐下，问道："补翁是几时来的？到这里多少天了？可是就住在这店里吗？"老残道："今日到的，出省不过六七天，就到此地了。东翁是几时出省？到过任再来的吗？"东造道："兄弟也是今天到，大前天出省。这夫马人役是接到省城去的。我出省的前一天，还听姚云翁说宫保看补翁去了，心里着实难过，说自己一生契童名士，以为无不可招致主人，今日竟遇着一个铁君，真是浮云富贵。反心内照，愈觉得龌龊③不堪了！"

　　老残道："宫保爱才若渴，兄弟实在钦佩的。至于出来的缘故，并不是肥遁鸣高的意思：一则深知自己才疏学浅，不称揄扬；二则因这玉太尊声望过大，到底看看是个何等人物。至'高尚'二字，兄弟不但不敢当，且亦不屑为。天地生才有数，若下愚蠢陋的人，高尚点也好借此藏拙④；若真有点济世之才，竟自遁世，岂不辜负天地生才之心吗？"东造道："屡闻至论，本极佩服；今日之说，则更五体投地。可见长沮、桀溺等人为孔子所不取的。只是目下在补翁看来，我们这玉太尊究竟是何等样人？"老残道："不过是下流的酷吏，又比郅都、甯成等人次一等了。"东造连连点头，又问道："弟等耳目有所隔阂，先生布衣游历，必可得真实的情形。我想太尊残忍如此，必多冤枉，何以竟无上控的案件呢？"老残便将一路所闻细说一遍。

　　说得一半的时候，家人来请吃饭。东造遂留老残同吃，老残亦不辞让。吃过之后，又接着说去。说完了，便道："我只有一事疑惑：今日在府门前瞻望，见十二个站笼都空着，恐怕乡人之言，必有靠不住处。"东造道："这却不然。我适在菏泽县署中，听说太尊是因为晚日得了院上行知，除已补授实缺外，在大案里又特保了他个以道员在任候补，并俟归道员班后，赏加二品衔的保举。所以停刑三日，让大家贺喜。你不见衙门口挂着红彩绸吗？听说停刑的头一日，即是昨日，站笼上还有几个半死不活的人，都收了监了。"彼此叹息了一回。老残道："旱路劳顿，天时不早了，安息罢。"东造道："明日晚间，还请枉驾谈谈，弟有极难处置之事，要得领教，还望不弃才好。"说罢，各自归寝。

　　到了次日，老残起来，洗过脸，买了几根油条当了点心，没精打采地到街上徘徊些时。正想上城墙上去眺望远景，见那空中一片一片地飘下许多雪花来，顷刻之间，那雪便纷纷乱下，回旋穿插，越下越紧。赶急走回店中，叫店家笼了一盆火来。那窗户上的纸，只有一张大些的，悬空了半截，经了雪的潮气，迎着风"霍铎霍铎"价响。旁边零碎小纸，虽没有声音，却不住地乱摇。房里便觉得阴风森森，异常惨淡。

　　老残坐着无事，书又在箱子里不便取，只是闷闷地坐，不禁有所感触，遂从枕头匣内取出笔砚来，在墙上题诗一首，专咏玉贤之事。诗曰：

　　　得失沧肌髓，因之急事功。冤埋城阙暗，血染顶珠红。
　　　处处鸺鹠雨，山山虎豹风。杀民如杀贼，太守是元戎！

下题"江南徐州铁英题"七个字。

　　写完之后，便吃午饭。饭后，那雪越发下得大了。站在房门口朝外一看，只见大小树枝，仿佛都用簇新的棉花裹着似的，树上有几个老鸦，缩着颈项避寒，不住地抖擞翎毛，怕雪堆在身上。又见许多麻雀儿，躲在屋檐底下，也把头缩着怕冷，其饥寒之状殊觉可悯。因想："这些鸟雀，无非靠着草木上结的实，并些小

24

虫蚁儿充饥度命。现在各样虫蚁自然是都入蛰，见不着的。是那草木之实，经这雪一盖，哪里还有呢，倘若明天晴了，雪略微化一化，西北风一吹，雪又变做了冰，仍然是找不着，岂不要饿到明春吗？"想到这里，觉得替这些鸟雀愁苦得受不得。转念又想："这些鸟雀虽然冻饿，却没有人放枪伤害她，又没有什么网罗来捉她，不过暂时饥寒，撑到明年开春，便快活不尽了。若像这曹州府的百姓呢，近几年的年岁，也就不好。又有这么一个酷虐的父母官，动不动就捉了去当强盗待，用站笼站杀，吓得连一句话也说不出来，于饥寒之外，又多一层惧怕，岂不比这鸟雀还要苦吗！"想到这里，不觉落下泪来。又见那老鸦有一阵"刮刮"地叫了几声，仿佛她不是号寒啼饥，却是为有言论自由的乐趣，来笑这曹州府百姓似的。想到此处，不觉怒发冲冠，恨不得立刻将玉贤杀掉，方出心头之恨。

　　正在胡思乱想，见门外来了一乘蓝呢轿，并执事人等，知是申东造拜客回店了。因想："我为什么不将这所见所闻的，写封信告诉庄宫保呢？"于是从枕箱里取出信纸信封来，提笔便写。哪知刚才题壁，在砚台上的墨早已冻成坚冰了，于是呵一点写一点。写了不过两张纸，天已不早了。

　　因为阴天，所以比平常更黑得早，于是喊店家拿盏灯来。喊了许久，店家方拿了一盏灯，缩手缩脚地进来，把灯放下，手指缝里夹了个纸煤子，吹了好几吹，才吹着。那灯里是新倒上的冻油，堆得像大螺丝壳似的，点着还是不亮。店家道："等一会儿，油化开就亮了。"起初灯光不过有大黄豆大，渐渐地得了油，就有小蚕豆大了。忽然抬头看见墙上题的字，惊惶道："这是你老写的吗？写的是啥？可别惹出乱子呀！"赶紧又回过头，朝外看看，没有人，又说道："弄得不好，要坏命的！我们还要受连累呢！"老残笑道："底下写着我的名字呢，不要紧的。"

　　说着，外面进来了一人，戴着红缨帽子，叫了一声"铁老爷"，那店家就趔趔趄趄⑤地去了。那进来人道："敝上请铁老爷去吃饭呢。"原来是申东造的家人。老残道："请你们老爷自用罢，我这里已经叫他们去做饭，一会儿就来了。说我谢谢罢。"那人道："敝上说：店里饭不中吃。我们那里有人送的两只山鸡，已经都片出来了，又片了些羊肉片子，说请铁老爷务必上去吃火锅子呢。敝上说：如铁老爷一定不肯去，敝上就叫把饭开到这屋里来吃，我看，还是请老爷上去罢：那屋子里有大火盆，有这屋里火盆四五个大，暖和得多呢；家人们又得伺候，请你老成全家人罢！"

　　老残无法，只好上去。申东造见了，说："补翁，在那屋里做什么，怎大雪天，我们来喝两杯酒罢！今儿有人送来极新鲜的山鸡，烫了吃，很好的，我就借花献佛了。"说着，便入了座。家人端上山鸡片，果然有红有白，煞是好看。烫着吃，味更香美。东造道："先生吃得出有点异味吗？"老残道："果然有点清香，是什么道理？"东造道："这鸡出在肥城县桃花山里头的。这山里松树极多，这山鸡专好吃松花松实，所以有点清香，俗名叫作'松花鸡'。虽在此地，亦不容易得的。"老残赞叹了两句，厨房里饭菜也就端上桌子。

两人吃过了饭。东造约到里间房里吃茶、向火。忽然看见老残穿着一件棉袍子，说道："这种冷天，怎么还穿棉袍子呢？"老残道："毫不觉冷。我们从小儿不穿皮袍子的人，这棉袍子的力量恐怕比你们的狐皮还要暖和些呢。"东造道："那究竟不妥。"喊："来人！你们把我扁皮箱里，还有一件白狐一裹圆的袍子取出来，送到铁老爷屋子里去。"

老残道："千万不必，我绝非客气！你想，天下有个穿狐皮袍子摇串铃的吗？"东造道："你那串铃，本可以不摇！承蒙不弃，拿我兄弟当人，我有两句放肆的话要说。昨儿听先生鄙薄那肥遁鸣高⑥的人，说道：'天地生才有限，不宜妄自菲薄。'这话，我兄弟五体投地的佩服。然而先生所做的事情，却与至论有点违背。宫保一定要先生出来做官，先生却半夜里跑了。试问，与那凿坏而遁，洗耳不听的，有何分别呢？兄弟话未免鲁莽，有点冒犯，请先生想一想，是不是呢？"

老残道："摇串铃，诚然无济于世道，难道做官就有济于世道吗？请问：先生此刻已经是城武县一百里万民的父母了，其可以有济于民处何在呢？先生必有成竹在胸，何妨赐教一二呢？我知先生在前已做过两三任官的，请教已过的善政，可有出类拔萃的事迹呢？"东造道："不是这么说。像我们这些庸才，只好混混罢了。阁下如此宏才大略，不出来做点事情，实在可惜。无才者抵死要做官，有才者抵死不做官，此正是天地间第一憾事！"

老残道："不然。我说无才的要做官不要紧，正坏在有才的要做官，你想，这个玉大尊，不是个有才的吗？只为过于要做官，且急于做大官，所以伤天害理地做到这样。官愈大，害愈甚：守一府则一府伤，抚一省则一省残，宰天下则天下死！由此看来，请教还是有才的做官害大，还是无才的做官害大呢？倘若他也像我，摇个串铃子混混，正经病人家不要他治；一些小病痛，也死不了人。即使他一年医死一个，历一万年，还抵不上他一任曹州府害的人数呢！"欲知申东造又有何说，且看下回分解。

【注解】

①诧异：通常指觉得奇怪或惊讶。

②苛政猛于虎：指残酷压迫剥削人民的政策比老虎还要凶恶暴虐。

③龌龊(wò chuò)：品德行为卑劣。

④藏拙(zhuō)：掩藏拙劣，不以示人。常用为自谦之辞。

⑤趔趔趄趄(liè liè qiè qiè)：常用来比喻身体歪斜，脚步不稳的样子。

⑥肥遁鸣高：退隐不做官，自以为清高。

26

借箸代筹一县策
纳楹闲访百城书

第七回

　　话说老残与申东造议论玉贤正为有才,急于做官,所以丧天害理,至于如此,彼此叹息一会儿。东造道:"正是。我昨日说有要事与先生密商,就是为此。先生想,此公残忍至于此极,兄弟不幸,偏又在他属下。依他做,实在不忍;不依他做,又实无良法。先生阅历最多,必有良策,其何以教我?"老残道:"知难则易者至矣。阁下既不耻下问,弟先须请教宗旨何如。若求在上官面上讨好,做得烈烈轰轰,有声有色,则只有依玉公办法,所谓逼民为盗也;若要顾念'父母官'三字,求为民除害,亦有化盗为民之法。若官阶稍大,辖境稍宽,略微易办;若止一县之事,缺分又苦,未免稍形棘手,然亦非不能也。"

　　东造道:"自然以为民除害为主。果能使地方安静,虽无不次之迁,要亦不至于冻馁。子孙饭,吃他做什么呢!但是缺分太苦,前任养小队五十名,盗案仍是迭出;加以亏空官款,因此罣误去官。弟思如赔累而地方安静,尚可设法弥补;若俱不可得,算是为何事呢!"老残道:"五十名小队,所费诚然太多。以此缺论,能筹款若干,便不致赔累呢?"东造道:"不过千金,尚不吃重。"

　　老残道:"此事却有个办法。阁下一年筹一千二百金,却不用管我如何办法,我可以代画一策,包你境内没有一个盗案;倘有盗案,且可以包你顷刻便获。阁下以为何如?"东造道:"能得先生去为我帮忙,我就百拜的感激了。"老残道:"我毋庸去,只是教阁下个至良极美的法则。"东造道:"阁下不去,这法则谁能行呢?"老残道:"正为荐一个行此法则的人。唯此人千万不可怠慢。若怠慢此人,彼必立刻便去,去后祸必更烈。

　　"此人姓刘,号仁甫,即是此地平阴县人,家在平阴县西南桃花山里面。其人少时,十四五岁在嵩山少林寺学拳棒。学了些时,觉得徒有虚名,无甚出奇制胜处,于是奔走江湖,将近十年。在四川峨眉山上遇见了一个和尚,武功绝伦。他就拜他为师,学了一套'太祖神拳'、一套'少祖神拳'。因请教这和尚,拳法从哪里得来的,和尚说系少林寺。他就大为惊讶,说:'徒弟在少林寺四五年,没有见一个出色拳法,师父从哪一个学的呢?'那和尚道:'这是少林寺的拳法,却不从少林寺学来。现在少林寺里的拳法,久已失传了。你所学者太祖拳,是达摩传下来的;那少祖拳,是神光传下来的。当初传下这个拳法来的时候,专为和尚们练习了这拳,身体可以结壮,精神可以悠久。你想,行脚僧在荒山野壑①里,访求高人古德,于"宿食"两字,一定难以周全,此太祖、少祖传下拳法来的美意了。哪知后来少林寺拳法出了名,外边来学的日多,学出去的人,也有做强盗的,也有奸淫人家妇女的，屡有所闻。因此，在现在这老和尚以前四五代上的个老和尚，就将这正经拳法收起不传，只用些"外面光""不管事"的拳法敷衍门面而已。我这拳法系从汉中府里一个古德学来的，若能认真修炼，将来可以到得甘凤池的位分。'

"刘仁甫在四川住了三年，尽得其传。当时正是粤匪扰乱的时候，他从四川出来，就在湘军、淮军营盘里混过些时。因上两军，湘军必须湖南人，淮军必须安徽人，方有照应。若别省人，不过敷衍故事，大权万不会有的。此公已保举到个都司，军务渐平。他也无心恋栈，遂回家乡，种了几亩田，闲暇无事，在这齐、豫两省随便游行。这两省练武功人，无不知他的名气。他却不肯传授徒弟，若是深知这人一定安分的，他就教他几手拳棒，也十分慎重的。若将此人延为上宾，将这每月一百两交付此人，听其如何应用。大约他只要招十名小队，供奔走之役，每人月饷六两，其余四十两，供应往来豪杰酒水之资，也就够了。

"大概这河南、山东、直隶三省，及江苏、安徽的两个北半省，共为一局。此局内的强盗计分大小两种：大盗系有头领，有号令，有法律的，大概其中有本领的甚多；小盗则随时随地无赖之徒，及失业的顽民，胡乱抢劫，既无人帮助，又无枪火兵器，抢过之后，不是酗酒，便是赌博，最容易犯案的。譬如玉大尊所办的人，大约十分中九分半良民，半分这些小盗。若论那些大盗，无论头目人物，就是他们的羽翼，也不作兴有一个被玉大尊捉着的呢。但是大盗却容易相与，如京中保镖的呢，无论十万二十万银子，只须一两人，便可保得一路无事。试问如此巨款，就聚了一二百强盗抢去，也够享用的，难道这一两个镖司务就敌得过他们吗？只因为大盗相传有这个规矩，不作兴害镖局的。所以凡保镖的车上，有他的字号，出门要叫个口号。这口号喊出，那大盗就觌面碰着，彼此打个招呼，也决不动手的。镖局几家字号，大盗都知道的；大盗有几处窝巢，镖局也是知道的。倘若他的羽翼，到了有镖局的所在，进门打过暗号，他们就知道是那一路的朋友，当时必须留着喝酒吃饭，临行还要送他三二百个钱的盘缠；若是大头目，就须尽力应酬。这就叫作江湖上的规矩。

"我方才说的这个刘仁甫，江湖都是大有名的。京城里镖局上请过他几次，他都不肯去，情愿埋名隐姓，做个农夫。若是此人来时，待以上宾之礼，仿佛贵县开了一个保护本县的镖局。他无事时，在街上茶馆饭店里坐坐，这过往的人，凡是江湖上朋友，他到眼便知，随便会几个茶饭东道，不消十天半个月，各处大盗头目就全晓得了，立刻便要传出号令：某人立足之地，不许打搅的。每月所余的那四十金是给他做这个用处的。至于小盗，他本无门径，随意乱做，就近处，自有人来暗中报信，失主尚未来县报案，他的手下人倒已先将盗犯获住。若是稍远的地方做了案子，沿路也有他们的朋友，替他暗中捕下去，无论走到何处，俱得得到的。所以要十名小队子，其实，只要四五个应手的人已经足用了。那多余的五六人，为的是本县轿子前头摆摆威风，或者按差送差，跑信等事用的。"

东造道："如阁下所说,自然是极妙的法则。但是此人既不肯应镖局之聘,若是兄弟衙署里请他,恐怕也不肯来,如之何呢?"老残道:"只是你去请他,自然他不肯来的,所以我须详详细细写封信去,并拿救一县无辜良民的话打动他,自然他就肯来了。况他与我交情甚厚,我若劝他,一定肯的。因为我二十几岁的时候,看天下将来一定有大乱,所以极力留心将才,谈兵的朋友颇多。此人当年在河南时,我们是莫逆之交,相约倘若国家有用我辈的日子,凡我同人,俱要出来相助为理的。其时讲舆地,讲阵图,讲制造,讲武功的,各样朋友都有。此公是讲武功的巨擘。后来大家都明白了:治天下的,又是一种人才,着是我辈所讲所学,全是无用的。故尔各人都弄个谋生之道,混饭吃去,把这雄心便抛入东洋大海去了。虽如此说,然当时的交情义气,断不会败坏的。所以我写封信去,一定肯来的。"

东造听了,连连作揖②道谢,说:"我自从挂牌委署斯缺,未尝一夜安眠。今日得闻这番议论,如梦初醒,如病初愈,真是万千之幸!但是这封信是派个何等样人送去方妥呢?"老残道:"必须有个亲信朋友吃这一趟辛苦才好。若随便叫个差人送去,便有轻慢他的意思,他一定不肯出来,那就连我都要遭怪了。"东造连连说:"是的,是的。我这里有个族弟,明天就到的,可以让他去一趟。先生信几时写呢?就费心写起来最好。"老残道:"明日一天不出门。我此刻正写一长函致庄宫保,托姚云翁转呈,为细述玉太尊政绩的,大约也要明天写完;并此信一总写起,我后天就要动身了。"东造问:"后天往哪里去?"老残答说:"先往东昌府访柳小惠家的收藏,想看看他的宋、元版书,随后即回济南省城过年。再后的行踪,连我自己也不知道了。今日夜已深了,可以睡罢。"立起身来。东造叫家人:"打个手照,送铁老爷回去。"

揭起门帘来,只见天地一色,那雪已下得混混沌沌③价白,觉得照得眼睛发胀似的。那阶下的雪已有了七八寸深,走不过去了。东造叫人赶忙铲出一条路来,让老残回房。推开门来,灯已灭了。上房送下一个烛台,两支红烛,取火点起,再想写信,那笔砚竟违抗万分,不遵调度,只好睡了。

到了次日,雪虽已止,寒气却更甚于前。起来喊店家秤了五斤木炭,生了一个大火盆,又叫买了几张桑皮纸,把那破窗户糊了。顷刻之间,房屋里暖气阳回。遂把砚池烘化,将昨日未曾写完的信,详细写完封好,又将致刘仁甫的信亦写毕,一总送到上房,交东造收了。

东造一面将致姚云翁的一函,加个马封,送往驿站;一面将刘仁甫的一函，送入枕头箱内。厨房也开了饭来。二人一同吃过，又复清谈片时，只见家人来报："二老爷同师爷们都到了，住在西边店里呢。洗完脸，就过来的。"

停了一会儿，只见门外来了一个不到四十岁模样的人，尚未留须，穿了件旧宁绸二蓝的大毛皮袍子，一双绒靴已经被雪泥漫了帮子了，慌忙走进堂屋，先替乃兄作了个揖。东造就说："这是舍弟，号子平。"回过脸来说："这是铁补残先生。"申子平走近一步，作了个揖，说声："久仰！"东造便问："吃过饭了没有？"子平说："才到，洗了脸就过来的，吃饭不忙呢。"东造说："吩咐厨房里做二老爷的饭。"子平道："可以不必。停一刻，还是同他们老夫子一块儿吃罢。"家人上来回说："厨房里已经吩咐，叫他们送一桌饭去，让二老爷同师爷们吃呢。"那时又有一个家人揭了门帘，拿了好几个大红全帖进来，老残知道是师爷们来见东家的，就趁势走了。

到了晚饭之后，申东造又将老残请到上房里，将那如何往桃花山访刘仁甫的话对着子平详细问了一遍。子平又问："从哪里去最近？"老残道："从此地去怎样走法，我却不知道。昔年是从省城顺黄河到平阴县，出平阴县向西南三十里地，就到了山脚下了。进山就不能坐车，最好带个小驴子：到那平坦的地方，就骑驴；稍微危险些，就下来走两步。进山去有两条大路。西峪里走进十几里的光景，有座关帝庙。那庙里的道士与刘仁甫常相往来的。你到庙里打听，就知道详细了。那山里天帝庙有两处：集东一个，集西一个。这是集西的一个关帝庙。"申子平问得明白，遂各自归房安歇去了。

次日早起，老残出去雇了一辆骡车，将行李装好，候申东造上衙门去禀辞，他就将前晚送来的那件狐裘，加了一封信，交给店家，说："等申大老爷回店的时候，送上去。此刻不必送去，恐有舛错。"店里掌柜的慌忙开了柜房里的木头箱子，装了进去，然后送老残动身上车，径往东昌府去了。

无非是风餐露宿，两三日工夫已到了东昌城内，找了一家干净车店住下。当晚安置停妥，次日早饭后便往街上寻觅书店。寻了许久，始觅着一家小小书店，三间门面，半边卖纸张笔墨，半边卖书。遂走到卖书这边柜台外坐下，问问此地行销些什么书籍。

那掌柜的道："我们这东昌府，文风最著名的。所管十县地方，俗名叫作'十美图'，无一县不是家家富足，户户弦歌。所有这十县用的书，皆是向小号来贩。小号店在这里，后边还有栈房，还有作坊④。许多书都是本店里自雕版，不用到外路去贩买的。你老贵姓，来此有何贵干？"老残道："我姓铁，来此访个朋友的。你这里可有旧书吗？"掌柜的道："有，有，有。你老要什么罢？我们这儿多着呢！"一面回过头来指着书架子上白纸条儿数道："你老瞧！这里《崇辨堂墨选》《目耕斋初二三集》。再古的还有那《八铭塾钞》呢。这都是讲正经学问的。要是讲杂学的，还有《古唐诗合解》《唐诗三百首》。再要高古点，还有《古文释义》。还有一部宝贝书呢，叫作《性理精义》，这书看得懂的，可就了不得了！"

老残笑道："这些书我都不要。"那掌柜的道："还有，还有。那边是《阳宅三要》《鬼撮脚》《渊悔子平》，诸子百家，我们小号都是全的。济南省城，那是大地方，不用说，若要说黄河以北，就要算我们小号是第一家大书店了。别的城池里都没有专门的书店，大半在杂货铺里带卖书。所有方圆二三百里，学堂里用的《三》《百》《千》《千》，都是在小号里贩得去的，一年要销上万本呢。"老残道："贵处行销这'三百千千'，我倒没有见过。是部什么书？怎样销得这么多呢？"掌柜的道："嗳！别哄我罢！我看你老文雅，不能连这个也不知道。这不是一部书，'三'是《三字经》，'百'是《百家姓》，'千'是《千字文》；那一个'千'字呢，是《千家诗》。这《千家诗》还算一半是冷货，一年不过销百把部；其余《三》《百》《千》就销得广了。"

老残说："难道《四书》《五经》都没有人买吗？"他说："怎么没有人买呢，《四书》小号就有。《诗》《书》《易》三经也有。若是要《礼记》《左传》呢，我们也可以写信到省城里捎去。你老来访朋友，是哪一家呢？"

老残道："是个柳小惠家。当年他老大爷做过我们的漕台，听说他家收藏的书极多。他刻了一部书，名叫《纳书楹》，都是宋、元版书。我想开一开眼界，不知道有法可以看得见吗？"掌柜的道："柳家是俺们这儿第一个大人家，怎么不知道呢！只是这柳小惠柳大人早已去世，他们少爷叫柳凤仪，是个两榜，那一部的主事。听说他家书多，都是用大板箱装着，只怕有好几百箱子呢，堆在个大楼上，永远没有人去问他。有近房柳三爷，是个秀才，常到我们这里来坐坐。我问过他：'你们家里那些书是些什么宝贝？可叫我们听听罢咧。'他说：'我也没有看见过是什么样子。'我说：'难道就那么收着不怕蛀虫吗？'"

掌柜的说到此处，只见外面走进一人来，拉了拉老残，说："赶紧回去罢，曹州府里来的差人，急等着你老说话呢，快点走罢。"老残听了，说道："你告诉他等着罢，我略停一刻就回去了。"那人道："我在街上找了好半天了。俺掌柜的着急得不得了，你老就早点回店罢。"老残道："不要紧的。你既找着了我，你就没有错儿了，你去罢。"

店小二去后，书店掌柜的看了看他去得远了，慌忙低声向老残说道："你老店里行李值多少钱？此地有靠得住的朋友吗？"老残道："我店里行李也不值多钱，我此地亦无靠得住的朋友。你问这话是什么意思呢？"掌柜的道："曹州府现是个玉大人。这人惹不起的：无论你有理没理，只要他心里觉得不错，就上了站笼了。现在既是曹州府里来的差人，恐怕不知是谁扳上你老了，我看是凶多吉少，不如趁此逃去罢。行李既不值多钱，就舍去了的好，还是性命要紧！"老残道："不怕的。他能拿我当强盗吗？这事我放心。"说着，点点头，出了店门。

街上迎面来了一辆小车，半边装行李，半边坐人。老残眼快，看见喊道："那车上的不是金二哥吗？"即忙走上前去。那车上人也就跳下车来，定了定神，说道："哎呀！这不是铁二哥吗？你怎样到此地，来做什么的？"老残告诉了原委，就说："你应该打尖了，就到我住的店里去坐坐谈谈吧。你从哪里来？往哪里去？"那人道："这是什么时候，我已打过尖了，今天还要赶路程呢。我是从直隶回南，因家下有点事情，急于回家，不能耽搁⑤了。"老残道："既是这样说，也不留你。只是请你略坐一坐，我要寄封信给刘大哥，托你带去罢。"说过，就向书店柜台对面，那卖纸张笔墨的柜台上，买了一支笔，几张纸，一个信封，借了店里的砚台，草草地写了一封，交给金二。大家作了个揖，说："恕不远送了。山里朋友见着都替我问好。"那金二接了信，便上了车。老残也就回店去了。不知那曹州府来的差人究竟是否捉拿老残，且看下回分解。

【注解】
①壑(hè)：山沟。
②作揖(yī)：行礼形式。两手抱拳高抬，身体略弯，两脚并放，以示敬意。
③混混沌(dùn)沌：迷糊不清的样子。
④作坊(fāng)：从事手工业生产的场所。工具一般比较简陋。
⑤耽搁(dān gē)：延迟；延缓。

第八回　桃花山月下遇虎　柏树峪雪中访贤

　　话说老残听见店小二来告，说曹州府有差人来寻，心中甚为诧异："难道玉贤竟拿我当强盗待吗？"及至步回店里，见有一个差人，赶上前来请了一个安，手中提了一个包袱，提着放在旁边椅子上，向怀内取出一封信来，双手呈上，口中说道："申大老爷请铁老爷安！"老残接过信来一看，原来是申东造回寓，店家将狐裘送上，东造甚为难过，继思狐裘所以不肯受，必因与行色不符，因在估衣铺内选了一身羊皮袍子马褂，专差送来，并写明如再不收，是绝人太甚了。

　　老残看罢，笑了一笑，就向那差人说："你是府里的差吗？"差人回说："是曹州府城武县里的壮班。"老残遂明白，方才店小二是漏掉三个字了。当时写了一封谢信，赏了来差二两银子盘费，打发去后，又住了两天。方知这柳家书，确系关锁在大箱子内，不但外人见不着，就是他族中人，亦不能得见。闷闷不乐，提起笔来，在墙上题一绝道：

　　　沧苇遵王士礼居，艺芸精舍四家书。一齐归入东昌府，深锁嫏嬛饱蠹鱼！

题罢,唏嘘了几声,也就睡了。暂且放下。

却说那日东造到府署禀辞,与玉公见面,无非勉励些"治乱世用重刑"的话头。他姑且敷衍几句,也就罢了。玉公端茶送出。东造回到店里,掌柜的恭恭敬敬将袍子一件、老残信一封,双手奉上。东造接来看过,心中悒悒不乐。适申子平在旁边,问道:"大哥何事不乐?"东造便将看老残身上着的仍是棉衣,故赠以狐裘,并彼此辩论的话述了一遍,道:"你看,他临走到底将这袍子留下,未免太矫情了!"子平道:"这事大哥也有点失于检点。我看他不肯,有两层意思:一则嫌这裘价值略重,未便遂受;二则他受了,也实无用处,断无穿狐皮袍子,配上棉马褂的道理。大哥既想略尽情谊,宜叫人去觅一套羊皮袍子、马褂,或布面子,或茧绸面子均可,差人送去,他一定肯收。我看此人并非矫饰作伪的人。不知大哥以为何如?"东造说:"是,是。你就叫人照样办去。"

子平一面办妥,差了人送去,一面看着乃兄动身赴任。他就向县里要了车,轻车简从地向平阴进发。到了平阴,换了两部小车,推着行李,在县里要了一匹马骑着,不过一早晨,已经到了桃花山脚下。再要进去,恐怕马也不便。幸喜山口有个村庄,只有打地铺的小店,没法,暂且歇下。向村户人家雇了一条小驴,将马也打发回去了。打过尖,吃过饭,向山里进发。才出村庄,见面前一条沙河,有一里多宽,却都是沙,惟有中间一线河身,土人架了一个板桥,不过数丈长的光景。桥下河里虽结满了冰,还有水声,从那冰下潺潺①地流,听着像似环佩摇曳②的意思,知道是水流带着小冰,与那大冰相撞击的声音了。过了沙河,即是东峪。原来这山从南面迤逦北来,中间龙脉起伏,一时虽看不到,只是这左右两条大峪,是两批长岭,冈峦重沓③,到此相交。除中峰不计外,左边一条大溪河,叫东峪;右边一条大溪河,叫西峪。两峪里的水,在前面相会,并成一溪,左环右转,湾了三湾,才出溪口。出口后,是刚才所过的那条沙河了。

子平进了山口,只见不远前面是一片高山。却当大雪之后,石是青的,雪是白的,树上枝条是黄的,又有许多松柏是绿的,一丛一丛。骑着驴,玩着山景,思想做两句诗,描摹这个景象。正在凝神,只听"壳铎"一声,觉得腿裆里一软,身子一摇,竟滚下山涧去了。幸喜这路,本在涧旁走的,尚不甚深。况且涧里两边的雪本来甚厚,只为面上结了一层薄冰,做了个雪的包皮。子平一路滚着,那薄冰一路破着,好像从有弹簧的褥子上滚下来似的。滚了几步，就有一块大石将他拦住，所以一点没有碰伤。连忙扶着石头，立起身来，哪知把雪倒戳了两个一尺多深的窟窿。看那驴子在上面，两只前蹄已经立起，两只后蹄还陷在路旁雪里，不得动弹。连忙喊跟随的人，前后一看，并那推行李的车子，影像俱无。

　　你道是什么缘故呢？原来这山路，行走的人本来不多，故那路上积的雪，比旁边稍为浅些，驴子走来，一步步地不甚吃力。子平又贪看山上雪景，未曾照顾后面的车子，可知那小车轮子，是要压倒地上往前推的，所以积雪的阻力显得大，一人推着，一人挽着，尚走得不快，本来去驴子已落后有半里多路了。申子平陷在雪中，不能举步，只好忍着性子，等小车子到。约有半顿饭工夫，车子到了，大家歇下来想法子。下头人固上不去，上头的人也下不来。想了半天，说："只好把捆行李的绳子解下两根，接续起来，将一头放下去。"申子平自己系在腰里，那一头，上边四五人齐力收绳，方才把他吊了上来。跟随人替他把身上雪扑了又扑，然后把驴子牵来，慢慢地行。

　　这路虽非羊肠小道，然冰雪一冻，异常的滑。心里想道："听村庄上人说，到山集不过十五里地，然走了三个钟头，才走了一半。"冬天日头本容易落，况又是个山里，两边都有岭子遮着，愈黑得快。一面走着，一面地算，不知不觉，那天已黑下来了。勒住了驴缰④，同推车子商议道："看青天已黑下来了，大约还有六七里地呢，怎么好呢？"车夫道："那也没有法子，好在今儿是个十三日，月亮出得早，不管怎么，总要赶到集上去。大约这荒僻山径，不会有强盗。"子平道："倘或有了，我也无多行李，拿就拿去；实在可怕的是豺狼虎豹。"车夫说："这山里虎倒不多，有神虎管着，从不伤人，只是狼多些。听见他来，我们都拿根棍子在手里，也就不怕他了。"

　　说着，走到一条横涧跟前，原是本山的一支小瀑布。瀑布冬天虽然干了，那冲的一条山沟，尚有两丈多深，约有二丈多宽，当面隔住，一边是陡山，一边是深峪，更无别处好绕。子平看见如此景象，心里不禁作起慌来，立刻勒住驴头，等那车子走到，说："可了不得！我们走差了路，走到死路上了！"那车夫把车子歇下，喘了两口气，说："不能！这条路影一顺来的，并无第二条路，不会差的。等我前去看看。"朝前走了几十步，回来说："路倒是有，只是不好走，你老下驴罢。"

　　子平下来，牵了驴，依着走到前面看时，原来转过大石，靠里有人架了一条石桥。只是此桥仅有两条石柱，每条不过一尺一二寸宽，两柱又不紧相粘靠，当中还镶⑤着几寸宽的一个空当儿，石上又有一层冰。子平道："可吓煞我了！这桥怎么过法？一滑脚就是死！"车夫大家看了说："不要紧，我有法子。好在我们穿的都是蒲草毛窝，脚下很把滑的。"一人道："等我先走一趟试试。"遂跳跳窜窜地走过去了，嘴里还喊着："好走！"立刻又走回来说："车子却没法推，我们四人抬一辆，做两趟抬过去罢。"申子平道："车子抬得过去，我却走不过去；那驴子又怎样呢？"车夫道："不怕的，且等我们先把你老扶过去；别的你就不用管了。"子平道："就是有人扶着，我也是不敢走。"车夫说："我们也有办法：你老大总睡下来，我们两人抬头，两人抬脚，把你老抬过去，何如？"子平说："不妥！"又一个车夫说："还是这样罢：解根绳子，你老拴在腰里，我们伙计，一个在前头，挽着一个绳头，一个伙计在后头，挽着一个绳头，这个样走，你老胆子一壮，腿就不软了。"子平说："只好这样。"于是先把子平照样扶掖过去，随后又把两辆车子抬了过去。倒是一个驴死不肯走，费了许多事，仍是把它眼睛蒙上，一人牵，一人打，才混了过去。等到忙定归了。那满地已经都是树影子，月光已经很亮了。

大家好容易将危桥走过，歇了一歇，再望前进。走了不过三四十步，听得远远"呜呜"的两声。车夫道："虎叫！"一头走着，一头留神听着。又走了数十步，车夫将车子歇下，说："老爷，你别骑驴了，下来罢。听那虎叫，从西边来，越叫越近了，恐怕是要到这路上来，我们避一避罢。"说着，子平下了驴。车夫说："咱们舍掉这个驴子喂他罢。"路旁有棵小松树，他把驴子缰绳拴在小松树上，车子就放在驴子旁边，人却倒回走了数十步，把子平藏在一处石壁缝里。车夫有躲在大石脚下，用些雪把身子遮了的，有两个车夫，盘在山坡高树枝上的，都把眼睛朝西面看着。

说时迟，那时快，只见西边岭上月光之下，窜上一个物件来，到了岭上，又是"呜"的一声。只见把身子往下一探，已经到了西涧边了，又是"呜"的一声。这里的人，又是冷，又是怕。那虎既到西涧，却立住了脚，眼睛映着月光，灼亮的亮，并不朝着驴子看，却对着这几人，又"呜"的一声，将身子一缩，对着这边扑过来了。这时候，山里本来无风，却听得树梢上呼呼地响，树上残叶簌簌地落，人面上冷气棱棱地割。这几人早已吓得魂飞魄散了。

大家等了许久，却不见虎的动静。还是那树上的车夫胆大，下来喊众人道："出来罢！虎去远了。"车夫等人次第出来，方才从石壁缝里把子平拉出，已经吓得呆了。过了半天，方能开口说话，问道："我们是死的是活的呢？"车夫道："虎过去了。"子平道："虎怎样过去的？人都没有伤？"那在树上的车夫道："我看他从涧西沿过来的时候，只是一穿，仿佛像鸟儿似的，已经到了这边了。他落脚的地方，比我们这树梢还高着七八丈呢。落下来之后，又是一纵，已经到了这东岭上边，'呜'的一声向东去了。"

申子平听了，方才放下心来，说："我这两只脚还是稀软稀软，立不起来，怎样是好？"众人道："你老不是立在这里呢吗？"子平低头一看，才知道自己并不是坐着，也笑了，说道："我这身子真不听我调度了。"于是众人挽着，勉强移步，走约数十步，方才活动，可以自主。叹了一口气道："命虽不送在虎口里，这夜里若再遇见刚才那样的桥，断不能过！肚里又饥，身上又冷、活冻也冻死了。"说着，走到小树旁边，看那驴子，也是伏在地下，知是被那虎叫吓得如此。跟人把驴子拉起，把子平挟上驴子，慢慢地走。转过一个石嘴，忽见前面一片灯光，约有许多房子，大家喊道："好了！前面到了集镇了！"只此一声，人人精神震动。不但人行，脚下觉得轻了许多。

哪消片刻工夫，已到灯光之下。原来并不是个集镇，只有几家人家，住在这山坡之上。到此大家商议，断不再走，硬行敲门求宿，更无他法。

当时走近一家，外面系虎皮石砌的墙，里面房子看来不少。于是车夫上前叩门。叩了几下，里面出来一个老者，手中持了一支烛台，口中问道："你们来做什么的？"申子平急上前，和颜悦色地把原委说了一遍。那老翁点点头，道："你等一刻，我去问我们姑娘去。"说着，便进里面去了。子平看了，心下十分诧异："难道这家人家竟无家主吗？何以去问姑娘，难道是个女孩儿当家吗？"既而想道："错了。想必这家是个老太太做主。这个老者想必是他的侄儿。姑娘者，姑母之谓也。理路甚是，一定不会错了。"

霎时，只见那老者随了一个中年汉子出来，手中仍拿烛台，说声"请客人里面坐"。原来这家进了墙门，是一平五间房子，门在中间，门前台阶约十余级。中年汉子手持烛台，照着申子平上来。子平吩咐车夫等："在院子里略站一站，等我进去看了情形，再招呼你们。"

子平上得台阶，那老者立于堂中，说道："北边有个坦坡，叫他们把车子推了，驴子牵了，由坦坡进这房子来罢。"原来这是个朝西的大门。众人进得房来，是三间敞屋，两头各有一间，隔断了的。这敞屋北头是个炕，南头空着，将车子同驴安置南头，一众五人，安置在炕上。然后老者问了子平名姓，道："请客人里边坐。"于是过了穿堂，是台阶。上去有块平地，都是栽的花木。向北乃是三间朝南的精舍，一转俱是回廊，用带皮杉木做的阑柱。进得房来，上面挂了四盏纸灯。两间敞着，一间隔断，做个房间的样子。桌椅几案，布置极为妥协。房间挂了一幅褐色布门帘。

老者到房门口，喊了一声："姑娘，那姓申的客人进来了。"却看门帘掀起，里面出来一个十八九岁的女子，穿了一身布服，相貌端庄莹静，见客福了一福。子平慌忙长揖答礼。女子说："请坐。"即命老者："赶紧地做饭，客人饿了。"老者退去。

那女子道："先生贵姓？来此何事？"子平便将"奉家兄命特访刘仁甫"的话说了一遍。那女子道："刘先生当初就住这集东边的，现在已搬到柏树峪去了。"子平问："柏树峪在什么地方？"那女子道："在集西，有三十多里的光景。那边路比这边更僻。家父前日退值回来，告诉我们说，今天有位远客来此，路上受了点虚惊。吩咐我们迟点睡，预备些酒饭，以便款待。并说：'简慢了尊客，千万不要见怪。'"子平听了，惊讶之至："荒山里面，又无衙署，有什么值日、退值？何以前天就会知道呢？这女子何以如此大方，岂古人所谓有林下风范的，是这样吗？倒要问个明白。"不知申子平能否察透这女子形迹，且看下回分解。

【注解】

①潺(chán)潺：形容水流动的样子。

②摇曳(yè)：摆荡、飘摇。

③重沓(tà)：重叠堆积。

④缰（jiāng）：牵牲口的绳子。
⑤罅（xià）：裂。

一客吟诗负手面壁
三人品茗促膝谈心

　　话说申子平正在凝思，正欲诸问，只见外面帘子动处，中年汉子已端进一盘饭来。那女子道："就搁在这西屋炕桌上罢。"这西屋靠南窗原是一个砖砌的暖炕，靠窗设一个长炕几，两头两个短炕几，当中一个正方炕桌，桌子三面好坐人的。西面墙上是个大圆月洞窗子，正中镶一块玻璃，窗前设一张书案。中堂虽未隔断，却是一个大落地罩。那汉子已将饭食列在炕桌之上，却只是一盘馒头，一壶酒，一罐小米稀饭，倒有四肴小菜，无非山蔬野菜之类，并无荤腥①。女子道："先生请用饭，我少停就来。"说着，便向东房里去。

　　子平本来颇觉饥寒，于是上炕先饮了两杯酒，随后吃了几个馒头。喝了稀饭，那汉子舀了一盆水来，洗过脸，立起身来，在房内徘徊徘徊，舒展肢体。抬头看见北墙上挂着四幅大屏，草书写得龙飞凤舞，下面却是双款：上写着"西峰往史正非"，下写着"黄龙子呈稿"。仔细看去，原来是六首七绝诗。

　　你道是怎样个诗？请看，诗曰：

曾拜瑶池九品莲，希夷授我《指元篇》。
光阴荏苒真容易，回首沧桑五百年。

紫阳属和《翠虚吟》，传响空山霹雳琴。
刹那未除人我相，天花粘满护身云。

情天欲海足风波，渺渺无边是爱河。
引作园中功德水，一齐都种曼陀罗。

石破天惊一鹤飞，黑漫漫夜五更雷。
自从三宿空桑后，不见人间有是非。

野马尘埃昼夜驰，五虫百卉互相吹。

偷来鹫岭涅槃乐，换取壶公社德机。

菩提叶老《法华》新，南北同传一点灯。

五百天童齐得乳，香花供奉小夫人。

子平将诗抄完，回头看那月洞窗外，月色又清又白，映着那层层叠叠的山，一步高一步的上去，真是仙境。低徊了一刻，也想作两首诗，只听身后边娇滴滴的声音说道："饭用过了罢？怠慢。"慌忙转过头来，见那女子又换了一件淡绿印花布棉袄，愈显得眉似春山，眼如秋水，口颊之间若带喜笑，眉眼之际又颇似振矜，真令人又爱又敬。女子说道："何不请炕上坐，暖和些。"于是彼此坐下。

那老苍头进来，问姑娘道："申老爷行李放在什么地方呢？"姑娘说："太爷前日去时，吩咐就在这里间太爷榻上睡，行李不用解了。跟随的人都吃过饭了吗？你叫他们早点歇罢。驴子喂了没有？"苍头一一答应，说："都齐备妥帖了。"姑娘又说："你煮茶来罢。"苍头连声应是。

子平道："尘俗身体，断不敢在此地下榻。来时见前面有个大炕，就同他们一道睡罢。"女子说："毋庸过谦，此是家父吩咐的。不然，我一个山乡女子，也断不擅自迎客。"子平道："蒙惠过分，感谢已极。只是还不曾请教贵姓？尊大人是做何处的官，在何处值日？"女子道："敝姓涂氏。家父在碧霞宫上值，五日一班。合计半月在家，半月在宫。"

子平问道："这屏上诗是何人做的？看来只怕是个仙家罢？"女子道："是家父的朋友，常来此地闲谈，是去年在此地写的。这人也是个不衫不履的人，与家父最为相契。"子平道："这人究竟是个和尚，还是个道士？何以诗上又像道家的话，又有许多佛家的典故呢。"女子道："既非道士，又非和尚，其人也是俗装。他常说：'儒、释、道三教，譬如三个铺面挂了三个招牌，其实都是卖的杂货，不过儒家的铺子大些，佛、道的铺子小些，皆是无所不包的，'又说：'凡道总分两层：一个叫道面子，一个叫道里子。道里子都是同的，道面子就各有分别了，如和尚剃了头，道士挽了个髻，叫人一望而知，那是和尚、那是道士。倘若叫那和尚留了头,也挽个髻子,披件鹤氅;道士剃了发,着件袈裟:人又要颠倒呼唤起来了,难道眼耳鼻舌不是那个用法吗?'又说:'道面子有分别,道里子实是一样的。'所以这黄龙先生,不拘三教,随便吟咏的。"

子平道:"得闻至论,佩服已极,只是既然三教道里子都是一样,在下愚蠢得极,倒要请教这同处在什么地方?异处在什么地方?何以又有大小之分?儒教最大,又大在什么地方?敢求揭示。"女子道:"其同处在诱人为善,引人处于大公。人人好公,则天下太平;人人营私,则天下大乱。惟儒教公到极处。你看,孔子一生遇了多少异端,如长沮、桀溺、荷莜丈人等类,均不十分佩服孔子,而孔子反赞扬他们不置:是其公处,是其大处。所以说:'攻乎异端,斯害也已。'若佛、道两教,就有了褊心:惟恐后世人不崇奉他的教,所以说出许多天堂地狱的话来吓唬人。这还是劝人行善,不失为公。甚则说崇奉他的教,就一切罪孽消灭;不崇奉他的教,就是魔鬼入宫,死了必下地狱等辞:这是私了。至于外国一切教门,更要力争教兴兵接战,杀人如麻。试问,与他的初心合不合呢?所以就愈小了。若有的教说,为教战死的血光如玫瑰紫的宝石一样,更骗人到极处!只是儒教可惜失传已久,汉儒拘守章句,反遗大旨;到了唐朝,直没人提及。韩昌黎是个通文不通道的脚色,胡说乱道!他还要做篇文章,叫作《原道》,真正原到道反面去了!他说:'君不出令,则失其为君;民不出粟、米、丝、麻以奉其上,则诛。'如此说去,那桀、纣很会出令,又很会诛民,然则桀、纣之为君是,而桀、纣之民全非了,岂不是是非颠倒吗?他却又要辟佛、老,倒又与和尚做朋友。所以后世学儒的人,觉得孔、孟的道理太费事,不如弄两句辟佛、老的口头禅,就算是圣人之徒,岂不省事。弄得朱夫子也出不了这个范围,只好据韩昌黎的《原道》去改孔子的《论语》,把那'攻乎异端'的'攻'字,百般扭捏,究竟总说不圆,却把孔、孟的儒教被宋儒弄得小而又小,以至于绝了!"

子平听说,肃然起敬道:"与君一席话,胜读十年书,真是闻所未闻!只是还不懂:长沮、桀溺倒是异端,佛老倒不是异端,何故?"女子道:"皆是异端。先生要知'异'字当不同讲,'端'字当起头讲。'执其两端'是说执其两头的意思。若'异端'当邪教讲,岂不'两端'要当桠权教讲?'执其两端'是抓住了他个桠权教呢,成何话说呀?圣人意思,殊途不妨同归,异曲不妨同工。只要他为诱人为善,引人为公起见,都无不可。所以叫作'大德不逾闲,小德出入可也。'若只是为攻讦起见,初起尚只攻佛攻老,后来朱、陆异同,遂操同室之戈,并是祖孔、孟的,何以朱之子孙要攻陆,陆之子孙要攻朱呢?此之谓'失其本心',反被孔子'斯害也已'四个字定成铁案!"

子平闻了,连连赞叹,说:"今日幸见姑娘,如对明师。但是宋儒错会圣人意旨的地方,也是有的,然其发明正教的功德,亦不可及。即如'理''欲'二字,'主敬''存诚'等字,虽皆是古圣之言,一经宋儒提出,后世实受惠不少,人心由此而正,风俗由此而淳。"那女子嫣然一笑,秋波流媚,向子平睇②了一眼。伸出一只白如玉、软如棉的手来,隔着炕桌子,握着子平的手。说道:"请问先生,这个时候,比你少年在书房里,贵业师握住你手'扑作教刑'的时候何如？"子平默无以对。

女子又道："凭良心说，你此刻爱我的心，比爱贵业师何如？圣人说的，'所谓诚其意者，毋自欺也。如恶恶臭，如好好色。'孔子说：'好德如好色。'孟子说：'食色，性也。'子夏说：'贤贤易色。'这好色乃人之本性。宋儒要说好德不好色，非自欺而何？自欺欺人，不诚极矣！他偏要说'存诚'，岂不可恨！圣人言情言礼，不言理欲。删《诗》以《关雎》为首，试问'窈窕淑女，君子好逑'，'求之不得'，至于'辗转反侧③'，难道可以说这是天理，不是人欲吗？举此可见圣人决不欺人处。《关雎》序上说道：'发乎情，止乎礼义。'发乎情，是不期然而然的境界。即如今夕，嘉宾惠临，我不能不喜，发乎情也。先生来时，甚为困惫，又历多时，宜更惫矣，乃精神焕发，可见是喜欢。如此，亦发乎情也。以少女中男，深夜对坐，不及乱言，止乎礼义矣。此正合圣人之道。若宋儒之种种欺人，口难罄述。然宋儒固多不是，然尚有是处；若今之学宋儒者，直乡愿而已，孔、孟所深恶而痛绝者也！"

话言未了，苍头送上茶来，是两个旧瓷茶碗，淡绿色的茶，才放在桌上，清香已竟扑鼻。只见那女子接过茶来，漱了一回口，又漱一回，都吐向炕池之内去，笑道："今日无端谈到道学先生，令我腐臭之气，沾污牙齿，此后只许谈风月矣。"子平连声诺诺，却端起茶碗，呷了一口，觉得清爽异常，咽下喉去，觉得一直清到胃脘里，那舌根左右，津液泪泪地翻上来，又香又甜，连喝两口，似乎那香气又从口中反窜到鼻子上去，说不出的好受，问道："这是什么茶叶？为何这么好吃？"女子道："茶叶也无甚出奇，不过本山上出的野茶，所以味是厚。却亏了这水，是汲的东山顶上的泉。泉水的味，愈高愈美。又是用松花作柴，沙瓶煎的。三合其美，所以好了。尊处吃的都是外间卖的茶叶，无非种茶，其味必薄；又加以水火俱不得法，味道自然差的。"

只听窗外有人喊道："玙姑，今日有佳客，怎不招呼我一声？"女子闻声，连忙立起，说："龙叔，怎样这时候会来？"说着，只见那人已经进来，着了一件深蓝布百衲大棉袄，科头，不束带亦不着马褂，有五十来岁光景，面如渥丹，须髯漆黑，见了子平，拱一拱手，说："申先生，来了多时了？"子平道："到有两三个钟头了。请问先生贵姓？"那人道："隐姓埋名，以黄龙子为号。"子平说："万幸，万幸！拜读大作，已经许久。"女子道："也上炕来坐罢。"黄龙子遂上炕，至炕桌里面坐下，说："玙姑，你说请我吃笋的呢。笋在何处？拿来我吃。"玙姑道："前些时倒想挖去的，偶然忘记，被滕六公占去了。龙叔要吃，自去找滕六公商量罢。"黄龙子仰天大笑。子平向女子道："不敢冒犯，这'玙姑'二字想必是大名罢？"女子道："小名叫仲屿，家姊叫伯潘，故叔伯辈皆自小喊惯的。"

黄龙子向子平道："申先生困不困？如其不困，今夜良会，可以不必早睡，明天迟迟起来最好。柏树峪地方，路极险峻，不好走，又有这场大雪，路影看不清楚，跌下去有性命之忧。刘仁甫今天晚上检点行李，大约明日午牌时候，可以到集上关帝庙。你明天用过早饭动身，正好相遇了。"子平听说大喜，说道："今日得遇诸仙，三生有幸。请教上仙诞降之辰，还是在唐在宋？"黄龙子又大笑道："何以知之？"答："尊作明说'回首沧桑五

LAOCANYOUJI NIEHAIHUA 老残游记·孽海花

百年'，可知断不止五六百岁了。"黄龙子道："'尽信书，则不如无书。'此鄙人之游戏笔墨耳。公直当《桃花源记》读可矣。"就举起茶杯，品那新茶。

玙姑见子平杯内茶已将尽，就持小茶壶代为斟满。子平连连欠身道："不敢。"亦举起杯来详细品量。却听窗外远远"唔"了一声，那窗纸微觉飒飒价动，屋尘簌簌价落。想起方才路上光景，不觉毛骨森悚，黄龙道："这是虎啸，不要紧的。山家看着此种物事，如你们城市中人看骡马一样，虽知它会踢人，却不怕他。因为相习已久，知它伤人也不是常有的事。山上人与虎相习，寻常人固避虎，虎也避人，故伤害人也不是常有的事，不必怕它。"

子平道："听这声音，离此尚远，何以窗纸竟会震动，屋尘竟会下落呢？"黄龙道："这就叫作虎威。因四面皆山，故气常聚，一声虎啸，四山皆应。虎若到了平原，就无这威势了。"

子平连连点头，说："不错。只是我还不明白，虎在山里，为何就有这大的威势，是何道理呢？"黄龙子道："你没有念过《千字文》么？这是'空谷传声，虚堂习听'的道理。虚堂是个小空谷，空谷是个大虚堂。你在这门外放个大爆竹，要响好半天呢。所以山城的雷，比平原的响好几倍，也是这个道理。"说完，转过头来，对女子道："玙姑，我多日不听你弹琴了，今日难得有嘉客在此，何妨取来弹一曲，连我也沾光听一回。"玙姑道："龙叔，这是何苦来！我那琴如何弹得，惹人家笑话！申公在省城里，弹好琴的多着呢，何必听我们这个乡里迂鼓！倒是我去取瑟来，龙叔鼓一调瑟罢，还稀罕点儿。"黄龙子说："也罢，也罢。就是我鼓瑟，你鼓琴罢，搬来搬去，也费事，不如竟到你洞房里去弹罢。好在山家女儿，比不得衙门里小姐，房屋是不准人到的。"说罢，便走下炕来，穿了鞋子，持了烛，对子平挥手说："请里面去坐。玙姑引路。"

玙姑果然下了炕，接烛先走，子平第二，黄龙子第三。走过中堂，揭开了门帘，进到里间，是上下两个榻：上榻设了衾枕，下榻堆积着书画。朝东一个窗户，窗下一张方桌。上榻面前有个小门。玙姑对子平道："这是家父的卧室。"进了榻旁小门，仿佛回廊似的，却有窗轩，地下驾空铺的木板。向北一转，又向东一转，朝北朝东俱有玻璃窗。北窗看着离山近，一片峭壁，穿空而上，朝下看，像甚深似的。正要前进，只听"砰硼""霍落"几声，仿佛山倒下来价响，脚下震震摇动。子平吓得魂不附体。欲知后事如何，且看下回分解。

41

【注解】

①荤腥：鱼肉及荤辛之类的食物。

②睇(dì)：斜视。

③辗转反侧：翻来覆去，睡不着觉。形容心里有所思念或心事重重。

第十回　骊龙双珠光照琴瑟　犀牛一角声叶箜篌

　　话说子平听得天崩地塌价一声，脚下震震摇动，吓得魂不附体。黄龙子在身后说道："不怕的，这是山上的冻雪被泉水漱空了，滚下一大块来。"说着，又朝向北一转，是一个洞门，这洞不过有两间房大，朝外半截窗台，上面安着窗户；其余三面俱斩平雪白，顶是圆的。洞里陈设甚简，有几张树根的坐具。几案也全是古藤天生的，不方不圆，随势制成。东壁横了一张枯搓独睡榻子，设着衾枕①。榻旁放了两三个黄竹箱子。洞内并无灯烛，北墙上嵌了两个滴圆夜明珠。地下铺着地毯，甚厚软，微觉有声。榻北立了一个曲尺形书架，放了许多书。双夜明珠中间挂了几件乐器，有两张瑟，两张琴，是认得的；还有些不认得的。

　　玙姑到得洞里，将烛台吹熄，放在窗户台上。方才坐下，只听外面"唔唔"价七八声，接连又许多声，窗纸却不震动。子平说道："这山里怎么这么多的虎？"玙姑笑道："乡里人进城，样样不识得，被人家笑话；你城里人下乡，却也是样样不识得，恐怕也有人笑你。"子平道："你听，外面'唔唔'价叫的，不是虎吗？"玙姑说："这是狼嗥，虎哪有这么多呢？虎的声音长，狼的声音短，所以虎名为'啸'，狼名为'嗥'。古人下字眼都是有斟酌的。"

　　黄龙子移了两张小长几，摘下一张琴，一张瑟来。玙姑也移了三张凳子，让子平坐了一张。彼此调了一调弦，同黄龙各坐了一张凳子。弦已调好，玙姑与黄龙商酌了两句，就弹起来了，初起不过轻挑漫剔，声响悠柔。一段以后，散泛相错，其声清脆，两段以后，吟揉渐多。那瑟之勾挑，夹缝中与琴之绰注相应，粗听若弹琴鼓瑟，各自为调，细听则如珠鸟一双，此唱彼和，问来答往。四五段以后，吟揉渐少，杂以批拂，民苍苍凉凉，磊磊落落，下指甚重，声韵繁兴。六七八段，间以曼衍，愈转愈清，其调愈逸。

　　子平本会弹十几调琴，所以听得入缀；因为瑟是未曾听过，格外留神。哪知瑟的妙用,也在左手,看他右手发声之后,那左手进退揉颤,其余音也就随着猗猗靡靡②,真是闻所未闻。初听还在算计他的指法、调头,既而便耳中有音,目中无指。久之,耳目俱无,觉得自己的身体,飘飘荡荡,浮沉于云霞之际。于恍惚杳冥之中,铮数声,琴瑟俱息,乃通见闻,人亦警觉,欠身而起,说道:"此曲妙到极处!小子也曾学弹过两年,见过许多高手。从前听过孙琴秋先生弹琴,有《汉宫秋》一曲,似为绝非凡响,与世俗的不同。不想今日得闻此曲,又高出孙君《汉宫秋》数倍,请教叫什么曲名?有谱没有?"玙姑道:"此曲名叫《海水天风》之曲,是从来没有谱的。不但此曲为尘世所无,即此弹法亦山中古调,非外人所知。你们所弹的皆是一人之曲,如两人同弹此曲,则彼此宫商皆合而为一。如彼宫,此亦必宫;彼商,此亦必商,断不敢为羽为徵。即使三四人同鼓,也是这样,实是同奏,并非合奏。我们所弹的曲子,一人弹与两人弹,迥乎不同。一人弹的,名'自成之曲';两人弹,则为'合成之曲'。所以此宫彼商,彼角此羽,相协而不相同。圣人所谓'君子和而不同',就是这个道理。'和'之一字,后人误会久矣。"

当时玙姑立起身来,向西壁有个小门,开了门,对着大声喊了几句,不知甚话,听不清楚。看黄龙子亦立起身,将琴瑟悬在壁上。子平于是也立起,走到壁间,仔细看那夜明珠到底什么样子,以便回去夸耀于人。及走至珠下,伸手一摸,那夜明珠却甚热,有些烙手,心里诧异道:"这是什么道理呢?"看黄龙子琴瑟俱已挂好,即问道:"先生,这是什么?"笑答道:"骊龙之珠,你不认得吗?"问:"骊珠怎样会热呢?"答:"这是火龙所吐的珠,自然热的。"子平说:"火龙珠哪得如此一样大的一对呢?虽说是火龙,难道永远这么热么?"笑答道:"然则我说的话,先生有不信的意思了。既不信,我就把这热的道理开给你看。"说着,便向那夜明珠的旁边有个小铜鼻子一拔,那珠子便像一扇门似的张开来了。原来是个珠壳,里面是深的油池,当中用棉花线卷的个灯芯,外面用千层纸做的个灯筒,上面有个小烟囱,从壁子上出去,上头有许多的黑烟,同洋灯的道理一样,却不及洋灯精致,所以不免有黑烟上去,看过也就笑了。再看那珠壳,原来是用大螺蚌壳磨出来的,所以也不及洋灯光亮。子平道:"与其如此,何不买个洋灯,岂不省事呢?"黄龙子道:"这山里哪有洋货铺呢?这油是前山出的,与你们点的洋油是一样物件。只是我们不会制造,所以总嫌他浊,光也不足,所以把他嵌在壁子里头。"说过便将珠壳关好,依旧是两个夜明珠。

子平又问:"这地毯是什么做的呢?"答:"俗名叫作'蓑草'。因为可以做蓑衣用,故名。将这蓑草半枯时,采来晾干,劈成细丝,和麻织成的。这是玙姑的手工。山地多潮湿,所以先用云母铺了,再加上这蓑毯,人就不受病了。这壁上也是云母粉和着红色胶泥涂的,既御潮湿,又避寒气,却比你们所用的石灰好得多呢。"

子平又看,壁上悬着一物,像似弹棉花的弓,却安了无数的弦,知道必是乐器,就问:"叫甚名字?"黄龙子道:"名叫'箜篌③'。"用手拨拨,也不甚响,说道:"我们从小读诗,题目里就有《箜篌引》,却不知道是这样子。请先生弹两声,以广见闻,何如?"黄龙子道:"单弹没有什么意味。我看时候何如,再请一个客来,就行了。"走至窗前,朝外一看月光,说:"此刻不过亥正,恐怕桑家姊妹还没有睡呢,去请一请看。"遂向玙姑道:"申公要听箜篌,不知桑家阿扈能来不能?"玙姑道:"苍头送茶来,我叫他去问声看。"于是又各坐下。苍头捧了一个小红泥炉子,外一个水铫子,一个小茶壶,几个小茶杯,安置在矮脚几上。玙姑说:"你到桑家,问扈姑、胜姑能来不能。"苍头诺声去了。

此时三人在靠窗个梅花几旁坐着。子平靠窗台甚近,玙姑取茶布与二人,大家静坐吃茶。子平看窗台上有几本书,取来一看,面子上题了四个大字,曰"此中人语"。揭开来看,也有诗,也有文,惟长短句的歌谣最多,俱是手录,字迹娟好。看了几首,都不甚懂。偶然翻得一本,中有张花笺,写着四首四言诗,是个单张子,想要抄下,便向玙姑道:"这纸我想抄去,可以不可以?"玙姑拿过去看了看,说:"你喜欢,拿去就是了。"

子平接过来,再细看,上写道:

银鼠谚

东山乳虎,迎门当户;明年食獐,悲生齐鲁。一解
残骸狼藉,乳虎乏食;飞腾上天,立豕当国。二解
乳虎斑斑,雄踞西山;亚当孙子,横被摧残。三解
四邻震怒,天眷西顾;毙豕殪④虎,黎民安堵。四解

子平看了又看,说道:"这诗仿佛古歌谣,其中必有事迹,请教一二。"黄龙子道:"既叫作'此中人语',必不能'为外人道'可知矣。阁下静候数年便会知悉。"玙姑道:"'乳虎'就是你们玉太尊,其余你慢慢地揣摩,也是可以知道的。"子平会意,也就不往下问了。

其时远远听有笑语声。一息工夫,只听回廊上"咯噔咯噔",有许多脚步儿响,顷刻已经到了面前。苍头先进,说:"桑家姑娘来了。"黄、玙姑皆接上前去。子平亦起身直立。只见前面的一个约有二十岁上下,着的是紫花袄子,紫地黄花,下着燕尾青的裙子,头上倒梳云髻,挽了个坠马妆;后面的一个约有十三四岁,着了个翠蓝袄子,红地白花的裤子,头上正中挽了个髻子,插了个慈姑叶子似的一枝翠花,走一步颤巍巍的。进来彼此让了座。

玙姑介绍,先说:"这是城武县申老父台的令弟,今日赶不上集店,在此借宿,适值龙叔也来,彼此谈得高兴,申公要听箜篌,所以有劳两位芳驾。搅破清睡,罪过!"两人齐道:"岂敢,岂敢。只是《下里》之音,不堪入耳。"黄龙子说:"也毋庸过谦了。"玙姑隧又指着年长着紫衣的,对子平道:"这位是扈姑姐姐。"指着年幼着翠衣的道:"这位是胜姑妹子。都住在我们这紧邻,平常最相得的。"子平又说了两句客气的套话,却看那扈姑,丰颊长眉,眼如银杏,口辅双涡,唇红齿白,于艳丽之中,有股英俊之气;那胜姑幽秀俊俏,眉目清爽。苍头进前,取水铫,将茶壶注满,将清水注入茶铫,即退出去。玙姑取了两个盏子,各敬了茶。黄龙子说:"天已不早了,请起手罢。"

　　玙姑于是取了箜篌，递给扈姑，扈姑不肯接手，说道："我弹箜篌，不及铫妹。我却带了一支角来，胜妹也带得铃来了，不如竟是玙妹弹箜篌，我吹角，胜妹摇铃，岂不大妙？"黄龙子道："甚善，甚善。"扈姑又道："龙叔做什么呢？"黄道："我管听。"扈姑道："不言臊，稀罕你听！龙吟虎啸，你就吟罢。"黄龙子道："水龙才会吟呢。我这个田里的龙，只会潜而不用。"玙姑说："有法子了。"即将箜篌放下，跑到靠壁几上，取过一架特磬来，放在黄龙子面前，说："你就半啸半击磬，帮衬帮衬音节罢。"

　　扈姑遂从襟底取出一支角来，缓缓地吹起。原来这角上面有个吹孔，旁边有六七个小孔，手指可以按放，亦复有宫商徵羽。听那角声，吹得呜咽顿挫，其声悲壮。当时玙姑已将箜篌取在膝上，将弦调好，听那角声的节奏。胜姑将小铃取出，左手撒了四个，右手撒了三个，亦凝神看着扈姑。只见扈姑角声一阕将终，胜姑便将两手七铃同时取起，商商价乱摇。铃起之时，玙姑已将箜篌举起，苍苍凉凉，紧钩漫摘，连批带拂。铃声已止，箜篌叮咚断续，与角声相和。那七个铃便不一齐都响，亦复参差错落，应机赴节。

　　这时黄龙子隐几仰天，撮唇齐口，发啸相和。尔时，喉声、角声、弦声、铃声，俱分辨不出。耳中但听得风声，水声，人马蹙踏声，旌旗⑤熠耀声，干戈击轧声，金鼓薄伐声。约有半小时，黄龙子举起磬击子来，在磬上铿铿锵锵地乱击，协律谐声，乘虚蹈隙。其时箜篌渐稀，角声渐低，惟余清磬，铮未已。少息，胜姑起立，两手笔直，乱铃再摇，众乐皆息。子平起立拱手道："有劳诸位，感戴之至。"众人俱道："见笑了。"子平道："请教这曲叫什么名头，何以颇有杀伐之声？"黄龙子道："这曲叫《枯桑引》又名《胡马嘶风曲》，乃军阵乐也。凡箜篌所奏，无和平之音，多半凄清悲壮；其至急者，可令人泣下。"

　　谈心之顷，各人已将乐器送还原位，复行坐下。扈姑对玙姑道："潘姊怎么多日未归？"玙姑道："大姐姐因外甥子不舒服，闹了两个多月了，所以不曾来得。"胜姑说："小外甥子什么病？怎么不赶紧治呢？"玙姑道："可不是么。小孩子淘气，治好了，他就乱吃；所以又发，已经发了两次了。何尝不替他治呢！"又说了许多家常话，遂立起身来，告辞去了。子平也立起身来，对黄龙子说："我们也前面坐罢，此刻怕有子正的光景，玙姑娘也要睡了。"

　　说着，同向前面来，仍从回廊行走。只是窗上已无月光，窗外峭壁，上半截雪白烁亮，下半截已经乌黑，是十三日的月亮，已经大歪西了。走至东房，玙姑道："二位就在此地坐罢，我送扈、胜姐姐出去。"到了堂屋，扈、胜也说："不用送了，我们也带了个苍头来，在前面呢。"听他们又喁喁唧唧了好久，玙姑方回。黄龙子说："你也回罢，我还坐一刻呢。"玙姑也就告辞回洞，说："申先生就在榻上睡罢，失陪了。"

　　玙姑去后，黄龙子道："刘仁甫却是个好人，然其病在过真，处山林有余，处城市恐不能久。大约一年的缘分，你们是有的。过此一年之后，局面又要变动了。"子平问："一年之后是什么光景？"答："小有变动。五年之后，风潮渐起；十年之后，局面就大不同了。"子平问："是好是坏呢？"答："自然是坏。然坏即是好，好即是坏；非坏不好，非好不坏。"子平道："这话我真正不懂了。好就是好，坏就是坏。像先生这种说法，岂不是好坏不分了吗？务请指示一二。不才往常见人读佛经，什么'色即是空，空即是色'，这种无理之口头禅，常觉得头昏脑闷。今日遇见先生，以为如拨云雾见了青天，不想又说出这套懵懂话来，岂不令人闷煞？"

黄龙子道："我且问你：这个月亮，十五就明了，三十就暗了，上弦下弦就阴暗各半了，那初三四里的月亮只有一牙，请问它怎么便会慢慢地长满了呢？十五以后怎么慢慢地又会烂掉了呢？"子平道："这个理容易明白：因为月球本来无光，受太阳的光，所以朝太阳的半个是明的，背太阳的半个是暗的，初三四，月身斜对太阳，所以人眼看见的正是三分明，七分暗，就像一牙似的；其实，月球并无分别，只是半个明，半个暗，盈亏圆缺，都是人眼睛现出来的景象，与月球毫不相干。"

黄龙子道："你既明白这个道理，应须知道好即是坏，坏即是好，同那月球的明暗，是一个道理。"子平道："这个道理实不能同。月球虽无圆缺，实有明暗。因永远是半个明的，半个暗的，所以明的半边朝人，人就说月圆了；暗的半边朝人，人就说月黑了。初八、对三，人正对他侧闻，所以觉得半明半暗，就叫作上弦、下弦。因人所看的方面不同，唤作个盈亏圆缺。若在二十八九，月亮全黑的时候，人若能飞到月球上边去看，自然仍是明的。这是明暗的道理，我们都懂得的。然究竟半个明的，半个暗的，是一定不移的道理。半个明的终究是明，半个暗的终究是暗。若说暗即是明，明即是暗，理性总不能通。"

正说得高兴，只听背后有人道："申先生，你错了。"究竟此人是谁，且看下回分解。

【注解】

①衾(qīn)枕：被子和枕头。

②靡靡(mí mí)：绵延不绝。

③箜篌(kōng hóu)：是十分古老的弹拨乐器，最初称"坎侯"或"空侯"。

④殪(yì)：杀死。

⑤旌(jīng)旗：旗帜的总称。

第十一回

疫鼠传殃成害马
痴犬流灾化毒龙

却说申子平正与黄龙子辩论，忽听背后有人喊道："申先生，你错了。"回头看时，却

46

原来正是玙姑,业已换了装束,仅穿一件花布小袄,愈显得聪明俊俏。申子平连忙起立,说:"玙姑还没有睡吗?"玙姑道:"本待要睡,听你们二位谈得高兴,故再来听二位辩论,好长点学问。"子平道:"不才哪敢辩论?只是性质愚鲁,一时不能彻悟,所以有劳黄龙子先生指教。方才姑娘说我错了,请指教一二。"

玙姑道:"先生不是不明白,是没有多想一想。大凡人都是听人家怎样说,便怎样信,不能达出自己的聪明。你方才说月球半个明的,终究是明的。试想月球在天,是动的呢,是不动的呢?月球绕地是人人都晓得的。既知道他绕地,则不能不动,即不能不转,是明显的道理了。月球既转,何以对着太阳的一面永远明呢?可见月球全身都是一样的质地,无论转到那一面,凡对太阳的总是明的,由此可知,无论其为明为暗,其于月球本体,毫无增减,亦无生灭。其理本来易明,都被宋以后的三教子孙挟了一肚子欺人自欺的心去做经注,把那三教圣人的精义都注歪了。所以天降奇灾,北拳南革,要将历代圣贤一笔抹煞①,此也是自然之理,不足为奇的事。不生不死,不死不生;即生即死,即死即生,哪里会错过一丝毫呢?"

申子平道:"方才月球即明即暗的道理,我方有二分明白,今又被姑娘如此一说,又把我送到'糨糊缸'里去了。我现在也不想明白这个道理了。请二位将那五年之后风潮渐起,十年之后就大不同的情形,开示一二。"

黄龙子道:"三元甲子之说,阁下②是晓得的。同治三年甲子,是上元甲子第一年,阁下想必也是晓得的?"子平答应一声道:"是。"黄龙子又道:"此一个甲子与以前三个甲子不同,此名为'转关甲子'。此甲子,六十年中要将以前的事全行改变:同治十三年,甲戌,为第一变;光绪十年,甲申,为第二变;甲午,为第三变;甲辰,为第四变;甲寅,为第五变。五变之后,诸③事俱定。若是咸丰甲寅生人的人,活到八十岁,这六甲变态都是亲身阅历,倒也是个极有意味的事。"

子平道:"前三甲的变动,不才大概也都见过了:大约甲戌穆宗毅皇帝上升,大局为之一变;甲申为法兰西福建之役、安南之役,大局又为之一变;甲午为日本侵我东三省,俄、德出为调停,坐收渔翁之利,大局又为之一变,此都已知道了。请问后三甲的变动如何?"

黄龙子道:"这是北拳南革④了。北拳之乱,起于戊子,成于甲午,至庚子,子午一冲而爆发,其兴也勃然，其灭也忽然，北方之强也。其信从者，上自宫闱，下至将相而止，主义为'压汉'。南革之乱，起于戊戌，成于甲辰，至庚戌，辰戌一冲而爆发，然其兴也渐进，其灭也潜消，南方之强也。其信从者，下自士大夫，上亦至将相而止，主义为'逐满'。此二乱党，皆所以酿劫运，亦皆所以开文明也。北拳之乱，所以渐渐逼出甲辰之变法；南革之乱，所以逼出甲寅之变法。甲寅之后，文明大著，中外之猜嫌，满、汉之疑忌，尽皆销灭。魏真人《参同契》所说，'元年乃芽滋'，指甲辰而言。辰属土，万物生于土，故甲辰以后为文明芽滋之世，如木之坼甲，如笋之解箨。其实，满目所见者皆木甲竹箨也，而真苞已隐藏其中矣。十年之间，锋甲渐解，至甲寅而齐。寅属木，为花萼之象。甲寅以后为文明华敷之世，虽灿烂可观，尚不足与他国齐驱并驾。直至甲子，为文明结实之世，可以自立矣。然后由欧洲新文明进而复我三皇五帝旧文明，骎骎⑤进于大同之世矣。然此事尚远，非三五十年事也。"

子平听得欢欣鼓舞，因又问道："像这北拳南革，这些人究竟是何因缘？上天为何要生这些人？我常是不明白，上天有好生之德，上天既好生，又是世界之主宰，为什么又要生这些恶人做什么呢？俗语话岂不是'瞎捣乱'吗？"黄龙子点头长叹。稍停，问子平道："你莫非以为上帝是尊无二上之神圣吗？"子平答道："自然是了。"黄龙子摇头道："还有一位尊者，比上帝还要了得呢！"

子平大惊，说道："这就奇了！不但中国自有书籍以来，未曾听得有比上帝再尊的，即环球各国亦没有人说上帝之上更有那一位尊神的。这真是闻所未闻了！"黄龙子道："你看过佛经，知道阿修罗王与上帝争战之事吗？"子平道："那却晓得，然我实不信。"

黄龙子道："这话不但佛经上说，就是西洋各国宗教家，也知道有魔王之说。那是丝毫不错的。须知阿修罗隔若干年便与上帝争战一次，末后总是阿修罗败，再过若干年，又来争战。试问，当阿修罗战败之时，上帝为什么不把他灭了呢，等他过若干年，又来害人？不知道他害人，是不智也；知道他害人，而不灭之，是不仁也。岂有个不仁不智之上帝呢？足见上帝的力量是灭不动他，可想而知了。譬如两国相战，虽有胜败之不同，彼一国既不能灭此一国，又不能使此一国降伏为属国，虽然战胜，则两国仍为平等之国。上帝与阿修罗亦然。既不能灭之，又不能降伏之，唯吾之命是听，则阿修罗与上帝便为平等之国，而上帝与阿修罗又皆不能出这位尊者之范围；所以晓得这位尊者，位分实在上帝之上。"

子平忙问道："请教这位尊者是何法号呢？"黄龙子道："法号叫作'势力尊者'。势力之所至，虽上帝亦不能违拗他。我说个比方给你听：上天有好生之德，由冬而春，由春而夏，由夏而秋，上天好生的力量已用足了。你试想，若夏天之树木，百草，百虫，无不满足的时候，若由着他老人家性子再往下去好生，不要一年，这地球便容不得了，又到哪里去找块空地容放这些物事呢？所以就让这霜雪寒风出世，拼命地一杀，杀得干干净净的，再让上天来好生，这霜雪寒风就算是阿修罗的部下了，又可知这一生一杀都是'势力尊者'的作用。此尚是粗浅的比方,不甚的确;要推其精义,又非一朝一夕所能算得尽的。"

玙姑听了,道:"龙叔,今朝何以发出这等奇辟的议论? 不但申先生未曾听说,连我也未曾听说过。究竟还是真有个'势力尊者'呢,还是龙叔的寓言?"黄龙子道:"你且说是有一个上帝没有? 如有一个上帝,则一定有一个'势力尊者'。要知道上帝同阿修罗都是'势力尊者'的化身。"玙姑拍掌大笑道:"我明白了! '势力尊者'是儒家说的个'无极',上帝同阿修罗王合起来是个'太极'! 对不对呢?"黄龙子道:"是的,不错。"申子平亦欢喜,遂立道:"被玙姑这一讲,连我也明白了! "

黄龙子道:"且慢。是却是了,然而被你们这一讲,岂不上帝同阿修罗都成了宗教家的寓言了吗? 若是寓言,就不如竟说'无极''太极'的妥当。要知上帝同阿修罗乃实有其人,实有其事。且等我慢慢讲与你听。不懂这个道理,万不能明白那北拳南革的根源。将来申先生庶几不至于搅到这两重恶障里去。就是玙姑,道根尚浅,也该留心点为是。

"我先讲这个'势力尊者',即主持太阳宫者是也。环绕太阳之行星皆凭这个太阳为主动力。由此可知,凡属这个太阳部下的势力总是一样,无有分别。又因这感动力所及之处与那本地的应动力相交,生出种种变相,莫可纪述。所以各宗教家的书总不及儒家的《易经》为最精妙。《易经》一书专讲爻象。何以谓之爻象? 你且看这'爻'字:乃用手指在桌上画道:一撇一捺,这是一交;又一撇一捺,这又是一交:天上天下一切事理尽于这两交了,初交为正,再交为变,一正一变,互相乘除,就没有纪极了。这个道理甚精微,他们算学家略懂得一点。算学家说同名相乘为'正',异名相乘为'负',无论你加减乘除,怎样变法,总出不了这'正''负'两个字的范围。所以'季文子三思而后行',孔子说'再思可矣',只有个再,没有个三。

"话休絮聒⑥。我且把那北拳南革再演说一番。这拳譬如人的拳头,一拳打去,行就行,不行就罢了,没甚要紧。然一拳打得巧时,也会送了人的性命。倘若躲过去,也就没事。将来北拳的那一拳,也几乎送了国家的性命。然究竟只是一拳,容易过的。若说那革呢,革是个皮,即如马革牛革,是从头到脚无处不包着的。莫说是皮肤小病,要知道浑身溃烂起来,也会致命的,只是发作的慢,若留心医治,也不至于有害大事。惟此'革'字上应卦象,不可小觑了他。诸位切忌:若搅入他的党里去,将来也是跟着溃烂,送了性命的!

"小子且把'泽火革'卦演说一番,先讲这'泽'字。山泽通气,泽就是溪河,溪河里不是水吗?《管子》说:'泽下尺,升上尺。'常云:'思泽下于民。'这'泽'字不明明是个好字眼吗? 为什么'泽火革'是个凶卦呢? 偏又有个'水火既济'的个吉卦放在那里,岂不令人纳闷? 要知这两卦的分别就在'阴''阳'二字上。坎水是阳水,所以就成个'水火既济',吉卦;兑水是阴水,所以成了个'泽火革',凶卦。坎水阳德,从悲天悯人上起的,所以成了个既济之象;兑水阴德,从愤懑嫉妒上起的,所以成了个革象。你看,《象辞》上说道:

'泽火革,二女同居,其志不相得。'你想,人家有一妻一妾,互相嫉妒,这人家会兴旺吗?初起总想独据一个丈夫,及至不行,则破败主义就出来了,因爱丈夫而争,既争之后,虽损伤丈夫也不顾了;再争,则破丈夫之家也不顾了;再争,则断送自己性命也不顾了:这叫作妒妇之性质。圣人只用'二女同居,其志不相得'两句,把这南革诸公的小像直画出来,比那照相照得还要清爽。

"那些南革的首领,初起都是官商人物,并都是聪明出众的人才。因为所秉的是妇女阴水嫉妒性质,只知有己,不知有人,所以在世界上就不甚行得开了。由愤懑⑦生嫉妒,由嫉妒生破坏。这破坏岂是一人做得的事呢! 于是同类相呼,'水流湿,火就燥',渐渐地越聚越多,钩连上些人家的败类子弟,一发做得如火如荼。"

玙姑道:"我也常听父亲说起,现在玉帝失权,阿修罗当道。然则这北拳南革都是阿修罗部下的妖魔鬼怪了? "黄龙子道:"那是自然,圣贤仙佛,谁肯做这些事呢? "

子平问道:"上帝何以也会失权? "黄龙子道:"名为'失权',其实只是'让权',并'让权'二字,还是假名;要论其实在,只可以叫作'伏权'。譬如秋冬的肃杀,难道真是杀吗?只是将生气伏一伏,蓄点力量,做来年的生长。道家说道:'天地不仁,以万物为刍狗;圣人不仁,以百姓为刍狗。'又云:'取已陈之刍狗而卧其下,必眯。'春夏所生之物,当秋冬都是已陈之刍狗了,不得不洗刷一番:我所以说是'势力尊者'的作用。上自三十三天,下至七十二地,人非人等,总共只有两派:一派讲公利的,就是上帝部下的圣贤仙佛;一派讲私利的,就是阿修罗部下的鬼怪妖魔。"

申子平道:"南革既是破败了天理国法人情,何以还有人信服他呢? "黄龙子道:"你当天理国法人情是到南革的时代才破败吗?《西游记》是部传道的书,满纸寓言。他说那乌鸡国王现坐着的是个假王,真王却在八角琉璃井内。现在的天理国法人情就是坐在乌鸡国金銮殿上的个假王,所以要借着南革的力量,把这假王打死,然后慢慢地从八角琉璃井内把真王请出来。等到真天理国法人情出来,天下就太平了。"

子平又问:"这真假是怎样个分别呢? "黄龙子道:"《西游记》上说着呢:叫太子问母后,便知道了。母后说道:'三年之前温又暖,三年之后冷如冰。'这'冷''暖'二字是真假的凭据。其讲公利的人,全是一片爱人的心,所以发出来是口暖气;其讲私利的人,全是一片恨人的心,所以发出来是口冷气。

"还有一个秘诀。北拳以有鬼神为作用,南革以无鬼神为作用。说有鬼神,就可以装妖作怪,蛊惑乡愚,其志不过如此而已。若说无鬼神,其作用就多了:第一条,说无鬼就可以不敬祖宗,为他家庭革命的根原;说无神则无阴谴,无天刑,一切违背天理的事都可以做得,又可以掀动破败子弟的兴头。他却必须住在租界或外国,以骋他反背国法的手段;必须痛低人说有鬼神的,以骋他反背天理的手段;必须说叛臣贼子是豪杰,忠臣良吏为奴性,以骋他反背人情的手段。大都皆有辩才,以文其说。就如那妒妇破坏人家,他却也有一番堂堂正正的道理说出来,可知道家也却被他破了。南革诸君的议论也有惊采绝艳的处所，可知道世道却被他搅坏了。

　　"总之，这种乱党，其在上海、日本的容易辨别，其在北京及通都大邑的难以辨别。但牢牢记住：事事托鬼神是北拳党人，力辟无鬼神的是南革党人。若遇此等人，敬而远之，以免杀身之祸，要紧，要紧！"

　　申子平听得五体投地佩服，再要问时，听窗外晨鸡已经"喔喔"地啼了，玙姑道："天可不早了，真要睡了。"遂道了一声"安置"，推开角门进去。黄龙子就在对面榻上取了几本书做枕头，身子一敧⑧，已经齁⑨声雷起。申子平把将才的话又细细地默记了两遍，方始睡卧。欲知后事如何，且看下回分解。

【注解】

①抹煞(shā)：亦作"抹杀"。勾销。
②阁下：对人的尊称。多用于书信中。
③诸：众；各。
④北拳南革：即北方的义和团和南方的资产阶级革命派。
⑤骎(qīn)骎：原意马跑得很快的样子。比喻进展得很快。
⑥絮聒(xù guō)：唠叨不休。
⑦愤懑(mèn)：气愤，不满。
⑧敧(qī)：向一边歪斜。
⑨齁(hōu)：熟睡的鼻息声。

寒风冻塞黄河水
暖气催成白雪辞

　　话说申子平一觉睡醒，红日已经满窗。黄龙子不知几时已经去了。老苍头送进热水洗脸，少停又送进几盘几碗的早饭来。子平道："不用费心，替我姑娘前道谢，我还要赶路呢。"说着，玙姑已走出来，说道："昨日龙叔不说吗，您早去也是没用，刘仁甫午牌时候方能到关帝庙呢，用过饭去不迟。"

　　子平依话用饭，又坐了一刻，辞了玙姑，径奔山集上。看那集上，人烟稠密①。店面虽不多，两边摆地摊，售卖农家器具及乡下日用物件的，不一而足。问了乡人，才寻着了关帝庙。果然刘仁甫已到，相见叙过寒温②，便将老残书信取出。

仁甫接了，说道："在下粗人，不懂衙门里规矩，才具又短，恐怕有累令兄知人之明。因为接着金二哥捎来铁哥的信，说一定叫去，又恐住的地方柏树峪难走，觅不着，所以迎候在此面辞。一切总请二先生代为力辞方好。不是躲懒，也不是拿乔，实在恐不胜任，有误尊事，务求原谅。"子平说："不必过谦。家兄恐别人请不动先生，所以叫小弟专诚敦请的。"

刘仁甫见辞不掉，只好安排了自己私事，同子平回到城武。申东造果然待之以上宾之礼，其余一切均照老残所嘱咐的办理。初起也还有一两起盗案，一月之后，竟到了"犬不夜吠"的境界了。

却说老残由东昌府动身，打算回省城去，一日，走到齐河县城南门觅店，看那街上，家家客店都是满的，心里诧异道："从来此地没有这么热闹。这是什么缘故呢？"正在踌躇③，只见门外进来一人，口中喊道："好了！快打通了！大约明日一早晨就可以过去了！"老残也无暇访问，且找了店家，问道："有屋子没有？"店家说："都住满了，请到别家去罢。"老残说："我已走了两家，都没有屋子，你可以对付一间罢，不管好歹。"店家道："此地实在没法了。东隔壁店里，午后走了一帮客，你老赶紧去，或者还没有住满呢。"

老残随即到东边店里，问了店家，居然还有两间屋子空着，当即搬了行李进去。店小二跑来打了洗脸水，拿了一支燃着了的线香放在桌上，说道："客人抽烟。"老残问："这儿为什么热闹？各家店都住满了。"店小二道："刮了几天的大北风，打大前儿，河里就淌凌，凌块子有间把屋子大，摆渡船不放走，恐怕碰上凌，船就要坏了，到了昨日，上湾子凌插住了，这湾子底下可以走船呢，却又被河边上的凌，把几只渡船都冻得死死的。昨儿晚上，东昌府李大人到了，要见抚台回话，走到此地，过不去，急得什么似的，住在县衙门里，派了河夫、地保打冻。今儿打了一天，看看可以通了，只是夜里不要歇手，歇了手，还是会冻上。你老看，客店里都满着，全是过不去河的人。我们店里今早晨还是满满的。

因为有一帮客，内中有个年老的，在河沿上看了半天，说是'冻是打不开的，不必在这里死等，我们赶到雒口，看有法子想没有，到那里再打主意罢。'午牌时候才开车去的，你老真好造化。不然，真没有屋子住。"店小二将话说完，也就去了。

老残洗完了脸，把行李铺好，把房门锁上，也出来步到河堤上看，见那黄河从西南上下来，到此却正是个湾子，过此便向正东去了，河面不甚宽，两岸相距不到二里。若以此刻河水而论，也不过百把丈宽的光景，只是面前的冰，插得重重叠叠的，高出水面有七八寸厚。看了有点把钟工夫，老残复行往下游走去，过了原来的地方，再往下走，只见有两只船。船上有十来人都拿着木杵打冰，往前打些时，又往后打。河的对岸，也有两只船，也是这么打。看看天色渐渐昏了，打算回店。再看那堤上柳树，一棵一棵的影子，都已照在地下，一丝一丝地摇动，原来月光已经放出光亮来了。

回到店里，开了门，喊店小二来，点上了灯，吃过晚饭，又到堤上闲步。这时北风已息，谁知道冷气逼人，比那有风的时候还厉害些。只见那打冰船，还在那里打。每个船上点了一个小灯笼，远远看去，仿佛一面是"正堂"二字，一面是"齐河县"三字，也就由他去了。抬起头来，看那南面的山，一条雪白，映着月光分外好看。一层一层的山岭，却不大分辨得出，又有几片白云夹在里面，所以看不出是云还是山。越望越远，渐渐地天也是白的，山也是白的，云也是白的，就分辨不出什么来了。

老残对着雪月交辉的景致，想起谢灵运的诗，"明月照积雪，北风劲且哀"两句。若非经历北方苦寒景象，哪里知道"北风劲且哀"的个"哀"字下得好呢？心里想道："岁月如流，眼见斗杓又将东指了，人又要添一岁了。一年一年的这样瞎混下去，如何是个了局呢？"又想到《诗经》上说的"维北有斗，不可以挹酒浆"——"现在国家正当多事之秋，那王公大臣只是恐怕耽处分，弄得百事俱废，国是如此，丈夫何以为家？"想到此地，不觉滴下泪来，也就无心观玩景致，慢慢回店去了。一面走着，觉得脸上有样物件附着似的，用手一摸，原来两边着了两条滴滑的冰。初起不懂什么缘故，既而想起，自己也就笑了。原来就是方才流的泪，天寒，立刻就冻住了，地下必定还有几多冰珠子呢。闷闷地回到店里，也就睡了。

次日早起，再到堤上看看，见那两只打冰船，在河边上，已经冻实在了，大总等冰结牢壮了，从冰上过罢。闲着无事，到城里散步一回，只有大街上有几家铺面，其余背街上，瓦房都不甚多，是个荒凉寥落④的景象。因北方大都如此，故看了也不甚诧异。回到房中，打开书箧，随手取本书看，却好拿着一本《八代诗选》，记得是在省城里替一个湖南人治好了病，送了当谢仪的，趁今天无事，何妨仔细看他一遍？

看了半日，复到店门口闲立。立了一会儿，方要回去，见一个戴红缨帽子的家人，走近面前，打了一个千儿，说："铁老爷，几时来的？"老残道："我昨日到的。"嘴里说着，心里只想不起这是谁的家人。那家人见老残愣着，知道是认不得了，便笑说道："家人叫黄升。敝上是黄应图黄大老爷。"老残道："哦！是了。我常到你们公馆里去，怎么就不认得你了呢？"黄升道："你老'贵人多忘事'罢咧。"老残笑道："人虽不贵，忘事倒实在多的。你们贵上是几时来的？"黄升道："敝上是总办法大人委的，在这齐河上下买八百万料。现在料也买齐全了，验收委员也验收过了，正打算回省销差呢。刚刚这河又插上了，还得等两天才能走呢。你老也住在这店里吗？"老残用手向西指道："就在这西屋里。"

黄升道："敝上也就住在上房北屋里。前些时都在工上，因为验收委员过去了，才住到这儿的。此刻是在县里吃午饭；吃过了，李大人请着说闲话，晚饭还不定回来吃不吃呢。"老残点点头，黄升也就去了。

原来此人名黄应图，号人瑞，三十多岁年纪，系江西人氏。其兄由翰林转了御史，与军机达拉密至好，故这黄人瑞捐了个同知，来山东河工投效。有军机的八行，抚台是格外照应的，眼看大案保举出奏，就是个知府大人了。人倒也不甚俗，在省城时，与老残亦颇来往过数次，故此认得。

老残又在店门口立了一刻，回到房中。又看了半本诗，看不见了，点上蜡烛。只听房门口有人进来，嘴里喊道："补翁！久违的！"老残慌忙立起来看，正是黄人瑞。彼此作过了揖，坐下，各自谈了些别后的事情。

黄人瑞道："补翁还没有用过晚饭罢？我那里虽然有人送了个一品锅，恐怕不中吃，倒是早起我叫厨子用口蘑炖了一只肥鸡，大约还可以下饭，请你到我屋里去吃饭罢。好友相逢，这就不寂寞了。"老残道："甚好，既有佳肴，你不请我，也是要去吃的。"人瑞看桌上放的书，顺手揭起来一看，是《八代诗选》，说："这诗总还算选得好的。"也随便看了几首，丢下来说道："我们那屋里坐罢。"

老残把书理了一理，就随着人瑞到上房里来。堂屋门上挂了一个大呢夹板门帘，中间安放一张八仙桌子，桌子上铺了一张漆布。人瑞问："饭得了没有？"家人说："还须略等一刻，鸡子还不十分烂。"人瑞道："先拿碟子来吃酒罢。"

家人应声出去，一霎时转来，将桌子架开，摆了四双筷子，四只酒杯。老残问："还有哪位？"人瑞道："停一会儿你就知道了。"杯筷安置停妥，只有两张椅子，又出去寻椅子去。人瑞道："我们炕上坐坐罢。"明间西首本有一个土炕，炕上铺满了芦席。炕的中间，人瑞铺了一张大老虎绒毯，毯子上放了一个烟盘子，烟盘两旁两条大狼皮褥子，当中点着明晃晃的个太谷灯。

那烟盘里摆了几个景泰蓝的匣子，两支广竹烟枪，两边两个枕头。人瑞让老残上首坐了，他就随手躺下，拿了一支烟签子，挑烟来烧，说："补翁，你还是不吃吗？其实这样东西，倘若吃得废时失业的，自然是不好；若是不上瘾，随便消遣消遣，倒也是个妙品。"老残道："我吃烟的朋友多，为求他上瘾吃的，一个也没有，都是消遣消遣，就消遣进去了。及至上瘾以后，不但不足以消遣，反成了个无穷之累。我看你老哥，也还是不消遣的为是。"人瑞道："我自有分寸，断不上这个当的。"

说着，只见门帘一响，进来了两个妓女：前头一个有十七八岁，鸭蛋脸儿；后头一个有十五六岁，瓜子脸儿。进得门来，朝炕上请了两个安。人瑞朝里指道："这位铁老爷，翠环，你就伺候铁老爷，坐在那边罢。"只见那个十七八岁的就挨着人瑞在炕沿上坐下了。那十五六岁的，不好意思坐。老残就脱了鞋子，挪到炕里边去盘膝坐了，让她好坐。她就侧着身，翘趄着坐下了。

　　老残对人瑞道："我听说此地没有这个的。"人瑞道："不然,此地还是没有。他们姐儿两个,本来是平原二十里铺做生意的。前月她爹死了,她妈回来,因恐怕她们跑了,所以带回来的,在此地不上店。这是我闷极无聊,叫她们找了来的。这个叫翠花,你那个叫翠环。"

　　翠花倚住人瑞对翠环道："你烧口烟给铁老爷吃。"人瑞道："铁爷不吃烟,你叫她烧给我吃罢。"就把烟签子递给翠环。翠环鞠拱着腰烧了一口,上在斗上,递过去。人瑞"呼呼"价吃完。翠环再烧时,那家人把碟子、一品锅均已摆好,说："请老爷们用酒罢。"

　　人瑞立起身来说："喝一杯罢,今天天气冷。"遂让老残上坐,自己对坐,命翠环坐在上横头,翠花坐下横头。翠环拿过酒壶,把各人的酒加了一加,放下酒壶,举箸来先布老残的菜。老残道："请歇手罢,不用布了。我们不是新娘子,自己会吃的。"随又布了黄人瑞的菜。人瑞也替翠环布了一箸子菜。翠环慌忙立起身来说："您那歇手。"又替翠花布了一箸。翠花说："我自己来吃罢。"就用勺子接了过来,递到嘴里,吃了一点,就放下来了。人瑞再三让翠环吃菜,翠环只是答应,总不动手。

　　人瑞忽然想起,把桌子一拍,说："是了!"遂直着嗓子喊了一声："来啊!"只见门帘外走进一个家人来,离席六七尺远,立住脚,人瑞点点头,叫他走近一步,遂向他耳边低低说了两句话。只见那家人连声道："喳。"回过头就去了。

　　过了一刻,门外进来一个着蓝布棉袄的汉子,手里拿了两个三弦子,一个递给翠花,一个递给翠环,嘴里向翠环说道："叫你吃菜呢,好好地伺候老爷们。"翠环仿佛没听清楚,朝那汉子看了一眼,那汉子道："叫你吃菜,你还不明白吗?"翠环点头道："知道了。"当时就拿起筷子来布了黄人瑞一块火腿,又夹了一块布给老残。老残说："不用布最好。"人瑞举杯道："我们干一杯罢。让她们姐儿两个唱两曲,我们下酒。"

　　说着,他们的三弦子已都和好了弦,一递一段地唱了一支曲子,人瑞用筷子在一品锅里捞了半天,看没有一样好吃的,便说道："这一品锅里的物件,都有徽号,您知道不知道?"老残说："不知道。"他便用筷子指着说道,"这叫'怒发冲冠'的鱼翅;这叫'百折不回'的海参;这叫'年高有德'的鸡;这叫'酒色过度'的鸭子;这叫'恃强拒捕'的肘子;这叫'臣心如水'的汤。"说着,彼此大笑了一会儿。

　　她们姐儿两个,又唱了两

三个曲子。家人捧上自己炖的鸡来。老残道:"酒够了,就趁热盛饭来吃罢。"家人当时端进四个饭来。翠花立起,接过饭碗,送到各人面前,泡了鸡汤,各自饱餐,饭后,擦过脸,人瑞说:"我们还是炕上坐罢。"家人来撤残肴,四人都上炕去坐。老残敲在上首,人瑞敲在下首。翠花倒在人瑞怀里,替他烧烟。翠环坐在炕沿上,无事做,拿着弦子,崩儿崩儿价拨弄着玩。

人瑞道:"老残,我多时不见你的诗了,今日总算'他乡遇故知',您也该作首诗,我们拜读拜读。"老残道:"这两天我看见冻河,想做诗,正在那里打主意,被你一阵胡搅,把我的诗也搅到那'酒色过度'的鸭子里去了!"人瑞道:"你快别'恃强拒捕',我可就要'怒发冲冠'了!"说罢,彼此呵呵大笑。老残道:"有,明天写给你看。"人瑞道:"那不行!你瞧,这墙上有斗大一块新粉的,就是为你题诗预备的。"老残摇头道:"留给你题罢。"人瑞把烟枪望盘子里一放,说:"稍缓即逝,能由得你吗?!"就立起身来,跑到房里,拿了一支笔,一块砚台,一锭墨出来,放在桌上,说:"翠环,你来磨墨。"翠环当即倒了点冷茶,磨起墨来。

霎时间,翠环道:"墨得了,您写罢。"人瑞取了个布掸子,说道:"翠花掌烛,翠环捧砚,我来掸灰。"把支笔送到老残手里,翠花举着蜡烛台,人瑞先跳上炕,立到新粉的一块底下,把灰掸了。翠花、翠环也都立上炕去,站在左右。人瑞招手道:"来!"老残笑说道:"你真会乱!"也就站上炕去,将笔在砚台上蘸好了墨,呵了一呵,就在墙上七歪八扭地写起来了。翠环恐怕砚上墨冻,不住地呵,那笔上还是裹了细冰,笔头越写越肥。顷刻写完,看是:

地裂北风号,长冰蔽河下。后冰逐前冰,相陵复相亚。河曲易为塞,嵯峨⑤银桥架。归人长咨嗟,旅客空叹咤。盈盈一水间,轩车不得驾。锦筵招妓乐,乱此凄其夜。

人瑞看了,说道:"好诗,好诗!为甚不落款呢?"老残道:"题个江右黄人瑞罢。"人瑞道:"那可要不得!冒了个会作诗的名,担了个挟妓饮酒革职的处分,有点不合算。"老残便题了"补残"二字,跳下炕来。

翠环姐妹放下砚台烛台,都到火盆边上去烘手,看炭已将烬,就取了些生炭添上。老残立在炕边,向黄人瑞拱拱手,道:"多扰,多扰!我要回屋子睡觉去了。"人瑞一把拉住,说道:"不忙,不忙!我今儿听见一件惊天动地的案子,其中关系着无限的性命,有夭矫离奇的情节,正要与你商议,明天一黑早就要复命的。你等我吃两口烟,长点精神,说给你听。"老残只得坐下。未知究竟是段怎样的案情,且看下回分解。

【注解】
①稠(chóu)密:数量多密度大。
②寒温:指问候冷暖起居。

③踌躇(chóu chú)：犹豫；思量，考虑。
④寥(liáo)落：冷落；冷清。
⑤嵯峨(cuó é)：形容山势高峻。

娓娓青灯女儿酸语
滔滔黄水观察嘉谟

　　话说老残复行坐下，等黄人瑞吃几口烟，好把这惊天动地的案子说给他听，随便也就躺下来了。翠环此刻也相熟些了，就倚在老残腿上，问道："铁老，你贵处是哪里？这诗上说的是什么话？"老残一一告诉她听。她便凝神想了一想道："说得真是不错。但是诗上也兴说这些话吗？"老残道："诗上不兴说这些话，更说什么话呢？"翠环道："我在二十里铺的时候，过往客人见得多，也常有题诗在墙上的。我最喜欢请他们讲给我听，听来听去，大约不过两个意思：体面些的人总无非说自己才气怎么大，天下人都不认识他；次一等的人呢，就无非说那个姐儿长得怎么好，同他怎么样的恩爱。

　　"那老爷们的才气大不大呢，我们是不会知道的。只是过来过去的人怎样都是些大才，为啥想一个没有才的看看都看不着呢，我说一句傻话：俗语说得好，'物以稀为贵'，岂不是没才的倒成了宝贝了吗。

　　"那些说姐儿们长得好的，无非却是我们眼面前的几人，有的连鼻子眼睛还没有长得周全呢，他们不是比她西施，就是比她王嫱；不是说她沉鱼落雁，就是说她闭月羞花。王嫱俺不知道她老是谁，有人说，就是昭君娘娘。我想，昭君娘娘跟那西施娘娘难道都是这种乏样子吗？

　　"至于说姐儿怎样跟他好，我有一回发了傻性子，去问了问，那个姐儿说：'她住了一夜就麻烦了一夜。天明问他要讨个两数银子的体己，他就抹下脸来，乱嚷道：我正账昨儿晚上就开发了，还要什么体己钱？'那姐儿哩，再三央告着说：'正账的钱呢，店里伙计扣一分，掌柜的又扣一分，剩下的全是领家的妈拿去，一个钱也放不出来。俺们的胭脂花粉，跟身上穿的小衣裳，都是自己钱买。光听听曲子的老爷们，不能向他要，只有这留住的老爷们，可以开口讨两个伺候辛苦钱。'再三央告①着，他给了二百钱一个小串子，望地下一摔，还要撇着嘴说：'你们这些强盗婊子，真不是东西！'因此，我想，作诗这件事是没有意思的，不过造些谣言罢了。你老的诗，怎么不是这个样子呢？"老残笑说道："'各师父各传授，各把戏各变手。'我们师父传我们的时候，不是这个传法，所以不

老残游记·孽海花

57

同。"

黄人瑞刚才把一筒烟吃完，放下烟枪，说道："真是'人不可貌相，海水不可斗量'。作诗不过是造些谣言，这句话真被这孩子说着了呢！"翠环道："谁敢笑话你老呢！俺们是乡下没见过世面的孩子，你老爷可别怪着我，给你老磕个头罢！"就侧着身子，朝黄人瑞把头点了几点。黄人瑞道："谁怪着你呢，实在说得不错！可见'当局者迷，旁观者清'。"

老残道："这也罢了，只是你赶紧说你那稀奇古怪的案情罢。既是明天一黑早要复命的，怎么还这么慢腾斯礼②的呢？"人瑞道："不用忙，等我先讲个道理你听。我且问你，河里的冰明天能开不能开？"答道："不能开。"问："冰上你敢走吗？明日能动身吗？"答："不能动身。"问："既不能动身，明天早起有什么要事没有？"答："没有。"

黄人瑞道："既然如此，你慌着回屋子去干什么？当此沉闷寂寥的时候，有个朋友谈谈，也就算苦中之乐了。我对你说：在省城里，你忙我也忙，息想畅谈，总没有个空儿。难得今天相遇，正好畅谈一回。我常说：人生在世，最苦的是没地方说话。你看，一天说到晚的话，怎么说没地方说话呢？大凡人肚子里，发话有两个所在：一个是从丹田底下出来的，那是自己的话；一个是从喉咙底下出来的，那是应酬的话。省城里那么些人，不是比我强的，就是不如我的。比我强的，他瞧不起我，所以不能同他说话；那不如我的，又要妒忌我，又不能同他说话。难道没有同我差不多的人吗？境遇虽然差不多，心地却就大不同了，他自以为比我强，就瞧不起我；自以为不如我，就妒我：所以直没有说话的地方。像你老哥总算是圈子外的人，今日难得相逢，我又素昔佩服你的，我想你应该怜惜我，同我谈谈；你偏急着要走，怎么教人不难受呢？"

老残道："好，好，好！我就陪你谈谈。我对你说罢：我回屋子也是坐着，因为你已叫了两个姑娘，正好同她们说说情义话，我在这里不便。"人瑞道："我也正为她们的事情，要同你商议呢。"站起来，把翠环的袖子抹上去，露出臂膊来，指给老残看，说："你瞧，这些伤痕教人可惨不可惨呢！"老残看时，有一条一条青的，有一点一点紫的。人瑞又道："这是膀子上如此，我想身上更可怜了。翠环，你就把身上解开来看看。"

翠环这时两眼已搁满了汪汪的泪，只是忍住不叫它落下来，被他手这么一拉，却滴滴的连滴了许多泪。翠环道："看什么，怪臊的！"人瑞道："你瞧！这孩子傻不傻？看看怕什么呢？难道做了这项营生，你还害臊吗？"翠环道："怎不害臊?！"翠花这时眼眶子里也搁着泪，说道："您别叫她脱了。"回头朝窗外一看，低低向人瑞耳中不知说了两句什么话，人瑞点点头，就不作声了。

老残此刻靠在炕上，心里想着："这都是人家好儿女，父母养她的时候，不知费了几多的精神。谁知抚养成人，或因年成饥馑，或因其父吃鸦片烟，或好赌钱，或被打官司拖累，逼到万不得已的时候，就糊里糊涂将女儿卖到这门户人家，被鸨儿残酷，有不可以言语形容的境界。"因此触动自己的生平所见所闻，各处鸨儿的刻毒，不觉眼睛角里，也自有点潮丝丝的起来了。

此时大家默无一言，只见外边有人捐了一卷行李，由黄人瑞家人带着，送到里间房里去了。那家人出来向黄人瑞道："请老爷要过铁老爷的房门钥匙来，好送翠环行李进去。"老残道："自然也捐到你们老爷屋里去。"人瑞道："得了！把钥匙给我罢。"老残道："那可不行！我从来不干这个的。"人瑞道："我早吩咐过了，钱已经都给了。你这是何苦呢？"老残道："钱给了不要紧，该多少我明儿还你就截了。既已付过了钱，她老鸨子也没有什么说的，怕什么呢？"翠花道："你当真的教她回去，跑不了一顿饱打，总说她是得罪了客。"老残道："我还有法子：今儿送她回去，告诉她，明儿仍旧叫她，这也就没事了。况且她是黄老爷叫的人，干我什么事呢？我情愿出钱，岂不省事呢？"黄人瑞道："我原是为你叫的，我昨儿已经留了翠花，难道今儿好叫翠花回去吗？不过大家解解闷儿，我也不是一定要你如此云云。昨晚翠花在我屋里讲了一夜，坐到天明，不过我们借此解个闷，也让她少挨两顿打，那儿不是积功德呢。我先是因为她们的规矩，不留下是不准动筷子的，倘若不黑就来，坐到半夜里饿着肚子，碰巧还省不了一顿打。因为老鸨儿总是说：客人既留你到这时候，自然是喜欢你的，为什么还会叫你回来？一定是应酬不好，碰得不巧，就是一顿。所以我才叫她们告诉说：都已留下了，你不看见她那伙计叫翠环吃菜么？那就是个暗号。"

说到此处，翠花向翠环道："你自己央告央告铁爷，可怜可怜你罢。"老残道："我也不为别的，钱是照数给。让她回去，她也安静，我也安静些。"翠花鼻子里哼了一声，说："你安静是实，她可安静不了的！"翠环歪过身子，把脸儿向着老残道："铁爷，我看你老的样子，怪慈悲的，怎么就不肯慈悲我们孩子一点吗？你老屋里的炕，一丈二尺长呢，你老铺盖不过占三尺宽，还走着九尺地呢，就舍不得赏给我们孩子避一宿难吗？倘若赏脸，要我孩子伺候呢，装烟倒茶，也还会做；倘若恶嫌得很呢，求你老包涵③些，赏个炕畸角混一夜，这就恩典得大了！"

老残伸手在衣服袋里将钥匙取出，递与翠花，说："听你们怎么搅去罢，只是我的行李可动不得的。"翠花站起来，递与那家人，说："劳你驾，看他伙计送进去，就出来，请你把门就锁上。劳驾，劳驾！"那家人接着钥匙去了。

老残用手抚摩着翠环的脸，说道："你是哪里人，你鸨儿姓什么？你是几岁卖给她的？"翠环道："俺这妈姓张。"说了一句就不说了，袖子内取出一块手巾来擦眼泪，不作声。老残道："你别哭呀。我问你老底子家里事，也是替你解闷的，何苦难受呢？"翠环道："我原底子没有家！"

翠花道："你老别生气，这孩子就是这脾气不好，所以常挨打。其实，也怪不得她难受。二年前，她家还是个大财主呢，去年才卖到俺妈这儿来。她为自小儿没受过这个折腾，所以就种种的不过好，其实，俺妈在这里头，算是顶善和的哩。她到了明年，恐怕要过今年这个日子也没有了！"说到这里，那翠环竟掩面呜咽起来。翠花喊道："嘿！这孩

老残游记·孽海花

59

子可是不想活了！你瞧，老爷们叫你来为开心的，你可哭开自己咧！那不得罪人吗？快别哭咧！"

老残道："不必，不必！让她哭哭好。你想，她憋了一肚子的闷气，到哪里去哭？难得遇见我们两个没有脾气的人，让她哭个够，也算痛快一回。"用手拍着翠环道："你就放声哭也不要紧，我知道黄老爷是没忌讳④的人。只管哭，不要紧的。"黄人瑞在旁大声嚷道："小翠环，好孩子，你哭罢！劳你驾，把你黄老爷肚里憋的一肚子闷气，也替我哭出来罢！"

大家听了这话，都不禁发了一笑，连翠环遮着脸也"扑嗤"地笑了一声。原来翠环本来知道在客人面前万不能哭的，只因老残问到她老家的事，触起她的伤心，故眼泪不由得直奔出来，要强忍也忍不住。及至听到老残说她受了一肚子闷气，让她哭个够，心里想道："自从落难以来，从没有人这样体贴过她，可见世界上男子并不是个人都是拿女儿家当粪土一般作贱⑤的。只不知道像这样的人世界上多不多，我今生还能遇见几个？"

老残道："哭也哭过了，笑也笑过了，我还要问你：怎么二年前她还是个大财主？翠花，你说给我听听。"翠花道："她是俺这齐东县的人。她家姓田，在这齐东县南门外有二顷多地；在城里，还有个杂货铺子。她还有个小兄弟，今年才五六岁。有个老奶奶，俺们这大清河边上的地，多半是棉花地，一亩地总要值一百多吊钱呢，她有二顷多地，不就是两万多吊钱吗？连上铺子，就够三万多了。俗说'万贯家财'，一万贯家财就算财主，他有三万贯钱，不算个大财主吗？"

老残道："怎么样就会穷呢？"翠花道："那才快呢！不消三天，就家破人亡了！这就是前年的事情。俺这黄河不是三年两头地倒口子吗？庄抚台为这个事焦得了不得。听说有个什么大人，是南方有名的才子，他就拿了一本什么书给抚台看，说这个河的毛病是太窄了，非放宽了不能安静，必得废了民埝，退守大堤。这话一出来，那些候补大人个个说好。抚台就说：'这些堤里百姓怎样好呢？须得给钱叫他们搬开才好。'谁知道这些总办候补道王八蛋大人们说：'可不能叫百姓知道。你想，这堤埝中间五六里宽，六百里长，总有十几万家，一被他们知道了，这几十万人守住民埝，那还废的掉吗？'庄抚台没法，点点头，叹了口气，听说还落了几点眼泪呢。

"这年春天就赶紧修了大堤，在济阳县南岸，又打了一道隔堤。这两样东西就是杀这几十万人的一把大刀！到了六月初几里，只听人说：'大汛到咧！'那埝上的队伍不断地两头跑。那河里的水一天长一尺多，不到十天工夫，那水就比埝顶低不远了，比着那埝里的平地，怕不有一两丈高！到了十三四里，只见那埝上的报马，来来往往，一会儿一匹。到了第二天晌午时候，各营盘里，掌号齐人，把队伍都开到大堤上去。

"那时就有机灵人说：'不好！恐怕要出乱子！俺们赶紧回去预备搬家罢！'谁知道那一夜里，三更时候，又赶上大风大雨，只听得稀里哗啦，那黄河水就像山一样地倒下去了。那些村庄上的人，大半都还睡在屋里，呼的一声，水就进去，惊醒过来，连忙是跑，水已经过了屋檐。天又黑,风又大,雨又急,水又猛,你老想,这时候有什么法子呢?"未知后事如何,且看下回分解。

【注解】

①央告:央求,恳求。

②慢腾斯礼:亦作慢条斯理。原指说话做事有条有理,不慌不忙。现也形容说话做事慢腾腾,不慌不忙。

③包涵(hán):客套话,请人原谅。

④忌讳(huì):因风俗习惯或个人理由等,对某些言语或举动有所顾忌。

⑤作践(jiàn):摧残。

大县若蛙半浮水面　小船如蚁分送馒头

话说翠花接着说道:"到了四更多天,风也息了,雨也止了,云也散了,透出一个月亮。那村庄里头的情形是看不见的,只有靠民埝近的,还有那抱着门板或桌椅板凳的,漂到民埝跟前,都就上了民埝。还有那民埝上住的人,拿竹竿子赶着捞人,这些人得了性命,喘过一口气来,想一想,一家人就剩了自己,没有一个不是号啕痛哭。一条哭声,五百多里路长,你老看惨不惨呢!"

翠环接着道:"六月十五这一天,俺娘儿们正在南门铺子里,半夜里听见人嚷说:'水下来了!'大家听说,都连忙起来。这一天本来热,人多半是穿着裌裤,在院子里睡的。雨来的时候,才进屋子去;刚睡了一蒙蒙觉,就听外边嚷起来了,连忙跑到街上看,城也开了,人都望城外跑。城圈子外头,本有个小埝,每年倒口子用的,埝有五尺多高,这些人都出去守小埝。那时雨才住,天还阴着。

"一霎时,只见城外人,拼命价往城里跑;又见县官也不坐轿子,跑进城里来,上了城墙。只听一片声嚷说:'城外人家,不许搬东西!叫人赶紧进城,就要关城,不能等了!'俺们也都扒到城墙上去看,这里许多人用蒲包装泥,预备堵城门。县大老爷在城上喊:'人都进了城了,赶紧关城。'城厢里头本有预备的土包,关上城,就用土包把门后头垒上了。

"俺有个齐二叔住在城外,也上了城墙,这时候,云彩已经回了山,月亮很亮的。俺妈看见齐二叔，问他：'今年这么厉害？'齐二叔说：'可不是呢！往年倒口子，水下来，初起不过尺把高；正水头到了，也不过二尺多高，没有过三尺的；总不到顿把饭的工夫，水头就过去，总不过二尺来往水，今年这水，真霸道！一来就一尺多，一霎就过了二尺！县大老爷看势头不好，恐怕小埝守不住，叫人赶紧进城罢。那时水已将近有四尺的光景了。大哥这两天没见，敢是在庄子上么？可担心的很！'俺妈就哭了，说：'可不是呢！'

"当时只听城上一片吵嚷，说：'小埝浸咧！'城上的人呼呼价往下跑。俺妈哭着就地一坐，说：'俺就死在这儿不回去了！'俺没法，只好陪着在旁边哭。只听人说：'城门缝里过水！'那无数人就乱跑，也不管是人家，是店，是铺子，抓着被褥就是被褥，抓着衣服就是衣服，全拿去塞城门缝子。一会儿把咱街上估衣铺的衣服，布店里的布，都拿去塞了城门缝子。渐渐听说：'不过水了！'又听嚷说：'土包单弱，恐怕挡不住！'这就看着多少人到俺店里去搬粮食口袋，望城门洞里去填。一会儿看着搬空了；又有那纸店里的纸，棉花店里的棉花，又是搬个干净。

"那时天也明了，俺妈也哭昏了。俺也没法，只好坐地守着。耳朵里不住的听人说：'这水可真了不得！城外屋子已经过了屋檐！这水头怕不快有一丈多深吗！从来没听说有过这么大的水！'后来还是店里几个伙计，上来把俺妈同俺架了回去。回到店里，那可不像样子了！听见伙计说：'店里整布袋的粮食都填满了城门洞，囤子里的散粮被乱人抢了一个精光。只有泼洒在地下的，扫了扫，还有两三担粮食。'店里原有两个老妈子，她们家也在乡下，听说这么大的水，想必老老小小也都是没有命了，直哭得想死不想活。

"一直闹到太阳大歪西，伙计们才把俺妈灌醒了。俺妈醒了，睁开眼看看，说：'老奶奶呢？'他们说：'在屋里睡觉呢，不敢惊动她老人家。'俺妈说：'也得请她老人家起来吃点什么呀！'待得走到屋里，谁知道她老人家不是睡觉，是吓死了。摸了摸鼻子里，已经没有气。俺妈看见，'哇'的一声，吃的两口稀饭，跟着一口血块子一齐呕出来，又昏过去了。亏得个老王妈在老奶奶身上尽自摩挲，忽然嚷道：'不要紧！心口里滚热的呢！'忙着嘴对嘴地吹气，又喊快拿姜汤来。到了下午时候，奶奶也过来了，俺妈也过来了，这算是一家平安了。

"有两个伙计,在前院说话:'听说城下的水有一丈四五了,这个多年的老城,恐怕守不住;倘若是进了城,怕一个活的也没有!'又一个伙计道:'县大老爷还在城里,料想是不要紧的。'"

老残对人瑞道:"我也听说,究竟是谁出的这个主意,拿的是什么书,你老哥知道么?"人瑞道:"我是庚寅年来的,这是己丑年的事,我也是听人说,未知确否。据说是史钧甫史观察创的议,拿的就是贾让的《治河策》。他说当年齐与赵、魏以河为境,赵、魏濒山,齐地卑下,作堤去河二十五里,河水东抵齐堤,则西泛赵、魏,赵、魏亦为堤,去河二十五里。

"那天,司道都在院上,他将这几句指与大家看,说:'可见战国时两堤相距是五十里地了,所以没有河患。今日两民埝相距不过三四里,即两大堤相距尚不足二十里,比之古人,未能及半,若不废民埝,河患断无已时。'宫保说:'这个道理,我也明白。只是这夹堤里面尽是村庄,均属膏腴之地①,岂不要破坏几万家的生产吗?'

"他又指《治河策》给宫保看,说:'请看这一段说:难看将曰:若此败坏城郭田庐家墓以万数,百姓怨恨。'贾让说:'昔大禹治水,山陵当路者毁之,故凿龙门,辟伊阙,折砥柱,破碣石,堕断天地之性,尚且为之,况此乃人工所造,何足言也?'且又说:'小不忍则乱大谋',宫保以为夹堤里的百姓。庐墓生产可惜,难道年年决口就不伤人命吗,此一劳永逸之亭。所以贾让说:'大汉方制万里,岂其与水争咫尺之地哉,此功一立,河定民安,千载无恙,故谓之上策。汉朝方制,不过万里,尚不当与水争地;我国家方制数万里,若反与水争地,岂不令前贤笑后生吗?'又指储同人批评云:'三策遂成不刊之典,然自汉以来,治河者率下策也。悲夫!汉、晋、唐、宋、元、明以来,读书人无不知贾让《治河策》等于圣经贤传,惜治河者无读书人,所以大功不立也。宫保若能行此上策,岂不是贾让二千年后得一知己?功垂竹帛,万世不朽!'宫保皱着眉头道:'但是一件要紧的事,只是我舍不得这十几万百姓现在的身家。'两司道:'如果可以一劳永逸,何不另酬一笔款项,把百姓迁徙出去呢?'宫保说:'只有这个办法,尚属较妥。'后来听说筹了三十万银子,预备迁民,至于为什么不迁,我却不知道了。"

人瑞对着翠环说道:"后来怎么样呢?"翠环道:"后来我妈拿定主意,听他去,水来,俺就淹死去!"翠花道:"那一年我也在齐东县,俺住在北门。俺三姨家北门离民埝相近,北门外大街铺子又整齐,所以街后两个小埝都不小,听说是一丈三的顶。那边地势又高,所以北门没有漫过来。十六那天,俺到城墙上,看见那河里漂的东西,不知有多少呢,也有箱子,也有桌椅板凳,也有窗户门扇。那死人,更不待说,漂得满河都是。有有钱的,打算搬家,就是雇不出船来。"

老残道:"船呢?上哪里去了?"翠花道:"都被官府里拿了差,送馒头去了。"老残道:"送馒头给谁吃?要这些船干啥?"翠花道:"馒头功德可就大了!那庄子上的人,被水冲的有一大半,还有一少半呢,都是机灵点的人,一见水来,就上了屋顶,所以每一个庄子

63

里屋顶上总有百把几十人，四面都是水，到哪儿摸吃的去呢？有饿急了，重新跳到水里自尽的。亏得有抚台派的委员，驾着船各处去送馒头，大人三个，小孩两个。第二天又有委员驾着空船，把他们送到北岸。这不是好极的事吗？谁知这些浑蛋还有许多蹲在屋顶上不肯下来呢！问他为啥，他说在河里有抚台给他送馍馍，到了北岸就没人管他吃，那就饿死了。其实抚台送了几天就不送，他们还是饿死。您说这些人浑不浑呢？"

老残向人瑞道："这事真正荒唐！是史观察不是，虽来可知，然创此议主人，却也不是坏心，并无一毫为己私见在内。只因但会读书，不谙世故。孟子所以说：'尽信书，则不如无书。'"又问翠环道："后来你爹找着了没有？"翠环收泪道："那还不是跟水去了吗！要是活着，能不回家来吗？"大家叹息了一会儿。

老残又问翠花道："你才说他，到了明年，只怕要过今年这个日子也没有了，这话是个什么缘故？"翠花道："俺这个爹不是死了吗？丧事里多花了一百几十吊钱；前日俺妈赌钱，掷骰子又输了二三百吊钱。共总亏空四百多吊，今年的年，是万过不去了。所以前儿打算把环妹卖给蒯②二秃子家，这蒯二秃子出名的厉害，一天没有客，就要拿火筷子烙人。俺妈要他三百银子，他给了六百吊钱，所以没有说妥，你老想，现在到年，还能有多少天？这日子眼看着越过越紧，倘若到了年下，怕他不卖吗？这一卖，翠环可就够她难受了。"

老残听了，默无一言；翠环却只揩泪。黄人瑞道："残哥，我才说，为他们的事情要同你商议，正是这个缘故。我想，起不过三百银子的事情，我愿意出一半，那一半找几个朋友凑凑，你老哥也随便出几两，不拘多少。但是这个名我却不能担，倘若你老哥能把她要回去，这事就容易办了。"老残道："这事不难。银子呢，既你老哥肯出一半，那一半就是我兄弟出了罢。只是我断不能要她，还得再想法子。"

翠环听到这里，慌忙跳下炕来，给黄、铁二公磕了两个头，说道："两位老爷菩萨，舍得花银子把我救出火坑，不管做什么，丫头、老妈子，我都情愿。只是有一件事，我得禀明在前：我所以常挨打，也不怪俺这妈。俺妈当初，因为实在饿不过了，所以把我卖给俺这妈，得了二十四吊钱，谢犒③中人等项，去了三四吊，只落了二十吊钱。接着去年春上，俺奶奶死了，这钱可就光了，俺妈领着俺个小兄弟讨饭吃，不上半年，连饿带苦，也就死了。只剩了俺一个小兄弟，今年六岁。亏了俺有个旧街坊李五爷，把他领了去，随便给点吃吃。只是他自顾还不足的人，哪里能管他饱呢？穿衣服是更不必说了。所以我在二十里铺的时候，遇着好客，给个一吊八百的呢，我就一两个月攒个三千两吊地给他寄来。现在蒙两位老爷救我出来，如在左近二三百里的地方呢，那就不说了，我总能省几个钱给他寄来；倘要远去呢，请两位恩爷总要想法，许我把这个孩子带着，或寄放在庵里庙里，或找个小户人家养着。俺田家祖上一百世的祖宗，做鬼都感激二位爷的恩典，结草衔环，一定会报答你二位的！可怜俺田家就这一线的根苗！……"说到这里，便又号啕痛哭起来。

人瑞道："这又是一点难处。"老残道："这也没有什么难，我自有个办法。"遂喊道："田姑娘，你不用哭了，包管你姊儿两个一辈子不离开就是了。你别哭，让我们好替你打主意；你把我们哭昏了，就出不出好主意来了。"翠环听罢，赶紧忍住泪，给他们每人磕了几个响头。老残连忙将她搀起。谁知她磕头的时候，用力太猛，把额头上碰了一个大包，包又破了，流血呢。

老残扶她坐下，说："这是何苦来呢？"又替她把额上血轻轻揩了，让她在炕上躺下，这就来向人瑞商议说："我们办这件事，当分个前后次第：以替她赎身为第一步，以替她择配为第二步。赎身一事又分两层：以私商为第一步；公断为第二步。此刻别人出她六百吊，我们明天把她领家的叫来，也先出六百吊，随后再添，此种人不宜过于爽快；你过于爽快，她就觉得奇货可居了。此刻银价每两换两吊七百文，三百两可换八百一十吊，连一切开销，一定足用的。看她领家的来，口气何如：倘不执拗④，自然私了的为是；如怀疑刁狡呢，就托齐河县给她当堂公断一下，仍以私了结局，人翁以为何如？"人瑞道："极是！"

老残又道："老哥固然万无出名之理，兄弟也不能出全名，只说是替个亲戚办的就是了。等到事情办妥，再揭明择配的宗旨；不然，领家的是不肯放的。"人瑞道："好。这个办法，一点不错。"老残道："银子是你我各出一半，无论用多少，皆是这个分法。但是我行箧中所有，颇不敷用，要请你老哥垫一垫；到了省城，我就还你。"人瑞道："那不要紧，赎两个翠环，我这里的银子都用不了呢。只要事情办妥，老哥还不还都不要紧的。"老残道："一定要还的！我在有容堂还存着四百多银子呢。你不用怕害得我没饭吃。"

人瑞道："就是这么办，明天早起，就叫她们去喊她领家的去。"翠花道："早起你别去喊。明天早起，我们姐儿俩一定要回去的。你老早起一喊。倘若被她们知道这个意思，她一定把环妹妹藏到乡下去；再讲盘子，那就受她的拿捏了，况且她们抽鸦片烟的人，也起不早；不如下午，你老先着人叫我们姐儿俩来，然后去叫俺妈，那就不怕她了。只是一件：这事千万别说我说的：环妹妹是超升了的人，不怕她，俺还得在火坑里过活两年呢。"人瑞道："那自然，还要你说吗？明天我先到县衙门里，顺便带个差人来。倘若你妈作怪，我先把翠环交给差人看管，那就有法制她了。"说着，大家都觉得喜欢。

老残便对人瑞道："他们事已议定，大概如此，只是你先前说的那个案子呢，我到底不放心。你究竟是真话是假话？说了我好放心。"未知后事如何，且看下回分解。

【注解】

①膏腴(yú)之地：指肥沃富饶的地区。

②蒯(kuǎi)：姓氏。

③谢犒(kào)：酬谢。

④执拗(niù)：固执任性，不听别人意见。

第
十
五
回

烈焰有声惊二翠
严刑无度逼孤孀

话说老残与黄人瑞方将如何拔救翠环主法商议停妥，老残便向人瑞道："你适才说，有个惊天动地的案子，其中关系着无限的人命，又有夭矫离奇的情节，到底是真是假？"人瑞道："别忙，方才为这一个毛丫头的事，商议了半天，我的烟还没有吃好，让我吃两口烟，提提神，告诉你。"

翠环此刻心里蜜蜜的高兴，正不知如何是好，听人瑞要吃烟，赶紧拿过签子来，替人瑞烧了两口吃着。人瑞道："这齐河县东北上，离城四十五里，有个大村镇，名叫齐东镇。有个贾老翁，年纪不过五十，生了两个儿子，一个女儿。大儿子在时，有三十多岁了，二十岁上娶了本村魏家的姑娘。魏、贾这两家都是靠庄田吃饭，每人家有四五十顷地。魏家没有儿子，只有这个女儿，却承继了一个远房侄儿在家，管理一切事务。只是这个承继儿子不甚学好，所以魏老儿不喜欢他，却喜欢这个女婿如同珍宝一般，谁知这个女婿去年七月，感了时气，到了八月半边，就一命呜呼哀哉死了。过了百日，魏老头恐怕女儿伤心，常常接回家来过个十天半月的，解解他的愁闷。

"这贾家呢，第二个儿子今年二十四岁，在家读书。人也长得清清秀秀的，笔下也还文从字顺，贾老儿既把个大儿子死了，这二儿子便成了个宝贝，恐怕他劳神，书也不叫他念了。他那女儿今年十九岁，相貌长得如花似玉，又加之人又能干，家里大小事情，都是她做主。因此本村人替她起了个浑名，叫作'贾探春'。老二娶的也是本村一个读书人家的女儿，性格极其温柔，轻易不肯开口，所以人越发看他老实没用，起他个浑名叫'二呆子'。

"这贾探春长到一十九岁还没有婆家，因为她才貌双全。邻村一个吴二浪子，人生得倜傥不群[①]，相貌也俊,言谈也巧,家道也丰富,好骑马射箭。同这贾家本是个老亲,一向往来,只有这吴二浪子曾经托人来求亲。贾老儿暗想,这个亲事倒还做得;只是听得人说,这吴二浪子,乡下已经偷上了好几个女人,又好赌,又时常好跑到省城里去玩耍,动不动一两个月的不回来。心里算计,这家人家,虽算乡下的首富,终久家私要保不住,因此就没有应许。以后却是再要找人才家道相平的,总找不着,所以把这亲事就此搁下了。

　　"今年八月十三是贾老大的周年。家里请和尚拜了三天忏,是十二、十三、十四三天。经忏拜完,魏老儿就接了姑娘回家过节。谁想当天下午,陡听人说,贾老儿家全家丧命。连忙跑来看时,却好乡约、里正俱已到齐。全家人都死尽,只有贾探春和她姑妈来了,都哭的泪人似的。顷刻之间,魏家姑奶奶,就是贾家的大娘子也赶到了;进得门来,听见一片哭声,也不晓得青红皂白,只好号啕大哭。

　　"当时里正前后看过,计门房,死了看门的一名,长工二名;厅房堂屋,倒在地下死了书童一名;厅房里间,贾老儿死在炕上;二进上房,死了贾老二夫妻两名,旁边老妈子一名,炕上三岁小孩子一名;厨房里,老妈子一名,丫头一名;厢房里,老妈子一名;前厅厢房里,管账先生一名:大小男女,共死了一十三名。当时具禀,连夜报上县来。

　　"县里次日一清早,带同仵作下乡——相验②。没有一个受伤的人骨节不硬,皮肤不发青紫,既非杀伤,又非服毒,这没头案子就有些难办。一面贾家办理棺殓,一面县里具禀串报抚台。县里正在序稿,突然贾家递个抱告,言已查出被人谋害形迹。"

　　方说到这里,翠环抬起头来喊道:"您瞧!窗户怎样这么红呀?"一言未了,只听得"必必剥剥"的声音,外边人声嘈杂,大声喊叫说:"起火!"几个连忙跑出上房门来,才把帘子一掀,只见那火正是老残住的厢房后身。老残连忙身边摸出钥匙去开房门上的锁,黄人瑞大声喊道:"多来两人,帮铁老爷搬东西!"

　　老残刚把铁锁开了,将门一推,只见房内一大团黑烟,那火舌已自由窗户里冒出来了。老残被那黑烟冲来,赶忙往后一退,却被一块砖头绊住,跌了一跤。恰好那些来搬东西的人正自赶到,就势把老残扶起,搀过东边去了。

　　当下看那火势,怕要连着上房,黄人瑞的家人就带着众人,进上房去抢搬东西。黄人瑞站在院心里,大叫道:"赶先把那账箱搬出!"说时,黄升已将账箱搬出。那些人多手杂的,已将黄人瑞箱笼行李都搬出来放在东墙脚下。店家早已搬了几条长板凳来,请他们坐。人瑞检点物件,一样不少,却还多了一件,赶忙叫人搬往柜房里去。看官,你猜多的一件是何物事?原来正是翠花的行李。人瑞知道县官必来看火,倘若见了,有点难堪,所以叫人搬去。并对二翠道:"你们也往柜房里避一避去,立刻县官就要来的。"二翠听说,便顺墙根走往前面去了。

　　且说火起之时,四邻人等及河工夫役,都寻觅了水桶水盆之类,赶来救火。无奈黄河两岸俱已冻得实实的。店后有个大坑塘,却早冻得如平地了。城外只有两口井里有水,一桶桶打起,中何用呢?这些人人急智生,就把坑里的冰凿开,一块一块的往火里投。哪知这冰的力量比水还大，一块冰投下去，就有一块地方没了火头。

老残与黄人瑞正在东墙看人救火，只见外面一片灯笼火把，县官已到，带领人夫手执挠钩长杆等件，前来救人。进得门来，见火势已衰，一面用挠钩将房扯倒，一面饬③人取黄河浅处薄冰抛入火里，以压火势，那火也就渐渐地熄了。

县官见黄人瑞立在东墙下，步上前来，请了一个安，说道："老宪台受惊不小！"人瑞道："也还不怎样，但是我们补翁烧得苦点。"因向县官道："子翁，我介绍你会人。此人姓铁，号补残，与你颇有关系，那个案子上要倚赖他才好办。"县官道："哎呀呀！铁补翁在此地吗？快请过来相会。"人瑞即招手大呼道："老残，请这边来！"

老残本与人瑞坐在一条凳上，因见县官来，踱过人丛里，借看火为回避。今闻招呼，遂走过来，与县官作了个揖，彼此道些景慕的话头。原来这齐河县姓王，号子谨，也是江南人，与老残同乡。

当下人瑞对王子谨道："我想阁下齐东村一案，只有请补翁写封信给宫保，须派白子寿来，方得昭雪；那个绝物也不敢过于倔强。我辈都是同官，不好得罪他的；补翁是方外人，无须忌讳。尊意以为何如？"子谨听了，欢喜非常，说："贾魏氏活该有救星了！"老残听得没头没脑，只好含糊唯诺④。

当时火已全熄，县官要扯二人到衙门去住。人瑞道："上房既未烧着，我仍可以搬入去住，只是铁公未免无家可归了。"老残道："不妨！此时夜已深，天明后，我自会上街置办行李，毫不碍事。"县官又苦苦地劝老残到衙门里去。老残说："我打搅黄兄是不妨的，请放心罢。"县官又殷勤问："烧了些什么东西？敝县购办得出的，自当稍尽绵薄。"老残笑道："布衾一方，竹筒一只，布衫裤两件，破书数本，铁串铃一枚，如此而已。"县官笑道："不确罢。"也就笑着。

正要告辞，只见地保同着差人锁了一人来，跪在地下，连连磕头，"大老爷天恩！"那地保跪一条腿在地下，喊道："火就是这个老头儿屋里起的。"县官便问道："你姓什么？叫什么？哪里人？怎么样起的火？"只见那地下的人又连连磕头，说道："小的姓张，叫张二，是本城里人，在这隔壁店里做长工。因为昨儿从天明起来，忙到晚上二更多天，才回屋睡觉。谁知小衫裤汗湿透了，冷得异样。小的看这屋里放着好些粟秸，就抽了几根，烧着烘一烘。又想起窗户台上有上房客人吃剩下的酒，赏小的吃的，就拿在火上煨热了，喝了几盅。谁知道一天乏透的人，得了点暖气，又有两杯酒下了肚，糊里涂糊，就睡着了。刚睡着，一霎儿的工夫，就觉得鼻子里烟呛得难受，慌忙睁开眼来，身上棉袄已经烧着了一大块，那粟秸打的壁子已通着了。赶忙出来找水来泼，那火已自出了屋顶，小的也没有法子了。所招是实，求大老爷开恩！"县官骂了一声"浑蛋"说："带到衙门里办去罢！"说罢，立起身来，向黄、铁二公告辞；又再三叮嘱人瑞，务必设法玉成那一案，然后匆匆去了。

那时火已熄尽，只冒白气。人瑞看着黄升带领众人，又将物件搬入，依旧陈列起来。人瑞道："屋子里烟火气太重，烧盒万寿香来熏熏。"人瑞笑向老残道："铁公，我看你还忙着回屋去不回呢？"老残道："都是被你一留再留的。倘若我在屋里，不至于被他烧得这么干净。"人瑞道，"咦！不言臊！要是让你回去，只怕连你还烧死在里头呢！你不好好地谢我，反来埋怨我。"老残道："难道我是死人吗？你不赔我，看我同你干休吗？"

说着，只见门帘揭起，黄升领了一个戴大帽子的进来，对着老残打了一个千儿，说："敝上说给铁大老爷请安。送了一副铺盖来，是敝上自己用的，请大老爷不要嫌弃，明天叫裁缝赶紧做新的送来，今夜先将就点儿罢。又狐皮袍子马褂一套，请大老爷随便用罢。"老残立起来道："累你们贵上费心。行李暂且留在这里，借用一两天，等我自己买了，就缴还。衣裳我都已经穿在身上，并没有烧掉，不劳贵上费心了。回去多多道谢。"那家人还不肯把衣服带去。仍是黄人瑞说："衣服，铁老爷决不肯收的。你就说我说的，你带回去罢。"家人又打了个千儿去了。

老残道："我的烧去也还罢了，总是你瞎捣乱，平白地把翠环的一卷行李也烧在里头，你说冤不冤呢？"黄人瑞道："那才更不要紧呢！我说他那铺盖总共值不到十两银子，明日赏他十五两银子，她妈要喜欢得受不得呢。"翠环道："可不是呢，大约就是我这个倒霉的人，一卷铺盖害了铁爷许多好东西都毁掉了。"老残道："物件倒没有值钱的，只可惜我两部宋版书，是有钱没处买的，未免可惜。然也是天数，只索听他罢了。"人瑞道："我看宋版书倒也不稀奇，只是可惜你那摇的串铃子也毁掉，岂不是失了你的衣着饭碗了吗？"老残道："可不是呢。这可应该你赔了罢，还有什么说的？"人瑞道："罢，罢，罢！烧了她的铺盖，烧了你的串铃。大吉大利，恭喜，恭喜！"对着翠环作了个揖，又对老残作了个揖，说道："从今以后，她也不用做卖皮的婊子，你也不要做说嘴的郎中了！"

老残大叫道："好，骂得好苦！翠环，你还不去拧他的嘴？"翠环道："阿弥陀佛！总是两位的慈悲！"翠花点点头道："环妹由此从良，铁老由此做官，这把火倒也实在是把大吉大利的火，我也得替二位道喜。"老残道："依你说来，她却从良，我却从贱了？"黄人瑞道："闲话少讲，我且问你：是说话是睡？如睡，就收拾行李；如说话，我就把那奇案再告诉你。"随即大叫了一声："来啊！"

老残道："你说，我愿意听。"人瑞："不是方才说到贾家遭丁抱告，说查出被人谋害的情形吗？原来这贾老儿桌上有吃残了的半个月饼，一大半人房里都有吃月饼的痕迹。这月饼却是前两天魏家送得来的。所以贾家新承继的个儿子名叫贾干，同了贾探春告说是他嫂子贾魏氏与人通奸，用毒药谋害一家十三口性命。

"齐河县王子谨就把这贾干传来，问他奸夫是谁，却又指不出来。食残的月饼，只有半个，已经擘碎了，馅子里却是有点砒霜。王子谨把这贾魏氏传来，问这情形。贾魏氏供：'月饼是十二日送来的。我还在贾家，况当时即有人吃过，并未曾死。'又把那魏老儿传来。魏老儿供称：'月饼是大街上四美斋做的，有毒无毒，可以质证了。'及至把四美斋传来，又供月饼虽是他家做的，而馅子却是魏家送得来的。就是这一节，却不得不把魏家父女暂且收管。虽然收管，却未上刑具，不过监的一间空屋，听他自己去布置罢了。子谨心里觉得仵作相验，实非中毒；自己又亲身细验，实无中毒情形。即使月饼中有毒，未必人人都是同时吃的，也没有个毒轻毒重的分别吗？

"苦主家催求讯断得紧，就详了抚台，请派员会审。前数日，齐巧派了刚圣慕来。此人姓刚，名弼，是吕谏堂的门生，专学他老师，清廉得格登登的。一跑得来，就把那魏老儿上了一夹棍，贾魏氏上了一拶子。两人都晕厥过去，却无口供。哪知冤家路儿窄：魏老儿家里的管事的却是愚忠老实人，看见主翁吃这冤枉官司，遂替他筹了些款，到城里来打点，一投投到一个乡绅胡举人家。"

说到此处，只见黄升揭开帘子走进来，说："老爷叫呀。"人瑞道："收拾铺盖。"黄升道："铺盖怎样放法？"人瑞想了一想，说："外间冷，都睡到里边去罢。"就对老残道："里间炕大，我同你一边睡一个，叫他们姐儿俩打开铺盖卷睡当中，好不好？"老残道："甚好，甚好。只是你孤栖了。"人瑞道："守着两个，还孤栖个什么呢？"老残道："管你孤栖不孤栖，赶紧说，投到这胡举人家怎么样呢？"要知后事如何，且看下回分解。

【注解】

①倜(tì)傥(tǎng)不群：倜傥：洒脱，不拘束。不群：与众不同。形容洒脱豪放，饱有才学，与众不同。

②相验：察看；检验。

③饬(chì)：命令。

④唯诺：亦作"唯喏"。应答。

第十六回　六千金买得凌迟罪　一封书驱走丧门星

话说老残急忙要问他投到胡举人家便怎样了。人瑞道："你越着急，我越不着急！我还要抽两口烟呢！"老残急于要听他说，就叫："翠环，你赶紧烧两口，让他吃了好说。"翠环拿着签子便烧。

人瑞对黄升道："天不早了，你把火盆里多添点炭，坐一壶开水在旁边，把我墨盒子笔取出来,取几张红格子白八行书同信封子出来,取两支洋蜡,都放在桌上,你就睡去罢。"黄升答应了一声"是",就去照办。

这里人瑞烟也吃完。老残问道:"投到胡举人家怎样呢?"人瑞道:"这个乡下糊涂老儿,见了胡举人,趴下地就磕头,说:'如能救得我主人的,万代封侯!'胡举人道:'封侯不济事,要有钱才能办事呀。这大老爷,我在省城里也与他同过席,是认得的。你先拿一千银子来,我替你办。我的酬劳在外。'那老儿便从怀里摸出个皮靴页儿来,取出五百一张的票子两张,交与胡举人,却又道:'但能官司了结无事,就再花多少,我也能办。'胡举人点点头,吃过午饭,就穿了衣冠来拜老刚。"

老残拍着炕沿道:"不好了!"人瑞道:"这浑蛋的胡举人来了呢,老刚就请见,见了略说了几句套话。胡举人就把这一千银票子双手捧上,说道:'这是贾魏氏那一案,魏家孝敬老公祖的,求老公祖格外成全。'"

老残道:"一定翻了呀!"人瑞道:"翻了倒还好,却是没有翻。"老残道:"怎么样呢?"人瑞道:"老刚却笑嘻嘻地双手接了,看了一看,说道:'是谁家的票子,可靠得住吗?'胡举人道:'这是同裕的票子,是敝县第一个大钱庄,万靠得住。'老刚道:'这么大个案情,一千银子哪能行呢?'胡举人道:'魏家人说,只要早早了结,没事,就再花多些,他也愿意。'老刚道:'十三条人命,一千银子一条,也还值一万三呢。也罢,既是老兄来,兄弟情愿减半算,六千五百两银子罢。'胡举人连声答应道:'可以行得,可以行得!'

"老刚又道:'老兄不过是个介绍人,不可专主,请回去切实问他一问,也不必开票子来,只须老兄写明云:减半六五之数,前途愿出。兄弟凭此,明日就断结了。'胡举人欢喜得了不得,出去就与那乡下老儿商议。乡下老儿听说官司可以了结无事,就擅专一回。谅多年宾东,不致遭怪;况且不要现银子:就高高兴兴地写了个五千五百两的凭据交与胡举人,又写了个五百两的凭据,为胡举人的谢仪。

"这浑蛋胡举人写了一封信,并这五千五百两凭据,一并送到县衙门里来。老刚收下,还给个收条。等到第二天升堂,本是同王子谨会审的。这些情节,子谨却一丝也不知道。坐上堂去,喊了一声'带人'。那衙役们早将魏家父女带到,却都是死了一半的样子。两人跪到堂上,刚弼便从怀里摸出那个一千两银票并那五千五百两凭据和那胡举人的书子,先递给子谨看了一遍。子谨不便措辞,心中却暗暗地替魏家父女叫苦。

"刚弼等子谨看过,便问魏老儿道:'你认得字吗?'魏老儿供:'本是读书人,认得字。'又问贾魏氏:'认得字吗?'供:'从小上过几年学,认字不多。'老刚便将这银票、笔据叫差人送与他父女们看。他父女回说:'不懂这是什么缘故。'刚弼道:'别的不懂,想必也是真不懂;这个凭据是谁的笔迹,下面注着名号,你也不认得吗?'叫差人:'你再给那个老头儿看!'魏老儿看过,供道:'这凭据是小的家里管事的写的,但不知他为什么事写的。'

"刚弼大笑:'你不知道,等我来告诉你!昨儿有个胡举人来拜我,先送一千两银子,说你们这一案，叫我设法儿开脱；又说如果开脱，银子再要多些也肯，我想你们两个穷凶极恶的人，前日颇能熬刑，不如趁势讨他个口气罢，我就对胡举人说：你告诉他管事的去，说害了人家十三条性命，就是一千两银子一条，也该一万三千两。胡举人说：恐怕一时拿不出许多。我说：只要他心里明白，银子便迟些日子不要紧的。如果一千银子一条命不肯出，就是折半五百两银子一条命，也该六千五百两，不能再少。胡举人连连答应。我还怕胡举人孟浪，再三叮嘱他，叫他把这折半的道理告诉你们管事的，如果心服情愿，叫他写个凭据来，银子早迟不要紧的。第二天，果然写了这个凭据来。我告诉你，我与你无冤无仇，我为什么要陷害你们呢？你要摸心想一想，我是个朝廷家的官，又是抚台特委我来帮着王大老爷来审这案子，我若得了你们的银子，开脱了你们，不但辜负抚台的委任，那十三条冤魂，肯依我吗：倘若人命不是你谋害的，你家为什么肯拿几千两银子出来打点呢？这是第一据，在我这里花的是六千五百两，在别处花的且不知多少，我就不便深究了，倘人不是你害的，我告诉他照五百两一条命计算，也应该六千五百两，你那管事的就应该说：人命实不是我家害的，如蒙委员代为昭雪[①]，七千八千俱可，六千五百两的数目却不敢答应。为什么他毫无疑义，就照五百两一条命算账呢？是第二据。我劝你们早迟总得招认，免得饶上许多刑具的苦楚。'

　　"那父女两个连连叩头说：'青天大老爷！实在是冤枉！'刚弼把桌子一拍，大怒道：'我这样开导你们，还是不招，再替我夹拶起来？'底下差役炸雷似的答应了一声'嗄'，夹棍拶子[②]望堂上一摔，惊魂动魄价响。

　　"正要动刑，刚弼又道：'慢着，行刑的差役上来，我对你讲。'几个差役走上几步，跪一条腿，喊道：'请大老爷示。'刚弼道：'你们伎俩我全知道：你看那案子是不要紧的呢，你们得了钱，用刑就轻些，让犯人不甚吃苦；你们看那案情重大，是翻不过来了，你们得了钱，就猛一紧，把那犯人当堂治死，成全他个整尸首，本官又有个严刑毙命的处分：我是全晓得的。今日替我先拶贾魏氏，只不许拶得她发昏，俱看神色不好，就松刑，等她回过气来再拶，预备十天工夫，无论你什么好汉，也不怕你不招！'

　　"可怜一个贾魏氏，不到两天，就真熬不过了，哭得一丝半气的，又忍不得老父受刑，就说道：'不必用刑，我招就是了！人是我谋害的，父亲委实不知情！'刚弼道：'你为什么害她全家？'魏氏道：'我为妯娌[③]不和，有心谋害。'刚弼道：'妯娌不和，你害她一人够了，为什么毒她一家子呢？'魏氏道：'我本想害她一人，因没有法子，只好把毒药放在月饼馅子里。因为她最好吃月饼，让她先毒死了，旁人必不至再受害了。'刚弼问：'月饼馅子里，你放的什么毒药呢？'供：'是砒霜。''哪里来的砒霜呢？'供：'叫人药店里买的。''哪家药店里买的呢？''自己不曾上街，叫人买的，所以不晓得哪家药店。'问：'叫谁买的呢？'供：'就是婆家被毒死了的长工王二。'问：'既是王二替你买的，何以他又肯吃这月饼受毒死了呢？'供：'我叫他买砒霜的时候，只说为毒老鼠。'问：'你说你父亲不知情，你岂有个不同他商议的呢？'供：'这砒霜是在婆家买的，买得好多天了。正想趁个机会放在小婶吃食碗里，值几日都无隙可乘。恰好那日回娘家，看他们做月饼馅子，问他们何用，他们说送我家节礼，趁没人的时候，就把砒霜搅在馅子里了。'

"刚弼点点头道：'是了。'又问道：'我看你人直爽，所招的一丝不错。只是我听人说，你公公平常待你极为刻薄，是有的罢？'魏氏道：'公公待我如待亲身女儿一般恩惠，没有再厚了。'刚弼道：'你公公横竖已死，你何必替他回护呢？'魏氏听了，抬起头来，柳眉倒竖，杏眼圆睁，大叫道：'刚大老爷！你不过要成就我个凌迟的罪名！现在我已遂了你的愿了。既杀了公公，总是个凌迟！你又何必要坐成个故杀呢，你家也有儿女呀！劝你退后些罢！'刚弼一笑道：'论做官的道理呢，原该追究个水尽山穷；然既已如此，先让她把这个供画了。'"

再说黄人瑞道："这是前两天的事，现在他还要算计那个老头子呢。昨日我在县衙门里吃饭，王子谨气得要死，逼得不好开口，一开口，仿佛得了魏家若干银子似的，李太尊在此地，也觉得这案情不妥当，然也没有法想，商议除非能把白太尊白子寿弄来才行。这瘟刚是以清廉自命的，白太尊的清廉，恐怕比他还靠得住些。白子寿的人品学问，为众所推服，他还不敢藐视，舍此更无能制伏他的人了。只是一两天内就要上详，宫保的性子又急，若奏出去就不好设法了。只是没法通到宫保面前去，凡我们同寅，都要避点嫌疑。昨日我看见老哥，我从心眼里欢喜出来，请你想个什么法子。"

老残道："我也没有长策④。不过这种事情，其势已迫，不能计出万全的。只有就此情形，我详细写封信禀宫保，请宫保派白太尊来复审。至于这一炮响不响，那就不能管了。"人瑞道："佩服，佩服。事不宜迟，笔墨纸张都预备好了，请你老人家就此动笔。翠环，你去点蜡烛，泡茶。"

老残凝了一凝神，就到人瑞屋里坐下。不过半个多时辰，信已写好，加了个封皮，打算问人瑞，信已写妥，交给谁送去？对翠环道："你请黄老爷进来。"

翠环把房门帘一揭，"格格"地笑个不止，低低喊道："铁老，你来瞧！"老残往外一看，原来黄人瑞在南首，双手抱着烟枪，头歪在枕头上，口里拖三四寸长一条口涎，腿上却盖了一条狼皮褥子；再看那边，翠花睡在虎皮毯上，两只脚都缩在衣服里头，两只手操在袖子里、头却不在枕头上，半个脸缩在衣服大襟里，半个脸靠着袖子，两人都睡得实沉沉了。

老残看了说："这可要不得，快点喊他们起来！"老残就去拍人瑞，说："醒醒罢，这样要受病的！"人瑞惊觉，懵里懵懂的，睁开眼说道："呵，呵！信写好了吗？"老残说："写好了。"

两人起来，都奔向火盆就暖。老残道："信写完了，请你看看。"

人瑞一面烘火，一面取过信来，从头至尾读了一遍，说："很切实的。我想总该灵罢。"老残道："怎样送去呢？"人瑞腰里摸出表来一看，说："四点钟，再等一刻，天亮了，我叫县里差人去。"老残道："县里人都起身得迟，不如天明后，同店家商议，雇人去更妥。只是这河难得过去。"人瑞道："河里昨晚就有人跑凌，单身人过河很便当的。"大家烘着火，随便闲话。

不知不觉，东方已自明了。人瑞喊起黄升，叫他向店家商议，雇人到省城送信。

这里人瑞道："我们这时该睡了。"黄、铁睡在两边，二翠睡在当中，不多一刻都已躺躺地睡着，一觉醒来，已是午牌时候。翠花家伙计早已在前面等候，接了她姊妹两个回去。人瑞道："傍晚就送她们姐儿俩来，我们这儿不派人去叫了。"伙计答应着"是"，便同两人前去。

二人洗脸。歇了片刻就吃午饭。饭毕，已两点多钟，人瑞自进县署去了，说："倘有回信，喊我一声。"老残说："知道，你请罢。"

人瑞去后，不到一个时辰，只见店家领那送信的人，一头大汗，走进店来，怀里取出一个马封，紫花大印，拆开，里面回信两封：一封是庄宫保亲笔；一封是内文案上袁希明的信，言："白太尊现署泰安，即派人去代理，大约五七天可到。"并云："宫保深盼阁下少候两日，等白太尊到，商酌一切"云云。老残看了，对送信人说："你歇着罢，晚上来领赏。喊黄二爷来。"店家说："同黄大老爷进衙门去了。"老残想："这信交谁送去呢？不如亲身去走一道罢。"就告店家，锁了门，径自投县衙门来。

进了大门，见出出进进人役甚多，知有堂事。凝了一凝神，想道："我何妨上去看看，什么案情？"立在差役身后，却看不见。

只听堂上嚷道："贾魏氏，你要明白你自己的死罪已定，你却极力开脱你那父亲，这是你的一片孝心，本县也没有个不成全你的。但是你不招出你的奸夫来，你父亲的命就保全不住了。你抵死不肯招他来，反令生身老父，替他担着死罪。"只听底下只是嘤嘤啜泣。又听堂上喝道："你还不招吗？不招我又要动刑了！"

又听底下一丝半气的说了几句，听不出什么话来。只听堂上嚷道："她说什么？"听一个书吏上去回道："贾魏氏说，是她自己的事，大老爷怎样吩咐，她怎样招；叫她捏造一个奸夫出来，实实无从捏造。"

又听堂上把惊堂一拍，骂道："这个淫妇，真正刁狡！拶起来！"堂下无限的人大叫了一声"嗄"，只听跑上几人去，把拶子往地下一摔，"霍绰"的一声，惊心动魄。

老残听到这里，怒气上冲，也不管公堂重地，把站堂的差人用手分开，大叫一声："站开！让我过去！"差人一闪。老残走到中间，只见一个差人一手提着贾魏氏头发，将头提起，两个差人正抓他手在上拶子。老残走上，将差人一扯，说道："住手！"便大摇大摆走上暖阁，见公案上坐着两人，下首是王子谨，上首心知就是这刚弼了，先向刚弼鞠了一躬。

子谨见是老残，慌忙立起。刚弼却不认得，并不起身，喝道："你是何人？敢来搅乱公堂！拉他下去！"未知老残被拉下去，后事如何，且看下回分解。

【注解】

①昭（zhāo）雪：洗清冤屈、诬枉。

②拶（zǎn）子：旧时夹手指的刑具。

③妯娌（zhóu li）：两兄弟的妻子之间的关系。

④长策：万全之计。

第十七回

铁炮一声公堂解索
瑶琴三叠旅舍衔环

话说老残看贾魏氏正要上刑，急忙抢上堂去，喊了"住手"。刚弼却不认得老残为何许人，又看他青衣小帽，就喝令差人拉他下去。谁知差人见本县大老爷早已站起，知道此人必有来历，虽然答应了一声"嗄"，却没一人敢走上来。

老残看刚弼怒容满面，连声吆喝，却有意呕着他玩，便轻轻地说道："你先莫问我是什么人，且让我说两句话。如果说得不对，堂下有的是刑具。我且问你：一个垂死的老翁，一个深闺的女子，案情我却不管，你上他这手铐脚镣是什么意思？这是制强盗的刑具，你就随便施于良民，天理何存？良心安在？"

王子谨想不到抚台回信已来，恐怕老残与刚弼堂上较量起来，更下不去，连忙喊道："补翁先生，请厅房里去坐，此地公堂，不便说话。"刚弼气得目瞪口呆，又见子谨称他补翁，恐怕有点来历，也不敢过于抢白。老残知子谨为难，遂走过西边来，对着子谨也打了一躬。子谨慌忙还揖，口称："后面厅房里坐。"老残说道："不忙。"却从袖子里取出庄宫保的那个覆书来，双手递给子谨。

子谨见有紫花大印，不觉喜逐颜开，双手接过，拆开一看，便高声读道："示悉。白守耆札到便来，请即传谕王、刚二令，不得滥刑。魏谦父女取保回家、候白守复讯。弟耀顿首。"一面递给刚弼去看，一面大声喊道："奉抚台传谕，叫把魏谦父女刑具全行松放，取保回家，候白大人来再审！"底下听了，答应一声"嗄"，又大喊道："当堂松刑啰！"却早七手八脚，把他父女手铐脚镣，项上的铁链子，一松一个干净，教他上来磕头，替他喊道："谢抚台大人恩典！谢刚大老爷、王大老爷恩典！"那刚弼看信之后，正自敢怒而不敢言；又听到谢刚大老爷、王大老爷恩典，如同刀子戳心一般，早坐不住，退往后堂去了。

子谨仍向老残拱手道："请厅房里去坐。兄弟略为交代此案，就来奉陪。"老残拱一拱手道："请先生治公，弟尚有一事，告退。"遂下堂，仍自大摇大摆地走出衙门去了。这里王子谨吩咐了书吏，叫魏谦父女赶紧取保，今晚便要叫他们出去才好。书吏一一答应，击鼓退堂。

却说老残回来，一路走着，心里十分高兴，想道："前日闻得玉贤种种酷虐①，无法可施；今日又亲目见了一个酷吏，却被一封书便救活了两条性命，比吃了人参果心里还快活！"一路走着，不知不觉已出了城门，是那黄河的堤埝了。上得堤去，看天色欲暮，那黄河已冻得同大路一般，小车子已不断地来往行走，心里想来："行李既已烧去，更无累赘，明日便可单身回省，好去置办行李。"转又念道："袁希明来信，叫我等白公来，以便商酌②，明知白公办理此事，游刃有余③；然倘有来能周知之处，岂不是我去了害的事吗？只好耐心等待数日再说。"一面想着，已到店门，顺便踱了回去。看有许多人正在那里刨挖火里的烬余，堆了好大一堆，都是些零绸碎布，也就不去看他。回到上房，独自坐地。

过了两个多钟头，只见人瑞从外面进来，口称："痛快！"说："那瘟刚退堂之后，随即命家人检点行李回省，子谨知道宫保耳软，恐怕他回省，又出汉子，故极力留他，说：'宫保只有派白太尊复审的话,并没有叫阁下回省的示谕,此案未了,你这样去销差,岂不是同宫保怄气吗?'他想想也只好忍耐着了。子谨本想请你进去吃饭,我说:'不好,倒不如送桌好好的菜去,我替你陪客罢。'我讨了这个差使来的。你看好不好?"老残道:"好!你吃白食,我担人情!我把他辞掉,看你吃什么!"人瑞道:"你只要有本事辞,我就陪你挨饿。"

说着,门口已有一个戴红缨帽儿的拿了一个全帖,后面跟着一个挑食盒的进来,直走到上房,揭起暖帘进来,对着人瑞望老残说:"这位就是铁老爷罢?"人瑞说:"不错。"那家人便抢前一步,请了一个安,说:"敝上说:小县分没有好菜,送了一桌粗饭,请大老爷包涵点。"老残道:"这店里饭便当,不消贵上费心,请挑回去,另送别位罢。"家人道:"主人吩咐,总要大老爷赏脸。家人万不敢挑回去,要挨骂的。"人瑞在桌上拿了一张笺纸,拨开笔帽,对着那家人道:"你叫他们挑到前头灶屋里去。"那家人揭开盒盖,请老爷们过眼。原来是一桌甚丰的鱼翅席。老残道:"便饭就当不起。这酒席太客气,更不敢当了。"人瑞用笔在花笺上已经写完,递与那家人,说:"这是铁老爷的回信,你回去说谢谢就是了。"又叫黄升赏了家人一吊钱,挑盒子的二百钱。家人打了两个千儿。

这里黄升掌上灯来。不消半个时辰,翠花、翠环俱到。他那伙计不等吩咐,已抱了两个小行李卷儿进来,送到里房去。黄升进来问,开饭不开饭。人瑞说:"开罢。"停了一刻,已先将碟子摆好。人瑞道:"今日北风虽然不刮,还是冷,快温酒来吃两杯。今天十分快乐,我们多喝两杯。"二翠俱拿起弦字来唱两个曲子侑酒④。人瑞道:"不必唱了,你们也吃两杯酒罢。"翠花看二人非常高兴,便问道:"您能这么高兴,想必抚台那里送信的人回来了吗?"人瑞道:"岂但回信来了,魏家爷儿俩这时候怕都回到了家呢!"便将以上事情,一五一十地告诉了二翠。她姊儿俩,也自喜欢得了不得,自不消说。

却说翠环听见老残一封书去,抚台便这样的信从,若替她办那事,自不费吹灰之力,又想他们的权力,虽然够用,只不知昨晚所说的话,究竟是真是假。又想到她妈今年年底,一定要转卖她;那蒯二秃子凶恶异常,早迟是个死。又想到自己好好一个良家女子,怎样流落得这等下贱形状，倒不如死了的干净，又想到自己死了，原无不可，只是一个六岁的小兄弟有谁抚养，岂不也是饿死吗？这么想去，是自己又死不得了。想来想去，活又活不成，死又死不得，不知不觉那泪珠子便扑簌簌地滚将下来，赶紧用手绢子去擦。

翠花看见道："你这妮子！老爷们今天高兴，你又发什么昏？"人瑞看着她，只是憨笑。老残对她点了点头，说："你不用胡思乱想，我们总要替你想法子的。"人瑞道："好！有铁老爷一手提拔你，我昨晚说的话，可是不算数了。"翠环听了大惊，愈觉得她自己虑的是不错。正要询人瑞请问，只见黄升同了一人进来，朝人瑞打了一千儿，递过一个红纸封套去。人瑞接过来，撑开封套口，朝里一窥，便揣到怀里去，说声"知道了"，更不住地嘻嘻价笑。只见黄升说："请老爷出来说两句话。"人瑞便走出去。

约有半个时辰进来，看着三人俱默默相对，一言不发，人瑞愈觉高兴。又见那县里的家人进来，向老残打了个千儿，道："敝上说，叫把昨儿个的一卷旧铺盖取回去。"老残一愣，心里想道："这是什么道理呢？你取了去，我睡什么呢？"然而究竟是人家的物件，不便强留，便说："你取了去罢。"心里却是纳闷。看着那家人进房取将去了，只见人瑞道："今儿我们本来高兴的，被这翠环一人不痛快，惹得我也不痛快了。酒也不吃了，连碟子都撤下去罢。"又见黄升来，当真把些碟子都撤了下去。

此时不但二翠摸不着头脑，连老残也觉得诧异。随即黄升带着翠环家伙计，把翠环的铺盖卷也搬走了。翠环忙问："啥事？怎么不教我在这里吗？"伙计说："我不知道，光听说叫我取回铺盖卷去。"

翠环此时按捺不住，料到一定凶多吉少，不觉含泪跪到人瑞面前，说："我不好，你是老爷们呢，难道不能包涵点吗？你老一不喜欢，我们就活不成了！"人瑞道："我喜欢得很呢。我为啥不喜欢？只是你的事，我却管不着。你慢慢地求铁老爷去。"

翠环又跪向老残面前，说："还是你老救我！"老残道："什么事，我救你呢？"翠环道："取回铺盖，一定是昨儿话走了风声，俺妈知道，今儿不让我在这儿，早晚要逼我回去，明天就远走高飞，她敢同官斗吗？就只有走是个好法子。"老残道："这话也说得是。人瑞哥，你得想个法子，挽留住她才好。一被她妈接回去，这事就不好下手了。"人瑞道："那是何消说！自然要挽留她。你不挽留她，谁能挽留她呢？"

老残一面将翠环拉起，一面向人瑞道："你的话我怎么不懂？难道昨夜说的话，当真不算数了吗？"人瑞道："我已彻底想过，只有不管的一法。你想拔一个姐儿从良，总也得有个辞头。你也不承认，我也不承认，这话怎样说呢？把她弄出来，又往哪里安置呢？若是在店里，我们两人都不承认，外人一定说是我弄的。我刚才得了个好点的差使，忌妒的人多，能不告诉宫保吗？以后我就不用在山东混了，还想什么保举呢？所以是断乎做不得的。"老残一想，话也有理，只是因此就见死不救，于心实也难忍，加着翠环不住地啼哭，实在为难，便向人瑞道："话虽如此，也得想个万全的法子才好。"人瑞道："就请你想,如想得出,我一定助力。"

老残想了想,实无法子,便道:"虽无法子,也得大家想想。"人瑞道:"我倒有个法子,你又做不到,所以只好罢休。"老残道:"你说出来,我总可以设法。"人瑞道:"除非你承认了要她,才好措辞。"老残道:"我就承认,也不要紧。"人瑞道:"空口说白话,能行吗? 事是我办,我告诉人,说你要,谁信呢? 除非你亲笔写封信给我,那我就有法办了。"老残道:"信是不好写的。"人瑞道:"我说你做不到,是不是呢? "

老残正在踌躇,却被二翠一齐上来央告,说:"这也不要紧的事,你老就担承一下子罢。"老残道:"信怎样写? 写给谁呢? "人瑞道:"自然写给王子谨,你就说,见一妓女某人,本系良家,甚为可悯,弟拟拔出风尘,纳为簉室,请兄鼎力维持,身价若干,如数照缴云云,我拿了这信就有办法,将来任凭你送人也罢,择配也罢,你就有了主权,我也不遭声气。不然,那有办法? "

正说着,只见黄升进来说:"翠环姑娘出来,你家里人请你呢。"翠环一听,魂飞天外,一面说就去,一面拼命央告老残写信。翠花就到房里取出纸笔墨砚来,将笔蘸饱,递到老残手里。老残接过笔来,叹口气,向翠环道:"冤不冤? 为你的事,要我亲笔画供呢! "翠环道:"我给你老磕一千个头! 你老就为一回难! "老残已在纸上如说写就,递与人瑞,说:"我的职分已尽,再不好好地办,罪就在你了。"人瑞接过信来,递与黄升,说:"停一会儿送到县里去。"

当老残写信的时刻,黄人瑞向翠花耳中说了许多的话。黄升接过信来,向翠环道:"你妈等你说话呢,快去罢。"翠环仍拗着不肯去,眼看着人瑞,有求救的意思。人瑞道:"你去,不要紧的,诸事有我呢。"翠花立起来,拉了翠环的手,说:"环妹,我同你去,你放心罢! "翠环无法,只得说声"告假",走出去了。

这里人瑞却躺到烟炕上去烧烟,嘴里七搭八搭地同老残说话。约计有一点钟工夫,黄升戴着簇新的大帽子进来,说:"请老爷们那边坐。"人瑞便站起来拉了老残,说:"那边坐罢。"老残诧异道:"几时有个那边出来? "人瑞说:"这个那边,是今天变出来的。"原来这店里的上房,一排本是两个三间,人瑞住的是西边三间,还有东边的个三间,原有别人住着,今早动身过河去了,所以空下来。

黄、铁二人携手走到东上房前,上了台阶,早有人打起暖帘。只见正中方桌上挂着桌裙,桌上点了一对大红蜡烛,地下铺了一条红毡。走进堂门,见东边一间摆了一张方桌,朝南也系着桌裙,上首平列两张椅子,两旁一边一张椅子,都搭着椅披。桌上却摆了满满一桌的果碟,比方才吃的还要好看些。西边是隔断的一间房,挂了一条红大呢的门帘。

老残诧异道:"这是什么缘故? "只听人瑞高声嚷道:"你们搀新姨奶奶出来,参见他们老爷。"只见门帘揭处,一个老妈子在左,翠花在右,搀着一个美人出来,满头戴的都是花，穿着一件红青外褂，葵绿袄子，系一条粉红裙子，却低着头走到红毡子前。

老残仔细一看，原来就是翠环，大叫道："这是怎么说？断乎不可！"人瑞道："你亲笔字据都写了，还狡狯什么？"不由分说，拉老残往椅子上去坐，老残哪里肯坐，这里翠环早已磕下头去了。老残没法，也只好回了半礼。又见老妈子说："黄大老爷请坐。谢大媒。"翠环却又磕下头去。人瑞道："不敢当，不敢当！"也还了一礼。当将新人送进房内。翠花随即出来磕头道喜。老妈子等人也都道完了喜。人瑞拉老残到房里去。原来房内新铺盖已陈设停妥，是红绿湖绉被各一床，红绿大呢褥子各一条，枕头两个。炕前挂了一个红紫鲁山绸的幔子。桌上铺了红桌毡，也是一对红蜡烛。墙上却挂了一副大红对联，上写着：

> 愿天下有情人，都成了眷属；
> 是前生注定事，莫错过姻缘。

老残却认得是黄人瑞的笔迹，墨痕还没有甚干呢，因笑向人瑞道："你真会淘气！这是西湖上月老祠的对联，被你偷得来的。"人瑞道："对题便是好文章。你敢说不切当吗？"

人瑞却从怀中把刚才县里送来的红封套递给老残，说："你瞧，这是贵如夫人原来的卖身契一纸，这是新写的身契一纸，总共奉上。你看愚弟办事周到不周到？"老残说："既已如此，感激得很。你又何苦把我套在圈子里呢？"人瑞道："我不对你说'是前生注定事，莫错过姻缘'吗？我为翠环计，救人须救彻；为你计，亦不吃亏。天下事就该这么做法。"说过，哈哈大笑。又说："不用费话罢，我们肚子饿得很，要吃饭了。

人瑞拉着老残，翠花拉着翠环，要他们两个上坐。老残执意不肯，仍是去了桌裙，四方两对面坐的。这一席酒，不消说，各人有各人快乐处，自然是尽欢而散，以后无非是送房睡觉，毋庸赘述⑤。

却说老残被人瑞逼成好事，心里有点不痛快；又看翠花昨日自己冻着，却拿狼皮褥子替人瑞盖腿，为翠环事,他又出了许多心,冷眼看去,也是个有良心的,须得把她也拔出来才好,且等将来再作道理。

次日,人瑞跑来,笑向翠环道:"昨儿炕畸角睡得安稳罢?"翠环道:"都是黄老爷大德成全,慢慢供您的长生禄位牌。"人瑞道:"岂敢!"说着,便向老残道:"昨日三百银子是子谨垫出来的,今日我进署替你还账去。这衣服衾枕是子谨送的,你也不用客气了。想来送钱,他也是不肯收的。"老残道:"这从哪里说起!叫人家花这许多钱,也只好你先替我道谢,再图补报罢。"说着,人瑞自去县里。

老残因翠环的名字太俗,且也不便再叫了,遂替他颠倒一下,换做"环翠",却算了一个别号,便雅得多呢。午后命人把他兄弟找得来,看他身上衣服过于蓝缕,给了他几两银子,仍叫李五领去买几件衣服给他穿。

光阴迅速,不知不觉,已经五天过去。那日,人瑞已进县署里去,老残正在客店里教环翠认字,忽听店中伙计报道:"县里王大老爷来了!"霎时,子谨轿子已到阶前下轿,老残迎出堂屋门口。子谨入来,分宾主坐下,说道:"白太尊立刻就到,兄弟是来接差的,顺便来此与老哥道喜,并闲谈一刻。"老残说:"前日种种承情,已托人瑞兄代达谢忱。因刚君在署,不便亲到拜谢,想能曲谅。"子谨谦逊道:"岂敢。"隧命新人出来拜见了。子谨又送了几件首饰,作拜见之礼。忽见外面差人飞奔也似的跑来报:"白大人已到,对岸下轿,从冰上走过来了。"子谨慌忙上轿去接。未知后事如何,且看下回分解。

【注解】

①酷虐:残酷凶狠。

②商酌(zhuó):商议,斟酌。

③游刃有余:游:运转;刃:刀口;余:余地。比喻工作熟练,有实际经验,解决问题毫不费事。

④侑(yòu)酒:为饮酒者助兴。

⑤毋庸赘(zhuì)述:用不着多说。

第十八回

白太守谈笑释奇冤
铁先生风霜访大案

　　话说王子谨慌忙接到河边，其时白太尊已经由冰上走过来了。子谨递上手版，赶到面前请了个安。白公回了个安，说道："何必还要接出来？兄弟自然要到贵衙门请安去的。"子谨连称"不敢"。

　　河边搭着茶棚，挂着彩绸。当时让到茶棚小坐。白公问道："铁君走了没有？"子谨回道："尚未。因等大人来到，恐有话说。卑职适才在铁公处来。"白公点点头道："甚善。我此刻不便去拜，恐惹刚君疑心。"吃了一口茶，县里预备的轿子，执事早已齐备，白公便坐了轿子，到县署去。少不得升旗放炮，奏乐开门等事。

　　刚弼早穿好了衣帽，等白公进来，就上手本请见。见面上后，白公就将魏贾一案，如何问法，详细问了一遍。刚弼一一诉说，颇有得意之色，说到"宫保来函，不知听信何人的乱话，此案情形，据卑职看来，已成铁案。但此魏老颇有钱文，听说有个什么卖药的郎中，得了他许多银子，送信给宫保的。这个郎中因得了银子，当时就买了个妓女，还在城外住着。听说这个案子如果当真翻过来，还要谢他几千银子呢，所以这郎中不走，专等谢仪。似乎此人也该提了来讯一堂。讯出此人赃证，又多添一层凭据了。"白公说："老哥所见甚是。但是兄弟今晚须将全案看过一遍，明日先把案内人证提来，再作道理。或者竟照老哥的断法，也未可知，此刻不敢先有成见。像老哥聪明正直，凡事先有成竹在胸，自然投无不利。兄弟资质甚鲁，只好就事论事，细意推求，不敢说无过，但能寡过。"说罢，又说了些省中的风景闲话。

　　吃过晚饭，白公回到自己房中，将全案细细看过两遍，传出一张单子去，明日提人。第二天巳牌时分，门口报称："人已提得齐备。请大人示下。"白公道："人证已齐，就此刻坐大堂。堂上设三个座位就是了。"刚、王二君连忙上去请了个安，说："请大人自便，卑职等不敢陪审，恐有不妥之处，理应回避。"白公道："说哪里的话。兄弟鲁钝①，精神照应不到，正望两兄提携。"二人也不敢过谦。

　　停刻，三人皆衣冠而出，坐了大堂。白公举了红笔，第一名先传原告贾干。白公问道："你叫贾干？"底下答着："是。"白公问："今年十几岁了？"答称："十七岁了。"问："是死者贾志的亲生，还是承继？"答称："本是嫡堂的侄儿，过房承继的。"问："是几时承继的？"答称："因亡父被害身死，次日入殓，无人成服，由族中公议入继成服的。"

白公又问："县官相验的时候，你已经过来了没有？"答："已经过来了。"问："入殓的时候，你亲视含殓了没有？"答称："亲视含殓的。"问："死人临入殓时，脸上是什么颜色？"答称："白支支的，同死人一样。"问："有青紫斑没有？"答："没有看见。"问："骨节僵硬不僵硬？"答称："并不僵硬。"问："既不僵硬，曾摸胸口有无热气？"答："有人摸的，说没有热气了。"问："月饼里有砒霜，是几时知道的？"答："是入殓第二天知道的。"问："是谁看出来的？"答："是姐姐看出来的。"问："你姐姐何以知道里头有砒霜？"答："本不知道里头有砒霜，因疑心月饼里有毛病，所以揭开来细看，见有粉红点点毛，就托出问人。有人说是砒霜，就找药店人来细瞧，也说是砒霜，所以知道是中了砒毒了。"

白公说："知道了。下去！"又甩朱笔一点，说："传四美斋来。"差人带上。白公问道："你叫什么？你是四美斋的什么人。"答称："小人叫王辅庭，在四美斋掌柜。"问："魏家定做月饼，共做了多少斤？"答："做了二十斤。"问："馅子是魏家送来的吗？"答称："是。"问："做二十斤，就将将的不多不少吗？"说："定的是二十斤，做成了八十三个。"问："他定做的月饼，是一种馅子？是两种馅子？"答："一种，都是冰糖芝麻核桃仁的。"问："你们店里卖的是几种馅子？"答："好几种呢。"问："有冰糖芝麻核桃仁的没有？"答："也有。"问："你们店里的馅子比他家的馅子哪个好点？"答："是他家的好点。"问："好处在什么地方？"答："小人也不知道，听做月饼的司务说，他家的材料好，味道比我们的又香又甜。"白公说："然则你店里司务先尝过的，不觉得有毒吗？"回称："不觉得。"

白公说："知道了。下去！"又将朱笔一点，说："带魏谦。"魏谦走上来，连连磕头说："大人哪！冤枉哟！"白公说："我不问你冤枉不冤枉！你听我问你的话！我不问你的话，不许你说！"两旁衙役便大声"嘎"的一声。

白公问魏谦道："你定做了多少个月饼？"答称："二十斤。"问："你送了贾家多少斤？"答："八斤。"问："还送了别人家没有？"答："送了小儿子的丈人家四斤。"问："其余的八斤呢？"答："自己家里人吃了。"问："吃过月饼的人有在这里的没有？"答："家里人人都分的，现在同了来的人，没有一个不是吃月饼的。"白公向差人说："查一查，有几人跟魏谦来的，都传上堂来。"

一时跪上一个有年纪的，两个中年汉子，都跪下。差人回禀道："这是魏家的一个管事，两个长工。"白公问道："你们都吃月饼么？"同声答道："都吃的。"问："每人吃了几个，都说出来。"管事的说："分了四个，吃了两个，还剩两个。"长工说："每人分了两个，当天都吃完了。"白公问管事的道："还剩的两个月饼，是几时又吃的？"答称："还没有吃，就出了这件案子，说月饼有毒，所以就没敢再吃，留着做个见证。"白公说："好，带来了没有？"答："带来了，在底下呢。"白公说："好。"叫差人同他取来。又说："魏谦同长工全下去罢。"又问书吏："前日有砒的半个月饼呈案了没有？"书吏回："呈案在库。"

白公说："提出来。"

霎时差人带着管事的，并那两个月饼，都呈上堂来，存库的半个月饼也提到。白公传四美斋王辅庭，一面将这两种月饼详细对校了，送刚、王二公看，说："这两起月饼，皮色确是一样，二公以为何如？"二公皆连忙欠身答应着："是。"其时四美斋王辅庭已带上堂，白公将月饼擘开一个交下，叫他验看，问："是魏家叫你定做的不是？"王辅庭仔细看了看，回说："一点不错，就是我家定做的。"白公说："王辅庭叫他具结回去罢。"

白公在堂上把那半个破碎月饼，仔细看了，对刚弼道："圣慕兄，请仔细看看。这月饼馅子是冰糖芝麻核桃仁做的，都是含油性的物件，若是砒霜做在馅子里的，自然同别物黏合一气。你看这砒显系后加入的，与别物绝不黏合。况四美斋供明，只有一种馅子。今日将此两种馅子细看，除去砒外，确系表里皆同，既是一样馅子，别人吃了不死，则贾家之死，不由月饼可知。若是有汤水之物，还可将毒药后加入内；月饼之为物，面皮干硬，断无加入之理。二公以为何如？"俱欠身②道："是。"

白公又道："月饼中既无毒药，则魏家父女即为无罪之人，可以令其具结了案。"王子谨即应了一声："是。"刚弼心中甚为难过，却也说不出什么来，只好随着也答应了一声"是"。

白公即吩咐带上魏谦来，说："本府已审明月饼中实无毒药，你们父女无罪，可以具结了案，回家去罢。"魏谦磕了几个头去了。

白公又叫带贾干上来。贾干本是个无用的人，不过他姊姊支使他出面，今日看魏家父女已结案释放，心里就有点七上八下；听说传他去，不但以前人教导他说的话都说不上，就是教他的人，也不知此刻从哪里教起了。

贾干上得堂来，白公道："贾干，你既是承继了你亡父为子，就该细心研究，这十三人怎样死的；自己没有法子，也该请教别人；为甚的把月饼里加进砒霜去，陷害好人呢？必有坏人挑唆③你。从实招来，是谁教你诬告的。你不知道律例上有反坐的一条吗？"贾干慌忙磕头，吓得只格格价抖，带哭说道："我不知道！都是我姐姐叫我做的！饼里的砒

84

霜,也是我姐姐看出来告诉我的,其余概不知道。"白公说:"依你这么说起来,非传你姐姐到堂,这砒霜的案子是究不出来了?"贾干只是磕头。

白公大笑道:"你幸儿遇见的是我,倘若是个精明强干的委员,这月饼案子才了,砒霜案子又该闹得天翻地覆了。我却不喜欢轻易提人家妇女上堂,你回去告诉你姐姐,说本府说的,这砒霜一定是后加进去的。是谁加进去的,我暂时尚不忙着追究呢,因为你家这十三条命,是个大大的疑案,必须查个水落石出。因此,加砒一事倒只好暂行缓究了,你的意下何如?"贾干连连磕头道:"听凭大人天断。"白公道:"既是如此,叫他具结,听凭替他查案。"临下去时,又喝道:"你再胡闹,我就要追究你们加砒诬控④的案子了!"贾干连说:"不敢!"下堂去了。

这里白公对王子谨道:"贵县差人有精细点的吗?"子谨答应:"有个许亮还好。"白公说:"传上来。"只见下面走上一个差人,四十多岁,尚未留须,走到公案前跪下,道:"差人许亮叩头。"白公道:"差你往齐东村明查暗访这十三条命案是否服毒,有什么别样案情?限一个月报命,不许你用一点官差的力量。你若借此招摇撞骗,可要置你于死地!"许亮叩头道:"不敢。"

当时王子谨即标了牌票,交给许亮。白公又道:"所有以前一切人证,毋庸取保,全行释放。"随手翻案,检出魏谦笔据两纸,说:"再传魏谦上来。"

白公道:"魏谦,你管事的送来的银票,你要不要?"魏谦道:"职员沉冤,蒙大人昭雪,所有银子,听凭大人发落。"白公道:"这五千五百凭据还你。这一千银票,本府却要借用,却不是我用,暂且存库,仍为查贾家这案,不得不先用资斧。俟案子查明,本府回明了抚台,仍旧还你。"魏谦连说:"情愿,情愿。"当将笔据收好,下堂去了。

白公将这一千银票交给书吏,到该钱庄将银子取来,凭本府公文支付。回头笑向刚弼道:"圣慕兄,不免笑兄弟当堂受贿罢?"刚弼连称:"不敢。"于是击鼓退堂。

却说这起大案,齐河县人人俱知,昨日白太尊到,今日传人,那贾、魏两家都预备至少住十天半个月,那知道未及一个时辰,已经结案,沿路口碑啧啧称赞。

却说白公退至花厅,跨进门槛,只听当中放的一架大自鸣钟,正当当的敲了十二下,仿佛像迎接他似的。王子谨跟了进来,说:"请大人宽衣用饭罢。"白公道:"不忙。"看着刚弼也跟随进来,便道:"二位且请坐一坐,兄弟还有话说。"二人坐下。白公向刚弼道:"这案兄弟断得有理没理?"刚弼道:"大人明断,自是不会错的。只是卑职总不明白:这魏家既无短处,为什么肯花钱呢?卑职一生就没有送过人一个钱。"

白公呵呵大笑道:"老哥没有送过人的钱,何以上台也会契重你?可见天下人不全是见钱眼开的哟。清廉人原是最令人佩服的。只有一个脾气不好,他总觉得天下人都是小人,只他一人是君子。这个念头最害事的,把天下大事不知害了多少!老兄也犯这个

毛病,莫怪兄弟直言。至于魏家花钱,是他乡下人没见识处,不足为怪也。"又向子谨道:
"此刻正案已完,可使差人拿我们两个名片,请铁公进来坐坐罢。"又笑向刚弼道:"此人
圣慕兄不知道吗? 就是你才说的那个卖药郎中。姓铁,名英,号补残,是个肝胆男子,学
问极其渊博,性情又极其平易,从不肯轻慢人的。老哥连他都当做小人,所以我说未免
过分了。"

　　刚弼道:"莫非就是省中传的'老残老残',就是他吗?"白公道:"可不是呢!"刚弼
道:"听人传说,宫保要他搬进衙门去住,替他捐官,保举他,他不要,半夜里逃走了的,
就是他吗?"白公道:"岂敢。阁下还要提他来讯一堂呢。"刚弼红涨了脸道:"那真是卑
职的鲁莽了。此人久闻其名,只是没有见过。"子谨又起身道:"大人请更衣罢。"白公道:
"大家换了衣服,好开怀畅饮。"

　　王、刚二公退回本屋,换了衣服,仍到花厅。恰好老残也到,先给子谨作了一个揖,
然后给白公、刚弼各人作了一揖,让到炕上上首坐下。白公作陪。老残道:"如此大案,半
个时辰了结,子寿先生,何其神速!"白公道:"岂敢! 前半截的容易差使,我已做过了;后
半截的难题目,可要着落在补残先生身上了。"老残道:"这话从哪里说起! 我又不是大
人老爷,我又不是小的衙役,关我甚事呢?"白公道:"然则宫保的信是谁写的?"老残道:
"我写的。应该见死不救吗?"白公道:"是了。未死的应该救,已死的不应该昭雪吗? 你
想,这种奇案,岂是寻常差人能办的事? 不得已,才请教你这个福尔摩斯呢。"老残笑道:
"我没有这么大的能耐。你要我去也不难,请王大老爷先补了我的快班头儿,再标一张
牌票,我就去。"

　　说着,饭已摆好。王子谨道:"请用饭罢。"白公道:"黄人瑞不也在这里么? 为甚不
请过来?"子谨道:"已请去了。"话言未了,人瑞已到,作了一遍揖。子谨提了酒壶,正在
为难。白公道:"自然补公首座。"老残道:"我断不能占。"让了一回,仍是老残坐了首座,
白公二座。吃了一回酒,行了一回令,白公又把虽然差了许亮去,是个面子,务请老残辛
苦一趟的话,再三敦嘱。子谨、人瑞又从旁怂恿⑤,老残只好答应。

　　白公又说:"现有魏家的一千银子,你先取去应用。如其不足,子谨兄可代为筹划,
不必惜费,总要破案为第一要义。"老残道:"银子可以不必,我省城里四百银子已经取
来,正要还子谨兄呢,不如先垫着用。如果案子查得出呢,再向老庄付还;如查不出,我
自远走高飞,不在此地献丑了。"白公道:"那也使得。只是要用便来取,切不可顾小节误
大事为要。"老残答应:"是了。"霎时饭罢,白公立即过河,回省销差。次日,黄人瑞、刚
弼也俱回省去了。未知后事如何,且看下回分解。

　　【注解】
　　①鲁钝:迟钝。

②欠身：身体的全部或上部向前微倾，以表达敬意。

③挑唆（suō）：挑拨教唆。

④诬控：虚构事实，加以控告。

⑤怂恿（sǒng yǒng）：从旁劝说鼓动别人去做某事。

齐东村重摇铁串铃
济南府巧设金钱套

却说老残当日受了白公之托，下午回寓，盘算如何办法。店家来报："县里有个差人许亮求见。"老残说："叫他进来。"许亮进来，打了个千儿，上前回道："请大老爷的示：还是许亮在这里伺候老爷的吩咐，还是先差许亮到哪里去？县里一千银子已拨出来了，也得请示：还是送到此地来，还是存在庄上听用？"老残道："银子还用不着，存在庄上罢。但是这个案子真不好办：服毒一定是不错的，只不是寻常毒药；骨节不硬，颜色不变，这两节最关紧要。我恐怕是西洋什么药，怕是'印度草'等类的东西。我明日先到省城里去，有个中西大药房，我去调查一次。你却先到齐东村去，暗地里一查，有同洋人来往的人没有。能查出这个毒药来历，就有意思了。只是我到何处同你会面呢？"许亮道："小的有个兄弟叫许明，现在带来，就叫他伺候老爷。有什么事，他人头儿也熟，吩咐了，就好办了。"老残点头说："甚好。"

许亮朝外招手，走进一个三十多岁的人来，抢前打了一个千儿。许亮说："这是小的兄弟许明。"就对许明道："你不用走了，就在这里伺候铁大老爷罢。"许亮又说："求见姨太太。"老残揭帘一看，环翠正靠着窗坐着，即叫二人见了，各人请了一安，环翠回了两拂。许亮即带了许明，回家搬行李去了。

待到上灯时候，人瑞也回来了，说："我前两天本要走的，因这案子不放心，又被子谨死命的扣住。今日大案已了，我明日一早进省销差去了。"老残道："我也要进省去呢。一则要往中西大药房等处去调查毒药；二则也要把这个累赘安插一个地方，我脱开身子，好办事。"人瑞道："我公馆里房子甚宽绰，你不如暂且同我住。如嫌不好，再慢慢地找房，如何呢？"老残道："那就好。"伺候环翠的老妈子不肯跟进省，许明说："小的女人可以送姨太太进省，等到雇着老妈子再回来。"——安排妥帖。环翠少不得将他兄弟叫来，付了几两银子，姊弟对哭了一番。车子等类自有许明照料。

次日一早，大家一齐动身。走到黄河边上，老残同人瑞均不敢坐车，下车来预备步行过河。哪知河边上早有一辆车子等着，看见他们来了，车中跳下一个女人，拉住环翠，放声大哭。

原来人瑞因今日起早动身，故不曾叫得翠花，所有开销叫黄升送去。翠花又怕客店里有官府来送行，晚上亦不敢来，一夜没睡，黎明即雇了挂车子在黄河边伺候，也是十里长亭送别的意思。哭了一会儿，老残同人瑞均安慰了她几句，踏冰过河去了。

过河到省，不过四十里地，一下钟后，已到了黄人瑞东箭道的公馆面前，下车进去。黄人瑞少不得尽他主人家的义务，不必赘述。

老残饭后一面差许明去替他购办行李，一面自己却到中西大药房里，找着一个掌柜的，细细地考较了一番。原来这药房里只是上海贩来的各种瓶子里的熟药，却没有生药。再问他些化学名目，他连懂也不懂，知道断不是此地去了。

心中纳闷，顺路去看看姚云松。恰好姚公在家，留着吃了晚饭。

姚公说："齐河县的事，昨晚白子寿到，已见了宫保，将以上情形都说明白，并说托你去办，宫保喜欢得很，却不晓得你进省来。明天你见宫保不见？"老残道："我不去见，我还有事呢。"就问曹州的信："你怎样对宫保说的？"姚公道："我把原信呈宫保看的。宫保看了，难受了好几天，说今以后，再不明保他了。"老残道："何不撤他回省来？"云松笑道："你究竟是方外人。岂有个才明保了的就撤省的道理呢？天下督抚谁不护短①！这宫保已经是难得了。"老残点点头。又谈了许久，老残始回。

次日，又到天主堂去拜访了那个神甫，名叫克扯斯。原来这个神甫，既通西医，又通化学。老残得意已极，就把这个案子前后情形告诉了克扯斯，并问他是吃的什么药。克扯斯想了半天想不出来，又查了一会儿书，还是没有同这个情形相对的，说："再替你访问别人罢。我的学问尽于此矣。"

老残听了，又大失所望。在省中已无可为，即收拾行装，带着许明，赴齐河县去。因想到齐东村怎样访查呢？赶忙仍旧制了一个串铃，买了一个旧药箱，配好了许多药材。却叫许明不须同往，都到村相遇，作为不识的样子。许明去了。老残在齐河县雇了一个小车，讲明包月，每天三钱银子；又怕车夫漏泄机关，连这个车夫都瞒却，便道："我要行医，这县城里已经没什么生意了，左近有什么大村镇么？"车夫说："这东北上四十五里有大村镇，叫齐东村，每月三八大集，几十里的人都去赶集。你老去那里找点生意罢。"老残说："好。"第二天，一早便到了齐东村。

老残走了一个来回，见大街两头都有客店；东边有一家店，叫三合兴，看去尚觉干净，就去赁②了一间西厢房住下。次日睡到巳初，方才起来，吃了早饭，摇个串铃上街去了。未刻时候，走到大街北一条小街上，有个大的门楼子，心里想着："这总是个大家。"就立住了脚，拿着串铃尽摇。只见里面出来一个黑胡子老头儿，问道："你这先生会治伤科么？"老残说："懂得点子。"那老头儿进去了一会儿，出来说："请里面坐。"进了大门，行到耳房里，见一老者坐在炕沿上，见了老残，立起来，说："先生，请坐。"

老残认得就是魏谦，却故意问道："你老贵姓？"魏谦道："姓魏。先生，你贵姓？"老残道："姓金。"魏谦道："我有个小女，四肢骨节疼痛，有什么药可以治得？"老残道："不看症，怎样发药呢？"魏谦道："说得是。"便叫人到后面知会。

少停，里面说："请。"魏谦就同了老残到厅房后面东厢房里。这厢房是三间，两明一暗。行到里间，只见一个三十余岁妇人，形容憔悴，倚着个炕几子。魏老儿却让老残上首坐了，自己却坐在凳子上陪着。

老残把两手脉诊过，说："姑奶奶的病是停了瘀血。请看看两手。"魏氏将手伸在炕几上，老残一看，节节青紫，不免肚里叹了一口气，说："老先生，学生有句放肆的话不敢说。"魏老道："但说不妨。"老残道："你别打嘴。这样像是受了官刑的病，若不早治，要成残废的。"魏老叹口气道："可不是呢。请先生照症施治，如果好了，自当重谢。"老残开了一个药方子去了，说："倘若见效，我住三合兴店里，可以来叫我。"

从此每天来往，三四天后，人也熟了，魏老留在前厅吃酒。老残便问："府上这种大户人家，怎会受官刑的呢？"魏老道："金先生，你们外路人，不知道。我这女儿许配贾家大儿子，谁知去年我这女婿死了。她有个姑子贾大妮子，同西村吴二浪子眉来眼去，早有了意思。当年说亲，是我这不懂事的女儿打破了的，谁知贾大妮子就恨我女儿入了骨髓。今年春天，贾大妮子在她姑妈家里，就同吴二浪子勾搭上了，不晓得用什么药，把贾家全家药死，却反到县里告了我的女儿谋害的。又遇见了千刀剐、万刀剁的个姓刚的，一口咬定了，说是我家送的月饼里有砒霜。好在天爷有眼，抚台派了个亲戚来私访，就住在南关店里，访出我家冤枉，报了抚台。抚台立刻下了公文，叫当堂松了我们父女的刑具。没到十天，抚台又派了个白大人来。真是青天大人！一个时辰就把我家的冤枉全

89

洗刷净了！听说又派了什么人来这里访查这案子呢。吴二浪子那个王八羔子，我们在牢里的时候，他同贾大妮子天天在一块儿。听说这案翻了，他就逃走了。"

老残道："你们受这么大的屈，为什么不告他呢？"魏老儿说："官司是好打的吗？我告了他，他问凭据呢？反咬一口，就受不得了。天爷有眼，总有一天报应的！"

老残问："这毒药究竟是什么？你老听人说了没有？"魏老道："谁知道呢！因为我们家有个老妈子，他的男人叫王二，是个挑水的。那一天，贾家死人的日子，王二正在贾家挑水，看见吴二浪子到他家里去说闲话，贾家正煮面吃，王二看见吴二浪子用个小瓶往面锅里一倒就跑了。王二心里有点疑惑，后来贾家厨房里让他吃面，他就没敢吃。不到两个时辰，就吵嚷起来了。王二到底没敢告诉一人，只他老婆知道，告诉了我女儿。及至我把王二叫来，王二又一口咬定，说：'不知道。'再问他老婆，他老婆也不敢说了。听说老婆回去被王二结结实实地打了一顿。你老想，这事还敢告到官吗？"老残随着叹息了一番。当时出了魏家，找着了许亮，告知魏家所闻，叫他先把王二招呼了来。

次日，许亮同王二来了。老残给了他二十两银子安家费，告诉他跟着做见证："一切吃用都是我们供给，事完，还给你一百银子。"王二初还极力抵赖，看见桌上放着二十两银子，有点相信是真，便说道："事完，你不给我一百银子，我敢怎样？"老残说："不妨。就把一百银子交给你，存个妥当铺子里，写个笔据给我，说：'吴某倒药水确系我亲见的，情愿作个干证。事毕，某字号存酬劳银一百两，即归我支用。两相情愿，决无虚假。'好不好呢？"

王二尚有点犹疑。许亮便取出一百银子交给他，说："我不怕你跑掉，你先拿去，何如？倘不愿意，就扯倒罢休。"王二沉吟了一晌，到底舍不得银子，就答应了。

许亮又告诉老残："探听切实，吴二浪子现在省城。"老残说："然则我们进省罢。你先找个眼线，好物色他去。"许亮答应着"是"说："老爷，我们省里见罢。"

次日，老残先到齐河县，把大概情形告知子谨，随即进省。当晚告知姚云松，请他转告宫保，并饬历城县派两个差人来，以备协同许亮。

次日晚间，许亮来禀："已经查得。吴二浪子现同按察司街南胡同里张家土娼，叫小银子的打得火热。白日里同些不三不四的人赌钱，夜间就住在小银子家。"老残问道："这小银子家还是一人，还是有几人？共有几间房子？你查明了没有？"许亮回道："这家共姊妹两个，住了三间房子。西厢两间是他爹妈住的。东厢两间：一间做厨房，一间就是大门。"老残听了，点点头，说："此人切不可造次动手。案情太大，他断不肯轻易承认。只王二一个证据，镇不住他。"于是向许亮耳边说了一番详细办法。

许亮去后，姚云松来函云："宫保酷愿一见，请明日午刻到文案为要。"老残写了回书，次日上院，先到文案姚公书房；姚公着家人通知宫保的家人，过了一刻，请入签押房内相会。庄宫保已迎至门口，迎入屋内，老残长揖坐下。

老残说："前次有负宫保雅意，实因有点私事，不得不去。想宫保必能原谅。"宫保说："前日捧读大札，不料玉守残酷如此，实是兄弟之罪，将来总当设法。但目下不敢出尔反尔^③，似非对君父之道。"老残说："救民即所以报君，似乎也无所谓不可。"宫保默然。又谈了半点钟工夫，端茶告退。

却说许亮奉了老残的擘画，就到这土娼家，认识了小金子，同嫖共赌。几日工夫，同吴二扰得水乳交融。初起，许亮输了四五百银子给吴二浪子，都是现银。吴二浪子直拿许亮当做个老土，谁知后来渐渐地被他捞回去了，倒赢了吴二浪子七八百银子，付了一二百两现银，其余全是欠账。

一日，吴二浪子推牌九，输给别人三百多银子，又输给许亮二百多两，带来的钱早已尽了，当场要钱。吴二浪子说上"再赌一场，一统算账。"大家不答应。吴二浪子发急道："我家里有的是钱，从来没有赖过人的账。银子成总了，我差人回家取去！"众人只是摇头。

许亮出来说道："吴二哥，我想这么办法：你几时能还？我借给你。但是我这银子，三日内有个要紧用处，你可别误了我的事。"吴二浪子急于要赌，连忙说："万不会误的！"许亮就点了五百两票子给他，扣去自己赢的二百多，还余二百多两。

吴二看仍不够还账，就央告许亮道："大哥，大哥！你再借我五百，我翻过本来立刻还你。"许亮问："若翻不过来呢？"吴二说："明天也一准还你。"许亮说："口说无凭，除非你立个明天期的期票。"吴二说："行，行，行！"当时找了笔，写了笔据，交给许亮。还了三百多的前账，还剩四百多银子，有钱胆就壮，说："我上去推一庄！"见面连赢了两条，甚为得意。哪知风头好，人家都缩了注子；心里一恨，那牌就倒下霉来了，不消半个更头，四百多银子又输得精光。

座中有个姓陶的，人都喊他陶三胖子。陶三说："我上去推一庄。"这时吴二已没了本钱，干看着别人打。陶三上去，第一条拿了个一点，赔了个通庄；第二条拿了个八点，又赔了一个通庄。看看比吴二的庄还要倒霉。吴二实在急得直跳，又央告许亮，许亮又借给他二百银子。

吴二就打了一百银子的天上角，一百银子的通。翻过牌来，庄家却是一个毙十。吴二得了二百银子，非常欢喜，原注不动。第四条，庄家赔了天门、下庄，吃了上庄，吴二的二百银子不输不赢，换第二方，头一条，庄家拿了个天杠，通吃，吴二还剩一百银子。

哪知从此庄家大掀起来，不但吴二早已输尽，就连许亮也输光了。许亮大怒，拿出吴二的笔据来往桌上一搁，说："天门孤丁！你敢推吗？"陶三说："推倒敢推，就是不要这种取不出钱来的废纸。"许亮说："难道吴二爷骗你，我许大爷也会骗你吗？"两人几至用武。众人劝说："陶三爷，你赢的不少了，难道这点交情不顾吗？我们大家作保：如你赢了去；他二位不还，我们众人还！"陶三仍然不肯，说："除非许大写上保中。"许亮气极，拿笔就写一个保，并注明实系正用情借，并非闲账。陶三方肯推出一条来，说："许大，听你挑一副去，我总是赢你！"许亮说："你别吹了！你掷你的倒霉骰子罢！"一掷是个七出。许亮揭过牌来是个天之九，把牌望桌上一放，说："陶三小子！你瞧瞧你父亲的牌！"陶三看了看，也不出声，拿两张牌看了一张，那一张却慢慢地抽，嘴里喊道："地！地！地！"一抽出来，望桌上一放，说："许家的孙子！瞧瞧你爷爷的牌！"原来是副人地相宜的地杠。把笔据抓去，嘴里还说道："许大！你明天没银子，我们历城县衙门里见！"当时大家钱尽，天时又有一点多钟，只好散了。

　　许、吴二人回到小银子家敲门进去，说："赶紧拿饭来吃！饿坏了！"小金子房里有客坐着，就同到小银子房里去坐。小金子捱到许亮脸上，说："大爷，今儿赢了多少钱，给我几两花罢。"许亮说："输了一千多了！"小银子说："二爷赢了没有？"吴二说："更不用提了！"说着，端上饭来，是一碗鱼，一碗羊肉，两碗素菜，四个碟子，一个火锅，两壶酒。许亮说："今天怎么这么冷？"小金子说："今天刮了一天西北风，天阴得沉沉的，恐怕要下雪呢。"

　　两人闷酒一替一杯地灌，不知不觉都有了几分醉。只听门口有人叫门，又听小金子的妈张大脚出去开了门，跟着进来说："三爷，对不住，没屋子啰，您请明儿来罢。"又听那人嚷道："放你妈的狗屁！三爷管你有屋子没屋子！什么王八蛋的客？有胆子的快来跟三爷碰碰，没胆子的替我四个爪子一起往外爬！"听着就是陶三胖子的声音。许亮一听，气从上出，就要跳出去，这里小金子、小银子姊妹两个拼命地抱住。未知后事如何，且看下回分解。

【注解】
①护短：为缺点或过失辩护。
②赁（lìn）：租。
③出尔反尔：指人的言行反复无常，前后自相矛盾。

却说小金子、小银子，拼命把许亮抱住。吴二本坐近房门，就揭开门帘一个缝儿，偷望外瞧。只见陶三已走到堂屋中间，醉醺醺的一脸酒气，把上首小金子的门帘往上一摔，有五六尺高，大踏步进去了。小金子屋里先来的那客用袖子蒙着脸，嗤溜的一声，跑出去了。张大脚跟了进去。陶三问："两个王八羔子呢？"张大脚说："三爷请坐，就来，就来。"张大脚连忙跑过来说："您二位别吱声。这陶三爷是历城县里的都头，在本县红得很，本官面前说一不二的，没人惹得起他。您二位可别怪，叫她们姊儿俩赶快过去罢。"许亮说："咱老子可不怕他！他敢怎么样咱？"

说着，小金子、小银子早过去了，吴二听了，心中捏一把汗，自己借据在他手里，如何是好！只听那边屋里陶三不住地哈哈大笑，说："小金子呀，爷赏你一百银子！小银子呀，爷也赏你一百银子！"听她二人说："谢三爷的赏。"又听陶三说："不用谢，这都是今儿晚上我几个孙子孝敬我的，共孝敬了三千多银子呢。我那吴二孙子还有一张笔据在爷爷手里，许大孙子做的中保，明天到晚不还，看爷爷要他们命不要！"

这许大却向吴二道："这个东西实在可恶！然听说他武艺高，手底下能开发五六十人呢，我们这口闷气咽得下去吗？"吴二说："气还是小事，明儿这一千银子笔据怎样好呢？"许大说："我家里虽有银子，只是派人去，至少也得三天，'远水救不着近火'！"

又听陶三嚷道："今儿你们姐儿俩都伺候三爷，不许到别人屋里去！动一动，叫你白刀子进去，红刀子出来！"小金子道："不瞒三爷说，我们俩今儿都有客。"只听陶三爷把桌子一拍，茶碗一摔，"咣啷"价一声响，说："放狗屁！三爷的人，谁敢住？问他有脑袋没有？"

小金子连忙跑过来把银票给许大看，正是许大输的银票。小银子也过来低低地说道："大爷，二爷！您两位多抱屈，让我们姊儿俩得二百银子，我们长这么大，还没有见过整百的银子呢。让我们挣两百银子，明儿买酒菜请你们二位。"许大气急了，连连说

老残游记·孽海花

93

道："滚罢！滚罢！"小金子出了房门，嘴里还嘟哝道："没有了银子，还做大爷呢！不害个臊！"

许大气白了脸，歇了一刻，扯过吴二来说："兄弟，我有一件事同你商议。我们都是齐河县人，跑到这省里，受他们这种气，真受不住！你想，你那一千银子还不出来，明儿被他拉到衙门里去，官儿见不着，私刑就要断送了你的命了。不如我们出去找两把刀子进来把他剁掉了，也不过是个死！你看好不好？"

吴二正在沉吟①，只听对房陶三嚷道："吴二那小子是齐河县里犯了案，逃得来的逃凶！爷爷明儿把他解到齐河县去，看他活得成活不成！许大那小子是个帮凶，谁不知道？"许大站起来就走。吴二浪子扯住道："我倒有个法子，只是你得对天发个誓，我才能告诉你。"许大道："你瞧！你倘若有好法子，我们弄死了他，主意是我出的。倘若犯了案，我是个正凶，你还是个帮凶，难道我还跟你过不去吗？"

吴二想了想，理路倒不错，加之明天一千银子一定要出乱子，只有这一个办法了，便说道："我的亲哥！我有一种药水，给人吃了，脸上不发青紫，随你神仙也验不出毒来！"许亮诧异道："我不信！真有这么好的事吗？"吴二道："谁还骗你呢！"许亮道："在哪里买？我快买去！"吴二道："没处买！是我今年七月里在泰山洼子里打从一个山里人家得来的。只是我给你，千万可别连累了我！"许亮道："这个容易。"随即拿了张纸来写道："许某与陶某呕气②起意，将陶某害死，知道吴某有得来上好药水，人吃了立刻致命，再三央求吴某分给若干，此案与吴某毫无干涉。"写完，交给吴二，说："倘若了案，你有这个凭据，就与你无干了。"

吴二看了，觉得甚为妥当。许亮说："事不宜迟，你药水在哪里呢？我同你取去。"吴二说："就在我枕头匣子里，存他这里呢。"就到炕里边取出个小皮箱来，开了锁，拿出个瓷瓶子来，口上用蜡封好了的。

许亮问："你在泰山怎样得的？"吴二道："七月里，我从垫台这条西路上的山，回来从东路回来，尽是小道。一天晚了，住了一家子小店，看他炕上有个死人，用被窝盖的好好的。我就问他们：'怎把死人放在炕上？'那老婆子道：'不是死人，这是我当家的。前日在山上看见一种草，香得可爱，他就采了一把回来，泡碗水喝。谁知道一喝，就仿佛是死了，我们自然哭得很。活该有救，这内山石洞里住了一个道人，叫青龙子，他那天正从这里走过，见我们哭，他来看看，说：你老儿是啥病死的？我就把草给他看。他拿去，笑了笑，说：这不是毒药，名叫千日醉，可以有救。我去替你寻点解救药草来罢。你可看好了身体，别叫坏了。我再过四十九天送药来，一治就好。算计目下也有二十多天了。'我问他：'那草还有没有？'他就给了我一把子，我就带回来，熬成水，弄瓶子装起玩的。今日正好用着了！"

许亮道："这水灵不灵？倘若药不倒他，我们就毁了呀。你试验过没有？"吴二说："百发百中的。我已……"说到这里，就嗫住③了。许亮问："你已怎么样？你已试过吗？"吴二说："不是试过，我已见那一家被药的人的样子是同死的一般；若没有青龙子解救，他早已埋掉了。"

二人正在说得高兴，只见门帘子一揭，进来一人，一手抓住了许亮，一手捺住了吴二，说："好！好！你们商议谋财害命吗？"一看，正是陶三。许亮把药水瓶子紧紧握住，就挣扎逃走，怎禁陶三气力如牛，哪里挣扎得动。吴二酒色之徒，更不必说了。只见陶三窝起嘴唇，打了两个胡哨，外面又进来两三个大汉，将许、吴二人都用绳子缚了。陶三押着解到历城县衙门口来。

陶三进去告知了稿签门上，传出话来，今日夜已深了，暂且交差看管，明日辰刻过堂，押到官饭店里，幸亏许大身边还有几两银子，拿出来打点了官人，倒也未曾吃苦。

明日早堂在花厅问案，是个发审委员。差人将三人带上堂去。委员先问原告。陶三供称："小人昨夜在土娼张家住宿，因多带了几百银子，被这许大、吴二两人看见，起意谋财，两人商议要害小人性命。适逢小人在窗外出小恭听见，进去捉住，扭禀到堂，求大老爷究办。"

委员问许大、吴二："你二人为什么要谋财害命？"许大供："小的许亮，齐河县人。陶三欺负我二人，受气不过，所以商同害他性命，吴二说，他有好药，百发百中，已经试过，灵验的。小人们正在商议，被陶三捉住。"吴二供："监生吴省干，齐河县人。许大被陶三欺负，实与监生无干。许大决意要杀陶三，监生恐闹出事来，原为缓兵之计，告诉他有种药水，名'千日醉'，容易醉倒人的，并不害性命。实系许大起意，并有笔据在此。"从怀中取出呈堂。

委员问许大："昨日你们商议时，怎样说的？从实告知，本县可以开脱你们。"许大便将昨晚的话一字不改说了一遍。委员道："如此说来，你们也不过气忿话，那也不能就算谋杀呀。"许大磕头，说："大老爷明鉴！开恩！"

委员又问吴二："许大所说各节是否切实？"吴二说："一字也不错的。"委员说："这件事，你们没有大过。"吩咐书吏照录全供，又问许大："那瓶药水在哪里呢？"许大从怀中取出呈上。委员打开蜡封一闻，香同兰麝，微带一分酒气，大笑说道："这种毒药，谁都愿意吃的！"就交给书吏，说："这药水收好了。将此二人并全案分别解交齐河县去。"只此"分别"二字，许大便同吴二拆开两处了。

当晚许亮就拿了药水来见老残，老残倾出看看，色如桃花，味香气浓；用舌尖

老残游记·孽海花

95

细试，有点微甜，叹道："此种毒药怎不令人久醉呢！"将药水用玻璃漏斗仍灌入瓶内，交给许亮："凶器人证俱全，却不怕他不认了。但是据他所说的情形，似乎这十三人并不是死，仍有复活的法子。那青龙子，我却知道，是个隐士；但行踪无定，不易觅寻。你先带着王二回去禀知贵上，这案虽经审定，不可上详。我明天就访青龙子去，如果找着此公，能把十三人救活，岂不更妙？"许亮连连答应着"是"。

次日，历城县将吴二浪子解到齐河县。许亮同王二两人作证，自然一堂就讯服了。暂且收监，也不上刑具，静听老残的消息。

却说老残次日雇了一匹驴，就往泰山东路行去。忽然想到舜井旁边有个摆命课摊子的，招牌叫"安贫子知命"，此人颇有点来历，不如先去问他一声。

彼此序了几句闲话，老残就问："听说先生同青龙子长相往来，近来知道他云游何处吗？"安贫子道："哎呀！你要见他吗？有啥事体？"老残便将以上事告知安贫子。安贫子说。"太不巧了！他昨日在我这里坐了半天，说今日清晨回山去，此刻出南门怕还不到十里路呢。"老残说："这可真不巧了！只是他回什么山？"安贫子道："里山玄珠洞。他去年住灵岩山；因近来香客渐多，常有到他茅棚里的，所以他厌烦，搬到里山玄珠洞去了。"老残问："玄珠洞离此地有几十里？"安贫子道："我也没去过，听他说，大约五十里路不到点。此去一直向南，过黄芽嘴子，向西到白雪坞，再向南，就到玄珠洞了。"

老残道了"领教，谢谢"，跨上驴子，出了南门，由千佛山脚下往东，转过山坡，径向南去。行了二十多里，有个村庄，买了点饼吃吃，打听上玄珠洞的路径，那庄家老说道："过去不远，大道旁边就是黄芽嘴。过了黄芽嘴往西九里路是白雪坞，再南十八里是玄珠洞。只是这路不好走，会走的呢，一路平坦大道；若不会走，那可就了不得了！石头七大八小，更有无穷的荆棘，一辈子也走不到的！不晓得多少人送了性命！"老残笑道："难不成比唐僧取经还难吗？"庄家老作色道："也差不多！"

老残一想，人家是好意，不可简慢了他，遂恭恭敬敬地道："老先生恕我失言。还要请教先生：怎样走就容易，怎样走就难，务求指示。"庄家老道："这山里的路，天生成九曲珠似的，一步一曲。若一直向前，必走入荆棘丛了。却又不许有意走曲路，有意曲，便陷入深阱，永出不来了。我告诉你个诀窍罢：你这位先生颇虚心，我对你讲，眼前路，都是从过去的路生出来的；你走两步，回头看看，一定不会错了。"

老残听了，连连打恭，说："谨领指示。"当时拜辞了庄家老，依说去走，果然不久便到了玄珠洞口。见一老者，长须过腹。进前施了一礼，口称："道长莫非是青龙子吗？"那老者慌忙回礼，说："先生从何处来？到此何事？"老残便将齐东村的一桩案情说了一遍。青龙子沉吟了一会儿，说："也是有缘。且坐下来，慢慢地讲。"

原来这洞里并无桌椅家具，都是些大大小小的石头。青龙子与老残分宾主坐定，青龙子道："这'千日醉'力量大，少吃了便醉一千日才醒，多吃就不得活了。只有一种药能解，名叫'返魂香'，出在西岳华山大古冰雪中，也是草木精英所结。若用此香将文火慢慢地炙起来，无论你醉到怎样田地，都能复活。几月前，我因泰山坳里一人醉死，我亲自到华山找一个故人处，讨得些来，幸而还有些子在此。大约也敷衍够用了。"遂从石壁里取出一个大葫芦来，内中杂用物件甚多，也有一个小小瓶子，不到一寸高。递给老残。

老残倾出来看看，有点像乳香的样子，颜色黑黯；闻了闻，像做臭支支的。老残问道："何以色味俱不甚佳？"青龙子道："救命的物件，哪有好看好闻的？"老残恭敬领悟，恐有舛错，又请问如何用法，青龙子道："将病人关在一室内，必须门窗不透一点儿风。将此香炙起，也分人体质善恶：如质善的，一点便活；如质恶的，只好慢慢价熬，终久也是要活的。"

老残道过谢，沿着原路回去。走到吃饭的小店前，天已黑透了，住得一宿，清晨回省，仍不到巳牌时分。遂上院将详细情形禀知了庄宫保，并说明带着家眷亲往齐东村去。宫保说："宝眷去有何用处？"老残道："这香治男人，须女人灸；治女人，须男人灸：所以非带小妾去不能应手。"宫保说："既如此，听凭尊便。"

老残答应着"是"，赏了黄家家人几两银子，带着环翠先到了齐河县，仍住在南关外店里，却到县里会着子谨，亦甚为欢喜。子谨亦告知："吴二浪子一切情形俱已服认。许亮带去的一千银子也缴上来。接白太尊的信，叫交还魏谦。魏谦抵死不肯收，听其自行捐入善堂了。"

老残说："前日托许亮带来的三百银子，还阁下，收到了吗？"子谨道："岂旦收到，我已经发了财了！宫保听说这事，专差送来三百两银子，我已经收了；过了两日，黄人瑞又送了代阁下还的三百两来；后来许亮来，阁下又送三百两来，共得了三份，岂不是发财吗？宫保的一份是万不能退的，人瑞同阁下的都当奉缴。"老残沉吟了一会儿，说道："我想人瑞也有个相契的，名叫翠花，就是同小妾一家子的。其人颇有良心，人瑞客中也颇寂寞，不如老哥竟一不做二不休④，将此两款替人瑞再挥一斧罢。"子谨拍掌叫好，说："我明日要同老哥到齐东村去，奈何呢？"想了想，说："有了！"立刻叫差门来告知此事，叫他明天就办。

次日，王子谨同老残坐了两乘轿子，来到齐东村。早有地保同首事备下了公馆。到公馆用过午饭，踏勘贾家的坟茔⑤，不远恰有个小庙。老残选了庙里小小两间房子，命人连夜裱糊，不让透风。次日清晨，十二口棺柩都起到庙里，先打开一个长工的棺木看看，果然尸身未坏，然后放心，把十三个尸首全行取出，安放在这两间房内，焚起"返魂香"

国学经典文库

来,不到两个时辰,俱已有点声息。老残调度着,先用温汤,次用稀粥,慢慢地等他们过了七天,力遣各自送回家去。

王子谨三日前已回城去。老残各事办毕,方欲回城,这时魏谦已知前日写信给宫保的就是老残,于是魏、贾两家都来磕头,苦苦挽留。两家各送了三千银子,老残丝毫不收。两家没法,只好请听戏罢,派人到省城里招呼个大戏班子来,并招呼北柱楼的厨子来,预备留老残过年。

哪知次日半夜里,老残即溜回齐河县了。到城不过天色微明,不便往县署里去,先到自己住的店里来看环翠。把堂门推开,见许明的老婆睡在外间未醒。再推开房门,往炕上一看,见被窝宽大,枕头上放着两人头,睡得正浓呢,吃了一惊。再仔细一看,原来就是翠花。不便惊动,退出房门,将许明的老婆唤醒。自己却无处安身,跑到院子里徘徊。见西上房里,家人正搬行李装车,是远处来的客,要动身的样子,就立住闲看。

只见一人出来吩咐家人说话。老残一见,大叫道:“德慧生兄!从哪里来?”那人定神一看,说:“不是老残哥吗,怎么在此地?”老残便将以上二十卷书述了一遍,又问:“慧兄何往?”德慧生道:“明年东北恐有兵事,我送家眷回扬州去。”老残说:“请留一日,何如?”慧生允诺。此时二翠俱已起来洗脸,两家眷属先行会面。

巳刻,老残进县署去,知魏家一案,宫保批吴二浪子监禁三年。翠花共用了四百二十两银子,子谨还了三百银子,老残收了一百八十两,说:“今日便派人送翠花进省。”子谨将详细情形写了一函。

老残回寓,派许明夫妇送翠花进省去,夜间托店家雇了长车,又把环翠的兄弟带来,老残携同环翠并他兄弟同德慧生夫妇天明开车,结伴江南去了。

却说许明夫妇送翠花到黄人瑞家,人瑞自是欢喜,拆开老残的信来一看,上写道:

愿天下有情人,都成了眷属。

是前生注定事,莫错过姻缘。

【注解】

①沉吟:迟疑不决。

②呕(òu)气:正确写法为"怄气"。闹别扭,生闷气。

③嗌(ài)住:咽喉堵塞。形容话语突然中断。

④一不做二不休:要么不做,做了就索性做到底。

⑤坟茔(yíng):埋葬死人的地方,即坟墓、坟地。

孽

海

花

一霎狂潮陆沉奴乐岛
卅年影事托写自由花

　　江山吟罢精灵泣，中原自由魂断！金殿才人，平康佳丽，间气钟情吴苑。辎轩西展，遮瞒着灵根，暗通瑶怨。孽海飘流，前生冤果此生判。群龙九馗宵战，值钧天烂醉，梦魂惊颤。虎神营荒，鸾仪殿辞，输尔外交纤腕。大千公案，又天眼愁胡，人心思汉。自由花神，付东风拘管。

　　却说自由神，是哪一位列圣？敕封何朝？铸像何地？说也话长。如今先说个极野蛮自由的奴隶国。在地球五大洋之外，哥伦布未辟，麦哲伦不到的地方，是一个大大的海，叫作"孽海"。那海里头有一个岛，叫作"奴乐岛"。地近北纬三十度，东经一百八十度。倒是山川明丽，花木美秀；终年光景是天低云黯，半阴不晴，所以天空新气是极缺乏的。列位想想：那人所靠着呼吸的天空气，犹之那国民所靠着生活的自由，如何缺得？因是一班国民，没有一个不是奄奄一息，偷生苟活。因是养成一种崇拜强权、献媚异族的性格，传下来一种什么运命，什么因果的迷信。因是那一种帝王，暴也暴到吕政、奥古斯都、成吉思汗、路易十四的地位，昏也昏到隋炀帝、李后主、查理士、路易十六的地位；那一种国民，顽也顽到冯道、钱谦益的地位，秀也秀到扬雄、赵子昂的地位。

　　而且那岛从古不与别国交通，所以别国也不晓得它的名字。从古没有呼吸自由的空气，那国民却自以为是：有"吃"，有"着"，有"功名"，有"妻子"，是个"自由极乐"之国。古人说得好："不自由毋宁死。"果然那国民享尽了野蛮奴隶自由之福，死期到了。去今五十年前，约莫十九世纪中段，那奴乐岛忽然四周起了怪风大潮，那时这岛根岌岌①摇动，要被海水卷去的样子。谁知那一班国民，还是醉生梦死，天天歌舞快乐，富贵风流，抚着自由之琴，喝着自由之酒，赏着自由之花，年复一年，禁不得月啮日蚀，到了一千九百零四年，平白地天崩地塌，一声响亮，那奴乐岛的地面，直沉向孽海中去。

　　咦！原来这孽海和奴乐岛，却是接着中国地面，在瀚海之南，黄海之西，青海之东。此事一经发现，那中国第一通商码头的上海——地球各国人，都聚集在此地——都道稀罕，天天讨论的讨论，调查的调查，秃着几打笔头，费着几磅纸墨，说着此事。内中有个爱自由者闻信，特地赶到上海来，要想侦探侦探奴乐岛的实在消息，却不知从何处问起。那日走出去，看看人来人往，无非是那班肥头胖耳的洋行买办，偷天换日的新政委员,短发西装的假革命党,胡说乱话的新闻社员,都好像没事的一般,依然叉麻雀,打野鸡,安塏第喝茶,天乐窝听唱;马龙车水,酒地花天,好一派升平景象! 爱自由者倒不解起来,糊糊涂涂、昏昏沉沉地过了数日。

这日正一人闷闷坐着,忽见几个神色仓皇、手忙脚乱的人奔进来嚷道:"祸事! 祸事! 日俄开仗了,东三省快要不保了!"正嚷着,旁边远远坐着一人冷笑道:"岂但东三省呀! 十八省都早已不保了!"

爱自由者听了,猛吃一惊,心想刚刚太平的世界,怎么变得那么快! 一直走去,不晓得走了多少路程。忽然到一个所在,好一片平阳大地! 山作黄金色,水流乳白香,几十座玉宇琼楼,无量数瑶林琪树,正是华丽境域,锦绣山河,好不动人歆羡②呀! 爱自由者走到这里,心里一动,好像曾经到过的。正在徘徊不舍,忽见眼前迎着面一所小小的空屋。爱自由者不觉越走越近了,到得门前,不提防门上却悬着一桁珠帘;隔帘望去,隐约看见中间好像供着一盆极娇艳的奇花,一时也辨不清是隋炀帝的琼花呢? 还是陈后主的玉树花呢? 但觉春光澹宕,香气氤氲③,一阵阵从帘缝里透出来。爱自由者心想,远观不如近睹,放着胆把帘子一掀,大踏步走近一看,哪里有什么花,倒是个蠕首蛾眉、桃腮樱口的绝代美人! 爱自由者顿吓一跳,忙要退出,忽听那美人唤道:"自由儿,自由儿,奴乐岛奇事发现,你不是要侦探么?"爱自由者忽听"奴乐岛"三字,顿时触着旧事,就停了脚,对那美人鞠了鞠躬道:"令娘知道奴乐岛消息吗?"那美人笑道:"咳,你疯了,哪里有什么奴乐岛来?"爱自由者愕然道:"没有这岛吗?"美人又笑道:"吓,你真呆了! 哪一处不是奴乐岛呢?"说着,手中擎着一卷纸,郑重地亲自递与爱自由者。爱自由者不解缘故,展开一看,却是一段新鲜有趣的历史,默想了一回,恍恍惚惚,好像中国也有这么一件新奇有趣的事情;自己还有一半记得,恐怕日久忘了,却慢慢写了出来。

正写着,忽然把笔一丢道:"吓,我疯了! 现在我的朋友东亚病夫,嚣然④自号着小说王,专门编译这种新鲜小说。我只要细细告诉了他,不怕他不一回一回慢慢地编出来,岂不省了我无数笔墨吗?"当时就携了写出的稿子,一径出门,往着小说林发行所来,找着他的朋友东亚病夫,告诉他,叫他发布那一段新奇历史。爱自由者一面说,东亚病夫就一面写。正是:

　　　　三十年旧事,写来都是血痕;

　　　　四百兆同胞,愿尔早登觉岸!

端的上面写的是些什么?列位不嫌烦絮,看他逐回道来。

【注解】

①岌(jí)岌:危险的样子。

②歆羡(xīn xiàn):羡慕。

③氤氲(yīn yūn):形容烟或云气浓郁。

④嚣(xiāo)然:闲适的样子。

第二回　陆孝廉访艳宴金阊　金殿撰归装留沪渎

　　话说大清朝应天承运,果然风调雨顺,国泰民安。直到了咸丰皇帝手里,就是金田起义,扰乱一回,却依然靠了那班举人、进士、翰林出身的大元勋,拼着数十年血汗,把那些革命军扫荡得干干净净。斯时正是大清朝同治五年,大乱敉平,共道大清国万年有道之长。这中兴圣主同治皇帝,准了臣子的奏章,谕令各省府县,有乡兵团练平乱出力的地方,增广了几个生员;受战乱影响,及大兵所过的地方,酌免了几成钱粮。

　　苏、松、常、镇、太几州,因为赋税最重,恩准减漕,所以苏州的人民,尤为涕零感激。却好戊辰会试的年成又到了,本来一般读书人,虽在离乱兵燹,八股八韵,朝考卷白折子的功夫,是不肯丢掉,况当歌舞河山、拜扬神圣的时候呢!果然,公车士子,云集辇毂,会试已毕,出了金榜。又过了殿试,到了三月过后,胪唱出来,那一甲第三名探花黄文载,是山西稷山人;第二名榜眼王慈源,是湖南善化人;第一名状元是谁呢?却是姓金名沟,是江苏吴县人。我想列位国民,没有看过登科记,不晓得状元的出色价值。

　　这是地球各国,只有独一无二之中国方始有的。这叫作群仙领袖,天子门生,何况英国的培根、法国的卢梭呢?话且不表。

　　单说苏州城内玄妙观,是一城的中心点,有个雅聚园茶坊。一天,有三人在那里同坐在一个桌子喝茶。一个有须的老者，姓潘，名曾奇，号胜芝，是苏州城内的老乡绅；一个中年长龙脸的姓钱，名端敏，号唐卿，是个墨裁高手；下首坐着的是小圆脸，姓陆，名叫仁祥，号搴如，殿卷白折极有功夫。这三个都是苏州有名的人物。唐卿已登馆选，搴如还是孝廉。那时三人正讲得入港。潘胜芝开口道："我们苏州人，真正难得！本朝开科以来，总共九十七个状元，江苏倒是五十五个。那五十五个里头，我苏州城内，就占了去十五个。如今那圆峤巷的金雯青，也中了状元了，好不显焕！"钱唐卿接口道："老伯说的东吴文学之邦，状元自然是苏州出产，而且据小侄看来，苏州状元的盛衰，与国运有关系。"胜芝愕然道："倒要请教。"唐卿道："本朝国运盛到乾隆年间，那时苏州状元，亦称极盛：张书勋同陈初哲，石琢堂同潘芝轩，都是两科蝉联；中间钱湘舲遂三元及第。自嘉庆手里，只出了吴廷琛、吴信中两个。幸亏得十六年辛未这一科，状元虽不是，那榜眼、探花、传胪①都在苏州城里，也算一段佳话。自后道光年代，就只吴钟骏崧甫年伯，算为前辈争一口气，下一粒读书种子。然而国运是一代不如一代了。至于咸丰手里，我亲记得是开过五次，越发荒唐了，索性脱科了。"

那时候唐卿说到这一句，就伸着一只大拇指摇了摇头，接着说道："那时候世叔潘八瀛先生，中了一个探花，从此以后，状元鼎甲，《广陵散》绝响于苏州。如今这位圣天子中兴有道，国运是要万万年，所以这一科的状元，我早觉得是我苏州人。"搴如也附和着道："吾兄说的话真关着阴阳消息，参伍天地。其实我那雯青同年兄的学问，实在数一数二！文章书法是不消说。史论一门纲鉴熟烂，又不消说。我去年看他在书房里校部《元史》，怎么奇渥温、木华黎、秃秃等名目，我懂也不懂。听他说得联联翩翩，好像洋鬼子话一般。"胜芝正道："你不要瞎说，这大元朝仿佛听得说就是大清国。你不听得，当今亲王大臣，不是叫作曾格林沁、阿拉喜崇阿吗？"胜芝正欲说去，唐卿忽望着外边叫道："肇廷兄！"

大家一齐看去，就见一个相貌清瘦、体段伶俐的人，一脚已跨进园来；后头还跟着个面如冠玉的书生。搴如招呼那书生道："怎么珏斋兄也来了？"肇廷就笑眯眯地低声接说道："我们是途遇的，晓得你们都在这里，所以一直找来。今儿晚上谢山芝在仓桥聘珠家替你饯行②，你知道吗？"搴如点点头道："还早哩。"说着，就拉肇廷朝里坐下。唐卿也与珏斋并肩坐了,不知讲些什么,忽听"饯行"两字,就回过头来对雯如道:"你要上哪里去?"雯如道:"不过上海罢了。前日得信,雯青兄请假省亲,已回上海,寓名利栈,约兄弟去游玩几天。"珏斋插口道:"上海虽繁华世界,究竟五方杂处,所住的无非江湖名士,即如写字的莫友芝,画画的汤壎伯,非不洛阳纸贵,名震一时,总嫌带着江湖气。比到我们苏府里姚凤生的楷书,杨咏春的篆字,任阜长的画,就有雅俗之分了。"唐卿道:"上海印书叫作什么石印,前天见过得本直省闱墨,真印得纸墨鲜明,文章就分外觉得好看,所以书本总要讲究版本。印工好,纸张好,款式好,便是书里面差一点,看着总觉豁目爽心③。"

那胜芝听着这班少年谈得高兴,不觉也忍不住,一头拿着只瓜楞茶碗,连茶盘托起,往口边送,一面说道:"上海繁华总汇,听说宝善街,那就是前明徐相国文贞之墓地。文贞为西法开山之祖,而开埠以来,不能保其佳城石室,曾有人做一首《竹枝词》吊他道:'结伴来游宝善街,香尘轻软印弓鞋。旧时相国坟何在? 半属民廛半馆娃。'岂不可叹呢?"肇廷道:"此刻雯青从京里下来,走的旱道呢,还是坐火轮船呢?"雯如道:"是坐的美国旗昌洋行轮船。"胜芝道:"说起轮船,前天见张新闻纸,载着各处轮船进出口,那轮船的名字,多借用中国地名人名,如汉阳、重庆、南京、上海、基隆、台湾等名目;乃后头竟有更诧异的,走长江的船叫作'孔夫子'。"

言次,太阳冉冉西沉,暮色苍然了。胜芝立起身来道:"不早了,我先失陪了。"道罢,拱手别去。肇廷道:"雯如,聘珠那里你到底去不去?"雯如道:"可惜唐卿、珏斋从来没开过戒,不然岂不更热闹吗?"肇廷道:"他们是道学先生,你还想引诱良家子弟,该当何罪?"

原来这珏斋姓何,名太真,素来欢喜讲程、朱之学,与唐卿至亲,意气也相投,都不会寻花问柳,所以肇廷如此说着。当下唐卿、珏斋都笑了一笑,也起身出馆,向着雯如道:"见了雯青同年,催他早点回来!"说罢,扬长而去。

肇廷、雯如两人步行,望观西直走,由关帝庙前,过黄鹂坊桥。忽然后面来了一肩轿子,两人站在一面让过去。谁知轿子里面坐着一个丽人,一见肇廷、雯如,就打着苏白招呼道:"顾老爷,陆老爷,从啥地方来? 谢老爷早已到倪搭,请唔笃就去吧!"

说话间,轿子如飞去了。两人都认得就是梁聘珠。果然,山芝已在,看见顾、陆两人,连忙立起招呼。肇廷笑道:"大善士发了慈悲心,今天来救大善女的急了。"说时,恰聘珠上来敬瓜子,雯如就低声凑近聘珠道:"耐阿急弗急?"聘珠一扭身放了盆子,一屁股就坐下道:"瞎三话四,倪弗懂个。"

山芝,名介福,家道尚好,喜行善举,苏州城里有谢善士之名。当时大家大笑。雯如回过头来,见尚有一客坐在那里,十分和气,年纪约二十许,看见顾、陆两人,连忙满脸堆笑地招呼。山芝就道:"这位是常州成木生兄,昨日方由上海到此。"彼此都见了,正欲

坐定，相帮的喊道："贝大人来了！"荦如抬头一看，原来是认得的常州贝效亭名佑曾的，曾经署过一任直隶臬司，就是火烧圆明园一役，议和里头得法，如今却不知为什么弃了官回来了。于是大家见了，就摆起台面来，聘珠请各人叫局。荦如叫了武美仙，肇廷叫了诸桂卿，木生叫了姚初韵。山芝道："效亭先生叫谁？"效亭道："闻得有一位杭州来的姓褚

的，叫什么爱林，就叫了她吧。"山芝就写了。荦如道："说起褚爱林，前日有人打茶围，说她房内备着多少筝、琵、箫、笛，夹着多少碑、帖、书、画，上有名人珍藏的印；还有一样奇怪东西，说是一个玉印，好像是汉朝一个妃子传下来的。看来不是旧家落薄，便是个逃妾哩！"肇廷道："莫非是赵飞燕的玉印吗？那是龚定庵先生的收藏。定公集里，还有四首诗记载此事。"木生道："先两天，定公的儿子龚孝琪兄弟还在上海遇见。"效亭道："快别提这人，他是已经投降了外国人了。"山芝道："他为什么要投降呢？"效亭道："他是脾气古怪，议论更荒唐。他说这个天下，与其给本朝，宁可赠给西洋人。"肇廷道："这也是定公立论太奇，所谓其父报仇，其子杀人。"木生道："这种人不除，终究是本朝的大害！"效亭道："可不是么！庚申之变，亏得有贤王留守。那时兄弟也奔走其间，朝夕与英国威妥玛磋磨，总算靠着列祖列宗的洪福，威酋答应了赔款通商，立时退兵。否则，真正不堪设想！所以那时兄弟就算受点子辛苦，看着如今大家享太平日子，想来还算值得。"山芝道："如此说来，效翁倒是本朝的大功臣了。"效亭道："岂敢！"木生道："据兄弟看来，现在的天下虽然太平，还靠不住。外国势力日大一日，机器日多一日，我国一样都没有办，哪里能够对付他？"

正说间，诸妓陆续而来。五人开怀畅饮，但觉笙清簧暖，玉笑珠香，不消备述，众人看着褚爱林面目，煞是风韵，举止亦甚大方，年纪二十余岁。问她来历，只是笑而不答。遂相约席散，至其寓所。不一会儿，各妓散去，钟敲十二下，山芝、效亭、肇廷等自去访褚爱林。荦如以将赴上海，少不得部署行李，先唤轿班点灯伺候，别着众人回家。

话且不提。

却说金殿撰请假省亲，乘着飞似海马的轮船到上海，住名利栈内，少不得一番应

酬，请酒看戏，更有一班同乡都来探望。一日，家丁投进帖子，说冯大人来答拜。雯青看着是"冯桂芬"三字，即忙立起身，说"有请。"家丁扬着帖子，将门帘擎起。但见进来一个老者，约六十余岁光景，见着雯青，即呵呵作笑声。雯青赶着抢上一步，叫声景亭老伯，作下揖去。见礼毕，就坐，茶房送上茶来。

两人先说些京中风景。景亭道："雯青，我恭喜你飞黄腾达。现在是五洲万国交通时代，从前多少词章考据的学问，是不尽可以用世的。昔孔子翻百二十国之宝书，我看现在读书，最好能通外国语言文字，晓得他所以富强的缘故。我却晓得去年三月，京里开了同文馆，考取聪俊子弟，学习推步及各国语言。论起'一物不知，儒者之耻'的道理，这是正当办法，而廷臣交章谏阻。倭良峰为一代理学名臣，而亦上一疏。有个京官抄寄我看，我实在不以为然。闻得近来同文馆学生，人人叫他洋翰林、洋举人呢。"雯青点头。景亭又道："你现在清华高贵，算得中国第一流人物。若能周知四国，通达时务，岂不更上一层呢！我现在认得一位徐雪岑先生，是学贯天人、中西合撰的大儒。一个令郎，字忠华，年纪与你不相上下，并不考究应试学问，天天是讲着西学哩！"

雯青方欲有言，家丁复进来道："苏州有位姓陆的来会。"景亭问是何人，雯青道："大约是篴如。"果然走进来一位少年，甚是英发，见二人，即忙见礼坐定。茶房端上茶来。彼此说了些契阔的话。景亭道："二位在此甚好，闻得英领事署后园有赛花会，照例每年四月举行，西洋各国琪花瑶草摆列不少，可看看。我后日来请同去吧。"

端了茶，喝着二口，起身告辞。

二人送景亭出房，进来重叙寒暄，雯青道："静安寺、徐家汇花园已经游过，不如游公家花园。你可在此用膳，膳后叫部马车同去。"篴如应允。二人用膳已毕，洗脸漱口。茶房回说，马车已在门口伺候。雯青换出一身新衣服穿上，握了团扇，让篴如先出，出门上了马车。那马夫抖勒缰绳，沿着黄浦滩北直行。但见黄浦内波平如镜，帆樯林立。猛然抬头，见着戈登铜像，矗立江表；再行过去，迎面一个石塔，晓得是纪念碑。二人正谈论，那车忽然停住。二人下车，入园门，果然亭台清旷，花木珍奇。二人坐在一个亭子上，看着靓妆炫服的中西仕女。正在出神，忽见对面走进一个外国人来，后头跟着一个中国人，年纪四十余岁，也坐在亭子内。两人叽里咕噜，说着外国话。雯青、篴如茫然不知所谓。俄见夕阳西颓，二人徐步出门，招呼马车，仍沿黄浦滩进大马路，向四马路兜个圈子。正欲走麦家圈，过宝善街，忽见雯青的家丁拿着一张请客票头，招呼道："薛大人请老爷即在一品香第八号大餐。"

雯青晓得是无锡薛淑云请客，遂也点头。篴如自欲回栈，在棋盘街下车。雯青一人出棋盘街，望东转弯，到一品香门前停住上楼。楼下按着电铃，侍者上来问过，领到八号。淑云已在，起身相迎。座间尚有五位，各各问讯。一位吕顺斋，甘肃遵义廪贡生，上万言书，应诏陈言，以知县发往江苏候补。那三个是崇明李台霞，名葆丰；丹徒

马美菽,名中坚;嘉应王子
度,名恭宪:皆是学贯中
西。还有一位无锡徐忠华,
就是日间冯景亭先生所说
的人。各道久仰坐定,侍者
送上菜单,众人点讫;淑云
更命开着大瓶香槟酒,且
饮且谈。忽然门外一阵皮
靴声音,雯青抬头一看,却
是在公园内见着的一个中
国人、一个外国人,望里面
走去。淑云指着那中国人
道:"诸君认得此人吗?"

　　皆道不知。淑云道:"此人即龚孝琪。"顺斋道:"莫非是定庵先生的儿子吗?"淑云
道:"正是。他本来不识英语,因为那威妥玛要读中国汉书,请一人去讲,无人敢去,孝琪
遂挺身自荐,威酋甚为信用。听得火烧圆明园,还是他的主张哩!"美菽道:"那外国人我
虽不晓得名字,但认得是领事馆里人。"淑云道:"那孝琪有两个妾,在上海讨的,宠夺专
房。孝琪有所著作,一个磨墨,一个画红丝格,总算得清才艳福。谁知正月里那二妾忽然
逃去一双,至今四处访查,岂不可笑呢。"众人正谈得高兴,忽然门外又走过一人,向着
八号一张。顺斋立起来,与那人说话。这人一来,有分教:

　　　　　　裙屐招邀,江上相逢名士;

　　　　　　江湖落拓,世间自有奇人。

　　不知此人姓甚名谁,且看下回分解。

【注解】

①传胪(lú):二甲第一名为传胪。

②饯行(jiàn xíng):厚礼款待准备远行的人,以示祝福和惜别。

③豁目爽心:眼界开阔,心神爽朗。

领事馆铺张赛花会
半敦生演说西林春

却说薛淑云请雯青在一品香大餐，正在谈着，门外走过一人，顺斋见了立起身来，与他说话。说毕，即邀他进来。众人起身让座，动问姓名，方晓得是姓云，字仁甫，单名一个宏字，广东人，江苏候补同知。席间，众人议论风生，都是说着西国政治艺学。雯青在旁默听，茫无把握，暗暗惭愧，想道："我虽中个状元，自以为名满天下，哪晓得到了此地，听着许多海外学问，真是梦想没有到哩！从今看来，总要学些西法，派入总理衙门当一个差，才能够有出息哩！"想得出神，匆匆吃毕，复用咖啡。侍者送上签字单，淑云签毕，众人起身道扰各散。雯青坐着马车回寓，走进寓门，见无数行李堆着一地。尚有两个好像家丁模样，打着京话，指挥众人。雯青走进账房，取了钥匙，因问这行李的主人。账房启道："是京里下来，听得要出洋的，这都是随员呢。"雯青无话。次早起来，要想设席回敬了淑云诸人。梳洗过后，便找荜如，约他同去。晚间在一家春请了一席大餐。

一日，果然领事馆开赛花会。雯青、荜如坐着马车前去，有西人上来问讯。二人照例各输了洋一元，发给凭照一纸，迤逦进门。

二人移步走上，但见仕女满座，却见台霞、美菽也在，同着两个老者，与一个外国人谈天。见了雯青等起身让座。各各问讯，方晓得这外国人名叫傅兰雅，一口流利的中国话。两位老者，一姓李，字任叔；一即徐雪岑。雪岑问着傅兰雅："今天晚上有跳舞会吗？"傅兰雅道："领事下帖请的，约一百余人，贵国人是请着上海道、制造局总办，又有杭州一位大富翁胡星岩。还有两人，说是贵国皇上钦派出洋，随着美国公使蒲安臣，前往有约各国办理交涉事件的，要定香港轮船航日本，渡太平洋，先到美国。那两人一个是道员志刚，一个是郎中孙家谷。这是贵国第一次派往各国的使臣，前日才到上海，大约六月起程。"雯青听着，暗忖：怪道刚才栈房里来许多官员，说是出洋的。心里暗自羡慕。说说谈谈，天色已晚，各自散去。

流光如水，已过端阳，雯青就同着荜如结伴回苏。衣锦还乡，原是人生第一荣耀的事，家中早已挂灯结彩，鼓吹喧闠；官场卤簿①，亲朋轿马，来来往往，把一条街拥挤得似人海一般。等到雯青一到，有挨着肩攀话的，有拦着路道喜的，从未认识的故意装成热络，一向冷淡的格外要献殷勤，直将雯青当了楚霸王。好容易左冲右突，才算见着了老

110

太太赵氏和夫人张氏。自然笑逐颜开,阖家欢喜。

正坐定了讲些别后的事情,老家人金升进来回道:"钱老爷端敏,何老爷太真,同着常州才到的曹老爷以表,都候在外头,请老爷出去。"雯青听见曹以表和唐卿、珏斋同来,不觉喜出望外。原来雯青和曹以表号公坊的,是十年前患难之交,连着唐卿、珏斋,当时号称"海天四友"。曹公坊这回听见雯青得意回南,晓得不久就要和唐卿、珏斋一同挈眷进京,不觉动了燕游之兴,所以特地从常州赶来,借着替雯青贺喜为名,顺便约会同行,路上多些侣伴,就先访了唐卿、珏斋一齐来看雯青。当下雯青十分高兴地出来接见,三人都给雯青致贺。

雯青谦逊了几句。钱、何两人相离未久,公坊却好多年不见了,说了几句久别重逢的话,招呼大家坐下。雯青留心细看公坊,只见他还是胖胖的身体。微笑地向雯青道:"这回雯兄高发,不但替朋侪吐气,也是令桑梓生光!捷报传来,真令人喜而不寐!"雯青道:"公坊兄,别挖苦我了!我们四友里头,文章学问,当然要推你做龙头,弟是蝓尾。不料王前卢后,适得其反;刘蕡下第,我辈登科,厚颜者还不止弟一人呢!"就回顾唐卿道:"不是弟妄下雌黄,只怕唐兄印行的《不息斋稿》,虽然风行一时,决不能望《五丁阁稿》的项背哩!"唐卿道:"当今讲制义的,除了公坊的令师潘止韶先生,还有谁能和他抗衡呢?"

于是大家说得高兴,就论起制义的源流,从王荆公、苏东坡起,以至江西派的章、马、陈、艾,云间派的陈、夏、两张,一直到清朝的熊、刘、方、王,龙竑虎竑,下及咸、同墨卷。

一语未了,不防蓁如闯了进来喊道:"你们真变成考据迷了,连敲门砖的八股,都要详征博引起来,只怕连大家议定今晚在褚爱林家替雯兄接风的正事倒忘怀了。"唐卿道:"啊呀,我们一见公坊,只顾讲了八股,不是蓁兄来提,简直忘记得干干净净!"雯青现出诧异的神情道:"唐兄和珏兄向不吃花酒,怎么近来也学时髦?"公坊道:"起先我也这么说,后来才知道那褚爱林不是平常应征的俗妓,不但能唱大曲,会填小令,是板桥杂记里的人物,而且妆阁上摆满了古器、古画、古砚,倒是个女赏鉴家呢!所以唐兄和珏兄，都想去看看，就发起了这一局。"珏斋道："只有我们四人做主人，替你洗尘，你道何如？"雯青道："那褚爱林不就是龚孝琪的逃妾，你在上海时和我说过，她现住在三茅阁巷的吗？"犖如点头称是。雯青道："我一准去！那么现在先请你们在我这里吃午饭，吃完了，你们先去；我等家里的客散了，随后就来。"说着，吩咐家人，另开一桌到内书房来，让钱、何、曹、陆四人随意地吃，自己出外招呼贺客。不一会儿，四人吃完先走了。

这里雯青直到日落西山，才把那些蜂屯蚁聚的亲朋支使出了门，坐了一肩小轿，向三茅阁巷褚爱林家而来。一下轿，看看门口不像书寓，门上倒贴着"杭州汪公馆"五个大字的红门条。正越趄着脚，早有个相帮似的掌灯候着，问明了，就把雯青领进大门。石径尽处，显出一座三间两厢的平屋，此时里面正灯烛辉煌。雯青跟着那人跨进那房中堂，屋里面高叫一声："客来！"

下首门帘揭处，有一个靓妆雅服二十来岁的女子，就是褚爱林，满面含笑地迎上来。雯青瞥眼一看，是熟悉的面庞，只听爱林清脆的声音道："请金大人房里坐。"雯青一面心里暗忖爱林在哪里见过，一面进了房。珏斋道："雯青，你来看看，这里的东西都不坏！这癸觥觚、父丁爵，是商器；方鼎籀古亦佳。"唐卿道："就是汉器的枞豆、鸿嘉鼎，制作也是工细无匹。"公坊道："我倒喜欢这吴、晋、宋、梁四朝砖文拓本，多未经著录之品。"雯青约略望了一望，嘴里说着："足见主人的法眼，也是我们的眼福。"一屁股就坐在厢房里靠窗一张影木书案前的大椅里，手里拿起一个香楠匣的叶小鸾眉纹小研在那里抚摩，眼睛却只对着褚爱林呆看。犖如笑道："雯兄，你看主人的风度，比你烟台的旧相识如何？"爱林嫣然笑道："陆老不要瞎说，拿我跟金大人的新燕姐比，真是天比鸡矢了！金大人，对不对？"雯青顿然脸上一红，心里勃然一跳，向爱林道："你不是傅珍珠吗？怎么会跑到苏州，叫起褚爱林来呢？"爱林道："金大人好记性。现在新燕姐大概是享福了？也不枉她一片苦心！"雯青忸怩道："她到过北京一次，我那时正忙，没见她。后来她就回去，没通过音信。"爱林惊诧似的道："金大人高中了，没讨她吗？"雯青变色道："我们别提烟台的事，我问你怎么改名成了褚爱林？怎样人家又说你在龚孝琪那里出来的呢？看着这些陈设的古董，又都是龚家的故物。"

爱林凄然地挨近雯青坐下道："好在金大人又不是外人，我老实告诉你，我的确是孝琪那里出来的，不过人家说我卷逃，那才是屈天冤枉呢！实在只为了孝琪穷得不得了，忍着痛打发我们出来各逃性命。那些古董是他送给我们的纪念品。金大人想，若是卷逃，哪里敢公然陈列呢？"雯青道："孝琪何以一贫至此？"爱林道："这就为孝琪的脾气古怪。人家看着他举动阔绰，其实是个漂泊无家的浪子！他只为学问上和老太爷闹翻了，轻易不大回家。有一个哥哥，向来音信不通；老婆儿子，他又不理，一辈子就没用过家里一个钱。一天到晚，不是打着苏白和妓女们混，就是学着蒙古唐古忒的话，和色目人去弯弓射马。用的钱，全是他好友杨墨林供应。墨林一死，幸亏又遇见了英使威妥玛，做了幕宾。近来不知为什么事，又和威妥玛翻了腔，只靠卖书画古董过日子。因此，他起了个别号，叫'半伦'，就说自己五伦都无，只爱着我。我是他的妾，只好算半个伦。谁知到现在，连半个伦都保不住呢！"说着，眼圈儿都红了。雯青道："他既牺牲了一切，投了威妥玛，做了汉奸，无非为的是钱。为什么又和他翻腔呢？"爱林道："人家骂他汉奸，他是不承认。有人恭维他是革命，他也不答应。他说他的主张烧圆明园，全是替老太爷报仇。"雯青诧异道："他老太爷有什么仇呢？"

爱林把椅子挪了一挪，和雯青耳鬓厮磨地低低说道："我把他自己说的一段话告诉了你，就明白了。那一天，就是我出来的前一个月，那时正是家徒四壁，他脾气越发坏了。我倒听惯了，由他闹去。忽然一到晚上，溜入书房，静悄悄的一点声息都无。我倒不放心起来，独自蹑手蹑脚地走到书房门口偷听时，忽听里面啪的一声，随着咕噜了几句。停一会儿，又是哗啪两声，又唧哝了一回。我耐不住闯进去，只见他道貌庄严地端坐在书案上，面前摊一本青格子、歪歪斜斜写着草体字的书，书旁边供着一个已出椟的木主。他一手握了一支硃笔，一手拿了一根戒尺，正要去举起那木主，看见我进来，回着头问我道：'你来做什么？'我笑着道：'我在外边听见哗啪哗啪的声音，原来你在这里敲神主！'他道：'这是我太爷的神主。'我骇然道：'老太爷的神主，怎么好打的呢？'他道：'我的老子，不同别人的老子。我的老子，是个盗窃虚名的大人物。我现在要给他刻集子，看见里头多不通的、欺人的、错误的，我要给他大大改削，免得贻误后学。从前他改我的文章，我挨了无数次的打。现在轮到我手里，我就请了他神主出来，遇着不通的敲一下，欺人的两下，错误的三下，也算小小报了我的宿仇。'我问道：'儿子怎好向父亲报仇？'他笑道：'我已给他报了大仇，开这一点子的小玩笑，他一定含笑忍受得了。'我道：'你替老太爷报了什么仇？'"

"他郑重地道：'你当我老子是好死的吗？他是被满洲人毒死在丹阳的。我老子和我犯了一样的病，喜欢和女人往来，他一生恋史里的人物，差不多上自王妃，下至乞丐，无奇不有。他做宗人府主事时候，管宗人府的是明善主人，是个才华盖世的名王。明善的侧福晋，叫作太清西林春，也是个艳绝人寰的才女。有一天，衙中有事，明善恰到西山，我老子跟踪前往。那日，天正下着大雪，遇见明善和太清并辔从林子里出来，太清内家装束，外披着一件大红斗篷，映着雪光，艳色娇姿，把他老人家的魂摄去了。不想孽缘凑巧，好事飞来，忽然在逛庙的时候，彼此又遇见了。"

"我老子见明善不在，就大胆上去说了几句蒙古话。太清也微笑地回答。临行，太清又说了明天午后东便门外茶馆一句话。我老子猜透是约会的隐语，喜出望外。次日，不问长短，就赶到东便门外，果见离城百步，有一片破败的小茶馆，他便走进去，喊茶博士泡了一壶茶，想在那里老等。谁知这茶博士拿茶壶来时，就低声问道：'尊驾是龚老爷吗？'我老子应了一声'是'。他就把我老子领到里间。早见有一个粗眉大眼、戴着毡笠赶车样儿的人坐在一张桌下，一见我老子就足恭地请他坐。我老子问他：'你是谁？'"

"他显出刁滑的神情道：'你老不用管。你先喝一点茶，再和你讲。'我老子正走得口渴，本想润润喉，端起茶碗来，咕嘟咕嘟地倒了大半碗，谁知这茶不喝便罢，一到肚，不觉天旋地转的一阵头晕，砰地一声倒了。"爱林正说到这里，那边百灵台上钱唐卿忽然喊道："难道龚定庵就这么糊里糊涂的给他们药死了吗？"爱林道："不要慌，听我再说。"正是：

为振文风结文社，却教名士殉名姬。

欲知定庵性命如何，且看下文细表。

【注解】
①卤簿：中国古代官员出外时扈从的仪仗队。

第四回　光明开夜馆福晋呈身　康了困名场歌郎跪月

　　话说上回褚爱林正说到定庵喝了茶博士的茶晕倒了，唐卿着慌地问。爱林叫他不要慌，说我们老太爷的毒死，不是这一回。爱林道："他说：'我老子晕倒后人事不知，等到醒来，忽觉温香扑鼻，软玉满怀。睁眼看时，黑洞洞一丝光影都没有。可晓得那所在不是个愁惨的石牢，倒是座缥缈的仙阆。衾里面，紧贴身朝外睡着个娇小玲珑的妙人儿，就大着胆伸过手去抚摩。那时他老人家暗忖：常听人说京里有一种神秘的黑车，往往做宫娃贵妇的方便法门，难道西林春也玩这个把戏吗？就忍不住低低地询问了几次。谁知凭你千呼万唤，只是不应。可一条玉臂，已渐渐伸了过来，彼此都不自主地唱了一出爱

情哑剧。虽然手足传情，却已心魂入化，不觉相偎相倚地沉沉睡去了。'

"正酣适间，耳畔忽听古古的一声雄鸡，他老人家吓得直坐起来，暗道：'不好！'揉揉眼，原来他还安安稳稳睡在自己家里书室中的床上。想到：难道我做了几天的梦吗？急得一迭连声喊人来。家人告诉他，昨天一夜在外，直到今天一亮，明贝勒府里打发车送回来的。回来时，还是醉得人事不知。我老子听了家人的话，才明白昨夜的事，果然是太清弄的狡狯，觉得太清又可爱、又可怕了。

"隔了几天，他偶然游厂甸，又遇见太清，一见面，太清就对着他含情地一笑。他留心看她那天，一个男仆都没带，只随了个小环，这明明是有意来找他的。他鼓勇地走上去，还是用蒙古话，转着弯先试探昨夜的事。太清笑而不答。后来被他问急了，才道：'假使真是我，你怎么样呢？'他答道：'那我就登仙了！但是仙女的法术太大，把人捉弄到云端里，有些害怕了！'太清笑道：'你害怕，就不来。'他也笑道：'我便死，也要来。'"

于是两人调笑一回，太清终究倾吐了衷情，约定了六月初九夜里，趁明善出差，在邸第花园里的光明馆相会。这一次的幽会，既然现了庄严宝相，自然分外绸缪①。从此月下花前，时相来往。忽一天，有个老仆送来密缝小布包一个，我老子拆开看时，内有一笺，笺上写着娟秀的行书数行，认得是太清笔迹：

我曹事已泄，妾将被禁，君速南行，迟则祸及。附上毒药粉一小瓶，鸩人无迹，入水，色绀碧，味辛，刺鼻，慎兹色味，勿近！恐有人鸩君也。香囊一扣，佩之胸当，可以醒迷。不择迷药或迷香，此皆禁中方也。别矣，幸自爱！

"我老子看了，连夜动身回南。过了几年，倒也平安无事。不料那年行至丹阳，在县衙里遇见了一个宗人府的同事，是他当日的赌友。那人投他所好，和他摇了两夜的摊。一夜回来，觉得不适，忽想起才喝的酒味非常刺鼻，道声'不好'，知道中了毒。临死，把这事详细地告诉了我，嘱我报仇。他平常虽然待我不好，到底是我父亲，我从此就和满人结了不共戴天的深仇。庚申之变，我辅佐威妥玛，原想推翻满清，手刃明善的儿孙。虽然不能全达目的，烧了圆明园，也算尽了我做儿的一点责任。人家说我汉奸也好，说我排满也好，由他们去吧！这一段话，是孝琪亲口对我说的。想来总是真情。若说孝琪为人，脾气虽然古怪，待人倒义气，就是打发我们出来，固然出于没法，而且出来的不止我一人，还有个姓汪的，是他第二妾，也住在这里。她一般的给了许多东西，时常有信来问长问短。姓汪的有些私房，所以还不肯出来见客。我是没法，才替她手脸。我原名傅珍珠，是在烟台时依着假母的姓，褚是我的真姓，爱林是小名，真名实在叫作畹香。人家倒冤枉我卷逃！金大人，你想我的命苦不苦呢？"

雯青听完这一席话，笑向大家道："俗语说得好，一张床上说不出两样话。你们听，爱林的话不是句句护着孝琪吗？"唐卿道："孝琪的行为虽然不足为训，然听他的议论思想也有独到处。"于是大家谈谈讲讲，就摆上台面来，自然请雯青坐了首席，其余依次坐了。酒过三巡，烛经数跋，谈今吊古，赏奇析疑，醉后诙谐②，成黄车之掌录；尘余咳吐，亦青琐之逸闻。直到漏尽钟鸣，方始酒阑人散。

　　如今且说那一年，又遇到秋试之期，雯青一人闷坐书斋。忽然想起今天是公坊进场的日子，晓得他素性落拓，只怕没人料理。雯青待公坊是非常热心的，便立时预备了些笔墨纸张及零星需用的东西，又嘱张夫人弄些干点小菜，坐了车，带了亲自去看公坊。刚要到公寓门前，远远望见有一辆十三太保的快车，寓里飘飘洒洒跑出一个十五六岁、华装夺目的少年，跳上车，那车子飞快地往前走了。雯青一时没看清脸庞，暗想是谁叫的呢？转念道："嗄，不要是景龢堂花榜状元朱霞芬吧？他的名叫蒨云，绰号'小表嫂'。肇廷曾告诉过我，就为和公坊的关系，朋友和他开玩笑，公坊名以表，大家就叫他一声'表嫂'，谁知从此就叫出名了。此刻或者也是来送场的。"

　　雯青一头想着，一头下车往里走。跨上阶沿就喊道："公坊，你倒瞒着人在这里独乐！"公坊披着件夏布小衫，趿着鞋在卧室里懒懒散散地迎出来道："什么独乐不独乐的乱喊？"雯青笑道："才在你这里出去的是谁？"公坊哈哈一笑道："我道是什么秘事给你发觉，原来你说的是蒨云！我并没瞒人。"雯青道："不瞒人，你为什么没请我去吃过一顿便饭？"公坊道："不忙，等我考完了，自然我要请你呢！"雯青笑道："到那时，我是要恭贺你和小表嫂的金榜题名，洞房花烛了。"公坊道："连小表嫂的典故，你都知道了，还冤我瞒你！你不过金榜题名是梦话，洞房花烛倒是实录。我说考完请你，就是请你吃蒨云的喜酒。"雯青道："蒨云已出了师吗？这个老斗是谁呢？老婆又谁给他讨的？"

　　公坊只是微微地笑，顿了一顿道："发乎情，止乎礼，世上无伯牙，个中有红拂，行乎其所不得不行罢了。"雯青道："这么说，公坊兄就是个护花使者了。现在且不说这个，明天一早，你要进场，我是特地来送你的。你向来不会管这些事，不如让我来替你拾掇一下，总比你两位贵僮要细腻熨贴③些。我内人也替你做了几样干点小菜，也带了来。"

　　说时，就喊仆人拿进一个小篮儿。公坊再三地道谢，一面也叫小僮松儿、桂儿搬了理好的一个竹考篮，一个小藤箱，送到雯青面道："胡乱地也算理过了，请雯兄再替我检点检点吧！"雯青打开看时，预备得整整有条，应有尽有，不觉诧异道："这是谁给你弄的?"公坊道:"除了蔓云,还有谁呢?他今儿个累了整一天,点心和菜都是他在这里亲手做的。"雯青道:"罪过!照这样抠心挖胆地待你,不想出在堂名中人。我想迦陵的紫云、灵岩的桂官,算有此香艳,决无此亲切。我倒羡你这无双艳福!便回回落第,也是情愿。"

公坊笑了一笑。当下雯青仍把考具归理好了,把带来的笔墨也加在里面。看看时候不早,怕耽搁了公坊的早睡,临行约好到末场的晚间再来接考,就走了。在考期里头,雯青一连数日不曾来看公坊,偶然遇见肇廷,把在毗陵公寓遇见的事告诉了。肇廷道:"霞芬是梅慧仙的弟子,也是我们苏州人。那妮子向来高着眼孔,不大理人。前月有个外来的知县,肯送千金给他师傅,要他陪睡一夜;师傅答应了,他不但不肯,反骂了那知县一顿跑掉了,因此好受师傅的责罚。后来听说有人给他脱了籍,倒想不到就是公坊。公坊名场失意,也该有个钟情的璧人,来弥补他的缺陷。"于是大家又慨叹了一回。

匆匆过了中秋,雯青屈指一算,那天正是出场的末日。到了上灯时候,就来约了肇廷,同向毗陵公寓而来。到了门口,并没见有前天的那辆车子,雯青低低对肇廷道:"只怕他倒没有来接吧!你看门口没有他的车。"肇廷道:"不行会不来吧!"

两人一递一声地说话,已走过寓门。两人刚踹上一个方方的广庭,只见一片皎洁的月光,正照在两棵高出屋檐的梧桐顶上,庭中一半似银海一般的白,一半却迷离惝恍,摇曳着桐叶的黑影。在这一搭白一搭黑的地方,当天放着一张茶几,几上供着一对红烛、一炉檀香,几前地上伏着一人。仔细一认,看他头上梳着淌三股乌油滴水的大松辫,身穿藕粉色香云纱大衫,外罩着宝蓝韦陀银一线滚的马甲,脚蹬着一双回文嵌花绿皮薄底靴,在后影中揣摩,已有遮掩不住的一种婀娜动人姿态。此时俯伏在一个拜垫上,嘴里低低地咕哝。肇廷指着道:"咦,那不是霞郎吗?"雯青摇手道:"我们别声张,看他做什么,为什么事祷告来!"正是:

此生欲问光明殿,一样相逢沦落人。

不知霞郎为甚祷告,且看下回分解。

【注解】

①绸缪(chóu móu):此处形容缠绵不解的男女恋情。

②谈谐:谈话富于风趣,引人发笑。

③熨(yù)贴:妥帖。

开搏赖有长生库
插架难遮素女图

话说雯青看见霞芬伏在拜垫上，嘴里低低地祷告，连忙给肇廷摇手，叫他不要声张。谁知这一句话倒惊动了霞芬，急忙站了起来，连屋里面的书僮松儿也开门出来招呼。雯青、肇廷和霞芬，本来在应酬场中认识的，肇廷尤其热络。当下霞芬看见顾、金二人，连忙上前叫了声"金大人、顾大人"，都请了安。雯青在月光下留心看去，果然好个玉媚珠温的人物。暗想：谁料到不修边幅的曹公坊，倒遇到这段奇缘；我枉道是文章魁首，这世里可有这般可意人来做我的伴侣！雯青正在胡思乱想，肇廷早拉了霞芬的手笑问道："你志志诚诚地烧天香，替谁祷告呀？"霞芬涨红脸笑着道："不替谁祷告，中秋忘了烧月香，在这里补烧哩！"

阶上站着一个小僮松儿插嘴道："顾大人，不要听朱相公瞎说，他是替我们爷求高中的！他说：'举人是月宫里管的，只要吴刚老爹修桂树的玉斧砍下一枝半枝，肯赐给我们爷，我们爷就可以中举，名叫蟾宫折桂①。'从我们爷一进场，他就天天到这里对月碰头，头上都碰出桂圆大的疙瘩来。顾大人不信，你验验看。"霞芬瞪了松儿一眼，一面引着顾、金两人向屋里走，一面说道："顾大人，别信这小猴儿的扯谎。我们爷今天老早出场，一出场就睡，直睡到这会儿还没醒。请两位大人书房候一会儿，我去叫醒他。"肇廷嘻着嘴，挨到霞芬脸上道："是儿时孟光接了梁鸿案，曹老爷变了你们的？我倒还不晓得呢！"霞芬知道失口，搭讪着强辩道："我是顺着小猴儿嘴说的，顾大人又要挑眼儿了，我不开口了！"说着，已进了厅来。肇廷好久不来，把屋宇看了一周遭，向雯青道："你看屋里的图书字画、家伙器皿，布置得清雅整洁，不像公坊以前乱七八糟的样子了，这是霞郎的成绩。"雯青笑道："不知公坊几生修得这个贤内助呀！"霞芬只做不听见，也不进房去叫公坊，倒在那里翻抽屉。雯青道："怎么不去请你们的爷呢？"霞芬道："我要拿曹老爷的场作给两位看。"肇廷道："公坊的场作，不必看就知道是好的。"霞芬道："不这么讲。每次场作，他自己说好，老是不中；他自己一得意，更糟了，连房都不出了。这回他却懊恼，说做得臭不可当。我想他觉得坏，只怕倒合了那些大考官的胃口，倒大有希望哩！所以要请两位看一看。"

说完话，正把手里拿着个红格文稿递到雯青手里。只听里边卧房里，公坊咳了声嗽，喊道："霞芬，你唧唧喳喳和谁说话？"霞芬道："顾大人、金大人在这里看你。"公坊道:"请他们坐一坐,你进来,我有话和你说。"霞芬向金、顾两人一笑,一扭身进了房。只听一阵窸窸窣窣穿衣服的声音,又低低讲了一回话,霞芬笑眯眯地先出来,叫桂儿跟着一径往外去了。这里公坊已换上一身新制芝麻地大牡丹花的白纱长衫,头光面滑地才走出卧房来,向金、顾两人拱拱手道:"对不起,累两位久候了!"雯青道:"我们正在这里拜读你的大作,奇怪,怎么你这回也学起烂污调来了?"公坊劈手就把雯青拿的稿子抢去,望字纸笼里一摔道:"再不要提这些讨人厌的东西!我们去约唐卿、珏斋、奉如,一块儿上菶云那里去。"肇廷道:"上菶云那里做什么?"雯青道:"不差,前天他约定的,去吃霞芬的喜酒。"肇廷道:"霞芬不是出了师吗?他自立的堂名叫什么?在哪里呢?"公坊道:"他自己的还没定,今天还借的景和堂梅家。"公坊一壁说,一壁已写好了三个小简,叫松儿交给长班分头去送。松儿道:"不必雇,朱相公的车和牲口都留在后头车厂里给爷坐的,他自己是走了去的。"公坊点了点头,就和雯青、肇廷说:"那么我们到那边谈吧。"

　　于是一行人都出了寓门,来到景和堂。霞芬进进出出,招呼得十二分殷勤。那时唐卿、珏斋也都来,只有奉如姗姗来迟,大家只好先坐了。霞芬照例到各人面前都敬了酒,坐在公坊下肩。肇廷提议叫条子,唐卿、珏斋也只好随和了。肇廷叫了琴香,雯青叫了秋菱,唐卿叫了怡云,珏斋叫了素云。须臾,各伶慢慢地走了,霞芬也抽空去应他的条子。这里主客酬酢,渐渐雌黄当代人物起来。唐卿道:"古人说京师是人海,这话是不差。任凭讲什么学问,总有同道可以访求的。"雯青道:"说的是。我想我们自从到京后,认得的人也不少了,大人先生,通人名士,都见过了,到底谁是第一流人物?今日没事,大家何妨戏为月旦!"公坊道:"那也不能一概论的,以兄弟的愚见,分门别类比较起来,挥翰临池,自然让龚和甫独步;吉金乐石,到底算潘八瀛名家;赋诗填词,文章尔雅,会穆李治民纯客是一时之杰;博闻强识②,不名一家,只有北地庄寿香芝栋为北方之英。"肇廷道:"丰润庄仑樵佑培,闽县陈森葆琛何如呢?"唐卿道:"词锋可畏,是后起的文雄。再有瑞安黄叔兰礼方,长沙王忆莪仙屺,也都是方闻君子。"公坊道:"旗人里头,总要推祝宝廷名溥的是标标了。"唐卿道:"那是还有一个成伯怡呢。"雯青道:"讲西北地理的顺德黎石农,也是个风雅总持。"珏斋道:"这些人里头,我只佩服两庄,是用世之才。庄寿香大刀阔斧,气象万千,将来可以独当一面,只嫌功名心重些;庄仑樵才大心细,有胆有勇,可以担当大事,可惜躁进些。"四人正议论得高兴,忽外面走进人来,见是奉如,大家迎入。奉如道:"朝廷后日要大考了,你们知道么?"大家又惊又喜地道:"真的么?"奉如道:"今儿衙门里掌院说的,明早就要见上谕了。可怜那一班老翰林手是生了,眼是花了,得了这个消息,个个急得屁滚尿流,琉璃厂墨浆都涨了价,正是应着句俗语叫'急来抱佛脚'了。"大家谈笑了一回,到底心中有事,各辞了公坊自去。

次日，果然下了一道上谕③，着翰詹科道在保和殿大考。雯青不免告诉夫人，同着料理考具。张夫人本来贤惠、能干的，当时就替雯青置办一切，缺的添补，坏的修理，一霎时齐备了。雯青自己在书房里，选了几支用熟的紫毫，调了一壶极匀净的墨浆。原来调墨浆这件事，是清朝做翰林的绝大经济，玉堂金马，全靠着墨水翻身。墨水调得好，写的字光润圆黑，主考学台放在荷包里；墨水调得不好，写的字便晦蒙否塞，只好一世当穷翰林，没得出头。所以翰林调墨，与宰相调羹，一样的关系重大哩。闲言少叙。

到了大考这日，雯青天不亮就赶进内城，到东华门下车，背着考具，一径上保和殿来。那时考的人已纷纷都来了。到了殿上，自己把小小的一个三折叠的考桌支起，在殿东角向阳的地方支好了，东张西望找着熟人，就看见唐卿、珏斋、肇廷都在西面；搴如却坐在自己这一边，桌上摊着一本白折子，一手遮着，怕被人看见的样子，低着头在那里不知写些什么。雯青一一招呼了。忽听东首有人喊着道："寿香先生来了，请这里坐吧！"雯青抬头一望，只见一个三寸丁的矮子，猢狲脸儿，乌油油一嘴胡子根，满头一寸来长的短头发，身上却穿着一身簇新的纱袍褂，怪模怪样，不是庄寿香是谁呢？也背着一个藤黄方考箱，就在东首，望了一望，挨着第二排一个方面大耳气概的少年右首放下考具，说道："仑樵，我跟你一块儿坐吧！"雯青仔细一看，方看清正是庄仑樵，挨着仑樵右首坐的是祝宝廷，暗想这三位宝贝今朝聚在一块儿了。不多会儿，钦命题下来，大家咿咿哑哑地吟哦起来，有搔头皮的，有咬指甲的，有坐着摇摆的，有走着打圈儿的；另有许多人却挤着庄寿香，问长问短，寿香手舞足蹈地讲他们听。看看太阳直过，大家差不多完了一半，只有寿香还不着一字。宝廷道："寿香前辈，你做多少了？"寿香道："文思还没来呢！"宝廷接着笑道："等老前辈文思来了，天要黑了，又跟上回考差一样，交白卷了。"雯青听着好笑，自己赶着带做带写。又停一回，听见有人交卷，抬头一看，却是庄仑樵，归着考具，得意洋洋地出去了。雯青也将完卷，只剩首赋得诗，连忙做好誊上，看一遍，自觉还好，没有毛病，便见唐卿、珏斋也都走来。搴如喊道："你们等等，我要挖补一个字呢！"唐卿道："我替你挖一挖好么？"搴如道："也好。"唐卿就替他补好了。雯青看着道："唐卿兄挖补手段，真是天衣无缝。"随着肇廷也走来。于是四人一同走下殿来，却见庄寿香一人背着手，在殿东台级儿上走来走去，嘴里吟哦不断，不提防雯青走过，正撞了满怀，就拉着雯青喊道："雯兄，快来欣赏小弟这篇奇文！"恰好祝宝廷也交卷下来，就向殿上指着道："寿香，你看殿上光都没了，还不去写呢！"寿香听着，顿时也急起来，对雯青等道："你们都来帮我胡弄完了吧！"大家只好自己交了卷，回上殿来，替他同格子的同格子，调墨浆的调墨浆。唐卿替他挖补，犖如替他拿蜡台，寿香半真半草地胡乱写完了，已是上灯时候。大家同出东华门，各自回家歇息去了。

过了数日放出榜来，却是庄仑樵考了一等第一名，雯青、唐卿也在一等，其余都是二等。仑樵就授了翰林院侍讲学士，雯青得了侍讲，唐卿得了侍读。寿香本已开过坊了，这回虽考得不高，倒也无荣无辱。

却说雯青升了官，自然有同乡同僚的应酬，忙了数日。这一日，略清静些，忽想到前日仑樵来贺喜，还没有去答贺，就叫套车，一径来拜仑樵。他们本是熟人，门上一直领进去，刚走至书房，见仑樵正在那里写一个好像折子的样子，见雯青来，就望抽屉里一摔，含笑相迎。彼此坐着，说笑一回。看看已是午饭时候，仑樵道："雯青兄，在这里便饭吧！"雯青讲得投机，就满口应承。仑樵脸上却顿了一顿，等一回，就托故走出，去叫着个管家，低低说了几句，就进来了。仑樵进来后，却见那个管家在上房走出，手里拿着一包东西出去了。雯青也不在意，只是腹中饥炎上焚，难过却不见饭开上来。仑樵谈今说古，兴高采烈，雯青只好勉强应酬。直到将交未末申初，始见家人搬上筷碗，拿上四碗菜，四个碟子。仑樵让座，雯青已饿极，也不客气，拿起饭来就吃，却是半冷不热的，也只好胡乱填饱就算了。正吃得香甜时，忽听得门口大吵大闹起来，仑樵脸上忽红忽白。雯青问是何事，仑樵尚未回答，忽听外面一人高声道："你们别拿官势吓人，别说个把穷翰林，就是中堂王爷吃了人家米，也得给银子！"原来仑樵欠了米店两个月的米账，那讨账人发了急，所以就吵起来。仑樵本来幼孤，父母不曾留下一点家业，小时候全靠着一个堂兄抚养。幸亏仑樵读书聪明，科名顺利，年纪轻轻，居然巴结了一个翰林，就娶了一房媳妇，奁赠丰厚。仑樵生性高傲，不愿寄人篱下，想如今自己发达了，看看妻财也还过得去，就胆大谢绝了堂兄的帮助，自立门户。谁知命运不佳，到京不到一年，那夫人就过去了。仑樵又不善经纪，坐吃山空；又不好吃回头草。到了近来，连饭都有一顿没一顿的。自从大考升了官，不免有些外面应酬，益发支不住。说也可怜，已经吃了三天三夜白粥了。这日一早起来，喝了半碗白粥，肚中实在没饱，发恨道："这瘟官做他干吗？我看如今那些京里的尚侍、外省的督抚，有多大能耐呢？不过头儿尖些、手儿长些、心儿黑些！我那一点儿不如人？就穷到如此！没顿饱饭吃，天也太不平了！"

越想越恨。忽然想起前两天有人说浙、闽总督纳贿卖缺一事，又有贵州巡抚侵占饷项一事，还有最赫赫的直隶总督李公许多骄奢罔上的款项，却趁着胸中一团饥火，把这些事情统做一个折子，着实参他们一本，出出恶气，又显得我不畏强御的胆力；便算因此革了官，那直声震天下，就不怕没人送饭来吃了，强如现在庸庸碌碌的干瘪死！主意定了，正在细细打起稿子，不想恰值雯青走来，正是午饭时候，顺口虚留了一句。谁知雯青竟要吃起来。仑樵没奈何，拿件应用的纱袍子叫管家当了十来吊钱，到饭庄子买了几样菜，遮了这场面，却想不到不做脸的债主儿竟吵到面前，顿时脸上一红道："那东西混账极了！兄弟不过一时手头不便，欠了他几个臭钱。兄弟素性不肯恃势欺人，一直把好言善语对付他，他不知好歹，倒欺上来了。好人真做不得！"

　　说罢，高声喊着："来！"就只见那当袍子的管家走到。仑樵圆睁着眼道："你把那混账讨账人给我捆起来，拿我片子送坊去，请坊里老爷好重重地办一下子，看他还敢硬讨么！"那管家有气没气慢慢地答应着，却背脸儿冷笑。雯青看着，不得下台，就劝仑樵道："仑樵兄，你别生气！论理这人情实可恶，谁没个手松手紧？又不赖他，便这般放肆！都照这么着，我们京官没得日子过了，该应重办！不过兄弟想现在仑兄新得意，为这一点小事，办一个小人，人家议论不犯着。"一面就对那管家道："你出去说，叫他不许吵，庄大人为他放肆，非但不给钱，还要送坊重办哩！我如今好容易替他求免了，欠的账，叫他到我那里去取，我暂时替庄大人垫付些就得了。"那管家诺诺退下。仑樵道："雯兄，真大气量！依着兄弟，总要好好儿给他一个下马威，有钱也不给他。既然雯兄代弟垫了，改日就奉还便了。"雯青道："笑话了，这也值得说还不还。"说着，饭也吃完，那米店里人也走了。雯青作别回家，一宿无话。

　　次日早上起来，家人送上京报，却载着"翰林院侍讲庄佑培递封奏一件"，雯青也没留心。又隔一日，见报上有一道长上谕，却是有人奏参浙、闽总督和贵州巡

抚的劣迹，还带着合肥李公，旨意为严切，交两江总督查办。下面便是接着召见军机庄佑培。雯青方悟到这参案就是仑樵干的，怪不得前日见他写个好像折子一样的，当下丢下报纸，就出门去了。这日会见的人，东也说仑樵，西也说仑樵，议论纷纷，轰动了满京城。顺便到珏斋那里，珏斋告诉他仑樵上那折子之

后，立刻召见，上头问了两个钟头的话才下来，着实奖励了几句哩！雯青道："仑樵的运气快来了。"这句话，原是雯青说着玩的，谁知仑樵自那日上折，得了个彩，自然愈加高兴。横竖没事，今日参督抚，明日参藩桌，这回劾六部，那回劾九卿，笔下又来得，说的话锋利无比，动人听闻。枢廷里有敬王和高扬藻、龚平暗中提倡，上头竟说一句听一句起来，半年间那一个笔头上，不知被他拔掉了多少红顶儿。仑樵却也真厉害，常常有人家房闱秘事，曲室密谈，不知怎地被他囫囵囵地全探了出来，于是愈加神鬼一样地怕他。说也奇怪，人家愈怕，仑樵却愈得意，米也不愁没了，钱也不愁少了，车马衣服也华丽了，房屋也换了高大的。雯青有时去拜访，十回倒有九回道乏，真是今昔不同了。还有庄寿香、黄叔兰、祝宝廷、何珏斋、陈森葆一班人跟着起哄，京里叫作"清流党"的"六君子"，朝一个封奏，晚一个密折，闹得鸡犬不宁，好一派圣明景象。话且不表。

这日离出京的日子近了，清早就出门，先到龚、潘两尚书处辞了行。从潘府出来，顺路去访曹公坊，见他正忙忙碌碌地在那里收拾归装。这几天见几个熟人都外放了，遂决定长行，不再留恋软红了。当下见了雯青，就把这意思说明。雯青说："我们同去同来，倒也有始有终。只是丢了霞郎，如何是好？"公坊道："筵席无不散，风情留有余。"彼此说明，互不相送，就珍重而别。雯青又到蓉如、肇廷、珏斋几个好友处话别，顺路走过庄寿香门口，叫管家投个帖子，一来告辞，二来道贺。帖子进去，却见一个管家走来车旁，请个安道："这会儿主人在上房吃饭哩！早上却吩咐过，金大人来，请内书房宽坐，主人有话，要同大人说呢。"雯青听着，就下了车。这家人扬着帖子，弯弯曲曲，领雯青走到一个三开间两明一暗的书室。那家人道："请大人里间坐。"说着，打起里间帘子。雯青就在窗前一张小小红木书桌旁边坐下，那家人就走了。等了一回，不见寿香出来，一人不免焦闷起来，随手翻着桌上书籍，见一本书目，知道还是寿香从前做学台时候的大著作。正想拿来看着消闷，忽然坠下一张白纸，上头有条标头，写着"袁尚秋讨钱冷西檄文"，看着诧异。只见上头写道：

钱狗来，告尔狗！尔狗其敬听！我将劐狗腹，刳狗肠，杀狗于狗国之衢，尔狗其慎旃！

雯青看了，几乎要笑出来，晓得这事也是寿香做学台时候，幕中有个名士叫袁旭，与龚和甫的妹夫钱冷西，在寿香那里争恩夺宠闹的笑话，也就丢在一边。正等得不耐烦，要想走出去，忽听角门呀的一声开了，一阵笑话声里，就有一男一女，帖帖达达走出南窗楠木书桌边。忽又一阵脚声，一人走回去了；一人坐在加官椅上，低低道："你别走呀，快来呢！"一人站在角门口蹀脚道："死了，有人哩！"一人忽高声道："没眼珠的王八，谁叫你来？还不滚出去！"雯青一听那口音，心里倒吓一跳，贴着帘缝一张，见院子里那个接帖的家人，手里还拿着帖子，踉踉跄跄往外跑；角门边却走出个三十来岁、涂脂抹粉大脚的妖娆姐儿。那人涎着脸望那姐儿笑，又顺手拥着姐儿，三脚两步推倒在书架下的醉杨妃榻上。雯青被书架遮着，看不清楚，心里又好气又好笑。逼得饿不可当，几番想闯出来，到底不好意思，仿佛自己做了歹事一般，心毕卜毕卜地跳，气花也不敢往外出。忽听一阵吃吃地笑，也不辨哪个。又一会儿，那姐儿出声道："我的爷，你书，招呼着，要倒！"语还未了，硼的一声，架上一大堆书都望着榻上倒下来。正是：

　　风宪何妨充债帅，书城从古接阳台。

到底倒下来的书压着何人？欲明这个哑谜，待我喘过气来，再和诸位讲。

【注解】

①蟾宫折桂：蟾宫即月宫。攀折月宫桂花。科举时代比喻应考得中。

②博闻强识：闻：见闻。形容知识丰富，记忆力强。

③上谕：即诏书，是皇帝的命令和指示。也指清代皇帝用来发布命令的一种官文书。

④囫(hú)囵囵(lún)囵：整个儿。

第六回　献绳技唱黑旗战史　听笛声追白傅遗踪

　　话说雯青在寿香书室的里间，听见那姐儿上气不接下气地说话，砰的一声，架上一大堆书望榻上倒下来。在这当儿，那姐儿趁势就立起来，嗤的一笑，扑翻身飞也似的跑进角门去了。那人一头理着书，哈哈作笑，也跟着走了。顿时室中寂静。雯青得了这个当儿，恐那人又出来，倒不好开交，连忙蹑手蹑脚①地溜出房屋，却碰着那家人。那家人满心不安，倒红着脸替主人道歉，说主人睡中觉还没醒哩，明儿个自己过来给大人请安吧。雯青一笑，点头上车。豪奴俊仆，大马高车，一阵风地回家去了。到了家，不免将刚才听见告诉夫人，大家笑不可抑。雯青想几时见了寿香，好好地问他一问哩。想虽如此，究竟料理出京事忙，无暇及此。

　　唐卿往陕甘去了；宝廷忙往浙江去了；公坊也回常州本籍，过他的隐居生活去了；雯青也带了家眷，择吉长行，到了天津。那时旗昌洋行轮船，我中国已把三百万银子去买了回来，改名招商轮船局。办理这事的，就是篷如在梁聘珠家吃酒遇见的成木生。这成木生现在正做津海关道，与雯青素有交情，晓得雯青出京，就替他留了一间大餐间。雯青在船上有总办的招呼，自然格外舒服。不日就到了上海，关防在身，不敢多留，换坐江轮，到九江起岸，直抵南昌省城，接篆进署，安排妥当，自然照常地按棚开考。雯青初次冲交，又兼江西是时文出产之乡，章、罗、陈、艾遗风未沫，雯青格外细心搜访，不敢造次。

有话即长，无话即短。不觉春来秋往，忽忽过了两年。那时正闹着法、越的战事，在先秉国钧的原是敬亲王，辅佐着的是大学士包钧、协办大学士吏部尚书高扬藻、工部尚书龚平，都是一时人望的名臣。只为广西巡抚徐延旭、云南巡抚唐炯，误信了黄桂兰、赵沃，以致山西、北宁连次失守，大损国威。太后震怒，徐、唐固然革职拿问，连敬王和包、高、龚等全班军机也因此都撤退了。军机处换了义亲王做领袖，加上大学士格拉和博、户部尚书罗文名、刑部尚书庄庆藩、工部侍郎祖钟武一班人了。边疆上主持军务的也派定了彭玉麟督办粤军、潘鼎新督办桂军、岑毓英督办滇军，三省合攻，希图规复，总算大加振作了。然自北宁失败以后，法人得步进步，海疆处处戒严。又把庄佑培放了会办福建海疆事宜，何太真放了会办北洋事宜，陈琛放了会办南洋事宜。这一批的特简，差不多完全是清流党的人物。以文学侍从之臣，得此不次之擢，大家都惊异。在雯青却一面庆幸着同学少年，正盼他们互建奇勋，为书生吐气；一面又免不了杞人忧天，只怕他们纸上谈兵，使国家吃亏。

谁知别人倒罢了，只有上年七月，得了马尾海军大败的消息，众口同声，有说庄仑樵降了，有说庄仑樵死了，却都不确定。原来仑樵自到福建以后，还是眼睛插在额角上，摆着红京官、大名士的双料架子，把督抚不放在眼里。闽督吴景、闽抚张昭同，本是乖巧不过的人，落得把千斤重担卸在他身上。船厂大臣又跟他面和心不和，将领既不熟悉，兵士又没感情，他却忘其所以，大权独揽，只弄些小聪明，闹些空意气。哪晓得法将孤拔倒老实不客气地乘他不备，在大风雨里架着大炮打来。仑樵左思右想，笔管儿虽尖，终抵不过枪杆儿的凶；崇论宏议虽多，总挡不住坚船大炮的猛，只得冒了雨，赤了脚，也顾不得兵船沉了多少艘，兵士死了多少人，暂时退了二十里，在厂后一个禅寺里躲避一下。等到四五日后调查清楚了了，才把实情奏报朝廷。朝廷大怒，不久就把他革职充发了。雯青知道这事，不免生了许多感慨。若不是后来庄芝栋保了冯子材出来，居然镇南关大破法军，杀了他数万人，八日中克复了五六个名城，算把法国的气焰压了下去，中国的大局正不堪设想哩！只可惜威毅伯只知讲和，不会利用得胜的机会，把打败仗时候原定丧失权利的和约，马马虎虎逼着朝廷签订，人不知鬼不觉依然把越南暗送。总算没有另外赔款割地，已经是他折冲樽俎②的大功，国人应该纪念不忘的！如今闲话少说。

且说那年法、越和约签订以后，国人中有些明白国势的，自然要咨嗟太息，愤恨外交的受愚。但一班醉生梦死的达官贵人，却又歌舞升平起来。那时的江西巡抚达兴，便是其中的一个。达兴本是个纨绔官僚，全靠着祖宗功德除了上谄下骄之外，只晓得提倡声技。他衙门里只要不是国忌，没一天不是笙歌彻夜。当时有一个知县，姓江，名以诚，伺候得这位抚台小姐最好，不惜重资，走遍天下，搜访名伶。他在衙门里专门做抚台的戏提调，不管公事。省城中曾有嘲笑他的一副对联道：

> 以酒为缘，以色为缘，十二时买笑追欢，永朝永夕酣大梦；
> 诚心看戏，诚意听戏，四九旦登场夺锦，双麟双凤共消魂！

也可想见一时的盛况了。

话说雯青一出江西，看着这位抚院的行动，就有些看不上眼。达抚台见雯青是个文章班首，翰苑名流，倒着实拉拢。雯青顾全同僚的面子，也只好勉强敷衍。有一天，雯青刚从外府回到省城，江以诚忽来禀见。雯青知道他是抚台那里的红人，就请了进来。一见面，呈上一副红柬，说是达抚台专诚打发他送来的。雯青打开看时，却是明午抚院请他吃饭的一个请帖。雯青疑心抚院有什么喜庆事，就问道："中丞那里明天有什么事？"江知县道："并没甚事，不过是个玩意儿。"雯青道："什么玩意呢？"江知县道："是一班粤西来的跑马卖解的，里头有两个云南的苗女，走绳的技术非常高妙。最奇怪的，能在绳上连舞带歌，唱一支最长的歌，名叫《花哥曲》。是一个有名人替刘永福的姨太太做的。'花歌'，就是那姨太太的小名。曲里面还包含着许多法、越战争时候的秘史呢，大人倒不可不去赏鉴赏鉴！"

雯青听见是歌唱着刘永福的事，倒也动了好奇之心。一到明天，老早的就上抚院那里来了。雯青先开口道："昨天江令转达中丞盛意，邀弟同观绳戏，听说那班子非常的好，不晓得从哪里来的？"达抚台笑道："无非小女孩气，央着江令到福建去聘来。那班主儿，实在是广西人，还带着两个云南的保姑，说是黑旗军里散下来的余部，所以能唱《花哥曲》。'花哥'，就是他们的师父。"雯青道："想不到刘永福这老武夫，倒有这些风流故事！"这抚台道："这支曲子，大概是刘永福或冯子材幕中人做的，只为看那曲子内容，不但是叙述艳迹，一大半是敷张战功。据兄弟看来，只怕做曲子的另有用意吧！好在他有抄好的本子在那边场上，此时正在开演，请雯兄过去，经法眼一看，便明白了。"

说着，就引着雯青迤逦③到衙东花园里一座高大的四面厅上来。绳戏场设在大厅的轩廊外，用一条粗的绳紧紧绷着，两端拴在三叉木架上。那时早已开演。只见一个十七八岁的女子，面色还生得白净，穿着一件湖绿色密纽的小袄，扎腿小脚管的粉红裤，一对小小的金莲，头上包着一块白绸角形的头兜，手里拿着一根白线绕绞五尺来长的杆子，两头系着两个有黑穗子的小球，正在绳上忽低忽高地走来走去，大有矫若游龙、翩若惊鸿之势。堂下胡琴声咿咿哑哑的一响，那女子一壁婀娜地走着，一壁啭着娇喉，靡曼④地唱起来。那时江知县就走到雯青面前，献上一本青布面的小手折，面上粘着一条红色签纸，写着"花哥曲"三字。雯青一面看，一面听她清楚的官音唱道：

我是个飞行绝迹的小倗狼，我是黑旗队里一个女领军；我在血花肉阵里过了好多岁，我是刘将军旧情人。（一解）

刘将军，刘将军，是上思州里的出奇人！太平军不做做强盗，出了镇南走越南。（二解）

保胜有个何大王，杀人如草乱边疆；将军出马把他斩，得了他人马，霸占了他地方。（三解）

将军如虎，儿郎如兔，来去如风雨，黑旗到处人人怕。（四解）

法国通商逼阮哥，得了西贡，又要过红河；法将安邺神通大，勾结了黄崇英反了窝，在河内立起黄旗队，啸聚强徒数万多！（五解）

慌了越王阮家福，差人招降刘永福，要把黑旗扫黄旗，拜了他三宣大都督。（六解）

精的枪，快的炮，黄旗队里夹洋操，刀枪剑戟如何当得了！如何当得了！（七解）

幸有将军先预备，军中练了飞云队，空中来去若飞仙，百丈红绳走倗妹。（八解）

我是飞云队里的女队长，名叫作花哥身手强，衔枚夜走三百里，跟了将军到宣光。敌营扎在大岭的危崖上，沉沉万帐月无光。（九解）

将军忽然叫我去，微笑把我肩头抚，你若能今夜立奋功，我便和你做夫妇。（十解）

我得了这个稀奇令，英雄应得去拼性命，刀光照见羞颜红，欢欢喜喜来承认。（十一解）

大军山前四处伏，我领全队向后崖扑，三百个蛮腰六百条臂，蜿蜒银蛇云际没。（十二解）

一声呐喊火连天，山营忽现了红妆妍，鸾刀落处人头舞，枪不及肩来炮不及燃。（十三解）

将军一骑从天下，四下里雄兵围得不留罅；安邺丧命崇英逃，一战威扬初下马。（十四解）

我便做了他第二房妻，在战场上双宿又双飞，天天想去打法兰西，偏偏我的命运低，半路里犯了驸马爷黄佐炎的忌，他私通外国把赵王欺！暗暗把将军排挤，不许去杀敌蹇旗！（十五解）

镇守了保胜、山西好几年，保障了越南固了中国的边！惹得法人真讨厌，因此上又开了这回的大战！（十六解）

战！战！战！越南大乱摇动了桂、粤、滇。可恶的黄佐炎，一面请天兵，一面又受法兰西的钱，六调将军，将军不受骗。（十七解）

三省督办李少荃，广东总督曾国荃。李少荃要讲和，曾国荃只主战，派了唐景崧，千里迢迢来把将军见。（十八解）

面献三策：上策取南交，自立为王，向中朝请封号。

否则提兵打法人，做个立功异域的汉班超，总胜却死守保胜败了没收梢。（十九解）

将军一听大欢喜，情愿投诚向清帝，纸桥一战敌胆落，手斩了法国大将李威利。（二十解）

越王忽死太妃垂了帘，阮说辅政串通了黄佐炎，偷降法国把条约签，暗害将军设计险！（二十一解）

我有个俍狠洞里的旧夫郎，刁似狐狸狠似狼，他暗中应了黄佐炎的悬赏，扮做投效人，来进营房。（二十二解）

虽则是好多年的分离，乍见了不免惊奇！背着人时刻把旧情提，求我在将军处，格外提携！（二

十三解)

将军信我,升了他营长,谁知道暗地里引进了他的羽党!有一天把我骗进了棚帐,醉得我和死人一样。(二十四解)

约了法军来暗袭山西,里应外合的四面火起,直杀得黑旗兵辙乱旗靡,只将军独自个走脱了单骑。(二十五解)

等我醒来只见战火红,为了私情受了蒙,恶汉逼得我要逃也没地缝,捆上马背便走匆匆。(二十六解)

走到半路来了一支兵,是冯督办的部将叫潘瀛,一阵乱杀把叛徒来杀尽,倒救了我一条性命。(二十七解)

问我来历我便老实说,他要通信黑旗请派人来接,我自家犯罪自家知,不愿再做英雄妾。(二十八解)

我害他丧失了几年来练好的精锐,我害他把一世英名坠!我害了山西、北宁连连的溃,我害了唐炯、徐延旭革职又问罪!(二十九解)

我害他受了威毅伯的奏参,若不是岑毓英、若不是彭雪琴权力的庇荫,军饷的担任,如何会再听宣光、临洮两次的捷音!(三十解)

我无颜再踏黑旗下的营门,我愿在冯军里去冲头阵!

我愿把弹雨硝烟的热血,来洗一洗我自糟蹋的瘢痕!(三十一解)

七十岁的老将冯子材,领了万众镇守镇南来,那时候马江船毁谅山失,水陆官兵处处败。(三十二解)

将军誓众筑长墙,后有王孝祺,前有王德榜,专候敌军来犯帐。(三十三解)

果然敌人全力来进攻,炮声隆隆弹满空;将军屹立不许动,退者手刃不旋踵。(三十四解)

忽然旗门两扇开,掀起长须大叫随我来!两子随后脚无鞋。(三十五解)

我那时走若飞猱轻过了燕,一瞥眼儿抄过阵云前。我见炮火漫天好比繁星现,我连斩炮手断了弹火的线。(三十六解)

潘瀛赤膊大辫蟠过了颈,振臂一呼,十万貔貅排山地进!孝祺率众同拼命,跳的跳来滚的滚。德榜旁山神勇奋,突攻冲断了中军阵,把数万敌人杀得举手脱帽白旗耀似银,还只顾连放排枪不收刃。(三十七解)

八日夜追奔二百里,克复了文渊、谅山一年来所失的地,乘胜长驱真快意,何难一战收交趾!(三十八解)

威毅伯得了这个消息,不管三七二十一,草草便把和议结。(三十九解)

战罢亏了冯将军,战功叙到我女俦狠。我罪虽大,将功赎罪或许我折准,且借饶歌唱出回心院,要向夫君乞旧恩!(四十解)

老残游记·孽海花

129

这一套《花哥曲》唱完，满厅上发出雷鸣般的齐声喝彩。雪白的赏银，雨点般撒在红毡毹上。雯青等大家撒完后，也抛了二十个银饼。那苗女跳下绳来，走到抚台和雯青面前，道了一声谢。雯青问她道："你这曲子真唱得好，谁教你的？"苗女道："这是一支在我们那边最通行的新曲，差不多人人会唱，况且曲里唱的就是我们做的事，那更容易会了。"达抚台道："你们真在黑旗兵里当过女兵吗？"苗女点了点头。雯青道："那么你们在花哥手下了，你们几时散出来的呢？"苗女道："就在山西打了败仗后，飞云队就溃散了。"达抚台道："现在花哥在哪里呢？"苗女道："听说刘将军把她接回家去了。"雯青道："花哥的本事，比你强吗？"苗女笑道："大人们说笑话了！我们都是她练出来的，如何能比？黑旗兵的厉害，全靠盾牌队；盾牌队的精华，又全在飞云队。花哥又是飞云队的头脑，不但我们比不上，只怕是世上无双，所以刘将军离不了她。"

正回答间，厅上筵席恰已摆好。抚台就请雯青坐了中间一席的首座，藩、臬、道、府作陪。一时觥筹交错，谐笑自如。迨至酒半，绳戏又开，这回却与上次不同，又换了一个苗女上场，扎扮得全身似红孩儿一般。在两条绳上，串出种种把戏。须臾席散，宾主尽欢。雯青告辞回衙，已在黄昏时候。

歇了几日，雯青便又出棚，去办九江府属的考事，几乎闹了一个多月。等到考事完竣，恰到了新秋天气，就约着几个幕友，去访白太傅琵琶亭故址。明月初上，叩舷中流，雯青正与几个幕友飞觥把盏。忽听一阵悠悠扬扬的笛声，从风中吹过来。雯青忽指着江面道："哪，那里不是一只小船？笛声就在这船上哩！"又侧着耳听了一回道："还唱哩！"说着话，那船愈靠近来，就离这船不过一箭路了，却听一人唱道：

莽乾坤，风云路遥；好江山，月明谁照？天涯携着个玉人娇小，畅好是镜波平，玉绳纸，金风细，扁舟何处了？

雯青道："好曲儿，是新谱的。你们再听！"那人又唱道：

痴顽自怜，无分着宫袍；琼楼玉宇，一半雨潇潇！落拓江湖，着个青衫小！灯残酒醒，只有侬相靠，博得个白发红颜，一曲琵琶泪万条！

雯青道："听这曲儿，倒是个愤世忧时的谪室。是谁呢？"说着，那船却慢慢地并上来。雯青看那船上黑洞洞没有点灯，月光里看去，仿佛是两人，一男一女。雯青想听他们再唱什么，忽听那个男的道："别唱了，怪腻烦的，你给我斟上酒吧！"雯青听这说话的是北京人，心里大疑，正委决不下，那人高吟道：

宗室八旗名士草，江山九姓美人麻。

只听那女的道："什么麻不麻？你要作死哩！"那人哈哈笑道："不借重尊容，哪得这副绝对呢？"雯青听到这里，就探头出去细望。那人也推窗出来，不觉正碰个着，就高声喊道："那边船上是雯青兄吗？"雯青道："咦，奇遇！奇遇！你怎么会跑到这里来呢？"那人道："一言难尽，我们过船细谈。"说罢，雯青就教停船，那人一脚就跳了过来。这一来，有分教：

一朝解绶，心迷南国之花；

千里归装，泪洒北堂之草。

不知来者果系何人，且看下回分解。

【注解】

①蹑(niè)手蹑脚：形容走路脚步放得非常轻。

②折冲樽俎(zǔ)：不用武力而在酒席谈判中取胜。

③迤逦(yǐ lǐ)：缓行的样子。

④靡曼(mǐ màn)：柔弱，柔细。

第七回　宝玉明珠弹章成艳史　红牙檀板画舫识花魁

却说雯青正在浔阳江上，访白傅琵琶亭故址，虽然遇着一人，跳过船来，却是现任浙江学台宗室祝宝廷。宝廷好端端地做他浙江学台，为何无缘无故，跑到江西九江来？原来宝廷的为人，是八面玲珑，却十分落拓，读了几句线装书，自道满洲名士，不肯人云亦云，在京里跟着庄仑樵一班人高谈气节。终究旗人本性是乖巧不过，他一眼看破庄仑樵风头不妙，冰山将倾，就怕自己葬在里头。不想那日忽得浙江学政之命，喜出望外，一来脱了清流党的羁绊；二来南国风光，是素来羡慕的。一到南边，果然山明川丽，如登福地洞天。

如今且说浙江杭州城，有个钱塘门，门外有个江，就叫作钱塘江。江里有一种船，叫作江山船。如要渡江往江西，或到浙江一路，总要坐这种船。这船上都有船娘，都是十七八岁的妖娆女子,名为船户的眷属,实是客商的钩饵。老走道儿知道规矩的,高兴起来,也同苏州、无锡的花船一样,摆酒叫局。若碰着公子哥儿懵懂货,那就整千整百的敲竹杠了。做这项生意的,都是江边人,只有九个姓,他姓不能去抢的,所以又叫"江山九姓船"。闲话休提。

话说宝廷这日正要到严州一路去开考,就叫了几只江山船,自己坐了一只最体面的头号大船。宝廷也不晓得这船上的故事,糊糊涂涂上了船。宝廷周围看了一遍,心中适意,暗忖:怪道人说"上有天堂,下有苏杭",原来怎地快活!那船户载着个学台大人,自然格外巴结,一回茶,一回点心,川流不断。开了船,走不上几十里,宝廷在卧房走出来,在下首围廊里,叫管家吊起蕉叶窗,端起椅子,靠在短栏上,看江中的野景。正在心旷神怡之际,忽地里扑的一声,有一样东西,端端正正打上脸来,回头一看,恰正掉下一块橘子皮在地上。正待发作,忽见那舱房门口,坐着个十七八岁妖娆的女子,低着头,在那里剥橘子吃哩,好像不知道打了人,只顾一块块地剥。那时天色已暮,一片落日的光彩,反正照到那女子脸上。宝廷远远望着,越显得耀花人眼睛。忽然心生一计,拾起那块橘皮,照着她身上打去,正打个着。宝廷想看她怎样,忽后艄有个老婆子,一迭连声叫珠儿。那女子答应着,临走却回过头来,向宝廷嫣然地笑了一笑。宝廷从来眼界窄,没见过南朝佳丽,怎禁得这般挑逗,早已三魂去了两魂。那时正是初春时节,容易天黑,不一会儿,点上灯来,家人来请吃晚膳,方回中舱来,胡乱吃了些,就踅到卧房来。在床上反复了一个更次,忽眼前一亮,见一道灯光,从间壁板缝里直射过来。宝廷心里一喜,直坐起来,忽听那婆子低低道:"那边学台大人安睡了?"

那女子答着道:"早睡着哩,你看灯也灭了。"婆子道:"那大人好相貌,粉白脸儿,乌黑须儿,听说他还是当今皇帝的本家,真正的龙种哩。"那女子道:"妈呀,你不知那大人的脾气儿倒好,一点不拿皇帝势吓人。"婆子道:"怎么?你连大人脾气都知道了?"那女子笑道:"刚才我剥橘皮,不知怎的,丢在大人脸上。他不动气,倒笑了。"婆子道:"不好哩!大人看上了你了。"那女子不言语了,就听见两人窸窸窣窣,脱衣上床。那女子睡处,正靠着这一边,宝廷听得准了,暗忖:可惜隔层板,不然就算同床共枕。心里胡思乱想,听那女子也叹一口气,咳一回嗽,直闹个整夜。好容易巴到天亮,宝廷一人悄地起来,满船人都睡得寂静,只有两个水手,咿哑咿哑地在那里摇橹。宝廷借着要脸水,手里拿个脸盆,推门出来,走过那房舱门口,那小门也就轻轻开了,珠儿身穿一件紧身红棉袄,笑嘻嘻地立在门槛上。宝廷没防她出来,倒没了主意,待走不走。那珠儿笑道:"天好冷呀,大人怎不多睡一会儿?"宝廷笑道:"不知怎地,你们船上睡不稳。"

说着,就走近女子身边,在她肩上捏一把道:"穿得好单薄,你怎禁得这般冷?我知道你也是一夜没睡。"珠儿脸一红,推开宝廷的手低声道:"大人放尊重些。"就挪嘴儿望着舱里道:"别给妈见了。"宝廷:"你给我打盆脸水来。"珠儿道:"放着多少家人,倒使唤我。"嗤的一笑，抢着脸盆去了。宝廷回房，不一会儿，珠儿捧着盆脸水，冉冉地进房来。宝廷见她进来，趁她一个不防，抢上几步，把小门顺手关上。这门一关，那情形可想而知。却不道正当两人难解难分之际，忽听有人喊道："做得好事！"

　　宝廷回过头，见那老婆子圆睁着眼，把帐子揭起。宝廷吃一吓，赶着爬起来，却被婆子两手按住道："且慢，看着面儿光光嘴儿亮，像人样儿，到底是包草儿的野胚，不识羞，倒要爬在上面，欺负你老娘的血肉来！老娘不怕你是皇帝本家，学台大人，只问你做官人强奸民女，该当何罪？"宝廷见不是路，只得哀求释放道："愿听妈妈处罚，只求留个体面。"珠儿也哭着，向他妈千求万求。那婆子顿了一回道："我答应了，你爹爹也不饶你们。"珠儿道："爹睡哩，只求妈遮盖则个。"婆子冷笑道："好风凉话儿！怎么容易吗？"宝廷道："任凭老妈妈吩咐，要怎么便怎么。"那婆子想一想道："也罢，要我不声张，除非依我三件事。"宝廷连忙应道："莫说三件，三百件都依。"老婆子道："第一件，我女儿既被你污了，不管你有太太没太太，娶我女儿要算正室。"宝廷道："依得，我的太太刚死了。"婆子又道："第二件，要你拿出四千银子做遮盖钱；第三件，养我老夫妻一世衣食。三件依了，我放你起来，老头儿那里，我去担当。"宝廷道："件件都依，你快放手吧！"婆子道："空口白话，你们做官人翻脸不识人，我可不上当。你须写上凭据来！"宝廷道："你放我起来才好写！"

　　真的那婆子把手一推，宝廷几乎跌下地来，珠儿趁着空，一溜烟跑回房去了。宝廷慢慢穿衣起来，被婆子逼着，一件件写了一张永远存照的婚据。婆子拿着，洋洋得意而去。这事当时虽不十分丢脸，他们在房舱闹的时候，那些水手家人哪个不听见？宝廷虽再三叮咛，哪里封得住人家的嘴，早已传到师爷朋友们耳中。后来考完，回到杭州，宝廷又把珠儿接到衙门里住了，风声愈大，谁不晓得这个祝大人讨个江山船上人做老婆！有些好事的做《竹枝词》，贴黄莺语，纷纷不一。宝廷只做没听见。珠儿本是风月班头，吹弹歌唱，色色精工。宝廷着实地享些艳福，倒也乐而忘返了。一日，忽听得庄仑樵兵败充发的消息，想着自己从前也得罪人，如今话柄落在人手，人家岂肯放松！与其被人出首，见快仇家，何不老老实实，自行检举，倒还落个玩世不恭，不失名士的体统。打定主意，就把自己狎妓旷职的缘由详细叙述，参了一本，果然奉旨革职。宝廷倒也落得逍遥自在，等新任一到，就带了珠儿，游了六桥、三竺，逛了雁荡、天台，再渡钱塘江到南昌，游了滕王阁，正折到九江，想看了匡庐山色，便乘轮到沪，由沪回京。不想这日携了珠儿，在浔阳江上正"小红低唱我吹箫"的时候，忽见了雯青也在这里，宝廷喜出望外，即跳了过来。原来宝廷的事，雯青本也知些影响，如今更详细问他，宝廷从头至尾述了一遍。雯青听了，叹息不止，说道："英雄无奈是多情。吾辈一生，总跳不出情关情海。功名富贵，直刍狗耳！我当为宝翁浮一大白！"宝廷也高兴起来，就与幕友辈猜拳行令，直闹到月落参横，方始回船傍岸。到得岸边，忽见一家人手持电报一封，连忙走上船来。雯青忙问是哪里的，家人道："是南昌打来的。"雯青拆看，见上面写着：

九江府转学宪金大人鉴：奉苏电，赵太夫人八月十三日辰时疾终，速回署料理。

雯青看完，仿佛打个焦雷，当着众人，不免就嚎啕大哭起来。宝廷同众幕友，大家劝慰。雯青要连夜赶回南昌，宝廷自与雯青作别过船，流连了数日，与珠儿乘轮到沪。在沪上领略些洋场风景，就回北京做他的满洲名士去了。

话分两头。却说雯青当日赶回南昌，报了丁忧。回到了苏州，开丧出殡，整整闹了两个月。过了百日，出门谢客，还要存问故旧，拜访姻倘。

却说雯青在家，好容易捱过了一年。这日正是清明佳节，雯青独自在书房里，闷闷不乐，却来了谢山芝。雯青连忙接入。正谈间，效亭、胜芝陆续都来了。效亭道："今天阊门外好热闹呀，雯青兄怎么不想去看看，消遣些儿？"雯青道："从小玩惯了，如今想来也乏味。"胜芝道："雯青，你十多年没有闹这个玩意儿了，如今莫说别的，就是上下塘的风景，也越发繁华。"山芝不待说完，就接口道："今日兄弟叫了大陈家的船，要想请雯青兄同诸位去热闹一天，不知肯赏光吗？"雯青道："不过兄弟尚在服中，好像不便。"效亭向山芝使个眼色。山芝道："我们并不叫局，不过借他船坐坐舒服些。"胜芝、效亭都撺掇①着。雯青想是清局，就答应了。一同下船，见舱里却坐着袅袅婷婷花一样的人儿，抱着琵琶弹哩。效亭走下船来，就哈哈大笑道："雯兄可给我们拖下水了。"雯青正待说话，山芝忙道："别听效亭胡说！这是船主人，我们不能香火赶出和尚，还是清局一样。"胜芝道："不叫局也太煞风景。雯青自己不叫，就是完名全节了，管甚别人。"雯青难却众意，也就不言语了。于是大家高兴起来，各人都叫了一个局。那当儿里，忽然又来了一个客，走进舱来，就招呼雯青。雯青一看，却是认得的，姓匡，号次芳，名朝凤，是雯青同衙门的后辈，新近告假回籍的，今日也是山芝约来。过时见名花满座，次芳就向众人道："大家都有相好，如何老前辈一人向隅！"大家尚未回言，次芳点点头道："喔，我晓得了，老前辈是金殿大魁，必须个蕊官榜首，

方配得上。待我想一想。"说着，仰仰头，合合眼，忽拍手道："有了。"众人问："是谁？"次芳道："咦，怎么这个天造地设、门当户对的女貌郎才，你们倒想不到？"众人被他闹糊涂了，雯青倒也听得呆了。在座的妓女也不知道他葫芦里卖的甚药，正要听他下文，次芳忽望着窗外一手指着道："哪，那岸上轿子里，不是坐着个新科花榜状元大郎桥巷的傅彩云走过吗？"雯青不知怎的

听了"状元"二字，那头慢慢回了过去。谁知这头不回，万事全休，一回头时，却见那轿子里坐着个十四五岁的不长不短、不肥不瘦的女郎，面如瓜子，脸若桃花，两条欲蹙不蹙的蛾眉，一双似开非开的凤眼，似曾相识，莫道无情，正是说不尽的体态风流，丰姿绰约。雯青一双眼睛，好像被那顶轿子抓住了，再也拉不回来，心头不觉小鹿儿撞。说也奇怪，那女郎一见雯青，半面着玻璃窗，目不转睛地盯在雯青身上。直至轿子走远看不见，方各罢休。大家看出雯青神往的情形，都暗暗好笑。次芳乘他不防，拍着他肩道："这本卷子好吗？"雯青倒吓一跳。山芝道："远观不如近睹。"就拿一张薛涛笺写起局票来，吩咐船等一等开，立刻去叫彩云。雯青此时也没了主意，由他们闹，一言不发了。等了好一会儿，次芳就跳了出来道："你们快来看状元夫人呀！"雯青抬头一望，只见颤巍巍、袅婷婷的那人儿已经下了轿，两手扶在一个美丽大姐肩上，慢慢地上船来了。这一来，有分教：

　　　　五洲持节，天家倾绣虎之才；
　　　　八月乘槎，海上照惊鸿②之采。

　　不知来者是否彩云，且看下回分解。

【注解】
①撺掇(cuān duo)：怂恿。
②惊鸿：原指受惊而飞起的鸿雁，后指美女，形容其体态轻盈。

第八回　避物议男状元偷娶女状元　借诰封小老母权充大老母

　　话说彩云扶着个大姐走上船来，次芳暗叫大家不许开口，看她走到谁边。彩云的大姐正要问哪位叫的，只说得半句，被彩云啐了一口："蠢货！谁要你搜根问底？"说着，就撇了大姐，含笑地捱到雯青身边一张美人椅上并肩坐下。大家哗然大笑起来。山芝道："奇了，好像是预先约定似的！"胜芝笑道："不差，多管是前生的旧约。"次芳就笑着朗吟道："身无彩凤双飞翼，心有灵犀一点通。"雯青本是花月总持，不道这回见了彩云，却心上万马千猿。就是彩云自己，也不解何故，踏上船来，不问情由，就一直往雯青身边。如今被人说破，倒不好意思起来，只顾低头弄手帕儿。雯青无精打采地搭讪着，向山芝道："我们好开船了。"山芝就吩咐一面开船，一面在中舱摆起酒席来。众人见中舱忙着调排桌椅，就一拥都到头舱去了。雯青也想立起来走出去，却被彩云轻轻一拉，一扭身就往房舱里床沿上坐着。雯青不知不觉，也跟了进去。两人并坐在床沿上，相偎相倚，好像有无数体己话要说，只是我对着你、你对着我地痴笑。歇了半天，雯青就兜头问一句道："你知道我是谁么？"彩云怔了一怔道："我认得你，只是想不起你姓名来。"雯青就细细告诉了她一遍。彩云想一想，说："我妈认得金大人。"雯青道："你今年多少年纪了？"彩云道："我今年十五岁。"雯青脸上呆了半晌，却顺手拉了彩云的手，耳鬓厮磨地端相的不了，不知不觉两股热泪，从眼眶中直滚下来，口里念道："当时只道浑闲事，过后思量总可怜。"彩云看着，暗暗吃惊，止不住就拿着帕子替他拭泪，说道："你怎的没来由哭起来？"雯青对着彩云，低低念道："愁到天地翻，相看不相识。"一面道："彩云，我心里只是可怜你，你知道么？"彩云摸不着头脑，却趁势就靠在雯青身上道："你只管伤心做什么？回来等客散了，肯到我那里去坐坐么？我还有许多话要问你呢！"雯青点头。只听外面次芳喊道："请坐吧，讲话的日子多着哩！"雯青、彩云只好走出来，见席已摆好，山芝正拿着酒壶斟酒，让效亭坐首座。效亭不肯，正与胜芝推让。后来大家公论，效亭是寓公，仍让他坐了，胜芝坐二座，雯青坐三座，次芳挨雯青坐下，山芝坐了主席。大家叫的局，也各归各座。彩云自然在雯青背后坐了。

其时船已摇到了白公堤下、真娘墓前一带柳荫下泊着。船上五彩绢灯一齐点起，照得满船如不夜城一般。大家划拳猜谜，正闹得高兴，次芳道："今日这会，专为男女两状元作合，我倒想个新鲜酒令，好多吃两杯喜酒。"大家问是何令？次芳指着彩云道："就借着女状元的芳名，叫作彩云令。用《还魂记》曲文起句，第二句用曲牌名，第三句用《诗经》，依首句押韵。韵不合者罚三杯。佳妙者各贺一杯。再用唐诗一句，有彩云两字相连的飞觞①，照座顺数，到"彩云"二字各饮一杯，云字接令。"大家听毕道："好新鲜雅致的令儿！只是烦难些。"彩云道："谁要你们称名道姓的作弄人。"次芳道："你别管，酒令如军令，违者先罚！"彩云笑了笑，就低头不语了。次芳道："我先说一个吧！"念道：

　　　　甚蟾宫贵客傍雯霄，集贤宾，河上乎逍遥。

大家都哗然道好。

效亭道："应时对景，我们各贺一杯，你再说飞觞吧！"次芳道："彩云箫史驻。"顺着数去,恰是雯青、效亭各一杯。次芳先斟雯青一杯道:"请箫史饮个成双杯儿、添些气力,省得骑着龙背,跌下半天来。"雯青正要举杯,却被彩云劈手夺过去道:"你倒高兴喝,我偏不许你喝!"次芳笑道:"嗄,一会儿就怎地肉麻!"效亭道:"别闹,人家要接令哩!"一面就念道:

> 迤逗的彩云偏,相见欢,君子万年。

大家道:"吉祥艳丽,预卜状元郎夫荣妻贵,该贺该贺!"效亭道:"快喝贺酒,我要飞觞哩!"接着就念句"学吹凤箫乘彩云"。"彩"写数到雯青,"云"字次芳。次芳道:"贺酒还没全喝,倒要喝令酒了。"大家照喝了。次芳道:"作法自毙,这回可江郎才尽了!"彩云道:"做不出,快罚酒!"次芳耸肩道:"好了,有了,你们听听,稍顿一顿,人家就要罚酒,险呀!"雯青笑道:

"你说呢!"次芳念道:

> 昨夜天香云外,谒金门,莺声哕哕②。

飞觞是"断续彩云生"。效亭一杯,雯青一杯,接令。山芝道:"次芳这句话,是明明祝颂雯翁起服进京升官的预兆,快再饮贺酒一杯!"雯青道:"回回硬派我喝酒,这不是作弄人吗?"彩云低声道:"我替你喝了吧!"说着,举杯一饮而尽,大家拍掌叫好。雯青道:"你们是玩呢,还是行令?"就念道:

> 又怕为雨为云飞去了,念奴娇,与子偕老。

大家道:"白头偕老,金大人已经面许了,彩云你须记着。"彩云背着脸,不理他们。雯青笑念道:"化作彩云飞。"次芳笑道:"老前辈不放心,只要把一条软麻绳,牢牢结住裙带儿,怕她飞到哪儿去!"彩云瞅了一眼。雯青道:"该山芝、效亭各饮一杯。"效亭道:"又捱到我接令。"他说的是:

> 他海天秋月云端挂,归国遥,日月其迈。

胜芝道:"你怎么说到海外去了? 不怕海风吹坏了人,金大人要心痛的呢!"山芝道:"胜翁你不知雯翁通达洋务,安知将来不奉使出洋呢? 这正是佳谶。"大家催着效亭飞觞,效亭道:"唐诗上'彩云'两字连的,真说完了! 低头想了半天,忽然道:"有了,碧箫曲尽彩云动。"雯青暗数,知道又临到自己了,便不等效亭说完,就执杯在手道:"我念一句收令吧!"

就一面喝酒,一面念道:

> 美夫妻图画在碧云高,最高楼,风雨潇潇。

就念飞觞道:"彩云易散玻璃薄。"应当次芳、胜芝各一杯。次芳道:"这句气象萧飒,做收令不好,况且胜翁也没说过,请胜翁收令吧!"胜芝道:"我荒疏久了,饶恕了吧!"山芝道:"快别客气,说了好收令。"

胜芝不得已,想一想念道:

> 雨迹云踪才一转,玉堂春,言笑晏晏。

又说飞觞,"桥上衣多抱彩云"。于是合席公饮了一杯。雯青道:"我们酒也够了,山翁赏

饭吧！”次芳在身上摸出一只十二成金的打簧表，当当地敲了十下，道：“可不是，该送状元归第了，快叫开船回去，耽误了吉日良时，不是耍处。”彩云带嗔带笑地指着次芳道：“我看匡老，只有你一张嘴能说会道，我就包在你身上，叫金大人今晚到我家里来，不来时便问你！”次芳说：“这个我敢包，不但包他来，还要包你去。”彩云道：“包我到哪里去？”次芳道：“包你到圆峤巷金府上去。”彩云啐了一口。大家说说笑笑，饭也吃完，船也到了阊门太子码头了，各妓就纷纷散去。效亭、胜芝先上岸回家去了。彩云轿子也来，那大姐就扶着彩云走上船头。彩云忽回头叫声：“金大人，你来，我有话跟你说。”雯青走出来道：“什么话？”彩云望着雯青，顿了一顿，笑道：“不要说了，到家里去告诉你吧！”

　　说着，就上轿走了。次芳道：“这小妮子声价自高，今日见了老前辈，就看她一种痴情，十分流露，倒不要辜负了她。”雯青微笑，就谢了山芝，也自上岸。你想：雯青、彩云今日相遇的情形，这晚哪有不去相访的理呢！既去访了，彩云哪有不留宿的理呢！红珠帐底，絮语三生；水玉帘前，相逢一笑。韦郎未老，凄迷玉箫之声；杜牧重来，绸缪紫云之梦。双心一抹，盒誓钗盟，不消细表。

　　却说匡次芳当日见了彩云，见雯青十分留恋，料定当晚雯青决不能放过的。到了次日清早，一人赶到大郎桥巷，进后门来。相帮要喊客来，次芳连连摇手，自己放轻脚步，走上扶梯，推门进去，却见中间大炕床上躺着个大姐，正在披衣坐起，看见次芳，就低声叫：“匡老爷，来得怎早！”次芳连忙道：“你休要声张，我问你句话，金大人在这里不在？”那大姐就挪嘴儿，对着里间笑道：“正做好梦哩！”次芳就在靠窗一张书桌边坐下。那大姐起来，替次芳去倒茶。次芳瞥眼看见桌上一张桃花色诗笺，恭恭楷楷，写着四首七律诗道：

山色花光映画船，白公堤下草芊芊。
万家灯火吹箫路，五夜星辰赌酒天。
凤胫烧残春似梦，驼钩高卷月无烟。
微波渺渺尘生袜，四百桥边采石莲。

吴娘似水艳无曹，貌比红儿艺薛涛。
烧烛夜摊金叶格，定春春拥紫檀槽。
蝇头试笔蛮笺腻，鹿爪拈花羯鼓高。

忽忆灯前十年事，烟台梦影浪痕淘。

胡麻手种葛鸦儿，红豆重生认故枝。
四月横塘闻杜宇，五湖晓网荐西施。
灵箫辜负前生约，紫玉依稀入梦时。
只有伤心说不得，凭栏吹断碧参差。

龙头劈浪凤箫哀，展尽芙蓉向月开。
细雨银荷中妇镜，东风铜雀小乔台。
青衫痕渍隔年泪，绛蜡心留未死灰。
肠断江南歌子夜，白兔飞去又飞回。

　　次芳看着这几首诗，觉得雯青寻常没有这副笔墨。正在诧异，忽见诗尾题着"谶情生写诗彩云旧侣慧鉴"一行小字，暗忖：雯青与彩云尚是初面，如何说是旧侣呢？难道这诗不是雯青手笔么？心里惑惑突突地模拟，恰值那大姐端茶上来，次芳就微笑地问道："昨夜金大人是几时来的？"那大姐道："我们先生前脚到家，金大人后脚就跟了来，吃了半夜的酒，讲了一夜的话。"次芳道："你听见讲些什么呢？"大姐道："他们讲的话，我也不大懂。只听金大人说，我们先生的面貌，活脱像金大人的旧相好。又说那旧相好，为金大人死了。死的那一年，正是我们先生养的那一年。"那大姐正一五一十地说，就听里间彩云的口声喊道："阿巧，你叽里咕噜同谁说话哟？"阿巧向次芳伸伸舌头答道："匡老在这里寻金大人哩！"只听里面好像两人低低私语了几句，又窸窸窣窣一回，彩云就云鬟蓬松，开门出来，见了次芳，就笑道："请匡老里面坐，金大人昨夜被你们灌醉了，今日正害着酒病哩！"说着，就往后间梳洗去了。次芳一面笑，一面就走进来，看见雯青，却横躺在一张烟榻上，旁边还堆着一条锦被，见次芳来，就坐起来招呼。次芳走上去道："恭喜！恭喜！"雯青笑道："别取笑人，次兄请坐着，我想托你办一件事，不晓得你肯不肯？"次芳道："老前辈不用说了，是不是那红儿、薛涛的事吗？"雯青愕然道："怎么这几首歪诗，又被你看见了？我的心事，也不能瞒你了。"次芳道："这种事，门子里都有一定规矩的，须得个行家去讲，才不致吃龟鸨的亏。我有个熟人叫戴伯孝，极能干的，让我去托他办便了。"雯青道："只是现在热孝在身，做这件事好像于心不安，外面议论又可怕！"次芳道："那个容易。只要现在先讲妥了，做个外室，瞒着尊嫂，到服满进京，再行接回，便两全其美了。"雯青点头说："既如此，这事只有请次兄替我代托戴先生罢！兄弟昨夜未归，今日必须早些回去，安排妥密，免得人家疑心。"说着就穿衣，别了次芳，又低低托付了几句，一径下楼走了。次芳只好去找了戴伯孝，托他去向老鸨交涉。老鸨自然有许多做作，好说歹说，才讲明了身价一千元，又叫了彩云的生身父来。原来彩云本是安徽人，乃父是在苏州做轿班的，恐怕将来有枝节，爽性另给了那轿班二百块钱，叫他也写了一张文

老残游记·孽海花

契。费了两日工夫，才把诸事办妥，就由戴伯孝亲来雯青处告诉明白。雯青欢喜，自不必说。从此大郎桥巷就做了雯青的外宅，无日不来，两人打得如火的一般热。

光阴似箭，转瞬之间，雯青也满了服，几回要将此告诉张夫人，只是自己理短，总说不出口。心想不如一人先行到京，再看机会吧。这日宫门召见下来，就补授了内阁学士。雯青自出差到今，已离京五六年了，时局变更，沧桑屡改，朝中歌舞升平，而海外失地失藩，频年相属，日本灭了琉球，法国取了安南，英国收了缅甸。中国一切不问，还要铺张扬厉，摆出天朝空架子。话虽如此，到底交涉了几年，这外交的事情，倒也不敢十分怠慢，那些通达洋务的人员，上头不免看重起来。恰好这年出使英、俄大臣吕萃芳，要改充英、法、意、比四国大臣；出使德、俄、荷、奥、比五国大臣许镜澂，三年任满，要人接替，也是雯青时来运来，又有潘八瀛、龚和甫这班大帽子替他揄扬帮衬，声誉日高一日，廷旨就派金沟出使俄罗斯、德意志、荷兰、澳大利亚四国。旨意下来，好不荣耀！

那时同乡京官，奉如也开了坊了；唐卿却从陕、甘回来了；珏斋也因公在京；只有肇廷改了外官，不在那里。这班人合着轮流替雯青饯贺。当日欢饮一天，雯青心里只记挂着彩云，忽忽已一年多不见了，忙着出京。

到得家中，夫妻相见，自有一番欢庆，不消说得。坐定，说着出洋的事来，雯青笑说："这回倒要夫人辛苦一趟了。但是夫人身弱，不知禁得起波涛跋涉否？"夫人笑道："辛苦不辛苦，倒在其次。闻得外国风俗，公使夫人，一样要见客赴会，握手接吻。妾身系出名门，万万弄不惯这种腔调，本来要替老爷弄个贴身服侍的人。"说到这里，却笑了一笑。雯青心里一跳，知道不妙。只听夫人接道："好在老爷早已讨在外头，倒也省了我许多周折。我昨日已吩咐过家人们，收拾一间新房，只等老爷回来，择吉接回。"雯青忸怩了半天道："这事原是下官一时糊涂，……"下句还未说出，夫人正色道："你别假惺惺，现在倒是择日进门是正经。你是王命在身的人，哪里能尽着耽搁！"

雯青得了夫人的命，就放了胆，看了明日是黄道吉日，隔夜就预备了酒席，邀请亲友，来看新人。到了这日，夫人就命安排一顶彩轿，四名鼓乐手，去大郎桥巷迎接傅彩云。不一时，门前箫鼓声喧，接连鞭炮之声、人声、脚步声，但见四名轿班，披着红，簇拥一肩绿呢挖云四垂流苏的官轿，直入中堂停下。夫人早已预备两名垂鬟美婢，各执大红纱灯，将新人从彩轿中缓缓扶出。却见颤巍巍的凤冠、光耀耀的霞帔③，衬着杏眼桃腮、黛眉樱口，越显得光彩射目，芬芳扑人，真不啻嫦娥离月殿、妃子降云霄矣。那时满堂亲友杂沓争先，喝彩声、诧异声、交头接耳，正议论这个妆饰越礼。忽人丛中夫人盛服走出，大家倒吃一惊。正是：

名花入手消魂极，艳福如君几世修。

不知夫人走出何事，且看下回分解。

【注解】

①飞觞（shāng）：指传杯行酒令。

②哕哕（huì huì）：鸟鸣。

③霞帔（xiá pèi）：中国古代妇女礼服的一部分，类似披肩。

却说诸亲友正交头接耳，议论彩云妆饰越礼，忽人丛中夫人盛服走出，却听她说道："诸位亲长，今日见此举动，看此妆饰，必然诧异，然愿听妾一言：此次雯青出洋，妾本该随侍同去，无奈妾身体荏弱，不能前往；今日所娶的新人，就是代妾的职分。而且公使夫人是一国观瞻所系，草率不得，所以妾情愿从权，把诰命补服暂时借她，将来等到复命还朝时，少不得要一概还妾的。诸尊长以为如何？"言次，大家都同声称赞。行礼毕，彩云叩见雯青夫妇，大家送入洞房。雯青这一喜，感激夫人到十二分，自己就从新房出来，应酬外客。雯青陪着畅饮，到漏静更深，方始散去。雯青进来，自然假意至夫人房中，夫人却早关了门。雯青只得自回新房，与彩云叙旧。久别重逢，绸缪备至，自不消说。

正是芳时易过，倏满假期，便别了夫人，带了彩云，一径到上海。雯青因是钦差大臣，上海道特地派了一只官轮来接。一班名士寄来送行诗词，清词丽句，觉得美不胜收。翻到末了一封，却是庄小燕的，雯青连忙拆开，暗想此人的手笔倒要请教。你道雯青为何见了庄小燕姓名，就如此郑重呢？小燕是个广东人，佐杂出身，却学富五车，而且深通西学，屡次出洋，现在因交涉上的劳绩，保举到了侍郎，不日又要出使美、日、比哩！雯青当时拆开一看，却是四首七律道：

诏持龙节度西溟，又捧天书问北庭。
神禹久思穷亥步，孔融真遣案丁零。
遥知认极双旄驻，应见神州一发青。
直待车书通绝徼，归来扈跸禅云亭。

声华蔼蔼侍中君，清切承明出入庐。
早擅多闻笺豹尾，亲图异物到邛虚。
功名儿勒黄龙舰，国法新衔赤雀书。
争识威仪迎汉使，吹螺伐鼓出穹间。

竹枝异域词重谱，敕勒风吹草又低。
候馆花开赤璎珞，周庐瓦复碧琉璃。
异鱼飞出天池北，神马徕从雪岭西。
写入夷坚支乙志，杀青他日试标题。

不嫌夺我凤池头，谭思珠玲佐庙谋。
敕赐重臣双白璧，图开生绢九瀛洲。
茯苓赋有林牙诵，苜蓿花随驿使稠。
接伴中朝人第一，君家景伯旧风流。

　　雯青看罢，拍案叫绝道："真不愧白衣名士，我辈愧死了！"遂即收好，交与管家。回天后宫行辕，已在午牌时候。

　　早有自己的参赞、翻译、随员等等这一班人齐集着，都要谒见。手本进去，不一时，就见管家出来传话："单请匡朝凤匡大人、戴伯孝戴老爷进去，有公事面谈。其余老爷们，一概明日再见吧。"大家听见这话，就纷纷散了。只剩匡次芳、戴伯孝二人，跟那管家往里边去。到了客厅，雯青早在等着，见他们进来，连忙招呼道："次兄，伯兄，这几日辛苦了！快换了便服，我们好长谈。"次芳等上前见了，早有阿福等几个俊童，上去替他们换衣服。次芳一面换，一面说走："这里分内的事，算什么辛苦。"说着，主宾坐了。雯青问起乘坐公司船，次芳道："正要告诉老前辈，此次出洋，既先到德国，再到俄、奥诸国，自然坐德公司的船为便。前十数日德领事来招呼，本月廿二日，德公司有船名萨克森的出口，这船极大。船主名质克，晚生都已接头过了。"伯孝道："卑职和匡参赞商量，替大人定的是头等舱，匡参赞及黄翻译、塔翻译等坐二等，其余随员学生都是三等。"雯青道："我听说外国公司船，十分宽敞，就是二等舱，也比我们招商局船的大餐间大得多哩。其实就是我也何必一定要坐头等呢！"次芳道："使臣为一国代表，举动攸关国体，从前使德的刘锡洪、李葆丰，使俄的嵩厚、曾继湛，使德、意、荷、奥的许镜澂，我们的前任吕萃芳，晚生查看过旧案，都是坐头等舱，不可惜小费而伤大体。"次芳说时，戴会计凑近了雯青耳旁，低声道："好在随员等坐的是三等，都开报了二等，这里头核算过来差不多，大人乐得舒服体面。"雯青点点头。次芳顺手在靴统里拔出一个折子，递到雯青手里道："这里开报启程日期的折子，誊写已好，请老前辈过目后，填上日子，便可拜发了。"雯青看着，忽然面上踌躇了半晌道："公司船出口是廿二，这天的日

子……"这句话还没有说出，戴伯孝接口道："这不用大人费心，卑职出门就是一二百里，也要拣一个黄道吉日。况大人衔命万里，关着国家的祸福，哪有轻率的道理？这日子是大人的同衙门最精河图学的余笏南检定的，恰好这日有此船出口，也是大人的洪福照临。"雯青道："原来笏南在这里，他拣的日子是一定好的，不用说了。"看看天色将晚，次芳等就退了出来。当日无话。

次日，雯青不免有宴会拜客等事，又忙了数日，直到廿二日上午，方把诸事打扫完结。午后大家上了萨克森公司船，慢慢地出了吴淞口，口边俄、德各国兵轮，自然要升旗放炮的致敬。出口后，一路风平浪静，依着欧、亚航路进行。彩云还是初次乘坐船，虽不颠簸①，终觉头晕眼花，终日的困卧。不知不觉，已过了亚丁，入了红海，将近苏伊士河地方。

这日雯青刚与彩云吃过中饭，彩云要去躺着，劝雯青去寻次芳谈天。彩云喊阿福好好伺候着，恰好阿福不在那里，雯青道："不用叫阿福。"就叫三个小童跟着，到二等舱来，听见里面人声鼎沸，不知何事。雯青叫一个小童，先上前去探看，只听里面阿福的口声，叫着这小童道："你们快来看外国人变戏法！"

正喊着，雯青已到门口，向里一望，只见中间一排坐着三个中国人，似乎打盹的样子；一个中年有须的外国人，立在三人前头，矜心作意地凝神注视着；四面围着许多中西男女。次芳及黄、塔两翻译也在人丛里，看见雯青进来，齐来招呼。次芳道："老前辈来得正巧，快请看毕叶发生的神术！"雯青茫然不解。那个外国人早已抢上几步来，与雯青握着手，回顾次芳及两翻译道："这便是出使敝国的金大人么？"雯青听这外国人会说中国话，便问道："不敢，在下便是金某，没有请教贵姓大名。"黄翻译道："这位先生叫毕叶士克，是俄国有名的大博士，油画名家，精通医术，还有一样奇怪的法术，能拘摄魂魄。一经先生施术之后，这人不知不觉，一举一动，都听先生的号令，直到醒来，自己一点也不知道。昨日先生与我们谈起，现在正在这里试验哩！"一面说，一面就指着那坐的三人道："大人，看这三个中国工

人，不是同睡去的一样吗？"雯青听了，着实称异。毕叶笑道："这不是法术，我们西国叫作Hypnotisme，是意大利人所发明的，乃是电学及心理学里推演出来的，没有什么稀奇。大人，你看他三人齐举左手来。"说完，又把眼光注射三人，那神情好像法师画符念咒似的，喝一声："举左手！"只见那三人的左手，如同有线牵的一般，一齐高高竖起。又道："我叫他右手也举起！"照前一喝，果然三人的右手，也都跟着他双双并举了。

于是满舱喝彩拍掌之声。毕叶连忙向众人摇手，叫不许喧闹，又喊道："诸君看，彼三人都要仰着头、张着嘴、伸着舌头、拍着手，赞叹我的神技了！"他一般的发了口令，不一时果然三人一齐拍起手来，那神气一如毕叶所说的，引得大家都大笑起来。次芳道："昨日先生说，能叫本人把自己隐事，自己招供，这个可以试验么？"毕叶道："这个试验是极易的。不过未免有伤忠厚，还是不试的好。"大家都要再试。雯青就向毕叶道："先生何妨挑一个试试。"毕叶道："既金公使要试，我就把这个年老的试一试。"

说着，就拉出三人中一个四五十岁的老者，单另坐开。毕叶施术毕，喝着叫他说。稍停一会儿，这老者忽然垂下头去，嘴里咕噜咕噜地说起来，起先不大清楚，忽听他道："这个钦差大人的二夫人，我看见了好不伤心呀！他们都道钦差的二夫人标致，我想我从前那个雪姑娘，何尝不标致呢？我记得因为自己是底下人，不敢做那些。雪姑娘对我说：'如今就是武则天娘娘，也要相与两个太监，不曾听见太监为着自己是下人推脱的。听说还有拼着脑袋给朝里的老大们砍掉，讨着娘娘的快活哩！你这没用的东西，这一点就怕么？'我因此就依了。如今想来，这种好日子是没有了。"大家听着这老者的话，愈说愈不像了，恐怕雯青多心，毕叶连忙去收了术，雯青倒毫不在意，笑着对次芳道："看不出这老头儿，倒是风流浪子。"大家和着笑了。雯青便叫阿福来装旱烟。一个小童回道："刚才那老者说梦话的当儿，他就走了。"雯青听了无话。正看毕叶在那里鼓捣那三人，一会儿，都揩揩眼睛，如梦初觉，大家问他们刚才的事，一点也不知道。毕叶对雯青及众人道："这术还可以把各人的灵魂，彼此互换。现在这几人已乏了，改日再试吧。"

雯青正听着，忽觉眼前一道奇丽的光彩，定睛一看，却是一个二十来岁非常标致的女洋人，身上穿着纯黑色的衣裙，粉白的脸、金黄的发、蓝的眼、红的唇，真是说不出的一幅绝妙仕女图，半身斜倚着门，险些钩去了这金大人的魂灵。雯青不知不觉地看呆了，心想何不请毕先生把这人试一试，倒有趣，只不好开口。想了半天，忽然心生一计，就对毕叶道："先生神术，固然奇妙极了，但兄弟尚不能无疑。这三个中国人，安见不是先生买通的呢？"毕叶听罢，面上大有怫然之色。雯青接着道："并非我不信先生，我想请先生再演一遍。"说着，便指着女洋人低声道："倘先生能借这个女洋人一试妙技，那时兄弟真死心塌地的佩服了。"次芳及两个翻译也附和着雯青。毕叶怫然②道："这有何难？我立刻请这位姑娘，把那东边桌子上的一盆水果搬来，放在公使面前好么？"这句话原被雯青那一句激出来的。大凡欧洲人性情是直爽不过，又多好胜，最恨人家疑心他作伪。毕叶被雯青这一激，也不问那位姑娘是谁，就冒冒失失地施起他的法术来。他的法术又是百发百中，顿时见那姑娘脸上呆一呆，就袅袅婷婷地走到东边桌子上，伸出纤纤玉手，端着那盆冰梨雪藕，款步而来，端端正正地放在雯青坐的那张桌上。雯青这一乐非同小可，比着那金殿传胪、高唱谁某的时候，还加十倍！哪里知道这边施术的毕叶，一惊也不寻常，却比那死刑宣告牵上刑台的当儿仿佛一般，连忙摘了帽子，向满船的人致敬，先说西话，又说中国话，叮嘱大家等姑娘醒来，切不可告诉此事。大家答应了。毕叶方放了心，慢慢请那位姑娘自回房中去，把法术解了。雯青诸人看见毕叶慌张情形，倒弄得莫名其妙，问他何故。毕叶吞吞吐吐道："这位姑娘是敝国有名的人物，学问极好，通十几国的语言学，实在是不敢渎犯③。"次芳道："毕叶先生知道她的名姓吗？"毕叶道："记得叫夏雅丽。"雯青道："她能说中国话么？"毕叶道："听说能作中国诗文！"雯青听了，不觉大喜。原来雯青自见了这姑娘的风度，实在羡慕，不过没法亲近。今听见会说中国话，这是绝好的引线了，当时就对毕叶道："兄弟有句不知进退的话，只是不敢冒昧。"毕叶道："金大人不用客气，有话请讲！"雯青道："就是敝眷，向来愿学西文，只是没有女师傅，总觉不便。现据先生说，贵国姑娘精通语言学，还会中文，没有再巧的好机会了。现在舟中没事，正好请教。先生既然跟夏姑娘同国，不晓得肯替兄弟介绍介绍么？"毕叶想一想道："这事既蒙委托，哪有不尽力的道理！不过这姑娘的脾气古怪，只好待小可探探口气，明日再行回复吧！"当时次芳及黄、塔两翻译，又替雯青帮腔了几句，毕叶方肯着实答应，于是大家都散归。

雯青回房，就把毕叶奇术，告诉彩云。彩云道："这没什么奇。那些中国人，一定是他的同党，跟我们苏州的变戏法一样骗人。"雯青又把那个女洋人的事情告诉她，说："这女洋人是我叫他试的，难道也是通同的么？"彩云于是也稀奇起来。雯青又把学洋文的话，从头述了一遍，彩云欢喜得很。原来彩云早有此意，与雯青说过几次。当晚无话。

　　次早，雯青刚刚起来，次芳已经候在大餐间。雯青见面，就问："昨天的事怎么了？"次芳道："成了。昨日老前辈去后，他就去跟这位姑娘攀谈④，灌了多少米汤，后来慢慢说到正文。姑娘先不肯，毕先生再三说合，方才允了。好在这姑娘也往德国，说在德国或许有一两个月耽搁，随后至俄。与我们的路途倒是相仿的，可以常教。不过要如夫人去就她的，每月薪水要八十马克。"雯青说："八十马克，不贵不贵，今天就去开学么？"次芳道："可以，她已等候多时了。"雯青道："等小妾梳洗了就来，你去招呼一声。"次芳答应着去了。雯青进来，次芳的话彩云早已听得明白，赶着梳好头。雯青就派阿福过去伺候，自己也来二等舱，与次芳等闲谈，正对着夏雅丽的房间。说说之间，时时偷看那边。彩云见了那位姑娘，倒甚投契。夏雅丽叫她先学德文，因德文能通行俄、德诸国缘故。从此之后，每日早来暮归。彩云资性聪明，不到十日，语言已略能通晓。夏雅丽也甚欢喜。

　　一日，萨克森船正过地中海，将近意大利的火山，时正清早，晓色苍然。雯青与彩云刚从床上跨下，共倚船窗，隐约西南一角云气郁葱，岛屿环青，殿阁拥翠，奇景壮观，怡魂养性。正在流连赏玩，忽见一人推门直入，左手揽雯青之袖，右手执彩之臂，发出一种清冽之音，说道："我要问你们俩说话哩！如不直说，我眼睛虽认得你们，我的子弹可不认得你们！"雯青同彩云两人抬头一看，吓得目瞪口呆，不知何意。正是：

　　　　一朝魂落幻人手，百丈涛翻少女风。

　　欲知后事如何，且看下回分解。

【注解】

①颠簸（diān bǒ）：上下震荡；不平稳。

②怫（fú）然：忿怒的样子。

③渎犯：侮慢；冒犯。

④攀谈：为了接近对方而与之交谈；闲谈。

第十回　险语惊人新钦差胆破虚无党
清茶话旧侯夫人名噪赛工场

　　却说雯青正与彩云双双地靠在船窗，赏玩那意大利火山的景致，忽有人推门进来，把他们俩拉住问话。两人抬头一看，却就是那非常标致的女洋人夏雅丽姑娘。两人这一惊非同小可，知道前数日毕叶演技的事露了风了。只听那姑娘学着响亮的京腔道："我要问你，我跟你们往日无仇，今日无故，干吗你叫人戏弄我姑娘？你可打听打听看，本姑娘是大俄国轰轰烈烈的奇女子，我为的是看重你是一个公使大臣，我好意教你那女人念书，谁知道你们中国的官员，越大越不像人，简直都是糊涂的蠢虫！我姑娘也不犯和你们讲什么理，今儿个就叫你知道知道姑娘的厉害！"说着，伸手在袖中取出一支雪亮的小手枪。雯青被那一道的寒光一逼，倒退几步，一句话也说不出。还是彩云老当，见风头不妙，连忙上前拉住夏雅丽的臂膀道："密斯请息怒，这事不关我们老爷的事，都是贵国毕先生要显他的神通，我们老爷是看客。"雯青听了方抖声接说道："我不过多了一句嘴，请他再演，并没有指定着姑娘。"夏雅丽鼻子里哼了一声。彩云又抢说道："况老爷并不知道姑娘是谁，不比毕先生跟姑娘同国，晓得姑娘的底里，就应该慎重些。倘或毕先生不肯演，难道我们老爷好相强吗？所以这事还是毕先生的不是多哩，望密斯三思！"

夏雅丽正欲开口，忽房门咿呀一响，一个短小精悍的外国人，挺身进来。雯青又吃一吓，暗忖道："完了，一人还打发不了，又添一个出来！"彩云眼快，早认得是船主质克，连忙喊道："密斯脱质克，快来解劝解劝！"夏雅丽也立起道："密斯脱质克，你来干吗？"质克笑道："我正要请问密斯到此何干，密斯倒问起我来！密斯你为何如此执性？我昨夜如何劝你，你总是不听，闹出事来，倒都是我的不是了！"

夏雅丽怒颜道："难道我不该来问他么？"质克道："不管怎么说。这事金大人固有不是，毕先生更属不该。但毕叶在演术的时候，也没有留意姑娘是何等人物，直到姑娘走近，看见了贵会的徽章，方始知道，已是后悔不及。至于金大人，是更加茫然了。据我的意思，现在金大人是我们两国的公使，闹出国际问题，已属不犯着。况现在公使在我的船上，都是我的责任，我绝不容姑娘为此强硬手段。"夏雅丽道："照你说来，难道就罢了不成？"质克道："我的愚见，金公使渎犯了姑娘，自然不能太便宜他。我看现在贵党经济十分困难，叫金公使出一宗巨款，捐入贵党，聊以示罚。在姑娘虽受些小辱，而为公家争得大利，姑娘声誉，必然大起，大家亦得安然无事，岂不两全？至于毕先生是姑娘的同国，他得罪姑娘，心本不安，叫他在贵党尽些力，必然乐从的。"这番说话，质克都是操着德话，雯青是一句不懂。彩云听得明白，连忙道："质克先生的话，我们老爷一定遵依的。"其时夏雅丽面色已和善了好些，手枪已放在旁边小几上，开口道："既然质克先生这么说，我就看着国际的名誉上，船主的权限上，便宜了他。但须告诉他，不比中国那些见钱眼开的主儿，什么大事，有了孔方，都一天云雾散了。再问他到底能捐多少呢？"质克看着彩云。彩云道："这个一切听姑娘主张。"夏雅丽拿着手枪一头往外走，一头说道：

"本会新近运动一事，要用一万马克，叫他担任了就是了。"又回顾彩云道："这事与你无干，刚才恕我冒犯，回来仍到我那里，今天要上文法了。"说着，扬长而去。彩云诺诺答应。质克向着彩云道："今天险极了！亏得时候尚早，都没有晓得，暗地了结，还算便宜。"说完，自回舱面办事。

这里雯青本来吓倒在一张榻上发抖，心中又怕又疑。惊魂略定，彩云方把方才的话，从头告诉一遍，一万马克，彩云却说了一万五千。雯青方略放心，听见要拿出一万五千马克，不免又懊恼起来，与彩云商量能否请质克去说说，减少些。彩云撅着嘴道："刚才要不是我，老爷性命都没了。这时得了命，又舍不得钱了。我劝老爷省了些精神吧！人家做一任钦差，哪个不发十万八万的财，何至于这一点儿买命钱，倒肉痛起来？"雯青无语。不一会儿，男女仆人都起来伺候，雯青、彩云照常梳洗完毕，雯青自有次芳及随员等相陪闲话，彩云也仍过去学洋文。

到傍晚时候，毕叶也来雯青处，其时次芳等已经散了。毕叶就说起早上的事道："船主质克另要谢仪，罚款则俟到德京由彩云直接交付，均已面议妥协，叫彼先来告诉雯青一声。"雯青只好一一如命。又问起："这姑娘到底在什么会？"毕叶道："讲起这会，话长哩。这会发源于法兰西人圣西门，乃是平等主义的极端。他立这会的宗旨，就要把假平等弄成一个真平等：无国家思想，无人种思想，无家族思想，无宗教思想；废币制，禁遗产，冲决种种网罗，打破种种桎梏①；皇帝是仇敌，政府是盗贼，国里有事，全国人公议公办。掷可惊可怖之代价，要购一完全平等的新世界。"

雯青越听越不懂，究竟毕叶是外国人，不敢十分批驳，不过自己咕噜道："男的还罢了，怎么女人家不谨守闺门，也出来胡闹？"毕叶连忙摇手道："大人别再惹祸了！"雯青只好闭口不语，彼此没趣散了。斯时萨克森船尚在地中海，这日忽起了风浪，震荡得实在厉害，大家困卧了数日，无事可说。直到七月十三日，船到热瓦，雯青谢了船主，换了火车，走了五日，始抵德国都城柏林。

在德国自有一番迎接新使的礼节，不必细述。前任公使吕萃芳交了篆务，然后雯青率同参赞随员等一同进署。连日往谒德国大宰相俾思麦克，适遇俾公事忙，五次方得见着。随后又拜会了各部大臣及各国公使。又过了几月，那时恰好西历一千八百八十八年正月里，德皇威廉第一去世，太子飞蝶丽新即了日耳曼帝位，于是雯青就趁着这个当儿，觐见②了德皇及皇后维多利亚第二，呈递国书，回来与彩云讲起觐见许多仪节。彩云忖着自己在夏雅丽处学得几句德语，便撒娇撒痴要去觐见。雯青道："这是容易，公使夫人本来应该觐见的。不过我中国妇女素来守礼，不愿跟他们学。前几年只有个曾小侯夫人，她却倜傥，一到西国居然与西人弄得来，往来联络得热闹。她就跟着小侯，一样觐见各国皇帝。我们中国人听见了，自然要议论她，外国人却佩服。你要学她，不晓得你有她的本事没有？"彩云道："老爷，你别瞧不起人！曾侯夫人也是人，难道她有三头六臂么？"雯青道："你倒别说大话。有件事，现在洋人说起，还赞她聪明，只怕你就干不了！"彩云道："什么事呢？"雯青笑着说道："你不忙，你装袋旱烟我吃，让我慢慢地讲给你听。"彩云抿着嘴道："什么稀罕事儿！值得这么拿腔?!"说着，便拿一根湘妃竹牙嘴三尺来长的旱烟筒，满满地装上一袋蟠桃香烟，递给雯青，一面又回头叫小丫头道："替老爷快倒一杯酽酽③儿的清茶来！"笑眯眯地向着雯青道："这可没得说了，快给我讲吧！"雯青道："你提起茶，我讲的是一段茶的故事。当日曾侯夫人出使英国。那时英国刚刚起了个什么叫作'手工赛会'。这会原是英国上流妇女集合的，凡有妇女亲手制造的物件，荟萃④在一处，叫人批评比赛，好的就把金钱投下，算个赏彩。到散会时，把投的金钱，大家比较，谁的金钱多，系谁是第一。却说这个侯夫人，当时结交广，这会开的时候，英国外交部送来一角公函，请夫人赴会。曾侯便问夫人：'赴会不赴会？'夫人道：'为什么不赴？你复函答应便了。'曾侯道：'这不可胡闹。我们没有东西可赛，不要事到临头，拿不出手，被人耻笑，反伤国体！'夫人笑道：'你别管，我自有道理。'曾侯拗不过，只好回书答应。"彩云道："这应该答应，叫我做侯夫人，也不肯不争这口气。"

　　说着，恰好丫环拿上一杯茶来。雯青接着一口一口地慢慢喝着，说道："你晓得她应允了，怎么样呢？却毫不在意，没一点儿准备。这日正是开会的第一日，曾侯清早起来，却不见了夫人，知道已经赴会去了，连忙坐了马车，赶到会场，只见会场中人山人海，异常热闹。四处找他夫人，一时慌了，竟找不着。只听得一片喝彩声、拍掌声，从会场门首第一个桌子边发出。回头一看，却正是他夫人坐在那桌子旁边一把矮椅上，桌上却摆着

十几个康熙五彩的鸡缸杯，几把紫砂的龚春名壶，壶中满贮着无锡惠山的第一名泉，泉中沉着几撮武夷山的香茗，一种幽雅的古色，映着陆离的异彩，直射眼帘；一股清俊的香味，趁着氤氲的和风，直透鼻官。许多碧眼紫髯的伟男、蜷发蜂腰的仕女，正是摩肩如云、挥汗成雨的时候，烦渴得很。忽然一滴杨枝水，劈头洒将来，正如仙露

明珠,琼浆玉液,哪一个不欢喜赞叹?顿时抛掷金钱,如雨点一般。直到会散,把金钱汇算起来,侯夫人竟占了次多数。曾侯那时的得意可想而知,觉脸上添了无数的光彩。你想侯夫人这事办得聪明不聪明?写意不写意?无怪外国人要佩服她!你要有这样本事,便不枉我带你出来走一趟了。"

彩云听着,心中暗忖⑤:老爷这明明估量我是个小家女子,不能替他争面子,怕我闹笑话。我倒偏要显个手段胜过侯夫人,也叫他不敢小觑。想着,扭着头说道:"本来我不配比侯夫人,她是金一般、玉一般的尊贵,我是脚底下的泥、路旁的草也不如,哪里配有她的本事!出去替老爷坍了台,倒叫老爷不放心,不如死守着这螺蛳壳公使馆,永不出头;要不然,送了我回去,要出丑也出丑到家里去,不关老爷的体面。"雯青连忙立起来,走到彩云身旁,拍着她肩笑道:"你不要多心,我何尝不许你出去呢!你要觐见,只消叫文案上备一角文书,知照外部大臣,等他择期觐见便了。"彩云见雯青答应了,方始转怒为喜,催着雯青出去办文。雯青微笑地慢慢踱出去了。正是:

　　　　初送隐娘金盒去,却看冯嫽锦车来。

欲知后事,且看下回细说。

【注解】

①桎梏(zhì gù):束缚,压制。

②觐(jìn)见:朝见。

③酽(yàn)酽:很浓的。

④荟萃(huì cuì):聚集。

⑤暗忖(cǔn):思量。

第十一回　潘尚书提倡公羊学　黎学士狂胪老辈文

上回正说彩云要觐见德皇,催着雯青去办文,知照外部。雯青自然出来与次芳商量。次芳也不便反对,就交黄翻译办了一角请觐的照例公文。谁知行文过去,恰因飞蝶丽政躬不适,一直未得回文,连雯青赴俄国的日期都耽搁了。趁雯青、彩云在德国守候没事的时候,做书的倒抽出这点空儿,要暂时把他们搁一搁,叙叙京里一班王公大人,提倡学界的历史了。

原来荦如、唐卿、珏斋这班同乡官，自从那日饯送雯青出洋之后，不上一年，唐卿就放了湖北学政，珏斋放了河道总督，庄寿香也从山西调升湖广总督，苏州有名的几个京官也都风流云散。就是一个潘探花八瀛先生，已升授了礼部尚书，位高德劭，与常州龚状元平、现做吏部尚书的和甫先生，总算南朝两老。这位潘尚书学问渊博，性情古怪，专门提倡古学，不但喜欢讨论金石，尤喜讲《公羊》《春秋》的绝学，那班殿卷试帖的太史公，哪里在他眼里。所以荦如虽然传了鼎甲的衣钵①，沾些同乡的亲谊，又当着乡人冷落的当儿，却只照例请谒，不敢十分亲近。因此荦如那时在京，觉清静。那一年正是光绪十四年，太后下了懿旨，宣布了皇帝大婚后亲政的确期。四海臣民，同声欢庆。恰又遇着戊子乡试的年成，江南大主考，放了一位广东南海县的大名士，姓黎，号石农，名殿文，词章考据，色色精通，写得一手好北魏碑版的字体，尤精熟辽、金、元史的地理，把几部什么《元秘史》、长春真人《西游记》《双溪醉隐集》都注遍了，要算何愿船、张舟斋后独步的人物了。当日雯青在京的时候，也常常跟他在一处，讲究西北地理的学问。江南放了这人做主考，自然把沿着扬子江如鲫的名士，一网都打尽了。苏州却也收着两个。一个姓米，名继曾，号筱亭；一个却姓姜，名表，号剑云，都列在魁卷中。当时这部闱墨出来，大家就议论纷纷，说好的道"沉博绝丽"，说坏的道"牛鬼蛇神"。荦如在寓无事，也去买一部来看看，正独自咕哝着，一个管家跑进回道："老爷派了磨勘官了，请立刻就去。"荦如便叫套车。上车一直跑到磨勘处，与认得的同官招呼过了，便坐下读卷。忽听背后有一人说道："这回磨勘倒要留点神，别胡粘签子，回来粘差了，叫人笑话！"

荦如听着那口音熟，回头看时，却是袁尚秋，与邻座一个不大熟识的、仿佛是个旗人，名叫连沅，号荇仙的，在那里议论。荦如本来认得尚秋，便拱手招呼。尚秋却待理不理的，点了一点头。荦如心里不舒服，没奈何，只好摊出卷子来，一本一本地看，心里总想吹毛求疵②，见得自己的细心，且要压倒尚秋方才那句话。忽然看到一本，面上现出喜色，便停了看，手里拿着签子要粘，嘴里不觉自言自语道："每回我粘的签子，人家总派我冤屈人，这个可给我粘着了，再不能说我粘错了。"荦如一人咕哝着，不想被尚秋听见了，便立起伸过头来，凑着卷子道："荦如，你签着什么字？"荦如就拿这本卷子挪过桌子，指给尚秋看道："你看这个荒唐不荒唐？感慨的'慨'字，会写成木字的'概'字。这个文章，一定是枪替来的，否则谬不至此！"尚秋看了不语，却对那个邻座笑了一笑，附耳低低说了两句话，依然坐下。荦如看见如此神情，明明是笑他，自己不信，难道这个还是我错，他不错吗？心里倒疑惑起来。停一会儿，尚秋忽叫着那人道："荇仙兄，上回考差时候，有个笑话儿，你知道吗？"指着荦如道："也就是这位荦兄的贵同乡。那日题目，是出的《说文解字》，他不晓得，听人说是《说文》，他便找我问道：'这题目到底出在许《说文》上的呢，还是段《说文》呢？'我那时倒没话回他，便道：'老兄且不要问，回去弄明白了《说文》是谁著的，再问吧！'"

　　那邻座的旗人笑道："这人你不要笑他，他到底还晓得《说文》，总算认得两个大字，比那一字不识、《汉书》都没有看过，倒要派人家写别字的强多着呢！"搴如一听此话，不禁脸上飞红，强着冷笑道："你们别指东说西地挖苦人。你们既讲究《说文》，这部书我也曾看过，里头最要紧，总不外声音意思两样。现在这个'慨'字，意思不是叹气吗？叹气从心里发出，自然从心旁，难道木头人会叹气的吗？这就不通极了！你们说我没有读《汉书》，我看你们看的《汉书》，决然不是原版初印，上了当了！"尚秋见搴如动了气，就不敢言语了。搴如接着道："况且我们做翰林的本分，该依着字学举隅写，才是遵王的道理。偏要寻这种僻字吓人，不但心术坏了，而且故违公令，不成了悖逆吗？"

　　当时尚秋与那个旗人，都低着头看卷子，由他一人发话。不一时，卷子看完，大家都出来了。尚秋因刚才的话，怕搴如芥蒂[3]，特地走过来招呼道："搴兄，八瀛尚书那里，你今天去吗？"搴如正收拾笔砚，听了摸不着头脑，忙应道："去做什么？"尚秋道："八瀛尚书没有招你吗？今天是大家公祭何邵公哟！"搴如愕然道："何邵公是谁呀？八瀛从没提这人。喔，我晓得了，大家知道我跟他没有交情，所以公祭没有我的份儿！"尚秋忍不住笑道："何邵公不是今人，就是注《公羊》《春秋》的汉何休呀！八瀛先生因为前几天钱唐卿在湖北上了一个封事，请许叔重从祀圣庙，已经部议准了。八瀛先生就想着何邵公，也是一个汉朝大儒，邀着几个同志议论此事，顺便就在拱宸堂公祭一番，略伸敬仰的意思。搴兄，你高兴同去观礼吗？"搴如向来对于这种事不愿与闻，想回绝尚秋。转念一想，尚书处多日未去，好像过于冷落，看看时候还早，回去没事，落得借此通通殷勤，就答应了尚秋，一同出来，上车向着南城米市胡同而来。

　　到得潘府门前，当时门上接了帖子，尚秋在前，搴如在后，一同进去，领到一间幽雅的书室。满架图书，却堆得七横八竖，桌上列着无数的商彝周鼎，古色斑斓。两面墙上挂着几幅横披，题目写着消夏六咏，都是当时名人和八瀛尚书咏着六事的七古诗：一拓铭，二读碑，三打砖，四数钱，五洗砚，六考印，都是拿考据家的笔墨，来作的古今体诗，也是一时创格。内中李纯客、叶缘常的最为详博。正中悬个横匾，写着大的"龟巢"两个字，下边署款却是"成煜书"，知道是满洲名士、国子监祭酒成伯怡写的了。搴如看着，却不解这两字什么命意。

　　尚秋是知道潘公好奇的性情，当时通候的书笺，还往往署着"龟白"两字，当做自己的别号哩，所以倒毫不为奇。尚秋、奉如走进书房，见正中炕上左边，坐着个方面大耳的长须老者，不问而知为龚和甫尚书；右边一个胖胖儿面孔，凑近龚尚书，同看那书，那人就是写匾的伯怡先生。下面两排椅子上，坐着两个年纪稍轻的，右面一个苍黑脸的，神情活像山西票号里的掌柜；左边个却是唇红齿白的美少年。这两人，尚秋却不大认识。八瀛尚书正坐在主位上，看见尚秋，迎着道："怎么你和奉如一块儿来了？"尚秋不及回言，与奉如上去见了龚、成两老，又见了下面两位。尚秋正要问姓名，奉如招呼，指着那苍黑脸的道："这是米筱亭兄。"又指那少年道："这是姜剑云，都是今科的新贵。"潘尚书接口道："两位都是石农的得意门生哟！"上面龚尚书也放了那本书道："现在尚秋已到，只等石农跟纯客两个，一到就可行礼了。"伯怡道："我听说还有个庄小燕、段扈桥哩。"八瀛道："小燕今日会晤一个外国人，说不能来了。扈桥今日在衙门里见着，没有说定来，听说他又买着了一块张黑女的碑石，整日在那里摩挲④哩，只好不等他罢！"

于是大家说着，各自坐定。尚秋正要与姜、米两人搭话，忽见院子里踱进两人。走近一看，却认得前头是荀子珮，名春植；后头个是黄叔兰的儿子，名朝杞，号仲涛。那时子珮看见尚秋开口道："你来得好晚，公祭的仪式，我们都预备好了。"尚秋听了，方晓得他们在对面拱宸堂里铺排祭坛祭品，就答道："偏劳两位了。"龚尚书手拿着一本书道："刚才伯怡议，这部北宋本《公羊春秋何氏注》，也可以陈列祭坛，你们拿去罢！"子珮接着翻阅，尚秋、奉如也凑上看看，只见那书装潢华美，澄心堂粉画冷金笺的封面，旧宣州玉版的衬纸，上有上宋五彩蜀锦的题签，写着"百宋一廛所藏，北宋小字本公羊春秋何氏注"一行，下注"千里题"三字。尚秋道："这是谁的藏本？"潘尚书道："是我新近从琉璃厂翰文斋一个老书估叫老安的手里买的。"子珮道："老安的东西吗？那价钱必然可观了。"龚尚书道："也不过三百金罢了。"

尚秋又将那书看了几遍，里头有两个图章：一个是"莪圃过眼"，还有一个"曾藏汪阆源家"六字。尚秋道："既然莪翁的藏本，怎么又有汪氏图印呢？"那苍黑脸的米筱亭忙接口道："本来莪翁的遗书，后来都归汪氏的。汪氏中落，又流落出来，于是经史都归了常熟瞿氏铁琴铜剑楼，子集都归了聊城杨氏海源阁。这书或者常熟瞿氏遗失的，也未可知。我曾经在瞿氏校过书，听瞿氏子孙说，长发乱时，曾失去旧书两橱哩。"�如听大家你一句我一句。忽听一阵脚步声，几个管家说道："黎大人到！"就见黎公摇摇摆摆进来，嚷道："来迟了，你们别见怪呀！"看见姜、米两人，就笑道："你们也在这里，我来得巧了。"潘尚书笑道："怎样着，贵门生不在这里，你就来得不巧了？"石农道："再别提门生了。如今门生收不得了，门生愈好，老师愈没有日子过了。"龚、潘两尚书都一愣道："这话怎么讲？"石农道："我们坐了再说。"于是大家坐定。石农道："我告诉你们，昨儿个我因注释《元秘史》，要查一查徐星伯的《西域传注》，家里没有这书，就跑到李纯客那里去借。"成伯怡道："纯客不是你的老门生吗？"石农道："论学问，我原不敢当老师，只是承他情，见面总叫一声。昨天见面，也照例叫了。你道他叫了之后，接上句什么话？"龚尚书道："什么话呢？"他道："老师近来跟师母敦伦的兴致好不好？我当时给他蒙住了，脸上拉不下来，又不好发作，索性给他畅论一回容成之术，素女方呀，医心方呀，胡诌了一大篇。今天有个朋友告诉我，昨天人家问他，为什么忽然说起'敦伦'？他道：'石农一生学问，这"敦伦"一道，还算是他的专门，不给他讲"敦伦"，讲什么呢？'你们想，这是什么话？不活气死了人！你们说这种门生还收得吗？"说罢，就看着姜、米二人微笑。大家听着，都大笑起来。潘尚书忽然跳起来道："不好了，了不得了！"就连声叫："来！来！"大家倒愣着，不知何事。

一会儿，一个管家走到潘尚书跟前，尚书正色问那管家道："这月里李治民李老爷的喂养费，发了没有？"那管家笑着说："不是李老爷的月敬吗？前天打发人送过去了。"潘尚书道："发了就得了。"就回过头来，向着众人笑道："要迟发一步，也要来问老夫'敦伦'了！"众人问什么叫喂养费？龚尚书笑道："你们怎糊涂起来？他挖苦纯客是骡子罢了！"于是众人回味，又大笑一回。正笑着，见一个管家送进一封信来。潘尚书接着一看，正是纯客手札，大家都聚头来看着。

starts如今日来得本来勉强，又听他们议论，一半不明白，一半不以为然，坐着好没趣，就暗暗溜出。到了家中，他的夫人告诉他道："你出门后，信局送来上海文报处一信，还有一个纸包，说是俄国来的东西，不知是谁的。"说罢，就把信并那包，一同送上去。starts如拆开看了，又拆了那纸包，却密密层层地包着，直到末层，方露出是一张一尺大的西法摄影。上头却是两个美丽的西洋妇人。starts如夫人看了不懂，心中不免疑惑，正要问明，忽听starts如道："倒是一件奇闻。"正是：

方看日边德星聚，忽传海外雁书来。

欲知后事如何，且看下回分解。

【注解】

①衣钵(bō)：原指佛教中师父传授给徒弟的袈裟和钵，后泛指传授下来的思想、学问、技能等。

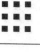

②吹毛求疵(cī)：吹开皮上的毛，寻找里面的毛病。比喻故意挑剔别人的毛病、缺点。

③芥蒂(jiè dì)：本指细小的梗塞物，后比喻心里的不满或不快。

④摩挲(mó suō)：抚摩；抚弄。

影并帝天初登布士殿
学通中外重翻交界图

却说奉如当日正接了一封俄国邮来的信件，还没拆开，先见两个西装妇女的摄影，不解缘故。他夫人倒大动疑心起来。奉如连忙把信拆开，原来这封信还是去年腊月里，雯青初到圣彼得堡京城所寄的。信中并无别话，就告诉奉如几时由德动身，几时到俄。又说在德京，用重价购得一幅极秘密详细的中俄交界地图，自己又重加校勘，即日付印，印好后就要打发妥员赍送来京，呈送总理衙门存档，先托奉如妥为招呼等语，辞气非常得意。直到信末，另附一纸，说明这张摄影的来由，又是件旷世希逢的佳话。

话说雯青驻节柏林，只等彩云觐见后就要赴俄；已经耽搁了一个多月，恰值德皇政体违和，外部总没回文。雯青心中焦闷，倒是彩云兴高采烈，到处应酬，东来西往，煞是风光。彩云容貌本好，又喜修饰，倒弄得艳名大噪起来。偌大一个柏林城，几乎没个不知道傅彩云是中国第一个美人，连铁血宰相的郁亨夫人，也来往过好几次。那郁亨夫人，替彩云又介绍认得了一位贵夫人，自称维亚太太，说是德国的世爵夫人，年纪不到五十许，神情八面威风。那日一见彩云，就非常投契，从此也常常约会。不过约会的地方，不在花园，即在戏馆，从不叫登这夫人的邸第，夫人也没有来过。彩云有时提起登门造访的话，那太太总把别话支吾①。彩云只得罢了。话且不表。

却说有一晚，彩云刚与这位太太在维良园看完了戏，独自回来，坐着一辆华丽的轿式双马车，如飞地到了使馆门口停住。车夫拉开车门，彩云正要跨下，却见马路上有一个十七八岁的美童，飞奔地跑到车前，把肩膀凑近车门，口里还吁吁发喘。彩云就一手搭在他肩上，轻轻地跳了下来。进了馆门，就有一班管家们，喊道："太太回来了，快掌灯伺候！"这当儿，那些丫鬟仆妇也都知道了，在楼上七跌八撞地跑了下来。那时彩云已到了升高机器小屋里，那些丫鬟仆妇都要上前搀扶，都道："阿福哥，劳你驾了！让我们来搀着吧！"彩云冷笑了一声，自顾自仍扶着阿福。那机器就如飞地上升了。到了楼上，彩云有气没力的，全身都靠在阿福的身上，连喘带笑地迈到了自己卧房一张五彩洋锦的软榻上就倒下了，两颊绯晕，双眼粘饧，好像贵妃醉酒一般，歪着身，斜着眼，似笑不笑地望着阿福。阿福也笑眯眯地低着头，立在榻旁。彩云忽然把一个玉葱，咬着银牙，狠狠地直指到阿福额上，颤声道："你这坏透顶的小子，我不想今儿个……"刚说到这里，那些丫鬟仆妇都从扶梯上走了进来，彩云就缩住了口，马上翻过脸来道："你们这班使坏心的娼妇，都晓得这会儿我快回来了，倒一个个躲起来。幸亏阿福是个小子，不要紧，要是大汉子，臭男人，也叫我扶着走吗？"彩云说罢，那些丫鬟仆妇都面面相觑[2]，不敢则声。阿福就趁势回道："那辆车，明天还叫他来伺候吗？"彩云道："明天有什么事？"阿福道："怎么太太会忘了！明儿个维亚太太约游缔尔园吗？"彩云想一想道："不错，看戏的时候，她当面约定的。"说着，把眼瞪着阿福道："可是我再不要坐轿式车了。明天早上，叫她来一辆亨斯美吧！"阿福笑道："你自个儿拉缰吗？"彩云道："谁耐烦自个儿拉，你难道折了手吗？"阿福笑了一笑，再要说话，听见房门外靴声橐橐，仆妇们忙喊道："老爷进来了！"阿福顿时失色，慌慌张张想溜。彩云故意正色高声地喊道："阿福，你别忙走呀！我还有话吩咐呢！"阿福会意，就垂着手，答应一声："着！""你告诉她，明儿早上八点钟来，别误了！"这当儿，雯青一头掀着门帘，一头嘴里咕噜着："阿福老是这样冒冒失失、得风使篷的。"说着，已经踱了进来，冲着彩云道："明天你又要上哪儿去了？"其时阿福得空，就捱身出房。彩云撅着嘴道："到缔尔园去，会一个外国女朋友，你问她什么？难道你嫌我多出门吗？什么又不又的？"说着，赌气就一溜风走到床后去更衣洗面了。雯青讨了个没趣，低低说道："彩云，你近来真变了相了，我一句话没有说了，你就生气了。我原是好意，你可知道今天外部已有回文，叫你后天就去觐见，在沙老顿布士宫 CharlotenBburg，离着柏林有二三十里地呢！我怕你连日累着，想要你歇息歇息呀！"彩云听了雯青这番软话，心里想想，到底有点过意不去，又晓得觐见在即，倒又欢喜起来，就笑嘻嘻走到床面前来道："谁生气来？不过老爷也太顾怜我了。既然后天要觐见，明天早点回来，省得老爷不放心，好吗？"雯青道："这也由你吧！"说罢，彼此一笑，同入罗帏。一宵无话。

原来这座花园，古呢普提坊要算柏林市中第一个名胜之区。崇楼杰阁，曲廊洞房，锦簇花团。园中有座三层楼，画栋飞龙，雕盘承露，尤为全园之中心点。其最上一层有精舍四五，无不金钉衔壁，为贵绅仕女登眺之所。彩云每次到园，与诸贵女聚会，总在此间憩息[3]。这日马车进了园门，就一径到这楼下下车，阿福扶着，迤逦登楼。刚走到常坐的那一间门口，彩云一只纤趾正要跨进，忽听咳嗽一声，抬头一看，却见屋里一个雄赳赳的日耳曼少年，金发赫颜，丰采奕然，一身陆军装束，很是华丽。见了彩云，一双美而且秀的眼光，把彩云周身上下打了一个圈儿。彩云猛吃一惊，连忙缩脚退出。阿福指着道："间壁有空房，我们到那里坐吧！"说罢，就掖了彩云径进那紧邻的一间精室。彩云坐下，就吩咐阿福道："你到外边去候着，等维亚太太一到，就先来招呼。"阿福答应如飞而去。

彩云独自在房,心里暗忖那个少年不知是谁,倒想不到外国人有如此美貌的!看他神情,见了我也非常留意,可见好色之心,中外是一样了。彩云胡思乱想了一回,觉得心神恍惚,就和身倒在一张红绒如意榻上,睡眼惺松④,似睡不睡的,正有点朦胧,忽听耳边有许多脚步声,连忙张开眼来,却见阿福领了一个中年妇人上来。彩云忙问阿福道:"这是谁?"阿福道:"这位就是维亚太太打发来的。"那妇人就接嘴道:"我们主人说,今天不来这里了,要请密细斯到我们家里去。主人特地叫我们来接的,马车已在外面等着。请密细斯上车吧!"彩云听了,想了一想道:"太太府上,我早该去请安,就为太太的住处不肯告诉我,就因循下来了。现在既然太太见招,我就坐我自己的车前去便了。"说着,回头叫阿福去套车。那妇人道:"我们主人吩咐,请密细斯就坐我们来车。因为我们主人的住处,不肯轻易叫人知道的。"彩云道:"这是什么道理?"那妇人笑道:"主人如此吩咐,其中缘故,奴辈哪里敢问呢?"彩云没法,只好叫阿福到身边,附耳说了两句话,阿福先去了,自己就立起身来道:"我们走吧!"那妇人在前,彩云在后,走下楼来。刚到门口,彩云还没看清那车子的大小方圆,却被那妇人猛然一推,彩云身不由主被她推进车来,车门已砰地关上了,弄得彩云迷迷糊糊,又惊又吓。

只见那车里四面糊着金绒,当前一悬明镜,两旁却放着绿色的布帘,遮着玻璃,以致望不见外面。对面却笑微微坐着那妇人,开口道:"密细斯休怪粗莽,这是主人怕你知道了路程,所以如此的。"彩云听了这话,更加狐疑。正冥想间,那车忽然停了,车门欻地开了,那中年妇人先下车,后来挽彩云。刚跨下地,忽觉眼前一片光明,耀耀烁烁,眼睛也睁不开。好容易定睛一认,原来一辆朱轮绣幰的百宝宫车,端端正正地停在一座十色五光的玻璃宫台阶之下。

彩云不及细看,却被那妇人不由分说就扶上台阶,曲曲折折,走到一面大镜子面前,那妇人把镜子一推,却呀的一声开了,原来是个门儿。向里一望,只见是个窈窕洞房,满室奇光异彩。几个华装女子听见门响,向外一望,问道:"来了吗?"那妇人道:"来了。"忽听嘤然一声,清越可听道:"快请进来。"迎面袅袅婷婷的,来了个细腰长裙、锦装玉裹的中年贵妇,不用说就是维亚太太了。见了彩云,就抢上一步,紧握住彩云的双手,回头向那些女子说道:"这就是中国第一美女,金公使的夫人傅彩云呀!今儿个你们可开开眼儿了!"

说完,就把彩云拉到了一张花瓷面的圆桌上首坐下,自己朝南陪着。彩云此时迷迷糊糊,只是婉婉地说道:"贱妾蒲柳之姿,幸蒙太太见爱,今日登宝地,真是三生有幸了!只是太太的住处,为何如此秘密?还请明示,以启妾疑。"维亚太太笑道:"不瞒密细斯说,我平生有个癖见,以为天地间最可宝贵的是两种人物,就是权诈的英雄与放诞的美人。英雄而不权诈,便是死英雄;美人而不放诞,就是泥美人。如今密细斯又美丽,又风流,真当得起'放诞美人'四字。我正要你的风情韵致泻露在我的眼前,装满在我的心

老残游记·孽海花

157

里，我就怕你一晓了我的身份地位，就把你的真趣艳情拘束住了，这就大非我要见你的本心了。"

彩云不听这太太的话，心里倒还有点捉摸，如今听了这番议论，更糊涂了，又问道："到底太太的身份、地位，能赐教吗？"那太太笑道："你不用细问，到明日就会知道的。"说话间，有几个华装女子，来请早餐，维亚太太就邀彩云入餐室。坐定后，山珍海味，珍果醇醪[5]，络绎不绝地上来。维亚太太殷勤劝进，彩云也只得极力周旋。酒至数巡，维亚太太立起身来，走到沿窗一座极大的风琴前，手抚玉徽，回顾彩云道："密细斯精于音律吗？"彩云连说"不懂"。那太太就唱起来。歌曰：

美人来兮亚之南，风为御兮云为骖，微波渺渺不可接，但闻空际琼瑶音。吁嗟乎彩云！

美人来兮欧之西，惊鸿照海天龙迷，瑶台绰约下仙子，握手一笑心为低。吁嗟乎彩云！

山川渺渺月浩浩，五云殿阁琉璃晓，报道青鸾海上来，汝来慰我忧心捣。吁嗟乎彩云！

劝君酒，听我歌，我歌欢乐何其多！听我歌，劝君酒，雨复云翻在君手！愿君留影随我肩，人间天上仙乎仙！吁嗟乎彩云！

歌毕，就向彩云道："千里之音，不足动听。只是末章所请愿的，不知密细斯肯俯允吗？"彩云原不懂文墨，幸而这回歌辞全用德语，所以彩云倒略解一二，就答道："太太如此见爱，妾非木石，哪有不感激的哩。只是同太太并肩拍照，蒹葭倚玉，恐折薄福，意欲告辞，改日再遵命吧！"那太太道："请密细斯放心，拍了照，我就遣车送你回去。现在写真镜已预备在草地上，我们走吧！"就亲亲热热携了彩云的手，慢慢走出房来。早见有一群人簇拥着一具写真镜的匣子，离匣子三四丈地。那太太就携了彩云，立在这石池旁边，只见那写真师正在那里对镜配光。彩云瞥眼看去，那写真师好像就是在萨克森船上见的那毕叶先生，心里不免动疑。想要动问，恰好那镜子一开，自己被镜光一闪，觉得眼花缭乱了好一回。等到捉定了神，那镜匣已收起，那一群人也不知去向了，却见一辆马车停在面前。维亚太太就执了彩云的手道："今天倒叫密细斯受惊了。车子已备好，就此请登车，我们改日再叙吧！"彩云一听送她回去，欢喜地也道了谢，就跨进车来。车门随手就关上了，却见车帘仍旧放着，乌洞洞闷死人。那车一路走着，彩云一路猜想：这太太的行径，实在奇怪，到底是何等样人？那毕叶先生怎么也认得她、替她拍照呢？还在呆呆地揣摩，只见门豁然开朗，原来已到了使馆门口。彩云就自己下了车，刚要发放车夫，谁知那车夫飞身跳上高座，加紧一鞭，逃也似地直奔前路。彩云倒吃了一惊，立在门口呆呆地望着，直到馆中看门的看见，方惊动了里边的丫鬟们，出来扶了进去。

雯青告诉她今天外部又来招呼，说明日七点钟在沙老顿布士宫觐见，他们打发宫车来接。当晚彩云绝早就睡，只是心里有事，终夜不曾安眠。刚要睡着，却被雯青唤醒，说宫车已到。六点钟动身，七点钟就到了那宫前。彩云一到，迎面就见一座六角的文石台，台上立着个骑马英雄的大石像，中央一条长的甬道。从那甬道一层高似一层，一直到大殿，中间是凸出的圆形屋。彩云走近圆屋，早有接引大臣把彩云引上殿来。却见德皇峨冠华服，南面坐着，两旁拥护剑珮铿锵的勋戚大臣，气象堂皇。彩云随着接引官走上前去，恭恭敬敬行了鞠躬大礼，照着向来觐见的仪节，都按次行了。那德皇忽含笑地向着彩云道："贵夫人昨朝辛苦了。"说着，手中擎着个锦匣，说道："这是皇后赐给贵夫人的。今天皇后有事，不能再与贵夫人把晤，留着这个算纪念吧！"一面说着，一面就递了下来。彩云茫然不解，又不好动问，只得糊里糊涂地接了。这当儿，就有大臣启奏别事，彩云只得慢慢退了下来。

到得车中，轮蹄转动，要紧把那锦匣打开一看，不觉大大吃惊。原来这匣内并非珠宝财帛，倒是一张活灵活现的小影：两个羽帽迎风、长裙窣地的妇人，一个是袅袅婷婷的女郎，一个是庄严璀璨的贵妇。那女郎，不用说是自己的西装小像；这个贵妇，就是昨天并肩拍照的维亚太太。心中恍然大悟道："原来维亚太太就是联邦帝国大皇帝飞蝶丽皇后，世界雄主英女皇维多利亚的长女，维多利亚第二嗄！怪不得她说，她的身份地位能拘束我了。亏我相处了半月有零，到今朝才明白，真是有眼不识泰山了。"心中就一惊一喜，七上八落起来。

那车子却已回到了自己门口，却又看见门口停着一辆轿车。彩云就问道："老爷那里有什么客？"阿福道："就是毕叶先生。"彩云听了，心里触动昨天拍照的事情，就大喜道："原来就是他？我正要见他哩！"说着，就曲折行来。刚走到厅门口，彩云望里一张，只见满桌子摊着一方一方的画图，雯青正弯着腰在那里细细赏玩，毕叶却站在桌旁。彩云就叫"且不要声张，让我听听那东西和老爷说什么。"只听雯青道："这图上红色的界线，就是国界吗？"毕叶道："是的。"雯青道："这界线准不准呢？"毕叶道："这地图的可贵，就在这上头。画这图的人是个地学名家，又是奉着政府的命令画的，哪有不准之理！"雯青道："既是政府的东西，他怎么能卖掉呢？"毕叶道："这是当时的稿本。清本已被政府收藏国库，秘密万分，却不晓留着这稿子在外。这人如今穷了，流落在这里，所以肯卖。"雯青道："但是要一千金镑，未免太贵了。"毕叶道："他说，他卖掉这个，对着本国政府，担了泄漏秘密的罪，一千镑价值还是不得已呢！我看大人得了此图，大可重新把它好好地翻印，送呈贵国政府，这整理疆界的功劳是不小哩，何在这点儿小费呢！"彩云听到这里，心里想："好呀，这东西倒瞒着我，又来弄老爷的钱了。我可不放他！"想着，把帘子一掀，就飘然地走了进去。正是：

美煞紫云傍霄汉，全凭红线界华戎。

不知彩云见了毕叶问他什么话来，且看下回分解。

【注解】
①支吾：用话应付搪塞。
②面面相觑(qù)：形容人们因惊惧或无可奈何而互相望着，都不说话。
③憩(qì)息：休息。
④惺忪(xīng sōng)：形容刚睡醒时神志和眼睛还处于模糊不清的状态。
⑤醇醪(chún láo)：味厚的美酒。

误下第迁怒座中宾　考中书互争门下士

　　话说雯青正与毕叶在客厅上讲论中俄交界图的价值，彩云就掀帘进来，身上还穿着一身觐见的盛服。雯青就吃了一惊，正要开口，毕叶早抢上前来与彩云相见，恭恭敬敬地道："密细斯觐见回来了。今天见着皇后陛下，自然益发要好了；赏赐了什么东西，可以叫我们广广眼界吗？"彩云略弯了弯腰，招呼毕叶坐下，道："妾正要请教先生一件事哪！昨天妾在维亚太太家里拍照的时候，仿佛看见那写真师的面貌和先生一样，到底是先生不是？"毕叶怔了怔道："什么维亚太太？小可却不认得，小可一到这里，就蒙维多利亚皇后赏识了小可的油画。昨天专程宣召进宫，就为替密细斯拍照。皇后命小可把昨天的照片放大，照样油画。听宫人们说，皇后和密细斯非常的亲密，所以要常留这个小影在日耳曼帝国哩！怎么密细斯倒说在维亚太太家碰见小可呢？"彩云笑道："原来先生也不知底细，妾与维多利亚皇后虽然交好了一个多月，一向只知道她叫维亚太太，是公爵夫人罢咧，直到今天觐见了，才知道她就是皇后陛下哩！真算一桩奇闻！"

　　且说雯青见彩云突然进来，心中已是诧异；如今听两人你言我语，一句也不懂，就忍不住问彩云："怎么你会认识这里的皇后呢？"彩云就把前前后后，得意洋洋地细述了一遍，把那照片递给雯青。雯青看了，自然欢喜，就向着毕叶道："别尽讲这个了。毕叶先生，我们讲正事吧！那图价到底还请减些。"毕叶还未回答，彩云就抢说道："不差。我正要问老爷，这几张破烂纸，画得糊糊涂涂的，有什么好看，值得花多少银子去买它！老爷你别上了当！"雯青笑道："彩云，你尽管聪明，这事你可不懂了。我好容易托了这位先生，弄到了这幅中俄地图。我得了这图，一来可以整理整理国界，叫外人不能占踞我国的寸土尺地，也不枉皇上差我出洋一番；二来我数十年心血做成的一部《元史补证》，从此都有了确实证据，成了千秋不刊之业，就是回京见了中国著名的西北地理学家黎石农，他必然也要佩服我了。这图的好处多着哩！不过这先生定要一千镑，那不免太贵了！"彩云道："老爷别吹。你一天到晚抱了几本破书，嘴里叽里咕噜，说些不中不外的不知什么话，又是对音哩、三合音哩、四合音哩，闹得烟雾腾腾，叫人头疼，倒把正经公事搁着，三天不管，四天不理，不要说国里的寸土尺地，我看人家把你身体抬了去，你还摸不着头脑哩！我不懂，你就算弄明白了元朝的地名，难道算替清朝开了疆拓了地吗？依我说，还是省几个钱，落得自己享用。这些不值一钱的破烂纸，惹我性起一撕两半，什么一千镑、二千镑呀！"

　　雯青听了彩云的话倒着急起来，怕她真做出来，连忙拦道："你休要胡闹，你快进去换衣服吧！"彩云见雯青执意要买那地图，倒赶她动身，就咕嘟着嘴，赌气扶着丫鬟走了。这里毕叶笑道："大人这一来不情极了！你们中国人常说千金买笑，大人何妨千镑买笑呢！"雯青笑了一笑。毕叶又接着说道："既这么着，看大人份上，在下替敝友减了二百镑，就是八百镑吧！"雯青道："现在这里诸事已毕，明后天我们就要动身赴贵国了。这价银，你今天就领下去，省得周折，不过要烦你到戴随员那里走一遭。"说着，就到书桌上写了一纸取银凭证，交给毕叶。毕叶就别了雯青，来找戴随员把凭证交了，戴随员自然按数照付。正要付给时候，忽见阿福急急忙忙从楼上走来，见了戴随员，低低地附耳说了几句。戴随员点头，便即拉毕叶到没人处，也附耳说了几句。毕叶笑道："贵国采办委员，这九五扣的规矩是逃不了的，何况……"说到这里，顿住了，又道："小可早已预备，请照扣便了。"当时戴随员就照付了一张银行支票。毕叶收着，就与戴随员作别，出使馆而去。这里，雯青、彩云就忙忙碌碌，料理动身的事。

　　这日正是十一月初五日，雯青就带了彩云及参赞翻译等，登火车赴俄。走了三日夜，始到俄都圣彼得堡。雯青到后，就到昔而格斯街中国使馆三层洋楼里，安顿眷属，于是拜会了首相吉尔斯及诸大臣。接着觐见俄帝，足足乱了半个月。诸事稍有头绪，那日无事，就写了一封信，把自己购图及彩云拍照的两件得意事，详详细细告诉了荪如。又把那新购的地图，就托次芳去找印书局，用五彩印刷。因为地图自己还要校勘校勘，连印刷，至快要两三个月，就先把信发了。

这信就是那日荪如在潘府回来时候接着的。正说得高兴，只见荪如一个着身管家，上来回道："明天是朝廷放会试总裁房官的日子，老爷派谁去听宣？"荪如想一想道："就派你去吧，比他们总要紧些！"那管家诺诺退出。当时无话。次日天还没亮，那管家就回来了。荪如急忙起来，管家老远就喊道："米市胡同潘大人放了。"荪如接过单子，见正总裁是大学士高扬藻号理惺，副总裁就是潘尚书和工部右侍郎缪仲恩号绥山的，也是江苏人，还有个旗人。其余房官，袁尚秋、黄仲涛、荀子珮那班名士，都在里头。同乡熟人，却有个姓尹，名宗汤，号震生，也派在内。只有荪如向隅。不免没神打采地丢下单子，仍自回房高卧去了。

按下不表。

且说潘尚书本是名流宗匠，文学斗山，这日得了总裁之命，夹袋中许多人物，他们脱颖而出。尚书暗忖：这回伙伴中，余人都不怕他们，就是高中堂和平谨慎①，过主故常，不能容奇伟之士，总要用心对付他。当下匆匆料理，不到未刻，直径进闱。三位大总裁都已到齐，大家在聚奎堂挨次坐了。潘尚书先说口道："这回应举的很多知名之士，大家阅卷倒要格外用心点儿，一来不负朝廷委托；二来休让石农独霸，夸张他的江南名榜。"高中堂道："老夫荒疏已久，老眼昏花，恐屈真才，全仗诸位相助。但依愚见看来，暗中摸索，只能凭文去取，哪里管得他名士不名士呢！况且名士虚声，有名无实的多哩！"缪侍郎道："现在文章巨眼，天下都推龚、潘。然兄弟常见和甫先生每阅一文，翻来覆去，至少看十来遍，还要请人复看；瀛翁却只要随手乱翻，从没有首尾看完过，怎么就知好歹呢？"潘尚书笑道："文章望气而知，何必寻行数墨呢！"大家议论一会儿，各自散归房内。

过了数日，头场已过，砾卷快要进来，各房官正在预备阅卷，忽然潘尚书来请袁尚秋，大家不知何事。尚秋进去一刻钟工夫方始出来，大家都问什么事。尚秋就在袖中取出一本小册子，递给子珮，仲涛、震生都来看。子珮打开第一页，只见上面写道：

章骞，号直蜚，南通州；闻鼎儒，号韵高，江西；

姜表，号剑云，江苏；米继曾，号筱亭，江苏；

苏胃，号郑龛，福建；吕成泽，号沐庵，江西；

杨遂，号淑乔，四川；易鞠，号缘常，江苏；

庄可权,号立人,直隶;缪平,号奇坪,四川。

子珮看完这一页,就把册子合上,笑道:"原来是花名册,八瀛先生怎么吩咐的呢?"尚秋道:"这册子上拢共六十二人,都是当世名人,要请各位按着省份去搜罗的。章、闻两位尤须留心。"子珮道:"那位直蛰先生,但闻其名,却大不认得。韵高原是熟人,真算得奇才异能了,兄弟告诉你们一件事:还是在他未中以前,有一回在国子监录科,我们有个同乡给他联号,也不知道他是谁,只见他进来手里就拿着三四本卷子,已经觉得诧异。一坐下来,提起笔如飞的只是写,好像抄旧作似的。那同乡只完得一篇四书文,他拿来一迭卷子都写好了。忽然停笔,想了想道:'啊呀,三代叫什么名字呢?'我们那同乡本是讲程、朱学的,就勃然起来,高声道:'先生既是名教中人,怎么连三代都忘了?'他笑着低声道:'这原是替朋友做的。'那同乡见他如此敏捷,忍不住要请教他的大作了。拜读一遍,真大大吃惊,原来四篇很发皇的时文、四道极翔实的策问,于是就拍案叫绝起来。谁知韵高却从从容容笑道:'先生谬赞不敢当,哪里及先生的大著朴实说理呢!'那同乡道:'先生并未见过拙作,怎么知道好呢?这才是谬赞②!'他道:'先生大著,早已熟读。如不信,请念给先生听,看差不差!'"

说罢,就把那同乡的一篇考作,从头至尾滔滔滚滚念了一遍,不少一字。你们想这种记性,就是张松复生,也不过如此吧!"震生道:"你们说的不是闻韵高吗?我倒还晓得他一件故事哩!他有个闺中谈禅的密友,却是个刎颈至交的娇妻。那位至交,也是当今赫赫有名的直臣,就为妄劾大臣,丢了官儿,自己一气,削发为僧,浪迹四海,把夫人托给韵高照管。不料一年之后,那夫人倒写了一封六朝文体的绝交书,寄与所夫,也遁迹空门去了。这可见韵高的辞才无碍,说得顽石点头了。"

大家听了这话,都面面相觑。尚秋道:"这是传闻的话,恐未必确吧!"仲涛道:"那章直蛰是在高丽办事大臣吴长卿那里当幕友的。后来长卿死了,不但身后萧条,还有一笔大亏空,这报销就是直蛰替他办的。还有人议论办这报销,直蛰对不起长卿呢。"震生说:"我听说直蛰还坐过监呢!这坐监的原因,就为直蛰进学时冒了如皋籍,认了一个如皋人同姓的做父亲,屡次向直蛰敲竹杠,直蛰不理会。谁知他竟硬认做真子,勾通知县办了忤逆,革去秀才,关在监里。幸亏通州孙知州访明实情,那时令尊叔兰先生督学江苏,才替他昭雪开复的哩！仲涛回去一问令尊，就知道了。"原来尹震生是江苏常州府人，现官翰林院编修，记名御史，为人戆直③敢任事，最恨名士。且喜修仪容，车马服御，华贵整肃，远远望去，俨然是个旗下贵族。当下说了这套话，就暗想道："这班有文无行的名士，要到我手中，休想轻轻放过。"大家正谈得没有收场，恰好内监试送进硃卷来，于是各官分头阅卷去了。

　　光阴容易，转瞬就是填榜的日子。各位总裁、房考衣冠齐楚，会集至公堂，一面拆封唱名，一面填榜，从第六名起，直填到榜尾。其中知名之士，如姜表、米继曾、吕成泽、叶鞠、杨遂诸人，倒也中了不少。只有章直蜚、闻韵高两人，毫无影踪。潘尚书心里还不十分着急，认定会元定是直蜚、韵高，或也在魁卷中。直到上灯时候，潘尚书拉长耳朵，只等第一名唱出来，必定是江苏章骞。谁知那唱名的偏偏不得人心，朗朗地喊了姓刘名毅起来。尚书气得须都竖了。子珮却去拣了那本撤掉的元卷，拆开弥封一看，可不是呢！倒明明写着章骞的大名。这一来真叫尚书公好似哑子吃黄连了。填完了榜大家各散，尚书也垂头丧气的，自归府第去了。接着朝考殿试之后，诸新贵都来谒见，几乎把潘府的门限都踏破了。尚书礼贤下士，个个接见，只有会元公来了十多次，总以闭门羹相待。会元公益发疑惧，倒来得更勤了。

　　此时已在六月初旬天气，这日尚书南斋入值回来，门上禀报："钱端敏大人从湖北任满回京，在外求见。"尚书听了大喜，连声叫"请"。门上又回道："还有新科会元刘。"尚书就瞪着眼道："什么留不留？我偏不留他，该怎么样呢！"那门上不敢再说，就退下去了。原来唐卿督学湖北，三年任满，告假回籍，在苏州耽搁了数月，新近到京。潘公原是师门，所以先来谒见。当时和会元公刘毅同在客厅等候。刘公把尚书不见的话告诉唐卿，请其缓颊。唐卿点头。恰好门上来请，唐卿就跟了进来，一进书室，就向尚书行礼。尚书连忙扶住，笑道："贤弟三载贤劳，尊容真清减了好些了。汉上友人都道，贤弟提倡古学，扫除积弊④，今之纪阮也！"唐卿道："门生不过遵师训，不敢�陨越耳！然所收的都是小草细材，不足称道，哪里及老师这回东南竹箭、西北琨瑶，一网打尽呢！"尚书摇首道："贤弟别挖苦了。这回章直蜚、闻韵高都没有中，骊珠已失，所得都是鳞爪罢了！最可恨的，老夫衡文十多次，不想做上了毗陵伧夫的当。"唐卿道："老师倒别这么说，门生从南边来，听说这位刘君也有文名的。况且这回原作，外间人人说好，只怕直蜚倒做不出哩！门生想朝廷快要考中书了，章、闻二公既有异才，终究是老师药笼中物，何必介介呢？倒是这位会元公屡次登门，老师总要见见他才好。"尚书笑道："贤弟原来替会元做说客的。看你份上，我到客厅上去见一见就是了。你可别走。"说罢，扬长而去。且说那会元公正在老等，忽见潘公出来，面容严厉，只得战战兢兢铺上红毡，着着实实磕了三个头起来。尚书略招一招手，那会元公斜签着身体，眼对鼻子，半屁股搭在炕上。尚书开口道："你的文章做得好，是自己做的吗？"会元公涨红了脸，答应个

"是"。尚书笑道："好个揣摩家，我佩服你！"说着，就端茶碗。那会元只得站起来，退缩着走，冷不防走到台级儿上，脚一滑，恰正好四脚朝天，做了个状元及第。尚书看着，就哈哈笑了两声，洒着手，不管他，进去了。不说这里会元公爬起，匆匆上车，再说唐卿在书室门口张见这个情形，不免好笑。接着尚书进来，嘴不便提及。尚书又问了些湖北情形，及庄寿香的政策。唐卿也谈了些朝政，也就告辞出来，再到龚和甫及搴如等熟人那里去。

话说搴如自从唐卿来京，添了熟人，夹着那班同乡新贵姜剑云、米筱亭、叶缘常等轮流宴会，忙忙碌碌，看看已到初秋。那一天，忽然来了一位姓黄的远客，搴如请了进来，原来就是黄翻译，因为母病，从俄国回来的。雯青托他把新印的中俄交界图带来。搴如当下打开一看，是十二幅五彩的地图，当中一条界线，却是大红色画的，极为清楚。搴如想现在总理衙门，自己却无熟人，常听说庄小燕侍郎和唐卿极为要好，此事不如托了唐卿吧，就写了一封信，打发人送到内城去。不一会儿，那人回来说："钱大人今天和余同余中堂、龚平龚大人派了考中书的阅卷大臣，已经入闱去了。信却留在那里。"搴如只得罢了。过了三四日，这一天，搴如正要出门，家人送上一封信。搴如见是唐卿的，拆开一看，只见写道：

前日辱教，适有校文之役，阙然久不报，歉甚！顷小燕、扈桥、韵高诸君，在荒斋小酌，祈纡驾过我，且商界图事也！

末写"知名不具"四字。搴如阅毕，就叫套车，一径进城，到钱府而来。到了钱府，门公就领到花厅，看见厅上早有三位贵客：一个虎额燕额，粗腰长干，气概昂藏的是庄小燕；一个短胖身材，紫圆脸盘，举动脱略的是段扈桥，都是搴如认得的；还有个胖白脸儿，魁梧奇伟的，搴如不识得，唐卿正在这里给他说话。只听唐卿道："这么说起来，余中堂在贤弟面前，倒居功哩！"说到这里，却见搴如走来，连忙起来招呼送茶。搴如也与大家相见了。正要请教那位姓名，唐卿就引见道："这位就是这回考中书第一的闻韵高兄。"搴如不免道了久仰。大家坐下，扈桥就向韵高道："我倒要请教余中堂怎么居功呢！"韵高道："他说兄弟的卷子，龚老夫子和钱老夫子都不愿意，全是他力争来的。"唐卿哈哈笑道："贤弟的卷子，原在余中堂手里。他因为你头篇里用了句《史记·殷本纪》素王九主之事，他不懂来问我，我才得见这本卷子。我一见就觉得是贤弟的手笔，就去告诉龚老夫子，于是约着到他那里去公保，要取作压卷。谁知他嫌你文体不正，不肯答应。龚老夫子给他力争，几乎吵翻了，还是我再四劝和，又偷偷儿告诉他，绝对是贤弟。自己门生，何苦一定给他辞掉这个第一呢！他才活动了。直到拆出弥封，见了名字，倒又欢喜起来，连忙架起老花眼镜，仔细看了又看，眯花着眼道：'果然是闻鼎儒！果然是闻鼎儒！'这会儿倒要居功，你说好笑不好笑呢？"小燕道："你们别笑他，近来余中堂肯拉拢名士哩！前日山东大名士汪莲孙，上了个请重修《四库全书》的折子，他也答应代递了，不是奇事吗？"大家正说得热闹，忽然外边如飞

地走进个美少年来,嘴里嚷道:"晦气!晦气!"唐卿倒吃了一惊,大家连忙立起来。正是:

相公争欲探骊颔,名士居然占凤头。

不知来者何人,嚷的何事,且看下回分解。

【注解】

①谨慎:小心慎重,不敢冒险。

②谬赞:原意是错误的赞美。这里的含义是"过奖"。

③戆(zhuàng)直:憨厚而刚直。

④积弊(bì):积久相沿的弊病。

第十四回　两首新诗是谪官月老　一声小调显命妇风仪

话说外边忽然走进个少年,嘴里嚷道"晦气",原来是姜剑云。剑云和米筱亭,乡会两次同年,朝殿等第,又都高标,都用了庶常。两人的际遇好像一样,两人的处境却大大不同。剑云是寒士生涯,租定了西斜街一所小小四合房子,夫妻团聚,却俨然鸿案鹿车;筱亭是豪华公子,虽在苏州胡同觅得宽绰的宅门子,倒似槛鸾笯凤。

如今且说筱亭的夫人,是扬州傅容傅状元的女儿,容貌虽说不得美丽,却气概丰富,倜傥不群,有"巾帼须眉①"之号,但是性情傲不过,眼孔大不过,差不多的男子不值她眼角一睃;又是得了状元的遗传性,科名的迷信非常浓厚。自从嫁了筱亭,常常不称心,一则嫌筱亭相貌不俊雅,再则筱亭不曾入学中举。起先不过口角嘲笑,后来慢慢地竟要扑作教刑起来。弄得筱亭没路可投,只得专心黄榜。

如今果然乡会联捷,列职清班,旁人都替他欢喜,这回必邀玉皇上赏了。谁知筱亭自从晓得家眷将要到京,倒似起了心事一般。这日正在预备的夫人房户内,亲手拿了鸡毛帚,细细拂拭灰尘。忽然听见院子里夫人陪嫁乔妈的声音,就走进房,给老爷请安道喜道:"太太带着两位少爷、两位小姐都到了,现在傅宅。"筱亭不知不觉手里鸡毛帚就掉在地上,道:"我去,我就去。"乔妈道:"太太吩咐,请老爷别出门,太太就回来。"筱亭道:"我就不出门,我在家等。"不一会儿,外边家人进来道:"太太到了。"筱亭跟着乔妈,三脚两步地出来，只听得院子外高声道："你们这班没规矩的奴才，谁家太太们下了车，脚凳儿也不知道预备？"

劈面撞着筱亭道："你大喜呀。你这会儿不比从前了，也做了绿豆官儿了，怎样还不摆出点儿主子架子，倒弄得屋无主，扫帚颠倒竖呀！"筱亭道："原是只等太太整顿。"大家一窝蜂进了上房。

太太一头宽衣服，一头说道："你们小孩儿们，怎么不去见爹呀？也道个喜！"于是长长短短四个小孩，都给筱亭请安。筱亭抚弄了小孩一会儿，看太太还欢喜，心里倒放了点儿心。少顷，开上中饭，夫妻对坐吃饭，太太赞厨子的手艺好。筱亭道："这是晓得太太喜欢吃扬州菜，专程到扬州去弄来的。"太太忽然道："呀，我忘问了，那厨子有胡子没有？"筱亭倒怔住，不敢开口。乔妈插嘴道："刚才到厨房里，看见仿佛有几根儿。"太太立刻把嘴里含的一口汪包肚吐了出来，道："我最恨厨子有胡子，十个厨子烧菜，九个要先尝尝味儿，给有胡子的尝过了，那简直儿是清炖胡子汪了。不呕死，也要腻心死！"

说罢，又干呕了一回，把筷碗一推不吃了。筱亭道："这个容易。回来开晚饭，叫厨子剃胡子伺候。"太太听了，不发一语。筱亭怕太太不高兴，有搭没搭地说道："刚才太太在那边，岳父说起我的考事没有？"太太冷冷地道："谁提你来？"筱亭笑道："太太常常望我中状元，不想倒真中了半天的状元。"筱亭说这句话，原想太太要问，谁知太太却不问，脸色慢慢变了。筱亭只管续说道："向例阅卷大臣定了名次，把前十名进呈御览，叫作十本头。这回十本头进去的时候，明明我的卷子第一，不知怎的发出换了第十。别的名次都没动，就掉转了我一本。有人说是上头看时叠错的，那些阅卷的只好将错就错。太太，你想晦气不晦气呢？"太太听完这话，脸上更不自然了，道："哼，你倒好！"说罢，忽然呜呜咽咽地哭起来，连哭带说道："我是红顶子堆里养出来的！算我晦气，嫁了个不济的闛茸货。堂堂二品大员的女儿，连窑姐儿傅彩云都巴结不上！你不来安慰安慰我就够了，倒还花言巧语，在我手里弄乖巧儿！以后的日子，我还能过么？不如今儿个两命一拼，都死了倒干净。"说罢，自己把头发一拉，蓬着头，就撞到筱亭怀里。筱亭只说道："太太息怒，下官该死！"

乔妈看闹得不成样儿，死命来拉开。筱亭趁势要跪下，不提防被太太一个巴掌，倒退了好几步。乔妈道："怎么老爷连老规矩都忘了？"筱亭道："只求太太留个体面，让下官跪在后院里吧！"太太只坐着哭，不理他。筱亭一步捱一步，走向房后小天井的台阶上，朝里跪着。太太方住了哭，自己和衣睡在床上去了。筱亭不得太太的吩咐，哪里敢自己起来；外面仆人仆妇又闹着搬运行李、收拾房间，竟把老爷的去向忘了。可怜筱亭整整露宿了一夜。好容易巴到天明，心想今日是岳丈的生日，不去拜寿，他还能体谅我的，倒是钱唐卿老师请我吃早饭，我岂可不理他呢！正在着急，却见女儿凤儿走来，筱亭就把好话哄骗她，叫她到对过房里去拿笔墨信笺来，又叮嘱她别给妈见了。那凤儿年纪不过十二岁，倒生得千伶百俐，果然不一会儿，人不知鬼不觉地都拿了来。筱亭就靠着窗槛，当书桌儿，写了一封求救的信给丈人傅容，叫他来劝劝女儿，就叫凤儿偷偷送出去了。

却说太太闹了一天，夜间也没睡好，一闪醒来，连忙起来梳妆洗脸，已是日高三丈。吩咐套车，要到娘家去拜寿。忽见凤儿在院子外跑进来喊道："妈，看外公的信哟！"太太道："拿来。"就在凤儿手里劈手抢下。看了两行，忽回顾乔妈道："这会儿老爷在哪里呢？"凤儿抢说道："爹还好好儿地跪在后院里呢！"乔妈道："太太，恕他这一遭吧！"太太哈哈笑道："咦，奇了！谁叫他真跪来？都是你们捣鬼！凤儿，你还不快去请爹出来，告诉他外公生日，恐怕又忘了！"凤儿得命，如飞而去。不一会儿，筱亭扶着凤儿一搭一跷走出来。太太见了道："老爷，你腿怎么样了？"筱亭笑道："不知怎的扭了筋。太太，今儿岳父的大庆，亏你提醒我。不然，又要失礼了。"太太笑着。那当儿，一个家人进来回有客。筱亭巴不得这一声，就叫"快请"，自己拔脚就跑，一径走到客厅去了。太太一看这行径不对，家人不说客人的姓名，主人又如此慌张，料道有些蹊跷②，就对凤儿道："你跟爹出去，看给谁说话，来告诉我！"

凤儿欢欢喜喜而去，去了半刻工夫，凤儿又是笑又是跳，进来说道："妈，外头有个齐整客人，倒好像上海看见的小旦似的。"太太想道："不好，怪不得他这等失魂落魄。"不觉怒从心起，恶向胆生，顾不得什么，一口气赶到客厅。在门口一张，果然是个唇红齿白、面娇目秀的少年，正在那里给筱亭低低说话。太太看得准了，顺手拉根门闩，帘子一掀，喊道："好，好，相公都跑到我家里来了！"

就是一门闩，望着两人打去。那少年连忙把头一低，肩一闪，居然避过。筱亭肩上却早打着，喊道："嗄，太太别胡闹。这是我，这是我……"太太高声道："是你的兔儿，我还不知道吗？"不由分说，揪住筱亭辫子，拖羊拉猪似的出厅门去了。这里那个少年不防备吃了这一大吓，还呆呆地站在壁角里。有两个管家连忙招呼道："姜大人，还不趁空儿走，等什么呢？"

原来那少年正是姜剑云，正来约筱亭一同赴唐卿的席的，不想遭此横祸。当下剑云被管家提醒了，就一溜烟径赴唐卿那里来，心里说不出的懊恼，不觉说了"晦气"两字来。大家问得急了，剑云自悔失言，又涨红了脸。扈桥笑道："好兄弟，谁委屈了你？告诉哥哥，给你报仇雪恨！"小燕正色道："别闹！"唐卿催促道："且说！"韵高道："你不是去约筱亭吗！"剑云道："可不是！谁知筱亭夫人竟是个雌虎！"因把在筱亭客厅上的事情说了一遍。大家哄堂大笑。小燕道："你们别笑筱亭，当今惧内就是阔相。赫赫中兴名臣。威毅伯，就是惧内领袖哩！"

輂如也插嘴道："不差，不多几日，我还听人说威毅伯为了招庄仑樵做女婿，老夫妻闹口舌哩！"扈桥道："闹口舌是好看话，还怕要给筱亭一样捱打哩！"韵高道："诸位别说闲话，快请燕公讲威毅伯的新闻！"小燕道："自从庄仑樵马江败子，革职充发到黑龙江，算来已经七八年了。只为威毅伯倒常常念道，说他是个奇才。今年恰遇着皇上大婚的庆典，威毅伯就替他缴了台费，赎了回来。仑樵就住在威毅伯幕中，掌管紧要文件，威毅伯十分信用。"輂如道："仑樵从前不是参过威毅伯骄奢罔上的吗？怎么这会儿，倒肯提拔呢？"剑云道："重公义，轻私怨，原是大臣的本分哟！"唐卿笑道："非也。这是英雄笼络人心的作用，别给威毅伯瞒了！"

说着，招呼众人道："筱亭既然不能来，我们坐了再谈罢！"于是唐卿就领着众人到对面花厅上来。家人递上酒杯，唐卿依次送酒。自然小燕坐了首席，扈桥、韵高、輂如、剑云各各就坐。大家追问小燕道："仑樵留在幕中，怎么样呢？"小燕道："你们知道威毅伯有个小姑娘吗？年纪不过二十岁，却是貌比威、施，才同班、左，贤如鲍、孟，巧夺灵、芸，威毅伯爱之如明珠，左右不离。仑樵常听人传说，却从没见过，心里总想瞻仰瞻仰。"輂如道："仑樵起此不良之心，不该！不该！"小燕道："有一天，威毅伯有点感冒，忽然要请仑樵进去商量一件公事。仑樵见召，就一径到上房而来，刚一脚跨进房门，忽觉眼前一亮，心头一跳，却见威毅伯床前立着个不长不短、不肥不瘦的小姑娘，眉长而略弯，目秀而不媚，鼻悬玉准，齿列贝编。仑樵来不及缩脚，早被威毅伯望见，喊道：'贤弟进来，不妨事，这是小女呀——你来见见庄世兄。'那小姑娘红了脸，含羞答答地向仑樵福了福，就转身如飞地跳进里间去了。仑樵还礼不迭。威毅伯笑道：'这痴妮子，被老夫惯坏了，真缠磨死人！'仑樵就坐在床边，一面和威毅伯谈公事，瞥目见桌子上一本锦面的书，上写着'绿窗绣草'，下面题着'祖玄女史弄笔'。仑樵趁威毅伯一个眼不见，轻轻拖了过来，翻了几张，见字迹娟秀，诗意清新，知道是小姑娘的手笔，心里羡慕不已。忽然见二首七律，题是《基隆》。你想仑樵此时，岂有不触目惊心呢！"唐卿道："这两首诗，倒不好措词，多半要骂仑樵了。"小燕道:倒不然，她诗开头道：

　　　　基隆南望泪潸潸，闻道元戎匹马还！

扈桥拍掌笑道："一起便得势，忧国之心，盎然言表。"小燕续念道：

　　　　一战岂容轻大计，四边从此失天关！

剑云道："责备严谨，的是史笔！"小燕又念道：

　　　　焚车我自宽房琯，乘障谁教使狄山。

　　　　宵旰甘泉犹望捷，群公何以慰龙颜。

169

大家齐声叫好。小燕道："第二首还要出色哩！"道：

> 痛哭陈词动圣明，长孺长揖傲公卿。
>
> 论材宰相笼中物，杀贼书生纸上兵。
>
> 宣室不妨留贾席，越台何事请终缨！
>
> 豸冠寂寞犀渠尽，功罪千秋付史评。

韵高道："听这两首诗意，情词悱恻，议论和平，这小姑娘倒是仑樵的知己。"小燕道："可不是吗？当下仑樵看完了，不觉两股热泪，骨碌碌地落了下来。"韵高道："从来文字姻缘，感召最深；磁电相交，虽死不悔。流俗人哪里知道！"唐卿道："我倒可惜仑樵的官，从此永远不能开复了！"大家愕然。唐卿说："现在敢替仑樵说话，就是威毅伯。如今变了翁婿，不能不避这点嫌疑。你们想，谁敢给他出力呢？"说罢，就向小燕道："你再讲呢。"小燕道："那日仑樵说定了婚姻，自然欢喜。"唐卿道："人事变迁，真不可测！当日仑樵和祝宝廷上折的当儿，何等气焰。如今虽说安神闺房，陶情诗酒，也是英雄末路了！"扈桥道："仑樵还算有后福哩！可怜祝宝翁自从那年回京之后，珠儿水土不服，一病就死了。宝翁更觉牢骚不平，佯狂玩世，常常独自逛逛琉璃厂，游游陶然亭。吃醉酒，就在街上睡一夜。几月前，不知那一家门口，早晨开门来，见阶上躺着一人，仔细一认，却是祝大人，连忙扶起，送他回去，就此受了风寒，得病呜呼了。可叹不可叹呢？"

于是大家又感慨了一回。看看席已将终，都向唐卿请饭。饭毕。家人献上清茗。唐卿趁这当儿，就把奉如托的交界图递给小燕，又把雯青托在总理衙门存档的话说了一遍。小燕满口应承。于是大家作谢散归。奉如归家，自然写封详信去回复雯青，不在话下。

且说雯青自从打发黄翻译赍图回京之后，幸值国家闲暇，交涉无多，虽然远涉虏庭却似幽栖绿野，倒落得逍遥快活。没事时，便领着次芳等游游蜡人馆，逛逛万生院，坐瓦泥江冰床，赏阿尔亚国之亭树，入巴立帅场观剧，看萏蕾塔跳舞；略识兵操，偶来机厂，足备日记材料罢了。雯青还珍惜光阴，自己倒定了功课，每日温习《元史》，考究地理，就是宴会间，遇着了俄廷诸大臣中有讲究历史地理学的，常常虚心博访。大家也都知道这位使臣是欢喜讲究蒙古朝政的故事。有一日，首相吉尔斯忽然遣人送来古书一巨册、信一函。雯青叫塔翻译将信译出，原来吉尔斯晓得雯青爱读蒙古史，特为将其家传钞本波斯人拉施故所著的《蒙古全史》，送给雯青。雯青忙叫作书道谢。后来看看那书，装璜得极为盛丽，翻出来却一字不识。黄翻译道："这是阿拉伯文，使馆译员没人认得。"雯青只得罢了。过了数日，恰好毕叶也从德国回来，来见雯青，偶然谈到这书。毕叶说："这书有俄人贝勒津译本，小可那里倒有。还有《多桑书》《讷萨怖书》，都记元朝遗事。小可回去，一同送给大人，倒可参考参考。"雯青大喜。等到毕叶送来，就叫翻译官译了出来。雯青细细校阅，其中足补正史传。从此就杜门谢客，左椠右铅③，于俎豆折冲之中成竹素馨香之业，在中国外交官内真要算独一的人物了。

只是雯青这里正膨胀好古的热心，不道彩云那边倒伸出外交的敏腕。也是天缘凑巧，合当有事。这日彩云送了雯青下楼之后，一人没事，叫小丫头把一座小小风琴抬到阳台上，抚弄一回，静悄悄的觉得没趣，心想怎么这时候阿福还不来呢？手里拿着根金水烟袋，只管一筒一筒地抽，樱桃口里喷出浓郁的青烟；一双如水的眼光，只对着马路上东张西望。忽见东面远远来了个年轻貌美的外国人，心里当是阿福改装，跺脚道："这小猴子，又闹这个玩意儿了！"

　　一语未了，只见那少年面上惊喜的，慢慢踅到使馆门口立定了，抬起头来呆呆地望着彩云。彩云仔细一看，倒吃一惊，那个面貌好熟，哪里是阿福！只见他站了一会儿，好像觉得彩云也在那里看他，就走到人堆里一混不见了。彩云正疑疑惑惑地怔着，忽觉脸上冰冷一来，不知谁的手把自己两眼蒙住了，背后吃吃地笑。彩云顺手死命地一撒道："该死，做什么？"阿福笑道："我在这里看缔尔园楼上的一只呆鸟飞到俄国来了。"彩云听了，心里一跳，方想起那日所见陆军装束的美少年，就是他，就向阿福啐了一口道："别胡说。这会儿闷，有什么玩儿的？"阿福指着洋琴道："太太唱小调儿，我来弹琴，好吗？"彩云笑道："唱什么调儿?"阿福道："《鲜花调》。"彩云道："太老了。"阿福道："《四季相思》吧！"彩云道："叫我想谁？"阿福道："打茶会，倒有趣。"彩云道："呸，你发了昏！"阿福笑道："还是《十八摸》，又新鲜，又活动。"说着，就把中国的工尺按上风琴弹起来。彩云笑一笑，背着脸，曼声细调地唱起来。顿时引得街上来往的人挤满使馆的门口，都来听中国公使夫人的雅调了。彩云正唱得高兴，忽然看见那个少年又在人堆里挤过来。彩云一低头，不提防头上晶亮的一件东西骨碌碌直向街心落下，说声"不好"，阿福就丢下洋琴，飞身下楼去了。正是：

　　　　　紫凤放娇遗楚珮，赤龙狂舞过蛮楼。

　　不知彩云落下何物，且看下回分解。

【注解】

　　①巾帼须眉：巾帼：古代妇女佩戴的头巾和发饰，后借指妇女；须眉：胡须和眉毛，借指男子汉。喻指具有男子汉气概的女子。

　　②蹊跷(qī qiāo)：奇怪；可疑。

　　③左椠(qiàn)右铅：书写工具不离左右。意指不停地写作。

瓦德西将军私来大好日
斯拉夫民族死争自由天

　　话说彩云只顾看人堆里挤出那个少年，探头出去，冷不防头上插的一对白金底儿八宝攒珠钻石莲蓬簪①，无心地滑脱出来，直向人堆里落去，叫声："啊呀，阿福你瞧，我头上掉了什么？"阿福丢了风琴，凑近彩云椅背，端详道："没少什么。嗄，新买的钻石簪少了一支，快让我下去找来！"说罢，一扭身往楼下跑。刚走到楼下夹弄，不提防一个老家人手里托着个洋纸金边封儿，正往办事房而来，低着头往前走，却被阿福撞个满怀，一手拉住阿福喝道："慌慌张张干什么来？眼珠子都不生，撞你老子！"阿福抬头见是雯青的老家人金升，就一撒手道："快别拉我，太太叫我有事呢！"

　　金升马上瞪着眼道："撞了人，还是你有理！小杂种，谁是太太？有什么说得响的事儿，你们打量我不知道吗？一天到晚，粘股糖似的，不分上下，揽在一块儿坐马车、看夜戏、游花园。玩儿也不拣个地方儿，也不论个时候儿，青天白日，仗着老爷不管事，在楼上什么花样不干出来？这会儿爽性唱起来了，引得闲人挤了满街，中国人的脸给你们丢完了！"嘴里咕嘟个不了。阿福只装个不听见，箭也似的往外跑。跑到门口，只见街上看的人都散了，街心里立个巡捕，台阶上三四个小儿在那里搂着玩呢。看见阿福出来，一哄儿都上来，一个说："阿福哥，你许我的小表练儿，怎么样了？"一个说："不差。我要的蜜蜡烟嘴儿，快拿来！"又有一个大一点儿的笑道："别给他要，你们不想想，他敢赖我们东西吗！"

　　阿福把他们一推，几步跨下台阶儿道："谁赖你们！太太丢了根钻石簪儿在这儿，快帮我来找，找着了，一并有赏。"几个小儿听了，忙着下来，说在哪儿呢？阿福道："总不离这块地方。"于是分头满街的找，东㩌㩌，西摸摸；阿福也四下里留心地看，哪儿有簪的影儿！正在没法时，街东头儿，匡次芳和塔翻译两人说着话，慢慢儿地走回来，问什么事。阿福说明丢了簪儿。次芳笑了笑道："我们出去的时候满挤了一街的人，谁拣了去了？赶快去寻找！"塔翻译道："东西值钱不值钱呢？"阿福道："新买的呢，一对儿要一千两哩，怎么不值钱？"

　　次芳向塔翻译伸伸五指头，笑着道："就是这话儿了！"塔翻译也笑了道："快报捕呀！"阿福道："到哪儿去报呢？"塔翻译指着那巡捕道："那不是吗？"次芳笑道："他不会外国话，你给他报一下吧！"于是塔翻译就走过去，给那巡捕叽里咕噜说了半天方回来，说巡捕答应给查了，可是要看样儿呢。阿福道："有，有，我去拿！"就飞身上楼了。

　　这里次芳和塔翻译就一径进了使馆门，过了夹弄，东首第一个门进去就是办事房。好几个随员在那里写字，见两人进来，就说大人有事，在书房等两位去商量呢。两人同路出了办事房，望西面行来。过了客厅，里间正是雯青常坐的书室。塔翻译先掀帘进去，只见雯青静悄悄的，正在那里把施特拉《蒙古史》校《元史·太祖本纪》哩，见两人连忙站起道："今儿俄礼部送来一角公文，不知是什么事？"

　　说着，把那个金边白封儿递给塔翻译。塔翻译拆开看了一回，点头道："不差。今天是华历二月初三，恰是俄历二月初七。从初七到十一，是耶稣遭难复生之期，俄国叫作大好日，家家结彩悬旗，唱歌酬饮。俄皇借此佳节，择俄历初九日，在温宫开大跳舞会，请各国公使夫妇同去赴会。这份就是礼部备的请帖，届时礼部大臣还要自己来请呢！"次芳道："好了，我们又要开眼了！"雯青道："刚才倒吓我一跳，当是什么交涉的难题目来了。前天英国使臣告诉我，俄国铁路已接至海参崴，其意专在朝鲜及东三省，预定将来进兵之路，劝我们设法抵抗。我想此时有什么法子呢？只好由他罢了。"次芳道："现在中、俄邦交好，且德相俾思麦正欲挑俄、奥开衅，俄、奥龃龉②，必无暇及我。英使怕俄人想他的印度，所以恐吓我们，别上他当！"塔翻译道："次芳的话不差。昨日报上说，俄铁路将渡暗木河，进窥印度，英人甚恐。就是这话了。"两人又说了些外面热闹的话，却不敢提丢钗的事，见雯青无话，只得辞了出来。这里雯青还是笔不停披地校他的《元史》，直到吃晚饭时方上楼来，把俄皇请赴舞会的事告诉彩云，原想叫她欢喜。哪知彩云正为失了宝簪心中不自在，推说这两日身上不好，不高兴去。雯青只得罢了。不在话下。

　　单说这日，到了俄历二月初九日，正是华历二月初五日。各国使馆无不升旗悬彩，共贺嘉辰。街上两个带刀的马上巡兵，街东走到街西，在那里弹压闲人，不许声闹。不一会儿，忽见街西面来了五对高帽乌衣的马队，如风地卷到使馆门口，勒住马缰，整整齐齐，分列两旁。只见馆中出来两个红缨帽、青色褂的家人，把车门开了，说声"请"车中走出身躯伟岸、髭须③蓬松的俄国礼部大臣来，身上穿着满绣金花的青毡褂，胸前横着狮头嵌宝的宝星，光耀耀款步进去。约摸进去了一点钟光景，忽听大门开处，嘻嘻哈哈一阵人声，礼部大臣披着雯青朝衣朝帽，锦绣飞扬；次芳等也朝珠补褂，衣冠济楚，一阵风地哄出门来。雯青与礼部大臣对坐了六马宫车，车后带了阿福等四个俊童；次芳、塔翻译等各坐了四马车。护卫的马步各兵吹起军乐，按队前驱，轮蹄交错，云烟缭绕，缓缓地向中央大道驰去。

　　此时使馆中悄无人声，只剩彩云没有同去，却穿着一身极灿烂的西装，一人靠在阳台上，眼看雯青等去远了，心中闷闷不乐。这档金升拿过来一封信给彩云。彩云正摸不着头脑，不敢就拆，等金升去远了，连忙拆开一看，原来并不是正经信札，一张白纸歪歪斜斜写着一行道：

俄罗斯大好日，日耳曼拾簪人，将于午后一点钟，持簪访遗簪人于中国公使馆，愿遗簪人勿出。此约！

彩云看完，又惊又喜。忽听楼下街上一片叫嚷的声音。彩云三脚两步跨到栏杆边，朝下一望，不知为什么，街心里围着一大堆人。再看时，只见两个巡捕拉住一个体面少年，一个握了手，一个揪住衣服要搜。那少年只把手一扬，肩一揪，两个巡捕一个东、一个西，两边儿抛球似的直滚去。只见少年仰着脸，竖着眉，喝道："好，好，不生眼的东西！敢把我当贼拿？叫你认得德国人不是好欺负的！来呀，走了不是人！"彩云此时方看清那少年，就是在缔尔园遇见、前天楼下听唱的那个俊人儿，不觉心头突突地跳，想道："难道那簪儿倒是他拾了？"忽听那跌倒的巡捕，气呼呼地爬起赶来，嘴里喊道："你还想赖吗？几天前在这里穿梭似的来往，我就犯疑。这会儿鬼使神差，活该败露！爽性明公正气的把簪儿拿出手来，还亏你一头走，一头子细看呢！怕我看不见了真赃！这会儿给我捉住了，倒赖着打人，我偏要捉了你走！"

说着，狠命扑去。那少年不慌不忙，只用一只手，趁他扑进，就在肩上一抓，好似老鹰抓小鸡似的提了起来，往人堆外一掷，早是一个朝天馄饨，手足乱划起来。看的人喝声彩。那一个巡捕见来势厉害，吁吁地吹起叫子来。四面巡捕听见了，都找上来，足有十来人。彩云看得呆了，忽想这么些人，那少年如何吃得了！怕他吃亏，须得我去排解才好。不知不觉放下了玻璃杯，飞也似的跑下楼来，走到门口。众多家人小厮，见她慌慌张张地往外跑，不解缘故，又不敢问，都悄悄地在后跟着。彩云回头喝道："你们别来，你们不会说外国话，不中用！"说着，就推门出去。只见十几个巡捕，还是远远地打圈儿，围着那少年，却不敢近。那少年立在中间，手里举着晶光奕奕的东西，喊道："东西在这里，可是不给你们，你们不怕死的就来！哼，也没见不分青红皂白，就把人当贼！"刚说这话，抬头忽见彩云，脸上倒一红，就把簪儿指着彩云道："簪主来认了，你们问问，看我偷了没有？"那被打的巡捕原是常在使馆门口承值的，认得公使夫人，就抢上来指着少年，告诉彩云："簪儿是他拾的。刚才明明拿在手里走，被我见了，他倒打起人来。"彩云就笑道："这事都是我不好，怨不得各位闹差了。"说着，笑指那少年道："那簪儿倒是我这位认得的朋友拾的，他早有信给我，我一时糊涂，忘了招呼你们。这会子倒教各位辛苦了，又几乎伤了和气。"彩云一头说，就手在口袋里掏出十来个卢布，递给巡捕道："这不算什么，请各位喝一杯淡酒吧！"那些巡捕见失主不理论，又有了钱，就谢了各归地段去了，看的人也渐渐散了。

原来那少年一见彩云出来，就喜出望外，此时见众人散尽，就嘻嘻笑着，向彩云走来，嘴里咕噜道："好笑这班贱奴，得了钱，就没了气了，倒活像个中国人！不枉称做邻国！"话一脱口，忽想现对着中国人，如何就说他不好，真平常说惯了，倒不好意思起来，连忙向彩云脱帽致礼，笑道："今天要不是太太，可吃大亏了！真是小子的缘分不浅！"彩云听他道着中国不好，倒也有点生气，低了头，淡淡地答道："说什么话来！就怕我也脱不了那气味，倒污了先生清操！"那少年倒局促起来道："小子该死！小子说的是下等中国人，太太别多心。"彩云嫣然一笑道："别胡扯，你说人家，干我什么！请里边坐吧！这里不是说话的地方。"说着，就让少年进客厅。一路走来，彩云觉得意乱心迷，不知所为。要说什么，又说不出什么，只是怔看那少年，见少年穿着深灰色细毡大袄，水墨色大呢背褂，乳貂爪泥的衣领，金鹅绒头的手套，金钮璀璨，硬领雪清，越显得气雄而秀，神清而腴。一进门，两手只向衣袋里掏。彩云当是要取出宝簪来还她，等到取出来一看，倒是张金边白地的名刺，恭恭敬敬递来道："小子冒昧，敢给太太换个名刺。"彩云听了，由不得就接了，只见刺上写着"德意志大帝国陆军中尉瓦德西"。彩云反复看了几遍，笑道："原来是瓦德西将军，倒失敬了！我们连今天已经见了三次面了，从来不知道谁是谁？不想靠了一支宝簪，倒拜识了大名，这还不是奇遇吗？"瓦德西也笑道："太太倒还记得敝国缔尔园的事吗？小可就从那一天见了太太的面儿，就晓得了太太的名儿，偏生缘浅，太太就离了敝国到俄国来了。好容易小可在敝国皇上那里讨了个游历的差使，赶到这里，又不敢冒昧来见。巧了这支簪儿，好像知道小可的心似的。那一天，正听太太的妙音，它就不偏不倚掉在小可手掌之中。今儿又眼见公使赴会去了，太太倒在家，所以小可就放胆来了。这不但是奇遇，真要算奇缘了！"彩云笑道："我不管别的，我只问我的宝簪在哪儿呢？这会儿也该见赐了。"瓦德西哈哈道："好性急的太太！人家老远地跑了来，一句话没说，你倒忍心就说这话！"

彩云忍不住嗤地一笑道："你不还宝簪，干什么来？"瓦德西忙道："是，不差，来还宝簪。别忙，宝簪在这里。"一头说，一头就在里衣袋里掏出一只陆离光彩的小手箱来，放在桌上，就推到彩云身边道："原物奉还，请收好吧！"彩云吃一吓。只见那手箱虽不过一寸来高、七八分厚，赤金底儿，四面嵌满的都是猫儿眼、祖母绿、七星线的宝石，盖上雕刻着一个带刀的将军，骑着匹高头大马，雄武气概，那相貌活脱一个瓦德西。彩云一面赏玩，爱不忍释，一面就道："这是哪里说起！倒费……"

刚说到此，彩云的手忽然触动匣上一个金星纽的活机，那匣豁然自开了。彩云只觉眼前一亮，哪里有什么钻石簪，倒是一对精光四射的钻石戒指，那钻石足有五六克拉，似天上晓星般大。彩云看了，目不能视，口不能言。瓦德西却坐在彩云对面，嘻着嘴，只是笑，也不开口。彩云正不得主意，忽听街上蹄声得得，轮声隆隆，好像有许多车来，到门就不响了。接着就听见门口叫嚷。彩云这一惊不小，连忙夺了宝石箱，向怀里藏道："不好了，我们老爷回来了。"瓦德西倒淡然地道："不妨，说我是拾簪的来还簪就完了。"彩云终不放心，放轻脚步，掀幔出来一张，劈头就见金升领了个外国人往里跑。彩云缩身不及，忽听那外国人喊道："太太，我来报一件奇闻，令业师夏雅丽姑娘谋刺俄皇不成被捕了。"彩云方抬头，认得是毕叶，听了不禁骇然④道："毕叶先生，你说什么？"

毕叶正欲回答，幔子里瓦德西忽地也钻出来道："什么夏雅丽被捕呀？毕叶先生快说！"彩云不防瓦德西出来，十分吃吓。只听毕叶道："咦，瓦德西先生怎么也在这里！"瓦德西忙道："你别问这个，快告诉我夏姑娘的事要紧！"毕叶笑道："我们到里边再说！"彩云只得领了两人进来，大家坐定。毕叶刚要开谈，不料外边又嚷起来。毕叶道："大约金公使回来了。"彩云侧耳一听，果然门外无数的靴声橐橐，中有雯青的脚声，不觉心里七上八下，再捺不住，只望着瓦德西发怔。忽然得了一计，就拉着毕叶低声道："先生，我求你一件事，回来老爷进来问起瓦将军，你只说是你的朋友。"毕叶笑了一笑。

说时迟，那时快，只见雯青已领着参赞、随员、翻译等翎顶辉煌的陆续进来，一见毕叶，就赶忙上来握手道："想不到先生在这里。"一回头，见着瓦德西，呆了呆，问毕叶道："这位是谁？"毕叶笑道："这位是敝友德国瓦德西中尉，久慕大人清望，同来瞻仰的。"说着，就领见了。雯青也握了握手，就招呼在靠东首一张长桌上坐了。黑压压团团坐了一桌子的人。雯青、彩云也对面坐在两头。彩云偷眼，瞥见阿福站在雯青背后，一眼注定了瓦德西，又溜着彩云。彩云一个没意思，搭讪着问雯青："老爷怎么老早就回来了？不是说开夜宴吗？"雯青道："怎么你们还不知道？事情闹大了，开得成夜宴倒好了！今天俄皇险些儿送了性命哩！"

回头就向毕叶及瓦德西道："两位总该知道些影响了？"毕叶道："不详细。"雯青又向着彩云道："最奇怪的倒是个女子。刚才俄皇正赴舞会，已经出宫，半路上忽然自己身边跳出个侍女，一手紧紧拉住了御袖，一手拿着个爆炸弹，要俄皇立刻答应一句话，不然就用炸药炸死俄皇。后来亏了几个近卫兵有本事，死命把炸弹夺了下来，才把她捉住。如今发到裁判所讯问去了。你们想险不险？俄皇受此大惊，哪里能再赴会呢！所以大家也散了。"毕叶道："大人知道这女子是谁？就是夏雅丽！"雯青吃惊道："原来是她？"说着，觑着彩云道："怪道我们一年多不见她，原来混进宫去了。到底不是好货，怎么想杀起皇帝来！这也太无理了！到底逃不了天诛，免不了国法，真何苦来！"

毕叶听罢，就向瓦德西道："我们何妨赶到裁判所去听听，看政府怎么样办法？"瓦德西正想脱身，就道："好！我坐你车去。"两人就起来向雯青告辞。雯青虚留了一句，也就起身相送；彩云也跟了出来，直看雯青送出大门。彩云方欲回身，忽听外头嚷道："夏雅丽来了！"正是：

苦向异洲挑司马，忽从女界见荆卿。

不知来者果是夏雅丽？且看下回分解。

【注解】

①簪（zān）：用以绾住头发或插装饰物的一种妇女首饰，有横直之分。

②龃龉（jǔ yǔ）：牙齿上下对不上，比喻不合。

③髭（zī）须：嘴周围的胡子。

④骇（hài）然：惊讶的样子。

第十六回　席上逼婚女豪使酒　镜边语影侠客窥楼

话说彩云正要回楼，外边忽嚷："夏雅丽来了！"彩云道是真的，飞步来看，却见瓦、毕两人都站在车旁，没有上去。雯青也在台阶儿上仰着头，张望东边来的一群人。直到行至近边，方看清是一队背枪露刃的哥萨克兵，静悄悄地巡哨而过，哪里有夏雅丽的影儿。原来这队兵是俄皇派出来搜查余党的，大家误会押解夏雅丽来了，所以嚷起来。其实夏雅丽是秘密重犯，信息未露之前，早迅雷不及地押赴裁判所去，哪里肯轻易张扬呢！此时大家知道弄错，倒笑了。雯青送了瓦、毕两人上车，自与彩云进去易衣歇息不提。

这里瓦、毕两人渐渐离了公使馆，毕叶对瓦德西道："我们到底到哪里去呢？"瓦德西道："不是要到裁判所去看审吗？"毕叶笑道："你傻了，谁真去看审呢？我原为你们俩鬼头鬼脑，怪可怜的，特为借此救你出来，你倒还在那里做梦哩！快请我到那里去喝杯酒，告诉你们俩的故事儿我听，是正经！"瓦德西道："原来如此，倒承你的照顾了！你别忙，我自要告诉你的，倒是夏雅丽与我有一面缘，我真想去看看，行不行呢？"毕叶道："我国这种国事犯，政府非常保密，我那里虽有熟人，看你份上去碰一碰吧！"就吩咐车夫一径向裁判所去。

不说二人去裁判所看审，如今要把夏雅丽的根源，细表一表。原来夏雅丽姓游爱珊，俄国明斯克州人，世界有名虚无党女杰海富孟的异母妹。父名司爱生，本犹太种人，移居圣彼得堡，为人鄙吝顾固。发妻欧氏，生海富孟早死，续娶斐氏，生夏雅丽。夏雅丽生而娟好，为父母所钟爱。及稍长，貌益娇，面形椭圆若瓜瓤，色若雨中海棠，娇红欲滴。眼波澄碧，齿光砑珠，发作浅金色，蓬松披戍削肩上，俯仰如画，顾盼欲飞，虽然些子年纪，看见的人，那一个不魂夺神与！但是貌妍心冷，性却温善，常恨俄国腐败政治。又惯闻阿姊海富孟哲学讨论，就有舍身救国的大志，却为父母管束甚严，不敢妄为。那时海富孟已由家庭专制手段，逼嫁了科罗特揩齐，所幸科氏是虚无党员，倒是一对儿同命鸳鸯，奔走党事。夏雅丽常瞒着父母，从阿姊夫妻受学。海富孟见夏雅丽敏慧勇决，也肯竭力教导。科氏又教她击刺的法术。直到一千八百八十一年三月，海富孟随苏菲亚趁观兵式的机会，炸死俄皇亚历山大。海氏、科氏同时被捕于泰来西那街爆药制造所，受死刑。那时夏雅丽已经十六岁了，见阿姊惨死，又见鲜黎亚博、苏菲亚都遭残杀，痛不欲生，常切齿道："我必报此仇！"

　　司爱生一听这话，怕她出去闯祸，从此倒加防范起来，无事不准出门。夏雅丽自由之身，顿时变了锦妆玉裹的天囚了。还亏得斐氏溺爱，有时瞒着司爱生，领她出去走走。事有凑巧，一日，在某爵家宴会，忽在座间遇见了枢密顾问官美礼斯克罘的姑娘鲁翠。这鲁翠姑娘也是恨政府压制、愿牺牲富贵、投身革命党的奇女子。彼此接谈，自然情投意合。鲁翠力劝她入党。夏雅丽本有此志，岂有不愿？况且鲁翠是贵族闺秀，司爱生等也愿攀附①，夏雅丽与她来往绝不疑心，所以夏雅丽竟得列名虚无党中最有名的察科威团，常与党员私自来往。来往久了，党员中人物已渐渐熟识，其中与夏姑娘最投契的两人：一个叫克兰斯，一个叫波麻儿，都是少年英雄。克兰斯与姑娘更为莫逆。党人常比他们做苏菲亚、鲜黎亚博。虽说血风肉雨的精神，断无惜玉怜香的心绪，然雄姿慧质，目与神交，也非一日了。哪知好事多磨，情澜②忽起。这日夏雅丽正与克兰斯散步泥瓦江边，无意中遇见了母亲的表侄加克奈夫，一时不及回避，只好上去招呼了。

　　谁知这加克奈夫本是尼科奈夫的儿子。尼科奈夫是个农夫。就因一千八百六十六年，告发莫斯科亚特俱乐部实行委员加来科梭谋杀皇帝事件，在夏园亲手捕杀加来科梭，救了俄皇，俄皇赏他列在贵族。尼科奈夫就皇然自大起来。俄皇又派他儿子做了宪兵中佐，正是炙手可热的时候。司爱生羡慕他父子富贵，又带些裙带亲，自然格外巴结。加克奈夫也看中了表妹的美貌，常常来溜达，无奈夏雅丽见他貌相性鄙，总不理他，任凭父母夸张他的敌国家私，熏天气焰，只是漠然。加克奈夫也久怀怨恨了。恰好这日遇见夏姑娘与克兰斯携手同游，禁不住动了醋火，就赶到司爱生家一五一十地告诉了；还说克兰斯是个叛党，不但有累家声，还怕招惹大祸。司爱生是暴厉性子，自然大怒，立刻叫回夏姑娘，大骂："无耻婢，惹祸胚！"现在既要说她的事情，不得不把根源表明。

　　且说夏雅丽虽在中国三年，本党里有名的人，如女员鲁翠，男员波儿麻、克兰斯诸人，常有信息来往，未动身的前数日，还接到克兰斯的一封信，告诉她党中近来经济困难，自己赴德运动，住在德京凯赛好富馆 Kaiserhof 中层第二百十三号云云，所以夏姑娘那日一到柏林，就带了行李，雇了马车，径赴凯赛好富馆来，心里非常快活。一则好友契阔，会面在即；一则正得了雯青一万马克，供献党中，绝好一份土仪。心里正在忖度，马车已停大旅馆门口，就有接客的人接了行李。姑娘就问："中层二百十三号左近有空房吗？"那接客的忙道："有，有，二百十四号就空着。"

　　姑娘吩咐把行李搬进去，自己却急急忙忙直向二百十三号而来。正推门进去，可巧克兰斯送客出来，一见姑娘，抢一步，执了姑娘的手，瞪了半天，方道："咦，你真来了！我做梦也想不到你会回来！"说着话，手只管紧紧地握住，眼眶里倒索索地滚下泪来。夏雅丽嫣然笑道："克兰斯，别这么着，我们正要替国民出身血汗，生离死别的日子多着呢，哪有闲工夫伤心。快别这么着，快把近来我们党里的情形告诉我要紧。"说到这里，抬起头来，方看见克兰斯背后站着个英风飒爽的少年，忙缩住了口。克兰斯赶忙招呼道："我送了这位朋友出去，再来和姑娘细谈。"

　　谁知那少年倒一眼盯住了姑娘呆了，听了克兰斯的话方醒过来，一个没意思走了。克兰斯折回来，方告诉姑娘："这位是瓦德西中尉，热心地助着我运动哩！"姑娘道："说的是。前月接到你信，知道党中经济缺困，到底怎样呢？"克兰斯叹道："一言难尽。自从新皇执政，我党大举两次：一次卡米匿桥下的隧道，一次温宫后街的地雷。虽都无成效，却消费了无数金钱，历年运动来的资本已倾囊倒箧了。敷衍到现在，再敷衍不下去了。倘没巨资接济，不但不能办一事，连党中秘密活版部、爆药制造所、通券局、赤十字会……一切机关，都要溃败。姑娘有何妙策？"夏姑娘低头半晌道："我还当是小有缺乏。照这么说来，不是万把马克可以济事了！"克兰斯道："要真有万把马克，也好济济急。"夏雅丽不等说完，就道："那倒有。"克兰斯忙问："在哪里？"夏姑娘因把讹诈中国公使的事说了一遍。克兰斯倒笑了，就问："款子已交割吗？"夏姑娘道："已约定由公使夫人亲手交来，决不误的。"

　　于是姑娘又问了回鲁翠、波儿麻的踪迹，克兰斯一一告诉了她。克兰斯也问起姑娘避出的原由，姑娘把加克奈夫构陷的事说了。克兰斯道："原来就是他干的！姑娘，你知道吗？尼科奈夫倒便宜他，不多几日好死了。加来科梭的冤仇竟没有报成，加克奈夫倒升了宪兵大尉。你想可气不可气呢？嗜，这死囚的脑袋，早晚总逃不了我们手里！"夏雅丽愕然道："怎么尼科奈夫倒是我们的仇家？"克兰斯拍案道："可不是。他全靠破坏了亚特革命团富贵的，这会儿加克奈夫还了得，家里放着好几百万家私，还要鱼肉平民哩！"夏雅丽又愣了愣道："加克奈夫真是个大富翁吗？"克兰斯道："他不富谁富？"夏雅丽点点头儿。看官们要知道两人，虽是旧交，从前私下往来，何曾畅聚过一日！

　　此时素心相对，无忌无拘，一个是珠光剑气的青年，一个是侠骨柔肠的妙女，我歌汝和，意浃情酣，直谈到烛跋更深，克兰斯送了夏姑娘归房，自己方就枕歇息。从此夏姑娘就住在凯赛好富馆日间除替彩云教德语外，或助克兰斯同出运动，或与克兰斯剪烛谈心。快活光阴，忽忽过了两月，雯青许的款子已经交清，那时彩云也没闲工夫常常来学德语了。夏雅丽看着柏林无事可为，一天忽向克兰斯要了一张照片；又隔了一天，并没告知克兰斯，清早独自搭着火车飘然回国去了。直到克兰斯梦醒起床，穿好衣服，走过去看她，但见空屋无人，留些残纸零墨罢了，倒吃一惊。然人已远去，无可奈何，只得叹息一回，自去办事。

单说夏姑娘那日偷偷出了柏林，径赴圣彼得堡火车进发。姑娘在上海早得了领事的旅行券，一路直行无碍。到第三日傍晚，已到首都。姑娘下车，急忙回家，拜见亲母斐氏，母女相见，又喜又悲。斐氏告诉她父亲病死情形，夏姑娘天性中人，不免大哭一场。接着亲友访问，鲁翠姑娘同着波儿麻也来相会。见面时无非谈些党中拮据情形，知道姑娘由柏林来，自然要问克兰斯运动的消息。夏姑娘就把克兰斯现有好友瓦德西助着各处设法的话说了。鲁翠说了几句盼望勉励的话头，然后别去。夏姑娘回得房来，正与斐氏在那里闲谈，斐氏又提起加克奈夫，夸张他的势派，意思要引动姑娘。姑娘听着，只是垂头不语。不防一阵軯軯的皮靴声从门外传进来，随后就是嬉嬉的笑声。这笑声里，就夹着狗嗥一般的怪叫声："妹妹来了，怎么信儿都不给我一个呢？"

夏姑娘吓一跳，猛抬头，不是加克奈夫是谁呢！斐氏见了，笑嘻嘻立起来道："你倒还想来，别给我花马吊嘴的，妹妹记着前事，正在这里恨你呢！"加克奈夫哈哈道："屈天冤枉，不知哪个天杀的移尸图害。这会儿，我也不敢在妹妹跟前辩，只有负荆请罪，求妹妹从此宽恕就完了！"

说着，两腿已跨进房来，把帽子往桌子上一丢，伸出蒲扇大的手，要来拉夏姑娘。姑

娘缩个不迭，脸色都变了。加克奈夫涎着脸道："好妹妹，咱们拉个手儿！"斐氏笑道："人家孩子面重，你别拉拉扯扯，臊了她，我可不依！"夏姑娘先本着了恼，自己已经狠狠地压下去。这回听了斐氏的话，低头想了一想，忽然桃腮上泛起浅玫瑰色，秋波横溢，柳叶斜飘，在椅上欸地站起来道："娘也说这种话？我从来不知道什么臊不臊，拉个手儿，算得了什么？高兴

拉，来，咱们拉！"就把一只粉嫩的手，使劲儿去拉加克奈夫的黑手。加克奈夫倒啊呀起来道："妹妹，轻点儿！"夏姑娘道："你不知道吗？拉手有规矩儿的，越重越要好。"

说完，嗤的一笑，三脚两步走到斐氏面前，滚在怀里，指着加克笑道："娘，你瞧！他是个脓包儿，一捏都禁不起，倒配做将军！"加克只嬉着嘴笑道："妹妹到底出了一趟门，大变了样儿了。"夏姑娘含怒道："变好了呢，还是变歹？你说！"斐氏笑搂住姑娘的脖子道："痴儿，你今个儿怎么尽给你表兄拌嘴，不想想人家为好来看你。这会儿天晚了，该请你表兄吃晚饭才对！"加克连忙抢着说道："姑母，今天妹妹快活，肯多骂我两句，就是我的福气了！快别提晚饭，我晚上还得到皇上那里有事哪。"夏姑娘笑道："娘，你听！他又把皇帝打出来，吓唬我们娘儿俩。老实告诉你，你没事，我也不高兴请。谁家座客不请行客，倒叫行客先请的！"加克听了，拍手道："不错，我忘死了！今天该替妹妹接风！"

斐氏道："啊呀，天主！不当家花拉的倒费你，快别听这痴孩子的话。"夏姑娘睐了她娘半天道："咦！娘也奇了。怎么只许我请他，不许他请我的？他有的是造孽钱，不费他费谁？娘，你别管，他不给我要好，不请，我也不希罕；给我要好，他拿来，我就吃，娘也跟着吃。横竖不要你老人家掏腰儿还席，瞎费心干吗！"加克道："是呀，我请！我死了也要请！"姑娘笑道："死的日子有呢，这会儿别死呀死呀怪叫！"加克忙自己掌着嘴道："不识好歹的东西，你倒叫妹妹心疼。"夏姑娘戟手指道："不要脸的，谁心疼你来？"加克此时看着姑娘娇憨③的样儿，又听着姑娘锋利的话儿，半冷半热，若讽若嘲，倒弄得近又不敢，远又不舍，不知怎么才好。

不一会儿，天也黑了，厨夫也带酒菜来了，加克就邀斐氏母女同入餐室，就在卧室外面，虽不甚宽敞，却也地铺锦罽，壁列电灯，花气袭人，镜光交影。东首挂着加特厘簪花小象，西方撑起姑娄巴多舞剑古图，煞是热闹，大家进门，斐氏还要客气，却被夏姑娘两手按在客位，自己也皇然不让座了。加克真的坐了主位。侍者送上香槟、白兰地各种瓶酒，加克满斟了杯香槟酒，双手捧给姑娘道："敬替妹妹洗尘！"姑娘劈手夺了，直送斐氏道："这杯给娘喝，你另给我斟来！"

加克只得恭恭敬敬又斟了一杯。姑娘接着，扬着杯道："既承主人美意，娘，咱们干一杯！"说完，一饮而尽。加克微笑，又挨着姑娘斟道："妹妹喝个成双杯儿！"夏姑娘一扬眉道："喝呀！"接来喝一半，就手向加克嘴边一灌道："要成双，大家成双。"加克不防着，不及张口翕受，淋淋漓漓倒了一脸一身。此时夏姑娘几杯酒落肚，脸上红红儿的，更觉意兴飞扬起来，脱了外衣，着身穿件粉荷色的小衣，酥胸微露，雪腕全陈，臂上几个镯子丁丁当当地厮打，把加克骂一会儿，笑一会儿，任意戏弄。斐氏看着女儿此时的样儿也揣摩不透，当是女儿看中了加克，倒也喜欢，就借了更衣走出来，好让他们叙叙私情。

两人正说得热闹，谁知斐氏却在门外都听饱了，见女儿肯嫁加克，正合了素日的盼望，走进来，对着加克道："恭喜你，我女儿答应了！可别忘了老身！但是老身只有一个女儿，也不肯太草草的，马上办起来，也得一月半月，哪儿能就办呢！头一件，我就不依。"姑娘立刻变了脸道："我不肯嫁，你们天天劝。这会儿我肯嫁了，你们倒又不依起来。不依也好，我也不依。告诉你们吧，我的话说完了，我的兴也尽了，人也乏了，我可要去睡觉了。"说罢，一扭身自顾自回房，砰的一声把门关了。这里加克奈夫与斐氏纳罕了半天。加克想老婆心切，想不到第一回来就得了彩，也虑不到别的，倒怕中变，就劝斐氏全依了姑娘主意。过了两日，说也奇怪，果然斐氏领着夏姑娘自赴礼拜堂，与加克结了亲，签了结婚簿。从此夏雅丽就与加克夫妇同居。加克奈夫要接斐氏来家，姑娘不许，只好仍住旧屋。加克新婚燕尔，自然千依百顺。姑娘倒也克勤妇职，贤声四布。加克愈加敬爱。差不多加克家里的全权，都在姑娘掌握中了。

　　这日党人正在秘密所决议此事如何处置，可巧克兰斯从德国回来，也来赴会。一进门，别的都没有听见，只听会堂上一片声说"夏雅丽嫁了"五个字，直打入耳鼓来。克兰斯飞步上前，喘吁吁还未说话，鲁翠一见他来，就迎上喊道："克兰斯君，你知道吗？你的夏雅丽嫁了，嫁了加克奈夫！"

　　克兰斯一听这话，但觉耳边霹雳一声，眼底金星四爆，心中不知道是盐是醋是糖是姜，一股脑儿都倒翻了，只喊一声："贱婢！杀！杀！"往后便倒，口淌白沫。大家慌了手脚。鲁翠忙道："这是急痛攻心，只要扶他坐起，自然会醒的。"波儿麻连忙上来扶起，坐在一张大椅里。果然不一会儿醒了，呕的吐出一口浓痰，就跳起来要刀。波儿麻道："要刀做什么？"克兰斯道："你们别管，给我刀，杀给你们看！"鲁翠道："克兰斯君别忙，你不去杀她，我们怕她泄漏党中秘密，也放不过她。可是我想，夏雅丽学问、见识、本事都不是寻常女流，这回变得太奇突。凡奇突的事倒不可造次，还是等你好一点，晚上偷偷儿去探一回。倘或真是背盟从仇，就顺手一刀了账，岂不省事呢！"克兰斯道："还等什么好不好，今晚就去！"于是大家议定各散。鲁翠临走，回顾克兰斯道："明天我们听信儿。"克兰斯答应，也一路回家，不免想着向来夏姑娘待他的情义，为他离乡背井，绝无怨言。这回在柏林时候，饭余灯背、送抱推襟，一种密切的意思，真是笔不能写、口不能言，如何回来不到一月就一变至此呢？况且加克奈夫又是她素来厌恨的，上回谈起他名氏，还骂他哩，如何倒嫁他？难道有什么不得已吗？一回又猜想她临行替他要小照儿的厚情，一回又揣摸她不别而行的深意。这一刻时中，一寸心里，好似万马奔驰，千猿腾跃，忽然心酸落泪，忽然切齿横目，翻来覆去，不觉更深，就在胸前掏出表来一看，已是十二点钟，惊道："是时候了！"

连忙换了一身纯黑衣裤，腰间插了一把党中常用的百毒纯钢小尖刀，扎缚停当，把房中的电灯旋灭了，轻轻推门到院子里，耸身一纵，跳出墙外。那时正是十月下旬，没有月亮的日子。克兰斯靠着身体灵便，竟闪闪烁烁地被他混过几条街去。看看已到了加克奈夫的宅子前头，克兰斯紧把刀子插插好，猛然施出一个燕子翻身势，往上一掠。忽听丁当一声，一个身子随着几片碎玻璃直滚下去，看时，自己早倒在一棵大树底下。爬起来，转出树后，原来在一片草地上，当中有条马车进出的平路。克兰斯就依着这条路走去，只见一座巍巍的高楼。楼的下层乌黑黑无一点火光，窗里透出光来，照在树上，却见一人影在那里一闪一闪地动。克兰斯暗想这定是加克奈夫的卧房了，一伸手，抱定树身，好比白猴采果似的旋转而上。到了树顶，把身子使劲一摇，那树杈直摆过来，哗啦一响，好像树杈儿断了一般。谁知克兰斯就趁这一摆，一脚已钩定了阳台上的栏杆，倒垂莲似的反卷上去，却安安稳稳站在阳台上了。侧耳听了一听，毫无声音，就轻轻的走到那有灯光的窗口，向里一望，恰好窗帘还没放，看个完完全全。只见房内当地一张铁床，帐子已垂垂放着，房中寂无人声，就是靠窗摆着个镜桌，当桌悬着一盏莲花式的电灯，灯下却袅袅婷婷立着个美人儿。呀，那不是夏雅丽吗？只见她手里拿着个小照儿，看看小照，又看看镜子里的影儿，眼眶里骨溜溜地滚下泪来。克兰斯看到这里，忽然心里捺不住的热火喷了出来，拔出腰里的毒刀直砍进去。正是：

棘枳何堪留凤采，宝刀直欲灭鸳红。

不知夏雅丽性命如何，且看下回分解。

【注解】

①攀附：比喻投靠有权势的人，以求高升。

②情澜(lán)：情海波澜。

③娇憨：天真可爱的样子。

第
十
七
回

辞鸳侣女杰赴刑台
递鱼书航师尝禁脔

话说克兰斯看见夏雅丽对着个小照垂泪，一时也想不到查看查看小照是谁的，只觉得夏雅丽果然丧心事仇，按不住心头火起。瞥见眼前的两扇着地长窗是虚掩着，就趁着怒气，不顾性命，扬刀挨入。忽然天昏地暗的一来，灯灭了，刀却砍个空，使力过猛，几乎身随刀倒。克兰斯吃一惊，暗道："人呢？"回身瞎摸了一阵，可巧摸着镜桌上那个小照儿，顺手揣在怀里，心想夏雅丽逃了，加克奈夫可在，还不杀了他走！刚要向前，忽听楼下喊道："主人回来了！"

随着辚辚的马车声，却是在草地上往外走的。克兰斯知道刚才匆忙，没有听他进来。忽想道："不好，这贼不在床上，他这一回来叫起人，我怕走不了，不如还到那大树上躲一躲再说。"打定主意，急忙走出阳台，跳上栏杆，伸手攀树杈儿。一脚挂在空中，一脚还蹬在栏杆上。忽听楼底下砰地一声枪响，就有人没命的叫声："啊呀！好，你杀我？"又是一声，可不像枪，仿佛一样很沉的东西倒在窗格边。克兰斯这一惊，出于意外，那时他的两脚还空挂着，手一松，几乎倒撞下来，忙钻到树叶密的去处蹲着。只听墙外急急忙忙跑回两人，远远地连声喊道："怎么了？什么响？"

屋里也有好几人喊道："枪声，谁放枪？"这当儿，进来的两人里头，有一个拿着一盏电光车灯，已走到楼前，照得楼前雪亮。克兰斯眼快，早看见廊下地上一个汉子仰面横躺着，动也不动。只听一人颤声喊道："可不得了，杀了人！""谁呢？主人！"这当儿里面一哄，正跑出几个披衣拖鞋的男女来，听是主人，就七张八嘴地大乱起来。克兰斯在树上听得清楚，知加克奈夫被杀，心里倒也一快。但不免暗暗骇异，到底是谁杀的？这当儿，见楼下人越聚越多，忽然想到自己绝了去路，若被他们捉住，这杀人的事一定是我了，正盘算逃走的法子，忽然眼前欻的一亮，满树通明，却正是上、中层的电灯都开了。

灯光下，就见夏雅丽散了头发，仓仓皇皇跑到阳台上，朗朗地喊道："到底你们看是主人不是呢？"众人严声道："怎么不是呢？"又有一人道："才从宫里承值回来，在这里下车的。下了车，我们就拉车出园，走不到一箭地，忽听见枪声，赶回来，就这么着了。"夏雅丽跺脚道："枪到底中在哪里？要紧不要紧？快抬上来！一面去请医生，一面快搜凶手呢！一眨眼的事，总不离这园子，逃不了，怎么你们都昏死了！"一句话提醒，大家道："枪中了脑瓜儿，脑浆出来，气都没了，人是不中用了。倒是搜凶手是真的。"克兰斯一听这话，倒慌了，心里正恨夏雅丽，忽听下面有人喊道："咦，你们瞧！那树杈里不是一团黑影吗？"楼上夏雅丽听了，一抬头，好像真吃一惊的样子道："怎么？真有了人！"连忙改口道："可不是凶手在这里？快多来几人逮住他，楼下也防着点儿，别放走了！"

就听人声嘈杂的拥上五六人来。克兰斯知不能免，正是人急智生，从树上用力一跳，跳上阳台，想往后楼跑。这当儿，夏雅丽正在叫人上楼，忽见一人陡然跳来，倒退了几步；灯光下看清是克兰斯，脸上倒变了颜色，说不出话来，却只把手往后楼指着。克兰斯此时也顾不得什么，飞奔后楼，果见靠栏杆与前楼一样的大树。正纵身上树，只听夏雅丽在那里乱喊道："凶手跳进我房里去了，你们快进去捉，不怕他飞了去。"只听一群人乱哄哄都到了屋里。

这里克兰斯却从从容容地爬过大树，接着一溜平屋，在平屋搭了脚，恰好跳上后墙飞身下去，正是大道，一口气地跑回家去。喘息一回，定了定神，觉得方才事真如梦里一般，不由得想起夏雅丽手指后楼的神情，并假说凶手进房的话儿，明明暗中救我，难道她还没有忘记我吗？既然不忘记我，就不该嫁加克奈夫，又不该二心于我！一头心里猜想，一头脱去那身黑衣想要上床歇息，不防衣袋中掉下一片东西，拾起来看时，倒吃一惊，原来就是自己在凯赛好富馆赠夏雅丽的小照，上面添写一行字道："斯拉夫奇女子夏雅丽心嫁夫察科威团实行委员克兰斯君小影。"克兰斯看了，方明白夏雅丽对他垂泪的意思，也不免一阵心酸，掉下泪来，叹道："夏雅丽！夏雅丽！你白爱我了！也白救了我的性命！叫我怎么能赦你这反复无常的罪呢？"说罢，就把那照儿插在床前桌上照架里，回头见窗帘上渐渐发出鱼肚白色，知道天明了，连忙上床，人已倦极，不免沉沉睡去。

正酣睡①间，忽听耳边有人喊道："干得好事，捉你的人到了，还睡吗？"克兰斯睁眼见是波儿麻，忙坐起来道："你好早呀，没的大惊小怪，谁干了什么？"波儿麻道："八点钟还早吗？鲁翠姑娘找你来了，快出去。"克兰斯连忙整衣出来，瞥眼看着鲁翠华装盛服，秀采飞扬，明眸修眉，丰颐高准，倒比夏雅丽另有一种华贵端凝气象。一见克兰斯，就含笑道："昨儿晚上辛苦了，我们该替加来科梭代致谢忱。怎么夏雅丽倒免了？"波儿麻笑道："总是克君多情，杀不下去，倒留了祸根了。"克兰斯惊道："怎么着？她告了我吗？"鲁翠摇头道："没有。她告的是不知姓名的人，深夜入室，趁加克奈夫温宫夜值出来，枪毙廊下。凶手在逃。俄皇知道早疑心了虚无党，已派侦探四出，倒严厉。克君还是小心为是。"克兰斯笑道："姑娘真胡闹！小心什么？哪里是我杀的！"鲁翠倒诧异道："难道你昨晚没有去吗？"克兰斯道："怎么不去？可没有杀人。"波儿麻道："不是你杀是谁呢？"克兰斯道："别忙，我告诉你们。"就把昨夜所遇的事从头至尾说了一遍，只把照片一事瞒起。两人听了，都称奇道异。波儿麻跳起来道："克君，你倒被夏雅丽救坏了！不然倒是现成的好名儿！"鲁翠正低头沉思，忽被他一吓，忙道："波君别嚷，怕隔墙有耳。"顿一顿，又道："据我看，这事夏雅丽大有可疑。第一为什么要灭灯；再者既然疑心克君是凶手，怎么倒放走了，不然就是她杀的呢！"克兰斯道："断乎不会。她要杀他，为什么嫁他呢？"鲁翠道："不许她辱身赴义吗？"克兰斯连连摇头道："不像。杀一个加克奈夫法子多，为什么定要嫁了才能下手呢？况且看她得了凶信，神气仓皇！"鲁翠也点点头道："我们再去探听探听看。克君既然在夏雅丽面前露了眼，还是避避的好，请到我们家里去住几时吧！"克兰斯就答应了，当时吩咐了家人几句话，就跟了鲁翠回家。从此鲁翠、波儿麻诸人替他在外哨探，克兰斯倒安安稳稳住在美礼斯克罘邸第。先几个月风声紧，后来慢慢懈怠②，竟无声无息起来。看官你道为何？原来俄国那班警察侦探虽有手段，可是历年被虚无党杀怕了，只看一千八百八十一年三月以后，半年间竟杀了宪兵长官、警察长、侦探等十三人，所以事情关着虚无党，大家就要缩手。这案俄皇虽屡下严旨，无奈这这些人都不肯出力，且加克氏支族无人，原告不来催紧，自然冰雪解散了。

　　克兰斯在美礼家，消息最灵，探知内情，就放心回了家。

　　日月如梭，忽忽冬尽春来。这日正是俄历二月初九，俄皇在温宫开舞会的大好日子，却不道虚无党也在首都民意俱乐部开协议会的秘密期。那时俄国各党势力，要推民意党察科威团算最威，土地自由党、拿鲁脱尼团次之。这日就举了民意党做会首。此外，哥卫格团、奥能伯加团、马黎可夫团、波兰俄罗斯俱乐部、夺尔格圣俱乐部，纷纷的都派代表列席，黑压压挤满了一堂。正是龙拿虎掷、燕叱莺嗔、天地无声、风云异色的时候，民意女员鲁翠曳长裾、围貂尾，站立发言台上，桃脸含秋、蛾眉凝翠地宣告近来党中经济缺乏，团力涣散，必须重加联络，大事运动，方足再谋大举。这几句话原算表明今日集会之想，还要畅发议论，忽见波儿麻连跌带撞远远地跑来，喊道："可了不得！今儿个又出了第二个苏菲亚了！本党宫内侦探员，有秘密报告在此！"大众听了愕然。鲁翠就在

台上接了波儿麻拿来的一张纸，约略看了看，脸上十分惊异。大众都问何事？鲁翠就当众宣诵道：

　　本日皇帝在温宫宴各国公使，开大跳舞会，车驾定午刻临场。方出内宫门，突有一女子从侍女队跃出，左手持炸弹，右手揾帝胸，叱曰："咄，尔速答我，能实行一千八百八十一年二月十二日民意党上书要求之大赦国事犯、召集国会两大条件否？

不应则炸尔!"帝出不意,不知所云,连呼卫士安在。卫士见弹股栗,莫敢前。相持间,女子举弹欲掷,帝以两手死抱之。其时适文部大臣波别士立女子后,呼曰:"陛下莫释手!"即拔卫士佩刀,猝砍女子臂,臂断,血溢,女子踣。帝犹死持弹不敢释。卫士前擒女子,女子犹蹶起,抠一卫士目,乃被捕,送裁判所。烈哉,此女! 惜未知名。探明再报! 民意党秘密侦探员报告。

鲁翠诵毕,众人都失色,齐声道:"这女子是谁? 可惜不知姓名。"这一片惊天动地的可惜声里,猛然地飘来一句极凄楚的说话道:"众位,这就是我的夏雅丽姑娘呀!"大家倒吃一惊,抬头一看,原来是克兰斯满面泪痕地站在鲁翠面前。鲁翠道:"克君,怎见得就是她?"克兰斯道:"不瞒姑娘说,昨晚她还到过小可家里,可怜小可竟没见面说句话儿。"鲁翠道:"既到你家,怎么不见呢?"克兰斯道:"她来,我哪里知道呢? 直到今早起来,忽见桌上安放的一个小照不见了,倒换上了一个夏姑娘的小照。我觉得诧异,正拿起来,谁知道照后还夹着一封密信。看了这信,方晓得姑娘一生的苦心,我党大事的关系,都在这三寸的小照上。我正拿了来,要给姑娘商量救她的法子,谁知已闹到如此了。"说罢,就在怀里掏出一个小封儿,一张照片,送给鲁翠。鲁翠不暇看小照,先抽出信来,看了不过两三行,点点头道:"原来她嫁加克奈夫,全为党中的大计。嗄! 我们倒错怪她了! 哎,放着心爱的人生生割断,倒嫁一个不相干的蠢人,真正苦了她了!"说着又看,忽然吃惊道:"怎么加克奈夫倒就是她杀的? 谁猜得到呢!"此时克兰斯只管淌泪。波儿麻及众人听了鲁翠的话,都面面相觑道:"加氏到底是谁杀的?"鲁翠道:"就是夏雅丽杀的。"波儿麻道:"奇了。嫁他又杀他,这什么道理?"鲁翠道:"就为我党经济问题。她杀了他,好倾他的家,供给党用呀!"众人道:"从前楷爱团波尔佩也嫁给一个老富人,毒杀富人,取了财产。夏姑娘想就是这主意了。"波儿麻道:"有多少? 如今在哪里?"鲁翠看着信道:"真不少哩,八千万卢布哩!"又指着照片叹道:"这就是八千万卢布的支证书。这姑娘真布置得妥当! 这些银子,都分存在瑞士、法兰西各银行,都与经理说明是暂存的,全凭这照片收支,叫我们得信就去领取,迟恐有变。"鲁翠说到这里,忽愕然道:"她为什么花了一万卢布,贿买一个宫中侍女的缺呢?"克兰斯含泪道:"这就是今天的事情了。姑娘,你不见她,早把老娘斐氏搬到瑞士亲戚家去。那个炸弹,还是加氏从前在亚突俱乐部搜来的。她一见,就预先藏着,可见死志早决。"鲁翠放了信,也落泪道:"她替党中得了这么大资本,功劳也真不小。难道我们要她给这些暴君污吏宰杀吗?"众人齐声道:"这必要设法救的。"鲁翠道:"妾意一面遣人持照到各行取银,一面想法到裁判所去听审。这两件事最要紧,谁愿去?"于是波儿麻担了领银的责任,克兰斯愿去听审,各自分头前往。

如今再说瓦德西那日送了克兰斯去后,几次去看彩云,却总被门上阻挡。后来彩云约会在叶尔丹园,方得相会。从此就买嘱了管园人,每逢彩云到园,管园人就去通信。如此习以为常，一月中总要见面好几次，情长日短，倏忽又是几月。那时正是溽暑③初过，新凉乍生，薄袖轻衫，易生情兴。瓦德西徘徊旅馆，静待好音。谁知日复一日，消息杳然，闷极无聊，只好坐在躺椅中把日报消遣。忽见紧要新闻栏内，载一条云"清国俄、德、奥、荷公使金沟三年任满，现在清廷已另派许镜澄前来接替，不日到俄"云云。瓦德西看到这里，不觉呆了。因想怪道彩云这礼拜不来相约，原来快要回国了，转念道："既然快要相离，更应该会得勤些，才见得要好。"瓦德西手里拿了张报纸，呆呆忖度个不了，忽然侍者送上一个电报道，这是贵国使馆里送来的。瓦德西连忙折看，却是本国陆军大将打给他的，有紧要公事，令其即日回国，词意严厉，知道不能耽搁的，就叹口气道："这真巧了，难道一面缘都没了？"丢下电报，走到卧室里，换了套出门衣服，径赴叶尔丹园而来，意思想去碰碰，或者得见，也未可定。谁知到园问问管园的，说好久没有来过。等了一天，也是枉然。瓦德西没法，只好写了一封信交给管园的，叮嘱等中国公使夫人来时手交，自己硬了心肠，匆匆回寓，料理行装，第二日一早，乘了火车，回德国去了，不提。

　　且说阿福自从那日见了瓦德西后，就动了疑，不过究竟主仆名分，不好十分露相，只把语言试探而已。有一晚，萨克森船正在地中海驶行，一更初定，明月中天，船上乘客大半归房就寝，满船静悄悄的，但闻鼻息呼声。阿福一人睡在舱中反复不安，心里觉得烦躁，就起来，披了一件小罗衫走出来，从扶梯上爬到船顶，却见顶上寂无人声，照着一片白迷朦的月色，凉风飒飒，冷露冷冷，爽快异常。阿福就靠在帆桅上，赏玩海中夜景。正在得趣，忽觉眼前黑魆魆的好像一人影，直掠烟突而过。心里一惊，连忙蹑手蹑脚跟上去，远远见相离一箭之地果真有人，飞快地冲着船首走去。那身量窈窕，像个女子后影，可辨不清是中是西。阿福方要定睛认认，只听船长小室的门砰地一声，那女影就不见了。阿福心想：原来这船长是有家眷的，我左右空着，何妨去偷看看他们做什么。想着，就溜到那屋旁。只见这屋，两面都有一尺来大小的玻璃推窗，红色毡帘正钩起。阿福向里一张，只见室内漆黑无光，就在漏进去一点月光里头，隐约见那女子背坐在一张蓝绒靠背上。质克正站起，一手要旋电灯的活机，那女子连连摇手，说了几句叽里咕噜的话。质克只涎笑，伛着身，手搯衣袋里，搯出个仿佛是信的小封儿，远远托着说话，大约叫那女子看。那女子瞥然伸手来夺。质克趁势拉住那女子的手，凑在耳边低低地说。那女子斜盯了质克一眼，就回过脸来急忙探头向门外一张，顺手却把帘子歘的拉上。阿福在这当儿，帘缝里正给那女子打个照面，不觉啊呀一声道：

　　"可了不得了！"正是：

　　　　　　前身应是琐首佛，半夜犹张素女图。

　　欲知阿福因何发喊，且看下回分解。

【注解】
①酣睡：呼呼大睡。
②懈怠(xiè dài)：松懈懒散。
③溽(rù)暑：指盛夏潮湿而闷热的天气。

游草地商量请客单
借花园开设谈瀛会

第十八回

话说阿福在帘缝里看去，迷迷糊糊活像是那一人，心里一急，几乎啊呀地喊出来。忽然转念一想：质克这东西凶狠异常，不要自己吃不了兜着走。侧耳听时，那屋是西洋柳条板实拼的，屋里做事，外面声息不漏。阿福没法，待要抽门，却听得对面趿趿的脚声。探头一望，不提防碧沉沉两只琉璃眼、乱蓬蓬一身花点毛，是一条二尺来高的哈巴狗，摇头摆尾，急腾腾地向船头上赶着一只锦毛狮子母狗去了。阿福啐了一口，暗道："畜生也欺负人起来！"说罢，垂头丧气地正在一头心里盘算，一头趑回扶梯边来，瞥然又见一人影在眼角里一闪，急急忙忙绕着船左舷，抢前几步下梯去了。阿福倒愣了愣，心想他们干事怎么这么快！自己无计思量，也就下楼归舱安歇。气一回，恨一回，反复了一夜，到天亮倒落困了。蒙眬中，忽然人声鼎沸，惊醒起来，却听在二等舱里，是个苏州人口音。细听正是匡次芳带出来的一个家人，高声道："哼，外国人！船主！外国人买几个铜钱介？船主生几个头、几只臂膊介？�现世，唔朵问问俚，昨伲夜里做个啥事体嗄？依拉舱面浪听子一夜朵！依弄坏子俚大餐间一只玻璃杯，俚倒勿答应；个末俚弄坏子伲公使夫人，倒弗翻淘。"

这家人说到这里，就听见

有个外国人不晓得叽里咕噜又嚷些什么。随后是次芳喝道："混账东西！金大人来了！还敢胡说！给我滚出去！"只听那家人一头走，一头还在咕噜道："里势个事体，本来金大人该应管管哉！"阿福听了这些话，心里诧异，想昨夜同在舱面，怎么我没有碰见呢？后来听见主人也出来，晓得事情越发闹大了，连忙穿好衣服走出来。只见大家都在二等舱里，次芳正在给质克做手势赔不是。雯青却在舱门口，呆着脸站着。彩云不敢进来，也在舱外远远探头探脑，看见阿福就招手儿。阿福走上去道："到底怎么回事呢？"彩云道："谁知道！这天杀的，打碎了人家的一只杯子，人家骂他，要他赔，他就无法无天起来。"阿福冷笑道："没缝的蛋儿苍蝇也不钻，倒是如今弄得老爷都知道，我倒在这里发愁。"彩云别转脸正要回答，雯青却气愤愤地走回来。阿福连忙站开。雯青眼盯着彩云道："你还出来干什么？"

彩云听了这话头儿，一扭身，飞奔地往头等舱而去。雯青也随后跟来。彩云一进舱，倒下吊床，双手捧着脸，呜呜咽咽大哭起来。雯青道："咦，怎么你倒哭了！"彩云咽着道："怎么叫我不哭呢？我是没有老爷的苦人呀，尽叫人家欺负的！"雯青愕然道："这，这是什么话？"彩云接着道："我哪里还有老爷呢！别人家老爷总护着自己身边人，就是做了丑事还要顾着向日恩情，一床锦被，遮盖遮盖。况且没有把柄的事儿，给一个低三下四的奴才含血喷人，自己倒站着听风凉话儿！没事人儿一大堆，不发一句话，就算你明白不相信，人家看你这样儿，只说你老爷也信了。我这冤枉，哪里再洗得清呢！"

原来雯青刚才一起床就去看次芳，可巧碰下这事，听了那家人的话气极了，没有思前想后，一盆之火走来，想把彩云往大海一丢，方雪此耻。及至走进来，不防兜头给彩云一哭，见了那娇模样已是软了五分；又听见这一番话说得有理，自己想想也实在没有凭据，那怒气自然又平了三分，就道："你不做歹事，人家怎么凭空说你呢？"彩云在床上连连蹬足哭道："这都是老爷害我的！学什么劳什子的外国话！学了话，不叫给外国人应酬也还罢了，偏偏这回老爷卸了任，把好一点的翻译都奏留给后任了。一下船逼着我做通事，因此认得了质克，人家早就动了疑。昨天我自己又不小心，为了请质克代写一封柏林女朋友的送行回信，晚上到她房里去过一趟，哪里想得到闹出这个乱儿来呢！"说着，欻地翻身，在枕边掏出一封西文的信，往雯青怀里一掷道："你不信，你瞧！这书信还在这里呢！"

彩云掷出了信，更加号啕起来，口口声声要寻死。雯青虽不认得西文，见她堂皇冠冕掷出信来，知道不是说谎了；听她哭得凄惨，不要说一团疑云自然飞到爪洼国去，倒更起了怜惜之心，只得安慰道："既然你自己相信对得起我，也就罢了。我也从此不提，你也不必哭了。"彩云只管撒娇撒痴地痛哭，说："人家坏了我名节，你倒肯罢了！"雯青没法，只好许他到中国后送办那家人，方才偃旗息鼓。外面质克吵闹一回，幸亏次芳再四调停，也算无事了。阿福先见雯青动怒，也怕寻根问底，早就暗暗跟了进来，听了一回，知道没下文，自然放心去了。从此海程迅速，倒甚平安，所过埠头无非循例应酬，毫无新闻趣事可记，按下慢表。

如今且说离上海五六里地方，有一座出名的大花园，叫作味莼园。这座花园坐落不多，四面围着嫩绿的大草地，草地中间矗立一座巍焕的跳舞厅，大家都叫它作安凯第。原是中国仕女会集茗话之所。这日正在深秋天气，节近重阳，草作金色，枫吐火光，秋花乱开，梧叶飘坠，佳人油碧，公子丝鞭，拾翠寻芳，歌来舞往，非常热闹。其时又当夕阳衔山，一片血色般的晚霞，斜照在草地上，迎着这片光中，却有个骨秀腴神、光风霁月的老者，一手捋着淡淡的黄须，缓步行来。背后随着个中年人，也是眉目英挺，气概端凝，胸罗匡济之才，面盎诗书之泽。

一壁闲谈一壁走的，齐向那大洋房前进。那老者忽然叹道："若非老夫微疴淹滞，此时早已在伦敦、巴黎间，呼吸西洋自由空气了！"那中年笑道："我们此时若在西洋，这谈瀛胜会那得举发。大人的清恙，正天所以留大人为群英之总持也！可见盍簪之聚，亦非偶然。"那老者道："我兄奖饰过当，老夫岂敢！但难得此时群贤毕集，不能无此盛举，以志一时之奇遇。前日托兄所拟的客单，不知已拟好吗？"那中年说："职道已将现在这里的人大略拟就，不知有无挂漏，请大人过目。"说着，就赶忙在靴统里抽出一个梅红全帖，双手递给老者。那老者揭开一看，只见那帖上写道：

本月重九日，敬借味莼园开谈瀛会。凡我同人，或持旌历聘，或凭轺偶游，足迹曾及他洲，壮游逾乎重译者，皆得来预斯会。借他山攻错之资，集世界交通之益，翘盼旌旄，勿吝金玉！敬列台衔于左：

记名道、日本出使大臣吕大人印苍舒，号顺斋；
前充德国正使李大人印葆丰，号台霞；
直隶候补道、前充美、日、秘出使大臣云大人印宏，号仁甫；
湖北候补道、铁厂总办、前充德国参赞徐大人印英，号忠华；
直隶候补道、招商局总办、前奉旨游历法国马大人印中坚，号美菽；
现在常镇道、前奉旨游历英国柴大人印龢，号韵甫；
大理寺正堂、前充英、法出使大臣俞大人印歌，号西塘；
分省补用道、前奉旨游历各国、现充英、法、意、比四国参赞王大人印恭，号子度。
下面另写一行"愚弟薛辅仁顿首拜订"。

看官，你们道这老者是谁？原来就是无锡薛淑云。

话说当时淑云看了客单，微笑道："大约不过这几人罢了，就少了雯青和次芳两个，听说也快回国，不知他们赶得上吗？"子度一面接过客单，一面答道："昨天知道雯青夫人已经到这里来迎接了。上海道已把洋务局预备出来，专候使节。大约今明必到。"言次，两人已踏上了那大洋房的平台。正要进门，忽然门外风驰电卷地来了两辆华丽马车，后面尘头起处，跟着四匹高头大马，马上跨着戴红缨帽的四个俊僮。那车一到洋房门口停住了，就有一群老妈丫头开了车门，扶出两位佳人，一个是中年的贵妇，一个是姣小的雏姬，都是珠围翠绕，粉滴脂酥，款步进门而来。

淑云、子度倒站着看呆了。子度低低向淑云说道："那年轻的，不是雯青的如夫人吗？大约那中年的，就是正太太了。"淑云点头道："不差。大约雯青已到了，我们客单上快添上吧！我想我先回去拜他一趟，后日好相见。你在这里给园主人把后天的事情说定，叫他把东边老园的花厅，借给我们做会所就得了。"子度答应，自去找寻园主人，这里淑云见雯青的家眷，许多人簇拥着上楼，拣定座儿，自去啜茗。淑云也无心细看，连忙叫着管家伺候，匆匆上车回去拜客不提。

到了次日，雯青叫张夫人领着彩云各处游玩，自己也出门拜访友好，直闹到天黑方归。正在上房，一面叫彩云伺候更衣，一面与夫人谈天，细问今日游玩的景致。张夫人一一地诉说。那当儿，金升拿着个帖子，上来回道："刚才薛大人自己来过，请大人后日到味莼园一聚，万勿推辞。临走留下一个帖子。"雯青就在金升手里看了一看，微笑道："原来这班人都在这里，倒也难得。"又向金升道："你去外头招呼匡大人一声，说我去的，叫匡大人也去，不可辜负了薛大人一片雅意。"金升诺诺答应下去。当日无话。

单说这日重阳佳节，雯青在洋务局吃了早饭，约着次芳坐车直到味莼园，到得园门，把车拉进老园洋房停着，只见门口已停满了五六辆轿车，阶上站着无数红缨青裲的家人。雯青、次芳一同下车，就有家人进去通报，淑云满面笑容地把雯青、次芳迎接进去。此时花厅上早是冠裳济楚，坐着无数客人，见雯青进来，都站起来让座。雯青周围一看，只见顺斋、台霞、仁甫、美菽、忠华、子度一班熟人都在那里。雯青一一寒暄了几句，方才告坐。淑云先开口向雯青道："我们还是那年在一家春一叙，一别十年，不想又在这里相会。最难得的仍是原班，不弱一个！不过绿鬓少年，都换了华颠老子了。"说罢，拈须微笑。子度道："记得那年全安栈相见的时候，正是雯兄大魁天下、衣锦荣归的当儿，少年富贵，真使弟辈艳羡无穷。"雯青道："少年陈迹，令人汗颜。小弟只记得那年畅闻高谕，所谈西国政治艺术，天惊石破，推崇备至，私心窃以为过当！如今靠着国家洪福，周游各国，方信诸君言之不谬。可惜小弟学浅才疏，不能替国家宣扬令德，那里及淑翁博闻多识，中外仰望，又有子度兄相助为理。此次出洋，必能争回多少利权，增重多少国体。弟辈惟有拭目相望耳！"

淑云、子度谦逊了一回。台霞道："那时中国风气未开，有人讨论西学，就是汉奸。雯兄，你还记得吗？郭筠仙侍郎喜谈洋务，几乎被乡人驱逐；曾劼刚袭侯学了洋文，他的夫人喜欢弹弹洋琴，人家就说他吃教的。这些粗俗的事情尚且如此，政治艺术，不要说雯兄疑心，便是弟辈也不能十分坚信。"美菽道："如今大家眼光，比从前又换一点儿了。听说俞西塘京卿在家饮食起居都依洋派，公子小姐出门常穿西装，在京里应酬场中，倒也没有听见人家议论他。岂不奇怪！"大家听了，正要动问，只见一个家人手持红帖，匆忙进来通报道："俞大人到！"雯青一眼看去，只见走进一个四十多岁的体面人来，细长个儿，椭圆脸儿，雪白的皮色，乌油油两绺微须，蓝顶花翎，满面锋芒的，就给淑云作下揖去，口里连说迟到。淑云正在送茶，后面家人又领进一位粗眉大眼、挺腰凸肚的客人，淑云顺手也送了茶，就招呼道："这位就是柴韵甫观察，新从常、镇道任所到此。我们此会，借重不少哩！"韵甫忙说不敢，就给大家相见。淑云见客已到齐，忙叫家人摆起酒来，送酒定座，忙了一回，于是各各归座，举杯道谢之后，大家就纵饮畅谈起来。

雯青向顺斋道："听说东瀛从前崇尚汉学，遗籍甚多，往往有中土失传之本，而彼国尚有流传。弟在海外就知阁下搜揖甚多，正有功艺林之作也。"顺斋道："经生结习，没有什么关系的。要比到子度兄所作的《日本国志》，把岛国的政治风俗网罗无遗，正是问鼎康瓠，不可同语了！"子度道："日本自明治变法，三十年来进步之速，可惊可愕。弟的这书也不过断烂朝报，一篇陈账，不适用。"西塘道："日本近来注意朝鲜，倒是一件极可虑的事。即如那年朝鲜李昰应之乱，日本已遣外务卿井上馨率兵前往，幸亏我兵先到半日，得以和平了事。否则朝鲜早变了琉球之续了。"子度微笑，指着淑云、顺斋道："这事都亏了两位赞助之功。"淑云道："岂敢！小弟不过上书庄制军，请其先发海军往救，不必转商总理衙门，致稽时日罢了。至这事成功的枢纽……"

说到这里，向着顺斋道："究竟还靠顺斋在东京探得确信，急递密电，所以制军得豫为之备，迅速成功哩！"美菽道："可惜后来伊藤博文到津，何太真受了北洋之命，与彼立了攻守同盟的条约。我恐朝鲜将来有事，中、日两国必然难免争端吧？"雯青道："朝鲜一地，不但日本眈眈虎视，即俄国蓄意亦非一日了。"淑云道："不差。小弟闻得吾兄这次回国，俄皇有临别之言，不晓得究竟如何说法？"雯青道："我兄消息好灵！此事确是有的。

就是兄弟这次回国时，到俄宫辞别，俄皇特为免冠握手，对兄弟道：'近来外人都道朕欲和贵国为难，且有吞并朝鲜的意思，这种议论都是西边大国造出来离间我们邦交的。其实中、俄交谊在各国之先，朕哪里肯废弃呢！况且我国新灭了波兰，又割了瑞典、芬兰，还有土耳其斯坦各部，朕日夜兢兢，方要缓和斯地，万不愿生事境外的。至于东境铁路，原为运输海参崴、珲春商货起见,更没别意。又有人说我国海军被英国截住君士坦丁峡,没了屯泊所,所以要从事朝鲜,这话更不然了。近年我已在黑海旁边得了停泊善澳,北边又有煤矿;又在库页岛得了海口两处,皆风静水暖,矿苗丰富的;再者俄与丹马婚姻之国,尚要济师,丹马海峡也可借道,何必要朝鲜呢!贵大人归国,可将此意劝告政府,务敦睦谊。'这就是俄皇亲口对弟说的。至于其说是否发于至诚,弟却不敢妄断,只好据以直告罢了。"淑云道:"现在各国内力充满,譬如一杯满水,不能不溢于外。侵略政策出自天然,俄皇的话就算是真心,哪里强得过天运呢!孙子曰:'毋恃人之不来,恃我有以待之。'为今之计,我国只有力图自强,方足自存在这种大战国世界哩!"雯青道:"当今自强之道,究以何者为先?淑翁留心有素,必能发抒宏议。"淑云道:"富强大计,条目繁多,弟辈蠡测,哪里能尽?只就职分所当尽者,即如现在交涉里头,有两件必须力争的:第一件,该把我国列入公法之内,凡事不至十分吃亏;第二件,南洋各埠都该添设领事,使侨民有所依归。这两事虽然看似寻常,却与大局有关系。弟从前曾有论著,这回出去,决计要实行。"

次芳道:"淑翁所论,自是外交急务。若论内政,愚意当以练兵为第一,练兵之中尤以练海军为最要。近日北洋海军经威毅伯极意经营,丁雨汀尽心操演,将来必能收效的。但今闻海军衙门军需要款,常有移作别用的。一国命脉所系,岂容儿戏呢?真不可解了!"忠华道:"练兵固不可缓,然依弟愚见,如以化学比例,兵事尚是混合体,决非原质。历观各国立国,各有原质,如英国的原质是商,德国的原质是工,美国的原质是农。农工商三样,实是国家的命脉。各依其国的风俗、性情、政策,因而有所注重。我国倘要自强,必当使商有新思想,工有新技术,农有新树艺,方有振兴的希望哩!"仁甫道:"实业战争,原比兵力战争更烈,忠华兄真探本之论!小弟这回游历英、美,留心工商界,觉得现在有两件怪物,其力足以灭国殄种,我国所必当预防的,一是银行,一是铁路。银行非钱铺可比,经其规制,一国金钱的势力听其弛张了;铁路亦非驿站可比,入其范围,一国交通的机关受其节制了。我国若不先自下手,自办银行、自筑铁路,必被外人先我着鞭,倒是心腹大患哩!"

台霞道:"西国富强的本原,据兄弟愚见,却不尽在这些治兵、制器、惠工、通商诸事上头哩!第一在政体。西人视国家为百姓的公产,不是朝廷的世业,一切政事,内有上下议院,外有地方自治,人人有议政的权柄,自然人人有爱国的思想了。第二在教育。各国学堂林立,百姓读书归国家管理,无论何人不准不读书,西人叫作强逼教育。通国无不识字的百姓,即贩夫走卒也都通晓天下大势。民智日进,国力自然日大了。又不禁党会,增大他的团结力;不讳权利,养成他的竞争心。尊信义,重廉耻①,还是余事哩!我国现在事事要仿效西法,徒然用心那些机器事业的形迹,是不中用的。"西塘道:"政体一层,我国数千年来都是皇上一人独断的,一时恐难改变。只有教育一事,万不可缓。现在我国四万万人,读书识字的还不到一万万,大半痴愚无知,无怪他们要叫我们作半开化国了。现在朝廷如肯废了科举，大开学堂，十年之后，必然收效。不过弟意，现办学堂，这些专门高等的倒可从缓，只有普通小学堂最是要紧。因为小学堂是专教成好百姓的，只要有了好百姓，就不怕他没有好国家了。"韵甫道："办学堂，开民智，固然是要紧，但也有一层流弊②，该慎之于始。兄弟从前到过各国学堂，常听见那些学生，终日在那里讲究什么卢梭的《民约论》、孟德斯鸠的《法律魂》，满口里无非'革命''流血''平权''自由'的话。我国如果要开学堂，先要把这种书禁绝，不许学生寓目才好。否则开了学堂，不是造就人材，倒造就叛逆了。"

美菽道："要说到这个流弊，如今还早哩！现在我国民智不开，固然在上的人教育无方，然也是我国文字太深，且与语言分途的缘故，哪里能给言文一致的国度比较呢！兄弟的意思，现在必须另造一种通行文字，像白话一样的方好。还有一事，各国提倡文学，最重小说戏曲，因为百姓容易受他的感化。如今我国的小说戏曲太不讲究了，佳人才子，千篇一律，固然毫无道理；否则开口便是骊山老母、齐天大圣，闭口又是白玉堂、黄天霸，一派妖乱迷信的话，布满在下等人心里。北几省此风更甚，倒也是开化的一件大大可虑的事哩！"当时味莼园席上的人，你一句，我一句，正在兴高采烈议论天下大势的时候，忽见走进一个家人，站在雯青身边，低低地回道："太太打发人来，说京里有紧要电报到来，请老爷即刻回去。"大家都吃了一惊，方隔断了话头。

雯青心里有事，坐不住，只好起身告辞。正是：

海客高谈惊四座，京华芳讯报三迁。

欲知后事，且看下回。

【注解】

①廉耻：廉操与知耻。

②流弊：指引起的坏作用。

淋漓数行墨五陵未死健儿心
的烁三明珠一笑来觞名士寿

　　上回叙的是薛淑云在味莼园开谈瀛会，大家正在高谈阔论，忽因雯青家中接到了京电，不知甚事。雯青不及终席就道谢兴辞，赶回洋务局公馆，却见夫人满面笑容地接出中堂道:"恭喜老爷。"雯青愕然道:"喜从何来?"张夫人笑道:"别忙,横竖跑不了,你且换了衣服。彩云,烦你把刚才陆大人打来的电报,拿给老爷看。"那个当儿,阿福站在雯青面前,脱帽换靴。彩云趴在张夫人椅子背上,愣愣地听着。猛听夫人呼唤,忙道:"太太,搁在哪里呢?"夫人道:"刚在屋里书桌儿上给你同看的,怎么忘了?"彩云一笑,扭身进去。这里张夫人看着阿福给雯青升冠卸褂,解带脱靴,换好便衣,靠窗坐着。阿福自出宅门。彩云恰好手拿个红字白封儿跨出房来。雯青忙伸手来接。彩云偏一缩手,递给张夫人道:"太太看,这个是不是?"夫人点头,顺手递在雯青手里。雯青抽出,只见电文道:

上海斜桥洋务局出使大人金鉴:燕得内信,兄派总署,谕行发,嘱速来。莘庚。

雯青看完道:"这倒想不到的。既然小燕传出来的消息,必是准确的,只好明后日动身了。"夫人道:"小燕是谁?"雯青道:"就是庄焕英侍郎,从前中俄交界图,我也托他呈递的。这人非常能干,东西两宫都喜欢他,连内监们也没个说他不好,所以上头的举动,他总比人家先晓得一点。也来招呼我,足见要好,倒不可辜负。夫人,你可领着彩云,把行李赶紧拾掇起来,我们后日准走。"张夫人答应了,自去收拾。雯青也出门至各处辞行。恰值淑云、子度也定明日放洋,忠华回湖北,韵甫回镇江,当晚韵甫做主人,还在密采里吃了一顿,欢聚至更深而散。明日各奔前程。

话分两头。如今且把各人按下,单说雯青带着全眷并次芳等乘轮赴津。到津后,直托次芳护着家眷船由水路进发;自己特向威毅伯处借了一辆骡车,带着老仆金升及两个俊童,轻车简从,先从旱路进京。此时正是秋末冬初,川原萧索①,凉风飒飒,黄沙漫漫。这日走到河西务地方,一个铜盆大的落日,只留得半个在地平线上,颜色恰似初开的淡红西瓜一般,回光返照,在几家野店的屋脊上,煞是好看。原来那地方正是河西务的大镇,一条长的街,街上也有个小小巡检衙门,衙两旁客店甚多。雯青车子一进市口,就有许多店伙迎上来,要揽这个好买卖,老远地喊道:"我们那儿屋子干净,炕儿大,吃喝好,伺候又周到,请老爷试试就知道。"鹅呛鸭嘴得不了。雯青忙叫金升飞马前去,看定回报。谁知一去多时,绝无信息。雯青性急,叫赶上前去,拣大店落宿。过了几个店门,都不合意,将近市梢,有一个大店,门前竹竿子远远挑出一扇青边白地的毡帘,两扇破落大门半开着,门上贴着一副半拉下的褪红纸门对,写的是:

三千上客纷纷至,百万财源滚滚来。

望进去,一片挺大的围场,正中三开间,一溜上房,两旁边还有多少厢房,场中却已停着好几辆客车。雯青看这店还宽敞,就叫把车赶进去,一进门还没下车,就听金升高声粗气,倒在那里给一个胖白面的少年人吵架。少年背后,还站着个四五十岁,紫膛脸色,板刷般的乌须,眼上架着乌油油的头号墨晶镜,口衔京潮烟袋,一个官儿模样的人。阶前伺候多少家人。只听金升道:"哪儿跑出这种不讲理的少爷大人们,仗着谁的大腰子,动不动就捆人?你也不看看我姓金的,捆得捆不得?这会儿你们敢捆,请捆!"那少年一听,双脚乱跳道:"好,好,好撒野!你就是王府的包衣,今天我偏捆了再说!来,给我捆起这个没王法的王八!"这一声号令,阶下那班如狼如虎的健仆,个个摩拳擦掌,只待动手,斜刺里那个紫膛脸的倒走出来拦住,对金升道:"你也太不晓事了!我却不怪你!大约你还才进京,不知厉害。我教你个乖,这位是户部侍郎总理衙门大臣庄焕英庄大人的少大人,这回替他老大人给老佛爷和佛爷办洋货进去的。这位庄大人仿佛是皇帝的好朋友、太后的老总管,说句把话比什么也灵。你别靠着你主人,有一个什么官儿仗腰子,就是斗大的红顶儿,只要给庄大人轻轻一拨,保管骨碌碌地滚下来。你明白点儿,我劝你走吧!"雯青听到这里,忍不住欻地跳下车来,喝金升道:"休得无礼!"就走上几步,给那少年作揖道:"足下休作这老奴的准,大概他今天喝醉了。既然这屋子是足下先来,那有迁让的理。况刚才那位说,足下是小燕兄的世兄,兄弟和小燕数十年交好,足下出门,方且该诸事照应,倒争夺起屋子来,笑话,笑话!"

　　说罢,就回头问着那些站着的店伙道:"这里两厢有空屋没有?要没有,我们好找别家。"店伙连忙应着:"有,东厢空着。"雯青向金升道:"把行李搬往东厢,不许多事。"此时那少年见雯青气概堂皇,说话又来得正大,知道不是寻常过客,倒反过脸,足恭地还了一揖,问道:"不敢动问尊驾高姓大名?"雯青笑道:"不敢,在下就是金雯青。"那少年忽然脸上一红道:"呀,可了不得,早知是金老伯,就是尊价逼人太甚,也不该给他争执了!可恨他终究没提个金字,如今老伯只好宽恕小侄无知冒犯,请里边去坐罢,小侄情愿奉让正屋。"雯青口说不必,却大踏步走进中堂,昂然上坐。那少年只好下首陪着。紫膛脸的坐在旁边。雯青道:"世兄大名,不是一个'南'字,雅篆叫做稚燕吗?这是兄弟常听令尊说的。"那庄稚燕只好应了个"是"。

　　雯青又指着那紫膛脸的道:"倒是这位,没有请教。"那个紫膛脸的半天没有他插嘴处,但是看看庄稚燕如此奉承,早忖是个大来头,今忽然问到,就恭恭敬敬站着道:"职道鱼邦礼,号阳伯,山东济南府人。因引见进京,在沪上遇见稚燕兄,相约着同行的。"雯青点点头。庄稚燕又几回请雯青把行李搬来,雯青连说不必。

　　却说这中堂正对着那个围场,四扇大窗洞开,场上的事一目了然。雯青嘴说不必的时候,两只眼却只看着金升等搬运行李下车。还没卸下,忽听门外一阵鸾铃,当当的自远而近。不一会儿,就见一头纯黑色的高头大骒,如风地卷进店来。骒上骑着一位六尺来高的身材,红颜白发,大眼长眉,一部雪一般的长须。头戴编蒲遮日帽,身穿乌绒阔镶的乐亭布袍,外罩一件韦陀金边巴图鲁夹砍肩,脚蹬一双绿皮盖板快靴,一手背着个小包儿,一手提着丝缰,直闯到东厢边,下了骒,把骒系在一棵树上,好像定下似的,不问长短,走进东厢,拉着一把椅子就靠门坐下,高声叫:"伙计,你把这头骒好生喂着,委屈了,可问你!"那伙计连声应着。待走,老者又喊道:"回来,回来!"

伙计只得垂手站定。老者道："回头带了开水来,打脸水,沏茶,别忘了!"那伙计又站了一回,见他无话方走了。金升正待把行李搬进厢房,见了这个情形,忙拉住了店主人,瞪着眼问道："你说东厢空着,怎么又留别人?"那店主赔着笑道："这事只好求二爷包涵些,东厢不是王老爷来,原空着在那里。谁知他老偏又来到。不瞒二爷说,别人早赶了。这位王老爷,又是城里半壁街上有名的大刀王二,是个好汉,江湖上谁敢得罪他!所以只好求二爷回回贵上,咱们商量个好法子才是。"

一句话没了,金升跺脚喊道："我不知道什么'王二王三',我只要屋子!"场上吵嚷,雯青、稚燕都听得清清楚楚。雯青正要开口,却见稚燕走到阶上喊道："你们嚷什么,把金大人的行李搬进这屋里来就得了!"回过头来,向着阶上几个家人道："你们别闲着,快去帮个忙儿!"众家人得了这一声,就一哄上去,不由金升做主,七手八脚把东西都搬进来。店家看有了住处,慢慢就溜开。金升拿铺盖铺在东首屋里炕上,嘴里还只管咕噜。雯青只做不见不闻,由他们去闹。直到拾掇停当,方站起来向稚燕道："承世兄不弃,我们做一夜邻居吧!"稚燕道："老伯肯容小侄奉陪,已是三生之幸了!"雯青道了"岂敢",就拱手道:"大家各便罢!"

说完,两个俊童就打起帘子。

雯青进了东屋,看金升部署了一回。那时天色已黑,屋里乌洞洞,伸手不见五指,金升在网篮内翻出洋蜡台,将要点上。雯青摇手道:"且慢。"一边说,一边就掀帘出来。只见对面房静悄悄的下着帘子,帘内灯烛辉煌。雯青忙走上几步,伏在帘缝边一张,只见庄、鱼两人盘腿对坐在炕上,当中摆着个炕几,几上堆满了无数的珍珠盘金表、钻石镶嵌小八音琴,还有各种西洋精巧玩意儿,映着炕上两枝红色宫烛,越显得五色迷离,宝光闪烁。几尽头却横着一只香楠雕花画匣,匣旁卷着一个玉潭锦签的大手卷。只见稚燕

却只顾把那些玩意一样一样给阳伯看,阳伯笑道:"这种东西,难道也是进贡的吗?"稚燕正色道:"你别小看了这个。我们老人家一点尽忠报国的意思,全靠它哩!"阳伯愣了愣。稚燕忙接说道:"这个不怪你不懂。近来小主人愿意维新,极喜欢西法,所以连这些新样的小东西,都爱得很。不过这个意思外人还没有知道,我们老人家与总管连公公是拜把子,是他通的

信。每回上里头去，总带一两样在袖子里，奏对得高兴，就进呈了。阳伯，你别当它是玩意儿！我们老人家的苦心，要借这种小东西，引起上头推行新政的心思。"阳伯点头领会，顺手又把那手卷慢慢摊出来，一面看，一面说道："就是这一样东西送给尊大人，不太菲吗！"

稚燕哈哈笑道："你真不知道我们老爷子的脾气了。他一生饱学，却没有巴结上一个正途功名，心里常常不平，只要碰着正途上的名公巨卿，他事事偏要争胜。这一会儿，他见潘八瀛搜罗商彝周鼎②，龚和甫收藏宋椠元钞，他就立了一个愿，专收王石谷的画，先把书斋的名儿叫作了'百石斋'，见得不到百幅不歇手，如今已有了九十九幅了，只少一幅。老爷子说，这一幅必要巨轴精品，好做个压卷。"说着，手指那画卷道："你看这幅《长江万里图》，又浓厚，又起脱，真是石谷四十岁后得意之作，老爷子见了，必然喜出望外。你求的事情不要说个把海关道，只怕再大一点也行的。"

说到这里，又拍着阳伯的肩道："老阳，你可要好好谢我！刚才从上海赶来的那个画主儿，一个是寡妇，一个是小孩子，要不是我用绝情手段，硬把他们关到河西务巡检司的衙门里，你哪里能安稳得这幅画呢！"阳伯道："我倒想不到这个妇人跟那孩子这么泼赖，为了这画儿，不怕老远地赶来，看刚才那样儿，真要给兄弟拼命了。"稚燕道："你也别怪她。据你说，这妇人的丈夫也是个名秀才，叫作张古董，为了这幅画，把家产都给了人，因此贫病死了。临死叮嘱子孙穷死不准卖，如今你骗了她来，只说看看就还，谁知你给她一卷走了，怎么叫她不给你拼命呢！"阳伯听了，笑了一笑。

此时帘内的人，一人一句说得高兴。谁知帘外的人，一言半语也听得清楚。雯青心里暗道："原来他们在那里做伤天害理的事情！怪道不肯留我同住。"想想有些不耐烦，正想回身，忽见西面壁上一片雪白的灯光影里，歘③地现出一个黑人影子，仿佛手里还拿把刀，一闪就闪上梁去了。雯青吓了一跳，恰要抬头细看，只见窗外围场中飞快地跑进几人来，嘴里嚷道："好奇怪，巡检衙门里关的一男一女都跑掉了。"

雯青见有人来，就轻轻溜回东屋，忙叫小童点起蜡来，摊着书看，耳朵却听外面。只听许多人直嚷到中堂。庄、鱼两人听了，直跳起来，问怎么跑的。就有一人回道："恰才有个管家，拿了金沟金大人的片子，跑来见我们本官，说金大人给那两人熟识，劝他几句话必然肯听。金大人已给两位大人说明，特为叫小的来面见他们，哄他们回南的。本官信了，就请那管家进班房去。一进去半个时辰，再不出来。本官动疑，立刻打发我们去看，谁知早走得无影无踪了。门却没开，只开了一扇凉槅子。两个看班房的人昏迷在地。本官已先派人去追，特叫小的来报知。"

雯青听得用了自己的片子，倒也吃惊，忙跑出来，问那人道："你看见那管家什么样子？"那道："是个老头儿。"庄、鱼两人听了，倒面面相视了一面。雯青忙叫金升跟两个童儿上来，叫那人想是不是。那人一见摇头道："不是，不是，那个是长白胡子的。"庄、鱼两人都道："奇了，谁敢冒充金老伯的管家？还有那个片子，怎么会到他手里呢？"雯青冷笑道："拿张片子有什么奇。比片子再贵重点儿的东西，他要拿就拿。不瞒二位说，刚才兄弟在屋里没点灯，靠窗坐着，眼角边忽然飞过一人影，直钻进你们屋里去。兄弟正要叫，你们就闹起跑了人了。依兄弟看来，跑了人还不要紧，倒怕屋里东西有什么走失。"

一语提醒两人，鱼阳伯拔脚就走，才打起帘儿，就忘命地喊道："炕儿上的画儿，连匣子都哪里去了！"稚燕、雯青也跟着进来，帮他四面搜寻，哪有一点影儿。忽听稚燕指着墙上叫道："这几行字儿是谁写的？刚刚还是雪白的墙。"雯青就踱过来仰头一看，见几笔歪歪斜斜的行书，虽然粗率，倒有点倔强之态。雯青就一句一句地照读道：

王二王二，杀人如儿戏；空际纵横一把刀，专削人间不平气！有图曰《长江》，王二挟之飞出窗；还之孤儿寡妇手，看彼笑脸开双双！笑脸双开，王二快哉，回鞭直指长安道，半壁街上秋风哀！

三人都看呆了，门口许多人也探头探脑的诧异。阳伯拍着腿道："这强盗好大胆，他放了人，抢了东西，还敢称名道姓地吓唬我！我今夜拿不住他算屌头！"稚燕道："不但说姓名，连面貌都给你认清了。"阳伯喊道："谁见狗面？"稚燕道："你不记得给金老伯抢东厢房那个骑黑骡儿的老头儿吗？今儿的事，不是他是谁？"阳伯听了，筱然站起来往外跑道："不差，我们往东厢去拿这王八！"稚燕冷笑道："早哩，人家还睡着等你捆呢！"阳伯不信，叫人去看，果然回说一间空房，骡子也没了。稚燕道："那人既有本事衙门里骗走人，又会在我们人堆里取东西，那就是个了不得的。你一时哪里去找寻？我看今夜只好别闹了，到明日再商量吧。"

说完，就冲着雯青道："老伯说是不是？"雯青自然附和了。阳伯只得低头无语。稚燕就硬做主，把巡检衙门报信人打发了，大家各散。当夜无话。雯青一觉醒来，已是"鸡声茅店，人迹板桥"的时候，侧耳一听，只有四壁虫声唧唧，间壁房里静悄悄的。雯青忙叫金升问时，谁知庄、鱼两人赶三更天，早是人马翻腾地走了。雯青赶忙起来盥漱，叫起车夫，驾好牲口，装齐行李，也自长行。

看官，且莫问雯青，只说庄、鱼两人这晚走得怎早？原来鱼阳伯失去了这一分重赂，心里好似已经革了官一般，在炕上反复不眠，意思倒疑是雯青的手脚。稚燕道："你有的是钱，只要你肯拿出来，东海龙王也叫他搬了家，虾兵蟹将怕什么？"又说了些京里走门路的法子，把阳伯说得火拉拉的，等不到天亮，就催着稚燕赶路。一路鞭骡喝马，次日就进了京城。阳伯自找大客店落宿。稚燕径进内城，到锡蜡胡同本宅下车，知道父亲总理衙门散值初回，正歇中觉，自己把行李部署一回，还没了，早有人来叫。稚燕整衣上去，见小燕已换便衣，危坐在大洋圈椅里，看门簿上的来客。一个门公站在身旁。稚燕来了，那门公方托着门簿自去。小燕问了些置办的洋货，稚燕一一回答了，顺便告诉小燕有幅王石谷的《长江图》，本来有个候补道鱼邦礼要送给父亲的，可惜半路被人抢去了。小燕道："谁敢抢去？"稚燕因把路上盗图的事说了一遍，却描写画角，都推在雯青身上。小燕道："雯青跟我至好，何况这回派入总署，还是我的力量多哩，怎么倒忘恩反噬④？可恨！可恨！叫他等着吧！"稚燕冷笑道："他还说爹爹许多话哩！"小燕作色道："这会儿且不用提他，我还有要事吩咐你哩！你赶快出城，给我上韩家潭余庆堂蔼云那里去一趟，叫他今儿午后，到后载门成大人花园里伺候李老爷，说我吩咐的。别误了！"稚燕愣着道："李老爷是谁？大人自己不叫，怎么倒替人家叫？"小燕笑道："这不怪你要不懂了。姓李的就是李纯客，他是个当今老名士，年纪是三朝耆硕，文章为四海宗师。如今要收罗名士，收罗了他，就是擒贼擒王之意。这个老头儿相貌清癯，脾气古怪，谁不合了他意，不论在大庭广众，也不管是名公巨卿，顿时瞪起一双谷秋眼，竖起三根晓星须，肆口谩骂，不留余地。其实性情直率，不过是个老孩儿，晓得底细的常常当面戏弄他，他也不知道。他喜欢闹闹相公，又不肯出钱，只说相公都是爱慕文名、自来呢就的。哪里知道几个有名的，如素云是袁尚秋替他招呼，怡云是成伯怡代为道地，老先生还自鸣得意，说是风尘知己哩。就是这个蔼云，他最爱慕的，所以常常暗地贴钱给他。今儿个是他的生日，成伯怡祭酒，在他的云卧园大集诸名士，替他做寿。大约那素云、怡云必然到的，你快去招呼蔼云早些前去。"稚燕道："这位老先生有什么权势，爹爹这样奉承他呢？"小燕哈哈笑道："他的权势大着哩！你不知道，君相的斧钺，威行百年；文人的笔墨，威行千年。我们的是非生死，将来全靠这班人的笔头上定的。况且朝廷不日要考御史，听说潘、龚两尚书都要劝纯客去考。纯客一到台谏，必然是个铁中铮铮，我们要想在这个所在做点事业，台谏的声气总要联络通灵方好，岂可不烧烧冷灶呢？你别再烦絮，快些赶你的正经吧！我还要先到他家里去访问一趟哩！"说着，就叫套车伺候。稚燕只得退出，自去招呼蔼云。

却说小燕便服轻车，叫车夫径到城南保安寺街而来，那时秋高气和，尘软蹄轻，不一会儿已到了门口，把车停在门前两棵大榆树荫下。家人方要通报，小燕摇手说不必，自己轻跳下车，正跨进门，瞥见门上新贴一幅淡红硃砂笺的门对，写得英秀瘦削，历落倾斜的两行字道：

　　保安寺街，藏书十万卷；户部员外，补阙一千年。

小燕一笑。进门一个影壁，绕影壁而东，朝北三间倒厅，沿倒厅廊下一直进去，一个秋叶式的洞门。洞门里面方方一个小院落，庭前一架紫藤，绿叶森森；满院种着木芙蓉，红艳娇酣，正是开花时候。三间静室垂着湘帘，悄无人声。那当儿，恰好一阵微风，小燕觉得正在帘缝里透出一股药烟，清香沁鼻。掀帘进去，却见一个椎结小童，正拿着把破蒲扇，在中堂东壁边煮药哩。见小燕进来正要立起，只听房里高吟道："淡墨罗巾灯畔字，小风铃佩梦中人！"小燕一脚跨进去笑道："梦中人是谁呢？"一面说，一面看。只见纯客穿着件半旧熟罗半截衫，踏着草鞋，本来好好一手捋短须，坐在一张旧竹榻上看书，看见小燕进来，连忙和身倒下，伏在一部破书上发喘，颤声道："呀，怎么小燕翁来了！老夫病体竟不能起迓，怎好？"小燕道："纯老清恙几时起的？怎么兄弟连影儿也不知。"纯客道："就是诸公定议替老夫做寿那天起的。可见老夫福薄，不克当诸公盛意。云卧园一集，只怕今天去不成了。"小燕道："风寒小疾，服药后当可小痊。还望先生速驾，以慰诸君渴望！"小燕说话时却把眼偷瞧，只见榻上枕边拖出一幅长笺，满纸都是些抬头。那抬头却奇怪，不是阁下台端，也非长者左右，一迭连三全是"妄人"两字。小燕觉得诧异，想要留心看它一两行，忽听秋叶门外有两人一路谈话，一路蹑手蹑脚地进来。那时纯客正要开口，只听竹帘子啪的一声。正是：

　　　　十丈红尘埋侠骨，一帘秋色养诗魂。

不知来者何人，且看下回分解。

【注解】

①萧索：冷落，萧条。

②商彝(yí)周鼎：泛称极其珍贵的古董。

③欻(xū)：快速。

④反噬(shì)：反咬。

一纸书送却八百里
三寸舌压倒第一人

　　原来进来的却非别人，就是袁尚秋和荀子珮。两人掀帘进来，一见纯客，都愣着道："寿翁真又病了吗？"纯客道："怎么你们连病都不许生了？岂有此理！"尚秋见小燕在座，连忙招呼道："小燕先生几时来的？我进来时竟没有见。"小燕道："也才来。"又给子珮相见了。尚秋道："纯老的病，兄弟是知道的。"纯客正色道："你知道早哩！"尚秋带笑吟哦道："吾夫子之病，贫也！非病也！欲救贫病，除非炭敬①。炭敬来飨，祝彼三湘！三湘伊何？维此寿香。"纯客鼻子里抽了一丝冷气道："寿香？还提他吗？亦曰妄人而已矣！"就蹶然站起来，拈须高吟道："厚禄故人书断绝，含饥稚子色凄凉。"子珮道："纯老仔细，莫要忘了病体，跌了不是耍处。"纯客连忙坐下，叫童儿快端药碗来。尚秋道："子珮好不知趣，纯老哪里有病！"说着，踱出中间，喊道："纯老，且出来，兄弟这里有封书子请你看。"纯客笑道："偏是这个歪眼儿多歪事，又要牵率老夫，看什么信来！"一边说，就走出来。小燕暗暗地看着他，虽短短身材，棱棱骨格，而神宇清严，步履轻矫，方知道刚才病是装的，就低问子珮道："今天云卧园一局，到底去得成吗？"子珮笑道："此老脾气如此，不是人家再三劝驾，哪里肯就去呢？其实心里要去哩！"小燕口里应酬子珮，耳朵却听外边，只听得尚秋低低的两句话，什么因为先生诞日，愿以二千金为寿；又是什么信是托他门生四川杨淑乔寄来的。小燕正要模拟是谁的，忽听纯客笑着进来道："我道是什么书记翩翩应阮才，却原来是庄寿香的一封蜡蹋八行。"这当儿，恰好童子递上药来，一手却夹着个同心方胜儿。纯客道："药不吃了。你手里拿的什么？"童子道："说是成大人云卧园来催请的。"纯客忙取来拆开，原来是一首《菩萨蛮》词：

凉风偷解芙蓉结，红似君颜色。只见此花开，迟君君未来。三珠圆颗颗，玉树蟠桃果。莫使久凭栏，鸾飞怯羽单。

恃爱素蓁怡云速叩。

纯老寿翁高轩，飞临云卧园，勿使停琴伫盼，六眼穿也。

纯客看完笑道："这个捉刀人却不恶，倒捉弄得老夫秋兴勃生了！"尚秋道："本来时已过午，云卧园诸君等久了，我们去休！"纯客连声道："去休！去休！"小燕、子珮大家趁此都立起来，纯客却换了一套白夹衫、黑纱马褂，手执一柄自己写画的白绢团扇，倒显得红颜白发，风致萧然，同着众人出来上车，径向成伯怡云卧园而来。原来这个云卧园在后载门内，不是寻常园林，其地毗连一座王府，外面看看，一边是宫阙巍峨，一边是水木明瑟，庄严野逸，各擅其胜。伯怡本属王孙，又是名士，住了这个名园，更是水石为缘，缟纻无间。春秋佳日，悬榻留宾②；偶然兴到，随地谈宴，一觞一咏，恒亘昏旦；一官苜蓿，度外置之。世人都比他做神仙中人，这是成伯怡云卧园的一段历史。闲话休提。

且说纯客、小燕、尚秋、子珮四人，一同到云卧园门外，尚秋先跳下车，来扶纯客。纯客推开道："让老夫自走，别劳驾了！"原来纯客还是初次到园，不免想赏玩一番。当时抬起头来，只见两边蹲着一对崆峒白石巨眼狮，当中六扇铜绿色云梦竹丝门，钉着一色镶铁兽环，门楼上虬栋虹梁，天矫入汉。正中横着盘龙金字匾额，大书"云卧园"三字。"云"字上顶着"御赐"两个小金字。纯客道："壮丽哉，王居也！黄冠草服，哪里配进去呢！"小燕笑道:"惟贤者而后乐此。"

说话时,就有两个家人接了帖子,请个安道:"主人和众位大人久候了。"说着,就扬帖前导,直进门来。门内就是一个方方的广庭,庭中满地都是合抱粗的奇松怪柏,龙干撑云,翠涛泻玉,叶空中漏下的日光,都染成深绿色;松林尽处,一带粉垣,天然界限,恰把全园遮断。粉垣当中,一个大大的月洞门。尚秋领着纯客诸人,就从此门进去。纯客道:"这里借无宏景高楼,消受这一片涛声。"言犹未了,已到了一座金碧辉煌的牌楼之下,楼额上写着"五云深处"四个辟窠大字。进了牌楼,一条五色碎石砌成的长堤,夹堤垂杨漾绿,芙蓉绽红;还夹杂无数蜀葵海棠,秋色缤纷。两边碧渠如镜,掩映生姿;破茨残荷,余香犹在,正是波澄风定的时候。忽听滩头咱咱地几声,一群鸳鸯鹭鸶鼓翼惊飞。纯客道:"谁在那里打鸭惊鸳?"尚秋指着池那边道:"你们瞧,扈桥双桨乱划,载着个美人儿来了!"

大家一看,果然见一只瓜皮艇,舱内坐着个粉雕玉琢的少年,面不粉而白,唇不朱而红,横波欲春,瓠犀微露,身穿香云衫,手摇白月扇,映着斜阳淡影,真似天半朱霞。扈桥却手忙脚乱,把桨划来划去,蹲在船头上,朗吟道:"携着个小云郎,五湖飘泊。"纯客瞅着眼道:"哪,那舱里坐着的不是蔫云吗?"说时迟,那时快,扈桥已携了蔫云跳上岸,与众人相见,笑道:"纯老且莫妒忌,此曲只应天上有,人间哪得几回闻?"说罢,把蔫云一推道:"去吧!"蔫云忙笑着上前给纯客、小燕大家都请了安。小燕道:"谁叫你来的?"蔫云抿嘴笑道:"李老爷的千春,我们怎会忘了,还用叫吗?"纯客笑了笑,大家一同前行。走完了这长堤,翼然露出个六角亭,四面五色玻璃窗,面面吊起。纯客正要跨进,只听一人曼声细咏,纯客叫大家且住,只听念道:

生小瑶宫住。是何人、移来江上,画栏低护。水珮风裳映空碧,只怕夜凉难舞。但愁倚湘帘无绪。太液朝霞和梦远,更微波隔断鸳鸯语!抱幽恨,恨谁诉?湖山几点伤心处。看微微残照,萧萧秋雨。忍教重认前身影,负了一汀鸥鹭!休提起、洛川湘浦。十里晓风香不断,正月明寒泻金盘露。问甚日?凌波去。

纯客向尚秋道:"这《金缕曲》,题目好似盆荷,寄托倒还深远。"尚秋正要答言,忽听亭内又一人道:"你这词的寓意,我倒猜着了。这个鸳鸯,莫非是天上碧桃、日边红杏吗?金盘泻露,引用得也还恰当,可恨那露气太寒凉些。什么水殿瑶宫,直是金笼玉笈罢了!"那一人道:"可不是?况且我的感慨更与众不同,马季长虽薄劣,谁能不替绛帐中人一泄愤愤呢!"纯客听到这里,就突然闯进喊道:"好大胆,巷议者诛,亭议者族,你们不怕吗?"你道那吟咏的是谁?原来就是闻韵高,科头箕踞,两眼朝天,横在一张醉翁椅上,旁边靠着张花梨圆桌;站着的是米筱亭,正握着支提笔,满蘸墨水,写一幅什么横额哩。当时听纯客如此说,都站起来笑了。纯客忙挡住道:"吟诗的尽着吟,写字的只管写,我们还要过那边见主人哩!"

说话未了，忽然微风中吹来一阵笑语声，一个说："我投了个双骁，比你的贯耳高得多哩！"一个道："让我再投个双贯耳你看。"小燕道："咦，谁在那里投壶？"筱亭道："除了剑云，谁高兴干那个？"扈桥就飞步抢上去道："我倒没玩过这个，且去看来。"纯客自与蒉云一路谈心，也跟下亭子来。一下亭，只见一条曲折长廊，东西蜿蜒，一眼望不见底儿。西首一带，全是翠色钻天的竹林，远远望进去，露出几处台榭，甚是窈窕。这当儿，那前导的管家，却趱向东首，渡过了一条小小红桥，进了一重垂花门，原来里面藏着三间小花厅，厅前小庭中，堆着高高低低的太湖山石，玲珑剔透，磊砢峥嵘③，石气扑人，云根掩土。廊底下，果然见姜剑云卷起双袖，又着手半靠在栏杆上，看着一个十五六岁的活泼少年，手执一枝竹箭，离着个有耳的铜瓶五步地，直躬敛容地立着，正要投哩！恰好扈桥喘吁吁地跑来喊道："好呀，你们做这样雅戏，也不叫我玩玩！"说着，就在那少年手里夺了竹箭，顺手一掷，早抛出五六丈之外。此时纯客及众人已进来，见了哄然大笑。纯客道："蠢儿！这个把戏，哪里是粗心浮气弄得来的！"一面说话，一面看那少年，见他英秀扑人，锋芒四射，倒吃一惊。想要动问，尚秋、子珮已先问剑云道："这位是谁？"

剑云笑道："我真忘了，这位是福州林敦古兄。榜名是个'勋'字，文忠族孙，新科的解元，文章学问很可以。因久慕纯老大名，渴愿一见，所以今天跟着兄弟同来的。"说罢，就招呼敦古，见了纯客和众人。纯客赞叹了一回，方要移步，忽回头，却见那厅里边一间一张百灵台上，钱唐卿坐在上首，右手拿着根长旱烟筒，左手托一本书在那里看，说道："你这书把板本学的掌故，搜罗得翔实极了。弟意此书，既仿宋诗纪事诗之例，就叫作《藏书纪事诗》，你说好吗？"纯客方知上首还有人哩。看时，却是个黑瘦老者，危然端坐，仿佛老僧入定一样。原来是潘八瀛尚书的得意门生、现在做他西席的叶缘常。小燕要去招呼，纯客忙说不必惊动他们，大家就走出那厅。又过了几处廊树，方到了一座宏大的四面厅前，周围环绕游廊，前后簇拥花木，里里外外堆满了光怪陆离的菊花山，都盛着五彩细磁古盆，湘帘高卷，锦罽重敷，古鼎龙涎，镜屏风纽，真个光摇金碧，气荡云霞。当时那管家把纯客等领进厅来，只有成伯怡破巾旧服，含笑相迎，见小燕、尚秋、子珮等道："原来你们都在一块儿，倒叫人好等！"

纯客尚未开口，只听东壁藤榻上一人高声道："我们等等倒也罢了，只被怡云、素云两个小燕子，聒噪得耳根不清。这会儿没法子，赶到后面下棋去了。"纯客循声看去，原来是黎石农，手里正拿着本古碑，递给一个圆脸微须、气概粗率的老者。纯客认得是山东名士汪莲孙，就上去相见，一面就对石农道："不瞒老师说，门生旧疾又发，几乎不能来，所以迟到了，幸老师恕罪！"石农笑道："快别老师门生地挖苦人了，只要不考问着我'敦伦'就够了。"大家听了，哄堂笑起来。那当儿，后面三云琼枝照耀的都出来请安。外面各客也慢慢都聚到厅上。

伯怡见客到齐，就叫后面摆起两桌席来。伯怡按照客单定坐。东首一席，请李纯客首座，袁尚秋、荀子珮、姜剑云、米筱亭、林敦古依次坐着，蔼云、怡云、素云却都坐在纯客两旁，共是九位。西首一席，黎石农首座，庄小燕、钱唐卿、汪莲孙、易缘常、段扈桥、闻韵高依次坐着，伯怡坐了主位，共是八位。此时在座的共是十七人，都是台阁名贤，文章巨擘，主贤宾乐，酒旨肴甘，觥筹杂陈，履趾交错，也算极一时之盛了。三云引箫倚笛，各奏雅调，蔼云唱豪宴，怡云唱赏荷，素云唱小宴，真是酒被闲愁，花消英气。纯客怕他们劳乏，各侑了一觥，叫不必唱了。伯怡道："今日为纯老祝寿，必须畅饮。兄弟倒有一法消酒，不知诸位以为如何？"

大家忙问何法。伯怡道："今日寿筵前了无献纳，不免令寿翁齿冷。弟意请诸公各将家藏珍物，编成柏梁体诗一句，以当蟠桃之献，失韵或虚报者罚，佳者各贺一觥。惟首两句笼罩全篇，末句总结大意，不必言之有物。这三句，只好奉烦三云。其余抽签为次，不可挽越。"大家都道新鲜有趣。伯怡就叫取了酒筹，编好号码，请诸人各各抽定。恰好石农抽了第一。正要说，纯客道："不是要叫三云先说吗？我派蔼云先说首句，怡云说第二句，素云说末句吧。"蔼云道："我不会作诗，诸位爷休笑！我说是'云卧园中开琼筵'。"怡云想想道："群仙来寿声极仙。"伯怡道："神完气足，真笼罩得住，该贺。如今要石农说了。"

大家饮了贺酒。石农道："我爱我的《西岳华山碑》，我说'华山碑石垂千年'。"唐卿道："《华山碑》世间只传三本，君得其一，那得不算伟宝！第二就挨到我了，我所藏宋元刻中，只有十三行本《周官》好些，'《周官》精椠北宋镌'用得吗？"缘常道："纸如玉版，字若银钩，眉端有荛翁小章，这书的是百宋一廛精品。"小燕笑道："别议论人家，你自己该说了。"缘常道："寒士青毡，哪有长物！只有平生夙好隋唐经幢石拓，倒收得四五百通

了。我就说，'经幢千亿求之虔'。"小燕道："我的百石斋要搬出来了。"就吟道："耕烟百幅飞云烟。"莲孙接吟道："《然脂》残稿留金茎。"

剑云笑道："你还提起那王士禄的《然脂集》稿本哩！吾先生琉璃厂见过，知道此书，当时只刻过叙录，《四库》著录在存目内。现在这书朱墨斓然，的是原本。原来给你抢了去！"莲孙道："你别说闲话，交了白卷，小心罚

酒！”剑云道：“不妨事，吾有十幅《马湘兰救驾》。”就举杯说道：“马湘画兰风骨妍。”扈桥抢说道：“汉碑秦石罗我前。”筱亭道：“人家收拓本，叫作‘黑老虎’，你专收石头，只好叫‘石老虎’了。”扈桥道：“做石老虎还好，就不要做石龟，千年万载，驮着石老虎，压得不得翻身哩！”韵高道：“筱亭收藏极富，必有佳句。”筱亭道：“吾虽略有些东西，却说不出哪一样是心爱的。”剑云笑道：“你现在手中拿个宝物，怎不献来？”大家忙问甚物，筱亭只得递给纯客。纯客一看，原来是个玛瑙烟壶儿，却是奇怪，当中隐隐露出一泓清溪，水藻横斜，水底伏着个绿毛茸茸的小龟，神情活现。纯客一面看，一面笑道：“吾倒替筱亭做了一句‘绿毛龟伏玛瑙泉’。倒是自己一无长物怎好？”子珮道：“纯老的日记，四十年未断，就是一件大古董。”纯客道：“既如此，老夫要狂言了！”念道：“日记百年万口传。”韵高道：“我也要效颦纯老，把自己著作充数，说一句‘续南北史艺文篇’。”子珮道：“我只有部《陈茂碑》，是旧拓本，只好说‘陈茂古碑我宝旃’。”伯怡道：“我家异宝，要推董小宛的小象，就说‘影梅庵主来翩翩’吧。如今只有林敦古兄还未请教了。”

敦古沉思，尚未出口，剑云笑道：“我替你一句罢！虽非一件古物，却是一段奇闻。”众人道：“快请教！”剑云道：“黑头宰相命宫填。”大家愕然不解。敦古道：“剑云别胡说！”剑云道：“这有什么要紧？”就对众人道：“我们来这里之先，去访余笭南，笭南自命相术是不凡的。他一见敦古大为惊异，说敦古的相是奇格，贵便贵到极处，十九岁必登相位，操大权；凶便凶到极处，二十岁横祸飞灾，弄到死无葬身之地。你们想本朝的宰相，就是军机大臣，做到军机的，谁不是头童齿豁？哪有少年当国的理！这不是奇谈吗？”大家正在吐舌称异，忽走进一个家人，手拿红帖，向伯怡回道：“出洋回来的金沟金大人在外拜会，请不请呢？”伯怡道：“听说雯青未到京就得了总署，此时才到，必然忙碌。倒老远的奔来，怎好不请！”纯客道：“雯青是熟人，何妨入座。”唐卿就叫在小燕之下、自己之上，添个座头。不一会儿，只见雯青衣冠整齐，缓步进来，先给伯怡行了礼，与众人也一一相见，脸上露惊异色，就问伯怡道：“今天何事？群贤毕集呢！”伯怡道：“纯老生日，大家公祝。雯兄不嫌残杯冷炙，就请入座。”

石农、小燕都站起让座。雯青忙走至东席应酬了纯客几句，又与石农、小燕谦逊一番，方坐在唐卿之上。”小燕道：“今早小儿到京，提说在河西务相遇，兄弟就晓得今天必到了。敢问雯兄，多时税驾的？”雯青道：“今儿卯刻就进城了。”因又谢小燕电报招呼的厚意。唐卿问打算几时复命，雯青道：“明早宫门请安，下来就到衙门。”说着，就向小燕道：“兄弟初次进总署，一切还求指教！”小燕道：“明日自当奉陪。我们搭着雯兄这样好伙计，公事好办得多哩！”于是大家重新畅饮起来。伯怡也告诉了雯青柏梁体的酒令，雯青道：“兄弟海外初归，荒古已久，只好就新刻交界图说一句‘长图万里鸥脱坚’吧。”众人齐声道好，各贺一杯。纯客道：“大家都已说遍，老夫也醉了。素云说一句收令吧！”素云涨红脸，想了半天，就低念道：“共祝我公寿乔佺。”伯怡喝声彩道：“真亏他收煞个住。

大众该贺个双杯！"

　　众人自然喝了。那时纯客朱颜酡然，大有醉态，自扶着蔓云，到外间竹榻上躺着闲话。大家又与雯青谈了些海外的事情，彼酬此酢，不觉日红西斜，酒阑兴尽，诸客中有醉眠的，也有逃席的，纷纷散去。雯青见天晚，也辞谢了伯怡径自归家。纯客这日直弄得大醉而归，倒真个病了数日，后来病好，作了一篇《花部三珠赞》，顽艳绝伦，旗亭传为佳话。这是后话，不提。

　　且说雯青到京，就住了纱帽胡同一所宽大的宅门子，原是奉如替他预先租定的。雯青连日召见，到衙门甚为忙碌。接着次芳护着家眷到来，又部署一番。诸事粗定，从此雯青每日总到总署，勤慎从公，署中有事，总与小燕商办，见他外情通达，才识明敏，更觉投契。两人此往彼来，非常熟络。有一回小燕派办陵土，出京了半个多月，所有衙中例行公事，向来都是小燕一手办的，小燕出差，雯青见各堂官都不问津，就叫司官取上来，逐件照办。直到小燕回来，就问司官道："我出去了这些时，公事想来压得得不少了？"司官道："都办得了，一件没积起来。"小燕脸上一惊道："谁办的？"司官道："金大人逐日批阅的。"小燕不语，顿了顿，笑向雯青道："吾兄真天才也！"雯青倒谦逊了几句，也不在意。又过了数日，这天雯青衙门回来，正要歇中觉，忽觉一阵头晕恶心。彩云道："老爷每天此时已睡中觉了，今天怕是晚了，还是躺会儿看。"雯青依言躺下。谁知这一躺，把路上的风霜、到京的劳顿，一齐发出来了，壮热不退，淹缠床褥，足足病了一个多月才算回头。只好请了两个月的病假，在家养病。

　　却说那日雯青还是第一天下床，可以在房内走走，正与张夫人、彩云闲话家常，金升进来说："钱大人要拜会。"张夫人道："你没告诉他老爷病还没好吗？"金升道："怎么没说？他说有要紧话必要面谈，老爷不能出来，就在上房坐便了。"雯青道："唐卿是至好，就请里边来吧！"于是张夫人、彩云都避开了。金升就领着唐卿大摇大摆地进来。雯青靠在张杨妃榻上，请唐卿就坐靠窗的大椅上。唐卿道："雯兄虽大病了一场，脸色倒还依旧，不过清减了些。"雯青叹道："人到中年，真经不起风浪！"唐卿道："你的风浪，现在正大哩！要经得起，才是英雄的气度哩！"雯青愕然道："我出了什么事吗？"唐卿道："可不是吗？你且不要着急！我今天是龚尚书那里得的消息，事情却从你那幅交界图惹出来的。西北地理，我却不大明白。据说回疆边外，有地名帕米尔，山势回环，发脉葱岭，虽土多硗薄，无著名部落，然高原绵亘，有居高临下之势，西接俄疆，南邻英属阿富汗，东、中两路则服中国。"

　　"近来俄人逐渐侵入，英人起了忌心，不多几时，送了个秘密节略及地图一纸给总署，其意要中国收回帕境，隔阂俄人。总署就商之俄使，请划清界址。俄使说，向来以郎库里湖为界的。然查验旧图及英图，却大不然，已占去地七八百里了。总署力驳其误。俄使当堂把吾兄刻的交界图呈出，说这是你们公使自己划的，必然不会错的。当时大家细看,竟瞠目不能答一语。现在各堂部为难。潘、龚两尚书却都竭力想替你弥缝,谁知昨日又有个御史把这事揭参了,说得凶险哩!上头震怒,幸亏龚尚书善言解说,才把折子留中了。据兄弟看来,吾兄快些发一信给许祝云,一信给薛淑云,在两国政府运动,做个釜底抽薪之法,才有用哩!所以兄弟管不得我兄病体,急急赶来,给你商的。"这一席话,不觉把雯青说得呆了半晌,方挣出一句道:"这从何说起呢?"唐卿就附耳低低道:"你道俄公使的交界图是哪里来的?"雯青道:"我哪里知道?"唐卿笑道:"就是你送给小燕的那一本儿。那个御史,听说也是小燕的把兄弟哩!"

雯青吃一惊道:"小燕给我有什么冤仇呢?"唐卿道:"宦海茫茫,谁摸得清底里呢!雯兄,你讲了半天话也乏了,我要走了,那个信倒是要紧的,别耽迟就是了。"说罢,起身就走。唐卿去后,张夫人及彩云都在后房出来,看见雯青气得面色铁青。张夫人劝了一番,无非叫他病后保重的意思。那时已到了向来雯青睡中觉的时候,雯青心里烦恼,就叫张夫人、彩云都出房去,说:"让我躺躺养神。"大家自然一哄而散了。雯青独自躺在床上,思前想后,悔一回,错刻了地图;恨一回,误认了匪人,反来覆去,哪里睡得着!只听壁上挂钟针走得窸窸窣窣,下下打到心坎里;又听得窗外雀儿打架,喧噪得耳根出火。一个头儿不知怎地,总着不牢枕,没奈何只好端坐床当中,学着老僧打坐④模样。好容易心气好像落平些,忽然又听见外房仿佛两个老鼠,只管唧唧吱吱地怪叫。顿时心火涌起,歘地跳下床来,踏着拖鞋,直闯出房门来。谁知不出来倒也罢了,这一出来,只听雯青狂叫道:"好呀,好!这个世界,我还能住下吗?"

说罢,身子往后一仰,倒栽葱地直躺下地去,眼翻手撒,不省人事。正是:

> 北海酒尊逢客举,茂陵病骨望秋惊。

不知雯青因何惊倒,且看下回分解。

【注解】

①炭敬:是指明清时期地方和下级官员在冬季给六部司官的"孝敬",类似于"取暖费",是一种行贿的别称。

②悬榻留宾:榻:狭长而矮的床,特指待客留宿的床。把平日悬起的床放下来,留客人住下。比喻对客人以礼相待,格外尊敬。

③峥嵘(zhēng róng):形容高峻突兀的样子。

④打坐:一种养生健身法,讲究凝神静气,既可养身延寿,又可开智增慧。

话说上回回末，正叙雯青闯出外房，忽然狂叫一声，栽倒在地，不省人事。想读书的读到这里，必道是篇终特起奇峰，要惹起读者急观下文的观念。这原是文人的狡狯，小说家常例，无足为怪。但在下这部《孽海花》，却不同别的小说，空中楼阁，可以随意起灭，逞笔翻腾，一句假不来，一语慌不得，只能将文机御事实，不能把事实起文情。所以当日雯青的忽然栽倒，其中自有一段天理人情，不得不栽倒的缘故，玄妙机关，做书的此时也不便道破，只好就事直叙下去，看是如何。闲言少表。

　　且说雯青一跤倒栽下去，一头正碰在内房门上，砰地一声，震得顶格上篷尘都索索地落下来。当那儿，恰好彩云在外房醉妃榻上听见了，早吓得魂飞天外，连忙慢慢地爬起来。这真是妇人家的苦处，要急急不来：裹了脚，又要系带；系了带，还要扣钮；理理发，刷刷鬓，乱了好一会儿。又往外张了张，老妈丫头可巧一个影儿都没有，这才三脚两步抢到雯青栽倒的地方，只见雯青还是口开眼直，面色铁青。彩云只得蹲身下去，一手轻轻把雯青的头抱起，就势坐在门限上；一手替他在背上捶拍，嘴里颤声叫道："老爷醒来！老爷快醒来！"

　　拍叫了好一会儿，才见雯青眼儿动了，嘴儿闭了，脸儿转了白了，哑的一声，淋淋漓漓喷了彩云一袖子都是黏痰。彩云不敢怠慢①，只顾揉胸捶背，却见雯青两眼恶狠狠地盯着彩云，还说不出话来，勉强挣起一手，抖索索地指着窗外。彩云正没摆布，忽听得外边嘻嘻哈哈来了一群老妈丫头。彩云忙喊道："你们快些来，老爷跌了跤，快来帮我扶一扶！"两个老妈、一个丫头见此光景，倒吃了一惊，也不解是何缘故，只得七手八脚拥上前来。彩云捧定了头颈，老妈托了腰，丫头抱了脚，安安稳稳抬到房里床上。彩云随手垫好了枕头，盖好了被窝，掖严了，就吩咐老婆子不许声张，且去弄碗热热的茶来。老妈子答应出去，彩云先放下帐子，自己挨身坐在床沿上，伸进头来，想再给雯青揉拍。谁知雯青原是气急攻心，一时昏绝，揉拍一会儿，早已醒得清清楚楚。彩云伸进手去，还未着身，却被雯青用力一推，就叹口气道："免劳吧，我今儿个认得你了！"

　　彩云知道雯青正在气头上，不是三言两语解释得开，也就低头不语，气儿也不通。

满房静悄悄的，只有帐中的微叹声和帐外小丫头的呼吸声，一递一答。老妈捧进茶来，也不敢声喊，轻轻走到床边，递给彩云。彩云接了，双手捧进帐中凑到雯青唇边，低声下气地道："老爷，喝点热……"这话未了，不防雯青伸手一拦，彩云一个手松，连碗带茶热腾腾地全泼在裤子上。彩云趁势一扭身，鼻子里哼哼地冷笑了几声，抢起空杯，就望桌子上一摔。雯青见彩云倒也生了气，就忍不住也冷笑道："奇了，到这会儿，你还使性给谁看！你的破绽，今儿全落在我眼里，难道你还有理吗？"雯青说罢话，只把眼儿觑定彩云，看她怎么样。

谁知彩云倒毫不怕惧，只管仰着脸剔牙儿，笑微微地道："话可不差。我的破绽老爷今天都知道了，我是没有话说。可是我倒要问声老爷，我到底算老爷的正妻呢，还是姨娘？"雯青道："正妻便怎么样？"彩云忙接口道："我是正妻，今天出了你的丑，坏了你的门风，叫你从此做不成人、说不响话，那也没有别的，就请你赐一把刀，赏一条绳，杀呀，勒呀，但凭老爷处置，我死不皱眉。"雯青道："姨娘呢？"彩云摇着头道："那可又是一说。你们看着姨娘本不过是个玩意儿，好的时抱在怀里、放在膝上，宝呀贝呀地捧；一不好，赶出的，发配的，送人的，道儿多着呢！就讲我，算你待我好点儿，我的性情，你该知道了；我的出身，你该明白了。当初讨我的时候，就没有指望我什么三从四德、七贞九烈，这会儿做出点儿不如你意的事情，也没什么稀罕。你要顾着后半世快乐，留个贴心服侍的人，离不了我！那翻江倒海，只好凭我去干！要不然，看我伺候你几年的情分，放我一条生路，我不过坏了自己罢了，没干碍你金大人什么事。这么说，我就不必死，也犯不着死。若说要我改邪归正，啊呀！江山可改，本性难移。老实说，只怕你也没有叫我死心塌地守着你的本事嗄！"

说罢，只是嘻嘻地笑。雯青初不料彩云说出这套泼辣的话，句句刺心，字字见血，心里热一阵冷一阵，面上红一回白一回。正盘算回答的话，忽听丫头喊道："太太来了。"帘子响处，张夫人就跨进房来，嘴里说道："怎么，老爷跌了？"彩云忙站起迎接。张夫人就掀起帐子问道："跌坏了吗？"雯青道："没有什么，不过失脚跌一下，你怎么知道的？"张夫人道："刚才门上来回，匡次芳要来见你，说是他新任放了日本出使大臣，国书已领，立刻就要回南，预备放洋，特地来辞行的。我想次芳是你至好，想请他到里头来，正要来问你一声，老妈们来说你跌坏了。我吓得很，就叫他们回绝了，自己一径来此。"雯青道："原来次芳得了日本钦差，倒也罢了。这事是谁进来回的？"张夫人道："金升。"雯青道："看见阿福没有？"张夫人笑道："阿福肯管这些事，那倒好了。"雯青点点头："这小子学坏了，用不得了。"

于是夫妻两人你言我语，无非又谈些家常，不必多述。如今且说钱唐卿从雯青处出来，因想潘尚书连日请假，未知是否真病，不如出城去看看，一来探病，二来商量雯青的事情，回城时再到龚尚书那里坐坐，也不为晚。主意打定，就吩咐车夫向南城而来。不多一会儿到了潘府门前，亲随递进帖儿，就见一个老家人走到车旁，回道："家主大前儿衙口回来，忽得了病，三日连烧不退，医生说是伤寒重症，这会儿里头正乱着哩！只好挡大人驾了。"唐卿愕然道："这样重吗？我简直不知道，那么碍不碍呢？"老家人皱了眉道："难说，难说，肝风都动了！"唐卿道："既这么着，我也不便惊动了。"便叫改辕回城，顺道去谒龚老。一路行来，唐卿在车中无事，想着潘尚书是当代宗师，万流景仰的，倘有不测，关系非轻哩！因潘尚书病在垂危，又想到朝中诸大老没有个担当大事的人物，从前经过大难的老敬王爷又不能出来，其余旗人养尊处优，更不必说了。就是满人里头，除了潘公，枢廷只有高理悝，部臣只有龚和甫，是肯任事的正人。但高中堂意气用事，见理不明；龚尚书世故太深，遇事寡断；他如吏部尚书祖锺武貌恭心险；协揆余同外正内贪：都是乱国有余，治国不足的人。若说我们同班里，自然要算庄焕英是独一的奇材了。余外余雄义、缪仲恩、俞书屏、吕旦闻，这些人不过备员画诺罢了。

摆着那些七零八落的人才，要支撑这个内忧外患的天下，越想越觉危险。而且近来贿赂彰闻，苞苴[②]不绝。里头呢，亲近弄臣，移天换日；外头呢，少年王公，颠波作浪，不晓得要闹成什么世界哩！可惜庄仑樵一班清流党，如今摈斥的摈斥，老死的老死了。若然他们在此，断不会无忌惮到这步田地！唐卿想到这里，又不免提起从前庄寿香、何珏斋、顾肇廷一班旧友来，当时盛会，何等热闹。如今寿香抚楚，珏斋抚粤，肇廷陈臬于闽，各守封疆，虽道身荣名显，然要再求昔日盍臂之盛，不可得。

原来从南城到龚尚书府第，两边距离差不多有七八里，唐卿一头走，只管一路想，忘其所以，倒也不觉路远。忽然抬起头来，方晓得已到龚府前了，只见门口先停着一辆华焕的大鞍车，驾着高头黑骡儿，两匹跟马，一色乌光可鉴；两个俊仆站在车旁，扶下一个红顶花翎、紫脸乌髭的官儿，看他下车累赘，知道新从外来的。端详面貌，似乎也认得，不过想不起是谁。见他一来，径到门房，拉着一个门公喊喊嗾嗾，不知叨登些什么。

说完后，四面张一张，偷偷儿递过一个又大又沉的红封儿。那门公倒毫不在意地接了，正要说话，回头忽见唐卿的亲随，连忙丢下那官儿，抢步到唐卿车旁道："主人刚下来，还没见客哩！大人要见，就请进去。"唐卿点头下车，随着那门公，曲曲折折，领进一座小小花园里。只见那园里竹声松影，幽邃无尘，从一条石径，穿到一间四面玻璃的花厅上。看那花厅庭中，左边一座茅亭,笼着两只雪袂玄裳的仙鹤,正在那里刷翎理翮;右边一只大绿瓷缸,满满的清泉,养着一对玉身红眼的小龟,也在那里呷波唼藻。厅内插架牙签,又竿锦轴,陈设得精雅绝伦。唐卿步进厅来,那门公说声:"请大人且坐一坐。"说罢,转身去了。磨蹭了好半天,才听见靴声橐橐,自远而近,接着连声叹息,懊恼地说道:"你们难道不知道我得了潘大人的信儿,心里正不耐烦,谁愿意见生客?"一人答道:"小的知道。原不敢回,无奈他给钱大人一块儿来,不好请一个,挡一个。"就听见低低地吩咐道:"见了钱大人再说吧!"

　　说话时,已到廊下。唐卿远远望见龚尚书便衣朱履,缓步而来,连忙抢出门来,叫声"老师",作下揖去。龚尚书还礼不迭,招着手道:"呵呀,老弟!快请里头坐,你打哪儿来?伯瀛的事,知道没有?"唐卿愕然道:"潘老夫子怎么了?"尚书道:"老友长别了,才来报哩!"唐卿道:"这从哪里说起!门生刚从那里来,只知病重,还没出事哩!"言次,宾主坐定,各各悲叹了一回。尚书又问起雯青的病情。唐卿道:"病是好了,就为帕米尔一事着急,知道老师替他弥缝,万分感激哩!"因把刚才商量政书薛淑云、许祝云的话,告诉了一遍。尚书道:"这事只要许祝云在俄尽力申辩,又得淑云在英暗为声援,拼着国家吃些小亏,没有不了的事。现在国家又派出工部郎中杨谊柱,号叫越常的,专管帕米尔勘界事务,不日就要前往。好在越常和袁尚秋是至好,可以托他通融通融,更妥当了。"唐卿道:"全仗老师维持!否则这一纸地图,尽要断送雯青了!"尚书:"老夫听说这幅地图,雯青出了重价在一外国人手里买来的,即便印刷呈送,未免鲁莽。雯青一生精研西北地理,不料得此结果,真是可叹!但平心而论,总是书生无心之过罢了。可笑那班人,抓住人家一点差处,便想兴波作浪。其实只为雯青人品还算清正些,就容不住他了。咳,宦海崄巇③!老弟,我与你都不能无戒心了!"唐卿道:"老师的话,正是当今确论。门生听说,近来显要颇有外开门户、内事逢迎的人物。最奇怪的,竟有人到上海采办东西洋奇巧玩具运进京来,专备召对时候或揣在怀里,或藏在袖中,随便进呈。又有外来官员,带着十万、二十万银子,特来找寻门路的。市上有两句童谣道:

> 若要顶儿红,麻加刺庙拜公公。
>
> 若要通王府,后门洞里估衣铺。

　　"老师听见过吗?"尚书道:"有这事吗?麻加刺庙,想就是东华门内的古庙。那个地方本来是内监聚集之所。估衣铺,又是什么讲究呢?"唐卿道:"如今后门估衣铺的势派大着哩!有什么富兴呀、聚兴呀,掌柜的多半是蓝顶花翎、华车宝马,专包揽王府四季衣服,出入邸第,消息比咱们还灵呢!"

　　尚书听到这里,忽然想起一件事似的,凑近唐卿低低道:"老弟说到这里,我倒想起一件可喜的事告诉你呢!足见当今皇上的英明,可以一息外面浮言了。"唐卿道:"什么事呢?"尚书道:"你看见今天宫门抄上,载有东边道余敏,不胜监司之任,着降三级调用

213

的一条旨意吗？"唐卿道："看是看见了，正不明白为何有这严旨呢？"尚书道："别忙，我且把今早的事情告诉你。今天户部值日，我老早就到六部朝房里。天才亮，刚望见五凤楼上的玻璃瓦，亮晶晶映出太阳光来，从午门起到乾清门，一路白石桥栏，绿云草地，还是滑轵轵、湿汪汪带着晓雾哩！这当儿里，军机起儿下来了，叫到外起儿，知道头一个就是东边道余敏。此人我本不认得，可有点风闻，所以倒留神看着。晓色朦胧里头，只见他顶红翎翠，面方耳阔，昂昂地在廊下走过来。前后左右，簇拥着多少苏拉小监蜂围蝶绕的一大围，吵吵嚷嚷，有的说：'余大人，您来了。今儿头一起就叫您，佛爷的恩典大着哩！说不定几天儿，咱们就要伺候您陛见呢！'有人说：'余大人，您别忘了我！连大叔面前，烦您提拔提拔，您的话比符还灵呢！'看这余敏，一面给这些苏拉小监应酬；一面历历碌碌碰上那些内务府的人员，随路请安，风风芒芒地进去。赶进去了不上一个钟头，忽然的就出来了。出来时的样儿可大变了：帽儿歪料，翎儿搭拉，满脸光油油尽是汗，两手替换地揩抹，低着头有气没气地一人只往前走。苏拉也不跟了，小监也不见了。只听他走过处，背后就有多少人指手划脚低低讲道：'余敏上去碰了，大碰了。'我看着情形诧异，正在不解，没多会儿，就有人传说，已经下了这道降调的上谕了。"唐卿道："这倒稀罕，老师知道他碰的缘故吗？"

尚书挪一挪身体，靠紧炕儿，差不多附着唐卿的耳边低声道："当时大家也摸不透，知道的又不肯说。后来找着一个小内监，常来送上头节赏的，是个傻小子，他倒说得详细。"唐卿道："他怎么说呢？"尚书道："他说，这位余大人是总管连公公的好朋友，听说这个缺就是连公公替他谋干的。知道今天召见是个紧要关头，他老人家特地扔了园里的差使，自己跑来招呼一切，仪制说话都是连公公亲口教导过的。刚才在这里走过时候，就是在连公公屋里讲习仪制出来，从这里一直上去，到了养心殿，揭起毡帘，踏上了天颜咫尺的地方。那余大人就按照向来召对的规矩，摘帽，碰头，请了老佛爷的圣安，又请了佛爷的圣安，端端正正地一手戴好帽儿，跪上离军机垫一二尺远的窝儿。这余大人心里得意，没有拉什么礼、失什么仪，还了旗下的门面，总该讨上头的好，可出闹个召对称旨的荣耀了。"

"正在眼对着鼻子，静听上头的问话预备对付，谁知这回佛爷只略问了几句照例的话，兜头倒问道：'你读过书没有？'那余大人出其不意，只得勉勉强强答道：'读过。'佛爷道：'你既读过书，那总会写字。'余大人愣了一愣，低低答应个'会'字。这当儿里，忽然御案上拍的掷下两件东西来，就听佛爷吩咐道：'你把自己履历写上来。'余大人睁眼一看，原来是纸笔，不偏不倚，掉在他跪的地方。头里余大人应对时候，口齿清楚，气度从容，着实来得；就从奉了写履历的旨意，好像得了斩绞的处分似的，顿时面白目瞪，拾了笔，铺上纸，俄延了好一会儿。只看他鼻尖上的汗珠儿，一滴一滴地滚下，却不见他纸头上的黑道儿，一画一画地现出，足足挨了两三分钟光景。佛爷道：'你既写不出汉字，我们国书总没有忘吧？就写国书也好！'可怜余大人自出娘胎没有见过字的面儿，拿着枝笔，还仿佛外国人吃中国饭，一把抓地捏着筷儿，横竖不得劲儿，哪里晓得什么汉字国书呢？这么着，佛爷就冷笑了两声，严厉地喝道：'下去吧，还当你的库丁去吧！'余大人正急得没洞可钻，得这一声，就爬着谢了恩，抱头鼠窜地逃了下来。"

唐卿听到这里，十分诧异道："这余敏真好大胆！一字不识就想欺蒙朝廷，滥充要职。仅与降调，还是圣恩浩大哩！不过圣上叫他去当库丁，又有什么道理呢？"龚尚书笑着："我先也不懂。后来才知，这余敏原是三库上银库里的库丁出身。老弟，你也当过三库差使，这库丁的历史大概知道的吧！"唐卿道："那倒不详细。只知道那些库丁谋干库缺，没一个不是贝子贝勒给他们递条子说人情的。那库缺有多大好处？值得那些大帽子起哄，正是不解？"龚尚书道："说来可笑也可气！那班王公贵人虽然身居显爵，却都没有恒产，国家各省收来的库帑，仿佛就是他们世传的田庄。这些库丁就是他们田庄的仔种，荐成了一个库丁，那就是田庄里下了仔种了。下得一粒好仔种，十万百万的收成，年年享用，怎么不叫他们不起哄呢！"唐卿道："一样库丁，怎么还有好歹呢？"尚书道："库丁的等级多着哩！寻常库丁，不过逐日夹带些出来，是有限的。总要升到了秤长，这才大权在握，一出一入操纵自如哩！"唐卿道："那些王公们既靠着国库做家产，自然要拼命地去谋干了。这库丁替人作嫁，辛辛苦苦，冒着这么大的险，又图什么呢？"尚书道："当库丁的，都是著名混混儿。他们认定一两个王公做靠主，谋得了库缺，库里偷盗出来的赃银，就把六成献给靠主，余下四成，还要分给他们同党的兄弟们。若然分拆不公，尽有满载归来，半路上要劫去的哩！"唐卿道："库上盘查严，常见库丁进库，都把自己衣服剥得精光，换穿库衣，那衣裤是单层粗布制的，紧紧裹在身上，哪里能夹带东西呢？"尚书笑道："大凡防弊的章程愈严密，那作弊的法子愈巧妙，这是一定的公理。库丁既知道库衣万难夹带，千思万想，就把身上的粪门，制造成一个绝妙的藏金窟了。但听说造成这窟，也须投名师，下苦工，一二年方能应用。头等金窟，有容得了三百纹银的。各省银式不同，元宝元丝都不合式，最好是江西省解来的，全是椭圆式，蒙上薄布，涂满白蜡，尽多装得下。然出库时候，照章要拍手跳出库门，一不留神，就要脱颖而出。他们有个口号，就叫作'下蛋'。库丁一下蛋，斩绞流徙，就难说了。老弟，你想可笑不可笑？可恨不可恨呢？"唐卿道："有这等事。难道那余敏真是这个出身吗？"

尚书道："可不是。他就当了三年秤长，扒起了百万家私，捐了个户部郎中，后来不知道怎么样的改了道员。这东边道一出缺，忽然放了他，原是诧异的。到底狗苟蝇营④，依然逃不了圣明烛照，这不是一件极可喜的事吗？"唐卿正想发议，忽瞥眼望见刚才那门公手里拿着一个手本，一晃晃地站在廊下窗口，尚书也常常回头去看他。唐卿知道有客等见，不便久谈，只得起身告辞。尚书还虚留了一句，然后殷勤送出大门。

不言唐卿出了龚府，去托袁尚秋疏通杨越常的事。且说龚尚书送客进来，那门公便一径扬帖前导，直向外花厅走去。尚书且走且问道："谁陪着客呢？不是大少爷吗？"门公道："不，大少爷早出门了！"这话未了，尚书已到花厅廊下，忽觉眼前晃亮，就望见玻璃里炕床下首，坐着个美少年，头戴一顶双嵌线乌绒红结西瓜帽，上面钉着颗水银青光精圆大额珠，下面托着块五色猫儿眼，背后拖着根乌如漆光如镜三股大松辫，身上穿件雨过天晴大牡丹漳绒马褂，腰下也挂着许多珮带，却被栏杆遮住，没有看清。但觉绣彩辉煌，宝光闪烁罢了。

尚书暗忖：这是谁？如此华焕，还当就是来客呢！却不防那门公就指着道："那，那不是我们珠官儿陪着吗？"尚书这一抬眼，才认清是自己的侄孙儿，一面就跨进厅来。那少年见了，急忙迎出，在旁边垂着手站了一站，趁尚书上前见客时候，就慢慢溜出厅来，在廊下一面走，一面低低咕哝道："好没来由！给这没字碑搅这半天儿，晦气！"说着，潇潇洒洒一溜烟地去了。

这里尚书所见的客，你道是谁？原来就是上回雯青在客寓遇见的鱼阳伯。这鱼阳伯原是山东一个土财主，捐了个道员，在南京候补了多年，黑透了顶，没得过一个红点儿。这回特地带了好几万银子，跟着庄稚燕进京，原想打出个出路，吐吐气、扬扬眉的。谁知庄稚燕在路上说得这也是门，那也是户，好像可以马到成功，弄得阳伯心痒难搔。自从一到了京，东也不通，西也不就，终究变了水中捞月。等得阳伯心焦欲死，有时催催稚燕，倒被稚燕抢白几句，说他外行，连钻门路的四得字诀都不懂。阳伯诧异，问："什么叫四得字诀？我真不明白。"

稚燕哈哈笑道："你瞧，我说你是个外行，没有冤你吧！如今教你这个乖！这四得字诀，是走门路的宝筏，钻狗洞的灵符，不可不学的。就叫作时候耐得，银钱舍得，闲气吃得，脸皮没得。你第一个时候耐不得，还成得了事吗？"阳伯没法，只好耐心等去。后来打听得上海道快要出缺，这缺是四海闻名的美缺，靠着海关银两存息，一年少说有一百多万的余润，俗话说得好："吃了河豚，百样无味。"若是做了上海道，也是百官无味。你想阳伯如何不馋涎直流呢！只好婉言托稚燕想法，不敢十分催迫。事有凑巧，也是他命中注定，有做几日空名上海道的福分。这日阳伯没事，为了想做件时行衣服，去到后门估衣铺找一个聚兴号的郭掌柜。这郭掌柜虽是个裁缝，却是个出入宫禁交通王公的大人物，当日给阳伯谈到了官经，问阳伯为何不去谋干上海道。阳伯告诉他无路可走，郭掌柜跳起来道："我这儿倒放着一条挺好的路，你老走不走？你快说！"郭掌柜指手划脚道："这会儿讲走门路，正大光明大道，自然要让连公公，那是老牌子。其次却还有个新出道、人家不大知道的。"

说到这里，就附着阳伯耳边低低道："闻太史，不是当今皇妃的师傅吗？他可是小号的老主顾。你老若要找他，我给你拉个纤，包你如意。"阳伯正在筹划无路，听了这话，哪有个不欢喜的道理。当时就重重拜托他，还许了他事成后的谢仪。从此那郭掌柜就竭力地替他奔走说合，虽阳伯并未见着什么闻太史的面，两边说话须靠着郭掌柜一人传递，不上十天居然把事情讲到了九分九，只等纶音一下，便可走马上任了。阳伯满心欢喜，自不待言。每日里，只拣那些枢廷台阁、六部九卿要路人的府第前，奔来奔去，都预备到任后交涉的地步。所以这日特地送了一份重门包，定要谒见龚尚书，也只为此。如今且说他谒见龚尚书，原不过通常的酬对，并无特别的干求。宾主坐定，尚书寒暄了几句，阳伯趋奉了几句，重要公案已算了结。

尚书正要端茶送客，忽见廊下走进一个十六七岁的俊仆，匆匆忙忙走到阳伯身旁，凑到耳边说了几句话，手中暗暗递过一个小缄。阳伯急忙接了，塞入袖中，顿时脸色大变，现出失张失智的样儿，连尚书端茶都没看见。直到廊下伺候人狂喊一声"送客"，阳伯倒大吃一惊，吓醒过来。正是：

仓圣无灵头抢地，钱神大力手通天。

不知阳伯因何吃惊，且看下回分解。

【注解】

①怠(dài)慢：不恭敬。

②苞苴(bāo jū)：指贿赂的礼物。

③崄巇(xiǎn xī)：喻人事艰险或人心险恶。

④狗苟蝇营：苟：苟且偷生；营：谋求。比喻为了名利不择手段，像苍蝇一样飞来飞去，像狗一样不知羞耻。

第二十二回

隔墙有耳都院会名花
宦海回头小侯惊异梦

话说阳伯正在龚府，忽听那进来的俊仆几句附耳之谈，顿时惊惶失措①，匆匆告辞出来。你道为何，原来那俊仆是阳伯朝夕不离的宠童，叫作鱼兴，阳伯这回到京，住在前门外西河沿大街兴胜客店里，每日阳伯出门拜客，总留鱼兴看寓。如今忽然追踪而来，阳伯料有要事，一看见心里就突突地跳，又被鱼兴冒冒失失地道，"前儿的事情变了卦了。郭掌柜此时在东交民巷番菜馆，立候主人去商量！他怕主人不就去，还捎带一封信在这里。"阳伯不等他说完，忙接了信，恨不立刻拆开，碍着龚尚书在前。好容易端茶、送客、看上车，一样一样礼节捱完，先打发鱼兴仍旧回店，自己跳上车来，外面车夫砰然动着轮，里面阳伯就嘶地撕了封，只见一张五云红笺上写道：

前日议定暂挪永丰庄一款，今日接头，该庄忽有翻悔之意。在先该庄原想等余观察还款接济，不想余出事故，款子付出难收，该庄周转不灵，恐要失约。今又知有一小爵爷来京，带进无数巨款，往寻车字头，可怕可怕！望速来密商，至荷至要！

末署"云泥"两字。阳伯一面看，车子一面只管走，径向东交民巷前进。

如今且说阳伯的大鞍车，走到馆门停住。阳伯原是馆里的熟客，常常来厮混的，当时忙跳下车，吩咐车夫暂时把车卸了，把牲口去喂养，打发仆人自去吃饭，自己却不走正路，翻身往后便走。走过了好几家门首，才露出了一个狭弄口，弄口堆满垃圾，弄内地势低洼。阳伯挨身跨下，依着走惯的道儿弯弯曲曲地摸进去，看看那便门将近，三脚两步赶到，把手轻轻一按，那门恰好虚掩，人不知鬼不觉地开了。阳伯一喜，一脚踏上，刚伸进头，忽听里面床边有妇女嘤咛声。阳伯吃一吓，忙缩住脚，侧耳听去，那口音是个熟的窑姐儿，逼着嗓子怪叫道："老点儿碍什么？就是你那几位姨太太，我也不怕！我怕的倒是你们那位姑太太！"

只听这话还没说了，忽有个老头儿涎皮赖脸地接腔道："咦，嫁出的女儿，泼出的水，你倒怕了她！我告诉你说，一个女娘们只要得夫心，得了夫心谁也不怕。不用远比，只看如今宫里的贤妃，得了万岁爷天宠，不管余道台有多大手段、多高靠山，只要他召幸时候一言半语，整颗儿的大红顶儿骨碌碌在他舌头尖上、牙齿缝里滚下来了，就是老佛爷也没奈何他。这消息还是今儿在我们姑爷闻韵高那儿听来的。你说厉害不厉害？势派不势派呢？"听那窑姐儿冷笑一声道："吓，你别老不害臊！鸡矢给天比了！你难道忘了上半年你引了你们姑爷来这里一趟，给那姑太太知道了，特为拣你生日那一天宾客盈门时候，她驾着大鞍车赶上你们来，把牲口卸了，停在你门口儿，多少人请她可不下来，端坐在车厢里，对着门，当着进进出出的客人，口口声声骂你，直骂到日落西山。他老人家乏了，套上骡儿转头就走。你缩在里边哼也没有哼一声儿，这才算势派哩！只怕你的红顶儿，真在她牙缝里打磨盘呢！老实告你说吧，别花言巧语了，也别胡吹乱嗙②了，要我上你家里去老虎头上抓毛儿，我不干！你若不嫌屈尊，还是赶天天都察院下来，到这儿溜达溜达，我给你解闷儿就得了。"

那老头儿狠狠叹了一口气，还要说下去，忽听厢房门外一阵子嘻嘻哈哈的笑语声、帖帖鞑鞑的脚步声，接着咿哑一响，好像有人推门似的。阳伯正跨在便门限上，听了心里一慌，想跑，还没动脚，忽见黑蓬松一大团从里面直钻出来，避个不迭，正给阳伯撞个对面。阳伯圆睁两眼，刚要唤道"该"，缩不不迭，却几乎请下安去。又一转念，大人们最忌讳的是怕人知道的事情被人撞见了，连忙别转头，闪过身体，只做不认得，让他过去。那人一手掩着脸，一手把袖儿握着嘴上的胡子，忘命似的往小弄里逃个不迭。阳伯看他去远，这才跨进便门。不提防一进门，劈脸就伸过一只纤纤玉手，把阳伯胸前衣服抓住道："傅大人，你跑什么！又不是姑太太来了，你怕谁呀？"阳伯仔细一听，原来就是他的老相好、这里有名的姐儿小玉的口音，不禁嗤地一笑道："乖姐儿，你的爸爸才是傅大人呢！"

小玉啐了一口，拉了阳伯的手，还没有接腔，房里面倒有人接了话儿道："你们找爸爸，爸爸在这儿呢。"小玉倒吓一跳，忙抢进房来道："吓，我道是谁？原来是郭爷。巧极了，连您也上这儿来了！"阳伯故意皱皱眉，手指着郭掌柜道："不巧极了。老郭，你千不来万不来，单拣人家要紧的时候，你可来了！"郭掌柜哈哈笑道："我真该死，我只记着我的要紧，可把你们俩的要紧倒忘了。"阳伯道："你别拉我，我有什么要紧？你吓跑了总宪大人，明儿个都察院踏门拿人，那才要紧呢！"小玉瞪了阳伯一眼，走过来，趴在郭掌柜肩膀上道："郭爷，你别听他，尽撒谎！"郭掌柜伸伸舌头道："才打这屋里飞跑出去的就是……"小玉不等郭掌柜说出口，伸手握住他的嘴道："你敢说！"郭掌柜笑道："我不，我不说。"就问阳伯道："那么你跟他一块儿来的吗？大概没有接到我的信吧！"阳伯道："还提信呢！都是你这封信，把我叫进来，把他赶出去，两下里不提防，好好碰了一个头。你瞧，这儿不是个大疙瘩吗？这会儿还疼呢！"

说着话，伸过头来给郭掌柜看。郭掌柜一面瞅着他左额上，果然紫光油油的高起一块；一面冲着玻璃风门外，带笑带指地低低道："哪，都是这班公子哥儿闹哄哄拥进来，我在外间坐不住，这才撞进来，闹出这个乱子。鱼大人，那倒对不住您了！"阳伯摇摇手道:"你别碜了!小玉,你来,我们看一看外边儿都是些谁呀?"说罢,拉了小玉,耳鬓厮摩地凑近那风门玻璃上张望。只见中间一张大餐长桌上,团团围坐着五个少年,两边儿多少仆欧们手忙脚乱地伺候,也有铺台单、插瓶花的,也有摆刀叉、洗杯盘的,各人身边都站着一个戴红缨帽儿的小跟班儿,递烟袋,拧手巾,乱个不了。阳伯先看主位上的少年,面前铺上一张白纸,口衔雪茄,手拿着笔,低着头,在那里开菜单儿,忽然抬起头来,招呼左右两座道:"胜佛先生和凤孙兄,你们两位都是外来的新客,请先想菜呀!"

阳伯这才看清那主位的脸儿,原来不是别人,就是庄稚燕。再看左座那一个,生得方面大耳,气概堂皇,衣服虽也华贵,却都是宽袍大袖,南边样儿。右边的是瘦长脸儿,高鼻子、骨秀神清,举止豪宕,虽然默默地坐着,自有一种上下千古的气概;两道如炬的目光,不知被他抹杀了多少眼前人物,身上服装,却穿得朴雅的。这两个阳伯却不认得,下来,揎着这瘦长脸儿来,是曾侯爷敬华;对面坐着的,却就是在龚尚书府上陪阳伯谈天的珠公子。只听右座那一个道:"稚燕,你又来了!这有什么麻烦,胡乱点几样就得了。"右座淡淡地道:"兄弟还要赴杨淑乔、林敦古两兄的预约,恐怕不能久坐,随便吃一样汤就行了。"言下,仿佛显出厌倦的脸色。稚燕一面点菜,一面又问道:"既到了这里,那十二吊头总得花吧!"珠公子皱着眉道,"你们还闹这玩意儿呢?我可不敢奉陪!"敬华笑道:"我倒要叫,我可不叫别人!"稚燕道:"得了,不用说了,我把小玉让给你就是了!"

说罢,就吩咐仆欧去叫小玉。胜佛推说就要走,不肯叫局。稚燕也不勉强,只给凤孙叫了一人,连自己共是三人。仆欧连声"喳",答应下去。阳伯在里面听得清楚,忙推着小玉道:"侯爷叫你了,还不出去!"小玉笑道:"哪有那么容易?今儿老妈儿都没带,只好回去一趟再来。"阳伯随手就指着那桌上两个不认得的问小玉道:"那两个是谁,你认识么?"小玉道:"你不认识么?那个胖脸儿,听说姓章,也是一个爵爷,从杭州来的;一个瘦长脸,是戴制台的公子,是个古怪的阔少爷,还有人说他是革命党。这些话都是庄制台的少爷庄立人告诉我的,不晓得是确不确,他们都是新到京的。"两人正说话,恰好有个仆欧推门进来,招呼小玉上座儿。小玉站起身,抖搂了衣服,凑近那仆欧耳旁道:"你出去,别说我在这里。我回家一趟,换换衣服就来。"回头给阳伯、郭掌柜点点头道:"鱼大人,我走了,回头你再来叫啊!郭爷,你得闲儿,到我们那儿去坐坐。"赶说话当儿,早已转入床后,一溜烟地出便门去了。

这里阳伯顺便就叫仆欧点菜,先给郭掌柜点了番茄牛尾汤、炸板鱼、牛排、出骨鹌鹑、加利鸡饭、勃朗布丁,共是六样。自己也点了葱头汤、煨黄鱼、牛舌、通心粉雀肉、香蕉布丁五样。仆欧拿了菜单,打上号码,自去叫菜。这里两人才谈起正事来。郭掌柜先开口道:"刚才我仿佛听见小玉给你说什么姓章的,那人你知道吗?"阳伯道:"我不知道,就听见庄稚燕叫他凤孙。"郭掌柜道:"他就是前任山东抚台章一豪的公子,如今新袭了爵，到里头想法子来的。我在信上说的就是他。"阳伯道："那怕什么？他既走了那一边儿，如今余道台才闹了乱子，走道儿总有点不得劲。这个机会，我们正好下手呢！"郭掌柜道："话是不差，可就坏在余道台这件事。余道台的银子原说定先付一半，还有一半也是永丰庄垫付的，出了一张见缺即付的支票。谁晓得赶放的明文一见，果然就收了去了。如今出了这意外的事，如何收得回来呢？他的款子，收不回来不要紧，倒是咱们的款子，可有点儿付不出去了。我想你在先自己付的十二万正款，固然要紧，就是这永丰庄担承的六万，虽说是小费，里头帮忙的人大家分的，可比正款还要紧些呢！要有什么三差五错，那事情就难说了！我瞅着永丰的当手，着急得很，我倒也替你担忧，所以特地赶来给你商量个办法。"

阳伯呆了呆，皱着眉道："兄弟原只带了十二万银子进京，后来添出六万，力量本来就不济。亏了永丰庄肯担承这宗款子，虽觉得累点儿，那么树上开花，到底儿总有结果，兄弟才敢豁出去做这件事。如今照你这么说，有点儿靠不住了，叫兄弟一时哪儿去弄这么大的款？可怎么好呢？"郭掌柜道："你好好儿想想，总有法子的。"阳伯踌躇了半天，忽然站起来，正对着郭掌柜，兜头唱了一个大喏道："兄弟才短，实在想不出法子来。兄弟第一妙法，只有'一总费心'四个字，还求你给我想法儿吧！"郭掌柜还礼不迭道："你别这么猴儿急。你且坐下，我给你说。"阳伯又作了一揖，方肯坐了。郭掌柜慢慢道："法子是有一个，俗语道：'巧媳妇做不出无米饭。'不过又要你破费一点儿才行。"

阳伯跳起来道："老郭，你别这么婆婆妈妈的绕弯儿说话，这会儿只要你有法子，你要什么就什么！"郭掌柜道："哪个是我要呢？咱们够交情，给你办事，一个大都不要，这才是真朋友。只等将来你上了任，我跟你上南边去玩一趟，闲着没事，你派我做个账房，消遣消遣，那就是你的好处了。"阳伯道："那好办。你快说，有什么好法子呢？"郭掌柜道："别忙。你瞧菜来了，咱们先吃菜，慢慢地讲。"

阳伯一抬头，果然仆欧托着两盘汤、几块面包来。安放好了，阳伯又叫仆欧开了一瓶香槟。郭掌柜一头啃着面包、喝着汤，一头说道："你别看永丰庄怎么大场面，一天到晚整千整万地出入，实在也不过东拉西扯、撑着个空架子罢了！遇着一点儿风浪就挡不住。本来呢，他的架子空也罢、实也罢，不与我们相干。如今他既给我们办了事，答应了这么大的款子，他的架子撑得满，我们的

老残游记·孽海花

事情就办得完全；倘或他有点破绽，不但他的架子撑不成，只怕连我们的架子都要坍了。这会儿也没有别的法子，只有大家伙儿帮着他，把这个架子扶稳了才对。要扶稳这个架子，也不是空口说白话做得了的，要紧的就是银子。但是这银子，从哪儿来呢？"阳伯道："说得是，银子哪儿来呢？"郭掌柜道："哈哈，说也不信，天下事真有凑巧，也是你老的运气来了！这会儿天津镇台不是有个鲁通一鲁军门吗？这人，你总该知道吧！"

阳伯想了想道："不差，那是淮军里头有名的老将啊！"郭掌柜笑道："哪里是淮军里头有名的老将！光是财神手下出色的健将罢！他当了几十年的老营务，别的都不知道，只知道他撑了好几百万的家财。他的主意很高，有的银子都存给外国银行里，什么汇丰呀、道胜呀，我们中国号家钱庄，休想摸着他一个边儿。可奇怪，到了今年，忽然变了卦了，要想把银子匀点出来，分存京、津各号，特地派他的总管鲁升带了银子，进京看看风色。这位鲁总管可巧是我的好朋友，昨日他自己上门来找我，我想这是个好主儿，好好儿恭维他一下。后来讲到存银的事情，我就把永丰荐给他。他说：'来招揽这买卖的可不少，我们都没答应呢！你不知道我们那里有个老规矩，不论哪家，要是成交，我们朋友都是加一扣头，只要肯出扣头就行。'今天我把这话告诉永丰，谁晓得永丰的当手倒给我装假，出扣头的存银他不要。我想这事永丰的关系原小，我们的关系倒大，这扣头不如你暂时先垫一下子，事情就成了。这事一成，永丰就流通了，我们的付款也就有着落了。就有一百个章爵爷，那上海道也不怕跑到哪儿去了。你看怎么着？使得吗？"阳伯道："他带多少银子来呢？存给永丰多少呢？"郭掌柜道："他带着五六十万呢！我们只要他十万，多也不犯着，你说好不好？"阳伯顿时得意起来道："好好，再好没有了。事不宜迟，这儿吃完，你就去找那总管说定了，要银子，你到永丰庄在我旅用的折子上取就得了。"两人胡乱把点菜吃完，叫仆欧来算了账，正要站起，郭掌柜忽然咦了一声道："怎么外边已经散了？"阳伯侧耳一听，果然鸦雀无声，伛身凑近风窗向外一望，只见那大餐桌上还排列着多少咖啡空杯，座位上却没人影儿。阳伯随手拉开风门道："我们就打前面走吧！"

于是阳伯前行，郭掌柜后跟，闯出厅来，一直地往外跑。不提防一阵唧唧喳喳说话声音，发出在那厅东墙角边一张小炕床上，瞥眼看见有两人头接头地紧靠着炕儿，一个仿佛是庄稚燕，那一个就是小玉说的章凤孙。见那凤孙手里颤索索地拿着一张纸片儿，递与稚燕。阳伯恐被瞧破，不敢细看，别转头，跟郭掌柜一溜烟地溜出那菜馆来，各自登车，分头干事去了。

如今且按下阳伯，只说那番菜馆外厅上庄稚燕给章凤孙，偷偷摸摸守着黑厅干什么事呢？原来事有凑巧，两间房里的人做了一条路上的事。那边鱼阳伯与郭掌柜摩拳擦掌的时候，正这边庄稚燕替章凤孙钻天打洞的当儿。看官须知道这章凤孙，是中兴名将前任山东巡抚章一豪的公子，单名一个"谊"字。章一豪在山东任时，早就给他弄了个记名特用道。前年章一豪死了，朝廷眷念功臣，又加恤典，把他原有的一等轻车都尉，改袭了子爵。这章凤孙年不满三十，做了爵爷，已是心满意足，倒也没有别的妄想了。这回三年服满，进京谢恩，因为与庄稚燕是世交兄弟，一到京就住在他家里，只晓得寻花夕醉，挟弹晨游，过着快乐光阴。挡不住稚燕是宦海的神龙，官场的怪杰，看见凤孙门阀③又高，资财又广，是个好吃的果儿。一听见上海道出缺的机会，就一心一意调唆凤孙去走连公公的门路。可巧连公公为了余敏的事失败了，憋着一肚子闷气没得出处，正想在这上海道上找个好主儿，争回这口气来。所以稚燕去一说，就满口担承，彼此讲定了数目，约了日期，就趁稚燕在番菜馆请客这一天，等待客散了，在黑影里开办交涉。却不防冤家路窄，倒被阳伯偷看了去。闲话少表。

当时稚燕乖觉，劈手把凤孙手里拿的纸片夺过来折好，急忙藏在里衣袋里。凤孙道："这是整整十二万的汇票，全数交给你。可是我要问你一句，到底靠得住靠不住？"稚燕不理他，只望着外面努嘴儿，半晌又往外张了一张，方低低说道："你放心，我连夜给你办去。有什么差错，你问我，好不好？"凤孙道："那么我先回去，在家里等回音。"稚燕点点头，正要说话，蓦地走进一个仆欧说道："曾侯爷打发管家来说，各位爷都在小玉家里打茶围，请这里两位大人就去。"凤孙一头掀帘望外走，一头说道："我不去了。你若也不去，替我写个条儿道谢吧！"说毕，自管自地上车回家去了。

不说这里稚燕写谢信、算菜账，尽他做主人的义务。单讲凤孙独自归来，失张失智地走进自己房中，把贴身服侍的两个家人打发开了，亲自把房门关上，在枕边慢慢摸出一只紫楠雕花小手箱，只见那箱里头放着个金漆小佛龛，佛龛④里坐着一尊羊脂白玉的观世音。你道凤孙百忙里，拿出这个做什么呢？原来凤孙虽说是世间纨绔，却有些佛地根芽。平生别的都不信，只崇拜白衣观世音，所以特地请上等玉工雕成这尊玉佛，不论到哪里都要带着他走，不论有何事都要望着他求。只见当时凤孙取了出来，恭恭敬敬，双手捧到靠窗方桌上居中供了；再从箱里搬出一只宣德铜炉，炷上一枝西藏线香，一本大悲神咒，一串菩提念珠，都摆在那玉佛面前，布置好了，自己方退下两步，整一整冠，拍去了衣上尘土，合掌跪在当地里，望上说道："弟子章谊，一心敬礼观世音菩萨。"说罢，匍匐下去，叨叨絮絮了好一会儿，好像醮台里拜表的法师一般。口中念念有词，足足默祷了半个钟头方才立起。转身坐在一张大躺椅上，提起念珠，摊开神咒，正想虔诵经文，却不知怎的心上总是七上八下，一会儿神飞色舞，一会儿肉跳心惊，对着经文一句也念不下去。看看桌上一盏半明不灭的灯儿，被炉里的烟气一股一股冲上去，那灯光只是碧沉沉的。侧耳听着窗外静悄悄的没些声息，知道稚燕还没回来。凤孙没法，只得垂头闭目，养了一回神，才觉心地清净点儿。忽听门外帖帖达达飞也似的一阵脚步声，随即发一声狂喊道："凤孙，怎么样，你不信，如今果真放了上海道了！你拿什么谢我？"这话未了，就砰地一响踢开门，钻将进来。凤孙抬头一看，正是稚燕，心里一慌，倒说不出话来。正是：

富贵百年忙里过，功名一例梦中求。

欲知凤孙得着上海道到底是真是假，且看下回分解。

【注解】

①惊惶失措：由于惊慌，一下子不知怎么办才好。

②胡吹乱嗙（pǎng）：嗙：吹牛，夸张。形容信口开河说大话，瞎吹牛。

③门阀：指封建社会中的世家门第。

④佛龛（kān）：供奉佛像的小阁子。

第二十三回

天威不测蜚语中词臣
隐恨难平违心驱俊仆

却说凤孙忽听稚燕一路喊将进来，只说他放了上海道，一时心慌，倒说不出话来，呆呆地半晌方道："你别大惊小怪地吓我，说正经，连公公那里端的怎样？"稚燕道："谁吓你？你不信，看这个！"说着，就怀里掏出个黄面泥板的小本儿。凤孙见是京报，接来只一揭，第一行就写着"苏、松、太兵奋道着章谊补授。"凤孙还道是自己眼花，忙把大号墨晶镜往鼻梁上一推，揉一揉眼皮，凑着纸细认，果然仍是"苏、松、太兵备道着章谊补授"十一个字。心中一喜，不免颂了一声佛号，正要向那玉琢观音顶礼一番，却恍恍惚惚就不见了稚燕。抬起头来，却只见左右两旁站着六七个红缨青褂、短靴长带的家人，一个托着顶帽，一个捧着翎盒，提着朝珠的，抱着护书的，有替他披褂的，有代他束带的，有一个豁琅琅地摇着静鞭，有一个就向上请了个安，报道："外面伺候已齐，请爵爷立刻上任！"真个是前呼后拥，吆五喝六，把个懵懂小爵爷七手八脚地送出门来。

只见门外齐臻臻地排列着红呢伞、金字牌、旗锣轿马，一队一队长蛇似的立等在当街，只等凤孙掀帘进轿。只听如雷价一声呵殿，那一溜排衙，顿时蜿蜿蜒蜒地向前走动。走去的道儿，也辨不清是东是西，只觉得先走的倒都是平如砥、直如绳的通衢广陌①，一片太阳光照着马蹄踢起的香尘，一闪一闪地发出金光。谁知后来忽然转了一个弯，就走进了一条羊肠小径。又走了一程，益发不像，索性只容得一人一骑慢慢地捱上去了，而且曲曲折折，高高低低，一边是恶木凶林，一边是危崖乱石。凤孙见了这些凶险景象，心中疑惑，暗忖道："我如今到底往哪里去呢？记得出门时有人请我上任，怎么倒走到这荒山野径来呢？"原来此时凤孙早觉得自己身体不在轿中，就是刚才所见的仪仗从人，一霎时也都随着荒烟蔓草②，消灭得无影无踪，连放上海道的事情也都忘了一半。独自一个在这七高八低的小路上，一脚绊一脚地往前走去。正走间，忽然眼前一黑，一阵寒风拂上面来，急忙抬头一看，只见一座郁郁苍苍的高冈横在面前。凤孙暗喜道："好了，如今找着正路了！"

正想寻个上去的路径，才想走近前来，却见那冈子前面蹲着一对巨大的狮子，张了磨牙吮血的大口，睁了奔霆掣电的双瞳，竖起长鬣，舒开铁爪，只待吃人。在云烟缥缈中也看不清是真是假。再望进去，隐隐约约显出画栋雕梁，长廊石舫，丹楼映日，香阁排云；山径中还时见白鹤文鹿，彩凤金牛，游行自在。但气象虽然庄严，总带些阴森肃杀的样子，好像几百年前的古堡。恐怕冒昧进去，倒要碰着些吃人的虎豹豺狼、迷人的山精木怪，反为不美。凤孙踌躇了一回，忽听当啷当啷一阵马官铃声，从自己路上飞来，就见一匹跳涧爬山的骏马，驮着个扬翎蠹顶的贵官，挺着腰，仰着脸儿，得意洋洋地只顾往前窜。凤孙看着那贵官的面貌好像在哪里见过的，不等他近前，连忙迎上去，拦着马头施礼道："老兄想也是上冈去的？兄弟正为摸不着头路不敢上去。如今老兄来了，是极好了，总求您携带携带。"那贵官听了，哈哈地笑道："你要想上那冈子么？你莫非是疯子吧！那道儿谁不知道？如今是走不得！你要走道儿，还是跟着我上东边儿去。"

说着话，就把鞭儿向东一指。凤孙忙依着他鞭的去向只一望，果然显出一条不广不狭的小径，看那里边倒是暖日融融，香尘细细，夹岸桃花，烂如云锦，那径口却有一棵天矫不群的海楠，卓立在万木之上。下面一层层排列着七八棵大树，大约是檀槐杨柳、灵杏棠杞等类，无不蟠干梢云，浓阴垂盖，的确是一条好路，倒把凤孙看得呆了。正想细问情由，不道那贵官就匆匆地向着凤孙拱了拱手道："兄弟先别了！"说罢，提起马头，四蹄翻盏地走进那东路去了。凤孙这一急非同小可，拔起脚要追，忽听一阵悠悠扬扬的歌声，从西边一条道儿上梨花林吹来，歌道：

东边一条路，西边一条路；西边梨花东边桃，白的云来红的雨，红白争娇，雨落云飘，东海龙女，偷了半年桃，西池王母，怒挖明珠苗；造化小儿折了腰，君欲东行，休行，我道不如西边儿平！

　　凤孙寻着歌声，回身西望，才看见径对着东路那一条道儿上，处处夹着梨树，开的花如云如雪，一白无际，把天上地下罩得密密层层，风也不通。凤孙正在忖量，那歌声倒越唱越近了，就见有八九个野童儿，头戴遮日帽，身穿背心衣，脚踏无底靴，面上乌墨涂得黑一搭白一搭，一面拍着手，一头唱着歌，穿出梨花林来，一见凤孙，齐连连招手道："来，来，快上西边儿来！"凤孙被这些童儿一唱一招，心里倒没了主意，立在那可东可西的高冈面前，东一张，西一张，发狠道："照这样儿，不如回去吧！"

　　一语未了，不提防西边树林里，陡起了一阵撼天震地的狂风，飞沙走石，直向东边路上刮剌剌③地卷去。一会儿，就日淡云凄，神号鬼哭起来。远远望去，那先去的骑马官儿，早被风刮得帽飞靴落，人仰马翻；万树桃花，也吹得七零八落。连路口七八株大树，用尽了撑霆喝月的力量，终不敌排山倒海的神威，只抵抗了三分钟工夫，稀里哗啦倒断了六株。连那海楠和几株可称梁栋之材的都连根带土，飞入云霄，不知飘到哪里去了。这当儿，只听那梨花林边，一个大孩子领了八九个狂童，欢呼雷动，摇头顿足地喊道："好了！好了！倒了！倒了！"

　　谁知这些童儿不喊犹可，这一喊，顿时把几个乌嘴油脸的小孩，变了一群青面獠牙的妖怪，有的摇着驱山铎，有的拿着迷魂幡，背了骊山老母的剑，佩了九天玄女的符，踏了哪吒太子的风火轮，使了齐天大圣的金箍棒，张着嘴，瞪着眼，耀武扬威，如潮似海地直向凤孙身边扑来。凤孙这一吓，直吓得魂魄飞散，尿屁滚流，不觉狂叫一声："救苦救难观世音菩萨！"

　　正危急间，忽听面前有人喊道："凤孙休慌，我在这里。"凤孙迷离中抬头一看，仿佛立在面前是一个浑身白衣的老妇人，心里只当是观音显圣来救他的，忙又叫道："菩萨救命呀！"只听那人笑道："什么菩萨？菩萨坐在桌上呢！"凤孙被这话一提，心里倒清爽了一半，重又定眼细认了一认，吓！哪里是南海白衣观世音，倒是个北京纨绔庄稚燕，嘻着嘴立在他面前。看看自己身体还坐在佛桌旁的一张大椅上，炉里供的藏香只烧了一寸，高冈飞了，梨花林、桃花径迷了，童儿妖怪灭了，窗外半钩斜月，床前一粒残灯，静悄悄一些风声也没有，方晓得刚才闹哄哄的倒是一场大梦。想起刚才自己狼狈的神情，对着稚燕倒有些惶愧，把白日托他到连公公那里谋干的事倒忘怀了，只顾有要没紧地道："你在哪儿呢？这早晚才回来！"稚燕道："啊呀呀，这人可疯了！人家为你的事，脚不着地地跑了一整夜，你倒还乐呀乐呀地挖苦人！"

　　凤孙听了这话，才把番菜馆里递给他汇票、托他到连公公那里讨准信的一总事都想起来，不觉心里勃地一跳，忙问道："事情办妥了没有？"稚燕笑道："好风凉话儿！天下哪儿有这么容易的事儿！我从番菜馆里出来，曾敬华那里这么热闹的窝儿，我也不敢踹，一口气跑上连公公家里，只道约会的事不会脱卯儿的，谁知道还是扑了一个空。空等了半天，不见回来，问着他们，敢情为了预备老佛爷万寿的事情，内务府请了去商量，说不定多咱才回家呢。我想横竖事儿早说妥了，只要这边票儿交出去，自然那边官儿送上来，不怕他有红孩儿来抢了唐僧人参果去，你说对不对？"

　　凤孙一听"红孩儿"三个字，不觉把梦中境界直提起来，一面顺口说道："这么说，那汇票你仍旧带回来了？"一面呆呆地只管想那梦儿，从那一群小孩变了妖怪、扑上身来想起，直想到自己放了上海道、稚燕踢门狂喊，看看稚燕此时的形状宛然梦里，忽然暗暗吃惊道："不好了，我上了小人的当了！照梦详来，小孩者，小人也，变了妖怪扑上身来，明明说这班小人在那里变着法儿的捉弄我。小径者，小路也，已经有人比我走在头里，我是没路可走。若然硬要走，必然惹起风波。"想到这里，猛地又想起梦醒时候，看见一个白衣老妇，不觉恍然大悟道："这是我一向虔诚供奉了观音，今日特地来托梦点醒我的。罢了！罢了！上海道我决计不要了，倒是十二万的一张汇票，总要想法儿骗回到手才好。"

　　想了一想，就接着说道："既然你带回来，好，那票儿本来差着，你给我改正了再拿去。"稚燕愕然道："哪儿的事？数目对了就得了。"凤孙道："你不用管，你拿出来，看我改正，你就知道了。"稚燕似信不信的，本不愿意掏出来，到底碍着凤孙是物主儿，不好十分揸着不放，只得慢慢地从靴页里抽出，挪到灯边远远地一照道："没有错呀！"一语未了，不防被凤孙劈手夺去，就往自己衣袋里一塞。稚燕倒吃了个惊道："这怎么说？咦，改也不改，索性收起来了！"凤孙笑道："不瞒稚兄说，票子是没有错，倒是兄弟的主意打错了。如今想过来，不干这事了。稚兄高兴，倒是稚兄去顶替了吧！兄弟是情愿留着这宗银子，去孝敬韩家潭口袋底的哥儿姐儿。"稚燕跳起来道："岂有此理！你这话到底是真话是梦话？你要想想，这上海道的缺，是不容易谋的！连公公的路，是不容易走的！我给你闹神闹鬼，跑了半个多月，这才摸着点边儿。你倒好意思，轻轻松松说不要了。我可没脸去回复人家。你倒把不要的道理说给我听听！"

　　凤孙仍笑嘻嘻地道："回复不回复，横竖没有我的事，我是打定主意不要。"那当儿，一个是斩钉截铁地咬定不要了，一个是面红颈赤地死问他为何不要呢；一个笑眯眯只管赖皮，一个急吁吁无非撒泼。正闹得没得开交，忽听砰的一声，房门开处，走进一个家人，手里拿着一封电报，走到凤孙身旁道："这是南边发来给章大人的。"说着，伸手递给凤孙，就回身走了。凤孙忙接来一望，知道是从杭州家里打来的，就吃了一吓，拆开看了看，不觉说声"侥幸"，就手递给稚燕道："如今不用争吵了，我丁了艰了！"

　　稚燕看着，方晓得凤孙的继母病故，一封报丧的电报。到此地位，也没得说了，把刚才的一团怒火霎时消灭，倒只好敷衍了几句安慰的套话，问他几时动身。凤孙道："这里的事情料理清楚，也得六七天。"当时彼此没兴，各自安歇去了。从此凤孙每日忙忙碌碌，预备回南的事。到了第五日，就看见京报上果然上海道放了鱼邦礼，外面就沸沸扬扬议论起来。有的说姓鱼的托了后门估衣铺，走王府的门路的；有的说姓鱼的认得了皇妃的亲戚,在皇上御前保举的。凤孙听了这些话,倒也如风过耳,毫不在意,只管把自己的事尽着赶办。又歇了一两天,就偃旗息鼓地回南奔丧去了。

单说稚燕替凤孙白忙了半个多月,得了这个结果,大为扫兴。他本愿意想做鱼阳伯的引线的,后来看看鱼阳伯的门第、资财、气概都不如章凤孙,所以倒过头来,就搁起阳伯,全力注在凤孙身上。谁知如今阳伯果真得了上海道,自己的好窝儿反给估衣铺里的郭掌柜占了去,你想他心里怎么不又悔又恨呢!连公公那里又不敢去回复,只好私下告诉他父亲转说,还求他想个法儿出出这口恶气。一日清早,稚燕还没起来,家人来回:"老爷上头下来,有事请少爷即刻就去。"稚燕慌忙披衣出房,不及梳洗,一径奔到小燕平常退朝坐起的一间书房内,掀帘进去,满屋静悄悄的,只见两三个家人垂手侍立。小燕正在那里低着头写一封书信,看见稚燕走来,一抬眼道:"你且坐着,让我把高丽商务总办方安堂的一封要紧信写了再说。"稚燕只得在旁坐了,偷看那封信上写的,全是高丽东学党谋乱的事情。原来那东学党是高丽国的守旧党,向来专与开化党为仇,他的党魁叫崔时亨,自号纬大夫的,现在忽然在全罗道的古阜地方起事,有众五六万,首蒙白巾,手执黄旗,倡言要驱逐倭夷④,扫除权贵。高丽君臣惶急万状,要借中国护商的靖远兵船前去助剿。那时驻扎高丽的商务总办,就是方安堂官印叫代胜的,不敢擅主,发电到总理衙门请示。小燕昨日已经会商王大臣,发了许借的回电,现在所写的,不过要他留心观察,随时禀报罢了。

稚燕看着信,随口道:"原来高丽反起乱事了!"小燕道:"这回比甲申年金玉均、洪英植的乱事更要厉害,恐怕要求中朝发兵赴援哩!"说着话,一抬头忽见一个眉清目秀、初交二十岁的俊童,站在他父亲身旁,穿着娃儿脸万字绉纱袍,罩着美人蕉团花绒马褂,额上根青,鬓边发黑,差不多的相公还比不上他娇艳,心想我家从没有过这样俊俏童儿,忽然想起来道"呀,这是金雯青那里的阿福,怎么到了我家来呢!"稚燕正在上下打量,早被小燕看见,因笑道:"这是雯青那里有名的人儿,你从前给他同路进京,大概总认得吧!如今他在雯青那里歇了出来,还没投着主儿呢!求我赏饭,我可用不着,只好留着等机会荐出去吧!"小燕一面说,一面阿福红着脸,就走到稚燕跟前请了一个安。小燕忽然向稚燕道:"不差,你给我上金雯青那里去走一趟吧!这几天听说他病又重了,我也没工夫去看他,你替我去走走,礼到就得了。"当时稚燕答应下来,自去预备出门。按下慢表。

如今先要把阿福如何歇出、雯青如何病重的细情叙述一番,免得读书的说我抛荒本题。原来雯青那日,看张夫人出房后,就叫小丫头把帐子放了,自把被窝蒙了头,只管装睡,并不理睬彩云。彩云见雯青颜色不好,也不敢上来兜搭,自在外房呆呆地坐着嗑瓜子。房里冷清清的无事可说,我却先要说张夫人那日在房时,听了雯青的口气,看了彩云的神情,早就把那事儿瞧破了几分。后来回到自己房中,不消说有那班献殷勤的婆儿姐儿,半真半假的传说,张夫人心里更明白了。料想雯青这回必然要扬锣捣鼓地大闹,所以张夫人身虽在这边,心却在那边,常常听候消息。谁知道直候到二更以后,雯青那边总是寂无人声,张夫人倒诧异起来,暗道:"难道就这么罢了不成?"忽一念转到雯青新病初愈,感了气,不要有什么反复吗?想到这里,倒不放心起来。

那时更深人静,万籁无声,房里也空空洞洞的,老妈儿都去歇息了,小丫头都躲在灯背黑影里去打盹儿。张夫人只得独自蹑手蹑脚,穿过外套房,来到堂屋。各处灯都灭了,黑魆魆的好不怕人!张夫人正有些胆怯,想缩回来,却望见雯青那边厢房里一点灯光,窗帘上映出三四个长长短短的人影。接着一阵喊喊嗻嗻的讲话声音,知道那边老妈丫头还没睡哩。张夫人趁势三脚两步跨进雯青外房,径到房门口。正要揭起软帘,忽听雯青床上窸窸窣窣地响,响过处,就听雯青低低儿地叫了"彩云、彩云"两声。并没人答应。张夫人忖道:"且慢,他们要说话了,我且站着听一听。"

这当儿,张夫人靠在门框上,从帘缝里张进去,只见靠床一张鸳鸯戏水的镜台上,摆着一盏二龙抢珠的洋灯,罩着个碧玻璃的灯罩儿,发出光来,映得粉壁锦帷,都变了绿沉沉的。那时见雯青一手慢慢地钩起一角帐儿,伸出头来,脸上似笑不笑地睇着靠西壁一张如意软云榻,只管发愣。张夫人连忙随着雯青的眼光看去,原来彩云正卸了晚妆,和衣睡着在那里,身上穿着件同心珠扣水红小紧身儿,单束着一条合欢粉荷洒花裤,一搦柳腰,两钩莲瓣,头上枕着湖绿 C 纹小洋枕,一挽半散不散的青丝,斜拖枕畔,一手托着香腮,一手掩着酥胸,眉儿蹙着,眼儿闭着,颊上酒窝儿还揾着点泪痕,真有说不出、画不像的一种妖艳,连张夫人见了心里也不觉动了一动。忽听雯青叹了口气,微微地拍着床道:"嘻,哪世里的冤家!我拼着做……"说到此咽住了,顿了顿道:"我死也不舍她的呀!"

说话时,雯青就挣身坐起,喘吁吁披上衣服、套上袜儿,好容易把腿挪下床沿,趿着鞋儿,摇摇摆摆地直晃到那榻儿上,捱着彩云身体倒下,好一会儿,颤声推着彩云道:"你到底怎么样呢?你知道我的心为你都使碎了!你只管装睡,给谁怄气呢?"原来彩云本未睡着,只为雯青不理她,摸不透雯青是何主意,自己怀着鬼胎,只好装睡。后来听见雯青几句情急话,又力疾起来反凑她,不免心肠一软,觉得自己行为太对不住他,一阵

老残游记·孽海花

229

心酸，趁着此时雯青一推，就把双手捧了脸，钻到雯青腋下，一言不发，呜呜咽咽哭个不了。雯青道："这算什么呢？这件事你到底叫我怎么样办嗄？有这会儿哭的工夫，刚才为什么拿那些没天理的话来顶撞我呢！"

说着，也垂下泪来。彩云听了，益发把头贴紧在雯青怀里，哽咽着道："我只当你从此再不近我身了。我也拼着把你一天到晚千怜万惜的身儿，由你去割也罢，勒也罢，你就弄死我，我也不敢怨你。我只怨着我死了，再没一个知心着意的人服侍你了！我只恨我一时糊涂，上了人家的当，只当嬉皮赖脸一会儿不要紧，谁知倒害了你一生一世受苦了！这会儿后悔也来不及了！"雯青睒⑤定彩云，紧紧地拉了她手，一手不知不觉地替她拭泪道："你真后悔了么？你要真悔，我就不恨你了。谁没一时的过失？我倒恨我自己用了这种没良心的人来害你了。这会儿没有别的，好在这事只有你知我知，过几天儿借着一件事，把那人打发了就完了。可是你心里要明白，你负了我，我还是这么呕心挖胆地爱你，往后你也该体谅我一点儿了！"彩云听了这些话，索性撒娇起来，一条粉臂钩住雯青的脖子，仰着脸，三分像哭、二分像笑地道："我的爷，你算白疼了我了！你还不知道你那人的脾气儿，从小只爱玩。这会儿闷在家里，自个儿也保不定一时高兴，给人家说着笑着，又该叫你犯疑了！我想倒不如死了，好叫你放心。"雯青道："死呀活的做什么，在家腻烦了，听戏也罢、逛庙也罢，我不来管你就是了。"

雯青说了这话，忽然牙儿作对地打了几个寒噤。彩云道："你怎么了？你瞧！我一不管，你就着了凉。本来天气怪冷的，你怎么皮袍儿也不披一件就下床来呢！"雯青笑道："就是怕冷，今儿个你肯给我先暖一暖被窝儿吗？"说时，又凑到彩云耳边，低低地不知讲些什么。只见彩云笑了笑，一面连连摇着头坐起来，一面挽上头发道："算了吧，你别作死了！"那当儿，张夫人看了彩云一派狂样儿，雯青一味没气性，倒憋了一肚子的没好气，不耐烦再听那间壁戏了，只得迈步回房，自去安歇。晚景无话。

从此一连三日，雯青病已渐愈，每日起来只在房中与彩云说说笑笑，倒无一毫别的动静。直到第四天早上，张夫人还没起来，就听见雯青出了房门，到外书房会客去了。等到张夫人起来，正在外套房靠着窗朝外梳妆，忽见一个小丫头慌慌张张、飞也似的从院子里跑进来。张夫人喝住道："大惊小怪做什么！"那小丫头道："老爷在外书房发脾气哩，连阿福哥都打了嘴巴赶出去了。"张夫人道："知道为什么呢？"小丫头道："听说阿福拿一个西瓜水的料烟壶儿递给老爷,不知怎么的,说老爷没接好,掉在地上打破了。阿福只道老爷还是往常的好性儿,正弯了腰低头拾了那碎片儿,嘴里倒咕噜道:'怪可惜的一个好壶儿。'这话未了,不防啪地一响,脸上早着了一个嘴巴。阿福吃一吓,抬起头来,又是一下。这才看见老爷抖索索地指着他骂道:'没良心的王八羔! 白养活你这么大。不想我心爱的东西,都送在你手里。我再留你,那就不用想有完全的东西了!'阿福吃了打,倒还嘴强说:'老爷自不防备,砸了倒怪我!'老爷越发拍桌的动怒,立刻要送坊办,还是金升伯伯求下来。这会儿卷铺盖去了。"张夫人听了,情知是那事儿发作了,倒淡淡地道:"走了就完了,嚷什么的!"只管梳洗,也不去管他。一时间,就听雯青出门拜客去了。正是:

宦海波涛蹲百怪,情天云雨证三生。

不知雯青赶去阿福,后事如何,且看下回分解。

【注解】

①通衢(qú)广陌:通衢:四通八达的道路;陌:田间小路,泛指道路。
②荒烟蔓草:比喻空旷偏僻,冷落荒凉。
③刮剌剌:亦作"刮喇喇"刮辣辣"。象声词。
④倭(wō)夷:日本海盗。
⑤睇(yí):斜视。

老残游记·孽海花

231

话说雯青赶出了阿福,自以为去了个花城的强敌,爱河的毒龙,从此彩云必能回首面内,委心帖耳,衽席之间不用力征经营,倒也是一桩快心的事。这日出去,倒安心乐意地办他的官事了。先到龚尚书那里,谢他帕米尔一事维持之恩;又到钱唐卿处,商量写着薛、许两钦差的信。到了第二日,就销假到衙,照常办事。光阴荏苒,倏忽又过了几月。那时帕米尔的事情,杨谊柱也查复进来,知道国界之误,已经几十年,并不始于雯青;又有薛淑云、许祝云在外边,给英、俄两政府交涉了一番,终究靠着英国的势力,把国界重新划定,雯青的事从此也就平静了。

　　却说有一天，雯青到了总署，也是冤家路窄，不知有一件什么事，给庄小燕忽然意见不合争论起来，争到后来，小燕就对雯青道："雯兄久不来了，不怪于这里公事有些隔膜了。大凡交涉的事是瞬息万变的，只看雯兄养疴一个月，国家已经蹙地八百里了。这件事，雯兄就没有知道吧？"雯青一听这话，分明讥诮①他，不觉红了脸，一语答不出来。少时，小燕道："我们别尽论国事了，我倒要请教雯兄一个典故：李玉溪道'梁家宅里秦宫入'，兄弟记得秦宫是被梁大将军赶出西第来的，这个入字，好像改做出字的妥当。雯兄，你看如何？"说完，只管望着雯青笑。雯青到此真有些耐不得了，待要发作，又怕蜂虿有毒②，惹出祸来，只好纳着头，生生地咽了下来。坐了一会儿，到底坐不住，不免站起来拱了拱手道："我先走了。"说罢，回身就往外走，昏昏沉沉忘了招呼众人。刚从办事处走到大堂廊下，忽听有两三个赶车儿的聚在堂下台阶儿上，密密切切说话，一个仿佛是庄小燕的车夫，一个就是自己的车夫。只听自己那车夫道："别再说我们那位姨太太了，真个像馋嘴猫儿似的，贪多嚼不烂，才扔下一个小仔，倒又刮上一个戏子了！"那个车夫问道："又是谁呢？"一个低低地说道："也是有名的角儿，好像叫作孙三儿的。我们那位大人不晓得前世作了什么孽，碰上这位姨太太。这会儿天天儿赶着堂会戏，当着千人万人面前，一个在台上，一个在台下，丢眉弄眼，穿梭似的来去，这才叫现世报呢！"这些车夫原是无意闲谈，不料一句一句被雯青听得齐全，此时恍如一个霹雳，从青天里打入顶门，顿时眼前火爆、耳内雷鸣，心里又恨、又悔、又羞、又愤，迷迷糊糊地一步跨出门来，睁着眼喝道："你们嚷什么？快给我套车儿回家去！"那班赶车的本没防雯青此时散衙，倒都吃了一惊。幸亏那一辆油绿围红拖泥的大鞍车，驾着匹菊花青的高背骡儿，好好儿停在当院里没有卸，五六个前顶后跟的家人也都闻声赶来。那当儿，赶车的预备了车踏凳，要扶雯青上车，不想雯青只把手在车沿儿上一搭，倏地钻进了车厢，嘴里连喊着："走！走！"不一时，蹄翻轮动，出了衙门，几十只马蹄蹴③得烟尘堆乱，直向纱帽胡同而来。

　　才到门口，雯青一言不发，跳下车来，铁青着脸，直瞪着眼，一口气只望上房跑。几个家人在背后手忙脚乱地还跟不上。金升手里抱着门簿函牍，正想回事，看这光景，倒不敢，缩了回来。雯青一到上房，堂屋里老妈丫头正乱糟糟嚷作一团，看见主人连跌带撞地进来，背后有个家人只管给她们摇手儿，一个个都吓得往四下里躲着。雯青却一概没有看见，只望着彩云的房门认了一认，揭起毡帘直抢入去。那当儿，彩云恰从城外湖南会馆看了堂会戏回来，卸了浓妆，脱了艳服，正在梳妆台上支起了金粉镜，重添眉翠，再整鬓云，听见雯青掀帘跨进房来，手里只管调匀脂粉，要往脸上扑，嘴里说道："今儿回来多早呀！别有什么不？"

　　说到这里，才回过头来。忽见雯青已撞到了上回并枕谈心的那张如意软云榻边，却是气色青白，神情恍惚，睁着眼愣愣地直盯在自己身上，顿了半晌，才说道："你好！你骗得我好呀！"彩云摸不着头脑，心里一跳，脸上一红，倒也愣住了。正想听雯青的下文，打算支架的话，忽见雯青说罢这两句话，身体一晃，两手一撒，便要往前磕来。彩云是吃过吓来的人，见势不好，说声："怎么了，老爷？"抢步过来，拦腰一抱，脱了官帽，禁不住雯青体重，骨碌碌倒金山、摧玉柱似的两人一齐滚在榻上。等到那班跟进来的家人从外套房赶来，雯青早已直挺挺躺好在榻上。彩云喘吁吁腾出身来，在那里老爷老爷地推叫。谁知雯青此时索性闭了眼，呼呼的鼾声大作起来。彩云轻轻摸着雯青头上，原来火辣辣热得烫手，倒也急得哭起来，问着家人们道："这是怎么说的？早起好好儿出去，这会儿到底打哪儿回来，成了这个样儿呢？"家人们笑着道："老爷今儿的病多管有些古怪，在衙门里给庄大人谈公事，还是有说有笑的；就从衙内出来，不晓得半路上听了些什么话，顿时变了，叫奴才们哪儿知道呢！"

正说着，只见张夫人也皱着眉，颤巍巍地走进来，问着彩云道："老爷呢？怎么又病了！我真不懂你们是怎么样！"彩云低头不语，只好跟着张夫人走到雯青身边，低低道："老爷发烧哩！"随口又把刚才进房的情形说了几句。张夫人就坐在榻边儿上，把雯青推了几推，叫了两声，只是不应。张夫人道："看样儿，来势不轻呢！难道由着病人睡在榻上不成？总得想法儿挪到床上去才对！"彩云道："太太说得是。可是老爷总喊不醒，怎么好呢？"正为难间，忽听雯青嗽了一声，一翻身就硬挣着要抬起头来，睁开眼，一见彩云，就目不转睛地看她，看得彩云吃惊，不免倒退了几步。忽见雯青手指着墙上挂的一幅德将毛奇的画像道："哪，哪，哪，你们看一个雄赳赳的外国人，头顶铜兜，身挂勋章，他多半是来抢我彩云的呀！"张夫人忙上前扶了雯青的头，凑着雯青道："老爷醒醒，我扶你上床去，睡在家里，哪有外国人！"雯青点点头道："好了，太太来了！我把彩云托给你，你给我好好收管住了，别给那些贼人拐了去！"

张夫人一面噢噢地答应，一面就趁势托了雯青颈脖，坐了起来，忙给彩云招手道："你来，你先把老爷的腿挪下榻来，然后我抱着左臂，你扶着右臂，好歹弄到床上去。"彩云正听着雯青的话有些胆怯，忽听张夫人又叫她，磨蹭了一会儿，没奈何，只得硬着头皮走来，帮着张夫人半拖半抱，把雯青扶下地来，站直了，卸去袍褂，慢慢地一步晃一步地迈到了床边儿上。此时雯青并不直视彩云，倒伸着头东张西望，好像要找一件东西似的。一时间眼光溜到床前镜台上摆设的一只八音琴，就看住了。原来这八音琴与寻常不同，是雯青从德国带回来的，外面看着是一只火轮船的雏形，里面机栝，却包含着无数音谱，开了机关，放在水面上，就会一面启轮，一面奏乐的。不想雯青愣了一会儿，喊道："啊呀，不好了！萨克森船上的质克，驾着大火轮，又要来给彩云寄什么信了！太太，这个外国人贼头鬼脑，我总疑着他。我告你，防着点儿，别叫他上我门！"

雯青这句话把张夫人倒蒙住了，顺口道："你放心，有我呢，谁敢来！"彩云却一阵心慌，一松手，几乎把雯青放了一跤。张夫人看了彩云一眼道："你怎么的？"于是妻妾两人轻轻地把雯青放平在床上，垫平了枕，盖严了被，张夫人已经累得面红气促，斜靠在床栏上。彩云刚刚跨下床来，忽见雯青脸色一红，双眉直竖，满面怒容，两只手只管望空乱抓。张夫人倒吃一惊道："老爷要拿什么？"雯青睁着眼道："阿福这狗才，今儿我抓住了，一定要打死他！"张夫人道："你怎么忘了？阿福早给你赶出去了！"雯青道："我明明看见他笑嘻嘻，手里还拿了彩云的一支钻石莲蓬簪，一闪就闪到床背后去了。"张夫人道："没有的事，那簪儿好好插在彩云头上呢！"雯青道："太太你哪里知道？那簪儿是一对儿呢，花了五千马克，在德国买来的。你不见如今只剩了一支了吗？这一支，保不定明儿还要落到戏子手里去呢！"说罢，嗐了一声。张夫人听到这些话，无言可答，就揭起了半角帐儿，望着彩云。只见彩云倒躲在墙边一张躺椅上，低头弄着手帕儿。张夫人不免有气，就喊道："彩云！你听老爷尽说胡话，我又搅不清你们那些故事，还是你来对答两句，倒怕要清醒些哩！"

彩云半抬身挪步前行，说道："老爷今天七搭八搭，不知道说些什么，别说太太不懂，连我也不明白，倒怪怕的。"说时已到床前，钻进帐来，刚与雯青打个照面。谁知这个照面不打倒也罢了，这一照面，顿时雯青鼻搧唇动，一手颤索索拉了张夫人的袖，一手指着彩云道："这是谁？"张夫人道："是彩云呀！怎么也不认得了？"雯青咽着嗓子道："你别骗我，哪里是彩云？这人明明是赠我盘费进京赶考的那个烟台妓女梁新燕。我不该中了状元，就背了旧约，送她五百银子，赶走她的。"说到此，咽住了，倒只管紧靠了张夫人道："你救我呀！我当时只为了怕人耻笑，想不到她竟会吊死，她是来报仇！"一言未了，眼睛往上一翻，两脚往上一伸，一口气接不上，就厥了过去。张夫人和彩云一见这光景，顿时吓做一团。满房的老妈丫头也都乌飞鹊乱起来，喊的喊，拍的拍，握头发的，掐人中的，闹了一个时辰，才算回了过来。寒热越发重了，神智越发昏了，直到天黑，也没有清楚一刻。张夫人知道这病厉害，忙叫金升拿片子去请陆大人来看脉。

荄如听几句张夫人说来的病源，看一回雯青发现的气色，一切脉，就摇头说不好，这是伤寒重症，还夹着气郁房劳，倒有些棘手。少不得尽着平生的本事，连底儿掏摸出来，足足磋磨了一个更次，才把那张方儿的君臣佐使配搭好了，交给张夫人，再三嘱咐，必要浓煎多服。荄如自以为用了背城借一的力量，必然有旋乾转坤的功劳。谁知一帖不灵，两帖更凶，到了第三日爽性药都不能吃了。

等到小燕叫稚燕来看雯青，却已到了香迷铜雀、雨送文鸳的时候。那时雯青的至好龚和甫、钱唐卿都聚在那里，帮着荄如商量医药。稚燕走进来，彼此见了，稚燕就顺口荐了个外国医生，和甫、唐卿倒都极口赞成，劝荄如立刻去延请。荄如摇着头道："我记得从前曾小侯信奉西医，后来生了伤寒症，发热时候，西医叫预备五六个冰桶围绕他，还搁一块冰在胸口，要赶退他的热。谁知热可退了，气却断了。这事我可不敢做主。请不请，去问雯青夫人吧！"和甫、唐卿还想说话，忽听见里面一片哭声，沸腾起来，却把个文园病渴的司马相如,竟做了玉楼赴召的李长吉了。稚燕趁着他们扰乱的时候,也就溜之大吉。倒是龚和甫、钱唐卿,究竟与雯青道义之交,肝胆相托,竟与奉如同做了托孤寄命的挚友,每日从公之余,彼来此往,帮着奉如料理雯青的后事,一面劝慰张夫人,安顿彩云;一面发电苏州,去叫雯青的长子金继元到京,奔丧成服。后来发讣开丧,倒也异常热闹。

　　开丧之后,过了些时,龚和甫、钱唐卿正和奉如想商量劝张夫人全家回南。还未议定,谁知那时中国外交上恰正起了一个绝大的风波,龚、钱两人也就无暇来管这些事了。就是做书的,顾不得来叙这些事了。你道那风波是怎么起的?原来就为朝鲜东学党的乱事闹得大起来,果然朝王到我国来请兵救援。我国因朝鲜是数百年极恭顺的藩属,况甲申年金玉均、洪英植的乱事,也靠着天兵戡平祸乱的。这回来请兵,也就按照故事,叫北洋大臣威毅伯先派了总兵鲁通一统了盛军马步三千,提督言紫朝领了淮军一千五百人,前去救援。

　　谁知就在这一片轰轰烈烈的开战声中,倒有两个潇潇洒洒的出奇人物,冒了炎风烈日,带了砚匣笔床,特地跑到后载门外的什刹海荷花荡畔一座酒楼上,凭栏寄傲,把盏论文。你道奇也不奇?那当儿,一轮日大如盘,万顷花开似锦,隐隐约约的是西山岚翠,缥缥缈缈的是紫禁风烟,都趁着一阵熏风,向那酒楼扑来。看那酒楼,却开着六扇玻璃文窗,护着一桁冰纹画槛,靠那槛边,摆着个湘妃竹的小桌儿,桌上罗列些瓜果蔬菜,茶具酒壶、破砚残笺、断墨秃笔也七横八竖的抛在一旁。桌左边坐着个丰肌雄干,眉目开张,岸然不愧伟丈夫,却赤着膊,将辫子盘在头顶,打着一个椎结。右边那个,却是气凝骨重,顾视清高,眉宇之间,秋色盎然,身穿紫葛衫,手摇雕翎扇。你道这两人到底是谁?原来倒是书中极熟的人儿,左边的就是有名太史闻韵高,右边的却是新点状元章直蜚。两人酒酣耳热,接膝谈心,把个看花饮酒的游观场,当了运筹决策的机密室了。

　　只见闻韵高眉一扬,鼻一掀,一手拿着一海碗的酒,望喉中直倒;一手把桌儿一拍,含糊地道:"大事去了,大事去了!听说朝王虏了,朝妃囚了,牙山开了战了!威毅伯还在梦里,要等英、俄公使调停的消息哩!照这样因循坐误,无怪有名的御史韩以高约会了全台,在宣武门外松筠庵开会,提议参劾哩!前儿庄焕英爽性领了日本公使小村寿太郎觐见起来,当着皇上说了多少放肆的话。我倒不责备庄焕英那班媚外的人,我就不懂我们那位龚老师身为辅弼，听见这些事也不阻挡，也没决断！我昨日谒见时，空费了无数的唇舌。难道老夫子心中，'和''战'两字，还没有拿稳吗？"章直蜚仰头微笑道："大概摸着些边儿了，拿稳我还不敢说。我问你，昨儿你到底说了些什么？"韵高道："你问我说的吗？我说日本想给我国开战并非临时起意的，其中倒有四个原因：甲申一回，李应是被我国虏来，日本不能得志，这是想雪旧怨的原因；朝鲜通商，中国掌了海关，日廷无利可图，这是想夺实利的原因；前者王太妃薨逝，我朝遣使致唁，朝鲜执礼甚恭，日使相形见绌，这是相争虚文的原因；金玉均久受日本庇护，今死在中华，又戮了尸，大削日本的体面，这是想洗前羞的原因。攒积这四原因，酝酿了数十年，到了今日，不过借着朝鲜的内乱、中国的派兵做个题目，发泄出来。饿虎思斗、夜郎自大，我国若不大张挞伐④，一奋神威，靠着各国的空文劝阻，他哪里肯甘心就范呢！多一日迟疑，便失一天机会，不要弄到他倒招招争先，我竟步步落后，那时悔之晚矣！我说的就是这些话，你看怎么样？"

直蜚点点头道："你的议论透辟极了。我也想我国自法、越战争以来，究竟镇南的小胜，不敌马尾的大败。国威久替，外侮丛生，我倒常怕英、俄、法、德各大国，不论哪一国来尝试尝试，都是不了的。不料如今首先发难的，倒是区区岛国。虽说几年来变法自强，蒸蒸日上，到底幅员不广，财力无多。他既要来螳臂当车，我何妨去全狮搏兔，给他一个下马威，也可发表我国的兵力，叫别国从此不敢正视。这是对外的情形，固利于速战，何况中国正办海军。上回南北会操时候，威毅伯的奏报也算得铺张扬厉了，但只是操演的虚文，并未经战斗的实验。即旗绿淮湘，陆路各军，自平了太平军，也闲散久了，恐承平无事，士不知兵，正好趁着这番大战他一场，借硝烟弹雨之场，寓秋狝春苗之意，一旦烽烟有警，鼙鼓不惊。这是对内说，也不可不开战了。在今早就把这两层意思，在龚老师处递了一个手折，不瞒你说，老师现在是排斥众议，力持主战。听说高理惺中堂、钱唐卿侍郎，亦都持战论。你看不日就有宣战的明文了。你有条陈，快些趁此时上吧！"

韵高忙站起来，满满地斟了一大杯酒道："得此喜信，胜听挞音，当浮一大白！"于是一口气喝了酒，抓了一把鲜莲子过了口，朗吟道："东海湄，扶桑涘，欲往从之多蛇豕！乘风破浪从此始。"直蜚道："壮哉，韵高！你竟想投笔从戎吗？"韵高笑道："非也。我今天做了一篇请征倭的折子，想立刻递奏的，恐怕单衔独奏，太觉势孤，特地请你到这里来商酌商酌，会衔同奏何如？"说着，就从桌上乱纸堆中抽出一个折稿子，递给直蜚。直蜚一眼就见上面贴着一条红签儿，写着事由道：

　　　　奏为请饬海军，速整舰队游弋日本洋，择要施攻，以张国威而伸天讨事。

直蜚看了一遍，拍案道："此上策也！不入虎穴，焉得虎子？就怕海军提督胆小如鼠，倒弄得画虎不成反类犬耳！"说着，就从衣袋里掏出一张白纸条儿，给韵高看道："你只看威毅伯寄丁雨汀的电报，真叫人又好气又好笑哩！"韵高接着看时，只见纸上写着道：

　　复丁提督：牙山并不在汉口内口，汝地图未看明，大队到彼，倭未必即开仗！夜间若不酣睡，彼未必即能暗算，所谓人有七分怕鬼也。言紫朝在牙，尚能自固，暂用不着汝大队去；将来俄拟派兵船，届时或今汝随同观战。稍壮胆气。

韵高看罢，大笑道："这必然是威毅伯檄调海军，赴朝鲜海面为牙山接应，丁雨汀不敢出头，反饰词慎防日军暗袭，电商北洋，所以威毅伯有这复电，也算得善戏谑兮！传之千古，倒是一则绝好笑史。不过我想把国家数万里海权，付之若辈庸奴，一旦偾事，威毅伯的任用匪人，也就罪无可逭了。"直蜚道："我听说湘抚何太真，前日致书北洋，慷慨请行，愿分战舰队一队，身任司令，要仿杜元凯楼船直下江南故事。威毅伯得书哈哈大笑，置之不复。我看何珏斋虽系书生，然气旺胆壮，大有口吞东海之概，真派他统率海军，或者能建奇功也未可知。"两人一面饮酒议论，一面把那征倭的疏稿反反复复看了几遍。直蜚提起笔来，斟酌了几个字，署好了衔名，说道："我想先带这疏稿送给龚老师看了，再递何如？"韵高想了想，还未回答，忽听楼梯上一阵脚步声，随后就见一人满头是汗、气喘吁吁地掀帘进来，向着直蜚道："老爷原来在这里。即刻龚大人打发人来告诉老爷，说日本给我国已经开战了，载兵去的英国高升轮船已经被击沉了，牙山大营也打了败仗了。龚大人和高扬藻高尚书忧急得很，现在都在龚府，说有要事要请老爷去商量哩！"两人听了都吃了一惊，连忙收起了折稿，付了酒钱，一同跑下楼去，跳上车儿，直向龚尚书府第而来。正是：

半夜文星惊黯淡，一轮旭日照元黄。

不知龚尚书来招章直蜚有何要事，且看下回分解。

【注解】
①讥诮(qiào)：风言冷语地讥嘲。
②蜂虿(chài)有毒：虿：蝎子一类的毒虫。比喻有些人物，地位虽低，但能害人，不可轻视。
③蹴(cù)：踏。
④挞(tà)伐：讨伐。

话说章直蜚和闻韵高两人出了什刹海酒楼，同上了车，一路向东城而去。才过了东

第二十五回　疑梦疑真司农访鹤　七擒七纵巡抚吹牛

单牌楼，下了甬道，正想进二条胡同的口子，韵高的车走得快，忽望见口子边团团围着一群人，都仰着头向墙上看，只认做厅的告示。不经意地微微回着头，陡觉得那告示有些特别，不是楷书，是隶书，忙叫赶车儿勒住车缰，定睛一认，只见那纸上横写着四个大字"失鹤零丁"，而且写得奇古朴茂，不是龚尚书，谁写得出这一笔好字？急忙跳下车来，恰好直蛮的车也赶到。直蛮半揭着车帘喊道："韵高兄，你下车做什么？"韵高招手道："你快下来，看龚老夫子的妙文！"真的直蛮也下了车，两人一同挤到人堆里，抬头细看那墙上的白纸，写着道：

敬白诸君行路者：敢告我昨得奇梦，梦见东天起长虹，长虹绕屋变黑蛇，口吞我鹤甘如蔗，醒来风狂吼猛虎，鹤篱吹倒鹤飞去。失鹤应梦疑不祥，凝望辽东心惨伤！诸君如能代寻访，访着我当赠金偿！请为诸君说鹤状：我鹤翩跹白逾雪，玄裳丹顶脚三节。请复重陈其身躯：比天鹅略大，比鸵鸟不如，立时连头三尺余。请复重陈其神气：昂头侧目睨云际，俯视群鸡如蚂蚁，九皋清唳触天忌。诸君如能还我鹤，白金十两无扣剥；倘若知风报信者，半数相酬休嫌薄。

不一会儿，已到了龚府前，家人投了帖，早有个老门公把两人一直领到花园里。直蛮留心看那园庭里的鹤亭，是新近修编，扩大了些，亭里却剩下一只孤鹤。那四面厅上，窗槛全行卸去，挂了四扇晶莹夺目的穿珠帘，映着晚霞，一闪一闪的晕成虹彩。龚尚书已笑着迎上来道："韵高也同来，好极了！你们在哪里碰见的？我和理惺中堂正有事和两位商量哩！"

那时望见高理惺丰颐广颡，飘着花白的修髯，身穿葛纱淡黄袍，腰系汉玉带钩，挂着刻丝佩件，正在西首一张桌上坐着吃点心，也半抠身地招呼着，问吃过点心没有。直蛮道："门生和韵高兄都在什刹海酒楼上痛饮过了。韵高有一个请海军游弋①日本洋的折稿，和门生商量会衔同递，恰遇着龚老师派人来邀，晓得老师也在这里，所以拉了韵高一块儿来。门生想日本既已毁船接仗，是衅非我开，朝廷为什么还不下宣战的诏书呢？"龚尚书道："我和高中堂自奉派会议朝鲜交涉事后，天天到军机处。今天小燕报告了牙山炮毁运船的消息，我和高中堂都主张明发宣战谕旨，却被景亲王和祖荪山挡住，说威毅伯有电，要等英使欧格纳调停的回信，这有什么法子呢！"

韵高愤然道："这一次大局，全坏在威毅伯倚仗外人，名为持重，实是失机。外人各有所为，哪里靠得住呢！"高中堂道："贤弟所论，我们何尝不知。但目前朝政，迥不如十年前了！外有枢臣把持，内有权珰播弄，威毅伯又刚愎②骄纵如此，而且宫闱内讧日甚一日。这回我和龚尚书奉派会议，太后还传谕，叫我们整顿精神，不要再像前次办理失当。咳！我看这回的军事一定要糟。不是我迷信灾祥，你想，二月初一日中的黄晕，前日打坏了宫门的大风，雨中下降的沙弹，陶然亭的地鸣，若汇集了编起《五行志》来，都是非常的灾异。把人事天变合起来，只怕国运要从此大变。"

　　龚尚书忽然蹙着眉头叹道："被理翁一提，我倒想起前天的奇梦来了。我从八瀛故后，本做过一个古怪的梦，梦见一个白须老人在一座石楼梯上，领我走下一道深的地道，地道尽处豁然开朗，倒进了一间似庙宇式的正殿。看那正殿里，居中挂着一盏琉璃长明灯，上面供着个高大的朱漆神龛，龛里塑着三尊神像：中坐的是面目轩露，头戴幞头③，身穿仿佛武梁祠画像的古衣服，左手里握着个大龟，面目活像八瀛。我问白须老人：'这是什么神像？'那老人只对我笑，老不开口。我做这梦时，只当是思念故友，偶然凑合。谁知一梦再梦，不知做了多少次，总是一般。这已经够稀奇了！不想前天，我又做了个更奇的梦，我入梦时好像正当午后，一轮斜日沉在惨淡的暮云里。忽见东天又升起一个光轮，红得和晓日一般，倏忽间，那光轮中发出一声怪响，顿时化成数百丈长虹，长蛇似的绕了我屋宇。我吃一吓，定睛细认，哪里是长虹，红的忽变了黑，长虹变了大蟒，屋宇变了那三尊神像的正殿。那大蟒伸进头来，张开大口，把那上首神像身边的白鹤，生生吞下肚去。我狂喊一声，猛地醒来，才知道是一场午梦，耳中只听得排山倒海的风声，园中树木的摧折声，门窗砰砰的开关声。恰好我的侄孙弓夫和珠哥儿，他们父子俩跟跄地奔进来，嘴里喊着：'今天好大风，把鹤亭吹坏，一只鹤向南飞去了！'我听了这话，心里觉得梦兆不祥，也和理翁的见解一样，大有风声鹤唳、草木皆兵之感。后来弓夫见我不快，只道是为了失鹤，就说：'飞去的鹤，大概不会离远，我们何妨出个招贴，悬赏访求。'我便不由自主地提起笔来，仿戴良'失父零丁'，做了一篇'失鹤零丁'，写了几张八分书的'零丁'，叫拿去贴在街头巷口。贤弟们在路上大概总看见过罢？贤弟们要知道，这篇小品文字虽是戏墨，却不是蒙庄的《逍遥游》，倒是韩非的《孤愤》！"

　　直萐正色道："两位老师误了！两位老师是朝廷柱石，苍生霖雨，现在一个谈灾变，一个说梦占，这些颓唐愤慨的议论，该是不得志的文士在草庐吟啸中发的，身为台辅，手执斧柯，像两位老师一样，怎么好说这样咨嗟叹息的风凉话呢？依门生愚见，国事越是艰难，越要打起全副精神，挽救这个危局。第一不讲空言，要定办法。"高中堂笑道："贤弟责备得不错。但一说到办法，就是难乎其难。韵高请饬海军游弋日本洋，这到底是空谈还是办法呢？"韵高道："门生这个折稿，是未闻牙山消息以前做的，现在本不适用了。目前替两位老师画策，门生倒有几个扼要的办法。"龚尚书道："我们请两位来，为的是要商量定一个入手的办法。"韵高道："门生的办法，一、宣示宗旨。照眼下形势，没有讲和的余地了，只有赶速明降宣战谕旨，布告中外，不要再上威毅伯的当。二、更定首辅。近来枢府疲顽已极，若仍靠着景王和祖苏山的阿私固宠，庄庆藩的龙锺衰迈，格拉和博的颠顸④庸懦，如何能应付这种非常之事？不如仍请敬王出来做个领袖，两位老师也该当仁不让，恢复光绪十年前的局面。三、慎选主帅。前敌陆军鲁、言、马、左，各自为主，差不多有将无帅，必须另简资深望重的宿将，如刘益焜、刘瞻民等。海军提督丁雨汀，坐视牙危，畏葸纵敌，极应查办更换。"直萐抢说道："门生还要参加些意见，此时最重要的内政，还有停止万寿的点景，驱除弄权的内监，调和两宫的意见。军事方面，不要专靠淮军，该参用湘军的将领。陆军统帅，最好就派刘益焜。海军必要个有胆识、不怕死的人，何太真既然自告奋勇，何妨利用他的朝气；彭刚直初出来时，并非水师出身，也是个倔强书呆……"

正说到这里，家人通报钱大人端敏来见。龚尚书刚说声"请"，唐卿已抢步上厅，见了龚尚书和高中堂，又和章、闻二人彼此招呼了，就坐下便开口道："刚才接到珏斋由湘来电，听见牙山消息，愤激得很，情愿牺牲生命，坚请分统海军舰队，直捣东京。倘这层做不到，便自率湘军出关，独当陆路。恐怕枢廷有意阻挠，托我求中堂和老师玉成其志，否则他便自己北来。现在电奏还没发，专候复电。我知道中堂也在这里，所以特地赶来相商。"龚尚书微笑道："珏斋可称戆冠一时。直蛰正在这里保他统率海军，不想他已急不可待了！"高中堂道："威毅伯始终回护丁雨汀，枢廷也非常左袒，海军换人，目前万办不到。"龚尚书道："接统海军虽然一时办不到，唐卿可以先复一电，阻他北来。电奏请他尽管发。他这一片舍身就难、忠诚勇敢的心肠，实在令人敬佩。无论如何，我们定要叫他们不虚所望。理翁以为如何？"高中堂点头称是。当时大家又把刚才商量的话，一一告诉了唐卿。唐卿也赞成闻、章的办法，彼此再细细计议了一番，总算把应付时局的大纲决定了。唐卿也就在龚尚书那里拟好了复电，叫人送到电局拍发。谈了一会儿闲话，各自散了。

不想这个电报发去后，好像石沉大海，消息杳然，倒是两国交涉破裂的消息，一天紧似一天。高升运船击沉了，牙山不守，成欢打败，不好的警信雪片似的飞来。统帅言紫朝还在那里捏报胜仗，邀朝廷二万两的奖赏，将弁数十人的奖赏。珏斋不禁义愤填膺，自己办了个长电奏，力请宣战，并自请帮办海军，兼募湘勇，水陆并进，身临前敌；立待要发，被鲁师訾拦住，劝他先电唐卿，一探龚、高两尚书的意旨如何，再发也不为迟。珏斋听了有理，所以有唐卿这番的洽商。唐卿的电复，差不多当夜就接到。珏斋看了，觉满意，把电奏又修改了些，添保了几个湘军宿将韦广涛、季九光、柳书元等，索性把俞虎丞也加入了。发电后，就唤了俞虎丞来，限他一个月内募足湘勇八营做亲军。又吩咐修整枪械，勤速操练。又把生平得意的《枪炮准头练习法》，印刷了数千本，发给各营将领实习。又召集了司、道、府、县，筹议服装饷糈，并结束许多未了的公事，足足忙了一个多月。

那时，与日本宣战的明谕早发布了。日公使匡次芳也下旗回国了。陆军方面，言、鲁、马、左四路人马，在平壤和日军第一次正式开战，被日军杀得辙乱旗靡，只有左伯圭在玄武门死守血战，中弹阵亡。海军方面，丁雨汀领了定远、镇远、致远等十一舰，和日海军十二舰在大东沟大战，又被日军打得落花流水，沉了五舰，只有致远管带邓士昌血战弹尽，猛扑敌舰，误中鱼雷，投海而死。朝旨把言、鲁逮问；丁雨汀革职戴罪自效；威毅伯也拨去三眼花翎，褫去黄马褂。起用了老敬王会办军务，添派宋钦领毅军、刘成佑领铭军、依唐阿领镇边军，都命开赴九连城。大局颇有岌岌可危的迹象。

同时珏斋也迭奉电旨，申饬他的率请帮办海军，却准他募足湘军二十营，除俞虎丞八营本属亲军外，韦广涛六营、柳书元六营，也都归节制；命他即日准备，开赴关外。好在珏斋布置早已就绪，军士操演亦渐纯熟，一奉旨意，一面饬令俞虎丞星夜整装，逐批开拔；一面自己把抚署的事部署停当，便带了一班亲信的幕僚随后启行，先到天津，一来和威毅伯商购精枪快炮，二来和户部筹拨饷款。谁知到了天津，发生了许多困难，定购的枪炮，一时也到不了手。光阴如箭，忙忙碌碌中，不觉徊翔了三个多月，时局益发不堪了。自九连城挫败后，日兵长驱直入，连破了凤凰岫岩，直到海城，旅顺、威海卫也相继失守，弄得陵寝震惊，畿辅摇动，天颜有喜的老佛爷，也变了低眉入定的法相，只得把六旬庆典，停止了点景。把老敬王派在军务处，节制各路兵马，兼领军机；把枢廷里庄庆藩、格拉和博两中堂开去，补上龚平、高扬藻，又添上一个广东巡抚耿义；把刘益焜派了钦差大臣，节制关内外防剿各军；珏斋和宋铁派了帮办，而且下了严旨，催促开拔。在这种人心惶惶的时候，珏斋却好整以暇，大有轻裘缓带的气象，只把军队移驻山海关，还是老等他未到的枪炮。一直到开了年，正月元宵后，才浩浩荡荡地出了关门，直抵田庄台，进逼海城。

一到之后，便择了一所大庙宇做了大营。只为那庙门前有一片百来亩的大广场，可做打靶操演之用，合了珏斋之意。跟去的一班幕僚，看看珏斋这种从容不迫的态度，看他每天一早，总领他新练专门打靶的护勇三百人、他称作虎贲营的，逐日认真习练准头，打完靶后，随后便会客办公。吃过午饭，不是邀了廉菉夫、余汉青几个清客画山水、拓金石，一到晚上，关起门来，秉烛观书。大家都疑惑起来。汪子升尤其替他担忧，想劝谏几句，老没得到机会。

却说那天，正是刚到田庄台的第一个早晨，晓色朦胧，鸟声初噪，子升还在睡眼惺忪、寒恋重衾的时候，忽然一个弁兵推门进来喊道："大帅就要上操场，大人们都到那边候着，我们洪大人先去，叫我招呼汪大人马上去！"说完，那弁兵就走了。子升连忙起来，盥漱好，穿上衣冠，迤逦走将出来，一路朔风扑面，凝霜满阶，好不凄冷！看看庙内外进进出出的人，已经不少。门口有两个红漆木架，上首架上，插着一面随风飞舞的帅字大纛旗；下首竖起一扇五六尺高白地黑字的木牌，牌上写着"投诚免死牌"五个大字，是方棱出角的北魏书法。抬起头来，又见门右粉墙上，贴着一张大的告示，写来伸掌躺脚，是仿黄山谷体的，都是珏斋的亲笔。走近细看那告示时，只见上面先写一行全衔，全衔下却写着道：

为出示晓谕事：本大臣恭奉简命，统率湘军，训练三月，现由山海关拔队东征，不久当与日本决一胜负。本大臣讲求枪炮准头，十五六年，所练兵勇，均以精枪快炮为前队，堂堂之阵，正正之旗，能进不能退，能胜不能败，日本以久顿之兵，岂能当此生力军乎！

惟本大臣率仁义之师，素以不嗜杀人为贵，念尔日本人民，迫于将令，暴师在外，拼千万人之性命，以博大鸟圭介之喜快。本大臣欲救两国人民之命，自当剀切晓谕：两军交战之后，凡尔日本兵官，逃生无路，但见本大臣所设投诚免死牌，即缴出刀枪，跪伏牌下，本大臣专派妥员，收尔入营，一日两餐，与中国人民，一律看待。事平之后，送尔归国。本大臣出此告示，天神共鉴，决不食言。若竟执迷死拒，与本大臣接战三次，胜负不难立见。迨至该兵三战三北之时，本大臣自有七纵七擒之计，请鉴前车，毋贻后悔！切切特示！

子升一口气把告示读完，正在那里赞叹他的文章，纳罕他的举动，忽听里面一片声地嚷着大帅出来了，就见珏斋头戴珊瑚顶的貂皮帽，身穿曲襟蓝绸獭袖青狐皮箭衣，罩上天青绸天马出风马褂，腰垂两条白缎忠孝带，仰着头，缓步出来。前面走着几个戈什哈，廉菉夫和余汉青左右夹侍；后边跟着一群护兵，蜂拥般地出庙。子升只好上前参谒，跟着同到前面操场。只见场上远远立着一个红心枪靶，虎贲三百人都穿了一色的号衣，肩上捎着有刺刀的快枪，在晓日里耀得寒光凛凛，一字儿两边分开；还有各色翎顶的文武官员，也班分左右。子升见英石、师翁已经先到，就挤入他们班里。那时珏斋一人站在中央，高声道："我们今天是到前敌的第一日，说不定一二天里就要决战。趁着这打靶的闲暇，本帅有几句话和大家讲讲。你们看本帅在湘出发时候，勇往直前，性急如火，一比从天津到这里，这三个多月的从容不迫，迟迟我行，我想一定有许多人要怀疑不解。大家要知道，这不是本帅的先勇后怯，这正是儒将异乎武夫的所在。本帅在先的意思，何尝不想杀敌致果，气吞东海呢！后来在操兵之余，专读《孙子兵法》，读到第三卷《谋攻篇》，颇有心得，彻悟孙子所说'不战而屈人之兵'的道理，完全和孟子'仁者无敌'的精神是一贯的，所以我的用兵更上了一层。仰体天地好生之德，不愿多杀人为战功，只要有确实把握的三大捷，约毙日兵三五千人，就可借军威以行仁政，使日人不战自溃。今

天发布的告示和免死牌，就是这个战略的发端。但你们一定要问本帅大捷的把握在哪里？本帅不是故作惊人的话，就在这场上打靶的三百虎贲身上。本帅练成这虎贲营，已经用去一二万元的赏金。这打靶的规则，立着五百步的小靶，每人各打五枪，五枪都中红心，叫作'全红'，便赏银八两。近来每天赏银多至一千余串，一勇有得银二

242

三十两的,可见全红的越多了。这种精技西人偶然也有,绝没有至数百人;便和泰西各国交绥,他们也要退避三舍⑤,何况区区日本! 所以本帅只看技术的成否,不管出战的迟速;枪炮的精良,湘勇的勇壮,还是其次。胜仗搁在荷包里,何必急急呢! 到了现在,已到了炉火纯青的气候,正是弟兄们各显身手的时期。本帅希望弟兄们牢牢记着的训词,只有'不怕死,不想逃'六个大字,不但恢复辽东,日本人也不足平了。本帅的话,也说完了。我们还是来打一次练习的靶,仍旧是本帅自己先试,以后便要实行了。"说罢,叫拿枪来。戈什献上一支德国五响的新式快枪。珏斋手托了枪,埋好脚步,侧着头,挤紧眼,瞄好准头,一缕白烟起处,砰然一声,一颗弹丸呼的恰从红心里穿过,烟还未散,第二声又响,一连五响,都中在原洞里。合场欢呼,唱着新编的凯旋歌,奏起军乐,大家都严肃地站得齐齐的。只有廉蒉夫跨出了班,左手拿着一张白纸,右手握了一根烧残的细柳条,在那里东抹西涂。珏斋回顾他道:"蒉夫,你做什么?"蒉夫道:"我想今天的胜举,不可无图以纪之。我在这里起一幅田庄打靶图的稿子,将来流传下去,画史上也好添一段英雄佳话。"珏斋道:"这也算个新式的雅歌投壶吧!"说罢,仰面而笑。就在这笑声里,俞虎丞忽在人丛里挤了出来,向珏斋行了个军礼,呈上一个电报信儿。珏斋拆开看时,原来是个廷寄,看罢,叹了一口气。正是:

半日偷闲谈异梦,一封传电警雄心。

不知廷寄说的何事,且待下回细说。

【注解】

①游弋(yì):巡逻。

②刚愎(bì):倔强执拗,固执己见。

③幞头:亦名折上巾。又名软裹。一种包头的软巾。

④颟顸(mān hān):糊涂而马虎。

⑤退避三舍:比喻退让和回避,避免冲突。

第二十六回

主妇索书房中飞赤凤
天家脱辐被底卧乌龙

话说珏斋在田庄台大营操场上演习打靶,自己连中五枪,正在唱凯歌、留图画、志得意满的当儿，忽然接到一个廷寄，拆开看时，方知道他被御史参了三款：第一款逗留不进，第二滥用军饷，第三虐待兵士。枢廷传谕，着他明白回奏。看完，叹了一口气道："悠悠之口不谅人，怎能不使英雄短气！"就手递给子升道："贤弟替我去办个电奏吧！第一款的理由，我刚才已经说明；第二款大约就指打靶赏号而言；只有第三，适得其反，真叫人无从索解，尽贤弟去斟酌措辞就是了。龚尚书和唐卿处该另办一电，把这里的情形尽量详告。好在唐卿新派了总理衙门大臣，也管得着这些事了，让他们奏对时有个准备。"子升唯唯地答应了。

我且暂不表珏斋在这里的操练军士、预备迎战。再说唐卿那日在龚尚书那里发了珏斋复电，大家散后，正想回家再给珏斋写一封详信报告情形。走到中途，忽见自己一个亲随骑马迎来，情知家里有事，忙远远地问什么事。那家人道："金太太派金升来请老爷，说有要事商量，立刻就去。陆大人已在那里候着。"唐卿心里觉诧异，吩咐不必回家，拨转马头，径向纱帽胡同而来，进了金宅，只见雯青的嗣子金继元，早在倒厅门口迎候，嘴里说着："请世伯里面坐，陆姻伯早来了。"唐卿跨进门来，一见挚如就问道："雯青夫人邀我们什么事？"挚如笑道："左不过那些雯青留下的罪孽罢咧！"

道言未了，只听家人喊着太太出来了。毡帘一揭，张夫人全身缟素地走进来，向钱、陆两人叩了个头，请两人上炕坐，自己靠门坐着，含泪说道："今天请两位伯伯来，并无别事，为的就是彩云。这些原是家务小事，两位伯伯都是忙人，本来不敢惊动，无奈妾身向来懦弱，继元又是小辈，真弄得没有办法。两位伯伯是雯青的至交，所以特地请过来，替我出个主意。"唐卿道："嫂嫂且别说客气话，彩云到底怎样呢？"张夫人道："彩云的行为脾气，两位是都知道的。自从雯青去世，我早就知道是一件难了的事。在七里，看她倒悲伤，哭着时，口口声声说要守，我倒放些心了。谁晓得一终了七，她的原形渐渐显了，常常不告诉我，出去玩耍，后来索性天天看戏，深更半夜地回来，不干不净的风声又刮到我耳边来。我老记着雯青临终托我收管的话，不免说她几句，她就不三不四跟我瞎吵。近来越闹越不像话，不客气要求我放她出去了。二位伯伯想，热辣辣不满百天的新丧，怎么能把死者心爱的人让她出这门呢？不要说旁人背后要议论我，就是我自问良心，如何对得起雯青呢？可是不放她出去，她又闹得你天翻地覆、鸡犬不宁，真叫我左右为难。"说着，声音都变了哽咽了。挚如一听这话，气得跳起来道："岂有此理！嫂嫂本来太好说话！照这种没天良的行径，你该拿出做太太的身份来，把家法责打了再和她讲话！"

唐卿忙拦住道："挚如，你且不用先怒，这不是蛮干得来的事。嫂嫂请我们来，是要给她想个两全的办法，不是请我们来代行家长职权的。依我说，……"正要说下去，忽见彩云倏地进了厅来，身穿珠边滚鱼肚白洋纱衫，缕空衬白挖云玄色明绸裙，梳着个乌光如镜的风凉髻，不戴首饰，也不涂脂粉，打扮得越是素靓，越显出丰神绝世，一进门，就站在张夫人身旁朗朗地道："陆大人说我没天良,其实我正为了天良发现,才一点不装假,老老实实求太太放我走。我说这句话,仿佛有意和陆大人别扭似的,其实不相干,陆大人千万别多心! 老爷一向待我的恩义,我是人,岂有不知;半路里丢我死了,十多年的情分,怎么说不悲伤呢! 刚才太太说在七里悲伤,愿意守,这都是真话,也是真情。在那时候,我何尝不想给老爷争口气、图一个好名儿呢? 可是天生就我这一副爱热闹、寻快活的坏脾气,事到临头,自个儿也做不了主。老爷在的时候,我尽管不好,我一颗心,还给老爷的柔情蜜意管束住了不少;现在没人能管我,我自个儿又管不了,若硬把我留在这里,保不定要闹出不好听的笑话,到那一步田地,我更要对不住老爷了! 再者我的手头散漫惯的,从小没学过做人的道理,到了老爷这里,又由着我的性儿成千累万地花。如今老爷一死,进款是少了,太太纵然贤惠,我怎么能随随便便地要? 但是我阔绰的手一时缩不回,只怕老爷留下来这点子死产业,供给不上我的挥霍,所以我彻底一想,与其装着假幌子糊弄下去,结果还是替老爷伤体面、害子孙,不如直截了当让我走路,好歹死活不干姓金的事,至多我一人背着个没天良的罪名,我觉得天良上倒安稳得多呢! 趁今天太太、少爷和老爷的好友都在这里,我把心里的话全都说明了,我是斩钉截铁地走定。要不然,就请你们把我弄死,倒也爽快。"

彩云这一套话,把满厅的人说得都愣住了。张夫人只顾拿绢子擦着眼泪,却并不惊异,倒把搴如气得胡须倒竖,紫胀了脸,一句话都说不出。唐卿瞧着张夫人的态度,早猜透了几分,怕搴如发呆,就向彩云道:"姨娘的话倒直爽,你既然不愿意守,那是谁也不能强你。不过今天你们太太为你请了我们来,你既照直说,我们也不能不照直给你说几句话。你要出去是可以的,但是要依我们三件事:第一不能在北京走,得回南后才许走。只为现在满城里传遍你和孙三儿的事,不管他是谎是真,你在这里一走便坐实了。你要给老爷留面子,这里熟人太多,你不能给他丢这个脸;第二这时候不能去,该满了一年才去。你既然晓得老爷待你的恩义,这也承认和老爷有多年的情分,这一点短孝,你总得给他戴满了;第三你不肯挥霍老爷留下的遗产,这是你的好心。现在答应你出去,那么除了老爷从前已经给你的,自然你带去,其余不能再向太太少爷要求什么。这三件,你如依得,我就替你求太太,放你出去。"

彩云听着唐卿的话来得厉害,句句和自己的话针锋相对,暗忖只有答应了再说,便道:"钱大人的话,都是我心里要说的话,不要说三件,再多些我都依。"唐卿回头望着张夫人道:"嫂嫂怎么样? 我劝嫂嫂看她年轻可怜,答应了她罢!"张夫人道:"这也叫作没法,只好如此。"搴如道:"答应尽管答应,可是在这一年内,姨娘不能在外胡闹、在家瞎吵,要好好儿守孝伴灵,伺候太太。"彩云道:"这个请陆大人放心,我再吵闹,好在陆大人会请太太拿家法来责打的。"说着,冷笑一声,一扭身就走出去了。搴如看彩云走后,向唐卿伸伸舌头道:"好厉害的家伙! 这种人放在家里,如何得了? 我也劝嫂嫂越早打发越好！"张夫人道："我何尝不知道呢！就怕不清楚的人，反要说我不明大体。"唐卿道："好在今天许她走，都是我和挛如做的主，谁还能说嫂嫂什么话！就是一年的限期，也不过说说罢了。可是我再有一句要紧话告诉嫂嫂，府上万不能在京耽搁了。固然中日开战，这种世乱荒荒，雯青的灵柩，该早些回南安葬，再晚下去，只怕海道不通。就是彩云，也该离开北京，免得再闹笑话。"

挛如也极端赞成。于是就和张夫人同继元商定了尽十天里出京回南，所有扶柩出城以及轮船定舱等事，都由挛如、唐卿两人分别妥托城门上和津海关道成木生招呼，自然十分周到。

如今再说唐卿自送雯青夫人回南之后，不多几天，就奉了着在总理各国事务衙门行走的谕旨，从此每天要上两处衙门，上头又常叫起儿。高中堂、龚尚书新进军机，遇着军国要事，每要请去商量；回得家来，又总是宾客盈门，大有日不暇给的气象。连素爱摩挲的宋、元精椠，黄、顾校文，也只好似苟束袜材，暂置高阁。在自身上看起来，也算得富贵场中的骄子，政治界里的巨灵了。但是国事日糟一日，战局是愈弄愈僵。从他受事到今，两三个月里，水陆处处失败，关隘节节陷落，反觉得忧心如捣，寝馈不安①。这日刚在为国焦劳的时候，门上来报闻韵高闻大人要见。唐卿急忙请进，寒暄了几句，韵高说有机密的话，请屏退仆从。唐卿吓了一跳，挥去左右。韵高低声道："目前朝政，快有个非常大变，老师知道吗？"唐卿道："怎么变动？"韵高道："就是我们常怕今上做唐中宗，这件事要实行了。"唐卿道："何以见得？"韵高道："金、宝两妃的贬谪②，老师是知道。今天早上，又把宝妃名下的太监高万枝，发交内务府扑杀。太后原拟是要明发谕旨审问的，还是龚老师恐兴大狱，有碍国体，再求了，才换了这个办法。这不是废立的发端吗？"唐卿道："这还是两宫的冲突，说不到废立上去。"韵高道："还有一事，就是这回耿义的入军机，原是太后的特简。只为耿义祝嘏来京，骗了他属吏造币厂总办三万个新铸银圆，托连公公献给太后，说给老佛爷预备万寿时赏赐用的。太后见银色新，花样巧，赏收了，所以有这个特简。不知是谁把这话告诉了今上，太后和今上商量时，今上说耿义是个贪鄙小人，不可用。太后定要用，今上垂泪道：'这是亲爷爷逼臣儿做亡国之君了！'太后大怒，亲手打了皇上两个嘴巴，牙齿也打掉了。皇上就病不临朝了好久。恰好太后的幸臣西安将军永潞也来京祝嘏，太后就把废立的事和他商量。永潞说：'只怕疆臣不服。'这是最近的事。由此看来，主意是早经决定，不过不敢昧然宣布罢了。"唐卿道："两宫失和的原因，我也略有所闻了。"

且慢，唐卿如何晓得失和的原因呢？失和的原因，到底是什么呢？我且把唐卿和韵高的谈话搁一搁，说一段帝王的婚姻史吧！原来清帝的母亲是太后的胞妹，清后的母亲也是太后的胞妹，结这重亲的意思，全为了亲上加亲，要叫爱新觉罗的血统里，永远混着那拉氏的血统，这是太后的目的。在清帝初登基时，一直到大婚前，太后虽然严厉，待皇帝倒仁慈。皇后因为亲戚关系，常在宫里充宫眷，太后也宠遇。其实早有配给皇帝的意思，不过皇帝不知道罢了。那时他那拉氏，也有两个女儿在宫中，就是金妃、宝妃。宫里唤金妃做大妞儿，宝妃做二妞儿，都生得清丽文秀。二妞儿更是出色，活泼机警，能诗会画，清帝喜欢她，常常瞒着太后和她亲近。二妞儿是个千伶百俐的人，岂有不懂清帝的意思呢？世上只有恋爱是没阶级的，也是大无畏的。尽管清帝的尊贵，太后的威严，不自禁地眉目往来，语言试探，彼此都有了心了。可是清帝虽有这个心，向来惧怕太后，不敢说一句话。一天，清帝在乐寿堂侍奉太后看完奏章后，走出寝宫，恰遇见二妞儿，那天穿了一件粉荷绣袍，衬着嫩白的脸，澄碧的眼，越显娇媚，正捧着物件，经过厅堂，不觉看出神了。二妞也愣着。大家站定，相视一笑。不想太后此时正身穿了海青色满绣仙鹤大袍，外罩紫色珠缨披肩，头上戴一支银镂珠穿的鹤簪，大袍钮扣上还挂着一串梅花式的珠链，颤巍巍地也走出来，看见了。清帝慌得像逃的一样跑了。太后立刻叫二妞儿进了寝宫，屏退宫眷。二妞儿吓得浑身抖战，不晓得有什么祸事，看看太后面上，却并无怒容，只听太后问道："刚才皇帝站着和你干吗？"二妞儿嗫嚅道："没有什么。"太后笑道："你不要欺蒙我，当我是傻子？"二妞儿忙跪下去，碰着头道："臣妾不敢。"太后道："只怕皇上宠爱了你吧。"二妞儿红了脸道："臣妾不知道。"太后道："那么你爱皇帝不爱呢？"二妞儿连连地磕头，只是不开口。太后哈哈笑道："那么我叫你们称心好不好？"二妞儿俯伏着低声奏道："这是佛爷的天恩。"太后道："算了，起来吧！"

这么着，太后就上朝堂见大臣去了。二妞儿听了太后这一番话，信以为真，晓得清帝快要大婚，皇后还未册定，自己倒大有希望，暗暗欣幸。既存了这个心，和清帝自然要格外亲密，趁没人时，见了清帝，清帝问起那天的事，曾否受太后责罚，便含羞答答地把实话奏明了。清帝也自喜欢。歇了不多几天，太后忽然传出懿旨③来，择定明晨寅正，册定皇后，宣召大臣提早在排云殿伺候。清帝在玉澜堂得了这个消息，心里不觉突突跳个不住，不知太后意中到底选中了哪一个？是不是二妞儿？对二妞儿说的话，是假是真？七上八落了一夜。一交寅初，便打发心腹太监前去听宣。正是等人心慌，心里越急，时间走得越慢，看看东窗已渗进淡白的晓色，才听院里囊囊的脚步声。那听宣的太监兴兴头头地奔进来，就跪下磕头，喊着替万岁爷贺喜。清帝在床上坐起来着急道："你胡嚷些什么？皇后定的是谁呀？"太监道："叶赫那拉氏。"这一句话好像一个霹雳，把清帝震呆了，手里正拿着一顶帽子，狠狠地往地上一扔道："她也配吗！"太监见皇帝震怒，不敢往下说。停了一会儿，清帝忽然想起喊道："还有妃嫔呢？你怎么不奏？"太监道："妃是大妞儿，封了金贵妃；嫔是二妞儿，封了宝贵妃。"

清帝心里略略安慰了一点，总算没有全落空，不过记挂着二妞儿一定在那儿不快活了，微微叹口气道："这也是她的命运吧！皇帝有什么用处？碰到自己的婚姻，一般做了命运的奴隶。"原来皇后虽是清帝的姨表姊妹，也常住宫中，但相貌平常，为人长厚老实，一心向着太后，不大理会清帝。清帝不但是不喜欢，而且有些厌恶，如今倒做了皇后，清帝心中自然一百个不高兴。然既由太后做主，没法挽回，当时只好憋了一肚子的委曲，照例上去向太后谢了恩。太后还说了许多勉励的话。皇后和妃嫔倒都各归府第，专候大婚的典礼。自册定了皇后，只隔了一个月，正是那年的二月里，春气氤氲、万象和乐的时候，清帝便结了婚，亲了政。太后非常快慰，天天在园里唱戏。又手编了几出宗教神怪戏，造了个机关活动的戏台，天精从上降，鬼怪由地出，亲自教导太监搬演。又常常自扮了观音，叫妃嫔福晋扮了龙女、善财、善男女等，连公公扮了韦驮；坐了小火轮，在昆明湖中游戏，真是说不尽的天家富贵、上界风流。正在皆大欢喜间，忽然太后密召了清帝的本生父贤王来宫。那天龙颜不快，告诉贤王："皇帝自从大婚后，没临幸过皇后宫一次，倒是金、宝二妃非常宠幸。这是任性妄为，不合祖制的，朕劝了几次，总是不听。"

当下就严厉地责成贤王，务劝皇帝同皇后和睦。贤王领了严旨，知道是个难题。这天正是早朝时候，军机退了班，太后独召贤王。谈了一回国政，太后推说要更衣，转入屏后，领着宫眷们回宫去了。此时朝堂里，只有清帝和贤王两人，贤王还是直挺挺地跪在御案前。清帝忽觉心中不安，在宝座上下来，直趋王前，恭恭敬敬请了个双腿安，吓得贤王汗流浃背，连连磕头，请清帝归座。清帝没法，也只好坐下。贤王奏道："请皇上以后不可如此，这是国家体制。孝亲事小，渎国事大，请皇上三思！"当时又把皇后不和睦的事，恳切劝谏了一番。清帝凄然道："连房帏的事，朕都没有主权吗？但既连累皇父为难，朕可勉如所请，今夜便临幸宜芸馆便了。"清帝说罢，便也退了朝。

再说那个皇后正位中宫以来，几同虚设，不要说羊车不至、凤枕常孤，连清帝的天颜除在太后那里偶然望见，也无接近的机缘。纵然身贵齐天，常是愁深似海。不想那晚，忽有个宫娥来报道："万岁爷来了！"皇后这一喜非同小可，当下跪接进宫，小心承值，百般逢迎。清帝总是淡淡的，一连住了三天，到第四天早朝出去，就不来了。皇后等到鼍楼三鼓，鸾鞭不鸣，知道今夜是无望了。正卸了晚妆，命宫娥们整理衾枕，猛见被窝好好的敷着，中央鼓起一块，好像一个小孩睡在里面，心中暗暗纳罕④，忙叫宫娥揭起看时，不觉吓了一大跳。你道是什么？原来被里睡着一只赤条条的白哈巴狗，浑身不留一根绒毛，却洗剥得干干净净，血丝都没有，但是死的，不是活的。这明明有意做的把戏。宫娥都面面相觑，惊呆了。皇后看了，顿时大怒道："这是谁做的魔殃？暗害朕的？怪不得万岁爷平白地跟朕不和了。这个狠毒的贼，反正出不了你们这一堆人！"

满房的宫娥都跪下来，喊冤枉。内有一个年纪大些的道："请皇后详察，奴婢们谁长着三个头、六个臂，敢犯这种弥天大罪！奴婢想，今天早上，万岁爷和皇后起了身，被窝都叠起过了；后来万岁不是说头晕，叫皇后和奴婢们都出寝宫，万岁静养一会儿吗？等到万岁爷出去坐朝，皇后也上太后那里去了，奴婢们没有进寝宫来重敷衾褥，这是奴婢们的罪该万死！"说罢，叩头出血，谁知皇后一听这些话，眉头一蹙，脸色铁青，一阵痉

挛,牙关咬紧,在龙椅里晕厥过去了。正是:

> 风花未脱沾泥相,婚媾终成误国因。

　　未知皇后因何晕厥,被里的白狗是谁弄的玩意,等下回评说。

【注解】

①寝馈(kuì)不安:馈:吃饭。吃饭睡觉都不得安宁。形容心事重重。
②贬谪(zhé):封建时代指官吏降职,被发派到远离京城的地方。
③懿(yì)旨:皇太后的诏令或指令。
④纳罕:惊奇,诧异。

第二十七回
秋狩记遗闻白妖转劫
春帆开协议黑眚临头

老残游记·孽海花

249

　　话说皇后听了那宫娥的一番话,虽不曾明说,但言外便见得这件事,不是万岁爷,没有第二人敢干的。一时又气、又怒、又恨、又羞、又怨,说不出的百千烦恼,直攻心窝,一口气转不过来,不知不觉地闷倒了。大家慌做一团,七手八脚地捶拍叫唤,全不中用。皇后梳头房太监小德张在外头得了消息,飞也似奔来,忙喊道:"你们快去皇后的百宝架里,取那瓶龙脑香来。"一面喊,一面就在龙床前的一张朱红雕漆抽屉桌上,捧出一个嵌宝五彩镂花景泰香炉,先焚着了些水沉香,然后把宫娥们拿来的龙脑香末儿撒些在上面。一霎时,在袅袅的青烟里,扬起一股红色的烟缕,顿时满房氤氲地布散了一种说不出的奇香。小德张两手抖抖地捧着那香炉,移到皇后坐的那张大椅旁边一个矮凳上,再看皇后时,直视的眼光慢慢放下来,脸上也微微泛红晕了,喉间咕咕嘟嘟地响,眼泪漉漉地流下来,忽然嗯的一声,口中吐出一块顽痰,头只往前倒。宫娥忙在后面扶着。小德张跪着,揭起衣襟,承受了皇后的吐。皇后这才放声哭了出来。大家都说:"好了,好了。"皇后足足哭了一刻多钟,歘地挣脱宫娥们,有力地站了起来,一直往外跑,宫娥们拉也拉不住,只认皇后发了疯。小德张早猜透了皇后的意思,三脚两步抄过皇后前面,拦路跪伏着,奏道:"奴才大胆劝娘娘一句话,刚才宫娥们说万岁爷早上玩的把戏,不怪娘娘要生气!但据奴才愚见,娘娘倒不可趁了一时之气,连夜去惊动老佛爷。"皇后道:"照你说,难道就罢了不成?"小德张道:"万岁爷是个长厚人,决想不出这种刁钻古怪的主意，这件事一定是和陛下有仇的人唆使的。"皇后道："宫里谁和我有仇呢？"小德张道："奴才本不该胡说，只为天恩高厚，心里有话也不敢隐瞒。娘娘该知道宝妃和万岁在大婚前的故事了！娘娘得了正宫，宝妃对着陛下，自然不会有好感情。万岁爷不来正宫还好，这几天来了，哪里会安稳呢？这件事十分倒有九分是她的主意。"皇后被小德张这几句话触动心事，顿时脸上飞起一朵红云，咬着银牙道："这贱丫头一向自命不凡地霸占皇帝，不放本宫在眼里，本宫没和她计较，她倒敢向本宫作祟！得好好儿处置她一下子才好！你有法子吗？你说！"小德张道："奴才的法子，就叫作'即以其人之道，还治其人之身'。请娘娘就把那小白狗装在礼盒里，打发人送到宝妃那里，传命说是皇后的赏赐。这个滑稽的办法，一则万岁爷来侮辱娘娘，娘娘把它转敬了宝妃，表示不承受的意思；二则也可试出这事是不是宝妃的使坏。若然与她无关，她岂肯平白地受这羞辱？不和陛下吵闹？若受了不声不响，那就是贼人心虚，和自己承认了一样。"皇后点头道："咱们就这么干，那么你明天好好给我办去！"小德张诺诺连声地起来。皇后也领着宫娥们自回寝宫去安息，不提。

次日，上半天忙忙碌碌地过了，到了晚饭时，太监们已知道清帝不会再到皇后那里，就把妃嫔的绿头签放在银盘里，顶着跪献。清帝把宝妃的签翻转了，吩咐立刻宣召。原来园里的仪制和宫里不同，用不着太监驮送，也用不着脱衣裹氅①，不到一刻钟，太监领着宝妃袅袅婷婷地来了。宝妃行过了礼，站在案旁，一面帮着传递汤点，一面睐了清帝，只是抿着嘴笑，倒把清帝的脸都睐得红了，腼腆着问道："你什么事这样乐？"宝妃道："我看万岁爷尝了时鲜，所以替万岁爷乐。"清帝见案上食品虽列了三长行，数去倒有百来件，无一时鲜品，且稍远的多恶臭不堪，晓得宝妃含着醋意了，便叹口气道："别说乐，倒惹了一肚子的气！你何苦再带酸味儿？这里反正没外人，你坐着陪我吃吧！"说时，小太监捧了个坐凳来，放在清帝的横头。宝妃坐着笑道："一气就气了三天，万岁爷倒唱了一出三气周瑜。"清帝道："你还是不信？你也学着老佛爷一样，天天去查敬事房的册子好了。"宝妃诧异道："怎么老佛爷来查咱们的账呢？"清帝面现惊恐的样子，四面望了一望，叫小太监们都出去，说御膳的事有妃子在这里伺候，用不着你们。几个小太监奉谕，都退了出去。

清帝方把昨天敬事房太监永禄的事和今早闹的玩意儿，一五一十告诉了宝妃。宝妃道："老佛爷实在太操心了！面子上算归了政，底子里哪一件事肯让万岁爷做一点主儿呢？现在索性管到咱们床上来了。这实在难怪万岁爷要生气！但这一下子的闹，只怕闯祸不小，皇后如何肯干休呢？老佛爷一定护着皇后，不知要和万岁爷闹到什么地步，大家都不得安生了！"

清帝发狠道："我看唐朝武则天的淫凶，也不过如此。她特地叫缪素筠画了一幅《金轮皇帝衮冠临朝图》挂在寝宫里，这是明明有意对我示威的。"宝妃道："武则天相传是锁骨菩萨转世，所以做出这一番惊天动地的事业。我们老佛爷也是有来历的，万岁爷晓得这一段故事吗？"清帝道："我倒不晓得，难道你晓得吗？"宝妃道："那还是老佛爷初选进宫来时一件奇异的传说。寇连材在昌平州时，听见一个告退的老太监说的。寇太监又私下和我名下的高万枝说了，因此我也晓得了些。"清帝道："怎么传说呢？你何妨说给我知。"宝妃道："他们说宣宗皇帝每年秋天，照例要到热河打围。有一次，宣宗正率领了一班阿哥王公们去打围，走到半路，忽然有一只大的白狐，伸着前腿，俯伏在地，拦住御骑的前进。宣宗拉了宝弓，拔一枝箭正待要射。那时文宗皇帝还在青宫，一同扈跸前去，就启奏道：'这是陛下圣德广敷，百兽效顺，所以使修炼通灵的千年老狐也来接驾。乞免其一死！'宣宗笑了一笑，就收了弓，掉起马头，绕着弯儿走过去了。谁知道猎罢回銮，走到原处，那白狐调转头来，依然迎着御马俯伏。那时宣宗正在弓燥手柔的时候，不禁拉起弓来就是一箭，仍旧把它射死。过了十多年，到了文宗皇帝手里，遇着选绣女的那年，内务府呈进绣女的花名册。那绣女花名册，照例要把绣女的姓名、旗色、生年月日详细记载。文宗翻到老佛爷的一页，只见上面写着'那拉氏，正黄旗，名翠，年若干岁，道光十四年十月初十日生'。看到生年月日上，忽然触着什么事似的，回顾一个管起居注的老太监道：'那年这个日子，记得有一个稀罕的事，你给我去查一下。'那老太监领命，把那年的起居册子翻出来，恰就是射死白狐的那个日子。文宗皇帝笑道：'难道这女子倒是老狐转世！'当时就把老佛爷发到圆明园桐荫深处承值去了。老佛爷生长南边，会唱各种小调，恰遇文宗游园时听见了，立时召见，命在廊栏上唱一曲。次日，就把老佛爷调充压帐宫娥。不久因深夜进茶得幸，生了同治皇上，封了懿贵妃了。这些话都是内监们私下互相传说，还加上许多无稽的议论，有的说老佛爷是来给文宗报恩；有的说是来报一箭之仇，要扰乱江山；有的说是特为讨了人身，来享世间福乐，补偿她千年的苦修。话多着呢。"

清帝冷笑道："哪儿是报恩？简直说是扰乱江山，报仇享福，就得了！"宝妃道："老佛爷倒也罢了，最可恶的是连总管仗着老佛爷的势，胆大妄为，什么事都敢干！白云观就是他纳贿的机关,高道士就是他作恶的心腹,京外的官员哪个不趋之若鹜呢?近来更上一层了!他把妹子引进宫来,老佛爷宠得很,称呼她做大姑娘。现在和老佛爷并吃并坐的,只有女画师缪太太和大姑娘两人。前天万岁爷的圣母贤亲王福晋进来,忽然赐坐,福晋因为是非常恩宠,惶悚②不敢就坐。老佛爷道:'这个恩典并不为的是你,只为大姑娘脚小站不动,你不坐,她如何好坐?'这几句话,把圣母几乎气死。照这样儿做下去,魏忠贤和奉圣夫人的旧戏,容易的重演。这一层,倒要请万岁爷预防的!"

清帝皱着眉道:"我有什么法子防呢?"宝妃道:"这全在乎平时召见臣子时,识拔几个公忠体国的大臣,遇事密商,补苴万一。无事时固可借以潜移默化,一遇紧要,便可锄奸谪伏。臣妾愚见,大学士高扬藻和尚书龚平,侍郎钱端敏、常璘,侍读学士闻鼎儒,都是忠于陛下有力量的人,陛下该相机授以实权。此外新进之士,有奇才异能的,亦应时时破格录用,结合士心。里面敬王爷的大公主,耿直严正,老佛爷倒怕她几分,陛下也要格外地和她亲热。总之,要自成一种势力,才是万全之计。陛下待臣妾厚,故敢冒死地说。"清帝道:"你说的全是赤心向朕的话。这会儿,满宫里除了你一人,还有谁真心忠朕呢?"

说着,放下筷碗说:"我不吃了。"一面把小手巾揩着泪痕。宝妃见清帝这样,也不自觉的泪珠扑索索地坠下来,投在清帝怀里,两臂绕了清帝的脖子道:"这倒是臣妾的不是,惹起陛下的伤心。干脆地说一句,老佛爷和万岁爷打吵子,大婚后才起的。不是为了万岁爷爱臣妾不爱皇后吗?依这么说,害陛下的不是别人,就是臣妾。请陛下顾全大局,舍了臣妾吧!"清帝紧紧地抱着,温存道:"我宁死也舍不了你,决不做硬心肠的李三郎。"宝妃道:"就怕万岁爷到那时自己也做不了主。"清帝道:"我只有依着你刚才说的主意,慢慢地做去,不收回政权,连爱妃都保不住,还成个男子汉吗?"说罢,拂衣起立道:"我们不要谈这些话吧!"

宝妃忙出去招呼小太监来撤了筵席。彼此又絮絮情话了一会儿,正是三日之别,如隔三秋;一夕之欢,愿闰一纪。天帏昵就,搅留仙以龙拏;钿盒承恩,寓脱簪于鸡旦。情长夜短,春透梦酣,一觉醒来,已是丑末寅初。宝妃急忙忙地起床,穿好衣服,把头发掠了一掠,就先回自己的住屋去了。

清帝消停了几分钟,也就起来,盥漱完了,吃了些早点,照着平时请安的时候,带了两个太监,迤逦来到乐寿堂。刚走到廊下,只见一片清晨的太阳光,照在黄缎的窗帘上,气象严肃,静悄悄的没有一点声息,只有太后爱的一只叭儿黑狗叫作海獭的,躺在门槛外呼呼地打鼾。宫眷里景王的女儿四格格和太后的侄媳袁大奶奶。在那里逗着铜架上的五彩鹦哥。缪太太坐在廊栏上,仰着头正看天上的行云,一见清帝走来,大家一面照例地请安,一面各现着惊异的脸色。大姑娘却浓妆艳抹,体态轻盈地靠在寝宫门口,仿佛在那里偷听什么似的,见了清帝,一面屈了屈膝,一面打起帘子让清帝进去。清帝一脚跨进宫门，抬头一看，倒吃了一惊，只见太后满面怒容，脸色似岩石一般的冷酷，端坐在宝座上。皇后斜倚在太后的宝座旁，头枕着一个膀子呜咽地哭。宝妃眼看鼻子，身体抖抖地跪在太后面前。

金妃和许多宫眷宫娥都站在窗口，面面相觑地不出一声。太后望见清帝进门，就冷冷地道："皇帝来了！我正要请教皇帝，我哪一点儿待亏了你？你事事来反对我！听了人家的唆掇，胆敢来欺负我！"清帝忙跪下道："臣儿哪儿敢反对亲爷爷，'欺负'两字更当不起！谁又生了三头六臂敢唆掇臣儿！求亲爷爷息怒。"太后鼻子里哼了一声道："朕是瞎了眼，抬举你这没良心的做皇帝；把自己的侄女儿，配你这风吹得倒的人做皇后，哪些儿配不上你？你倒听了长舌妇的枕边话，想出法儿欺负她！昨天玩的好把戏，那简直是骂了！她是我的侄女儿，你骂她，就是骂我！"回顾皇后道："我已叫腾出一间屋子，你来跟我住，世上快活事多着呢，何必跟人家去争这个病虫呢！"

说时，怒气冲冲地拉了皇后往外就走，道："你跟我挑屋子去！"又对皇帝和宝妃道："别假惺惺了，除了眼中钉，尽着你们去乐吧！"一壁说着，一壁领了皇后宫眷，也不管清帝和宝妃跪着，自管自蜂拥般地出去了。这里清帝和宝妃见太后如此的盛怒，也不敢说什么，等太后出了门，各自站了起来。清帝问宝妃："这到底是怎么一回事呢？"宝妃道："臣在万岁爷那里回宫时，宫娥们就告诉说：'刚才皇后的太监小德张，传皇后的谕，赏给一盒礼物。'臣打开来一看，原来就是那只死狗。臣猜皇后的意思，一定把这件事错疑到臣身上了，正想到皇后那里去辩明，谁知老佛爷已经来传了。一见面，就不由分说地痛骂，硬派是臣给万岁爷出的主意。臣从没见过老佛爷这样的发火，知道说也无益，只好跪着忍受。那当儿，万岁爷就进来了。这一场大闹，本来是意中的，不过万岁爷的一时孩子气，把臣妾葬送在里头就是了。"清帝正欲有言，宝妃瞥见窗外廊下，有几个太监在那里探头探脑，宝妃就催着道："万岁爷快上朝堂去吧，时候不早，只怕王公大臣都在那里候着了！"清帝点了点头，没趣搭拉地上朝去了。宝妃想了一想，这回如不去见一见太后，以后更难相处，只好硬着头皮，老着脸子，追踪前往，不管太后的款待如何，照旧的殷勤伺候。这些事，都是大婚以后第二年的故事。从这次一闹后，清帝去请安时，总是给他一个不理。这样过了三四个月，以后外面虽算和蔼了一点，但心里已筑成深的沟堑。又忽把皇帝的寝宫和佛爷的住屋中间造了一座墙，无论皇帝到后妃那里，或后妃到皇帝寝宫，必要经过太后寝宫的廊下。这就是严重监督金、宝二妃的举动。直到余敏的事闹出来，连公公在太后前完全推在宝妃的身上，又加上许多美言，更触了太后的忌。

然而这件事，清帝办得非常正大，太后又不好说甚，心里却益发愤恨，只向宝妃去寻瑕索瘢。不想鱼阳伯的上海道，外间传言说是宝妃的关节。那时清帝和嫔妃都在禁城，忽一天，太后忽然回宫，搜出了闻鼎儒给二妃一封没名姓的请托信，就一口咬定是

老残游记·孽海花

253

罪案的凭据，立刻把宝妃廷杖，金、宝二妃的都降了贵人。二妃名下的太监，捕杀的捕杀，驱逐的驱逐。从此不准清帝再召幸二妃了。你想清帝以九五之尊，受此家庭惨变，如何能低头默受呢？这是两宫失和的原因。

本来闻韵高是金、宝两宫的师傅，自然知道宫闱的事，比别人详细。龚尚书在毓庆宫讲书的时候，清帝每遇太后虐待，也要向师傅哭诉。这两人都和唐卿往来最密，此时谈论到此，所以唐卿也略知大概。当下唐卿接着说道："两宫失和的事，我也略知一二。但讲到废立，当此战祸方殷、大局濒危之际，我料太后虽胸有成竹，但决不敢冒昧举行。这是贤弟关心太切，所以有此杞人之忧。如不放心，好在刘益昆现在北京，贤弟可去谒见，秘密告知，嘱他防范。我再去和高、龚两尚书密商，借翊卫畿辅为名，把淮军宿将倪巩廷调进关来。这人忠诚勇敢，可以防制非常。又函托署江督庄寿香把冯子材一军留驻淮、徐。经这一番布置，使西边有所顾忌，也可有备无患了。"

韵高拊掌称善。唐卿道："据我看来，目前切要之图，还在战局的糜烂。贤弟，你也是主战派中有力的一人，对于目前的事，不能不负些责任。你看，上月刘公岛的陷落，数年来全力经营的海军完全覆没，丁雨汀服毒自尽了，从此山东文登、宁海一带，也被日军占领。海盖方面，说也羞人，宋钦领了十万雄兵，攻打海城日兵六千人，五次不能下，现在只靠珏斋所率的湘军六万人，还未一试。前天他有信来，为了台谏的参案，觉灰心；又道伊唐阿忽然借口救辽，率军宵遁，军心颇被摇动。他虽然还是口出大言，我却替他十分担忧。"韵高知道唐卿尚须赴宴，也不便多谈，就此告辞出来。

唐卿送客后，看看时候不早，连忙换了一套宴客的礼服，吩咐套车，直向米市胡同江苏会馆而来。到得馆中，同乡京官都朝珠补褂，跄跄跄跄③地挤满了馆里东花厅，陆莘如、章直蜚、米筱亭、叶缘常、尹震生、龚弓夫，这一班人也都到了。唐卿一一招呼了。不一会儿，长班引进两位特客来，第一个是神清骨秀，气概昂藏，上唇翘起两簇乌须，唐卿认得就是马美菽；第二个却生得方面大耳神情肃穆须髯丰满，大概是乌赤云了。

同乡本已推定唐卿做主人的领袖，于是送了茶，寒暄了几句，马上就请到大厅上，斟酒坐定。套礼已毕，大家慢慢谈声渐终，唐卿便先开口道："这几天中堂为国宣劳，政躬想必健适，行旌何日徂东？全国正深翘企！"美菽道："战局日危，迟留一日，即多一日损失，中堂也迫不及待，已定明日请训后，即便启行。"直蜚道："言和是全国臣民所耻，中堂冒不韪而独行其是，足见首辅孤忠。但究竟开议后，有无把握，不致断送国脉？"赤云道："孙子曰：'知彼知己，百战百胜。'中堂何尝不主战！不过战必量力，中堂知己力不足，人力有余，不敢附和一般不明内容而自大轻敌者，轻言开战。现时战的效验，已大张晓喻了，中堂以国为重，决不负气。但事势到此，只好尽力做去，做一分是一分，讲不到有把握没把握的话了。"弓夫道："海军是中堂精心编练，会操复奏，颇自夸张。前敌各军亦多淮军精锐，何以大东遇敌，一蹶不振；平壤交绥，望风而靡？中堂武勋盖代，身总师干,国力之足不足,似应稍负责任!"

美菽笑道:"弓夫兄,你不是局外人,海军经费每年曾否移作别用?中堂曾否声明不敷展布?此次失败,与机械不具有无关系?其他军事上是否毫无掣肘?弓夫兄回去一问令叔祖,当可了然。但现在当局,自应各负各责,中堂也并不诿卸。"震生忽愤愤插言道:"我不是袒护中堂,前几个月,大家发狂似的主战,现在战败了,又动辄④痛骂中堂。我独以为这回致败的原因,不在天津,全在京师。中堂思深虑远,承平之日,何尝不建议整饬武备?无奈封章一到,几乎无一事不遭总署及户部的驳斥,直到高升击沉,中堂还请拨巨帑购械和倡议买进南美洲铁甲船一大队,又不批准。有人说蕞尔日本,北洋的预备已足破敌,他说这话,大概已忘却了历年自己驳斥的案子了!诸位想,中堂的被骂,冤不冤呢?"筱亭见大家越说越到争论上去,大非敬客之道,就出来调解其间道:"往事何必重提,各负各责。自是美菽先生的名论,以后还望中堂忍辱负重,化险为夷,两公左辅右弼,折冲御侮,是此次中堂一行,实中国四万万人所托命,敢致一觚,为中国前途祝福!为中堂及二公祝福!"筱亭说罢,立起来满饮了一杯。大家也都饮了一杯。美菽和赤云也就趁势告辞离了江苏会馆,到别处去了。这里同乡京官也各自散归。

话分两头。我现在把京朝的事暂且慢说,要叙叙威毅伯议和一边的事了。且说马、乌两参赞到各处酬应了一番,回到东城贤良寺威毅伯的行辕,已在黄昏时候。门口伺候的人们看见两人,忙迎上来道:"中堂才回来,便找两位大人说话。"

两人听了,先回住屋换上便衣,来到威毅伯的办公室,只见威毅伯威严地端坐在公事桌上,左手捋着下额的白须,两只奕奕的眼光射在几张电报纸上。望见两人进来,微微地动了一动头,举着右手仿佛表示请坐的样子,两人便在那文案两头分坐了。威毅伯一壁不断地翻阅文件,一壁说道:"今天在敬王那里,把一切话都说明了,请他第一不要拿法、越的议和来比较,这次的议和,就算有结果,一定要受万人唾骂;但我为扶危定倾起见,决不学京朝名流,只顾迎合舆论,博一时好名誉,不问大计的安危。这一层要请王爷注意!又把要带荫白大儿做参赞的事,请他代奏。敬王倒明白爽快,都答应了。"

"明天我们一准出京,你们可发一电给罗道积丞、曾守润孙,赶紧把放洋的船预备好,到津一径下船,不再耽搁了。"赤云道:"我们国书的款式,转托美使田贝去电给伊藤,是否满意,尚未得复,应否等一等?"威毅伯道:"复电才来,伊藤转呈日皇,非常满意。日皇现在广岛,已派定内阁总理伊藤博文、外务大臣陆奥宗光为全权大臣,在马关开议,并先期到彼相候。"美菽道:"职道正欲回明中堂,适间得到福参赞世德的来电,我们的船已雇了公义、生义两艘。何时启碇?悉听中堂的命令。"威毅伯忽面现惊奇的样子道:"这是个匿名信,奇怪极了!"两人都站起凑上来看,见一张青格子的白绵纸上写着几句似通非通的汉文,信封上却写明是"日本群马县邑乐郡大岛村小山"发的。信

255

文道：

中国全权大使殿，汝记得小山清之介乎？清之介死，汝乃可独生乎？明治二十八年二月十一日预告。

马、乌二人猜想了半天，想不出一个道理来。威毅伯掀髯微笑道："这又是日本浪人的鬼祟！七十老翁，死生早置之度外，由他去吧！我们干我们的。"随手就把它撩下了，一宿匆匆过去。

次日，威毅伯果然在皇上、皇太后那里请训下来，随即率同马、乌等一班随员乘了专轮回津。到津后，也不停留，自己和大公子、美国前国务卿福世德、马美菽、乌赤云等坐了公义船，其余罗积丞、曾润孙一班随员翻译等坐了生义船。那天正是光绪二十一年二月二十日，在风雪漫天之际，战云四逼之中，鼓轮而东，海程不到三天，二十三日的清晨已到了马关。日本外务省派员登舟敬迓，并说明伊藤、陆奥两大臣均已在此恭候，会议场所择定春帆楼，另外备有大使的行馆。威毅伯当日便派公子荫白同着福参赞先行登岸，会了伊藤、陆奥两全权，约定会议的时间。第二天，就交换了国书，移入行馆。第三天，正式开议，威毅伯先提出停战的要求。不料伊藤竟严酷地要挟，非将天津、大沽、山海关三处准由日军暂驻，作为抵押，不允停战。威毅伯屡次力争，竟不让步。这日正二十八日四点钟光景，在第三次会议散后，威毅伯积着满腔愤怒，从春帆楼出来，想到甲申年伊藤在天津定约的时候，自己何等的骄横，现在何等的屈辱，恰好调换了一个地位。一路的想，猛抬头，忽见一轮落日已照在自己行馆的门口，满含了惨淡的色彩，不觉发了一声长叹。叹声未毕，人丛里忽然挤出一个少年，向轿边直扑上来，砰地一声，四围人声鼎沸起来，轿子也停下来了，觉得面上有些异样，伸手一摸，全是湿血，方知自己中了枪了。正是：

问谁当道狐狸在，何事惊人霹雳飞。

不知威毅伯性命如何，且看下回分解。

【注解】

①氅(chǎng)：大衣，外套。

②惶悚(sǒng)：惶恐而心中害怕。

③跻(jī)跻跄(qiāng)跄：人物众多的样子。

④动辄(zhé)：动不动就，常常。

棣萼双绝武士道舍生
霹雳一声革命团特起

　　上回说到威毅伯正从春帆楼会议出来，刚刚走近行馆门口，忽被人丛中一少年打了一枪。此时大家急要知道的，第一是威毅伯中枪后的性命如何？第二是放枪谋刺的是谁？第三是谋刺的目的为了什么？我现在却先向看官们告一个罪，要把这三个重要问题暂时都搁一搁，去叙一件遥远海边山岛里田庄人家的事情。

　　且说那一家人家，本是从祖父以来，一向是种田的。直传到这一代，是兄弟两个，曾经在小学校里读过几年书，父母现都亡故了。这兄弟俩在这村里，要算个特色的人，大家恭维地各送他们一个雅绰，大的叫"大痴"，二的叫"狂二"。只为他们性情虽完全相反，却各有各的特性。哥哥是聪明，可惜聪明过了界，一言一行，不免有些疯癫了。不过不是直率的疯癫，是带些乖觉的疯癫。他自己常说："我的脑子里是全空虚的，只等着人家的好主意，就抓来发狂似的干。"

　　兄弟是愚笨，然而愚笨透了顶，一言一行，倒变成了骄矜了。不过不是豪迈的骄矜，是一种褊急①的骄矜。他自己也常说："我的眼光是一直线，只看前面的，两旁和后方，都悍然不屑一顾了。"他们兄弟俩，各依着天赋的特性，各自向极端方面去发展，然却有一点是完全一致，就为他们是海边人，在惊涛骇浪里生长的，都是胆大而不怕死。就是讲到兄弟俩的嗜好，也不一样。前一个是好酒，倒是醉乡里的优秀分子；后一个是好赌，成了赌经上的忠实宗徒。你想他们各具天才，各怀野心，几亩祖传下来的薄田，哪个放在眼里？自然就荒废了。他们既不种田，自然就性之所近，各寻职业。大的先做村里酒吧间跳舞厅里的狂舞配角，后来到京城帝国大戏院里充了一名狂剧俳优②。小的先在邻村赌场上做帮闲，不久，他哥哥把他荐到京城里一家轮盘赌场上做个管事。说了半天，这兄弟俩究是谁呢？原来哥哥叫作小山清之介，弟弟叫作小山六之介，是日本群马县邑乐郡大岛村人氏。他们俩虽然在东京都觅得了些小事，然比到在大岛村出发的时候，大家满怀着希望，气概却不同了。自从第一步踏上了社会的战线，只觉得面前跌脚绊手的布满了敌军，第二步再也跨不出。每月赚到的工资，连喝酒和赌钱的欲望都不能满足，不觉彼此全有些垂头丧气的失望了。况且清之介近来又受了性欲上重大的打击，他独身住在戏院的宿舍里。有一回，在大醉后失了本性的时候，糊糊涂涂和一个宿舍里的下女花子有了染。那花子是个粗蠢的女子，而且有遗传的恶疾，清之介并不是不知道，但花子自己说已经医好了。清之介等到酒醒，已是悔之无及。不久，传染病的症象渐渐地显现，也渐渐地增剧。清之介着急，瞒了人请医生去诊治几次，花去不少的冤钱，只是终于无效。他生活上本觉着困难，如今又添了病痛，不免怨着天道的不公，更把花子的乘机诱惑，恨得牙痒痒的。偏偏不知趣的花子，还要来和他歪缠，益发挑起他的怒火。每回不是一飞脚，便是一巴掌，弄得花子也莫名其妙。

有一夜，在三更人静时，他在床上呻吟着病苦的刺激，辗转睡不稳，忽然恶狠狠起了一念，想道："我原是清洁的身体，为什么沾染了污瘕？舒泰的精神，为什么纠缠了痛苦？现在人家还不知道，一知道了，不但要被人讥笑，还要受人憎厌。现在我还没有爱恋，若真有了爱恋，不但没人肯爱我，连我也不忍爱人家，叫人受骗。这么说，我一生的荣誉幸福，都被花子一手断送了。在花子呢，不过图逗淫荡的肉欲，冀希无餍的金钱，害到我如此。我一世聪明，倒钻了蠢奴的圈套；全部人格，却受了贱婢的蹂躏③。想起来，好不恨呀！花子简直是我唯一的仇人！我既是个汉子，如何不报此仇？报仇只有杀！"

想罢，在地铺上倏地坐起来，在桌子上摸着了演剧时常用的小佩刀，也没换衣服，在黑暗中轻轻开了房门，一路扶墙挨壁下了楼。他是知道下女室的所在，刚掂着光脚，趁着窗外射进来的月光，认准了花子卧房的门，一手耀着明晃晃的刀光，一手去推。门恰虚掩着，清之介咬了一咬牙，正待蹿进去，忽然一阵凛冽的寒风扑上面来，吹得清之介毛发悚然，昂着火热的头，慢慢低了下来；竖着执刀的手，徐徐垂了下来，惊醒似的道："我在这里做什么？杀人吗？杀人，是个罪；杀人的人，是个凶手。那么，花子到底该杀不该杀呢？她不过受了生理上性的使命，不自觉地成就了这个行为，并不是她的意志。遗传的病，是她祖父留下的种子，她也是被害人，不是故意下毒害人。至于图快乐，想金钱，这是人类普遍的自私心，若把这个来做花子的罪案，那么全世界人没一个不该杀！花子不是耶稣，不能独自强逼她替全人类受惨刑！花子没有可杀的罪，在我更没有杀她的理。我为什么要酒醉呢？冲动呢？明知故犯的去冒险呢？无爱恋而对女性纵欲，是蹂躏女权,传染就是报应! 人家先向你报了仇,你如何再有向人报仇的权?"

清之介想到这里,只好没精打采地倒拖了佩刀,趔回自己房里,把刀一丢,倒在地铺上,把被窝蒙了头,心上好像火一般的烧炙,知道仇是报不成,恨是消不了,看着人生真要不得,自己这样的人生更是要不得! 病痛的袭击,没处逃避;经济的压迫,没法推开;讥笑的耻辱,无从洗涤;憎厌的丑恶,无可遮盖。想来想去,坚决地下了结论:自己只有一条路可走,只有一个法子可以解脱一切的苦。什么路? 什么法子? 就是自杀! 那么马上就下手吗? 他想:还不能,只因他和兄弟六之介是友爱的,还想见他一面,嘱咐他几句话,等到明晚再干还不迟。当夜清之介搅扰了一整夜,没有合过眼,好容易巴到天明,慌忙起来盥洗了,就奔到六之介的寓所。那时六之介还没起,被他闯进去叫了起来,六之介倒吃惊似的问道:"哥哥,只怕天不早了罢? 我真睡糊涂了!"

说着,看了看手表道:"呀,还不到七点钟呢! 哥哥,什么事? 老早地跑来!"忽然映着斜射的太阳光,见清之介死白的脸色,蹙着眉,垂着头,有气没力地倒在一张藤躺椅上,只不开口,心里吓了一跳,连连问道:"你怎么? 你怎么?"清之介没见兄弟之前,预备了许多话要说。谁知一见面,喉间好像有什么鲠住似的,一句话也挣不出来。等了好半天,被六之介逼得无可奈何,才吞吞吐吐把昨夜的事说了出来。原定的计划,想把自杀一节瞒过。谁知临说时,舌头不听你意志的使唤,顺着口全淌了出来。六之介听完,立刻板了脸,发表他的意见道:"死倒没有什么关系。不过哥哥自杀的目的,做兄弟的实在不懂! 怕人家讥笑吗? 我眼睛里就没有看见过什么人! 怕人家憎厌我吗? 我先憎厌别人的亲近我! 怕痛苦吗? 这一点病的痛苦都熬不住,如何算得武士道的日本人! 自杀是我赞美的,像哥哥这样的自杀,是盲目的自杀,否则便是疯狂的自杀。我的眼,只看前面,前面有路走,还有阔大的路,我决不自杀。"清之介被六之介这一套的演说倒堵住了口。当下六之介拉了他哥哥同到一家咖啡馆里,吃了早餐,后来又送他回戏院,劝慰了一番,晚间又陪他同睡,监视着。直到清之介说明不再起自杀的念头,六之介方放心回了自己的寓所。

那时日本海军正在大同沟战胜了中国海军,举国若狂,庆祝凯胜,东京的市民尤其高兴得手舞足蹈。轮盘赌场里,赌客来得如潮如海,成日成夜,整千累万的输赢。生意越好,事务越忙,意气越高,连六之介向前的眼光里,觉得自己矮小的身量也顿时暗涨一篙,平升三级,只想做东亚的大国民,把哥哥的失踪早抛到九霄云外了。那天在赌场里整奔忙了一夜,两眼装在额上的踱回寓所,已在早晨七点钟,只见门口站着个女房东,手里捏着一封信,见他来,老远地喊道:"好了,先生回来了。这里有一封信,刚才有个刺骚胡子的怪人特地送来,说是从中国带回,只为等先生不及,托我代收转交。"六之介听了有点惊异,不等他说完就取了过来,瞥眼望见那写的字,好像是哥哥的笔迹,心里倒勃地一跳。看那封面上写着道:

东京下谷区龙泉寺町四百十三番地

小山六之介

小山清之介自中国天津

六之介看见的确是他哥哥的信,而且是亲笔,不觉喜出望外,慌忙撕开看时,上面写的道:

我的挚爱的弟弟:

我想你接到这封信时,一定非常的喜欢而惊奇。你欢喜的,是可以相信我没有去实行疯狂的自杀;你惊奇的,是半月来一个不知去向的亲人,忽然知道了他确实的去向。但是我这次要写信给你,还不仅是为了这两个简单的目的,我这回从自杀的主意里,忽然变成了旅行中国的主意。这里面的起因和经过,决定和实现,待我来从头至尾的报告给你。自从那天承你的提醒,又受你的看护,我顿然把盲目或疯狂的自杀断了念。不过这人生,我还是觉得倦厌;这个世界,我还是不能安居。自杀的基本论据,始终没有变动,仅把不择手段的自杀,换个有价值的自杀,却只好等着机会,选着题目。不想第二天,恰在我们的戏院里排演一出悲剧,剧名叫《谍牺》,是表现一个爱国男子,在两国战争时,化装混入敌国一个要人家里;那要人的女儿本是他的情人,靠着她探得敌军战略上的秘密,报告本国,因此转败为胜。后来终于秘密泄漏,男人被敌国斩杀,连情人都受了死刑。我看了这本戏,大大地彻悟。我本是个富有模仿性的人,况在自己不毛的脑田里,把别人栽培好的作物,整个移植过来,做自己人生的收获,又是件最聪明的事。我想如今我们正和中国开战,听说我国男女去做间谍的也不少,我何妨学那爱国少年,拼着一条命去侦探一两件重大的秘密。做成了固然是无比的光荣,做不成也达了解脱的目的。当下想定主意,就投参谋部陈明志愿。恰值参谋部正有一种计划,要盗窃一二处险要的地图,我去得正好,经部里考验合格,我就秘密受了这个重要的使命,神不知鬼不觉地离了东京,来到这里。

我走时,别的没有牵挂,就是害你吃惊不小,这是我的罪过。我现在正在进行我的任务,成功不成功,是命运的事;勉力不勉力,是我的事。不成便是死,成是我的目的,死也是我的目的。我只有勉力,勉力即达目的。我却有最后一句话要告诉你:死以前的事,是我的事,我的事是舍生;死以后的事,是你的事,你的事是复仇。我希望你替我复仇,这才不愧武士道的国民!这封信关系军机,不便付邮,幸亏我国一个大侠天弢龙伯正要回国,他是个忠实男子,不会泄漏,我便托付了他,携带给你。

并祝你的健康!

你的可怜的哥哥清之介白

六之介看完了信,心中又喜又急。正想着,房门呀的开了,女房东拿了张卡片道:"前天送信来的那怪人要见先生。"六之介知道是天弢龙伯,忙说"请"。只见一个伟大躯干的人，乱髻戟张，目光电闪，蓬发阔面，胆鼻剑眉，身穿和服，洒洒落落地跨了进来，便道："前日没缘见面，今天又冒昧来打你的搅。"六之介一壁招呼坐地，一壁道："早想到府，谢先生带信的高义，苦在不知住址，倒耽误了。今天反蒙枉顾，又惭愧，又欢喜。"天弢龙伯道："我向不会说客气话，没事也不会来找先生。先生晓得令兄的消息吗？"六之介道："从先生带信后，直到如今，没接过哥哥只字。"天弢龙伯惨然道："怎么能写字？令兄早被清国威毅伯杀了！"六之介突受这句话的猛击，直立了起来道："这话可真？"天弢龙伯道："令兄虽被杀，却替国家立了大功。"

六之介被天性所激，眼眶里的泪，似泉一般直流，哽咽道："杀了，怎么还立功呢？"天弢龙伯道："先生且休悲愤，这件事政府至今还守秘密，我却全知道。我把这事的根底细细告诉你。令兄是受了参谋部的秘密委任，去偷盗中国海军根据地旅顺、威海、刘公岛三处设备详图的。我替令兄传信时，还没知道内容，但知道是我国的军事侦探罢了。直到女谍花子回国，才把令兄盗得的地图带了回来。令兄殉国的惨史，也轰动了政府。"六之介诧异道："是帝国戏院的下女花子吗？怎么也做了间谍？哥哥既已被杀，怎么还盗得地图？带回来的，怎么倒是花子呢？"

天弢龙伯道："这事说来奇。据花子说，她在戏院里早和令兄发生关系，后来不知为什么，令兄和她闹翻了。令兄因为悔恨，才发狠去冒侦探的大险。花子知道他的意思，有时去劝慰，令兄不是骂便是打，但花子一点不怨，反处处留心令兄的动作。令兄充侦探的事，竟被她探明白了，所以令兄动身到中国，她也暗地跟去。在先，令兄一点不知道，到了天津，还是她自己投到，跪在令兄身边，说明她的跟来并不来求爱，是来求死。不愿做同情，只愿做同志。凡可以帮助的，水里火里都去。令兄只得容受了。后来令兄做的事，她都预闻。令兄先探明了这些地图共有两份，一份存在威毅伯衙门里，一份却在丁雨汀公馆。督署禁卫森严，无隙可乘，只好决定向丁公馆下手。令兄又打听得这些图，向来放在签押房公事桌抽屉里，丁雨汀出门后，签押房牢牢锁闭，家里的一切钥匙，却都交给一个最信任的老总管丁成掌管，丁成就住在那签押房的耳房里监守着。那耳房的院子，只隔一座墙，外面是马路横头的荒僻死衖④。这种情形令兄都记在肚里，可还没有入脚处。恰好令兄有两种特长，便是他成功之母：一是在戏院里学会了纯熟的中国话，一是欢喜喝酒。不想丁成也是个酒鬼，没一天不到三不管一爿小酒店里去买醉。令兄晓得了，就借这一点做了两人认识的媒介，渐渐地交谈了，渐渐地合伙了。"

且说六之介本恨威毅伯的讲和，阻碍了大和魂的发展；如今又悲痛哥哥的被杀，感动花子的义气。他想花子还能死守哥哥托付的遗命，他倒不能恪遵哥哥的预嘱，那还成人吗？他的眼光是一直线的，现在他只看见前面晃着"报仇"两个大字，其余一概不屑顾了，当时就写了一封汉文的简单警告，径寄威毅伯，就算他的哀的美敦书了。从此就天天只盼望威毅伯的速来，打听他的到达日期。后来听见他果真到了，并且在春帆楼开议，就决意去暗杀。在神奈川县横滨街上金丸谦次郎店里，买了一支五响短枪，并买了子弹，在东京起早，赶到赤间关。恰遇威毅伯从春帆楼会议回来，刚走到外滨町，被六之介在轿前五尺许，砰地一枪，竟把威毅伯打伤了。

幸亏弹子打破眼镜，中了左颧，深入左目下。当时警察一面驱逐路人，让轿子抬推行馆；一面追捕刺客，把六之介获住。威毅伯进了卧室，因流血过多，晕了过去。随即两医官赶来诊视，知道伤不致命，连忙用了止血药，将伤处包裹。威毅伯已清醒过来。伊藤、陆奥两大臣得了消息，慌忙亲来慰问谢罪，地方文武官员也来得络绎不绝。第二天，日皇派遣医官两员并皇后手制裹伤绷带，降谕存问，且把山口县知事和警察长都革了职，也算闹得满城风雨了。其实威毅伯受伤后，子弹虽未取出，病势倒日有起色，和议的进行也并未停止。日本恐挑起世界的罪责，气焰倒因此减了不少，竟无条件地允了停战。威毅伯虽耗了一袍袖的老血，和议的速度却添了满锅炉的猛火，只再议了两次，马关条约的大纲差不多快都议定了。

这日正是山口地方裁判所判决小山六之介的谋刺罪案，参观的人非常拥挤。马美菽和乌赤云在行馆没事，也相约而往，看他如何判决。刚听到堂上书记宣读判词，由死刑减一等办以无期徒刑这一句的时候，乌赤云忽见人丛中一个虬髯乱发的日本大汉身旁，坐着个年轻英发的中国人，好生面善，一时想不起是谁。那人被乌赤云一看，面上似露惊疑之色，拉了那大汉匆匆地就走了。赤云恍然回顾美菽道："才走出去的中国人你看见吗？"美菽看了看道："我不认得，是谁呢？"赤云道："这就是陈千秋，是有名的革命党，中国青年会的会员。昨天我还接到广东同乡的信，说近来青年会活动，只怕不日就要起事哩！现在陈千秋又到日本来，其中必有缘故。"两人正要立起，忽见行馆里的随员罗积丞奔来喊道："中堂请赤云兄速回，说两广总督李大先生有急电，要和赤云兄商量哩！"赤云向美菽道："只怕是革命党起事了。"正是：

> 输他海国风云壮，还我轩皇土地来。

不知两广总督的急电，到底发生了甚事，下回再说。

【注解】

①褊（biǎn）急：气量狭小，性情急躁。

②俳（pái）优：古代从事歌舞乐和杂戏的艺人的总称，即后世的演员。

③蹂躏（róu lìn）：欺凌，糟蹋。

④衖（xiàng）：同"巷"。胡同。

龙吟虎啸跳出人豪
燕语莺啼惊逢逋客

　　却说乌赤云正和马美菽在山口县裁判所听审刺客,行馆随员罗积丞传了威毅伯的谕,来请赤云回馆,商量两广督署来的急电。你道这急电为的是件什么事?原来此时两广总督就是威毅伯的哥哥李大先生,新近接到了两江总督的密电,在上海破获了青年会运广的大批军火,军火虽然全数扣留,运军火的人却都在逃。探得内中有个重要人犯陈千秋即陈青,是青年会里的首领,或言先已回广,或言由日本浪人天彀龙伯保护,逃往日本,难保不潜回本国,图谋大举。电中请其防范,并转请威毅伯在日密探党人内容。大先生得了此电,很为着急,在省城里选派干员侦查,虽有些风言雾语,到底探不出个实在。所以打了一个万急电,托威毅伯顺便侦探,如能运动日政府将陈千秋逮捕,尤为满意。当时威毅伯恰和荫白大公子的那里修改第五次会议问答节略的稿子,预备电致军机和总署,做确定条约的张本。看见了大先生这个电,他是不相信中国有这些事发生的,就捋着胡子笑道:"你们大伯伯又在那里瞎担心了。这种都是穷极无聊的文丐没把鼻的炒蛋,怕他们做什么。我们的兵虽然打不了外国人,杀家里个把毛贼,还是不费吹灰之力的。但大伯伯既然当一件事来托我,也得敷衍他一下。不过我不大明白,这些事怎么办呢?"荫白道:"这是广东的事,青年会的总机关也在广东,只有广东人知道底细。父亲何妨去请赤云来商量商量。"威毅伯点点头,所以就叫罗积丞来请赤云。当下赤云来见威毅伯,威毅伯把电报给他看了。赤云一壁看,一壁笑着道:"无巧不成书!说到曹操,曹操就到。职道才和美菽在裁判所里遇见陈千秋,正和美菽讲哩!这人,职道从小认识的,是个极聪明的少年,可惜做了革命党。"荫白道:"那么这人的确在日本了!我国正好设法逮捕。"赤云道:"这个谈何容易!我们固然没有逮捕之权,国事犯日本又定照公法保护,况且还有天彀龙伯自命侠客的做他的护身符!"荫白道:"我们可以把他骗到行馆里来,私下监禁,带回去。"威毅伯道:"使不得,使不得。现在和议的事一发千钧,在他国内私行捕禁,虽说行馆有治外法权,万一漏了些消息,连累和议,不是玩的!"赤云道:"中堂所见极是,还是让职道去探听些党人的举动,照实电复就是了。"议定了这事,威毅伯仍注意到节略稿子;赤云便告退出来,自去想法侦查不题。

　　却说吾人以肉眼对着社会,好像一个混沌世界,熙熙攘攘①,不知为着何事这般忙碌。记得从前不晓得哪一个皇帝南巡时节,在金山上望着扬子江心多少船,问个和尚,共是几船? 和尚回说,只有两船:一为名,一为利。我想这个和尚,一定是个肉眼。人类自有灵魂,即有感觉;自有社会,即有历史。那历史上的方面最多,有名誉的,有痛苦的。名誉的历史,自然兴兴头头,夸着说着,虽传下几千年,祖宗的名誉,子孙还不会忘记。即如吾们老祖黄帝,当日战胜蚩尤,驱除苗族的伟绩,岂不是永远纪念呢! 至那痛苦的历史,当时接触灵魂,没有一个不感觉,张拳怒目,誓报国仇。就是过了几百年,隔了几百代,总有一班人牢牢记着,不能甘心的。我常常听见故老传闻,那日满洲入关之始,亡国遗民起兵抗拒的原也不少;只是东走西灭,运命不长,后来只剩个郑成功,占领厦门,叫作思明州,到底立脚不住,逃往台湾。

其时成功年老,晓得后世子孙也不能保住这一寸山河,不如下了一粒民族的种子,使他数百年后慢慢膨胀起来。列位想这种子,是什么东西? 原来就是秘密会社。成功立的秘密会社,起先叫作"天地会",后来分做两派:一派叫作"三合会",起点于福建,盛行于广东,而膨胀于暹罗②、新加坡、新旧金山檀岛;一派叫作"哥老会",起点于湖南,而蔓延于长江上下游。两派总叫作"洪帮",取太祖洪武的意思,那三合亦取着洪字偏旁三点的意思。却好那时北部,同时起了八卦教、在理会、大刀小刀会等名目,只是各派内力不足,不敢轻动。直到西历一千七百六十七年间,川楚一面,蠢动了数十年,就叫"川楚教匪"。教匪平而三合会始出现于世界。膨胀到一千八百五十年间金田革命,而洪秀全、杨秀清遂起立了太平天国,占了十二行省。那时政府就利用着同类相残的政策,就引起哥老会党,去扑灭那三合会。

如今且说那陈千秋在未逃到日本之先,曾经在会中担任了调查江、浙内情,联络各处党会的责任,来到上海地方,心里总想物色几个伟大人物,替会里扩张些权力。谁知四下里物色遍了,遇着的,倒大多数是醉生梦死、花天酒地的浪子,不然便是胆小怕事、买进卖出的商人。再进一步,是王紫诠派向太平天国献计的斗方名士,或是蔡尔康派替广学会宣传的救国学说。又在应酬场中,遇见同乡里大家推崇的维新外交家王子度,也只主张废科举,兴学堂;众人惊诧的改制新教王唐猷辉,不过说到开国会,定宪法,都是些扶墙摸壁的政论,没一个挥戈回日的奇才。

正自纳闷,忽一日,走过虹口一条马路上一座巍焕的洋房前,门上横着一块白漆匾额,上写"常磐馆"三个黑字,心里顿时记起这旅馆里,很多日本的浪人寄寓。他有个旧友叫作曾根的,是馆中的老旅客,暗忖自己反正没事,何妨访访他,也许得些机会。想罢,就到那旅馆里,找着一个仆欧似的同乡人,在怀里掏出卡片,说明要看曾根君。那仆欧笑了笑道:"先生来得巧,曾根先生才和一个朋友在外边回来,请你等一等,我去回。"不一会儿仆欧出来,道声"请",千秋就跟他进了一个陈设得古雅幽静的小客厅上,却不是东洋式的。一个瘦长条子上唇堆着两簇小胡子的人,站起身来,张着滴溜溜转动的小眼，微笑地和他握手道："陈先生久违了！想不到你会到这里，我还冒昧介绍一位同志，是热心扶助贵国改革的侠士南万里君，也是天弢龙伯的好友。先生该知道些吧！"

千秋一面口里连说"久仰久仰"，一面抢上客座和那人去拉手。只见那人生得黑苍苍的马脸，一部乌大胡！身干虽不高大，气概倒豪迈，回顾曾根道："这位就是你常说起的青年会干事陈青君吗？"曾根道："可不是？上回天弢龙伯住在这馆里时，就要我介绍，可惜没会到。今天有缘遇见先生，也是一样。你把这回去湖南的事可以说下去，好在陈先生不是外人。"千秋道："天弢龙伯君，我虽没会过，他的令兄宫畸豹二郎，是我的好友。他主张亚洲革命，先从中国革起，中国一克服，然后印度可兴，暹罗、安南可振，菲律宾、埃及可救，实是东亚黄种的明灯。可惜他死了。天弢龙伯君还是继续他未竟之志，正是我们最忠恳的同志。不知南万里君这次湖南之行得到了什么成绩？极愿请教！"南万里道："我这回的来贵国，目的专在联合各种秘密党会。湖南是哥老会老巢，我这回去结识了他的大头目毕嘉铭，陈说利害，把他感化了。又解释了和三合会的世仇，正要想到贵省去，只为这次出发，我和天弢龙伯是分任南北，他到北方，我到南方。贵会是南方一个有力的革命团，今天遇见阁下，岂不是天假之缘吗？请先生将贵会的宗旨、人物详细赐教，并求一封介绍书，以便往联合。"

千秋听了，非常欢喜，就把青年会的主义、组织和中坚分子，倾筐倒篋地告诉了他；并依他的要求，写了一封切实的信。声气相通，山钟互应，自然谈得十分痛快。直到日暮，方告别出来。刚刚到得寓所，忽接到本部密电，连忙照通信暗码译出来，上写着：

上海某处陈千秋鉴：新加坡裘叔远助本会德国新式洋枪一千杆，连子，在上海瑞记洋行交付。设法运广。汶密。

千秋看毕，将电文烧了，就赶到瑞记军装账房，知道果有此事。那账房细细问明来历，千秋一一回答妥当，就领见了大班，告诉他裘叔远已经托他安置在公司船上，只要请千秋押往。千秋与大班诸事谈妥，打算明日坐公司船回广东。恰从洋行内走出来，忽见门外站着两个雄壮大汉，年纪都不过三十许，两目灼灼，望着千秋，形状可怕。千秋连忙低着头，只顾往前走，已经走了一里路光景，回头一看，那两人仍旧在后头跟着走，一直送到千秋寓所，在人丛里一混，忽然不见了。千秋甚是疑惑。在寓吃了晚饭，看着钟上正是六点，走出了寓来，要想到虹口去访一个英国的朋友，刚走到外白渡桥，在桥上慢慢地徘徊，看黄浦江的景致。正是明月在地，清风拂衣，觉得身上异常凉爽，心上十分快活。恰赏玩间，忽然背后飞跑地来了一人，把他臂膀一拉道："你是陈千秋吗？"千秋抬头一看，仿佛是巡捕的装束，就说："是陈千秋，便怎么样？"那人道："你自己犯了弥天大罪，私买军火，谋为不轨，还想赖么？警署奉了道台的照会，叫我来捉你。"千秋匆忙间也不辨真假，被那人拉下桥来，早有一辆罗车等在那里，就把千秋推入车厢。那人也上了车，随手将玻璃门带上，四面围着黑色帘子，黑洞洞不见一物，正如牢狱一般。马夫拉动缰绳，一会儿风驰电卷，把一个青年会会员陈千秋，不知赶到哪里去了。

　　谁知这里白渡桥陈千秋被捕之夜，却正是那边广东省青年会开会之时。话说广东城内国民街上，有一所高大房屋，里头崇楼杰阁，好像三四造，这晚上坐着几十位青年志士，点着保险洋灯，听得壁上钟鸣当当敲九下，人丛里走出一人，但见跑到当中的一张百灵台后，向众点头，便开口道：

　　我热心共和、投身革命的诸君听着！诸君晓得现在欧洲各国，是经着革命一次，国权发达一次了！诸君亦晓得现在中国是少不得革命了！但是不能用着从前野蛮的革命，无知识的革命。从前的革命，扑了专制政府，又添一个专制政府；现在的革命，要组织我黄帝子孙民族共和的政府。今日查一查会册，好在我们同志亦已不少，现在要分做两部：一部出洋游学，须备他日建立新政之用；一部分往内地，招集同志，以为扩张势力，他日实行破坏旧政府之用。夏间派往各处调查运动员，除南洋、广西、檀岛、新金山的，已经回来了，惟江、浙两省的调查员陈千秋，尚未到来。前日有电信，说不日当到。待到本部，大家决议方针。我想……

　　刚说到这里，忽然外面走进一位眉宇轩爽、神情活泼的伟大人物，众皆喊道："孙君来说！孙君来说！"那孙君一头走，一头说，就发出洪亮之口音道："上海有要电来！上海有要电来！"你道这说的是谁呢？原来此人姓孙，名文，号逸仙，广东香山县人。先世业农。逸仙还在香山种过田地，既而弃农学商，复想到商业也不中用，遂到香港去读书。天生异禀，不数年，英语、汉籍无不通晓，且又学得专门医学。他的宗旨，本来主张耶教的博爱平等，加以日在香港接近西洋社会，呼吸自由空气，俯瞰民族帝国主义的潮流，因是养成一种共和革命思想，而且不尚空言，最爱实行的。那青年会组织之始，筹划之力，算他为最多呢！他年纪不过二十左右，面目英秀，辩才无碍，穿着一身黑呢衣服，脑后还拖根辫子。当时走进来，只见会场中一片欢迎拍掌之声，如雷而起。演台上走下来的，正是副议长杨云衢君。两边却坐着四位评议员：左边二位，却是欧世杰、何大雄；右边也是二位，是张怀民、史坚如。还有常议员、稽察员、干事员、侦探员、司机员，个个精神焕发，神采飞扬，气吞全球，目无此房。逸仙步上演台，高声道："诸君静听上海陈千秋之要电！"说罢，会众忽然静肃，鸦雀无声，但听逸仙朗诵电文道：

　　午电悉。军火妥，明日装德公司船，秋亲运归。再顷访友过白渡桥，忽来警察装之一人，传警署令，以私运军火捕秋。……

　　会众听到此句，人人相顾错愕。杨云衢却满面狐疑，目不旁瞬，耳不旁听，只抬头望着逸仙；史坚如更自怒目切齿，顿时如玉之娇面，发出如霞之血色。逸仙笑一笑，续念道：

　　……推秋入一黑暗之马车，狂奔二三里，抵一旷野中高大洋房，昏夜不辨何地。下车入门，置秋于接待所，灯光下，走出一雄壮大汉。秋狂惑不解。大汉笑曰："捕君诳③耳！

我乃老会头目毕嘉铭是也。"

逸仙读至此，顿一顿，向众人道："诸君试猜一猜，哥老会劫去陈君，是何主意！"欧世杰、何大雄一齐说道："莫非是劫夺新办的军火吗？"逸仙道："非也，此事有绝大关系哩！"又念道：

尾君非一日，知君确系青年会会员，今日又从瑞记军装处出，故以私运军火伪为捕君之警察也者，实欲要君介绍于会长孙逸仙君，为哥老、三合两会媾和之媒介。

哥老、三合本出一源，中以太平革命之役顿起衅端，现在黄族濒危④，外忧内患，岂可同室操戈，自相残杀乎？自今伊始，三会联盟，齐心同德，汉土或有光复之一日乎？

愿君速电会长，我辈当率江上健儿，共隶于青年会会长孙君五色旗之下，誓死不贰。秋得此意外之大助力，欣喜欲狂，特电贺我黄帝子孙万岁！青年会万岁！青年会会长孙君万岁！

逸仙将电文诵毕道："哥老会既悔罪而愿投于我青年会民族共和之大革命团，我愿我会友忘旧恶、释前嫌，以至公至大之心欢迎之。想三合会会长梁君，当亦表同情。诸君以为如何？"众人方转惊为喜的时候，听见此议，皆拍掌赞成。

逸仙当时看看钟上已指十一下，知道时候晚了，即忙摇铃散会，自己也就下台出去。各自散归，专候千秋回到本部，再议大计。过了五六日，毫无消息。会友每日到香港探听，德公司船来了好几只，却没千秋的影。大家都慌了。发电往询，又恐走漏消息，只好又耐了两日，依然石沉大海。

话分两头。且说杨云衢在海中走不上六日，便到了上海。那时青年会上海支部的总干事，姓陆，名崇淮，号皓冬，是个意志坚强的志士，和云衢是一人之交。云衢一上岸，就去找他，便寄宿在他家里。皓冬是电报局翻译生，外面消息本甚灵通，只有对于陈千秋的踪迹，一点影响都探不出。自从云衢到后，自然格外替他奔走。一连十余日毫无进步，云衢闷闷不乐。皓东怕他闷出病来，有一晚，高高兴兴地闯进他房里道："云衢，你不要尽在这里纳闷了，我们今夜去乐一下子吧！你知道状元夫人傅彩云吗？"云衢道："就是和德国皇后拍照的傅彩云吗？怎么样？"皓冬道："她从金家出来了，改名曹梦兰，在燕庆里挂了牌子了。我昨天在应酬场中，叫她一个局，今夜定下一台酒，特地请你去玩玩。"

说着，不管云衢肯不肯，拉了就走。门口早备下马车，一鞭得得，不一会儿到了燕庆里，登了彩云妆阁。此时彩云早已堂差出外，家中只有几个时髦大姐，在那里七手八脚地支应不开。三间楼面都挤得满满的客，连亭子间都有客占了，只替皓冬留得一间客堂房间。一个大姐阿毛笑眯眯地说道："陆大少，今天实在对不起，回来大小姐自己来多坐一会儿赔补吧！"皓冬一笑，也不在意。云衢却留心看那房间，敷设得又华丽，又文雅，一色柚木锦面的大榻椅，一张雕镂絓络的金铜床，壁挂名家的油画，地铺俄国的彩毡；又看到上首正房间里已摆好了一席酒，许多客已团团的坐着，都是气概昂藏，谈吐风雅。忽然飘来一阵广东口音，云衢倒注意起来。

忽听一个老者道："东也要找陈千秋，西也要找陈千秋，再想不到他会逃到日本去！再想不到人家正找他，我们恰遇着他。"又一个道："遇见也拿不到，他还是和天弢龙伯天天在一起，计议革命的事。"老者道："就是拿得到，我也不愿拿。拿了一个，还有别个，中什么用呢！"云衢听了，喜得手舞足蹈起来，推推皓冬低声道："踏破铁鞋无觅处，得来全不费工夫！"皓冬道："这一班是什么人呢？让我来探问一下。"说着，就向那边房里窗口站着的阿毛招了招手，阿毛连忙掀帘进来。正是：

葭云攫去无双士，堕溷重看第一花。

不知阿毛说出那边房里的客究是何人，且看下回分解。

【注解】

①熙(xī)熙攘(rǎng)攘：形容人来人往，非常热闹。

②暹(xiān)罗：现今泰国的古称。

③诳(kuáng)：隐瞒事实真相迷惑人。

④濒(bīn)危：接近危险的境地。

第三十回　白水滩名伶掷帽　青阳港好鸟离笼

上回书里，正说兴中会党员陆皓冬，请他党友杨云衢，到燕庆里新挂牌子改名曹梦兰的傅彩云家去吃酒解闷。在间壁房间里一班广东阔客口中，得到了陈千秋在日本的消息，皓冬要向大姐阿毛问那班人的来历。彩云跟了张夫人出京，路上如何情形，没有叙过。而且彩云曾经斩钉截铁地说定守一年的孝，怎么没有满期，一踏上南边的地，好像等不及地就走马上章台呢？

若说到彩云这一边呢，在雯青新丧之际，目睹病中几番含糊的嘱咐，回想多年宠爱的恩情，明明雯青为自己而死，自己实在对不起雯青，人非木石，岂能漠然？所以倒也哀痛异常，因哀生悔，在守七时期，把孙三儿差不多淡忘了。但彩云终究不是安分的人，第一她从来没有一人独睡过，这回居然规规矩矩守了五十多天的孤寂，在她已是石破天惊的苦节了。日月一天一天地走,悲痛也一点一点地减,先觉得每夜回到空房,四壁阴森,一灯低黯,有些儿胆怯;渐感到一人坐守长夜,拥衾对影,倚枕听更,有些儿愁烦;到后来只要一听到鼠子嘶叫、猫儿打架,便禁不住动心。自己知道自己这种孤苦的生活,万不能熬守长久,与其顾惜场面、硬充好汉,到临了弄得一塌糊涂,还不如一老一实,揭破真情,自寻生路。她想就是雯青在天之灵,也会原谅她的苦衷。所以不守节,去自由,在她是天经地义的办法,不必迟疑的;所难的是得到自由后,她的生活该如何安顿? 再嫁呢,还是住家? 还是索性大张旗鼓地重操旧业? 这倒是个大问题。费了她好久的考量,她也想到若再嫁人,再要像雯青一样的丈夫,才貌双全,风流富贵,而且性情温厚,凡事随顺,只怕世界上找不到第二个了。那么去嫁孙三儿吗? 那如何使得? 这种人,不过是一时解闷的玩意儿,只可我玩他,不可被他玩了去。

却说那一天,正是雯青终七后十天上,张夫人照例地借了城外的法源寺替雯青化库诵经,领了继元和彩云同去,在寺中忙了整一天。等到纸宅冥器焚化佛事完毕后,大家都上车回家,彩云那天坐的车,便是她向来坐的那一辆极华美的大鞍车,驾着一匹菊花青的高头大骡,赶车的是她的心腹贵儿,出来时她本带着个小丫头,却老早先打发了回家。此时她故意落后,等张夫人和少爷的车先开走了,她才慢吞吞地出寺上车。贵儿是个乖觉的小子,伺候彩云上车后,放了车帘,站在身旁问道:"太太好久没出门了,这儿离杨梅竹斜街没多远儿,太太去散散心吧?"彩云笑道:"小油嘴儿,你怎么知道我要上那儿去呢? 你这一向见过他没有?"贵儿道:"不遇见,我也不说了。昨天三爷还请我喝了四两白干儿,说了一大堆的话。他正惦记着你呢!"彩云道:"别胡说了! 我就依你上那儿去。"

贵儿一笑,口中就得儿得儿赶着车前进,不一会儿,到了他们私宅门口。彩云下了车,吩咐贵儿把车子寄了厂,马上去知照孙三儿快来。彩云走进一家高台级、黑漆双扇大门的小宅门子,早有看守的一对男女,男的叫赵大,女的就是赵大家的,在门房里接了出来,扶了彩云向左转弯进了六扇绿色侧墙门,穿过倒厅小院,跨入垂花门。门内是一座三间两厢的小院落,虽然小小结构,却也布置得极其精致。东首是卧房,地敷氍毹①,屏围纱绣,一色朱红细工雕漆的桌椅;一张金框镜面宫式的踏步床,衬着蚊帐窗帘,几毯门幕,全用雪白的纱绸,越显得光色迷离,荡人心魄。这是彩云独出心裁敷设的。当下一进房来,便坐在床前一张小圆矮椅上。赵大家的忙着去预备茶水,捧上一只粉定茶杯,杯内满盛着绿沉沉新泡的碧螺春。

彩云一壁接在手里喝着,一壁向赵家的问道:"我一个多月不来,三爷到这儿来过没有?"赵家的道:"三爷差不多还是天天来,有时和朋友在这儿喝酒、唱曲、赌牌,有时就住下了。"彩云道:"他给你们说些什么来?"赵大家的道:"他尽发愁,不大说话。说起话来,老是愁着太太在家里憋闷出病来。"彩云点点头儿。此时彩云被满房火一般的颜色,挑动了她久郁的情焰,只巴着三儿立刻飞到面前。正盼哩,忽听院中脚步响,见贵儿一人来了。彩云忙问道:"怎样没有一块儿来?你瞧见了没有呢?"贵儿道:"瞧是瞧见了,他也急得什么似的,想会你。巧了景王府里堂会戏,贞贝子贞大爷一定要叫他和敷二爷合串《四杰村》,十二道金牌似的把他调了去。他托我转告您,戏唱完了就来,请您耐心等一等。"彩云听了,心上十分的不快,但也没有法儿,就此回去也不甘心,只好叫贵儿且出去候着,自己懒懒地仍旧坐下,和赵大家的七搭八扯地胡讲了一会儿,觉得不耐烦,索性躺在床上养神。静极而倦,蒙眬睡去。等到醒来,见房中已点上灯,忙叫赵大家的问什么时候。赵大家的道:"已经晚饭时候了。晚饭已给太太预备着,要开不要开?"

　　彩云觉得有些饥饿,就叫开上来,没情没绪吃了一顿哑饭。又等了两个钟头,还是杳无消息,真有些耐不住了,忽见贵儿奔也似的进来道:"三爷打发人来了,说今夜不得出城,请太太不要等了,明天再会吧。"这个消息,真似一盆冷水,直浇到彩云心里。当下鼻子里哼了一声道:"明天再会,说得好风凉的话儿!管他呢!我们走我们的!"说着,气愤愤地叫贵儿套车,一径回家。到得家里,已在二更时候,明知张夫人还没睡,她也不去,自管自径到自己房里,把衣服脱下一摆,小丫头接也接不及,撒得一地,倒在床上就睡。其实哪里睡得着,嘴里虽怨恨三儿,一颗心却不由自主地只想三儿好处:多么勇猛,多么伶俐,又多么熨帖。满拟今天和他取乐一天,填补一月以来的苦况。千不巧,万不巧,碰上王府的堂会,害我白等了一天。可是越等不着他,心里越要他,越爱他,有什么办法呢!如此翻来覆去,直想了一夜,等天一亮,偷偷儿叫贵儿先去约定了。梳洗完了,照例到张夫人那里去照面。那天,张夫人颜色自然不会好看,问她昨天到了哪里,这样回来的晚。她随便捏了几句在哪里听戏的谎话。

　　张夫人却正颜厉色地教训起来说:"现在比不得老爷在的时节,可以由着你的性儿闹。你既要守节,就该循规蹈矩,岂可百天未满,整夜在外,成何体统!"彩云不等张夫人说完,别转脸冷笑道:"什么叫作体统?动不动就抬出体统来吓唬人!你们做大老母的有体统,尽管开口体统、闭口体统。我们既做了小老母早就失了体统,哪儿轮得到我们讲体统呢?你们怕失体统,那么老实不客气地放我出去就得了!否则除非把你的诰封借给我不还。"说着,仰起头转背自回卧房。张夫人徒受了这意外的顶撞,气得一佛出世,二佛涅槃,彩云也不管,回到房里,贵儿已经回来,告诉她三儿约好在私宅等候。彩云饭也不吃,人也不带,竟自上车,直向杨梅竹斜街而来。到得门口,三儿早已纱衫团扇,玉琢粉装,倚门等待,一见面,便亲手拿了车踏凳,扶了彩云下车,一路走一路说道:"昨儿个真把人揩死了!明知您空等了一天,一定要骂我,可是这班王爷阿哥儿们死钉住了人不放,只顾寻他们的乐,不管人家的死活,这只好求您饶我该死了!"

　　彩云洒脱了他手向前跑,含着半恼恨的眼光回瞪着三儿道:"算了吧,别给我猫儿哭耗子似的,知道你昨儿玩的是什么把戏呢!除了我这傻子,谁上你这当?"三儿追上一步，捱着喊道："屈天冤枉，造谣的害疔疮！"说着话，已进了房。两人坐在中央放的一张雕漆百龄小圆桌上，一般的四个鼓墩，都罩着银地红花的锦垫，桌上摆着一盘精巧糖果，一双康熙五彩的茶缸。赵大家的上来伺候了一回，彩云吩咐她去休息，她退出去了。房中只剩他们俩面对面，彼此久别重逢，自不免诉说了些别后相思之苦。三儿看了彩云半晌道："你现在打算怎么样？难道真的替老金守节吗？我想你不会那么傻吧！"彩云道："说的是，我正为难哩！我是个孤拐儿，自己又没有见识，心口自商量，谁给我出主意呢？"三儿涎着脸②道："难道我不是你的体己人吗？"彩云道："那么你为什么不替我想个主意呢？"三儿暗忖那话儿来了，但是我不可鲁莽，便把心事露出，火候还没有熟呢，回说道："我知道你的心，照良心说，你自然愿意守；但是实际上，你就是愿守，金家人未必容你守，守下去没得好收场。所以我替你想，除了出来没有你的活路。"彩云道："出来了，怎么样呢？"三儿道："像你这样儿身份，再落烟花，实在有一点犯不着了。而且金家就算许你出来，不见得许你做生意。论正理，自然该好好再嫁一人。不过'吃了河豚，百样无味'，你嫁过了金状元，只怕合得上你胃口的丈夫就难找了。"

彩云忽低下头去，拿帕子只揾着脸，哽咽地道："谁还要我这苦命的人呢？若是有人真心爱我，肯体贴我的痴心，不把人一夜一夜地向冰缸里搁，倒满不在乎状元不状元，我都肯跟他走。"三儿听了这些话，忙走过来，一手替她拭泪，一手搂着她道："这都是我不好，倒提起你心事来了。快不要哭，我们到床上去躺会子吧！"此时彩云不由自主地两条玉臂勾住了三儿项脖，三儿轻轻地抱起彩云，迈到床心，双双倒在枕上。正当春云初展、渐入佳境之际，赵大家的突然闯进房来喊道："三爷，外边有客立等会你。"三儿倏地③坐起来，向彩云道："让我去看一看是谁再来！"彩云没防到这阵横风，恨得牙痒痒的，在三儿臂上狠狠地咬了一口，用力一推道："去罢，我认得你了！"

三儿趁势儿嘻皮赖脸地往外跑。彩云赌气一翻身，朝里床睡了。原想不过一时扫兴，谁知越等越没有消息，心里有些着慌，一迭连声喊赵大家的。赵大家的带笑走到床边道："太太并没睡着哩！我倒不敢惊动。天下真有不讲理的人！三爷又给景王府派人邀了去，真和提犯人一般的，连三爷要到里面来说一声都不准。我眼睁睁看他拉了走。"这几句话把彩云可听呆了，心里又气又诧异，暗想怎么会两天出来，恰巧碰上两天都有堂会。三儿尽管红，从前没有这么忙过，不要三儿有了别的花样吧？要是这样，还是趁早和他一刀两断的好，省得牵肠挂肚不爽快。

沉思了一会儿，哝哝独语道："不会，不会！昨天赵大家的不是说我不出来时，他差不多天天来的吗？若然他有了别人，哪有工夫光顾这空屋子呢？就是他刚才对我的神情，并不冷淡，这是在我老练的眼光下逃不了的。也许事有凑巧，正遇到他真的忙。"忽又悟到什么似的道："不对，不对！这里是我们的秘密小房子，谁都不知道的。景王府里派的人，怎么会跑到这里来邀了？这明明是假的，是三儿的捣鬼。但他捣这个鬼什么用意呢？既不是为别人，那定在我身上。噢，我明白了，该死的小王八，他准看透了我贪恋他的一点，想借此做服我，叫我看得见、吃不着，吊得我胃口火热辣辣的，不怕我不自投罗网。吓，好厉害的家伙！这两天，我已经被他弄得昏头昏脑了，可是我傅彩云也不是窝子货，今儿个既猜破了你的诡计，也要叫你认识认识我的手段。"

彩云想到这里，倒笑逐颜开地坐了起来，立刻叫贵儿套车回家。一路上心里算："三儿弄这种手腕虽则可恶，然目的不过要我真心嫁他，并无恶意。若然我设法报复，揭破机关，原不是件难事，不过结果倒弄得大家没趣，这又何苦来呢！我现在既要跳出金门，外面正要个连手，不如将计就计，假装上钩，他为自己利益起见，必然出死力相助。等到我立定了脚，嫁他不嫁他，权还在我，怕什么呢！"这个主意是彩云最后的决定，一路心上的轮和车上的轮一般地旋转，不觉已到了家门。谁知一进门，恰碰上张夫人为她的事，正请了钱唐卿、陆菶如在那里商量，她在窗外听得不耐烦，爽性趁此机会直闯进去，把出去的问题直接痛快地解决了。

解决以后，彩云既当众声明不再出门，她倒守信义，并不学时髦派的言行相违。不过叫贵儿暗中通知了孙三儿，若要见面，除非他肯冒险一试武生的好身手，夜间从屋上来。这也是彩云作难三儿的一种策略。三儿也晓得彩云的用意，竟不顾死活地先约定时刻，在三更人定后，真做了黄衫客从檐而下。彩云倒出于意外，自然惊喜欲狂，不觉绸缪备至。三儿乘机把愿娶她做正妻的话说了。彩云要求他只要肯同到南边，凡事任凭处置。三儿也答应了。从此夜来明去，幽会了好几次。那夜彩云正为密运首饰箱出去，约得时间早了一点，以致被张夫人的老妈撞破，闹了一个贼案。这些情节，我已经在二十六回里叙过，这里不过补叙些事情的根源，不必絮烦。

幸亏第二天，彩云就跟了张夫人和金继元护了雯青灵柩，由水路出京，这案子自然不去深究了。孙三儿也在此时从旱路到津。等到张夫人等在津，把雯青的柩由津海关道成木生招呼，安排在招商局最新下水的新铭船上，家眷包了三个头等舱，平平安安地出海。孙三儿早坐了怡和公司的

船，先到上海，替彩云暗中布置一切去了。这边张夫人和彩云等坐的新铭船，在海中走了五天。那天午后，进了吴淞口，直抵金利源码头，码头上扎起了素彩松枝，排列了旗锣牌伞，道、县官员的公祭，招商局的路祭，虽比不上生前的煊赫排衙，却还留些子身后的风光余韵。

只为那时招商局的总办是顾肇廷,是雯青的至交,先本是台湾的臬台,因蒿目时艰,急流勇退,威毅伯笃念故旧,派了这个清闲的差使。听见雯青灵柩南归,知照了当地官厅,顾全了一时场面,也是惺惺惜惺惺,略尽友谊的意思。当下张夫人不愿在沪耽搁,已先嘱家里雇好两只大船在苏州河候着,由轮船上将灵柩运到大船上,人也跟了上去,招商局派了一只小火轮来拖带。那时彩云向张夫人要求另雇一只小船,附拖在后,张夫人也马马虎虎地应允了。等到灵柩安顿妥帖,吊送亲友齐散,即便鼓轮开行。刚刚走过青阳港,已在二更以后,大家都沉沉地睡熟了,忽然后面船上人声鼎沸起来,把张夫人惊醒,只听后面船上高叫停轮,嚷着姨太太的小船没有了,姨太太的小船不知到哪里去了。正是:

但愿有情成眷属,却看出岫便行云。

【注解】

①氍毹(qú shū):一种织有花纹图案的毛毯。

②涎着脸(xián zhe liǎn):做出赖皮赖脸的样子。

③倏(shū)地:形容很迅速。

抟云搓雨弄神女阴符
瞒凤栖鸾惹英雌决斗

第三十一回

273

话说张夫人正在睡梦之中,忽听后面船上高叫停轮,嚷着姨太太的小船不见了。你想,张夫人是何等明亮的人,彩云一路的行径,她早已看得像玻璃一般的透彻;等到彩云要求另坐一船拖在后面,心里更清楚了。如今果然半途解缆,这明明是预定的布置,她也落得趁势落篷,省去许多周折。当下继元过船来请示办法。张夫人吩咐尽管照旧开轮,大家也都心照不宣了。不一时,机轮鼓动,连夜前进。次早到了苏州,有一班官场亲友前来祭吊。开丧出殡,又热闹了十多日。从此红颜轩冕,变成黄土松楸,一棺附身,万事都已。这是富贵风流的金雯青,一场幻梦的结局。按下不提。

如今且说彩云怎么会半路脱逃呢? 这原是彩云在北京临行时和孙三儿预定的计划。当时孙三儿答应了彩云同到南边,顺便在上海搭班唱戏。彩云也许了一出金门,便明公正气地嫁他。两人定议后,彩云便叫三儿赶先出京,替她租定一所小洋房,地点要僻静一点,买些灵巧雅致的中西器具,雇好使唤的仆役,等自己一到上海就有安身之所。她料定在上海总有一两天耽搁,趁此机会溜之大吉。不料张夫人到上海后,一天也不耽搁,船过船地就走。在大众面前,穿麻戴孝的护送灵柩,没有法儿可以脱得了身。幸亏彩云心灵手敏,立刻变了计;也靠着她带出来的心腹车夫贵儿,给约在码头等候的三儿通了信,就另雇了一只串通好的拖船。好在彩云身边的老妈丫头都是一条藤儿,爽性把三儿藏在船中。开船时掩人眼目地同开,一到更深人静,老早就解了缆。等着大家叫喊起来,其实已离开了十多里路了。这便叫作钱可通神。当下一解缆,调转船头,恰遇顺风,拉起满篷向上海直驶。差不多同轮船一样的快,后面也一点没有追寻的紧信,大家都放了心了。

　　彩云是跳出了金枷玉锁,去换新鲜的生活,不用说是快活。三儿是把名震世界的美人据为己有,新近又搭上了夏氏兄弟的班,每月包银也够了旅居的浇裹,不用说也是快活。船靠了码头,不用说三儿早准备了一辆扎彩的双马车,十名鲜衣的军乐队,来迎接新夫人。不用说新租定的静安寺路虞园近旁一所清幽精雅的小别墅内,灯彩辉煌,音乐响亮。不用说彩云一到,一般拜堂、祭祖、坐床、撒帐,行了正式大礼。不用说三儿同班的子弟们,夏氏三兄弟同着向菊笑、萧紫荷、筱莲笙等,都来参观大典,一哄地聚在洞房里,喝着、唱着、闹着,直闹得把彩云的鞋也硬脱了下来做鞋杯。三儿只得逃避了,彩云倒有些窘急。还是向菊笑做好人,抢回来还给她。当下彩云感念他一种包围下的解救,对他微笑地道了谢。

　　当晚直闹到天亮,方始散去。彩云虽说过惯放浪的生活,然终没有跳出高贵温文的空气圈里。这种粗犷而带流氓式的放浪,在她还是第一次经历呢,却并不觉得讨厌,反觉新鲜有兴。从此彩云就和三儿双宿双栖在新居里,度他们优伶社会的生涯。三儿每天除了夜晚登台唱戏,不是伴着彩云出门游玩,就是引着子弟们在家里弹丝品竹、喝酒赌钱。彩云毫不避嫌①,搅在一起,倒和这班戏子厮混②得熟了。向菊笑最会献小殷勤,和彩云买俏调情,自然一天比一天亲热了。

　　自古道快活光阴容易过,糊涂的光阴尤其容易。不知不觉离了金门,跟了孙三儿已经两个月了。有一天,正是夏天的晚上,三儿出了门;彩云新浴初罢,晚妆已竟,独自觉得无聊,靠在阳台上乘凉闲眺。忽听东西邻家车马喧阗,人声嘈杂。抬头一望,只见满屋里电灯和保险灯相间着开得雪亮,客厅上坐满了衣冠齐楚的宾客,大餐间里摆满了鲜花,排列了金银器皿,刀叉碗碟,知道是开筵宴客。原来这家乡邻,是个比他们局面阔大的一所有庭园的住宅,和他们紧紧相靠,只隔一道短墙。那家人家非常奇怪,男主人是个俊伟倜傥的中国人,三十来岁年纪,雪白的长方脸,清疏的八字须,像个阔绰的绅士。女主人却是个外国人,生得肌肤富丽,褐发碧眼,三十已过的人,还是风姿婀娜,家常西装打扮时,不失为西方美人。可是出门起来,偏欢喜朝珠补褂,梳上个船形长髻,拖一根

274

孔雀小翎,弄得奇形怪状,惹起彩云注意来。曾经留心打听过,知道是福建人姓陈,北洋海军的官员,娶的是法国太太。往常彩云出来乘凉时,总见他们两口子一块儿坐着说笑。近几天来,只剩那老爷独自了,而且满面含愁,仿佛有心事的样子。

有一天,忽然把目光注视了她半晌,向她微微地一笑,要想说话似的,彩云慌忙避了进来。昨天早上,索性和贵儿在门口搭话起来。不知怎地被他晓得了彩云的来历,托贵儿探问背不肯接见像他一样的人。彩云生性本喜拈花惹草,听了贵儿的传话,面子上虽说了几声诧异,心里却暗自得意。正在盘算和猜想间,那晚忽见间壁如此兴高采烈的盛会,使她顿起了一种莫名其妙的感触,益发看得关心了。那晚,女主人似乎不在家;男主人也没到过阳台上,只在楼下殷勤地招待宾客。忙了一阵,就见那庭园中旋风似的涌进两乘四角流苏、黑蝶堆花蓝呢轿。轿帘打起,走出两个艳臻臻、颤巍巍的妙人儿:前一个是长身玉立,浓眉大眼,认得是林黛玉;后一个是丰容盛鬓,光彩照人,便是金小宝。娘姨大姐,簇拥着进去了。后来又轮蹄碌碌地来了一辆钢丝皮篷车,一直冲到阶前,却载了个娇如没骨、弱不胜衣的陆兰芬。陆陆续续,花翠琴坐了自拉缰的亨斯美,张书玉坐了橡皮轮的轿式马车,还有诗妓李苹香、花榜状元林绛雪等,都花枝招展,姗姗迟来。一时粉白黛绿,燕语莺啼,顿把餐室客厅,化作碧城锦谷。一群客人也如醉如狂,有哗笑的,有打闹的,有拇战的,有耳语的。歌唱声、丝竹声,热闹繁华,好像另是一个世界。

那边的喧哗,越显得这边的寂寞,愣愣的倒把彩云看呆了。突然惊醒似的自言自语道:"我真发昏死了!我这么一人,难不成就这样冷冷清清守着孙三儿胡拢一辈子吗?我真嫁了戏子,不要被天下人笑歪了嘴!怪不得连隔壁姓陈的都要来哨探我的出处了。我赶快地打主意,但是怎么办呢?一面要防范金家的干涉,一边又要断绝三儿的纠缠。"低头沉思了一会儿,蹙着眉道:"非找几个上海有势力的人保护一下,撑不起这个……"

一语未了,忽然背后有人在他肩上一拍道:"为什么不和我商量呢?"彩云大吃一惊,回过头来一看,原来是向菊笑,立在她背后,嘻开嘴笑。彩云手揿住胸口,瞪了他一眼道:"该死的,吓死人了!怎么不唱戏,这早晚跑到这儿来?"向菊笑涎着脸伏在她椅背上道:"我特地为了你,今晚推托嗓子哑,请了两天假,跑来瞧你。不想倒吓着了你,求你别怪。"彩云道:"你多怎来的?"菊笑道:"我早就来了。"彩云道:"那么我的话,你全听见了。"菊笑道:"差不多。"彩云道:"你知道我为的是谁?"菊笑踌躇道:"为谁吗?"彩云披了嘴道:"没良心的,全为的是你!你不知道吗?老实和你说,我和三儿过得好好的日子,犯不上起这些念头。就为心里爱上你,面子上碍着他,不能称我的心。要称我的心,除非自立门户。你要真心和我好,快些给我想法子。你要我和你商量,除了你,我本就没有第二人好商量。"菊笑忸怩地拉了彩云的手,低着头,顿了顿道:"你这话是真吗?你要我想法子,法子是多着呢。找几个保护人,我也现成。我可不是三岁小孩子,不能叫我见了舐不着的糖就跑。我也不是不信你,请你原谅我真爱你,给我一点实惠的保证,死也甘心。"说话时，直扑上来，把彩云紧紧抱住不放。

彩云看他情急，嗤地一笑，轻轻推开了他的手道："急什么，锅里馒头嘴边食，有你的总是你的。我又不是不肯，今儿个太晚了，倘或冷不防他回来，倒不好。赶明天早一点来，我准不哄你。你先把法子告诉我，找谁去保护，怎么样安排，我们规规矩矩大家商量一下子。"菊笑情知性急不来，只好讪讪地去斜靠在东首的铁栏杆上，努着嘴向间壁道："你要寻保护人，恰好今天保护人就摆在你眼前。那不是上海著名的四庭柱都聚在一桌上吗？"彩云诧异地问道："什么叫作四庭柱？四庭柱在哪里？"菊笑道："第一个就是你们的乡邻，姓陈，名叫骥东。因为他做了许多外国文的书，又住过外国不少时候，这里各国领事佩服他的才情，他说的话差不多说一句听一句，所以人家叫他'领事馆的庭柱'。"彩云道："还有三个呢？"

菊笑指着主人上首坐的一个四方脸、没髭须，衣服穿得挺挺脱脱像旗人一般的道："这就是会审公堂的正谳官宝子固，赫赫有名租界上的活阎罗。人家都叫他作'新衙门的庭柱'。还有在主人下首的那一位，黑苍苍的脸色，唇上翘起几根淡须，瘦瘦儿，神气有些呆头呆脑的，是广东古冥鸿。也是有名的外国才子，读尽了外国书，作得外国人都作不出的外国文章。字林西报馆请他做了编辑员，别的报馆也欢迎他，这叫作'外国报馆的庭柱'。又对着我们坐在中间的那个年轻的小胖子，打扮华丽，意气飞扬，是上海滩上有名的金逊卿，绰号金狮子，专门在堂子里称王道霸，龟儿鸨妇没个不怕他，这是'堂子里的庭柱'。今天不晓得什么事，恰好把四庭柱配了四金刚，都在一起。也是你的天缘凑巧，只要他们出来帮你一下，你还怕什么？"彩云道："你且别吹嘘。我一个都不认得，怎么会来帮我呢？"菊笑笑道："这还不容易？你不认识，我可都认识。只要你不要过桥抽板，我马上去找他们，一定有个办法，明天来回复你。"彩云欣然道："那么，一准请你就去。我不是那样人，你放心。"

说着，就催菊笑走。菊笑又和彩云歪缠了半天，彩云只好稍微给了些甜头，才把他打发了。等到三儿回家,彩云一点不露痕迹地敷衍了一夜。次日饭后,三儿怕彩云在家厌倦,约她去逛虞园。彩云情不可却,故意装得高兴地直玩到日落西山,方出园门。三儿自去戏园,叫彩云独自回去。彩云一到家里,提早洗了浴,重新对镜整妆,只梳了一条淌三股的朴辫,穿上肉色紧身汗裤,套了玉雪的长丝袜,披着法国式的蔷薇色半臂。把丫鬟仆妇都打发开了,一人懒懒地斜卧在卧房里一张凉榻上,手里摇着一柄小蒲扇,眼睛半开半闭地候着菊笑。满房静悄悄的,忽听挂钟当当地敲了六下,心里便有些烦闷起来。一会儿猜想菊笑接洽的结果,一会儿又模拟菊笑狂热的神情,不知不觉情思迷离,梦魂颠倒,意沉沉睡去。蒙眬间,仿佛菊笑一声不响地闪了进来,像猫儿戏蝶一般,擒擒纵纵地把自己搏弄。但觉轻飘飘的身体在绵软的虚空里,一点没撑拒的气力。又似乎菊笑变了一条灵幻的金蛇,温腻的潜势力,蜿蜒地把自己灌顶醍醐③似的软化了全身,要动也动不得。忽然又见菊笑成了一只脱链的狒猴,在自己前后左右只管跳跃,再也捉摸不着。

　　心里一急,顿时吓醒过来。睁眼一看,可不是呢,自己早在菊笑怀中,和他搂抱地睡着。彩云佯嗔地瞅着他道:"你要的,我都依了你,该心满意足了。我要的,你一句还没有给我说呢!"菊笑道:"你的事,我也都给你办妥了。昨天在这儿出去,我就上隔壁去。他们看见我去,都诧异。我先把宝大人约了出来,一五一十地把你的事告诉了。他一听你出来,欢喜得很,什么事他都一力担当,叫你尽管放胆做事。挂牌的那天,他来吃开台酒,替你做场面。说不定,过一两天,他还要来看你呢!谁知我们这些话,都被金狮子偷听了去,又转告诉了陈大人。金狮子没说什么。陈大人在我临走时,却热心地偷偷向我说,他关心你,一定出力帮忙;等你正式挂牌后,他要天天来和你谈心呢!我想你的事,有三个庭柱给你支撑,还怕什么?现在只要商量租定房子和脱离老三的方法了。"彩云道:"租房子的事,就托你办。"菊笑道:"今天我已经看了一所房子,在燕庆里,是三楼三底,前后厢房带亭子间,倒宽敞合用的,得空你自己去看一回。"彩云正要说话,忽听贵儿在外间咳嗽一声。彩云知道有事,便问道:"贵儿,什么事?"贵儿道:"外边有个姓宝的客人,说太太知道的,要见太太。"彩云随口答道:"请他楼上外间坐。"菊笑发起急来道:"你怎么一请就请到楼上,我在这里,怎么办呢?"

　　彩云勾住了菊笑的项脖,面对面热辣辣地送了一个口亲道:"好人,我总归是你的人。我们既要仗着人家的势力,来圆全我们的快乐,怎么第一次就冷了人家的心呢?只好委屈你避一避罢!"菊笑被彩云这一阵迷惑,早弄得神摇魂荡,不能自主,勉强说道:"那么让我就在房里躲一躲。"彩云一手掠着蓬松的云鬓,一手徐徐地撑起娇躯,笑着道:"我知道你不放心,不过怕我和人家去好。你真疯了,我和他初见面,有什么关系呢?不过你们男人家妒忌心是没有理讲的,在我是虚情假意,你听了一样的难过。我舍不得你受冤枉的难过,所以我宁可求你走远一点儿倒干净。"一壁说,一壁挽了菊笑的手,拉到他卧房后的小楼梯口道："你在这里下去，不会遇见人。咱们明天再见罢！"菊笑不知不觉好像受了催眠术一般，一步一步地走出去了。

且说彩云踅回卧房，心想这回正式悬牌，第一怕的是金家来搅她的局。但是金家的势力无论如何的大，总跳不出新衙门。这么说，她的生死关头，全捏在宝子固的手里。她只有放出全身本事，笼络住了他再说。想罢，走到穿衣镜前，把弄乱的鬓发重新刷了一回，也不去开箱另换衣裤，就手拣了一件本色玻璃纱的浴衣，裹在身上。雪肤皓腕，隐现在一朵缥缈的白云中，绝妙的一幅贵妃出浴图。自己看了，也觉可爱。一挪步，轻轻地拽开房门，就袅袅婷婷地走了出来，向宝子固嫣然一笑，莺声呖呖地叫了一声"宝大人"。宝子固虽是个花丛宿将，却从没见过这样赤裸的装束，妖艳的姿态。顿时一只看花的老眼，仿佛突然遇见了四射的太阳光，耀得睁不开了，痴立着只管呆看。彩云羞答答地别转了头笑着道："宝大人，您瞧得人怪臊的。您怎么不请坐呀！您来的当儿，巧了我在那儿洗澡，急得什么似的，连衣裤都没有穿好，就冒冒失失跑出来了。求您恕我失礼，倒亵渎④了您。"

宝子固这才坐定，捉准了神，徐徐地说道："我仰慕你十多年，今天一见面，真是名不虚传。昨天的话，菊笑大概都给你说过了罢！你只管放心。"彩云挨着子固身旁坐下道："我和宝大人面都没有见过，哪世里结下的缘分，就承您这样的怜爱我、搭救我，还要自各儿老远地跑来看我，我真不晓得怎么报答您才好呢！"子固道："你嫁孙三儿，本来太自糟蹋了，大家听了都不服气。我今天来，不是光来看你，为的就虑到你不容易摆脱他的牢笼。"子固说到这里，四面望了一望。彩云道："宝大人尽管说，这里都是我的心腹。"子固低声接说道："陈大人倒替你出了一个主意，他恰好有一所新空下来的房子，在虹口，本来他一个英国夫人住的，今天回国去了。我们商量，暂时把你接到那里去住，先走出了姓孙的门，才好出手出脚地做事。你说好不好？"

彩云本在那里为难这事，听了这话正中下怀，喜欢地道："那是再好也没有了。"子固附耳又道："既然你愿意这么办，事不宜迟，那么马上就乘了我马车走，行不行呢？那一边什么都现成的。"彩云想了一想道："也只有这么给他冷不防的一走，省了多少啰唆。咱们马上走。"子固道："你的东西怎么样呢？"彩云道："我只带一个首饰箱和随身的小衣包，其余一概不带。连下人都瞒了，只说和您去听戏就得了。那么请您在这里等一等，让我去收拾收拾就走。"说罢，丢下子固，匆匆地进了房去。不到十分钟，见彩云换了一身时髦的中装，笑嘻嘻提了一个小包儿，对子固道："宝大人，您今天不做官，倒做了犯人了。"子固诧异道："怎么我是犯人？"彩云笑道："这难道不算拐逃吗？"子固也忍不住笑起来。正说笑间，忽然一个丫鬟推开门，向彩云招手。彩云慌忙走出去，只见贵儿走来，给他低低道："又来了一个客，说姓金，要见太太。"

彩云知道是金狮子，又是个不好得罪的人。她又摸不清楚他和宝子固是不是一路，心想两雄不并立，还是不叫他们见面的好。豁出自己多费一点精神，哄他们人人满意，甘心做她裙带下的忠奴。当下暗嘱贵儿请他在客厅上坐，自己回到房里向子固道："讨人厌的来了个三儿的朋友，要见我说几句话。没有法儿，只好请您耐心等一会儿，我去支使他走了，我们才好走。"子固簇着眉道："这怎么好呢？那么你赶快去打发他走！"子固眼睁睁看彩云扶着丫鬟下楼去了。这一回，可不比上一次来得爽快了。一人闷坐在屋里，左等也不来，右等也不来。一阵微风中，飘来笑语的声音。侧耳再听，寂静了半天，忽又听见断续的呢喃细语。掏出时计看时，已经快到九点钟了。心里正在烦闷，房门呀的一声，彩云闪了进来，喘吁吁地道："您等得不耐烦了罢！真缠死人。好容易把他哄跑，我们现在可以走了。"

子固在灯下瞥见彩云两颊绯红，云环不整，平添了几多春色，心里暗暗惊异。彩云拿了小包，催着子固动身，一路走着，一路吩咐丫环仆妇们好生照顾家里。一到门口，跳上子固的马车。轮蹄得得，不一会儿，已经到了虹口靶子路一座美丽的洋房门前停下。子固扶她下车，轻按门铃，便有老仆开了门。彩云跟进来，过了一片小草地，跨上一个高台阶。子固领了她各处看了一看，都铺设得整齐洁净，文雅精工。来到楼上，一间卧室，一间起坐，器具帏幕，色色华美，的确是外国妇女的闺阁。还留着一个女仆、两个仆欧，可供使用。彩云看了，心里非常愉快，又非常疑怪，忽然向着子固道："你刚才说这房子是陈骥东的英国夫人住的，陈骥东怎么有了法国夫人，又有英国夫人呢？外国人不是不许一个男人讨两个老婆的吗？为什么放着这样好的住宅不住，倒回了国呢？"子固笑道："这话长哩，险些儿弄出人命来。陈骥东就为这事，这两天正在那里伤心。我们都是替他调停这公案的人，所以前天他请酒酬谢。我从头至尾地告诉你罢！原来陈骥东是福建船厂学堂出身，在法国留学多年。他在留学时代，已经才情横溢，中外兼通，成了个倜傥不群的青年。就有一个美丽的女学生，名叫佛伦西的，和他发生了恋爱，结为夫妇。这就是现在的法国夫人。学成回国后，威毅伯赏识了他，留在幕府里办理海军事务，又常常差他出洋接洽外交。四五年间，就保到了镇台的位子。"

"可是骥东官职虽是武夫，性情却完全文士，恃才傲物，落拓不羁[5]。中国的诗词固然挥洒自如，法文的作品更是出色。他做了许多小说戏剧，在巴黎风行一时。中国人看得他一钱不值，法国文坛上却露惊奇的眼光，料不到中国也有这样的人物。尤其是一班时髦女子，差不多都像文君的慕相如、俞姑的爱若士，他一到来，到处蜂围蝶绕，他也乐得来者不拒。有一次，威毅伯叫他带了三十万银子到伦敦去买一艘兵轮，他心里不赞成，不但没有给他去购买船只，反把这笔款子，一股脑儿胡花在巴黎伦敦的交际社会里。做了一部名叫作《我国》的书，专门宣传中国文化，他自己以为比购买铁甲船有用的多。结果又被一个英国女子叫玛德的爱上了。有人说是商人的姑娘，有人说是歌女。压根儿还是迷惑了他的虚名，明知他有老婆，情愿跟他一块儿回国。威毅伯知道了，勃然大怒，说他贻误军机，定要军法从事。后来亏得乌赤云、马美菽几个同事替他求情，方才免了。骥东从此在北洋站不住，只好带了两个娇妻，到上海隐居来了。但骥东的娶英女玛德，始终瞒着法国夫人。到了上海还是分居，一个住在静安寺，一个就住在这里。骥东夜里总在静安寺，白天多在虹口。"

"法国夫人只道她丈夫沾染中国名士积习，问柳寻花、逢场作戏，不算什么事。别人知道是性命交关的事，又谁敢多嘴，倒放骥东兼收并蓄，西食东眠，安享一年多的艳福了。不想前礼拜一的早上，骥东已到了这里，玛德也起了床，正在水晶帘下看梳头的时候，法国夫人欻地一阵风似的卷上桥来。玛德要避也来不及，骥东站在房门口，若迎若拒地不知所为。法国夫人倒大方地坐在骥东先坐的椅里，对玛德凝视半晌道：'果然美，不怪骥东要迷了！姑娘不必害怕，我今天是来请教几句话的。先请教姑娘什么名字？'玛德抖声答道：'我叫玛德。'法国夫人道：'贵国是否英国？'道：'是的。'法国夫人指着骥东道：'你是不是爱这人？'玛德微微点了一点头。法国夫人正色道：'现在我要告诉你了。我叫佛伦西，是法国人。你爱的陈骥东是我的丈夫，我也爱他，那么我们俩合爱一人了。你要是中国人，向来马马虎虎的，我原可以恕你。可惜你是英国人，和我站在一条人权法律保护之下。我虽不能除灭你心的自由，但爱的世界里，我和你两人里面，总多余了一个。现在只有一个法子，就是除去一个。'说罢，在衣袋里掏出两支雪亮的勃朗宁，自己拿了一支，一支放在桌上，推到玛德面前，温和地说道：'我们俩谁该爱骥东，凭它来解决罢！密斯玛德，请你自卫。'说着，已一手举起了手枪，瞄准玛德，只待要扳机。说时迟，那时快，骥东横身一跳，隔在两女的中间，喊道：'你们要打，先打死我！'法国夫人机械地立时把枪口向了地道：'你别着急，死的不一定是她。我们终要解决，你挡着有什么用呢？'玛德也哭喊道：'你别挡，我愿意死！'正闹得不得了，可巧古冥鸿和金逊卿有事来访骥东。仆欧们告知了，两人连忙奔上楼来，好容易把玛德拉到别一间屋里。玛德只是哭，佛伦西只是要决斗，骥东只是哀恳。古、金两人刚要向佛伦西劝解，佛伦西倏地站起来，发狂似的往外跑。大家追出来，她已自驾了亨斯美飞也似的向前路奔去。"

子固讲到这里，彩云急问道："她奔到哪里去，难道寻死吗？"子固笑道："哪里是寻死。"刚说到这里，听得楼下门铃叮铃铃地响起来，两人倒吃了一吓。正是：

> 皆大欢喜锁骨佛，为难左右跪池郎。

不知如此深更半夜，敲门的果是何人，且看下回分解。

【注解】

①避嫌：避免嫌疑。

②厮混：密切交往。

LAOCANYOUJI　NIEHAIHUA

③灌顶醍(tí)醐(hú)：醍醐：酥酪上凝聚的油。用纯酥油浇到头上。形容清凉舒适。

④亵渎(xiè dú)：轻慢；冒犯，不恭敬。

⑤落拓不羁：形容人性情豪放，行为散漫。

艳帜重张悬牌燕庆里
义旗不振弃甲鸡隆山

　　话说宝子固正和彩云讲到法国夫人自驾了亨斯美狂奔的话，忽听门铃乱响，两人都吃了一惊。子固怕的是三儿得信赶来；彩云知道不是三儿，却当是菊笑暗地跟踪而至。方各怀着鬼胎，想根问间，只听下面大门的开关声，接着一阵楼梯上历碌的脚步声、谈话声。一到房门口，就有人带着笑地高声喊道："好个阎罗包老，拐了美人偷跑，现在我陈大爷到了，捉奸捉双，看你从哪里逃！"宝子固在里面哈哈一笑地应道："不要紧，我有的是朋友会调停。只要把美人送回大英，随他天大的事情也告不成。"就在这一阵笑语声中，有一个长身鹤立的人，肩披熟罗衫，手摇白团扇，翘起八字须，眯了一线眼，两脸绯红，醉态可掬，七跌八撞地冲进房来道："子固不要胡扯，我只问你，把你的美人、我的乡邻藏到哪里去了？"子固笑道："不要慌，还你的好乡邻。"回过头来向彩云道："这是刚才和你谈的那个英、法两夫人决斗抢夺的陈骥东。"又向骥东道："这是你从前的乡邻、现在的房客，大名鼎鼎的傅彩云。我来给你们俩介绍了罢！"骥东啐了一口道："嘎，多肉麻的话！好像傅彩云只有你一人配认识。我们做了半年多乡邻，一天里在露台上见两三回的时候也有，还用得着你来介绍吗？"

　　彩云微微地一笑道："可不是，不但陈大人我们见得熟了，连陈大人的太太也差不多天天见面。"子固道："你该谢谢这位太太哩！"彩云道："呀，我真忘死了！陈大人帮我的忙，替我想法，容我到这里住，我该谢陈大人是真的。"骥东道："这算不了什么，何消谢得！"子固拍着手道："着啊，何消谢得！若不是法国太太逼走了玛德姑娘，骥东哪里有空房子给你住呢！你不是该谢太太吗？"骥东道："子固尽在那里胡说八道，你别听他的鬼话。"彩云道："刚才宝大人正告诉我法国太太和英国太太吵翻的事呢，后来法国太太自驾了亨斯美上哪儿去了呢？就请陈大人讲给我听罢。"骥东听到这里，脸上立时罩上一层愁云，懒懒地道："还提她做什么，左不过到活阎罗那里去告我的状罢咧！这件事总是我的罪过，害了我可怜的玛德。你要知道这段历史，有玛德临行时留给我的一封信，一看便知道了。"骥东正去床面前镜台抽屉里寻出一个小小洋信封的时候,一个仆欧上来,报告晚餐已备好了。骥东道:"下去用了晚餐再看罢。"三人一起下楼,来到大餐间。只见那大餐间里围满火红的壁衣,映着海绿的电灯,越显出碧沉沉幽静的境界。子固瞥眼望见餐桌上只放着两副食具,忙问道:"骥东,你怎么不吃了?"骥东道:"我今天在密采里请几个瑞记朋友,为的是谢他们密派商轮到台南救了刘永福军门出险,已吃得醉饱了,你们请用罢!"彩云此时一心只想看玛德的信,向骥东手里要了过来。一面吃着,一面读着,但见写的沉痛的文章,娟秀的字迹道:

　　骥东我爱:我们从此永诀了。我们俩的结合,本是一种热情的结合。在相爱的开始,你是迷惑,差不多全忘了既往;我是痴狂,毫没有顾虑到未来。你爱了我这了解你的女子,存心绝非欺骗;我爱了你那有妻的男子,根本是牺牲。所以我和你两人间的连属,是超道德和超法律的。彼此都是意志的自动,一点不生怨和悔的问题。我随你来华,同居了一年多,也享了些人生的快乐,感了些共鸣的交响,这是我该感谢你赐我的幸福了。前日你夫人的突然而来,破了我们的秘密,固然是我们的不幸。然当你夫人实弹举枪时,我极愿意无抵抗地死在她一击之下,解除了我们难解的纠纷。不料被你横身救护,使你夫人和我的目的,两都不达。顿把你夫人向我决斗的意思,变了对你控诉,一直就跑到新衙门告状去了。幸亏宝谦官是你的朋友,当场拦住,不曾到堂宣布。

　　把你夫人请到他公馆中,再三劝解,总算保全了你的名誉。可是你夫人提出的条件,要她不告,除非我和你脱离关系,立刻离华回国。宝子固明知这个刻酷的条件你断然不肯答应,反瞒了你,等你走后,私下来和我商量。

　　骥东我爱:你想罢,他们为了你社会声望计,为了你家庭幸福计,苦苦地要求我成全你。他们对你的热忱,实在可感,不过太苦了我了!骥东我爱:咳!罢了,罢了!

　　我既为了你肯牺牲身份,为了你并肯牺牲生命,如今索性连我的爱恋、我的快乐,一起为你牺牲了罢!子固代我定了轮船,我便在今晨上了船。骥东我爱:从此长别了;恕我临行时竟未向你告别。相见无益,徒多一番伤心,不如免了罢!身虽回英,心常在沪。愿你夫妇白头永好,不必再念海外三岛间的薄命人了。

　　玛德留书。

　　彩云看完了信,向骥东道:"你这位英国夫人实在太好说话了。叫我做了她,她要决斗,我便给她拼个死活;她要告状,我也和她见个输赢。就算官司输了,我也不能甘心情愿输给她整个儿的丈夫。"骥东叹一口气道:"英国女子性质大半高傲,玛德何尝是个好打发的人。这回她忽然隐忍退让,真出我意料之外,但绝不是她的怯懦。她不惜破坏了自己来成全我,这完全受了小仲马《茶花女》剧本的影响。想起来,不但我把爱情误了她,还中了我文学的毒哩!怎叫我不终身抱恨呢!"彩云道:"那么,你怎么放她走呢?她一走之后,难道就这么死活不管她了?陈大人你也太没良心了!"骥东还没回答,子固抢

282

说道："这个你倒不要怪陈大人，都是我和金逊卿、古冥鸿几个朋友，替陈大人彻底打算，只好硬劝玛德吃些亏，解救这一个结。难得玛德深明大义，竟毫不为难地答应了。所以自始至终，把陈大人瞒在鼓里。直到开了船，方才宣布出来。陈大人除了哭一场，也没有别的法儿了。至于玛德的生活费，是每月由陈大人津贴二十金镑，直到她改嫁为止。不嫁便永远照贴，这都是当时讲明白的。现在陈大人如有良心，依然可以和她通信；将来有机会时，依然可以团聚。在我们朋友们，替他处理这件为难的公案，总算十分圆满了。"骥东站起身来，向沙发上一躺道："子固，算我感激你们的盛情就是了，求你别再提这事罢！到底彩云正式悬牌的事，你们商量过没有？我想，最要紧的是解决三儿的问题。这件事，只好你去办。"子固道："这事包在我身上，明天就叫人去和他开谈判，料他也不敢不依。"彩云道："此外就是租房子、铺房间、雇用大姐相帮这些不相干的小事，我自己来张罗，不敢再烦两位了。"骥东道："这些也好叫菊笑来帮帮你的忙，让我去暗地通知他一声便了。"彩云听了骥东的话，正中下怀，自然十分的欢喜称谢。子固虽然有些不愿菊笑的参加，但也不便反对骥东的提议，也就含糊道好。当下骥东在沙发上起来，掏出时计来一看，道声："啊哟，已经十一点钟了。时候不早，我要回去，明天再来和你们道喜罢！"说着，对彩云一笑。彩云也笑了一笑道："我也不敢多留，害陈大人回去受罚。"子固道："骥兄先走一步，我稍坐一会儿也就要走。"子固说这话时，骥东早已头也不回，扬长出门而去。一到门外，跳上马车，吩咐马夫，一径回静安寺路公馆。骥东和他夫人，表面上虽已恢复和平，心里自然存了芥蒂，夫妇分居了好久了。当骥东到家的时候，他夫人已经熄灯安寝。骥东独睡一室，对此茫茫长夜，未免百感交集。在辗①转不眠间，倒听见了隔壁三儿家，终夜人声不绝，明知是寻觅彩云，心中暗暗好笑。

却说那一天，骥东正为了随侍威毅伯到马关办理中日和议的两个同僚。乌赤云和马美菽新从天津请假回南，到了上海。骥东替他们接风，就借曹梦兰妆阁，备了一席盛筵，邀请子固、冥鸿、逊卿，又加上一个招商局总办、从台湾回来的过肇廷做陪客。骥东这一局，一来是替梦兰捧

LAOCANYOUJI NIEHAIHUA

场，了却护花的心愿；二来那天所请的特客，都是刎颈旧交，济时人杰，所以老早就到。就是赤云、美菽一班客人，因为知道曹梦兰是傅彩云的化身，人人怀着先睹为快的念头，不到天黑，陆陆续续地全来了。梦兰本是交际场中的女王，来做姐妹花中的翘楚，不用说灵心四照，妙舌连环，周旋得春风满座。等到华灯初上，豪宴甫开，骧东招呼诸人就座。梦兰亲手执了一把写生镂银壶，遍斟座客。赤云坐了首席，美菽第二，其余肇廷、子固、冥鸿、逊卿依次坐定。梦兰告了一个罪，自己出外应征去了。这里诸客叫的条子，大概不外林、陆、金、张四金刚，翁梅倩、胡宝玉等一群时髦官人。翠暖红酣，花团锦簇，不必细表。

当下骧东先发议道："我们今日这个盛会，列座的都是名流，侑酒的尽属名花，女主人又是中外驰名的美人，我要把《清平调》的'名花倾国两相欢'，改作'倾城名士两相欢'了。"大家拍手道好。子固道："骧兄固然改得好，但我的意思，这一句该注重在一个'欢'字。倾城名士，两两相遇，虽然是件韵事，倘使相遇在烽火连天之下，便不欢乐了。今天的所以相欢，为的是战祸已消，和议新结。照这样说来，岂不是全亏了威毅伯春帆楼五次的磋商，两公在马关密勿的赞助，方换到这一晌之欢。我们该给赤兄、美兄公敬一杯，以表感谢。"逊卿道："在烟台和日使伊东已正治交换和约，是赤翁去的，这是和议的成功。赤翁该敬个双杯。"

赤云捋须微笑道："诸位快不要过奖，大家能骂得含蓄一点，就十分的叨情了。这回议和的事，本是定做去串吃力不讨好的戏文。在威毅伯的鞠躬尽瘁、忍辱负重，不论从前交涉上的功罪如何，我们就事论事，这一副不要性命并不顾名誉的牺牲精神，真叫人不得不钦服。但是议约的结果，总是赔款割地，大损国威。自奉三品以上官公议和战的朝命，反对的封章电奏，不下百十通。台湾臣民，争得最为激烈。尤其奇怪的，连老成持重的江督刘益昆，此说战而不胜，尚可设法撑持。鄂督庄寿香极端反对割地，洋洋洒洒上了一篇理有三不可、势有六不能的鸿文，还要请将威毅伯拿交刑部治罪哩！我们这班附和的人，在衮衮诸公心目中，只怕寸磔不足蔽辜呢！"美菽道："其实我们何尝有什么成见，还够不上像荫白副使一般，有一个日本姨太太，人家可以说他是东洋驸马。自从刘公岛海军覆没后，希望主战派推戴的湘军，在陆路上得个胜仗，稍挽危局。无奈这位自命知兵的何太真，只在田庄台挂了一面受降的大言牌，等到依唐阿一逃，营口一失，想不到纶巾羽扇的风流，脱不了弃甲曳兵的故事，狂奔了一夜，败退石家站。从此湘军也绝了望了。危急到如此地步，除了议和，还有甚办法？然都中一班名流，如章直蜚、闻鼎儒辈，在松筠庵大集议，植髭奋鬣，飞短流长，攻击威毅伯，奏参他十可杀的罪状呢！"肇廷道："何太真轻敌取败，完全中了书毒。其事可笑，其心可哀，我辈似不宜苛责。我最不解的，庄寿香号称名臣，听说在和议开始时，他主张把台湾赠英。政府竟密电翁养鱼使臣，通款英廷。幸亏英相罗士勃雷婉言谢绝，否则一个女儿受了两家茶，不特破坏垂成的和局，而且丧失大信。国将不国，这才是糊涂到底呢！'"

冥鸿插嘴道："割台原是不得已之举，台民不甘臣日，公车上书反抗，列名的千数百人。在籍主事邱逢甲，创议建立台湾民主国，誓众新竹，宣布独立。我还记得他们第一个电奏，只有十六个字道：'台湾士民，义不臣倭，愿为岛国，永戴圣清'。这是一时公愤中当然有的事。可恨唐景崧身为疆吏，何至不明利害！竟昧然徇台民之请，凭众抗旨，直受伯理玺天德印信，建蓝地黄虎的国旗，用永清元年的年号，开议院，设部署，行使钞币，俨然以海外扶余自命。既做此非常举动，却又无丝毫预备。不及十日，外兵未至，内乱先起，贻害台疆，腾笑海外！真是'画虎不成'，应了他的旗谶了！就是大家崇拜的刘永福，在台南继起，困守了三个多月，至今铺张战绩，还有人替刘大将军草平倭露布的呢！没一个不说得他来像生龙活虎，牛鬼蛇神。其实都是主战派的造言生事，凭空杜撰②。守台的结果，不过牺牲了几个敢死义民，糟蹋了一般无辜百姓，等到计穷身竭，也是一逃了事罢了。"

骥东听到这里，勃然作色道："冥鸿兄，你这些都是成败论人的话，实在不敢奉教！割让台湾一事，在威毅伯为全局安危，策万全，忍痛承诺，国人自应予以谅解。在唐刘替民族存亡争一线，仗义挥戈，我们何忍不表同情！我并不是为了曾替薇卿运动外交上的承认，代渊亭营救战败后的出险，私交上有心袒护。只凭我良心评判，觉得甲午战史中，这两人虽都失败，还不失为有血气的国民。我比较他人知道些内幕，诸位今天如不厌烦，我倒可以详告。"赤云、美菽齐声道："台事传闻异辞，我们如坠五里雾中。骥兄既经参预大计，必明真相，愿闻其详。"骥东道："现在大家说到唐景崧七天的大总统，谁不笑他虎头蛇尾，唱了一出滑稽剧。其实正是一部民族灭亡的伤心史，说来好不凄惶。当割台约定，朝命景崧率军民离台内渡的时候，全台震动，万众一心，誓不屈服；明知无济，愿以死抗。邱逢甲、林朝栋二三人登台一呼，宣言自主，赞成者万人。立即雕成台湾民主国大总统印绶，鼓吹前导，民众后拥，一路哭送抚署。这正是民族根本精神的表现。景崧受了这种精神的激荡，一时义愤勃发，便不顾利害，朝服出堂，先望阙叩了九个头，然后北面受任。这时节的景崧，未尝不是个赴义扶危的豪杰。再想不到变起仓皇，一蹶不振③。议论他的，不说他文吏不知军机，便说他鲁莽漫无布置，实际都是隔靴搔痒的话。他的失败，并不失败在外患，却失败在内变。内变的主动，便是他的宠将李文魁。李文魁的所以内变，原因还是发生在女祸。原来景崧从法、越罢战后，因招降黑旗兵的功劳，由吏部主事外放了台湾道，不到一年升了藩司，在宦途上总算一帆风顺。景崧却自命知兵，不甘做庸碌官僚，只想建些英雄事业，所以最喜欢招罗些江湖无赖做他的扈从。

"内中有两个是他最赏识的，一个姓方，名德义；还有一个是李文魁。方德义本是哥老会的会员，在湘军里充过管带，年纪不过三十来岁，为人勇敢忠直，相貌也魁梧奇伟。

李文魁不过一个直隶游匪，混在淮军里做了几年营混子。只为他诡计多端，生相凶恶，大家送他绰号，叫作'李鬼子'。两人都有些膂力。景嵩在越南替徐延旭护军时，收抚来充自己心腹的。后来景嵩和刘永福、丁槐合攻宣光，两人都出力。景嵩把方德义保了守备，文魁只授了把总。文魁因此心上不愤，常常和德义发生冲突。等到景嵩到了台湾，两人自然跟去，各派差使。又为了差使的好坏，意见越闹越深。文魁是个有心计的人，那时驻台提督杨岐珍统带的又都是淮军；被文魁暗中勾结，结识了不少党羽，势力渐渐扩大起来。景嵩一升抚台，便马马虎虎委了德义武巡捕，文魁亲兵管带。文魁更加不服。景嵩知道了，心里想代为调和，又要深结文魁的心。正没有办法，也是合当有事，一日方在内衙闲坐，妻妾子女围聚谈天，忽见他已出嫁的大女儿余姑太身边站着一个美貌丫环，名唤银荷。那银荷本是景嵩向来注意，款待得和群婢不同，合衙人都戏唤她做候补姨太太。其实景嵩倒并没自己享用的意思，他想把她来做钓饵，在紧急时钓取将士们死力的。那时，他既代台廉村接了巡抚印，已移刘永福军去守台南，自任守台北。"

"日本军舰有来攻文良港消息，正在用人之际，也是利用银荷的好时机，不觉就动了把银荷许配文魁的心。当下出去，立刻把文魁叫到签押房，私下把亲事当面说定，勉励了一番，又吩咐以后不许再和德义结仇。在景嵩自以为操纵得法，总可得到两人的同心协力。谁知事实恰与思想相反。只为德义同文魁平常都算景嵩的心腹，一般穿房入户，一般看中了银荷，彼此都要向她献些小殷勤，不过因为景嵩的态度不明，大家不敢十分放肆罢了。如今景嵩忽然把银荷赏配了文魁，文魁狼子野心，未必能知恩敛迹。这个消息一传到德义耳中，好似打了个焦雷。最奇怪的，连银荷也哭泣了数天。不久，景嵩的中军黄翼德出差到广东募兵，就派德义署了中军。文魁恃宠骄纵，往往不服从他的命令，德义真有些耐不得了。有一次，竟查到文魁在外结党招摇的事，拿到了歃血的盟书，不客气地揭禀景嵩。景嵩见事情闹的实了，只得从宽发落，把文魁斥革驱逐了。文魁大恨，暗暗先将他的党羽布满城中和抚署内外，日夜图谋，报仇雪恨。恰好独立宣布，景嵩命女婿余鋆保护家眷行李，乘轮内渡，银荷当然随行。文魁知道了哪里肯依，立时集合了同党，商议定计，一来抢回银荷；二来趁此机会反戈抚署，把景嵩连德义一并戕杀，投效日军献功。这是文魁原定的办法。当时文魁率领了党徒三百多人，在城外要道分散埋伏下了，等到余鋆等一行人走近的当儿，呼哨一声，无数涂花脸的强徒蜂拥四出。余鋆见不是头，忙叫护送的一队抚标兵，排开了放枪抵御，自己弹压着轿夫，抬着女眷们飞奔地逃回。抚标兵究竟寡不敌众，死的死，逃的逃，差不多全打散了。幸亏余鋆已进了城，将近抚署。那时德义正在署中，闻知有变，急急奔出，正要严令闭门，余鋆已押了眷轿踉跄而入。"

"背后枪声，随着似连珠般地轰发，门前已开了火了。德义还未举步，不提防文魁持大扑刀,突门冲进。正是仇人明见,分外眼明,兜头一刀斫下,血肉淋漓,飞去了半个头颅。德义狂叫一声,返奔了十余步倒在大堂阶下。人声枪声鼎沸中,忽然眷轿里跳出一人,扑在德义血泊的尸身上号啕痛哭。原来是银荷。文魁提刀赶到,看见了倒怔住了。忽然暖阁门砰地大开,景嵩昂然地走了出来。那时大堂外的甬道上立满了叛徒,人人怒容满面,个个杀气冲天。文魁两眼只注射染血的刀锋上。忽然尸旁的哭声停了,银荷倏地站了起来,突然拉住了文魁的右臂喊道:'你看见了吗?我们的恩主唐抚台出来了。'如疯狗一般的文魁,被银荷这句话一提,仿佛梦中惊醒似的文魁的刀锋慢慢地朝了下。景嵩已走到他面前,从容地问道:'李文魁,你来做什么?'文魁低了头,垂了手,忸怩似的道:'来保护大帅。'景嵩道:'好。'手执一支令箭,递给文魁,吩咐道:'我正要添募新兵,你认得的兄弟们多,限你两天招足六营。派你做统领,星夜开拔,赴狮球岭驻扎。'文魁叩头受命。各统领闻警来救,景嵩托言叛徒已散,都抚慰遣归。另行出示,缉拿戕官凶犯。一天大祸,无形消弥。也亏了景嵩应变的急智,而银荷的寥寥数语,魔力更大。景嵩正待另眼相看,不想隔了一夜,银荷竟在署中投缳自尽。大家也猜不透她死的缘故,有人说她和方德义早发生了关系,这回见德义惨死,誓不独生。这也是情理中或有之事。但银荷的死,看似平常,其实却有关台湾的存亡、景嵩的成败。为什么呢?就为李文魁的肯服从命令,募兵赴防,目的还在欲得银荷。一听见银荷死信,便绝了希望,还疑心景嵩藏匿起来,假造死信哄他,所以又生了叛心,想驱逐景嵩,去迎降日军。等到日军攻破基隆的这一日,三貂岭正在危急,文魁在狮球岭领了他的大队,挟了快枪,驰回城中,直入抚署,向景嵩大呼道:'狮球岭破在旦夕了,职已计穷力竭,请大帅亲往督战罢!'景嵩见前后左右,狞牙张牙,环侍的都是他的党徒,自己亲兵反而瑟缩退后。知道事不可为,强自震慑,举案上令箭掷下,拍案道:'什么话!速去传令,敢退后的军法从事!'说罢,拂袖而入。叹道:'文魁误我,我误台民!'就在此时,景嵩带印潜登了英国商轮,内渡回国,署中竟没一人知道,连文魁都瞒过了。这样说来,景嵩守台的失败,原因全在李文魁的内变。这种内变,事生肘腋,无从预防,固不关于军略,也无所施其才能,只好委之于命了。我们责备景嵩说他用人不当,他固无辞。若把他助无告御外侮的一片苦心一笔抹杀,倒责他违旨失信,这变了日本人的论调了,我是极端反对的。"肇廷举起一大杯酒,一口吸尽道:"骥兄快人,这段议论,一吐我数月以来的闷气,当浮一大白!就是刘永福的事,前天有个从台湾回来的友人,谈起来也和传闻的不同。今天索性把台湾的事,谈个痛快罢!"大家都说道:"那更好了,快说,快说!"正是:

华筵会合皆名宿,孤岛兴亡属女戎。

不知肇廷说出如何的不同,且看下回分解。

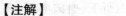

老残游记·孽海花

288

【注解】

①辗转：翻来覆去的样子。

②杜撰(zhuàn)：谓没有根据地编造；虚构。

③一蹶(jué)不振：蹶：栽跟头；振：振作。一跌倒就再也爬不起来。

保残疆血战台南府
谋革命举义广东城

话说肇廷提起了刘永福守台南的事，大家知道他离开台湾还不甚久，从那边内渡的熟人又多，听到的一定比别人要真确，都催着他讲。肇廷道："刘永福虽然现在已一败涂地，听说没多时，才给德国人营救了出险。但外面议论，还是沸沸扬扬，有赞的，有骂的。赞他说得神出鬼没，成了《封神榜》上的姜子牙；骂他的又看做抗旨害民，像是《平台记》里的朱一桂；其实这些都是挟持成见的话。平心而论，刘永福固然不是什么天神天将，也决不会谋反叛逆，不过是个有些胆略、有些经验的老军务罢了。他的死抗日军，并不想建什么功，立什么业，并且也不是和威毅伯有意别扭着，闹法、越战争时被排斥的旧意见。他明知道马关议约时，威毅伯曾经向伊藤博文声明过，如果日本去收台，台民反抗，自己不能负责。现在台民真的反抗了。自从台北一陷，邱逢甲、林朝栋这班士绅，率领了全台民众，慷慨激昂地把总统印绶硬献给他。你们想，刘永福是和外国人打过死仗的老将，岂有不晓得四无援助的孤岛，怎抗得过乘胜长驱的日军呢！无如他被全台的公愤，逼迫得没有回旋余地，只好挺身而出，作孤注一掷了。只看他不就总统任，仍用帮办名义担任防守，足见他不得已的态度了。老实说，就是大家喧传刘大将军在安平炮台上亲手开炮，打退日本的海军这才是笑话呢！要晓得台南海上，常有极厉害的风暴，在四五月里起的，土人叫作台风，比着英、法海峡上的飓风还要凶恶。那一次，日舰来犯安平，恰恰遇到这危险的风暴。永福在炮台上只发了三炮，日舰就不还炮地从容退去，那全靠着台风的威力，何尝是黑旗的本领呢？讲到永福手下的将领，也只有杨紫云、吴彭年、袁锡清三四人肯出些死力，其余都是不中用的。所以据愚见看来，对于刘永福，我们不必给他捧场，也不忍加以攻击，我们认他是个有志未成的老将罢了。我现在要讲的，是台湾民族的一部惨史。虽然后来依然葬送在一班无耻的土人手里，然内中却出了几个为种族牺牲、死抗强权的志士。"合座都鼓着掌道："有这等奇事,愿闻,愿闻!"

那当儿,席面上刚刚上到鱼翅,梦兰出堂唱尚未回来。娘姨大姐满张罗的斟酒,各人叫的林、陆、金、张四金刚等几个名妓,都还花枝招展地坐在肩下。肇廷道:"自从永福击退了日舰后,台民自然益发兴高采烈。不到十日,投军效命的已有万余人。永福趁这机会,把防务严密部署了一番。又将民团编成二十营,选定台民中著名勇士二人分统了。一个最勇敢的叫徐骧,生得矮小精悍,膂力①过人,跳山越涧,如履平地,不论生番和土人,都有些怕他。一个林义成,原是福州人,从他祖上落籍在嘉义县,是个魁伟的丈夫,和徐骧是师兄弟,本事也相仿。把这两人统率民团,自然是永福的善于驾驭。还有一个叫作刘通华,是朱一桂部将刘国基的子孙,在当地也有些势力,和徐、林两人常在一起,台人称作'台南三虎'。不过刘通华生得獐头鼠目,心计深,远不如徐、林两人的豪侠。徐骧因为是自己的同道,也把他引荐给永福,做了自己部下的帮统。编派已定,徐、林两人日夜操练兵马。甫有头绪,那时日军大队已猛攻新竹。守将杨紫云只抗月余,大小二十余战,势危请援。徐骧和林义成都奉了永福命令,星夜开赴前敌。刚走过太甲溪,半路遇见吴彭年,方知道赴援不及,新竹已失,杨紫云阵亡。日军乘胜长驱,势不可当。

"话分两头。如今且说郑姑姑久住番中,熟悉路径,随你日光不照处,也能循藤跳石,如履平地。不一刻,已赶回了郎娇社自己家里,招集了她的心腹女门徒,有替她裁缝的,有替她烹调的,有替她奔走的。备了十坛美酒,十桌筵席,又请了许多同社的番女。那队长见她这样的高兴忙碌,居然深信不疑。

"到了结婚那一天,家中挂灯结彩,小番女打着铜鼓,吹着口琴,当做音乐。满屋陈列着四季锦边莲等各种花卉。日到中午时候,一排军乐队和一班肩襟辉煌、袖章璀璨的军官,簇拥了洋洋得意的队长进门。推了两位年长的做了证婚人。郑姑姑穿了极美丽的日本礼服,就在大厅上举行了半中半日式的结婚典礼。黄昏将近,厅上已排开了十个盛筵。筵上鲜果罗列,最可口的是味敌荔枝的檨果,其他如波罗蜜、梨仔芨、王梨、芭蕉果、椰子、槟榔、甘马弼等,不计其数。看馔中,有奇异的海味、泥鳅、乌鱼之外,又有蚊港的蟳虾,坑子口的蚶螯和蚝螺,样样投合日人的口味。络绎左右的,又都是些野趣横生的年轻番女。那些日军官刚离了硝烟弹雨之中，倏进了酒绿灯红之境，没一个不兴高采烈，猜忌全忘。队长则美人在抱，目眩魂消，不知不觉地和大家狂饮大嚼起来。酒过数巡，陡见满堂的灯烛逐渐熄灭，伺候的番女逐渐减退。大家觉得有些诧异，互相诘问，人人都道腹痛如裂，正要质问郑姑姑。

"郑姑姑出其不意，已袖出匕首，直洞队长之胸，立时倒地；拔出刀来，顺手又杀一人。其余番女各持兵器，从暗中窜出，逢人便斫。日人都徒手袒露，无可抵御。众人想夺门而走，谁知前后门都落了大闩，锁上铁锁。日人无奈，只好应用他国粹的柔术来抵敌。郑姑姑率领了一大队亲练的蛮学生，刀劈枪挑，杀人真如刈草。刹那间，死尸枕藉满庭。即不受刀枪刺死的，也都中毒死了。这一场恶战，大约来赴宴的百余人，没有一个幸免。那时忽听西北方凹底山边枪炮声一阵紧似一阵，郑姑姑知道她放射流星的效力，吴彭年军队已响应了。门外知风的日兵，也围得铁桶般的剧烈撞击。郑姑姑忙收拾了屋内和场上纵横倒毙的日人身上许多枪弹，分配给众番女，高声喊道：'我们的死期到了！一样的死，与其在此等死，不如冲出去战死！'大家同声附和。郑姑姑举起一块大石，打破边墙，率领了众番妇，长枪短铳，和着铁镖弩箭，一窝蜂地向日兵聚集处杀去。日兵正集中在攻门，没有提防到一大群见人即噬的雌狼在外面反攻，一时措手不及，等到转身抵御，已经成了肉搏的形势，火器失了效用。

"虽然杀伤了不少番女，究竟大和魂的勇猛，敌不住傀儡番的矫捷。还有郎娇社全社的番壮，一齐舞动蛮器，旋风似的卷来，只好往下直退。退到太甲溪相近，恰遇到吴彭年和林义成也率了大队，在凹底山冲下。郑姑姑和吴彭年合在一起，奋勇追奔。日兵本备下渡溪的船只，一到溪边，都争先上船，慌乱之际，落水和中弹的不计其数。数百只船舰正载着逃军荡到中流，岸上的追兵和船中的败兵还不断地矢弹横飞。忽地上流头顺着风溜下无数兵船，枪炮纷来，向日船中腰轰击，顿时把日船打得东飘西荡，不成行列。吴、林等在火把光中看时，只见来船船头上站着个伟丈夫不是别人，正是徐骧。全军中人人惊喜狂喊，都说是徐义士显灵助战，立时增加百倍的勇气，没人不冒死向前，竟夺得许多渡船，把日军一直驱迫到海边，方始收兵回来。等到吴、林两人渡过太甲溪，忽不见了郑姑姑，番女们都四处奔驰的寻觅她们的贤师。吴、林两人忽在太甲溪的一个小湾水滩上，瞥见郑姑姑满身血污地横躺在沙土上，旁边坐着在那里掩面号哭的，正是大家认为已死的徐骧。义成跳上去问道：'咦！徐统带你怎么没有死，倒在这里，郑姑姑怎么反死了呢？'徐骧呜咽道：'我在猴闷溪断了藤，抓住了藤没脱手。幸遇到郑姑姑巡山看见，她救了我的性命，并且许我下山，设谋杀敌。谁知她的计成了功，她可在争渡时胸腹中了敌人的两弹，我竟眼睁睁看她死去，没法救活，这未免太惨伤了！'

"于是大家才明白这次战胜的首功，全是郑姑姑一人。大家都洒泪赞叹，不用说，第二天就举行了一个盛大的丧仪，全军替她缟素②一天，把她葬在大冈山的龙耳瓮。这个捷报申报到刘永福那里,自然更增了徐骧和林义成的信用。虽然后来还是刘通华怀恨背叛,到了七月中,利用大帮土匪,造了大营哗溃的谣言,吓跑了新楚军统领李惟义,牵动前敌,袁锡清战死。日军仍袭据了太甲溪,进攻彰化。刘通华又导匪暗袭八卦山,破了彰化,吴彭年也殉了难。日军连陷云林、苗栗二县,进逼嘉义。当时和日军对垒的,只剩徐骧和林义成两人,还屡次设伏打败日人。然日军大集,用全力攻台南,徐骧和林义成相继中炮而亡。从此刘永福孤立无援,兵尽饷绝,只得逃登德国商轮,弃台内渡了。但至今谈到太甲溪一战,还算替中国民族吐一口气,在甲午战争史上最光荣的一页哩！不过大家不大知道罢了。"

　　肇廷讲完这一大篇的历史,赤云先叹了一口气道:"龚璱人《尊隐》上说的话真不差,凡在朝的人,恹恹[3]无生气;在野,自多任侠敢死之士。不但台湾的义民,即如我们在日本遇到和钹天龙伯在一起的陈千秋,也是一个奇怪的人。"被赤云这句话一提,合座的话机就转到陈千秋身上去了。又谁料知己倾谈,忘了隔墙有耳,全灌进了杨云衢的耳中。正和皓东在动问那大姐阿毛,忽然相帮送上皓东家里来的一个广东急电。拆封一看,知道是党里的商业隐语密电。皓东是电报生,当然一目了然。电文道:

　　　　大事准备已齐,不日在省起事,盼速来协谋。

　　当下递给云衢看了,两人正格外地高兴。倏地帘子一掀,一阵莺声呖呖地喊道:"你们鬼鬼祟祟地干的好事！"两人猛吃一惊。正是:

　　　　血雨四天倾玉手,风雷八表动娇喉。

　　不知来者何人,下回再来交代。

【注解】

①膂(lǚ)力:体力;力气。

②缟(gǎo)素:白色的衣服。指丧服。

③恹(yān)恹:形容患病而精神疲乏。

第三十四回　双门底是烈女殉身处　万木堂作素王改制谈

　　上回掀帘进门来的不是别人,当然是主人曹梦兰。那时梦兰出局回家,先应酬了正

　　房间里的一班阔客,挨次来到堂楼,皓东等方始放了心。恰好皓东邀请的几个同乡陪客,也陆续而来。这台花酒,本是皓东替云衢解闷而设,如今陈千秋的行踪已在无意中探得,又接到了党中要电,但既已到来,也只好招呼摆起台面,热闹了一场。梦兰也竭力招呼,知道杨、陆两人都不大会讲上海话,就把英语来对答。顿使杨、陆两志士,在刹那间浑忘了血花弹雨的前途。等到席散,两人匆匆回寓。

　　云衢固然为了责任所在,急欲返粤;皓东一般的义愤勃勃,情愿同行。两人商议定了。皓东把沪上的党务和私事料理清楚,于八月十四日,和云衢同上了怡和公司的出口船,向南洋进发。那晚,正是中秋佳节,一轮分外皎洁的圆月涌上涛头,仿佛要荡涤世间的腥秽①。皓东和云衢餐后无事,都攀登甲板,凭阑赏月。两人四顾无人,渐渐密谈起来。皓东道:"来电说,准备已齐,不知到底准备了些什么?"云衢道:"你是乾亨行会议里参预大计的一人,主张用青天白日国旗的是你,主张先袭取广州也是你。你是个重要党员,怎么你猜不到如何准备?"皓东道:"我到上海后,只管些交际和宣传事务,怎及你在香港总揽一切财政和接应的任务,知道得多!革命的第一要着,是在财政。我们会长在檀香山也没有募到许多钱,我倒不解这次起事的钱从哪里来。"云衢道:"别的我不晓得,我离开广东前,就是党员黄永襄捐助了苏杭街一座大楼房,变价得了八千元,后来或者又有增加。"皓东道:"军火也是准备中的要事。上次被扣后,现在不知在哪里购运?"云衢道:"这件事,香港日本领事暗中帮忙罢!况且陈千秋现在日本,他本来和日本一班志士犬养天龙伯父子,还有曾根,都是通同一气,购运当然有路。我这回特地来沪,跟寻陈千秋,也为这事的关系重大。"皓东道:"革命事业,绝不能专靠拿笔杆儿的人物。从前三会联盟,党势扩大了不少。其实不但秘密会党,就是绿林中也不少可用之才。这回不知道曾否罗致一二?"云衢道:"这层早已想到。现在党中已和北江的大炮梁,香山

隆都的李杞侯艾存,接洽联络。关于这些,党员郑良士十分出力。恰好遇到粤督谈钟灵裁汰绿营的机会,军心摇动,前任水师统带程奎光就利用了去运动城中防营和水师,大半就绪了。所以就事势上讲,

举事倒有九分的把握，只等金钱和军火罢了。"皓东道："我听说我们会长，和谈督结交得好，这话确不确？"云衢笑道："这是孙先生扮的滑稽剧。一则靠他的外科医学，虽然为葡医妒忌，葡领禁止他在澳门行医，并封闭了他开设的药店。然上流人都异常信任，当道也一般欢迎。二则借振兴农业为名，创办农学会，立了两个机关：一在双门底王家祠云岗别墅，一在东门外咸虾栏张公馆。就用这两种名义结纳官绅，出入衙署。谈督也震于虚声，另眼款接。农学会中还有不少政界要人，列名赞助。再想不到那两处都是革命重要机关，你想那些官僚糊涂不糊涂！孙先生的行动滑稽不滑稽！"皓东正想再开口，忽听有一阵清朗激越的吟诗声，飞出他们的背后，吟道：

　　云冥冥兮天压水，黄祖小儿挺剑起。大笑语黄祖，如汝差可喜。丈夫呰窳岂偷生，固当伏剑断头死。生亦我所欲，死亦贵其所。郧城有人怒目视，如此头颅不敢取。

　　乃汝黄祖真英雄，尊酒相雠意气何栩栩！蛂者谁？彼魏武。虎者谁？汝黄祖。与其死于蛂，孰若死于虎！

　　两人都吃了一惊。听那声音是从离他们近的对过船舷上发出，却被大烟囱和网具遮蔽，看不见人影。细辨诗调和口音，是个湘人。他们面面相觑了一晌，疑心刚才的密谈被那人偷听了去，有意吟这几句诗来揶揄②他们的。此时再听，就悄无声息了。皓东忽地眉头一皱，英俊的脸色涨满了血潮，一手在衣袋里掏出一支防身的小手枪，拔步往前就冲。云衢抢上去，拉住他低问道："你做什么？"皓东着急道："你不要拉我，宁我负人，毋人负我。我今天只好学曹孟德！"云衢道："枪声一发，惊动大众，事机更显露了，如何使得！"皓东道："打什么紧！我打死了他，就往海中一跳，使大家认作仇杀就完了。结果不过牺牲我一人，于大局无关。"说完，把手用力一甩，终被他挣脱，在中间网具上直跳过去。谁知跳过这边一望，只有铺满在甲板上霜雪般的月光，安静得鬼也找不到一个，哪里有人？皓东心里诧异，一壁四处搜寻，一壁低喊道："活见鬼哩！"云衢那时也在船头上绕了过来道："皓兄不必找了，你跳过来时，我瞥见月下一个影子掠过前面，下舱去了。这样看来，我们的机密的确给他听去。不过这人机警得出人意表，绝不是平常人，我们倒要留心访察，好在有他的湖南口音可以做准。探访明白，再作商量，千万不要造次。"皓东听了，哭丧着脸，也只好懒洋洋地随着云衢一同归舱。次早，云衢先醒。第一灌进他耳鼓的，就是几声湖南口音，不觉提起了注意。好在他睡的是下铺，一骨碌爬起来，拉开门向外一望，只见同舱对面十号房门，门口正站着一个广额丰颐、长身玉立的人，飞扬名俊的神气里，带一些狂傲高贵的意味，刚打着他半杂湘音的官话，吩咐他身旁侍立的管家道："你拿我的片子送到对过六号房间里二位西装先生，你对他说，我要去拜访谈谈。"那管家答应了，忙走过来，把片子交给也站到门外的云衢。

云衢拿起来一看，只见上面写着："戴同时，号胜佛，湖南浏阳人。"云衢知道他是当代知名之士，也是热心改革政治人物，一壁向管家道："就请过来。"一壁唤醒睡在上铺的皓东。皓东睡眼朦胧爬起来，莫名其妙地招待来客。那时戴胜佛已一脚跨进了房门，微笑地说道："昨夜太惊动了，不该，不该！但是我先要声明一句，我辈都是同志，虽然主张各异，救国之心总是殊途而同归。兄等秘密的谈话，我就全听见了，决不会泄漏一句，请只管放心！"

皓东听了这一套话，这才明白来客就是昨天甲板上吟诗、自己要去杀他的人。现在倒被他一种忼爽诚恳的气概笼罩住了，固然起不了什么激烈的心思，就是云衢也觉来得突兀，心里只有惊奇佩服，先开口答道："既蒙先生引为同志，许守秘密，我们实在荣幸。但先生又说，主张各异，究竟先生的主张和我们不同在哪里，倒要请教。"胜佛道："兄等首领孙先生兴中会的宗旨，我们大概都晓得些。下手方策，就是排满。政治归宿，就是民主。但照愚见看来，似乎太急进了。从世界革命的演进史讲，政治进化都有一定程序，先立宪而后民主，已成了普遍的公例。大政治家孟德斯鸠的《法意》，就是主张立宪政体的。就拿事实来讲，英国的虚君位制度、日本的万世一系法规，都能发扬国权，力致富强。这是立宪政体的效果。至于种族问题，在我以为无甚关系。我们中国虽然常受外族侵夺，然我们族性里实在含有一种不可思议的潜在力，结果外族决不能控制我们，往往反受了我们的同化。你看如今满洲人的风俗和性质，哪一样不和我们一样，再也没有鞑靼③人一些气味了！"皓东道："足下的见解差了。兄弟从前也这样主张过，所以曾经和孙先生去游说威毅伯变法自强。后来孙先生彻底觉悟，知道是不可能的。立宪政体，在他国还可以做，中国则不可。第一要知道国家就是一个完整民族的大团集，依着相同的气候、人情、风俗、习惯，自然地结合。这个结合的表演，就是国性。从这个国性里才产生出宪法。现在我们国家在异族人的掌握中，奴役了我们二百多年，在他们心目中，贱视我们当做劣种，鄙视我们当做财产，何尝和他们的人一样看待。宪法的精神，全在人民获得自由平等，他们肯和我们平等吗？他们肯许我们自由吗？譬如一个恶霸或强盗，霸占了我们的房屋财产，弄得我们乱七八糟。一朝自己想整理起来，我们请那个恶霸去做总管，天下哪里有这种笨人呢！至于政治进行的程序，本来没有一定。目的就在去恶从善，方法总求适合国情。"

"我们既认民主政体，是适合国情的政体，我们就该奋勇直前。"胜佛忙插言道："皓兄既说到适合国情，这个合不合，倒是一个有研究的问题。我觉得国人尊君亲上的思想，牢据在一般人的脑海里，比种族思想强得多。假如忽地主张推翻君主，反对的定是多而且烈。不如立宪政体，大可趁现在和日本战败后，人人觉悟自危的当儿，引诱他去上路。也叫一班自命每饭不忘的士大夫还有个存身之地，可以减少许多反动的力量。"云衢接着道："先生只怕还没透彻罢！我国人是生就的固定性，最怕的是变动。只要是变,任什么都要反对的。改造民主,固然要反对;就是主张立宪,一般也要反对。我们革命,本来预备牺牲。一样的牺牲,与其做委屈的牺牲,宁可直截了当地做一次彻底的牺牲。我们本还没敢请教先生这回到粤的目的。照先生这样热心爱国,我们是钦佩的,何不帮助我们去一同举事?"

胜佛笑着说道:"不瞒两位说,我这回到粤,是专诚到万木草堂去访一位做《孔子改制考》、大名鼎鼎的唐常肃先生。我在北京本和闻鼎儒、章骞等想发起一个自强学会,想请唐先生去主持一切。至于兄等这回的大举,精神上,我们当然表同情。遇到可以援助的机会,也无不尽力。"于是大家渐渐脱离了政见的舌战,倒讲了许多时事和学问。皓东的敏锐活泼,和胜佛的豪迈灵警,两雄相遇,尤其沆瀣一气。一路上你来我往,倒安慰了不少长途的寂寞。没多几天,船抵了广州埠。大家上岸,珍重道别。胜佛口里祝颂他们的成功,心里着实替他们担心。

话分两头。如今且说胜佛足迹遍天下,却没到过广东。如今为了崇拜唐常肃的缘故,想捧他做改革派的首领,秘密来此,先托他的门人梁超如作书介绍。一上岸,就问明了长兴里万木草堂唐常肃讲学的地方,就一径前去。一路上听见不少杰格钩辀的语调,看见许多丰富奇瑰的地方色彩,不必细表。忽到了一个幽旷所在,四面围绕满了郁葱的树木,树木里榕和桂为最多。在萧疏秋色里,飘来浓郁的天香。两扇铜环黑漆洞开着的墙门,在深深的绿荫中涌现出来。门口早有无数上流人在那里进进出出,胜佛忙上前去投刺,并且说明来意。一个伶俐像忙碌的门公接了片子,端详了一会儿,带笑说道:"我们老爷此时恰在万木堂上讲孔夫子呢!他讲得正高兴,差不多和耶稣会里教士们讲道理一样,讲得津津有味。你看,来听讲的人这么热闹。先生来得也算巧、也算不巧了!"胜佛诧问道:"怎么又巧又不巧呢?"门公笑道:"我们老爷,大家都叫他清朝孔夫子。他今天讲的题目,就是讲孔夫子道理里的真道理,所以格外重要。从来没有讲过,在大众面前开讲,今天还是第一遭。先生刚刚来碰上,那不是巧吗?可是我们老爷定的学规,大概也是孔夫子当日的学规罢!他老人家一上了讲座,在讲的时候,就是当今万岁爷来,也不接驾的。先生老远奔来,只好委屈在听讲席上,等候一下。"胜佛听着,倒也笑了。当下就随着那门公,蜿蜒走着一条长廊。长廊尽处,巍然显出一座宏敞的堂楼。迎面就望见楼檐下两楹间,悬着一块黑漆绿字的大匾额。上面是唐先生自写的"万木草堂"四个飞舞倔强的大字。堂中间,设起一个一丈见方、三四尺高的讲台。台中间,摆上一把太师椅,一张半桌。台下,紧靠台横放着一张长方桌,两头坐着两个书记。外面是排满了一层层听讲席,此时已人头如浪般波动,差不多快满座了。唐先生方站在台上,兴高采烈,指天划地地在那里开始他的雄辩。那门公把胜佛领进堂来,替他找到一个座位。听众的眼光,都惊异地注视到这个生客。那门公和台边并坐着的两少年,低低交换了几句话。见那两少年仿佛得了喜信似的,慌忙站起向胜佛这边来招呼。

唐先生在台上，眼光里也表示一种欢迎。第一个相貌丰腴的先向胜佛拱手道："想不到先生到得怎快，使我们来不及来迎驾。"第二个瘦长的随着道："超如没告诉我们先生动身日期和坐的船名，倒累我们老师盼念了好久。"胜佛谦逊了几句，动问两少年的姓名。前一个说姓徐，名勉；后一个说姓麦，名化蒙。这两个都是唐门高弟，胜佛本来知道的。不免说了些久慕套话，大家仍旧各归了原位。那时唐先生在讲台上，正说到紧要关头。高声地喊道：

我们浑浑沌沌崇奉了孔子二千多年，谁不晓得孔子的大道在"六经"，又谁不晓得孔子的微言大义在《春秋》呢！

但据现在一万八千余字的《春秋》看来，都是些会盟征伐的记载，看不出一些道理，类乎如今的《京报汇编》。孟子转述孔子的话：《春秋》，天子之事也。这个"事"在哪里？又道："其事则齐桓晋文，其文则史，其义则丘窃取之矣。"这个"义"又在哪里？又说："知我者，其惟《春秋》乎。罪我者，其惟《春秋》乎！"这种关系的重大，又在哪里？真令人莫名其妙！无怪朱子疑心他不可解，王安石蔑视他为断烂朝报，要束诸高阁了。那么孔子真欺骗我们吗，孟子也盲从瞎说吗？这断乎不是。我敢大胆地正告诸君：《春秋》不同他经，《春秋》不是空言，是孔子昭垂万世的功业。他本身是个平民，托王于鲁。自端门虹降，就成了素王受命的符瑞。借隐公元年，做了新文王的新元纪，实行他改制创教之权。生在乱世，立了三世之法。分别做据乱世、升平世、太平世。三朝三世中，又各具三世，三重面为八十一世。示现因时改制，各得其宜。演种种法，一以教权范围旧世新世。《公羊》《穀梁》所传笔削之义，如用夏时乘殷辂、服周冕等主张，都是些治据乱世的法。至于升平、太平二世的法，那是《春秋》新王行仁大宪章，合鬼神山川、公侯庶人、昆虫草木全统于他的教。大小精粗，六通四辟，无乎不在。所以孔子不是说教的先师，是继统的圣王。《春秋》不是一家的学说，是万世的宪法。他的伟大基础，就立在这一点改制垂教的伟绩上。我说这套话，诸位定要想到《春秋》一万八千字的经文里，没有提过像这样的一个字，必然疑心是后人捏造，或是我的夸诞。其实这个黑幕，从秦、汉以来，老子、韩非刑名法术君尊臣卑之说，深入人心。新莽时，刘歆又创造伪经，改《国语》做《左传》，攻击《公》《穀》，贾逵、郑玄等竭力赞助。晋后，伪古文经大行，《公》《穀》被摈，把千年以来学人的眼都蒙蔽了，不但诸位哩！若照卢仝和孙明复的主张，独抱遗经究终始，那么《春秋》简直是一种账簿式的记事，没甚深意。只为他们所抱的是古《鲁史》，并没抱着孔子的遗经。我们第一要晓得《春秋》要分文、事和义三样。孔子明明自己说过，"其事则齐桓晋文，其文则史，其义则丘窃取之。"孔子作《春秋》的目的，不重在事和文，独重在义。这个"义"在哪里？《公羊》说，制《春秋》之义，以俟后圣。汉人引用，廷议断狱。《汉书》上常大书特书道："《春秋》大一统大居正，《春秋》之义，王者无外。《春秋》之义，大夫无遂事。《春秋》之义，子以母贵，母以子贵。《春秋》之义，不以父命辞王父命，不以家事辞王事。"

像这样的,指不胜屈。明明是传文,然都郑重地称为《春秋》。可见所称的《春秋》,别有一书,不是现在共尊的《春秋》经文。

第二要晓得《春秋》的义,传在口说。《汉书·艺文志》说,《春秋》贬损大人,不可书见,口授弟子。刘歆《移太常博士文》,也道信口说而背传记。许慎亦称师师口口相传。只因孔子改制所托,升平太平并陈,有非常怪论,故口授而不能写出,七十子传于后学。直到汉时,全国诵讲,都是些口说罢了。第三要晓得这些口说还分两种:

一种像汉世廷臣,断事折狱,动引《春秋》之义;奉为宪法遵行,那些都是成文宪法。就是《公》《穀》上所传,在孔门叫作大义,都属治据乱世的宪法。不过孔子是匹夫制宪,贬天子,刺诸侯,所以不能著于竹帛,只好借口说传授。是后来董仲舒、何休的陈口说,那些都是不成文宪法。在孔门叫做微言,大概全属于升平世、太平世的宪法。那么这些不在《公》《穀》所传的《春秋》义,附丽在什么地方呢?我考《公羊》曹世子来朝,《传》《春秋》有讥父老子代从政者,不知其在曹欤、在齐欤?这几句话,非常奇特,《传》上大书特书。称作《春秋》的,明明不把现有一万八千文字的《春秋》当《春秋》。确乎别有所传的《春秋》,讥父老子代从政七字,今本经文所无。而且今本经文,全是记事,无发义,体裁也不同。这样看来,便可推知《春秋》真有口传别本,专发义的。孟子所指其义则丘窃取之。《公羊》所说,制《春秋》之义,都是指此。并可推知孔子虽明定此义,以为发之空言,不如托之行事之博深切明。故分缀各义,附入《春秋》史文。特笔削一下,做成符号。然口传既久,渐有误乱。故《公羊》先师,对于本条,已忘记附缀的史文。该附在曹世子来朝条,还该在齐世子光会于相条,只好疑以传疑了。第四就要晓得《春秋》确有四本。我从《公羊传》庄七年经文:"夜中星陨如雨。"《公羊传》:"《不修春秋》曰:雨星不及地尺而

复,君子修之曰:星陨如雨。"《不修春秋》,就是《鲁春秋》。君子修之,就是孔子笔削的《春秋》。因此可以证知《不修春秋》《公羊》先师还亲见过他的本子,曾和笔削的《春秋》两两对校过。凡《公羊》有名无名,或详或略,有日月,无日月,何以书,何以不书等等,都从《不修春秋》上校对知道。那么连笔削的《春秋》,成文的已有两本。

　　其他口说的《春秋》大义，《公》《榖》所传的是一本。口说的《春秋》微言，七十子直传至董仲舒和何休，又是一本。其实四本里面，口说的微言一本，最能表现《春秋》改制创教的精神。请诸位把我今天提出的四要点，去详细研究一下，向来对于《春秋》的疑点，一切都可迎刃而解。只要不被刘歆伪经所蛊惑，不受伪古文学家的欺蒙，确信孔子《春秋》的真义，决不在一万八千余字的经文，并不在《公》《榖》两家的笔削大义，而反在董仲舒、何休所传的秘密口说。这样一经了彻，不但素王因时立法的宪治重放光明，是我辈通经致用的趋向也可以确立基础了。

　　当时唐先生演讲完了，台下听众倒也整齐严肃，一个都不敢叫嚣纷乱，挨次地退下堂去。足见长兴学规的气象，或者有些仿佛杏坛。胜佛还是初次见到这现代圣人的面，见他身中，面白，无须。圆圆的脸盘，两目炯炯有光，于盎然春气里，时时流露不可一世的精神。在台上整刷了一下衣服，从容不迫地迈下台来。早有徐勉、麦化蒙两大弟子疾趋而进，在步踏旁报告胜佛的来谒，一面由徐勉递上卡片。其实唐先生早在台上料知，一看卡片，立时显露惊喜的样子，抢步下台，直奔胜佛座次。

　　胜佛起迎不迭，被唐常肃早紧拉住了手，大笑道："多年神交，今天竟先辱临草堂，直是梦想不到。刚才鄙人的胡言乱道，先生休要见笑。"胜佛答道："振聋发聩，开二千年久埋的宝藏。素王法治，继统有人。我辈系门墙外的人，得闻非常教义，该敬谢先生的宽容，何反道歉？"常肃道："上次超如寄来大作《仁学》初稿，拜读一过。冶宗教、科学、哲学于一炉。提出仁字为学术主脑，把以太来解释仁的体用变化，把代数来演绎仁的事象错综，对于内学相宗各法门，尤能贯彻始终。真是无坚不破，无微不发，中国自周、秦以后，思想独立的伟大作品，要算先生这一部是第一部书了。"胜佛道："这种萌芽时代浅薄的思想，不足挂齿，请先生不要过誉。我现在急欲告诉先生的，是我这次从北京来南，受着几个热心同志的委托，特来敦促先生早日出山。希望先生本《春秋》之义，不徒托之空言，该建诸事实。还有许多预备组织事，要请先生指示主持哩！"常肃道："我们要谈的话多着呢。我们到里面内书室里去谈罢，而且那里已代先生粗备了卧具。"

　　于是徐、麦二人就来招呼前导，唐常肃在后陪着，领到了一间幽雅的小书室里，布置得异常精美安适，两人就在那里上天下地地纵谈起来，徐、麦两高弟也出入轮替来照顾。当夜不免要尽地主之谊，替胜佛开宴洗尘。席间，胜佛既尝到些响螺、干翅、蛇酒、蚝油南天的异味，又介绍见了常肃的胞弟常博，认识了几个唐门有名弟子陈万春、欧矩甲、龙子织、罗伯约等。从此往来酬酢，热闹了好几天。有暇时，便研究学问，讨论讨论政治。彼此都意气相投，脱略形迹。胜佛知道了常肃不但是个模圣范贤的儒生，还是个富机智善权变能屈能伸的政治家。常肃也了解胜佛不是个缒幽凿险的空想人，倒是个任侠仗义的血性男子。不知不觉在万木草堂里流连了二十多天。看着已到了满城风雨的时季，胜佛提议和常肃同行。后来决定过重九节后，胜佛先行，常肃随后就到北京。

到了重九，常肃又替胜佛饯行，痛饮了一夜。次日胜佛病酒，起得晚，正在自己屋里料理行装，常肃面现惊异之色走进来，喊道："胜佛，你倒睡得安稳，外面闹得翻天覆地了！"胜佛诧问道："什么

事？"常肃道："革命党今天起事，被谈钟灵预先得信，破获了！"胜佛注意地问道："谁革命？怎么起得这么突然，破坏得又这样容易呢？"常肃道："革命的自然是孙文。我只晓得香港来的保安轮船到埠时，被南海县李征庸率兵在码头搜截，捕获了丘四、朱贵全等四十余人。又派缉捕委员李家焯到双门底王家祠和咸虾栏张公馆两个农学会里，捉了许多党人，搜到了许多军器军衣铁釜等物。现在外面还是缇骑四出，徐、麦两人正出去打听哩！"

胜佛心里着急，冲口地问道：陆皓东被捉吗？"常肃道："不知道。陆皓东是谁，你认得吗？"胜佛道："也是我才认识的。"方才滔滔地把轮船上遇见杨、陆两人的事，向常肃诉说。徐勉外面回来道："这回革命的事，几乎成功。真是谈督的官运亨通，阴差阳错里倒被他糊里糊涂地扑灭了。我有一个亲戚，也是党里有关系的人，他说详细。这次的首领，当然是孙文。其余重要人物，如杨云衢、郑良士、黄永襄、陆皓东、谢赞泰、尤烈、朱淇等，都在里面。这回的布置周密，总分为两大任务：孙文总管广州方面军事运动，杨云衢担任香港方面接应及财政上的调度。军事上，由郑良士结合了许多党会和附近绿林，由程奎元运动了城内防营和水师，集合起来，至少有三四千人。接应上，云衢购定小火轮两艘，用木桶装载短枪，充作士敏土瞒报税关。在省河南北，分设小机关数十处，以备临时呼应集合。先由朱淇撰讨满檄文，何启律师和英人邓勤起草对外宣言，约期重九日发难，等轮船到埠时，用刀劈开木桶，取出军械，首向城内重要衙署进攻。同时埋伏水上和附城各处的会党，分为北口顺德、香山、潮州、惠州大队，分路响应。更令陈清率领炸弹队在各要区施放，以壮声势。预定以红带为号，口号是'除暴安良'四字。哪里晓得这样严密的设备，偏偏被自己的党员走漏了消息。那天是初八日，孙文在一

家绅士人家赴宴,忽见他的身旁有好几个兵勇轮流来往,情知不妙,反装得没事人一般,笑对座客道:'这些人是来逮捕我的吗?'依然高谈阔论,旁若无人。等到饭罢回寓,兵勇们只见他进去,没有见他出来。那时杨云衢在港,又因布置不及,延期了两天。恰恰给予了官厅一个预备的机会,立即调到驻长洲的营勇一千五百人做防卫。海关上也截住了党军私运的军械。今早由南海县在埠头搜捕了丘四等一干党人,其余一哄而散。又起得七箱洋枪。原报告人李家焯在双门底农会里捉住了党人陆皓东、程耀臣等五人。"

胜佛顿足道:"陆皓东真被捕了,可惜!可惜!到底是哪个党员走漏的消息呢?陆皓东捉到后,如何处置呢?"徐勉道:"哪个走漏消息,至今还没明白。不过据原报告委员李家焯说,是党员自首的。"胜佛拍案道:"这种卖友党员,可杀!可杀!"言犹未了,麦化蒙从外跳了进来,怒吽吽④地道:"陆皓东、丘四、朱贵全已在校场斩首了,程奎元在营务处把军棍打死了。陆皓东的供辞非常慷慨动人,临刑时神气也从容。这种人真是可敬!又谁知害他的就是自己党友朱淇,首告党中秘密,这种人真是可恨!"胜佛听到这里,又愤又痛,发狂似的直往外奔。常肃追上去,嘴里喊着:"胜佛,你做什么?"正是:

直向光明无反趾,推翻笔削逞雄心。

胜佛奔出,是何用意,下回再说。

【注解】
①腥秽:腥臭;秽气。
②揶揄(yé yú):耍笑、嘲弄、戏弄、侮辱之意。
③鞑靼(dá dá):中国古代北方游牧民族名称。
④怒吽(hōng)吽:愤怒的样子。

燕市挥金豪公子无心结死士
辽天跃马老英雄仗义送孤臣

且说常肃追上去,一把抓住了胜佛道:"你做什么?凡是一个团体,这些叛党卖友的把戏,历史上数见不鲜。何况朱淇自首,到底怎么一回事,还没十分证明。我们只管我们的事罢!"胜佛原是一时激于义愤,没加思索的动作,听见唐先生这般说,大家慨叹一番，只索罢休。胜佛因省城还未解严，多留了一天。次日，就别过常肃，离开广州，赶着未封河前，到了北京。胜佛和湖北制台庄寿香的儿子庄立人，名叫可权的，本是至交。上回来京，就下榻在立人寓所。这回为了奔走国事而来，当然一客不烦二主，不必胜佛通信关照，自有闻韵高、杨淑乔、林敦古一班同志预告立人，早已扫径而待。

到京的第一天，便由韵高邀了立人、淑乔、敦古，又添上庄小燕、段扈桥、余仁寿、刘光地、梁超如等，主客凑了十人，都是当代维新人物，在虎坊桥韵高的新寓斋替胜佛洗尘。原来的高本常借住在金、宝二妃的哥哥礼部侍郎支绶家里，有时在栖凤楼他的谈禅女友程夫人宅中勾留。近来因为宝妃的事犯了嫌疑，支绶已外放出去，所以只好寻了这个寓所暂住，今天还是第一天宴客。当下席间，胜佛把在万木草堂和常肃讨论的事，连带革命党在广州的失败，一起报告了。韵高也滔滔地讲到最近的朝政："西后虽然退居颐和园，面子上不干涉朝政，但内有连公公，外有永潞、耿义暗做羽翼。授永潞直隶总督、北洋大臣，在天津设了练兵处、保定立了陆军大学。保方代胜升了兵部侍郎，做了练兵处的督办，专练新军，名为健军。更在京师神机营之外添募了虎神营，名为翊卫畿辅，实则拥护牝朝，差不多全国的兵权都在他掌握里。皇上虽有变政的心，可惜孤立无援。偶在西后前陈说几句，没一次不碰钉子，倒弄得两宫意见越深。在帝党一面的人物，又都是些老成持重的守旧大臣，不敢造作非常。所以我们要救国，只有先救皇上。要救皇上，只有集合一个新而有力的大团体，辅佐他清君侧，振朝纲。我竭力主张组织自强学会，请唐先生来主持，也就为此。照皇上的智识度量，别的我不敢保，我们赞襄他造成一个虚君位的立宪国家，免得革命流血，重演法国惨剧，这是做得到的。"

小燕道："韵高兄的高见，我是赞同的。不过要创立整个的新政治，非用彻底的新人物不可。像我们这种在宫廷里旅进旅退惯的角色，尽管卖力唱做，掀帘出场，决不足震动观众的耳目。所以这出新剧，除了唐常肃，谁都不配做主角。所难的唐先生位卑职小，倘这回进京来，要叫他接近天颜，就是一件不合例的难题。而且一个小小主事，突然召见，定要惹起后党疑心，尤其不妥。我想司马相如借狗监而进身，论世者不以为辱，况欲举大事者何恤小辱，似乎唐先生应采用这种秘密手腕，做活动政治的入手方法。不识唐先生肯做不肯？"超如微笑道："'不入虎穴，焉得虎子！'我不入地狱，谁入地狱。本师只求救国，决不计较这些。只是没有门径也难。"扈桥道："门径有何难哉！你们知道东华门内马加剌庙的历史吗？"

韵高把桌子一拍道："着呀！我知道，那是帝党太监的秘密集会所。为头的是奏事处太监寇连才，这人忠心今上，常常打抱不平，我认得他。"敦古举起杯来向众人道："有这样好的机缘，我们该浮一大白，预祝唐先生的成功。唐先生不肯做，我们也要逼着他去结合。"大家哄堂附和，都喊着："该逼他做，该逼他做！"席上自从这番提议后，益发兴高采烈,仿佛变法已告成功,在那里大开功臣宴似的。真是飞觞惊日月,借箸动风雷。直吃到牙镜沉光,铜壶歇漏,方罢宴各自回家。

且说胜佛第二天起来,就听见外间一片谑浪笑傲声里,还混杂着吟哦声,心里好生诧异。原来胜佛住的本是立人的书斋,三大间的平房。立人把上首一间,陈设得最华美的让给他住,当中满摆着欧风的各色沙发和福端椅等。是立人起居处,也就是他的安乐窝。胜佛和立人虽然交谊深,但性情各异。立人尽管也是个名士,不免带三分公子气。胜佛最不满意的,为他有两种癖好:第一喜欢蓄优童,随侍左右的都是些十五六岁的雏儿,打扮得花枝招展。乍一望,定要错认做成群的莺燕。高兴起来,简直不分主仆,打情骂俏地搅做一团。第二喜欢养名马,所以他的马号特别大。不管是青海的、张家口外的、四川的、甚至于阿拉伯的,不惜重价买来。买到后,立刻分了颜色毛片,替它们题上一个赤电、紫骝等名儿。有两匹最得意的,一名"惊帆骎",一名"望云骓"。

总数不下二十余匹。春暖风和,常常驰骋康衢①,或到白云观去比试,大有太原公子不可一世的气象。胜佛现在惊异的不是笑语声,倒是吟哦声。因为这种拈断髭须的音调,在这个书斋里不容易听到的。胜佛正想着,立人已笑嘻嘻地跨进房来,喊道:"胜佛兄,你睡够了罢!你一到京,就被他们讲变法,变得头脑都涨破了。今天我想给你换换口味,约几个洒脱些的朋友,在口袋底小玉家里去乐一天,恰好你的诗友程叔宽同苏郑褉都来瞧你,我已约好了,他们都在外边等你呢。"胜佛忙道:"啊哟,真对不起!我出来了。"一语未了,已见一个瘦长条子,龙长脸儿,满肚子的天人策、阴符经,全堆积在脸

上,那是苏胥;一个半干削瓜面容,蜜蜡颜色,澄清的眼光,小巧的嘴,三分名士气倒占了七分学究风,那是程二铭。两人都是胜佛诗中畏友,当下一齐拥进来。胜佛欢喜不迭地一壁招呼,一壁搭话道:"我想不到

两位大诗人会一块儿来。叔宽本在吏部当差，没什么奇；怎么郑禖好好在广西，也会跑来呢？"

郑禖道："不瞒老兄说，我是为了宦海灰心，想在实业上下些种子。"叔宽道："不谈这些闲话。我且问你，我寄给新刻的《沧阁阁诗集》收到没有？"胜佛谦恭地答道："我接到你大集时，恰遇到我要上广东去，不及奉答，抱歉，但却已细细拜读过了。叔兄的大才，弟不敢乱下批评，只觉得清淳幽远，如入邃谷回溪，景光倏忽，在近代诗家里确是独创，推崇你的或说追蹑草堂，或云继绳随州，弟独不敢附和，总带着宋人的色彩。"郑禖道："现代的诗，除了李纯老的《白华绛跗阁》，由温、李而上溯杜陵，不愧为一代词宗。其余是王子度的《人境庐》，纵然气象万千，然辞语太没范围，不免鱼龙曼衍。袁尚秋的《安舫簃》，自我作古，戛戛独造，也有求生求新的迹象。哪一个不是宋诗呢？那也是承了乾嘉极盛之后，不得不另辟蹊径，一唱百和，自然地成了一时风气了。"胜佛道："郑禖兄承认乾嘉诗风之盛，弟不敢承教。弟以为乾嘉各种学问，都是超绝千古，惟独无诗。乾嘉的诗人，只有黄仲则一人罢了。北江茂芳辈，固然是学人的绪余；是袁、蒋、舒、王，哪里比得上岭南江左曝书精华呢？"立人听他们谈诗不已，有些不耐烦了，插口道："诸位不必在这里尽着论诗了，何妨把论坛乔迁到小玉家中。他那边固然窗明几净，比我这里精雅，而且还有两位三唐正统的诗王，早端坐在宝座上等你们去朝参哩！外边马车都准备好，请就此走罢！"胜佛等三人齐声问道："那诗王是谁？你说明了才好走。"立人笑道："当今称得起诗王的，除了万范水、叶笑庵，还有谁？"郑禖哈哈大笑道："我道是谁，原来是他俩，的确是诗国里的名王。一个是宝笈下藏着脂粉合，一个是冕旒中露出白鼻子。好，我们快去肉袒献俘罢！要不然，尊大人就要骂我们自盲不识宝货了。"说着这话，连叔宽、胜佛也都跟着笑了。立人气愤愤立起身来，一壁领着三人向外走，一壁咕噜着道："谁断得定谁是王，谁是寇！今天姑且去舌战一场，看看你们的成败。"说时迟，那时快，已望见大门外，排列着一辆红拖泥大安车、一辆绿拖泥的小鞍车。请胜佛上了大鞍车，郑禖、叔宽坐了自己坐来的小鞍车。立人立刻跳上一辆墨绿色锦缎围子、镶着韦陀金一线滚边、嵌着十来块小玻璃格子的北京人叫作"十三太保"的车子，驾着一匹高头大骡，七八个华服的俊童骑着各色的马，一阵喧哗中，动轮奋鬣，电掣雷轰般卷起十丈软红，齐向口袋底而来。

且说小玉屋里，在立人等未到之先，已有三个客据坐在右首的像书室般敷设的房里。屋主人小玉打扮得花枝招展的，在一旁殷勤招待。三人一壁烘火，一壁激昂地在那里互相嘲笑。一个方面大耳，肤色雪白，虽在中年，还想得到他少年时的神俊，先带笑开口道："范水，你不要尽摆出正则词人每饭不忘的腔调！明明是《金荃集》的侧艳诗，偏要说香草美人的寄托。显然是《会真记》纪梦一类的偷情诗，却要说怀忠不谅，托讽悟君。我试问你那首沉浸浓郁的《彩云曲》，是不是妒羡雯青，骚情勃发？读过你范水判

老残游记·孽海花

303

膜的，遇到关着奸情案件的批判，你格外来得风趣横生，这是为着什么来？"范水把三指拈着清瘦的尖下颏上一撮稀疏的短须，带着调皮的神气道："陶令《闲情赋》、欧公《西江月》，大贤何尝没绮语？只要不失温柔敦厚的诗教罢了！难道定要像你桀纣式的诗王，只俯伏在琴梦楼一个女将军的神旗下，余下的便一任你鞭鸾笞凤吗！可惜我没有在大集上添上两个好诗题：一个《简内子背花重放感赋》，一个《题姬人雪中裸卧图》，倒是一段诗人风流佳话。"旁边一个三十来岁、没留须的半少年，穿了一身时髦的衣帽，面貌清腴，气象华贵，一望就猜得到是旗下贵人，当下听了，非常惊诧地问道："范公要添这两题目，到底包孕什么事儿？"范水笑道："这样风趣横生的事，只有请笑庵自讲最妙。"笑庵想接嘴，外面一片脚步声，接着一阵笑声。立人老远地喊道："呀，原来你也先到了！伯籺，这件事，笑庵自己和亲供一般地全告诉了小玉，不必他讲，叫小玉替他讲得了。"小玉涨红了脸，发急道："庄大人，看你不出，倒会搭桥。我怎么会晓得？怎么能讲？"立人随手招呼胜佛、郑祎、叔宽进门和这里三人见面，随口道："小玉，你别急！等会儿，我来讲给大家听。"说着话，就给伯籺介绍给胜佛、郑祎、叔宽，都是没见过面的，便道："这位是'宗室八旗名士草'诗人祝宝廷先生的世兄富伯籺兄，单名一个寿字，是新创知耻学会的会长。曾有一篇《告八旗子弟书》，传诵的两句名论是'民权兴而大族之祸烈，戎祸兴而大族更烈'。是个当今志士，也是个诗人。"胜佛道："我还记得宝廷先生自劾回京时，曾有两句轰动京华的诗句，家大人常吟咏的。诗云：'微臣好色诚天性，只爱风流不爱官。'真是不可一世的奇士！有此父，斯有此子，今天真幸会了。"伯籺道："诸君不要谬奖，我是一心只想听笑庵的故事，立人快讲罢！"

立人笑道："真的几乎忘了。笑庵，我是秉笔直书，悬之国门，不能增损一字。"笑庵道："放屁！本来历史是最不可靠的东西，奉敕编纂②的史官，不过是顶冠束带的抄胥。何况区区的小事，由你们胡说好了。"立人道："你们看着笑庵外貌像个温雅书生，谁也想不到他的脾气倒是个凶残的恶霸。偏偏不公的天，配给他一位美貌柔顺的夫人，反引起了他多疑善妒的恶习性来。他名为爱护妻子，实在简直把她囚禁起来。偶然放她回娘家一次，是他的皇恩大赦。"

那当儿，立人讲得有些手舞足蹈起来。范水是本来晓得的，伯戡也有些风闻，倒把郑祎和叔宽听得呆了。小玉袅袅婷婷地走近立人，睨视娇笑着道："喂，庄大人你说话溜了缰了。且不说你全不问叶大人脸上的红和白，你连各位肚子里的饥和饱都不管。酒席也不叫摆，条子也不写一张，难道今天请各位来，专听你讲故事不成！"立人跳起来，自己只把拳凿着头，喊道："该死，该死！不是小玉提醒我，我连做主人的义务全忘怀了。小玉，快摆起酒来，拿局票来让我写！"小玉笑嘻嘻地满张罗，娘姨七手八脚照顾台面。小玉自己献上局票盘，立人一面问着各人应叫的堂唱名儿照写；一面向笑庵道歉，揭露了他的秘密。笑庵啐了他一口道："亏你说这种丑话。若然我厌恶那些话，听了会生气，老实说，你敢这般肆无忌惮③吗？一人自然有一人的脾气，有好的，定有坏的。"

"大家如能个个像我，坦白地公开自己的坏处，政治上，用不着阴谋诡计；战争上，用不着权谋策略；外交上，用不着折冲欺诈；《阴符七术》可以烧，《风后握奇》可以废，《政书》可以不作，世界就太平了。"胜佛拍案叫绝道："不是快人，焉得快语？我从此认得笑庵，是瑶台桃树下、玩世不恭的奇士了。"

一语未了，抬起头来，忽见立人身畔、站在桌子角上的小玉，吓得面如土色。大家没留意，胜佛也吃了一惊。随着他的眼光，刚瞟到门口，只见毡帘一掀，已跨进一个六尺来长、红颜白发、一部银髯的老头儿，直向立人处走来。满房人都出乎意外，被他一种严重的气色压迫住了，都石像似的开不出口。小玉早颤抖地躲到壁角里去了。立人是胆粗气壮的豪公子，突然见这个生人进来得奇怪，知道不妙。然不肯示弱，当下丢了笔，瞪着那老者道："咦，你是谁？怎么这般无礼地闯到我这里来！你认得我是谁吗？"

那老头儿微笑了一笑，恭敬地向立人打了一个千道："谁不认得您是庄制台的公子庄少大人。今天打听到您在这里玩，老汉约了弟兄们特地赶来伺候您。"立人扮着严厉的样子道："你既然知道我的名儿，你要来见我，你怎么不和我带来的镖师们接一个头呢！"老头儿冷笑了一声道："您要问他们吗？听见老汉一到，逃得影儿也没一个。"胜佛听到这里，忽然心上触着一人，忙奔过来拉住那老头儿的手，哈哈笑喊道："你莫非是京师大侠大刀王二吗？我和立人念叨了你多少年，不想厮会在这里，这多侥幸的事！立人，我和你该合献三千金，为壮士寿。"

那老头儿反惊得倒退了几步，喊道："我不是王二，我是不爱虚名、只爱钱。老汉还不识这位大人是谁。"说罢，就向胜佛请了一个安。胜佛忙扶住了道："我是戴胜佛，专爱结识江湖奇士，这一点儿算什么。"老头儿道："原来是戴三公子，怪不得江湖上都爱重你好名儿。"立人被胜佛这么一揽，真弄得莫名其妙，瞪着眼只望胜佛；又看看那老头儿，只见还是威风凛凛地矗立不动。满座宾客早已溜的溜、躲的躲，房中严静地只剩了四人。忍不住地问道："我和戴大人已经答应送给你三千金，那么你老人家也可以自便了。"

　　那老人装了一个笑脸道："刚才戴少大人说的三千金，是专赏给我的。众弟兄还没有发付，他们辛苦一场，难道好叫他们空手而回吗？"立人这回也爽快起来了，忙接口道："好了，好了！我再给他们两千，归你去分派罢。"那老汉还是兀立不走。胜佛倒也诧异起来，分外和气地说道："壮士还有话说吗？要说，请说。"老头儿嘲讽似的开口道："两位少大人到底还是书呆子，这笔款子难道好叫老汉上门请领吗？两位这般的仗义疏财，老汉在贵家子弟中还是第一次领教呢！那么索性请再爽利一点，当场现付罢！省得弟兄们在外边啰唣，惊动大家！"立人顿时发起急来道："我们身边怎么会带这许多款子，小玉又垫不起。这怎么办呢？"

　　回过头来向着胜佛和屋角里正在牙齿打架的小玉道："是不是？我们既出口了，其实断不会失信。"那老儿道："我们也知道两位身边不会有现款，好在有得是票号钱庄。没法儿，只好劳动那一位大驾走一趟了。"立人道："只怕我们赶车儿的一时叫不齐。"老头儿道："不妨事，我早预备下一辆快车候在门口。老汉伺候了一块儿去走一遭。"立人和胜佛都惊讶这老头儿布置得太周密了。胜佛就站起来，拉了立人道："咱们跟他去。那么上哪一家去呢？"

　　立人此时只答了一句："到蔚长厚去取。"身不由主地跟着那老人同到门口，果然见一辆华美的小快车驾着一头菊花青骡子，旁边还系着一匹黑骡呢！只见那屋

LAOCANYOUJI NIEHAIHUA

子四围的街路上东一簇、西一群，满是些不三不四的人，明明是那话儿了。那老头子一到门外，便满面春风地来招呼立人、胜佛上车。鞭丝一扬，蹄声得得地引导他们前进。胜佛在车箱里和跨在车沿上的立人搭话。胜佛道："今天的事全是我干的。这笔款子你不愿出，算我的账，将来划还你！"立人摇着头道："你真说笑话了！我们的交情还计较这些。倒是今天这件事来得太奇怪，怕生出别的岔子。花几个钱满不在乎。"胜佛道："你放心。你瞧那老儿多气魄、多豪爽、多周密，我猜准他一定是大刀王二。我们既然想在政治上做点事业，这些江湖上的英雄也该结识几个，将来自有用处。这些钱断不会白扔掉的。"

　　两人说说讲讲，不多会儿，车子已停在蔚长厚门前。立人等跳下车来，那老头子已恭恭敬敬地等候在下马石边，低声道："老汉不便进去，请两位取了出来，就在这里交付。"立人点头会意，立刻进去开了两张票子。开好了就出来，把一张三千的亲手递给老头子，一张两千的托他去分配。那老儿又谢了，随口道："老汉今天才知道两位都不是寻常纨绔，戴少大人尤其使我钦佩得五体投地。不瞒两位说，老汉平生最喜欢劫富济贫，抑强扶弱，打抱不平。只要意气相投的朋友，赴汤蹈火④。今天既和两位在无意中结识了，以后老汉身体性命，全个儿奉赠给你们。不过我还有一个不知进退的请求，明天早上，我们在西山碧云寺有一个聚会，请两位务要光临。"胜佛道："我第一要问明的，你到底是不是王二？再者我还有叨教的话，何妨再到口袋底去细谈一回。"老头子笑道："我是谁，明天到碧云寺便见分晓，何必急呢！口袋底请两位不用再去了，我已吩咐了赶车的径送两位回府。老汉自去料理那边的事，众弟兄还等着我呢！"说完一席话，两手一拱，跳上骡背，疾驰而去。这里立人和胜佛只得依了他话，回得家来，商量明天赴会的事。胜佛坚决主张要去，立人拗不过，只得依了。

　　到了次日，胜佛天一亮就起来，叫醒立人，跨了两匹骏马，一个扈从也没带。刚刚在许多捎云蔽日的古桧下落马，一进头门，那老头子已迎候出来。一领就领到了大殿东首的一间客厅上，齐齐整整地排开了六桌筵席。席面上已坐满了奇形怪状肥的、瘠的、贫的、富的一大堆的人，看见胜佛、立人进来，都站起来拍掌狂呼地欢迎。那老人殷勤地请胜佛和立人分了东西，各坐了最高的座位，自己却坐了中间一个最低的主位。筵席非常丰盛。

　　侍席的人遍斟了一巡酒，那老者才举起杯来，"老汉王二，今天请各位到这里来，一是欢迎会，二是告别筵。欢迎会，就为我们昨天结交了戴胜佛、庄立人两位先生，都是当今不易得的豪杰。我们弟兄原该择主而事。得了这两位做我们的主人，我们就该替他效死。从今日起，凡我同会的人都是戴、庄两先生的人，无论叫我们做什么事、到什么地方，都不问生死地服从。这就是欢迎会的意思。第二是因为当今第一忠臣，参威毅伯、连公公的韩惟茂侍御，奉上旨充发张家口。他是个寒士，又结了许多有势力的仇家，若无人帮助保护前去,路上一定要被人暗害。这种人是国家的元气,做大臣的榜样。我听见人说,他折子里有几句话说到皇太后的道:'皇太后既归政皇上矣,若犹遇事牵制,将何以上对祖宗、下对天下臣民!'你们看,多么胆大,多么忠心!我因钦敬他的为人,已答应他亲身护送;又约了几个弟兄,替他押运行李。择定后日启程,顺便给诸位告别。"说罢,把斟满的一杯酒,向四周招呼。满厅掌声雷动中,忽然从外面气急败坏奔进一人来,大家面色都吓变了。正是:

> 提挈玉龙为君死,驰驱紫塞为谁来。

【注解】

①康衢(qú):指四通八达的大路。

②编纂(zuǎn):编辑。

③肆无忌惮(dàn):非常放肆,一点没有顾忌。

④赴汤蹈火:奔向沸水,踩着烈火。比喻不畏艰险,奋不顾身。